BEAT GENERATION & OTHERS

"垮掉一代"及其他

文楚安 著

江西教育出版社

图书在版编目（CIP）数据

"垮掉一代"及其他/文楚安 著.
-南昌：江西教育出版社，2009.12
ISBN 978-7-5392-5534-7

Ⅰ.垮… Ⅱ.文… Ⅲ.文学流派—研究—美国—现代 Ⅳ.I712.095

中国版本图书馆CIP数据核字（2009）第227878号

书名："垮掉一代"及其他
　　　KUADIAO YIDAI JI QITA
作者：文楚安

出 品 人：傅伟中
责任编辑：万　哲　尧　伟
策　　划：念念文化
特约编辑：刘玉浦　李江华　王传先
装帧设计：

出 版　江西教育出版社
发 行　江西教育出版社
社 址　南昌市抚河北路291号
邮 编　330008
开 本　710×1000　1/16
印 张　25.75
字 数　350千字
版 次　2010年1月第1版　2010年1月第1次印刷
印 刷　三河市文通印刷包装有限公司
书 号　ISBN 978-7-5392-5534-7
定 价　36.00元

目　　录

序　言 ……………………………………………… 1

上　篇

依然故我的金斯伯格 …………………………… 3

艾伦·金斯伯格简论 …………………………… 6

金斯伯格及其在中国的接受 ………………… 30

东西方之间——论金斯伯格的"中国组诗" …… 36

半个世纪的回声："垮掉一代"和金斯伯格 …… 48

"垮掉一代"传奇：凯鲁亚克和《在路上》 …… 54

"垮掉运动仍在继续"

　　——凯鲁亚克故乡纪行 ………………… 67

凯鲁亚克遗产之争 …………………………… 81

城市之光书店与"垮掉一代" ………………… 97

在地下："后垮掉一代"作家在美国

　　——维隆·弗雷泽访谈录 ………………… 106

感受金斯伯格 ………………………………… 118

对 the Beat Generation 和金斯伯格的误读 …… 129

1

并非一样的反叛者："愤怒一代"与"垮掉一代"… 137

凯鲁亚克《在路上》手稿：知向谁边？………… 150

凯鲁亚克《在路上》手稿拍卖落幕及其他………… 155

"BG 之王"凯鲁亚克文档被出售 …………… 159

《在路上》在中国…………………………… 162

"垮掉一代"：历史性和历时性 …………… 170

肯·克西：嬉皮士时代的见证人…………… 186

下　篇

伊·庞德和索萝西·莎士比亚书信集………… 195

美国第一个桂冠诗人…………………… 197

沉思人类命运的美国桂冠诗人沃伦………… 202

对人性沉沦的有力鞭挞

　　——从《第四次警报》试论契弗短篇小说的认识

　　价值及艺术风格………………… 204

外国作家谈当代美国小说…………………… 211

1987 年：纪实性犯罪小说在美国的勃兴 ……… 213

荣格理论的渊源及影响…………………… 216

永不安息的灵魂

　　——海明威和他的《伊甸园》………… 230

如此美国神话

　　——评约翰·珀理《杰克·伦敦：美国的神话》237

重新被认识的荣格

    ——评《寻求灵魂的现代人》……………… 242

耐人寻味的"独家新闻"：欧文·华莱士的《奇迹》245

美国金三角的投影

    ——普佐和他的《弱肉强食》……………… 252

马尔科姆·考利：美国现代文学的一个记事人…… 257

一本奇特的回忆录

    ——阿瑟·朗德基维斯特的《梦幻之旅》…… 264

《S.》：厄普代克对"女性意识"的新探索 ……… 268

纳博科夫的一只永恒的"蝴蝶"

    ——《洛丽塔》出版备忘录……………… 275

现代人的双重困惑：嫉妒与羡慕……………… 281

美国性文化史的一次巡礼……………… 287

"名不切题"的阅读效果

    ——厄普代克的新奉献：《对福特执政时期的

    回忆》……………… 295

儒勒·凡尔纳和他的《世界主宰者》……………… 303

言之不尽的幽默大师马克·吐温……………… 306

一种翻译批评观：论文学作品的合格译者……… 319

文本·作者·读者……………… 326

《第二十二条军规》起风波……………… 333

附　录

诗人的追求……………………………………… 341

对美国的透视

　　——艾伦·金斯伯格40年来的诗歌 ………… 344

艾伦·金斯伯格："垮掉一代"遗产、联系及其他 353

艾伦·金斯伯格离开了行星………………… 361

评《在路上》………………………………… 371

这就是"垮掉一代"………………………… 374

"后垮掉一代"诗选………………………… 382

后　记………………………………………… 392

序　言

　　发生于 20 世纪中期的美国"垮掉"运动是在"二战"后冷战时期特定环境中的一场影响深远的社会、文化和文学运动。它是美国的民主传统和麦卡锡主义、人性自由和清教主义、大众文学同学院派文学激烈冲突的产物。1955 年金斯伯格的一声"嚎叫"冲破了当时美国主流文化的高压，宣告了一个新时代的到来。"垮掉"运动同民权运动、反战运动以及其他社会、政治、文化运动结合在一起，形成了一股势不可挡的洪流，猛烈冲击着美国的现存秩序，使美国经历了自南北战争以来前所未有的深刻变革。"垮掉"运动是这一变革的始作俑者和新精神的先驱。

　　20 世纪 40 年代中期，一些对美国当时令人窒息的社会文化感到难以忍受的青年人，聚集在纽约，尝试与众不同的生活方式，讨论哲学和宗教，从事文学创作。随后又陆续有一些人加入。他们中的核心人物有杰克·凯鲁亚克、艾伦·金斯伯格、威廉·巴勒斯、尼尔·卡萨迪、约翰·霍尔默斯、加里·史奈德、卢辛·卡尔等人。他们的生活方式和精神追求影响了整整一代美国青年，嬉普士（20 世纪 60 年代嬉皮士的前身）的形象很快出现在城市、乡村，出现在酒吧、地铁和飞速行驶的汽车上，当然也常常出现在各地的监狱里。这些为传统价值观念所不容的离经叛道、桀骜不驯的边缘人物逐渐形成了一个向主流社会挑战的亚文化群。他们受到各种压制和打击，在监狱中进进出出，但依然我行我素，以其特有的方式挑战、冲击和解构着主流社会和主流文化。

　　这个群体被称为"垮掉一代"（the Beat Generation），那是由"垮掉派之王"（king of the Beats）凯鲁亚克在 1948 年取的。随着"垮掉"运动的发展，"Beat"的意思也变得丰富多彩，从贫困、打垮、厌倦、筋疲

1

力尽到灵魂的赤裸和精神上的极乐、至福（beatitude）等，达数十种之多。它其实是对"垮掉一代"矛盾而复杂的精神状况的概括，其词义的变化和丰富也反映出那些青年人的追求和探索历程。

凯鲁亚克在《"垮掉一代"的来源》一文中解释了这个称谓的来源和意义。他说："Beat这个词最初的意思是贫困、潦倒、一无所有……流浪、在地铁睡觉。"他还从不同方面追溯了"垮掉一代"的来源。不过他列出的各种所谓"来源"——从他祖先的独立性到印度圣哲和中国道教徒的深邃与执著，实际上是"垮掉一代"的精神追求的深层含义。他列举的第一个"来源"是在一个雷电交加的夜晚，别人都躲在厨房中瑟瑟发抖，而他祖父竟然冲到外面挥舞着煤油灯，对闪电疯狂地高声挑战的情景。这是生命的体验，是精神的呼号，其象征意义十分明显：在任何恶劣的环境中，"垮掉一代"在精神上都从未"垮掉"。他们蔑视权威，无所畏惧，是宁折不弯的硬汉。这种大无畏的精神是"垮掉一代"反叛与探索的根本。

"垮掉"作家们抛弃世俗观念，挑战权威，在生活上放荡不羁。一方面，他们吸毒、偷窃、酗酒，纵情于爵士乐，崇尚性解放和同性恋；另一方面，他们读尼采，习禅宗，崇拜中国疯僧寒山，写小说诗歌，参加反战游行，支持民权运动，致力于环保。归根结底，所有这些都是他们在更深层次上所进行的精神上的反叛与探索以不同的形式在不同方面的反映。他们这些"白种黑人"的极端行为既是对压迫他们的社会的批判和抗议，也是把他们的自我、灵魂从各种束缚中彻底地、赤裸裸地解放出来的特殊手段和他们进行精神探索的超常方式。"垮掉一代"的代表作家们，决不是像有些人所说的，是价值观上的虚无主义者。正如霍尔默斯所强调的那样，他们的极端行为所"表达出来的是对价值观念的渴望，而不是对它的仇恨"。他们的放荡同他们的参禅一样，都是手段，而非目的。他们试图以此解放自我，以便直接获得生命体验，从而以人最基本的生命存在为基础探索新的生活方式、新的信仰、新的价值观念、新的人与人之间的关系。

"垮掉"派作家们所进行的最全面、最深入、最执著的探索，表现在他们那些引起一阵阵轰动的小说与诗歌里。在创作中，他们挑战当时在美国文学界占统治地位的学院派传统，蔑视新批评派的清规戒律，不讲写作规范、格律辞章，而以张扬个性、表现自我和抒发情感为主导。他们的作品为主流批评家们所不容，但却成为寻求刺激、不甘平庸、竭力摆脱束缚和苦闷、要求表达自己心声的青年们眼中的经典。他们说出了人们，特别是在痛苦中探索的青年们想说而又说不出的话，所以他们的作品才具有那样强烈的感染力，能够振聋发聩，在美国文化和文学史上开辟了一个新时代。

　　"垮掉"派作家们最令人钦佩的也许还不在于他们敢于在麦卡锡时代拍案而起，敢于像金斯伯格那样在高举的警棍前面带微笑，而在于他们在面对自己时所表现出的真诚和勇气。在那些震撼灵魂的作品里，他们不仅对美国的社会、文化、政治、经济、外交、思想钳制、战争叫嚣进行了毫不留情的批判，而且更以罕见的真诚和令人赞叹的勇气把他们自己的行为思想、生活方式，甚至灵魂深处最隐秘的东西全部赤裸裸地展示出来，表现出他们内在的道德力量。他们毫不矫揉造作、遮遮掩掩、文过饰非。他们的诗歌和小说就是他们的生活、他们追求的艺术，阅读他们的作品就如同接触他们这些真诚的人。人们满可以不同意他们的思想和价值观念，也可以反对他们的生活方式，而且他们也不是没有可指责之处，但我们很难不钦佩他们的勇气和真诚。不论是作为文学家，还是作为人，他们所留下的最可宝贵的遗产恐怕就是他们在不懈的探索中所表现出的现代人往往最缺乏的那份真诚和勇气。

　　"垮掉一代"所留下的文化、文学和精神上的遗产早已超越了美国国界。从 20 世纪中期开始，他们的生活方式和精神追求就陆续在欧洲、亚洲和南美，特别是在那些令人感到压抑的地区的青年中引起了强烈反响，而且他们至今在世界各地仍然拥有大批追随者。在中国，由于历史的原因，"垮掉一代"走了一条十分曲折的道路，从它的译名到对它的精神实质的认识，都产生了不少误解。特别具有讽刺意味的是，美国联邦调查局局长胡佛（J.EdgarHoover）1960 年在共和党全国代表大会上宣布，"垮掉分子"（Beatniks）是美国面临的主要威胁之一；而几乎在同一时期，在当时的中国，"垮掉一代"却被斥责为美帝国主义的社会和文化腐朽堕落的表现。从美国在六七十年代所经历的剧烈变革来看，美国情报头子的切身体会似乎更为正确。但尽管如此，双方都对"垮掉一代"同声斥责，谁也没料到，两个敌对阵营竟然在"垮掉一代"身上多少获得了一些共识。

随着极"左"年代的过去，当中国再一次敞开国门时，人们发现世界上有太多的东西需要重新审视，其中自然也包括美国的"垮掉一代"。在重新认识"垮掉一代"方面，着力最勤、成就最显著者首推文楚安先生。他从 20 世纪 80 年代中期开始翻译、解释和研究"垮掉一代"，努力做正本清源的工作。在各种文章和在各地的演讲中，他大声疾呼，要求正确认识"垮掉一代"。随着他的研究文章的发表，特别是他翻译的凯鲁亚克的《在路上》、《金斯伯格诗选》等"垮掉"派的代表作品相继问世。我国外国文学研究界不仅对美国 20 世纪这一重要的文学、文化流派有了更为正确的了解，而且"垮掉"派作家们也逐渐成为学者和研究生们认真研究的对象。这是很可喜的现象。现在，文先生的论文集《"垮掉一代"及其他》又同读者见面了。这本论文集集中展示了文先生十多年来研究"垮掉一代"以及其他一些美国作家的成果，它的出版必然会进一步激发人们对"垮掉一代"的兴趣和重新认识。

这个论文集内容十分丰富，是文先生多年辛勤研究的结晶，而且有些还是不可多得的第一手资料，弥足珍贵。文先生在书中还提出了许多新颖的观点。比如关于"the Beat Generation"的译法这一多年来困扰人们的问题，他在书中多处谈到。这一称谓的意义十分丰富，"垮掉一代"是明显的误译，而其他各种译法也都难以表达其丰富的内涵，因此他主张用英文的缩写"BG"来替代。这个主张颇有新意，但它能否最终为大众所接受，那就只有交付给历史了。文先生自己似乎也不十分自信，所以书名仍然使用了加引号的"垮掉一代"。但不管"BG"能否被接受，当人们使用"垮掉一代"这个术语时，其意义与以前已经大为不同了。仅此一点，文先生已功不可没。

肖明翰

2001年深秋于长沙岳麓山

上　篇

依然故我的金斯伯格

继《金斯伯格诗选（1947—1980）》以及《嚎叫》新注释本出版后，金斯伯格的又一诗集《白色的尸衣》（*White Shroud*）今年出版了。这三本诗集印刷精美、考究，使这位 20 世纪 50 年代已名噪一时的"垮掉一代"代表诗人的声名更加大振，这是颇耐人寻味的。1956 年，他的第一本诗集《嚎叫》被多家出版社拒绝接受，最后只能由垮掉诗人费林格蒂（Fer1inghetti）在旧金山的毫无名气的"城市之光"书店出版。诗集的第一句就不同凡响："我看见我这一代的精英被疯狂毁灭，饥肠辘辘赤身露体歇斯底里……"《嚎叫》以惊世骇俗的反传统文化和社会准则的大胆内容，对压抑个性的一切形式进行无情嘲弄，赤裸裸地展示了美国生活的混乱，诸如吸毒、暴力、同性恋，很快便受到一些批评家的猛烈抨击，被旧金山法院指控为淫秽作品，这似乎是劳伦斯的小说《查泰莱夫人的情人》在英国被禁一案在美国的重演。不过，对《嚎叫》的指控反而使它成为 20 世纪 50 年代在美国最畅销的诗集，金斯伯格的诗兴也从此一发不可收拾。他的诗句不拘形式，气势磅礴，时而热烈、奔放，时而感伤、激愤；他那蓄长发的面容，时而温文尔雅，时而玩世不恭，略带沙哑但低沉深厚的诗朗诵具有强烈的感染力。他成为主流文化所不屑一顾的活力和异端邪说的象征，也是一代反叛青年所崇拜的精神宗师。时隔三十余年，"垮掉运动"作为 20 世纪 50 年代的诗歌潮流，虽说早已销声匿迹，但唯独金斯伯格格外活跃。有的批评家认为这主要是因为步入壮年的金斯伯格已由落魄不羁的嬉皮士上升到中产阶级的雅皮士之列。的确，金斯伯格已今非昔比，但经济地位的改变绝不是他为美国当今文坛和社

3

会所接受的根本缘由。作为一位预言家，金斯伯格当年所揭露的美国社会弊端有增无减。金斯伯格师承惠特曼、布莱克、威廉斯的浪漫主义和写实主义，他也承认雪莱、马雅可夫斯基、叶赛宁、林赛、庞德等诗人对自己的启迪。然而，他不是拙劣的模仿者，他使用方言土语、习惯用语写诗，诗句长短不一，但很有节奏感，早已冲破学院派诗人高雅艰涩、精雕细刻、矫揉造作，视诗歌创作为纯技艺的藩篱，以其清新、粗犷、自然，开美国一代诗风。因此，与其说金斯伯格已改弦易辙，适应美国文坛和社会，倒不如说变化中的多元的美国文化和社会已向金斯伯格妥协，这正是当代美国文化兼收并蓄的特征。

《白色的尸衣》是正值盛年的金斯伯格的自传性诗集，只有86页，是诗人1980年至1985年间繁忙的社交活动的随感式的记录。其中，最引人注目的自然是长诗《白色的尸衣》。此诗被公认为是他早期的长诗《卡迪什》（Kaddis）的续篇。"卡迪什"即犹太希伯来文"祈祷"之意。金斯伯格满怀深情追忆自己辛酸的童年，怀念曾经是美共党员的母亲娜阿米，她因政治观点偏激而精神失常，后在疯人院悲惨死去。当时，正在哥伦比亚大学就读的金斯伯格曾在《天主教工人报》的一间简陋的办公楼上朗诵《卡迪什》。他声泪俱下，令听众感动不已。娜阿米的命运既反映了经历过二次大战噩梦、备受迫害的犹太人的精神和现实困境，也再现了20世纪50年代令人窒息的美国社会现实，其意义远远超过他力图表现的事实本身。多年来，这首长诗一直为广大听众喜爱，成了他在电台、电视台朗诵的保留节目之一。至今仍孑然一身的金斯伯格尽管声誉日隆，不再那么放浪行骸、举止轻狂，但母亲的痛楚仍使他刻骨难忘。谈及《白色的尸衣》的写作，他说，1983年10月5日，他"做了一个梦，在梦中漫游了布朗克斯，竟然同母亲不期而遇，醒来时，我含泪写下了梦中的经历"。他诅咒号称天堂的纽约为"死亡巨城"，娜阿米正是在这里去世。在诗中，复活的母亲"神态比我还清／笑着，哭着，她还活着"，孤苦伶仃栖身在布朗克斯贫民区的街角。"人行道上放着她的那张床，堆着毯子床单；罐子、煎锅和盘子在她身旁，风扇、电炉靠在墙边。／她神色沮丧，一头白发，倒也活了下来。／过路人谁也不理会她街头的栖身之地……"全诗的基调悲怆沉重，但却并不令人绝望感伤。金斯伯格显然更加清醒、成熟，他不再像《嚎叫》那样声嘶力竭地大喊大叫，诗中也没有其他诗作中为批评家所不屑一顾的猥琐描写和说教，似乎随手拈来的美国当今社会的阴暗恐怖，惊人的贫富悬殊，人情的淡漠、冷酷却更为震撼人心，比《卡迪什》更为深刻有力。安恩·卡特斯（Ann Charters）认为，《白色的尸衣》"标志着美国一代诗歌纪元的结束"。如果这是指垮掉诗歌对当代美国诗歌的影响，或许，做出这种结论还为时过早。不可否认，金斯伯格所代表的垮掉诗歌已注入了新的时代内容，美国当代诗歌也确实有远离社会现实的倾向。但是，作为诗人，金斯伯格却始终恪守自己的信念，无论是艺术风格还是对社会的批判态度，他都仍然一如既往，只不过更加深沉而已。《嚎叫》新注释本中与费林格蒂等垮掉诗人关系的自白，足以表明他同垮掉传统的无法斩断的联系，两部诗集相隔不久先后出版也并非全无意义。在《嚎叫》中，和他的其他诗集中一样，他总是直抒胸臆，毫不掩饰地抒发自己想说的一切。他曾直言不讳地宣称："我写诗，因为英文中'灵感'来自拉丁文的'呼吸'一词，因此，我要自由地呼吸……因为写诗可以回顾自己的思想……因为生命是无限的多，在宇宙中生物是无限的多，我自己的贪婪、愤怒是无限的，我所看到的境遇也数不胜数，能唤起人们过去的事是无限的。"这应该是金斯伯格的诗歌创作宣言。在他看来，诗歌没有禁区，凡是生活中的一切都可以成为诗歌描写的对象；就表现形式而言，他不承认有任何一种固定不变的经典模式。他虽然被称为"当代惠特曼"，但他的自由诗体、他的政治主张甚至比惠特曼更偏激、大胆，走得更远。这不只是一般意义的标新立异，这种坚定不移的执著态度和创新精神表明，金斯伯格并没有改变。他过去是，现在是，或许将来也会是循规蹈矩的艺术形式的叛逆者和美国现实的预言家；更重要的是，他是一位诗人。《白色的尸衣》足以澄清某些批评家对他的误解。

值得一提的是收集在《白色的尸衣》中的10首有关中国之行的诗。

1984 年秋，作为美国作家代表团的一员，金斯伯格首次来到中国，在美国他也多次会晤过我国作家和诗人。这种接触使他有机会了解他一直向往的神秘而伟大的中国。尽管他坦率幽默地说"我吓得发抖，不知道在中国该说些什么才好"，但他对中国所怀有的美好感情和真诚希望都在诗中流露无遗。正是在中国，他曾说过"第一个思想是最好的思想"，而诗歌是"表达我在 15 分钟或整个一生一切思想的最好形式"。诗集《白色的尸衣》又一次令人信服地鲜明体现了金斯伯格的这一艺术追求。

（原载于《读书》1988 年第 2 期）

艾伦·金斯伯格简论①

艾伦·金斯伯格（Allen Ginsberg 1926—1997），是发端于 20 世纪 50 年代并持续影响到现代的美国"垮掉一代"(the Beat Generation) 文化、文学思潮的主要代言人。1974 年，金斯伯格因诗集《美国的衰落》(*The Fall of America*) 获美国全国图书奖，并入选美国文学艺术院院士，逐渐为学院派所认同。半个世纪以来，作为有世界性影响的诗人、社会活动家，金斯伯格声誉日隆。自 20 世纪 80 年代末在美国出现的"新垮掉一代"(Neo-Beat Generation) 目前上升势头正猛，亦如当年，金斯伯格仍被新一代"垮掉"青年奉为思想宗师。对金斯伯格其人及作品尽管向来褒贬不一，但在多元文化并存的美国社会、文化生活中，其影响看来仍将持续。

一

艾伦·金斯伯格 1926 年 7 月 3 日出生于新泽西州纽瓦克帕特逊市的

---

① 此系《金斯伯格诗选》译序，四川文艺出版社，2000。

一个俄国犹太裔家庭。父亲路易斯·金斯伯格大学毕业后在中学任教，幽默，性情温和；酷爱文学尤其喜欢写诗，其诗作常在当地和全国性的文学杂志报刊上发表，出版过若干部诗集。他是美国诗歌协会会员，常和妻子娜阿米一同出席格林威治村的文学聚会。1905年，娜阿米14岁时随倾向俄国共产党、反对沙皇暴政的父母从靠近波兰的一个俄国小城移居美国。从师范学校毕业后，娜阿米在纽瓦克公立学校教书。由于家庭的影响，她加入了美国共产党，曾经担任帕特逊的一个美共支部秘书；聪明、干练，很倔强。在婚前，娜阿米就患过精神抑郁症，也因为思想激进，她的婚事受到路易斯父母的坚决反对。金斯伯格出生后（排行老二，哥哥比他大5岁），虽然家庭经济拮据以及在宗教、政治问题上存在某些分歧（路易斯并不皈依任何宗教，但其犹太家世，使他在日常生活中仍恪守犹太传统；娜阿米则是无神论者），但金斯伯格童年时代的家庭生活仍是平和温馨的。家庭的文学氛围，特别是母亲的"左"倾思想对日后金斯伯格的生活及信仰影响至关重要。1982年，在谈及他的犹太家世时，他说："由于家庭信奉共产主义和社会主义，我们是无神论者、不可知论者……我进过短期的犹太教学校，可我却被驱逐了，我没有接受过犹太成年男子的受戒仪式。"[①]不过，他也承认自己同犹太主义的联系，"因为那是我出生背景不可分割的一部分，特别是在美国，在一个信奉正统社会主义、无政府主义的家庭里"。[②]他接受犹太主义的伦理观，但却坚持认为，没有任何义务必须追随犹太教领袖的某些偏激的政治主张，这也是金斯伯格同父亲常常激烈争论的问题。

从金斯伯格幼年开始，母亲的精神病时常发作，有时还试图自杀，不得不被送进精神病院，她一住就是一年，甚至多达三年之久。她每当发病期间便神志不清，产生幻念：受到"政敌"，甚至丈夫、医生的监视。特别是到了20世纪50年代，冷战加剧，美国当局实行高压恐怖政治手段，迫害"左"倾进步人士，她更加惶惶不安，导致精神分裂，1948年同路

---

①② 迈克尔·舒马赫，《达摩之狮：金斯伯格评传》，圣·马丁出版社，1992年英文版，第14页。

易斯离婚，最终于 1957 年去世。母亲所遭受的长期痛楚折磨，在金斯伯格的长诗《卡迪什》（*Kaddish*，1961）、《白色的尸衣》（*White Shroud*，1983）及其他诗篇中有极其真切、声情并茂、催人泪下的描绘。母亲的心理恐惧、精神压抑及悲剧所揭示的绝不仅是一个普通美国女人及其家庭的苦难史，其深刻的社会意义在于，那是作为一个犹太人和共产党员，在德国纳粹暴行以及美国右翼反犹势力麦卡锡主义肆虐情势下的必然遭遇。

少年金斯伯格尽管表面无忧无虑（至少在外人看来），但地方排犹主义情绪、母亲的病况使他并不快活。在回顾少年时代时，他写道：

> 在帕特逊，我害怕同任何人谈话
> 我担心我对性事、音乐、宇宙的感知让人察觉
> 受到嘲笑，被黑人孩子痛打一顿。
>
> ——《花园州》

1939 年夏，金斯伯格初中毕业，升入高中。他成绩优异，尤其酷爱文学。从幼年开始，他便从父亲的朗读和藏书中熟知惠特曼、狄更生、爱伦·坡、雪莱、济慈、弥尔顿的诗歌。由于他生性随和、聪慧，戴着一副近视眼镜，同学们给他取的诨名是"教授"。高中期间，他已是文学、戏剧活动积极分子，担任过校报的顾问、编辑，是地方报纸《帕特逊晚报》学校专栏撰稿人；善于演讲、辩论，被选为学校辩论协会主席。对于国内外政治大事，金斯伯格此时就已表现出极大的敏感性，常常从《纽约时报》以及当地报纸上搜集新闻素材并制成剪报，甚至索性用报纸标题来写当天的日记，这一习惯一直坚持到成年。其日后善于从报刊上捕捉社会生活素材、"在脑中进行速写构思"的写作技巧已初见端倪。1941 年复活节，有名的《旁观者》（*Spectator*）杂志上发表了他的文章《略论家庭作业》（"On Homework in General"）。文中，他以一个中学生的目光挖苦某些教师的自负、虚伪，也同情深受作业之苦的学生，笔调幽默，显示出金斯伯格

日后写作中的那种非凡的观察力。也就在这段时期，金斯伯格的同性恋倾向开始显露，不过，由于环境原因而受到压抑。

1943 年 7 月，金斯伯格高中毕业。尽管在中学时代他就在日记中写道"我必定会在某一方面出类拔萃，也许成为一个文学天才"①，但他对未来职业的第一选择是政府雇员或律师。同年，他进入纽约哥伦比亚大学。最初他想专攻法律或劳工经济学。哥大的大学生大都是富家子弟，相比之下，金斯伯格显得寒伧、衣着褴褛，可他并不自卑。大学一年级他选修了著名的文学批评家列昂·特里林（Lion Trilling）以及曾获普利策诗歌奖的诗人马克·凡·多恩（Mark Van Doren）执教的文学课程。他们欣赏的是维多利亚时代的古典诗歌，对惠特曼、庞德、W·C·威廉斯这样的现代诗人毫无兴趣。尽管如此，这两位教授以及第一部马尔维尔传记的作者、熟知禅宗哲学的雷蒙德·韦弗（Rimond Weaver）对他的影响不可忽视。

在哥大期间，金斯伯格结识了曾在哥大就读因球场上骨折受伤而中断学习的杰克·凯鲁亚克；毕业于哈佛大学、比他年长的威廉·巴勒斯（William Borroughs），其长篇小说《裸露的午餐》由于涉及吸毒、同性恋而被指控为淫秽作品（金斯伯格后来承认，巴勒斯教会他学到的东西比他在哥大所学到的还要多）；尼尔·卡萨迪（Neal Cassady）（凯鲁亚克《在路上》一书中的主人公，迪安·莫里亚蒂的原型）以及赫伯特·亨凯（Herbert Huncke）、约翰·克列农·霍尔姆斯（John Clellon Holemes）。他们的艺术情趣及生活方式可说志同道合（酗酒，吸毒，同性恋，相信超灵感）。1945 年他因涉嫌一个朋友的杀人案，并在宿舍窗上书写反犹秽语，更因为留宿凯鲁亚克，金斯伯格被校方指控违规，不得不终止学业。他迁往校外与巴勒斯、凯鲁亚克同住，三人居住的这间公寓成为一个"垮掉沙龙"。

离开哥大后，金斯伯格做过各种短工。在商船学院学习了 4 个月的有关课程，沿着大西洋和墨西哥开始了 7 个月的航行生活。1946 年，他

---

① 迈克尔·舒马赫，《达摩之狮：金斯伯格评传》，圣·马丁出版社，1992年英文版，第 16 页。

重返哥大英语系注册。与卡萨迪的同性恋关系，使他在 1947 年曾中断学习前往丹佛。可卡萨迪却同时拥有妻子和情人，两人关系于 1948 年告终。也就是这一年，金斯伯格以优异成绩从哥大毕业，获学士学位。毕业后，他干过不同类型的工作：洗碗工、自由撰稿人、市场调查员，并以记者的身份访问已有名气的诗人 W·C·威廉斯。对金斯伯格的早期诗作，特别是收集在《空洞之镜：愤怒之门》中的诗，威廉斯曾给予赞许。在为这本诗集撰写的序言中，威廉斯写道："这个不算太年轻的犹太小伙子已经意识到在现代社会中许多已被忘却的东西……他也明白，往昔诗歌的韵律像一块荒芜的土地未被开拓，弃而无用……这些诗歌隐含着美妙的气息，假以时日，将会持久如新，有一天会使沉睡的世界苏醒。"①这就是说，在威廉斯看来，尽管金斯伯格早期的诗作仍然不乏对传统诗歌讲求韵律的刻意模仿，但金斯伯格已意识到，这种形式主义的束缚妨碍了诗人自由表达情感。诗歌源于吟唱。此时他已开始进行散文式的语言写作实验了。也正因为如此，威廉斯在这篇序言中一开始就说："大多数人，更多的批评家会将这些诗作称为散文。"②就在这部抒发年轻的金斯伯格精神困扰的诗集中，可看到他对威廉斯所主张的意象诗"无须理念，理念寓于事物"（"No ideas but in things"）这一诗歌艺术理念的探索：

> 我曾试图要把太阳的
>
> 全部光辉投射在
>
> 每一首诗中犹如一面明镜
>
> 而这样壮丽的景观
>
> 并没有能使诗篇栩栩如生。

——《我试图》

1948 年夏天的某日傍晚，夜幕降临，金斯伯格躺在床上。这段时期他一直在阅读布莱克充满神秘宗教内容的诗歌，头脑一片混沌。他打开面向东哈莱姆区高大建筑的窗户，天空阴云密布。突然，他听见一个低

---

①② 《金斯伯格诗选 1947—1980》附录，企鹅出版社，1984 年英文版，第809～810 页。

沉然而清楚的声音正在朗读布莱克的《啊，向日葵》：

> 啊，向日葵，对这儿感到厌倦
>
> 你在计数太阳的脚步
>
> 你在寻找可爱美丽的国土
>
> 旅人在那儿找到归宿……

金斯伯格本能地认为这是自己的声音，可这声音继续朗读《病玫瑰》和《迷失的女孩》。他开始意识到这是布莱克越过永恒的时间在同他交谈。他几乎进入一种痴迷状态。像布莱克一样，他能够在诗歌中，在那一片灰暗的天空中发现时间的永恒。这一幻念从此影响到金斯伯格的诗歌观。他认为诗人的意识可以借助诗歌，穿过时空，达到永恒。正如布莱克相信诗歌是一种传达幻念的工具一样，为了使诗歌像时间一样永恒，他本人，以及"垮掉"诗人常常借助于致幻剂、毒品写诗。

1949 年，刚出狱的赫伯特·亨凯在金斯伯格的公寓里存放并运送一些偷来的毒品，被警方逮捕。哥大的一些教授，甚至校方出面为金斯伯格辩解；结果他免于入监而被送到纽约州立精神病院呆了 8 个月。在这儿他结识了卡尔·所罗门（Carl Soloman），二人从此结下深厚的友谊。所罗门比金斯伯格小两岁，智力非凡，可行为怪诞，15 岁就进入纽约市立大学；思想激进，参加过"左"倾活动；也曾随商船到过法国，热衷于法国超现实主义作家的作品。回到美国，他转入纽约布鲁克林学院，住在格林威治村，同一些存在主义艺术家广泛交往。出于一种犯罪和近乎精神自虐的欲望，所罗门偷了学院食堂的一块三明治，主动找警察，被送到精神病院，要求做脑叶切除术，但遭到院方拒绝。金斯伯格称所罗门是一个"疯狂的圣人"（Iunatic Saint）。所罗门对美国社会生活的憎恨以及他非同凡响的超常行为，使他在精神病院遭受到非人道的残酷折磨。金斯伯格的长诗《嚎叫》就是专门献给所罗门的。

1949 年夏，金斯伯格离开精神病院回到帕特逊。1950 年至 1953 年，他呆在纽约。在此期间他继续同凯鲁亚克、巴勒斯交往，又结识了另一位"垮掉"诗人格里戈里·柯索（Gregory Corso）。1953 年 9 月，他经过古巴到墨西哥，凭吊玛雅文化遗址；作为演员及人类学家卡里娜·希尔兹（Karena Shields）的客人在其种植园呆了6个月。这段经历被他写进了默思长诗《齐瓦尔沃的午憩》。

1954年，金斯伯格到达旧金山。同尼尔·卡萨迪的重逢并不愉快，因为此时卡萨迪已经结婚并有子女。他很快进入了"旧金山文化复兴"文人圈子，结识了肯尼思·雷克斯罗思（Keneth Rexoth）、加里·斯奈德（Carg S1yder）、罗伯特·邓肯（Robert Duncan）、劳伦斯·费林格蒂（Lawrence Ferlinghetti），以及彼得·奥洛夫斯基（Peter Or lorsky）。这一诗歌流派以雷克斯罗思和邓肯为首领，聚集了本地和来自外地的诗人、艺术家，他们对学院派的形式主义诗风深恶痛绝，力主诗歌革新。

1955年10月13日，金斯伯格在旧金山六画廊朗读了长诗《嚎叫》，这是"垮掉"运动的一个重大历史性事件。观众反应热烈，金斯伯格充满激情，声音洪亮。每当读完一个长句，观众随声呼应，齐声呼叫"go！"（"继续读下去！"）当他读完时，已声泪俱下。斯奈德称这次朗读是"美国诗歌史一个崭新的转折点"[①]。这种开放性的不拘一格的适于朗读的新诗无疑是对当时雄踞美国的学院派诗歌的一次大胆挑战，而且，也从此经受住了时间的考验。

《嚎叫》由费林格蒂的"城市之光"出版社出版，可第一版却在英国印刷，通过海关于1956年秋运到旧金山；但随即被认为是"诲淫作品"，费林格蒂被推上了法庭，此事成为轰动一时的事件。经过激烈辩论，听取证词，最后，法官克莱顿·W·霍思认为真正的言论自由必须保证作者有权"用他自己的话表达自己的思想"，并援引美国宪法第一和第四修正案，"如果一部作品不失其最小程度的社会意义，就不能被指控为淫秽作品"，以了结此案。就在这段期间，《嚎叫》已连续印刷4次，金斯伯格也名声大振。至今，这部作品已成为美国最畅销的诗集之一。

《嚎叫》的成功使"旧金山文艺复兴"诗人开始感到金斯伯格和他

---

① 迈克尔·舒马赫，《达摩之狮：金斯伯格评传》，圣·马丁出版社，1992年英文版，第216页。

的朋友们居然在他们的领地（旧金山）窃取胜利之果，由此滋长了对立情绪。1956年，金斯伯格开始去欧洲旅行——西班牙、意大利，也到了维也纳、慕尼黑以及巴黎。在巴黎，他写成了长诗《卡迪什》的第四部分。1958年返回美国后他在东部及加利福尼亚的一些大学朗读诗篇。1959年再返旧金山，为囚禁在狱中的卡萨迪的假释游说。1960年2月他穿越南美赴智利参加作家会议。此段时间，如他所说，为了获取写诗的神秘灵感，他服用毒剂及致幻药。《卡迪什》的第一部分和第二部分就是在两天内连续服用一种安非他命和吗啡的混合剂写成的。

金斯伯格1953年至1960年间的诗作收入诗集《现实三明治》(*Reality Sandwiches*)。这些诗原本是写在笔记本和用打字机即兴打出的。从整体看，结构松散，思绪凌乱，但也不乏激动人心、渗透着诗人真情实感的佳作，这表明他同传统诗艺更加疏远。《释迦牟尼从山上走下》(*Sakyamuni Coming Out from the Mountain*) 是诗人对道家、禅宗，乃至存在主义哲学所关注的人与自然关系的一种感悟：人属于自然，但却无法驾驭自然。"他（释迦牟尼）万念皆无／如同一个神灵／谦恭是超越／在这个实实在在的人世。"这是面对大自然人类生存的困境，也正是"垮掉"一代作家所思考的一个严肃哲学论题。

从1961年3月到7月，金斯伯格去了摩洛哥、希腊、以色列、印度、越南和日本。他对佛教的兴趣大增，在印度潜心研究印度教哲学，练习瑜珈默思。散文集《印度札记》以及长诗《变化：乘京都—东京快车感悟》真实地反映了这一精神转变。他说："有一段时期，我曾对某种形式的上帝、天使及基督深信不疑——可现在，作为一个佛教信徒，我认为一种被唤醒的虚空(Sunyata)才是人生的真谛。没有上帝，没有自我，甚至也没有惠特曼所说的普遍的自我。"[①]他终于在1972年5月回美后正式宣誓皈依佛教，法名为"达摩之狮"(Lion of Dharma)。"达摩"泛指印度教、佛教律法、教规，这一法名含有追求佛法，无所畏惧之义。1965年上半年，

----

① 托马斯·F.麦里尔.《艾伦·金斯伯格》，巴勒出版社，1988年英文版，第6页。

金斯伯格访问古巴、波兰、俄罗斯以及捷克。当时，美国对古巴进行经济封锁，两国关系紧张。出席在古巴举行的作家聚会后，他突然被古巴警方驱逐出境，理由未予说明；但他知道，这是因为他直言不讳，在有关人权（诸如同性恋权利）问题上触犯了古巴政府。在俄罗斯，他见到了有名的诗人叶甫图申科，除了不涉及敏感的政治问题和同性恋，两人无话不谈。在布拉格，由于当局有限度地放松了政治控制，有自由思想的知识分子开始活跃。他出席了十万市民庆祝五一节的活动，出乎意料地被选为"五月之王"（Kral Majales），在群众的欢呼和簇拥下，登上用玫瑰花装饰的大卡车伴着扬声器在大街上游行，但随即被当局以"不受欢迎的人"为由驱逐出境。1965 年，金斯伯格回到美国，他发现反文化潮流已成时尚。同麻木不仁的 20 世纪 50 年代相比，垮掉派的生活方式和艺术风格广为传播，他已成为引人注目的公众人物。1965 年秋，他在伯克莱参与组织大学生和平反战运动，抗议美国政府在越南的暴行，在中西部的若干大学校园巡回朗诵诗歌。1966 年，他用自己的收入建立了一个慈善基金会赞助自由艺术家的创作活动。

1961 年至 1971 年间写的诗歌收入了诗集《行星消息》和《美国的衰落》。这两部诗集记录了他周游世界及在美国各地的所见所感。他在这两部诗集中对国际政治事件、美国的军事—工业—政府一体化宣传媒体控制人民思想的行径、美国在越战中的罪行、对生态环境的破坏等重大问题进行猛烈抨击，尤其在《美国的衰落》中的诗篇以及长诗《维基塔中心箴言》中诗人表述了他对社会政治的深切关注，早期诗作中无政府主义态度显著减少。从整体看《美国的衰落》中的诗篇，其多变的修辞法、丰富奇特的想象、同一主题的重复具有如惠特曼《草叶集》中那样的内在完整性以及震撼人心的感染力，因而该诗集获 1974 年美国全国图书奖。

20 世纪 70 年代，金斯伯格作为社会活动家更加活跃。从 60 年代起，他就同迈克·贾格尔（Mick Jagger）和鲍勃·迪伦（Bob Dylan）这样的"诗人—歌手"交往，主张诗歌应和音乐相融合；他尤其醉心于布鲁斯、卡里布索等民间摇滚音乐，曾将自己以及布莱克的抒情诗谱成布鲁斯。1972年，他开始学习佛教坐禅等修身法。从1974年开始，金斯伯格不时地在他所参与建立的位于科罗拉多州博尔德市的纳诺帕学院及其附属的凯鲁亚克超验诗歌学校讲授佛法诗歌。1972年他到澳大利亚；1976年，他去印度；1976年同巴勒斯一起到柏林，一路发表演说，朗读诗歌。岁月沧桑，尽管他已由当年落魄的嬉皮士成为中产阶级——雅皮士的一员，且闻名遐迩，为美国文化主流所接受，但他同美国现存体制毫不妥协，崇尚自由、民主的立场仍一如既往，一直被当局视为"异己"及"危险人物"。70年代他由于参与反政府抗议活动（反核武器、反越战、民权运动等）曾多次入狱；甚至在1974年接受全国图书奖发表演说时，他仍当众说"美国已经不可救药"。对美国现实及西方文明的绝望，是他试图从东方宗教寻求精神新生的一个重要因素，这在诗集《思想呼吸》《自我忏悔》，以及《冥府颂》中都有表露。

1982年夏，他在博尔德市发起并主持的"在路上：杰克·凯鲁亚克研讨会"，是一次名副其实的回顾"垮掉"运动及其业绩的国际性聚会。金斯伯格对记者说："凯鲁亚克和垮掉运动的真正遗产是一次文学革新，这一革新催化了同性恋、黑人解放、妇女解放，以及我们此刻所希望的避免核威胁的生存自由。"[①]

1984年10月，他同斯奈德一道随同美国作家代表团到他久已向往的中国内地访问，到了北京、上海、保定、杭州、苏州、昆明等地。他惊奇地发现，尽管中美两国由于历史和政治因素造成了长期隔膜，中国知识分子及青年一代对美国文学，甚至"垮掉一代"（包括他本人的作品）的熟悉和热爱程度远比美国公众对中国文学的了解更多。他在中国若干大学朗读，讲授威廉斯、凯鲁亚克、柯索、奥洛夫斯基以及他本人的作品，一路上兴致勃勃，新中国的一切都令他好奇。"我吃得好极了，没有酗酒，每天练习打太极拳。"他写下了十多首诗，既有表明他继承惠特曼、威廉

---

① 迈克尔·舒马赫，《达摩之狮：金斯伯格评传》，圣·马丁出版社，1992年英文版，第688页。

斯人格力量和诗艺的《我如此热爱老惠特曼》、《W·C·威廉斯在我梦中所写》，也有追溯中国古代文明，观照中国现实生活图景的《一天早晨，我在中国漫步》、《读白居易抒怀》，还有继长诗《卡迪什》、《白色的尸衣》之后，堪称其悼念母亲内容的另一佳作《黑色的尸衣》。[①]

1984 年，美国有名的哈泼·罗出版社出版了《金斯伯格诗选，1947－1980》及《白色的尸衣，1980—1985》，这是诗人近半个世纪诗歌创作的结集。而当初其诗作只能在如城市之光这样的小出版社出版，真是今非昔比。他的许多代表作已被收入了美国及西方各种美国文学作品选集、读本，而且已译成多种文字。1995 年《向世界祝福：1988—1992》出版。诗人对这期间美国及世界上几乎所有重大事件都进行了评论（切尔诺贝利核泄漏、伊朗门丑闻、海湾战争、艾滋病、人口爆炸、环境污染等），在气势汹汹的"狂言乱语"中仍表露其心灵的坦率。

1996 年 4 月华盛顿美国国家艺术馆隆重举办"垮掉一代"艺术作品展。由于金斯伯格的出席，其反响更为热烈，几乎成为历史的"垮掉一代"的"复兴"。

早在 1985 年金斯伯格就在《预言》(Prophecy) 一诗中写道：

　　　　我已不再年轻，

　　　　我似乎再也不能

　　　　指望享有更多的欢情

　　　　多么幸运我能够自由自在

　　　　去写作有关汽车和战争，世纪性真实的诗篇

　　　　把破旧无用的领带和裤子统统扔掉

　　　　因为它们既不合身也不合时宜

这位年迈的诗人勇于标新立异、冒险探索的个性，还将在今后的创作中得到反映，在不同时代的各国读者中找到知音。可惜，他于 1997 年 4 月 5 日患肝癌在纽约逝世，享年 71 岁。

---

① 参见拙文《久违了，金斯伯格：论金斯伯格的中国组诗》，《外国文学》，1994 年第 4 期。

二

公认的金斯伯格代表作是被称为"垮掉一代"哲学信念和宣言的长诗《嚎叫》（*Howl* 1956）以及《卡迪什》（*Kaddish* 1959）。

《嚎叫》全诗共分三个诗节，亦即三部分，并有作为结尾的"嚎叫注释"（Footnote to Howl）。

金斯伯格说："第一部分是在一个下午鬼使神差在打字机上写成的，任凭具有抽象诗歌美的凌乱句子、无意义的想象在头脑中奔泻，相互联结，犹如查理·卓别林摇摇晃晃地行走，也像长长的萨克斯管奏出的和声，深沉悲哀，然而不乏喜剧因素。"①该诗一开始就惊世骇俗：

> 我看见我这一代的精英被疯狂毁灭，饥肠辘辘赤身露体歇斯底里，拖着疲惫的身子黎明时分晃过黑人街区寻求痛快地注射一针，
>
> 天使般头脑的嬉普士们渴望在机械般的黑夜中同星光闪烁般的发电机发生古老的神圣联系，
>
> 他们穷愁潦倒衣衫褴褛双眼深陷在只有冷水的公寓不可思议的黑暗中吸着烟昏昏然任凭夜色在城市上空飘散，
>
> 他们在高架铁道下向上帝忏悔看见穆罕默德的天使们在被灯火照亮的住室屋顶蹒跚缓行，
>
> 他们穿过大学校园目光炯炯可神色冷峻幻想置身在军事专家中目睹阿肯色和布莱克式的轻松悲剧，
>
> 他们被学院开除由于疯狂由于在骷髅的破窗上发表猥亵的颂诗，
>
> 他们没剃胡须萎缩在房间里在废纸篓里焚烧钱币靠着墙胆战心惊，
>
> 他们从拉雷多狼狈来到纽约腰带上捆着大麻阴毛部被重重踢了

---

① 路易斯·海德编，《论金斯伯格的诗》，密执安大学出版社，1984年英文版，第80页。

一脚，

　　他们在用涂料粉刷过的旅途里吞火自乐要不就在天堂巷服用松节油等待死亡，要么为了涤罪一夜又一夜折磨自己的肉体，

　　用梦幻、毒品，伴随清醒的梦魇、酒精和鸡巴以及无休止的寻欢作乐，

　　无法言喻死一般的街巷在阴云中战栗而心中闪电冲向加拿大和帕特逊两极，

　　把这两地之间的停滞不动的时间世界照耀一片通明，

　　……

　　这一部分，为了保持节奏感，每一句以"他们"（Who）贯穿始终。"他们"犹如一个联结点，使人的思维在幻念和现实中自由涌动，最终以现实作为归宿。这是一幅"垮掉一代"——"我们一代的精英"（暗指凯鲁亚克、巴勒斯、卡萨迪、所罗门以及诗人自己）生活现实的拼接画：他们吸毒、酗酒、同性恋，他们是被社会所抛弃的一群；可同时又在这种放荡不羁的生活中体验到"极乐"（beatific）。金斯伯格自己承认第一部分是"垮掉一代"的挽歌，其基调转向截然对立的两极：既是一种庆典式的赞美，又充溢着深切的痛楚。一方面，"垮掉一代"对布莱克那先知般的格言"超越之路引向智慧的殿堂"坚信不疑并身体力行，所以他们以激进的非理性的生活方式在幻念中试图摆脱物质世界／现世，特别是"二战"后50年代美国的享乐主义、金钱至上的社会现实所形成的精神牢房，"渴望在机械般的黑夜中同星光闪烁般的发电机发生古老的神圣联系"；另一方面，他们虽试图摆脱现实，但同时又不得不因此备受贫困和悲哀，甚至走向自我毁灭——疯狂便是毁灭的一种表现形式。"垮掉一代"对美国社会的不满诅咒借助于梦呓般的话语在这部分真是呼之欲出。如果说这种反抗情绪还比较隐讳，那么收入《嚎叫及其他》诗集，写于同年的另一首诗《美国》（America）就是大声疾呼了。一开始，诗人便写道：

　　美国，我给了你一切可我却一无所有。

　　……

美国，什么时候我们才能停止人类间的战争？

……

美国，什么时候你才能天使般地可爱？

在第一部分，"垮掉一代"的这种愤世嫉俗的绝望感、无助的反抗无不与"疯狂"（madness）这一具有揭示主题意义的字眼相联系。非理性的社会现实驱使人病态疯狂，这一主旨便自然引入第二部分。

第二部分是金斯伯格在吸毒后的恍惚状态中写成的，诗人首先指控，"那是怎样一种史芬克斯般的怪物用水泥和铅合金铸成敲碎了他们的头盖骨吞下了他们的脑浆和想象？"接着，第一部分每一句开头的"他们"（who）被其对立面"摩洛克"（Moloch）所代替。摩洛克是古代传说中的火神，父母往往以儿女作为摩洛克的献祭品，表示对他的虔诚。在诗人笔下，摩洛克成为美国式民主专制、邪恶、黑暗、残酷的象征。

摩洛克的脑袋是纯粹的机械！摩洛克的血液流淌着金钱！摩洛克的手指是十支大军！摩洛克的胸膛是一架屠杀生灵的发电机！摩洛克的耳朵是一座冒烟的坟地！

……

通过这一象征，金斯伯格控诉的是 20 世纪 50 年代逼使"垮掉一代"疯狂的美国现实社会——它是一台经济—军事机器，在创造出巨大的物质财富的同时，却异化了人的自我，导致了精神贫困和疯狂：

摩洛克的灵魂是电力和银行！摩洛克的贫穷是天才精英的幽灵！摩洛克的命运是一朵没有爱欲无性的氢气云！摩洛克的名字是上帝！

……摩洛克没有爱情没有雄性！

更为深刻的是，摩洛克这凶神不仅使"垮掉一代"成为其牺牲品，而且其某些特征已进入了"垮掉一代"的身心：

摩洛克早就进入了我的灵魂！在摩洛克中我有意识可没有肉体！

尽管如此，由于诗人已清楚意识到摩洛克对自己精神灵魂的影响，他（其实是"垮掉一代"）决心将摩洛克的阴影驱逐出去，以获得灵魂的再生，于是诗人接着毅然宣称："我要抛弃摩洛克！在摩洛克中苏醒！让光明从天空中流泻！"

第二部分的最后结尾中，灵魂再生的声音如果说还不那么高昂的话，在第三部分中诗人便借助于卡尔·所罗门在精神病院的遭遇继续呐喊。这一节每一句都以"我同你一起在罗克兰"（精神病院）开始，如同亲切的交谈，也联系到金斯伯格的母亲及他本人的同样经历：

> 卡尔·所罗门！我同你一起在罗克兰
>
> 你在那儿比我更疯狂，
>
> 我同你一起在罗克兰，
>
> 你在那儿一定感到不同寻常，
>
> 我同你一起在罗克兰，
>
> 你在那儿模仿我母亲的身影，
>
> 我同你一起在罗克兰，
>
> 在我的梦中你从一次海上旅行归来浑身湿透走在公路上横越美国流着泪向着在西部夜色中我那小屋家门走来

这种疯狂虽然痛苦孤独，但在金斯伯格看来却是对摩洛克的反抗。所罗门——自然也包括"垮掉一代"正是在疯狂中、在幻觉中战胜了摩洛克，让自己的灵魂从摩洛克的邪恶中得到解脱，具有辛辣的幽默嘲讽意味。

"精神新生"——反抗摩洛克这一基调在作为结尾的《嚎叫注释》中上升到极点。一开始诗人便连续使用"神圣"（Holy）一词达15次之多，暗指精神再生战胜摩洛克后的由衷喜悦，接着便是：

> 世界神圣！灵魂神圣！肌肤神圣！鼻子神圣！……
>
> 万物都神圣！人人神圣！处处神圣！每天都是永恒！每一个人都是天使！

这是对自然宇宙以及人的力量和自我（包括精神和肉体）的赞歌，其基调同第二部分"摩洛克"凶神藩篱下的那清教徒式的对人的身体及本能力量亦即人性压抑恰成鲜明对比，是对摩洛克凶神的彻底否定。

就诗艺而言，《嚎叫》是金斯伯格继承惠特曼用散文化的长句写作诗歌并加以革新以形成自己独特的自由诗体的典范：按自然的呼吸为单位一气呵成（one speech-breath-thought）；他承认因为是犹太人他的呼吸较长，诗句长短不一，但更多的是长句；用固定开端（fixed-base）引起的不规则变化的长句在四个部分中分别是"他们"、"摩洛克"、"我同你一起在罗克兰"、"神圣"。诗人直抒胸臆以表达"思绪的自然流动"（natural flow of the mind），因此诗歌读起来格外流畅，极有节奏感。累积渐进的意象捉摸不定，不合语法、逻辑并没有破坏全诗的整体平衡，反而保持了诗歌的内在张力。第一部分共有 78 行，可以视做一个单一的语法单位（最后一句才有句号）。结尾部分是第二部分形式及内容的延伸或者说变形——"摩洛克"和"神圣"从意义上来说是相互排斥，但却正好一一呼应，在结构上和意旨上有惊人的对称性。就整体而言，第三部分的诗句以放射状展开，呈金字塔形。全诗这种不乏幽默、喜剧因索的结构所表现的是一个因精神危机（疯狂、幻觉）而厌倦社会，并最终战胜了摩洛克凶神，身心再生的"死亡—新生"之环，其深刻的社会意义不言而喻。正如威廉斯在为《嚎叫》撰写的"序言"中所说，金斯伯格"向我们证明，不管生活所给予一个人的是怎样一种最卑微低下的体验，如果我们具有智慧、勇气及信念，爱的精神将持续，并使我们能够生存下去——艺术亦然！……女士们，拎起你们的裙边，我们将一同穿过地狱"。①

　　《嚎叫》在发表后曾因诗中的污秽语言受到当局指控并一度受禁，同时遭到学院派诗人、批评家的诋毁。的确，在 20 世纪 50 年代沉闷的美国诗坛，《嚎叫》以其反传统的诗歌技巧、反主流文化的内容激起了轩然大波，并由此引发了一场保守派、革新派之间的争论。撇开其认识价值，《嚎叫》的意义还在于它冲破了 T·S·艾略特诗风的束缚，并与学院派决裂（这派诗人的诗作高深艰涩、精雕细刻、矫揉造作，视诗歌创作为语言诗艺），以其清新、粗犷、自然开美国一代诗风。金斯伯格也由此确

---

① 《金斯伯格诗选：1947—1980》附录，企鹅出版社，1984 年英文版。第811 ~ 812 页。

立了自己作为美国最优秀诗人之一的地位，同惠特曼的《自我之歌》(*Song of Myself*)、艾略特的《荒原》(*The Waste Land*)、庞德的《诗章》(*Cantos*)一样，《嚎叫》堪称20世纪美国诗歌经典之作。

"卡迪什"在希伯来文中指犹太教哀悼祈祷文，金斯伯格借此悼念母亲娜阿米。该诗虽然没有严格遵循犹太传统祈祷文形式，仍可依次分为五部分：序曲 (Proem)、叙述 (Narrative)、赞歌 (Hymn)、挽歌 (Lament)、祷文及赋格曲 (Litany and Fugue)。第二部分中甚至直接插入了一句希伯来祈文："愿上帝记住我们敬爱的母亲的灵魂，她已经安息。"

娜阿米曾是美共党员，又是犹太人；她曾目睹纳粹法西斯的罪行，到美国后又感受到反犹右翼势力的猖獗，患了精神狂想症，常常产生幻念，充满被迫害的恐惧，直至死去。母亲一生的痛楚、磨难是金斯伯格难以忘却的，在注射安非他命并服用少量吗啡及右旋安非他命药片后，金斯伯格在两天之内写成了《卡迪什》。第一部分"序曲"是对人在现世所承受的苦难并在死亡中得到解脱这一形而上哲学命题的冥思，一开始便格外深沉：

> 我漫步在格林威治村洒满阳光的人行道上，奇怪地想到你，没穿上胸衣也没闭上眼就离我们而去。曼哈顿市区，晴朗的冬天正午，我彻夜未眠，不停地交谈，高声朗读卡迪什，倾听着留声机里雷依·查尔斯灌制的那声嘶力竭的布鲁斯。

> 急促的节奏节奏的急促——三年来你一直在我的记忆里——而当我大声朗读《阿童尼斯》那充满欢乐的最后诗行——我泣不成声，一想到我们曾经遭受过的痛楚——

接着便是一大段发自内心对不可捉摸的生存与不可抗拒的死亡的灵魂拷问。这种具有柏拉图—诺斯提宗教意味的幻念在金斯伯格早期的诗作中曾一再出现过：人生不过是一场梦幻，死亡一了百了。

> 死亡让你解脱了，死亡宽恕了你，你同你的世纪一齐走了，你同上帝已了结了，通过死亡与你的人生之途了结了——全然彻底——回归到你父亲面前你那襁褓时期的幽深黑暗——回复到我们大家还没出世以前的黑暗——回归到有这个世界之前——

这种慰藉式的内心自白，是金斯伯格写于 1949 年的另一首诗《在死亡中》（In Death—）有关死亡这一永恒主题的进一步发挥：

　　　　我们对死亡无所不晓

　　　　　　虽然未必真都知道因为

　　　　我们全都在出生以前

　　　　亲身体验过什么是死亡。

　　　　生命似乎是一条通道连接

　　　　两道门通向黑暗茫茫。

　　　　生命和死亡本无区别都是

　　　　永恒，或许可以这样宣称

　　　　我们都在黑暗中

　　　　相遇。时光本质

　　　　由于这两极永恒的交汇

　　　　　　展示升华。

　　　　多么令人惊奇倘若设想

　　　　人的思想和个性

　　　　在走向永恒之后

　　　　仍然随时光而不朽。

　　　　如果从坟墓外

　　　　看人生，时光一瞬

　　　　其实就是全部光阴。

　　只有超越痛苦、战胜死亡的人才能由衷发出这种对死亡的赞歌。在金斯伯格看来，母亲虽已死去，但她的灵魂却获得了永生。

　　《卡迪什》最重要的部分是第二诗节。散文似的长句、明显不合语法逻辑是吸毒后幻念所产生的自发性思绪的集中表现，但并不难把握。因为这一诗节包含有堪称现实主义记叙文学话语的所有因素——真实人物、地名、事件、对话以及结局，是娜阿米悲剧一生的缩影，具有传记性特征。第一部分强调过的现世生活悲哀的一面（归咎于美国体制的阴暗与丑恶），通过娜阿米的精神疯狂得到——展现，比如娜阿米在精神病院对金斯伯格说：

> "'艾伦——你不明白……我背上一直安有三根大柱子——他们在医院里就对我这么干的，他们对我下毒药——他们要活活把我整死——三根大柱，三根大柱——'"

"他们"所指不言而喻，而"三根大柱"则是十字架的象征，暗喻在一个一切已程式化的世界里，人犹如木偶，生活在被摆布、被控制的生存情势中。最为真切动人的一个细节是娜阿米死于纽约长岛基督教精神病院的前两天给金斯伯格写的一封信，当时她神志还清醒：

> 钥匙在窗台，钥匙在窗上的阳光里——我有钥匙——结婚吧，艾伦，别吸毒——钥匙在柜里，在窗上的阳光里。
>
> *爱你的母亲*

显然，即便是在娜阿米可怕的疯狂幻念中，她对儿子的挚爱仍十分深沉、神圣。这种疯狂导致的是死亡——一方面诗人对母亲说，"……它驱使我脱离自己的躯壳，去追寻永恒直到我为你寻求到平静"；另一方面在本诗节的结尾部分，诗人却愤怒地大声疾呼"惨不忍睹！"（"The Horror！"）这儿，如同在《嚎叫》中对摩洛克——美国式民主及正统体制冷酷的象征发出的强烈控诉一样，诗人对恐怖现世生活的愤懑格外震撼人心。

第三部分的基调同第二部分否定现世、将人的真实／肉体存在视为一种可诅咒的虚幻截然相反。金斯伯格欢呼：这生存只不过是上帝意志力的创造物而已，神性无处不在，即便是在上帝的子民芸芸众生的痛楚和苦难中：

> 赐福给你泪眼汪汪的娜阿米！赐福你因惧怕不胜惊恐的娜阿米！赐福赐福为病魔所困的你！
>
> 赐福你被囚禁在医院的娜阿米！赐福你在孤独寂寞中度日的娜阿米！赐福你的凯旋解脱！赐福你的餐柜！赐福你最后岁月的孤苦伶仃！

赐福你一生的挫折！赐福你的中风！赐福你紧闭的双眼！赐福你憔悴失神的脸颊！赐福你那日渐干瘪枯瘦的腿脚！

赐福你死去的娜阿米！赐福死亡！赐福死亡！

赐福给把悲哀引向天堂的人！赐福给终于了断一切的人！

赐福给在黑暗中缔造天堂的人！赐福！赐福！赐福！

赐福他！赐福把我们所有人都带走的死亡！

第四部分（挽歌）中，"你所目睹的"（With your eyes of）这一片语一再重复，喻指疯狂的娜阿米对残酷现世产生的幻念，但却极有历史感和时代感：

……

你所目睹的正在没落的美利坚

……

永别了你那目光被警察用救护车带走

永别了你那目光被绑起来放上手术台

永别了你那目光胰腺被切除

永别了你所目睹的那次阑尾手术

永别了你所目睹的那次流产

你所目睹的那次卵巢切除

你所目睹的休克

你所目睹的脑叶切除术

你所亲见的那次离婚

你所目睹的那次中风

永别了你孤独的目光

你的目光

你的目光

有鲜花簇拥着你的死亡

值得注意的是，"眼睛"（eyes）一词恰好与口语中"我们每一个人的"（I's of every one）同音异义，这喻示着娜阿米幻念／眼中的这一幅幅恐怖现世生活的图景正是人人所目睹的、认同的社会现象。

第五诗节重复的是第三诗节的赞美所有现世存在（包括人）只不过是上帝的幻念（Vision of the Lord），犹如梦境，"上帝上帝超凡的目光／凝视着万物一切在黑云中移动"。

最后一句是典型的赋格手法——上帝（Lord）与乌鸦（象征死亡）的叫声（caw）交替使用，喻指上帝（神性）与娜阿米的灵魂同在——娜阿米摆脱了尘世的一切苦难安息了。《卡迪什》表明，金斯伯格所擅长的散文自由诗体技艺更加纯熟。他把鲜活生动的美国日常口语引入现代诗中，排比句（如"With your eyes"）以及某一单词的重复（如"Lord, Lord…"），铿锵有力，犹如爵士乐中的击鼓声；诗人似乎是即兴所作，但全诗的结构在视觉上呈现出一种凝固的建筑美，同犹太祈祷文庄严、肃穆的基调极为合拍。

三

"垮掉一代"（the Beat Generation）这一提法最先出自 1948 年凯鲁亚克同约翰·克列农·霍尔姆斯的一次谈话，是指"二战"后美国面对令人压抑的生存情势对现实生活厌倦，然而又不得不生存下去，因而采取"逃避"态度的一群人。1952 年 11 月 16 日，霍尔姆斯在《纽约时报》上发表《这就是"垮掉一代"》一文，对此作了进一步阐释："所谓'垮掉一代'不只仅仅是令人厌倦、疲惫、困顿、不安，还意味着被驱使用完、消耗、利用、精疲力竭、一无所有……"简言之，这是指 20 世纪 50 年代被美国社会抛弃的一群"局外人"（outsiders）其成员相当复杂，既有手工劳动者、工艺制作者、乐队演奏员、无固定职业者，也有大学生、文化人，包括艺术家、作家。"垮掉一代"并非一个组织，而是指具有这种共同思想倾向及行为生活方式的一个群体；确切地说，在文学、文化意义上，是指其中的文化人，尤其是作家、诗人。

美国社会的物欲主义及其价值观令"垮掉一代"震惊，却又无力去改变，他们只好用一种极端的方式——吸毒、酗酒、纵欲、热衷爵士乐、"在路上"游历以便从精神内部寻求解脱。他们认为现世生活的可靠性是不可把握的,自然会对存在主义尤其是东方宗教哲学(佛教禅宗)产生共鸣。他们并不试图掩盖自己内心恐惧、过失以及痛苦;相反,大多数"垮掉"文人特别是金斯伯格执著于自己的内心体验——无论是行为或情感(手淫、同性恋、吸毒、色情梦幻等等)在其作品中都袒露无遗。在保守主义批评家看来,这种赤裸裸的暴露是一种邪恶、耻辱,但"垮掉"文人却认为这正是对邪恶及耻辱的否定。东方大乘教、禅宗,尤其是老庄哲学的"天地与我重生"、"万物与我为一"以及自他不二,即相信自己与别人原本不二、众生与佛原本平等、觉悟众生皆有佛性等这些哲理已被"垮掉"哲学所吸收。(《嚎叫》的结尾,金斯伯格便大声宣告:"万物皆神圣!人人神圣!处处神圣!每天都是永恒!每一个人都是天使!")正是在这个意义上"垮掉一代"作家的人生和写作实践从根本上同西方传统宗教哲学将人性区分为好坏,特别强调"人性原罪"的道德二元论相对立。在禅宗哲学中,所谓罪恶(evil)并不是"好"或"善"(good)的反面,而是自然人性(natural humanity)或者自性的两个组成部分。善与恶的分离只是一种妄念(artificial idea)或者说"执"。人生存在必须与天地,必须与人的本性同一;一切(人的思想与行为)应顺应自然。反映在写作上,"垮掉一代"作家便特别重视"心灵的顿悟"体验(satori experience)或者说启示(illumination),即使这只是意识产生的具有宗教神秘意味的"幻觉"(vision)。凯鲁亚克曾说过,"有一天下午,我进入我童年时代已熟悉的一座教堂……突然我顿生幻念,双眼饱含泪水,这幻念必定与'beat'有关……'beat'一词的幻念原来就意味着极乐至福(beatific)"[①],以至于金斯伯格曾相信自己在幻念中听到了布莱克在对他朗诵诗作。

这种神秘的自我意识(有时候甚至必须尽量摈弃自我意识)借助于麦角醇二乙基酰胺(LSD)和致幻剂所激发的正是金斯伯格一贯主张的"自发性写作"(spontaneous writing),即"最初的思绪,最好的思绪"(first

---

① 托马斯·麦里尔,《艾伦·金斯伯格》,巴勒出版社,1988年英文版,第12页。

thought,best thought），亦即奥尔森在谈到开放性诗歌理论中的即兴写作
(Composition by Field)。金斯伯格认为，诗歌形式只不过是内容的延伸，"直
觉、节奏、宗教，以及毒品等因素聚合一起产生的幻念，以惊人的坦率
和不可抗拒的自然才使诗歌具有真实和合理性"。[①]这就是说诗歌（或艺术）
并不模仿自然；诗歌、艺术本身就是自然。也正因为此，"垮掉一代"文人，
尤其是金斯伯格的诗风与主宰英美诗坛的以 T·S·艾略特为首的传统诗
艺大相径庭，诗句韵律、节奏、长短连贯性完全顺其自然，如同日常的
会话，任何事物、任何情感都可以入诗。他遵循的是奥尔森所主张的"一
个顿悟必须直接迅速引向另一个顿悟"，他也显然受到惠特曼的自由诗体、
威廉斯"把诗歌当做一个客体"，以及凯鲁亚克坚持在写作时"不要停下
来去寻找适当的字眼"这些主张的影响，甚至走得更远；还可追溯到对
济慈的"反面感受力"(negative capability)的肯定，即在写作时无须"烦
躁不安地去弄清事实，找出道理"，诗人应遵循的只是自然，"犹如风吹
过树叶发出声响"[②]那样自然。此外，金斯伯格的人生及诗歌创作实践也
同禅宗把自我归入宇宙相吻合。

　　基于此，"垮掉一代"并不压抑情欲。他们认为性活动是人性自然的
本能，对其做出伦理是非判断违背人性；再者，大乘佛教的"出世"说
（即皈依佛门并不在于出家与否，而在于执著于整个社会净化的利他主义
信仰）在不同程度上也影响到"垮掉一代"。因此，无论是在生活或写作
中，金斯伯格激烈抨击美国现存体制的种种丑恶和黑暗，常常以反社会
主流文化的"叛逆者"、"异己"姿态出现，被一代又一代的反叛青年视
为思想宗师。他说："我冥思是为了世界的变革复兴。"（《为什么我要冥思》）
某些诗作的标题如《谁将统治宇宙》(Who Will Take Over The Universe)、
《独立日》(Independence Day)、《谁将统治美国》(Who Runs America)、
《反越战争动员》(Anti-Vitnam War Mobilization)、《新闻公报》(News
Bulletin)、《曼哈顿五月一日夜半》(Mahattan May Day Midnight) 等本

---

① 托马斯·麦里尔，《艾伦·金斯伯格》，巴勒出版社，1988 年英文版，第 4 页。
② 同上，第 8 页

身就已赋予了某种意义。美国社会和情感的现实无不反映在他的诗中。[①]

　　作为美国特定历史时期的一种文化、社会现象，"垮掉一代"的人生信念极其复杂、矛盾——东西方哲学思想奇妙地融合在一起又相互碰撞，就连给"beat"这一字眼下定义也并非易事，至今仍众说纷纭。"beat"一词既有"绝望"也还有"沮丧"、"击败"以及与快节奏的爵士摇滚音乐有关的节拍"敲打"（台湾学者就称之为"敲打一代"）、"击打"，甚至寻欢作乐等诸多含义。《垮掉一代作品选集》的编者斯坦利·费希尔（Stanley Fisher）曾列出"beat"的 20 种意义，第 3 条是"一群疲惫不堪的人——在没有投入生活前就厌倦生存……"[②]。确切地说，这是一种价值观及艺术观；矛盾的是"垮掉一代"不只是"被击败"、"被抛弃"，而且从他们的生活及其艺术实践看来，还意味着进攻，勇敢探索人生真谛，冒险、追求、创新，并最终达到金斯伯格所说的"心地坦然、至福至乐、宽大为怀"的精神境地；当然其放浪形骸的生活方式，其在写作中超意识的神秘宗教体验未必能把他们引渡到理想彼岸，也不值得肯定。金斯伯格及"垮掉一代"声嘶力竭的"嚎叫"固然对资本主义制度进行了猛烈抨击，但还不足以有助于重建新的伦理道德和社会秩序。"垮掉一代"哲学消极和积极因素同样显著，但绝不可简单地斥之为"堕落"、"颓废"、"反动"。

　　"垮掉一代"作为一个现代主义文学流派，20 世纪 50 年代曾同英国"愤怒的青年"（the Angry Young Men）文学思潮遥相呼应，并进一步催化了在美国甚至整个西方世界的嬉皮士运动，是 20 世纪 60 年代新"左"派浪潮的先声，以后虽日渐沉寂，但并没有寿终正寝。一种文化、文学思潮的兴起自有其特定的社会根源，目前美国"新垮掉现象"大有勃兴之势——20 世纪 80 年代末开始于纽约曼哈顿，现在逐渐向西海岸转移，并波及到欧洲。历史不会是简单的重复。冷战虽已结束，但在美国与当年"垮掉一代"产生时相类似的社会矛盾及弊端却有增无减。科技的日

---

　　① 金斯伯格，《白色的尸衣：1980—1985》封底评语，哈泼·罗出版社，1987 年英文版。

　　② 罗杰·克拉克，《冷漠的一代》，《独立》杂志，英文版，1994 年第 10 期。

新月异、生活的富裕舒适并没有从根本上缓解人们的信仰和精神危机。对此，金斯伯格说："或许，当今美国本身就是一种垮掉，其物质财富已耗尽，而且在科学技术上的乐观主义已到了尽头，人们正在寻找金钱以外的真正价值。"①只有在社会、历史话语中才能批判性地去考察"垮掉一代"（包括金斯伯格其人及作品）的认识价值和局限性。

1997年7月

金斯伯格及其在中国的接受

艾伦·金斯伯格（Alien Ginsberg 1926—1997）是美国"垮掉一代"代言人，20世纪50年代便以其反主流文化惊世骇俗的长诗《嚎叫》闻名。1974年因诗集《美国的衰落》（*The Fall of America*）获美国全国图书奖，并成为美国艺术文学院院士，至今仍活跃于美国文坛，其诗作被选入各种美国文学读本、诗选集；所有权威的美国文学史、批评史、诗歌史、作家评论、名人录都专门对其成就予以介绍。金斯伯格的重要性在于：

第一，他在美国诗坛掀起了如罗伯特·洛厄尔所说的"原始材料的诗"同"雕琢修饰过的诗"即革新派同学院派之间进行的一场激烈论争。他主张诗歌（lyric）应体现其原有的功能：不仅仅只意味着韵律、形式工整；诗歌的语言应来自口头文字，能吟唱，注重节奏，适于朗读；诗歌是"发自内心的自发性的……思想形式的连续性自然地渗进普通人的心灵"②，应表达"最初的思绪，最好的思绪"。③他的诗作不拘一格，既有惠特曼式的长句，直抒胸臆，气势磅礴，奔放热情；也不乏善于把任何事物都写进诗，捕捉现实生活中那些费解的、不连贯的"模拟知觉的精髓"的诗行，

---

① 罗杰·克拉克，《冷漠的一代》，《独立》杂志，英文版，1994年第10期。

②③ Author's Preface, Reader's Manual, Allen Ginsberg：*Collected Poems* 1947—1980, Penguin Books, 1987.

意象十分鲜明。有的批评家认为他的诗"一泻无余，无遮无拦，有激情，但少诗意"。①如果就个别而论，尚颇中肯，但总体而言，却实在是一种误读。美国批评家海伦·文德莱（Hellen Vendler）的评价很有代表性："美国社会和情感的现实无不反映在他的诗中……他的诗作集布莱克、惠特曼、庞德、威廉斯的诗风于一体，其幽默感格外奇特深沉，在当代诗歌中独树一帜。"②

　　第二，"垮掉运动"作为一种历史、社会现象以及诗歌潮流虽已消退，但金斯伯格本人作为一个社会批评家、政治活动家、青年一代的思想宗师，从来都没有停止过对于人、自然以及社会重大问题的思考："我冥思因为冥思实在是一件令人惬意的事／我冥思因为不这样做我就会心绪不宁／……我冥思因为我要坚守我的自我缄默／我冥思为了世界性的变革复兴。"（《为什么我要静坐冥思》）其独立不移、追求"心灵的坦率与正直"的个性决不因为他已从嬉皮士上升到中产阶级雅皮士而削减。他说："我所追求的完美是一种毫无掩饰的直率，写出我自己所注意到的一切……包括错误的东西在内也像图画似的再现出来。或许我是一个傻瓜，一个并不像我自己认为的那种能预示一切的十足的傻瓜。有时候，我的不顾忌一切的愤怒痛骂的言语也的确妨碍我对事物做出明晰的判断。"③他一直对城市生活的恐怖、喧嚣，对政府机构的昏庸无能，物质主义和利己主义所带来的罪恶深恶痛绝："富人有吮吸穷苦人劳动成果的自由／在马粪堆上囤积居奇的自由／秘密警察和持枪暴徒的自由……收买法官的自由！策划罪恶的自由！／……千百万人饥饿的自由，还有什么比这更自由／……窃听你的电话，拆启你的信件的自由……"（《产业浪潮》）值得注意的是，他不再玩世不恭，放荡不羁："干吗我竟想表现得那样无所畏

　　① 赵毅衡，《美国现代诗选》，外国文学出版社，1985，第511—512页。

　　② Allen Ginsberg，*White Shroud 1980—1985*，Harper & Row Publishers，1987，refer to The back-cover.

　　③ David Remnick，*Allen Ginsberg & the World*，Washington Post，3，17.1985.

惧，干吗／要煞费苦心去完成非凡人者所能做的事……"（《读白居易抒怀》）还须指出的是，对佛教教义、禅宗学说的身体力行对于金斯伯格不仅是一种生活方式，也是一种人生态度，其宗旨为借助于超灵的感受进入"极乐至福"（beatitude）的人生佳境。联系到他坎坷的人生经历②、繁忙的社会活动（足迹遍及世界各地）以及诗作内容，这一人生哲学不应被看成是"逃避现实"、"悲观颓废"。它正好表明——遗憾的是，这常常被忽视——"Beat"绝不仅是"垮掉"、"被击败"、"被抛弃"（这种评论在对金斯伯格的研究中颇有市场）的同义词；在笔者看来，其进取、进攻，勇于直面人生，勇于探索、冒险、追求并最终达到"心地坦然、宽大为怀"的精神境界才是金斯伯格所代表的"the Beat Generation"的精髓，也正是金斯伯格其人其诗的魅力，也揭示出他过去、现在，而且还将影响美国诗坛及公众的一个原因。

最后，但并非不重要的一点是，金斯伯格其人其作是一种文化和社会现象。他的艺术情趣、精神追求既可追溯到布莱克、雪莱、济慈、尼采、卡夫卡、阿波利奈尔、斯马特、克尔恺郭尔这些域外诗人及思想家的影响，也明显受益于梭罗、惠特曼、庞德、威廉斯以及凯鲁亚克、巴勒斯、奥尔森等美国作家。尤其须注意的是，东西方文化——从犹太教、基督教到印度教、佛教、禅宗等令人惊奇地流入他的睿智之中。1974 年，他在科罗拉多州的博尔德的诺帕纳学院参与创立了传播佛学、研究东方宗教文化的凯鲁亚克超验派诗歌学校。至今，他仍常到此授课。或许可以说，他是古代文明和后工业社会文明的矛盾结合体。

1984 年，美国颇有声望的 Harper and Row 出版公司隆重推出了《金斯伯格诗选 1947—1980》、《白色的尸衣 1980—1985 诗选》以及《嚎叫集

①　金斯伯格出生于犹太人家庭。母亲曾是美共党员，患精神病抑郁死于精神病院。金斯伯格 1943 年入哥伦比亚大学，1945 年被校方开除，1948 年重新入哥大以文学学士毕业。1949 年因涉嫌一桩案件被捕，以患精神病为由被送到精神病院呆了 8 个月。之后做过短工，报刊撰稿人。他曾多次到国外，1965 年在捷克布拉格被大学生推举为"五月之王"，被捷克当局驱逐。1978 年在反对原子弹的群众游行中被逮捕。

注释本》，成为西方文坛一件大事，又一次掀起金斯伯格热。评论家纷纷撰文，指出这标志着一个美国诗歌纪元的结束，其意义不亚于 20 世纪 50 年代《嚎叫》出版。1992 年，迈克尔·舒马赫（Michael Schumacher）历经 8 年研究金斯伯格的传记巨著《达摩之狮：金斯伯格传记》（*Dharma Lion:A Biography of Allen Ginsberg*）问世，使金斯伯格再次成为舆论关注中心。《出版家周刊》对此书的评价是："这部传记具有里程碑式的文化意义。"[①]评论家一致认为，金斯伯格的诗作是一幅巨大的色彩斑斓的油画，一幅从战后至今的美国形象的肖像画，是百科全书式的史诗。显然，研究美国文化、美国诗歌的演变，乃至了解美国当代社会，不可不研读金斯伯格。是的，正如惠特曼在谈到其《草叶集》所言，"谁接触到这本书，谁就接触到一个人"。

二

肯定地说，"垮掉一代"文学（不仅包括金斯伯格的诗作，还包括凯鲁亚克的长篇小说《在路上》、塞林格的《麦田守望者》等等）作为西方当代文艺思潮之一，对中国新时期的作家及创作不无影响。"1985 年，中国文坛终于感受到这股'垮掉'浪潮的涌动，以《无主题变奏》、《你别无选择》等作品为标志宣告了中国'垮掉一代'成熟地登场。在这里，我们所说'垮掉一代'，是指小说里的人物，而不是小说作者。中国'垮掉一代'小说初始明显地接受了美国'垮掉一代'作品的哺育和浸润。"[②]中国出现了"垮掉一代"文学——持这一观点的不仅有国内一些批评家，国外批评家也如是说。美国的希尔·伍邓恩（Sheryl WuDunrn）在题为《中国的"凯鲁亚克"》一文中认为以王朔为代表的中国"痞子文学"同美国"垮掉一代"文学有异曲同工之处："王朔呈现给读者的是一个普通人的世界，

① See back-cover, Michael Schumacher: *Dharma lion—A Biography of Allen Ginsberg*. St.Martin's Press,1992.

② 陈雷选编，《世纪病：别无选择——"垮掉一代"小说选萃》选编者序，北京师范大学出版社，1992，第 2 页。

其中许多人是冷漠的、异化了的，堪称反英雄；他揭示了中国青年‘垮掉一代’的嬉皮士生活方式……用浪漫化的笔触描写了青年一代反叛者的形象，正像美国的杰克·凯鲁亚克当年所做过的那样。”[1]澳大利亚文学家杰瑞米·饱默（Geremie Barme）甚至说：“王朔是自毛泽东时代以来最重要的出版现象，象征着当代中国城市文化时代的来临。”[2]

　　问题在于，中国是否真的出现了“垮掉一代”文学，是否真的涌现出了“垮掉一代”青年或作家。因为历史不是简单的重复，文学思潮也不会是简单的模拟。如果只从某些作家的某些作品的思想和艺术倾向来断言未免偏颇。作为一种文学思潮或运动（正如美国“垮掉一代”文学那样）必须反映一代读者、作家的哲学思考和艺术情趣；更重要的是，当代中国是否真的存在着如美国“垮掉一代”产生时或赖以生存的社会情势。笔者认为，中国的确已出现“垮掉一代”文学现象，但这种现象并未成为中国当代文学的主流，即使是在目前这样一个转型期内，称中国“垮掉一代”文学成熟登场也还为时过早。

　　尽管如此，我认为，美国“垮掉一代”文学对当代中国读者、作家的影响不可忽视，在诗歌创作方面也很明显。中国诗人和诗歌爱好者，特别是中青年，恐怕没有谁没有读过金斯伯格的《嚎叫》吧。虽说至今还没有看到中国“垮掉一代”诗选集出版，但我们确实可以从20世纪70年代后期崛起的新诗潮和1985年开始的“第三代”诗歌，亦即“新生代”诗人中看到这种影响的痕迹。或许最早可追溯至郭路生以及北岛、多多、江河、芒克等人。“新诗潮在经验上来源于文化大革命从狂热到消沉、迷惘、思考与觉醒的内心历程，而文化和艺术修养则得力于精神苦闷时期来源不一的文化和文学作品的不系统阅读。”[3]20世纪70年代末期到80年代

---

　　① Sheryl WuDunn, The World From China's Kerouac The Communists Are Uncool, *The New York Times Book Review*, 1, 16, 1993.

　　② 同上。

　　③ 王光明,《艰难的指向——"新诗潮"与二十世纪中国现代诗》, 时代文艺出版社, 1993, 第52页。

中期，中国内地出现文化热，到处都在谈论人的价值、自我。这与大量译介西方当代文学、学术著作不无关系。也正是在这时，金斯伯格的长诗《嚎叫》被全文译出。个人和自由或许可以被认为是美国"垮掉一代"诗歌对中国诗人影响的一种外在因素。如果说，新诗潮诗人对美国"垮掉一代"诗歌的接受还仅仅反映在对包括"垮掉一代"在内的西方现代文学的共同基本特征上——张扬自我、人文主义精神、个人与社会的疏离等等，那么，新生代诗人则不仅在上述方面，而且在艺术形式上（有的甚至提出了尚不成熟的诗学观）更接近于"垮掉一代"诗风——使用口语化的语言（包括俚语、俗语、口头禅），诗句长短不一，散文化倾向等等。例如："很多年，屁股上拴串钥匙，裤袋里装枚图章／很多年记着市内的公共厕所，把钟拨到七点／很多年在街上吃一碗一角二的冬菜面／很多年一个人靠着栏杆认得不少上海货／很多年在广场遇着某某说声'来玩'……"（于坚《作品第 52 号》）在这类诗中，我们看到的是与美国"垮掉一代"诗歌类似的话语特征——对庄严、崇高、英雄色彩的放逐，世俗化，精神的漂泊等。当然，这种"接近"或者说"影响"又不等同于以金斯伯格为代表的"垮掉一代"诗歌，而已经具有中国诗人自己独特的个性。显然，从比较文化、比较文学的角度来探讨两者的异同，考察"垮掉一代"诗歌在中国的接受和反应无疑是极有意义的事。

金斯伯格的诗作已被译介成多种文字，对他的研究专著、专论亦很多。但应指出的是，同美国其他当代诗人相比，中国包括台湾、港澳地区对金斯伯格的译介不尽如人意。替金斯伯格处理中美事务的秘书在给笔者的来信中曾说，中国对诗人的译介"不仅零碎、片面、曲解，而且常常不得要领，最糟糕的是现有的各种翻译、曲解错误甚多"。[①]再者，无论在内地还是在港澳、台湾，至今还没有一部足以纵览诗人全貌和成就的诗选集中文版（1991 年花城出版社出版的《卡弟绪——母亲的歌》也仅

---

① 引自金斯伯格中美事务秘书给笔者的信(1993.6.7)，其中附寄中国内地、台湾、港澳公开出版的金斯伯格的诗译、研究文章目录，笔者以为可能有遗漏，尚不完全。

仅收入 24 首诗）。或许，正因为可堪阅读、信任的"文本"及第一手资料的匮乏，国内对金斯伯格的研究可以说还没有真正起步，屈指可数的评介文章大多局限于一般性的评价。据《1985—1989 全国主要报刊外国文学研究文章目录索引》（社会科学文献出版社，1991），有关金斯伯格的文章仅有 6 篇。显然，这种局面同金斯伯格作为当代最重要的美国诗人之一的地位以及他在中国读者、诗人中的影响极不相称。

金斯伯格 1984 年首次来中国访问，在美国，他也接待过为数不少的中国学者、诗人。在中国期间，他写下了十多首诗，收入《白色的尸衣》诗集，表达了他对中国——东方文化的钟爱，对古老而年轻的中国的巨变的惊讶之情。在给笔者的信中，他希望在中国拥有更多的读者，并极为赞赏我对他的译介计划，授权我翻译《金斯伯格诗选》，还寄赠我一些珍贵的作品集、评论集。国内若干出版社对此事表现出的热情和关注令笔者不胜鼓舞，一切正在顺利进行。毕竟，具有世界性影响的金斯伯格实在是一个不应被忽视的诗人。

1994年1月

（原载于《外国文学》1994年第5期）

东西方之间——论金斯伯格的"中国组诗"

1984 年秋，美国"垮掉一代"诗人鼻祖艾伦·金斯伯格（Allen Ginsberg）作为美国作家代表团一员来中国访问，为时约两个月。"中央王国"早就为诗人所向往，虽然旅途劳顿，接待来访，讲学交流，但金斯伯格仍诗兴逸发"模仿知觉的精髓"写下了十多首诗，记录下了他的"最初的思绪，最好的思绪"[①]。这些诗收入《白色的尸衣：1980—1985 年诗选》，

---

① 《金斯伯格诗选 1947—1980》序言，企鹅出版公司，1987 年，英文版。

于 1987 年在美国出版。评论家认为这部诗集意义重大，标志着美国一代诗歌纪元的结束；并且特别指出，中国组诗独具魅力，向西方读者打开了一扇了解中国的窗户。中国的一切都令他感到新奇，他说，在中国"我吃得好极了，没有酗酒，每天练习打太极拳"。当然，他可没有服用致幻剂来激发灵感。无疑，研究者和对金斯伯格有兴趣的读者都不能忽视他在中国写下的这些诗篇。

一

金斯伯格在中国写的第一首诗与惠特曼有关，题目是《我如此热爱老惠特曼》（I love Old Whitman So），这实在是极自然的事。金斯伯格的诗作在形式和思想上都可追溯到惠特曼——那不拘一格的长短不一的诗行，气势磅礴；喜欢使用对句、重复、日常用语，不太注重韵律；对美国社会的阴暗面进行无情的抨击；以极大的同情关注普通人，特别是下层人民的命运。当然，两者的差别也是明显的：惠特曼时期的美国正处于资本主义发展早期，历经南北战争、颁布独立宣言等重大事件，年轻的美国从整体上说还洋溢着勃勃向上的气息，"美国梦"——理想主义还没有像后来那样充满着苦涩，虽说当今的诸多矛盾那时已初显端倪。因此，惠特曼歌颂大自然、创造、自由、民主以及人的昂扬的斗志和生命力，他是美国历史重大转折时期的见证人和它的歌者，其诗歌的基调是乐观的。但金斯伯格时期的美国虽已处于喷气机、电子、激光、电视的时代，却犹如一个成年人历经沧桑，虽富有却虚弱。金斯伯格和他的"垮掉一代"伙伴在 20 世纪 50 年代大都处于社会底层，命运坎坷，无论在物质上和精神上都是被社会所抛弃的人（outcast）；他们与现存体制格格不入，以放荡不羁的嬉皮士方式——蓄长发、吸毒、同性恋、性自由、"在路上"漂泊，向社会发泄不满和愤怒。在惠特曼那儿，对自我的肯定——人的生存价值的肯定是基于这样一种信念，即表现"他的同时代人"的英雄主义和崇高的精神品质："我希望的声音（在开始写作时我就告诫自己）要写那种在精神上充满阳光气息的诗歌。"①而对于金斯伯格，现实的一切太沉重，他没有理由乐观，《嚎叫》一开始便声嘶力竭地狂叫"我看见我这一代的精英被疯狂毁灭，饥肠辘辘赤身露体歇斯底里"。对于垮掉哲学来说，暴露自我的一切——恐惧、罪恶、失恋、疯狂、苦闷正是为了肯定在一个异化的社会里的异化的自我。尽管如此，惠特曼仍是金斯伯格的"亲爱的父亲，……孤独的勇气教师"（《加利福尼亚超级市场》）。因此，当他下榻于保定，便又一次研读惠特曼的诗篇，"为了对一些中国青年男女朗读"。老惠特曼永远是那样"生气勃勃、温存，大喊大叫、亲切"。令诗人欣喜的是，中国青年"对美国语言懂得不少而且知晓他的诗艺"。的确，惠特曼及其《草叶集》在几代中国青年和诗人中一直都不乏知音，对他们产生过不可估量的影响——从郭沫若的《女神》开始，惠特曼式的热情奔放的自由诗体曾风行一时，至今不衰。在新文化运动以及抗战、国内战争的烽火岁月中，许多青年是带着《共产党宣言》和《草叶集》，怀着理想主义和革命热情投身于时代洪流的。在这个意义上讲，惠特曼不仅属于美国而且也属于包括中国在内的所有一切"在他的书海波涛上遨游的人"。此刻，在中国，当想到惠特曼"从青春岁月内战和年复一年的积雪中熬过来／头发已变白"时，金斯伯格一定想得很多——从美国、中国的昨天到今天，从惠特曼到他自己。他又一次不无深情地袒露了他对老惠特曼的崇敬，引用了惠特曼的名言"谁接触了这本书便接触了一个人"，直截了当地把自己同惠特曼相联系"被感召在中年在曼哈顿去歌颂永恒"。

在这个时候，或许金斯伯格还联想到惠特曼的《草叶集》（1855）和他本人的《嚎叫及其他诗集》（1956）在当年问世时所遭受到的同样命运，尽管两者相距近一个世纪。当局都曾因其中所谓污秽不堪的内容（实际上只不过是对勃发的青春生命、男女情感的坦率描述）而禁止这两本书——惠特曼丢了饭碗，金斯伯格不得不面对法庭的指控而声名狼藉。

---

① 《草叶集》1855 年版序言，英文版。

所以，在中国，诗人有感而发，不由直言"不情愿选择这一书页而忽视另一页／更憎恨把那些带着同情写下的诗页除去——"显然，金斯伯格在捍卫惠特曼，也在捍卫他自己。

我们在这首诗中捕捉两个诗人——惠特曼和金斯伯格的音容笑貌，甚至很难将两人分辨开来。"垮掉一代"诗人，尤其是金斯伯格，主张在写作时要有"发自内心的自发的思悟（spontaneous in-sight）——思想形式连续地自然地渗进普通的心灵"。①这首诗读起来似乎很不连贯，正是因为这种潜意识的自发的思绪所致；意象似乎难以把握，跳跃，破碎，但是如果我们理解这一手法，仍不难追寻在扑朔迷离的语言外壳下隐藏着的思想内核。

二

也是在保定，金斯伯格梦见 W·C·威廉斯（1883—1963）。《W·C·威廉斯在我梦中所写》（Written in My Dreams by W．C．Williams）可以看成是诗人对"垮掉一代"诗歌，抑或他本人诗作的又一次自我辩护。除了惠特曼，金斯伯格还从其他许多诗人——布莱克、斯马特、庞德、威廉斯、威廉·巴勒斯、查尔森、凯鲁亚克等那儿吸取过在他看来是有益的东西。威廉斯尤其值得一提。1946 年，金斯伯格从哥伦比亚大学获文学学士后来到纽约，在一家劳工报纸当记者，有机会同已知名的威廉斯接触，向他请教并探讨有关诗歌创作的问题。当时学院派诗歌主宰英美诗坛，主张诗歌技巧的完美性；强调诗歌应摈弃任何有政治内容，或自传式的诗，语言则应精雕细琢，考究韵律。金斯伯格最初也曾遵循传统写过这样的诗，但他很快发现传统手法无法释放他内心的感悟而改用惠特曼式的长句写作。他认为，在"脑中进行速写构思，使用迥然不同的意象去捕捉掠过心头的闪电般的思绪是诗歌写作的基本方法"。②他的这一转变最早的鼓动者便是威廉斯。他曾经评论过金斯伯格早期诗集（特

---

① 《金斯伯格诗选 1947—1980)》序言，企鹅出版公司，1987 年，英文版。
② 见拙译金斯伯格《诗人的追求》，载《文艺报》，1989 年 2 月 9 日。

别是《愤怒之门》和《空洞之镜》），为《嚎叫》诗集写序言。针对一些批评家对《嚎叫》的非议，他写道："他向我们所表明的是，尽管承受了生活所能给予一个男人的最为屈辱的经历，但爱的精神仍未泯灭，并使我们的生活变得崇高，如果我们拥有智慧、勇气、信心，——乃至艺术。……他从不回避什么，只是尽情地体验。……女士们，拎起你们的裙边，我们将一同穿过地狱。"[1]而威廉斯本人的诗学观或许可以用其长诗《佩特森》中所说过的一句名言来概括："没有意念，意念只寓于事物中。"[2]他的诗，特别是短诗，表面看起来似乎是客观事物、日常生活小事的堆砌（如著名的《红色手推车》）；然而，就在这种近乎白描的词汇组合中，读者却能体验到强烈的感性内容和表现力，诗行之间有一种奇妙的、难以言喻的而又可以心领神会的"内在运动"。他主张使用鲜活的日常用语，诗的节奏速度便是说话的速度。这些观点和实践无疑给予金斯伯格以启迪。金斯伯格也认为诗句是一个单独的呼吸单位，"我的呼吸较长，因为我是一个犹太人，研习过瑜珈，喜欢长句诗"。[3]虽然，金斯伯格的长句同威廉斯急促的短句不同，但两人都注重呼吸、都使用口语入诗。金斯伯格特别欣赏奥尔森在其论文《放射诗》中所说的"形式从来都只是内容的延伸"。[4]

　　威廉斯、金斯伯格、奥尔森的这些曾被认为是异端的理论所引发的争论，一直到20世纪60年代后期，随着全国性的反越战运动和民权运动的兴起才渐渐平息。如今，"垮掉一代"作为一种社会现象虽已消失，但金斯伯格的诗歌已堂而皇之进入学院派诗歌占据的大学课堂，早已名闻退迩。然而这段往事仍不能为金斯伯格所忘怀，所以在中国，他借助威廉斯的托梦——是心灵感应还是幻象并不重要，写出了这首诗。他模

---

①《金斯伯格诗选，1947—1980》附录，第809～810页，企鹅出版公司，1987年，英文版。

② 转引自《美国诗人50家》，第144页，四川文艺出版社，1989年版。

③ 克拉克，《诗歌的艺术》，第3卷，第21页，英文版。

④ 转引自托马斯·F.麦里尔《艾伦·金斯伯格》，第18页，特韦尼出版公司，1988年，英文版。

拟威廉斯的诗风，一反诗人惯用的长句，主要涉及两个方面。其一是关于诗歌创作的："一个普遍的／真理……没必要／为它／打扮／如同美色／没必要／歪曲／那并非／规范的／是／不可理解的。"如果我们熟悉上述背景，明白当初学院派批评家乃至现在仍持保守观点，出于某些动机坚持"正统"准则的人总是将所有一切在他们看来是不顺眼的艺术追求和创新斥责为"标新立异"而大加鞭挞，诗人所要传达的"意思"就十分清楚了。的确，即将同中国诗人、读者对话交流，金斯伯格总不免有些疑虑，他曾以不无调侃的语气说过，"我吓得发抖，不知道在中国谈论些什么才好"。令他担心的是中国读者、听众将在多大程度上理解并接受他的诗歌，而他又将以什么态度来理解对他来说陌生的中国大地上所看到的一切。两种社会制度、文化背景、两种价值观的差异是否能找到一个共同的支撑点。W·C·威廉斯梦中的告诫并非无的放矢。我们宁可将这种告诫理解为，金斯伯格在面对中国读者时对自己诗歌主张、人生信念的自信，于是这首诗便自然地转入另一方面，或者说第二个思绪：他不必隐瞒什么，也不必掩饰（"掏你的／鼻孔／眼睛和耳朵／舌头／性和／头脑"），其目的是"让公众／了解"。他当然会知道，20世纪80年代的中国已从长期的封闭禁锢中解放出来面向世界，中美文化交流日趋频繁，像惠特曼一样，他在中国读者中已有一席之地。尽管如此，他仍不得不告诫自己，在中国"必须／慎之又慎／……凡事／要三思……／履行／这一愿望／将会／更加聪慧"。

　　这确实是金斯伯格在中国之旅开始时的心灵独白，尽管"借用"了威廉斯的"言辞"。我们看到的仍然是那个"从梭罗和惠特曼那里继承了我们文学的伟大传统——心地坦然、宽大为怀、豪放不羁、寻求新奇、勇于冒险"[①]的金斯伯格。

三

　　中国组诗是按写作日期顺序安排的。如果说，以上两首诗是金斯伯

---

① 见拙译金斯伯格，《诗人的追求》，载《文艺报》，1989年2月9日。

格"中国组诗"的序曲（思想准备，还没有具体涉及中国的事物），那么，《一天早晨，我在中国漫步》（One Morning I Took a Walk in China）和《读白居易抒怀》（Reading Bai Juyi—I）则是主曲。就诗作风格而言，这是我们所熟悉的那个糅合了惠特曼—威廉斯诗风以及他本人独特思考和技巧的金斯伯格。《漫步》将他在中国大街上漫步时见到的给他印象最深的事物一一罗列，不带任何评论，每一个长句（有的使用多个修饰词作定语）都是一幅幅生动的中国世俗社会风情画。显然，早已厌倦了城市恐怖喧嚣生活，意识到工业文明的灾难的金斯伯格感兴趣的不是城市的高楼大厦而是具有十足中国风味的日常生活事物：那"佩戴着红杠袖章儿童身份的标记"的少先队员，那"拖曳着满车白色的石料"的驴，"小贩们的手推货车和香烟摊"，以及理发店、自行车、手扶拖拉机、城市小巷，甚至公共厕所等等。他特别注意到升腾到天堂的"灰白色的烟雾"，"竟然看不见一个街段以外的烟囱"，"妇女的嘴巴都被蒙上了白色的口罩"……这些印象的确浮光掠影。我们有理由说，这只是中国生活的表面现象，但我们不能不惊叹诗人细致入微的观察力。他笔下的中国城市和农村生活是平静的，他很理解，中国人的生活虽不富裕但很安定，而种种不尽如人意的事是历史遗留下来的。我们丝毫看不到他对中国"阴暗面"的嘲弄；相反，儿童的歌声，脚手架上工人们日夜不停的哼唱，充足的蔬菜、水果、鱼肉、市场，这些我们习以为常的景观被他写进了诗。如果对照他那用强烈的蔑视描写美国城市生活的诗，便不难看出诗人对中国的真挚情感。

　　《抒怀》由7首短诗组成，思绪汹涌，他有时一天写成数首。白居易大概是他最崇敬的中国古诗人之一。青年时代，白居易家境贫困，以后虽入官场，但仍颠沛流离，一生并不得志。他对上流社会骄奢腐化生活的揭露，对普通百姓苦难所倾注的满腔同情使金斯伯格在阅读新西兰诗人艾黎汉译英《白居易诗选》后，联想到自己早年的困境及"垮掉一代"同伴"一路上"漂泊的命运，不由"手指捂住双眼哭泣"，产生了深深的共鸣。在杭州、苏州，他凭吊过白居易的故迹，思绪也曾"流向长江三峡以西的忠县／白居易在此为官"。当然，诗人现在所看到的是一个与白居易笔下灾难深重的中国迥然不同的现实。仿佛是为了回答他在中国的思考，在第五节中，他问自己在中国"到底懂得些什么"，反复用"我知道"陈述了他对中国的了解。这些印象同样是零乱的思绪，但由于毫不雕饰，更显自然、真切。我们看到他对中国的过去和现在、历史与现实在进行深沉的思索："大跃进"、"反右斗争"、"文化大革命"、"伤痕文学"，甚至"向你的单位／呈递一份道听途说的小报告"这样有着沉痛历史内涵的"片语"不但震撼着诗人，也震撼着我们的心灵，尽管金斯伯格知道这一切已成为历史。

在中国，作为贵宾，金斯伯格生活舒适，"住在有暖气的房间／有药物，特殊食品……"他想得太多太多，思绪联翩，在两个世界——美国和中国、古代和现代神游。读着白居易的诗篇，感受着中国古文化的博大精深和今天中国的纷繁复杂，他不由自责"可我仍然愧疚我没有能够写得更多／……我甚至寻思我实在是一个不够格的学生——"不过，诗人是清醒的，仿佛在总结他一生的写作生涯，他承认"我的诗令一些男人欣喜／也使少数女人不悦，也许／利大于弊……"是的，今天的金斯伯格早已从嬉皮士成为中产阶级雅皮士的一员，从犹太—基督教徒成为一个虔诚的佛教徒，主宰西方文化和精神的观念诸如"上帝"、"天使"、"原罪"等已被注重现世生活，至多是静思冥想所取代，他的那些具有强烈政治内容的诗篇可以佐证。早在《嚎叫》中，他就呐喊过"万物都神圣！人人神圣！处处神圣！每天都是永恒！每一个人都是天使！"因此，在中国，在缅怀白居易、自审自己时，他便大声疾呼"我不相信存在着神居住的阴间／或者另一个与这个肉体相脱离的现世"。进而，在关于"两条小溪"、"两只鸟儿"、"两只苹果"的联想中，他感悟到"两种思绪已在梦中同时迸发，自然／两个世界将成为一体，当我醒来拿起笔"。"两种思绪"可以被认为是白居易代表的古代中国——东方文化精神和此时此刻诗人的怀古抚今，甚至还渗透着他个人的家世、经历、情感等等。"两个世界"则表明，他自信人类的深层情感具有某些同质性，可超越国界、民族。东西方两种文化在冲撞中会有汇合的机遇，而反映两种文化的艺术作品包括诗歌也必然会在共同的深层情感中建立某种契机，终将"成为一体"。或许，由此就断言金斯伯格在中国已寻找到了精神家园还为时过早；相反，我们从他在中国写下的这些诗行中再一次认识到一个虽充满矛盾但仍不断追求的金斯伯格。佛教、印度教、禅宗这些东方哲学已无法使他超脱现世。难怪他在诗中这样自我解嘲"干吗我竟想表现得那样无所畏惧，干吗／要煞费苦心去完成非凡人者能够做的事——"于是诗人决意"明天，如果我的支气管炎痊愈／我将会去逛市场神情严峻"——去面对现实。

四

在中国期间，金斯伯格身体一直不适，诗中不断出现"头疼"、"咳嗽"、"躺下"、"倚着头"这样的字眼。的确，他经常沉睡，而且做梦。《黑色的尸衣》(*Black Shroud*) 写于昆明他下榻的昆明饭店凌晨时分，一气呵成，读后真是令人毛骨悚然，内容与中国无关，但应该认为这是他近 10 年来最重要的一首诗。确切地说，这是一出噩梦，或许是一个自他母亲娜阿米去世后就一直萦绕他千百次的梦境。

金斯伯格的神经质、敏感，乃至他的人生观，他早期的"反叛"思想，以至最终成为"垮掉一代"代言人，都与母亲的遭遇和影响有关。娜阿米心地善良，但思想激进，曾是美国共产党员。早在金斯伯格童年时，她便患了精神狂想症，1956 年孤独地病死于纽约长岛州立精神病院，其所经历的精神折磨可想而知。而金斯伯格本人在 1949 年因涉嫌一桩与他一个朋友有关的案件被逮捕，后以患精神病为由也被送进了精神病院……母亲的遭遇、他本人在精神病院的体验所留下的心灵创伤，虽人"已经老了，老于世故，成熟多了"[①]，却一直到今天仍难以愈合。1961 年，继《嚎叫和其他诗》之后，金斯伯格出版了另一重要诗集《卡迪什及其他》(*Kaddish and Other Poems*)。其中长达 20 页、分写五部分的《卡迪什》取自于希伯莱挽歌，是诗人悼念母亲的哀歌。对心理的揭示和人类

---

① 见拙译大卫·雷姆克《金斯伯格印象记》，《外国文学动态》，1985 年第 3 期。

最本质的情感——母子情，在有关个人、社会、现世和超验的背景中展开。娜阿米的精神狂想症、恐惧幻念（总觉得有密探在跟随）在某种程度上是她作为犹太人、共产党员目睹德国纳粹主义、美国反犹主义以及反共右翼思潮而引起的。在诗中，这一历史情势同金斯伯格对于人的存在、命运、死亡、情神、永恒等重大的哲学、宗教思想相互交织。奇特的比喻、丰富的意象、深挚的哀思、历史感、神秘主义、近乎散文的长长诗行使这首挽歌格外哀婉动人。"在现世，鲜花疯了，没有乌托邦，幽禁在松树下，掩埋在土中，涂上'孤寂'的香料，耶和华，收下吧……"最后，对在娜阿米的墓地上盘旋着的乌鸦的呼唤使这种哀思达到极致，娜阿米的悲剧成为人类苦难的象征。评论家认为，《卡迪什》堪与艾略特的《荒原》和庞德的《诗章》媲美。

　　1983 年，在《卡迪什》问世二十多年后，某日，金斯伯格"做了一个梦，在梦中游历了布鲁克斯，竟然同母亲不期而遇，醒来时我含着泪写下了梦中的经历"——这就是被称为《卡迪什》的续篇的长诗《白色的尸衣》（*White Shroud*）。① "全诗基调悲怆沉重，但却并不令人感到绝望悲伤……诗中没有其他诗作中为批评家所不屑一顾的猥琐描写和说教，但似乎随手拈来的美国当代社会的阴暗面，惊人的贫富悬殊，人情的淡漠、冷酷却更为震撼人心。"②

　　这一切足以表明，金斯伯格的"恋母情结"是何等深沉、强烈。不过，令我们感兴趣的是，《黑色的尸衣》是在中国的一个城市的"第二十层楼上"，当"这城市的北边正闪烁着万家灯火／空中猎户星座带一片光明"时诗人做的梦。既然是梦，当然是虚幻的，抑或是现实扭曲的变形。显然，除去"用利斧般的小刀向她的颈部刺去"将头砍下这些血淋淋的描述，以及与"凶杀"相关的细节外，我们不必怀疑"被害者"正是在《卡迪什》和《白色的尸衣》中那备受精神和肉体折磨的娜阿米。在《白色的尸衣》中，与母亲的相逢令诗人欣慰，因为"长期的分离之后，我的寻觅就这

----

① 见拙译《白色的尸衣》，《外国文学》，1987 年第 2 期。
② 见拙文《金斯伯格依然故我》，《读书》1988 年第 2 期。

样愉快地结束／有时间在她最后安息之前照料她……"应该说，这正是金斯伯格的宿愿。娜阿米逝世前，曾给金斯伯格一封信，表明她神志还清醒："钥匙放在窗上，在窗子上的阳光里——我有把钥匙——结婚——艾伦，别吸毒，——钥匙在餐柜里——在窗子上的阳光里——我爱你，艾伦，你的母亲。"①实际生活中，母子关系如此亲密，很难想象，即使为了使母亲免于痛楚，诗人会用如此残忍的手段夺去母亲的生命，但这毕竟是《黑色的尸衣》中的梦境现实，是自发地（虽然是在梦中）积淀于诗人头脑中的"话语"，尽管诗中这一"事件"本身与现实不合。重要的是，即使是在这样一种怪诞的、反常的梦境中，我们仍然能感受到诗人对母亲的郁结多年的挚情和懊悔："我深感愧疚／太迟了，即使我不愿忏悔正视事实。"这一"事实"不应理解为"梦境事实"，而是生活真实。对生活的真实和艺术的真实至今仍无定论，但可以肯定的是，借助于似乎荒诞、非理性的想象、情景、事件，有时反倒更能揭示生活的真实。这是众所周知的真理，也为古今中外经典艺术作品所证实。这首诗打动我们的不是诗中不真实的"事件"本身（我们明知道这是梦境），而是《卡迪什》、《白色的尸衣》中一脉相承的怀念、对母亲的追思，这正是此诗的"意义"。还应该指出，这首诗表明了"垮掉"诗人所遵循的一个为威廉斯、查尔森等人理论化了的诗歌写作原则，即对自发性思绪的恪守。金斯伯格在谈到布莱克所说的人的四大本质（理性、精神、想象、肉体）时曾这样说过："如果理性驾驭肉体、想象、精神，理性便成了一个暴君……理性在西方文明中正成为一个'可怕的暴君'，制造了能摧毁肉体、情感的原子弹而且威胁一切，也摧毁想象。"②因此，他认为诗人驱走这"可怕的暴君"——理性，至少应试图部分恢复有利于现代人的精神平衡，即"普通的思绪"。因为这个社会是一个异化了的、撒谎的社会，诗人只有用非理性来对待严酷的束缚人精神的理性。当然，我们或许可以指责金斯伯

---

① 《金斯伯格诗选1947—1980》，企鹅出版公司，第224页，英文版。

② 南茜·邦克，《访问金斯伯格：如果你不唱布鲁斯，如何教诗歌》，《华盛顿邮报》，1984年7月29日。

格太偏激，也可以不赞成他的某些看法，但我们却不能怀疑金斯伯格的真诚与执著。他也承认："有时候，我的不顾忌一切的愤怒的痛骂和言语也的确妨碍我对事物做出明晰的判断。"①

由此出发，我们或许能够从中国组诗中就金斯伯格和他的诗艺领略到更多的东西。

从金斯伯格的中国之行到现在已近 10 年。如果他再次重访中国，他必定会更惊叹中国今天的巨大变革，再次写下另一组中国组诗。中国诗人和读者并没有忘记他，正如他一直同一些中国诗人、批评家包括笔者在内保持联系，关注中国同行的业绩和在中国大地上所发生的一切一样。他希望更多中国读者喜欢他的诗，但遗憾的是，国内至今还没有一个堪称全面、完整、权威的金斯伯格诗歌译集，对他的研究也很不深入。需要一提的是，笔者已获得金斯伯格授权翻译其作品，并收到他寄赠的许多珍贵的著作和资料。面对金斯伯格的热忱与支持，笔者深感这是填补我国外国文学评介空白，促进中美文化交流的一件极有意义的事。我也要说："艾伦，我做的实在太少太少，我实在是一个不合格的学生。"

久违了，金斯伯格，但愿《金斯伯格诗选》中文版出版之际，我们能在中国再次看到你的大胡子、秃顶，那双睿智的眼睛，听到你那略带沙哑而爽朗的笑声。

（原载于《外国文学》1994年第5期）

---

① 见拙译大卫·雷姆克，《金斯伯格印象记》，《外国文学动态》，1985 年第 3 期。

半个世纪的回声："垮掉一代"和金斯伯格

1996 年 4 月 21 日，美国"垮掉一代"艺术作品展在华盛顿美国国家绘画馆展出。在多元文化及价值观并存的美国，这或许并不值得惊奇，不过，这次展出向美国公众及世界提供的一个重要信息是：发端于 20 世纪 50 年代，以杰克·凯鲁亚克、艾伦·金斯伯格、威廉·巴勒斯、格雷戈里·柯索为核心的"垮掉一代"的影响至今犹存。现今 69 岁的金斯伯格出席了这次展出，这无疑最引人注目。

一

凯鲁亚克的长篇小说《在路上》（1957）及金斯伯格的长诗《嚎叫》（1956）曾在美国及西方掀起了一阵"垮掉"狂风。历史已证明，这不仅是一种文化现象，而且也是社会现象。何谓"beat"，至今仍众说纷纭。凯鲁亚克 1958 年在《绅士》杂志撰文说，"战后一代青年冷漠垮掉……吸毒已公开化，这一代人即使死去，也会被重新怀念，并且为人们所理解"。他似乎已预见到"垮掉运动"（the Beat Movement）会有复兴之日。凯鲁亚克于 1969 年因过度饮酒而死去。不过，值得注意的是"垮掉"（beat）一词既有"绝望"的意思，也还与"沮丧"、"击败"，以及与快节奏的音乐节拍"敲打"（台湾学者就称之"敲打的一代"）、"击打"，甚至"寻欢作乐"等诸多含义有联系。凯鲁亚克似乎已意识到"beat"一词的多义性以及由此而引起的误读，在同"垮掉一代"编年史家约翰·克列农·霍尔姆斯的一次谈话中，他说"Beat 是一种逃避……我们是避世的一代"。《垮掉一代作品选集》的编者斯坦利·费希尔曾列出"beat"的 20 种意义，其中第三条是"一群疲惫不堪的人——在没有投入生活以前就厌倦生存，并不只是多愁善感……而是冷漠"。看来，对"beat"的理解和阐释实在复杂，并不只是"垮掉"一词所能涵盖的。在中国内地，"垮掉"这一译法已约定俗成，为大家所接受，但显然决不与"颓废"、"堕落"同义，尽管"垮掉一代"的嬉皮士生活方式同我们严谨自律的传统伦理道德观大相径庭。

回顾"垮掉一代"产生的历史背景，无疑会有助于我们对其所采取的生存方式与行为准则有客观的认识。"二战"后，美国当局在国外充当国际宪兵角色，冷战阴云密布；国内麦卡锡主义肆虐，政治空气极为压抑。金斯伯格的母亲（俄裔犹太人，曾是美共党员）就因此而精神失常进了疯人院。金斯伯格在其诗中不止一次地悼念母亲，如长诗《卡迪什》（1956）和《白色的尸衣》（1953）被认为是战后美国噩梦般阴暗生活的一幅缩影。另一方面，战后美国社会一切商品化，物质主义、利己享乐之风日盛。在这种情势下，一代青年的"美国梦"幻灭了，他们对虚无主义、存在主义乃至东方宗教哲学产生了共鸣，因而吸毒、摇滚音乐、同性恋、酗酒、"在路上"游历（这一词汇因凯鲁亚克的长篇小说《在路上》已进入美国日常生活用语，主人公迪安·莫里亚蒂和作为叙述者的流浪汉作家萨尔·帕雷迪斯亦即作者的化身是当时"垮掉一代"青年所效仿的偶像）便成为对现存体制不满、对生活厌倦的一代青年的生活方式——这正是 20 世纪60 年代嬉皮士青年的显著特征。在这个意义上，"垮掉一代"可以说是嬉皮士青年的先驱。金斯伯格在早期的诗集《空洞之镜》（1947—1952）中曾这样写道："我觉得我仿佛正面临死亡 / 我的生命已经终结。/ 我意识到所有一切精神现象 / 真实可信可我从来都满怀 / 恐惧而且是在 / 我阴暗污秽的自我里，/……或许如果我继续生存 / 会有事情使我欢愉可我已经 / 找不到希望，我已疲惫、厌倦之极。"

由此可见，正如"一战"后"迷惘一代"、20 世纪 60 年代末英国"愤怒的青年"一样，"垮掉一代"是在特定的社会情势下产生的；广义地说，那是指五六十年代对美国社会生活厌倦，乃至愤慨，信奉"垮掉"哲学的一代年轻人，他们的嬉皮士生活方式可以被认为是对美国政治社会体制的一种反抗。金斯伯格说过，既然人们无法改变世界，那么个人的出路要么用吸毒来改变对世界的看法，要么试图从宗教信仰中去得到解脱。20世纪60年代，金斯伯格曾去印度修行，写下了《印度扎记》（1970），这本以日记形式写成的札记是一个西方知识分子皈依东方宗教的珍贵文献。回到美国后，金斯伯格也一直继续从事佛教冥思。值得一提的是，无论是"垮掉一代"青年或"垮掉一代"作家，在当时，特别是在20世纪60年代后大都投身于有益于社会进步的活动和事业，提倡人权，改善教育，反对美国在朝鲜和东南亚的战争，要求结束冷战，保护环境，提倡妇女解放运动，主张推举可信赖的政治候选人等等。作为特定历史时期的一个群体，"垮掉一代"的成员相当复杂，既有手工劳动者、工艺制作者、乐队演奏员、无固定职业者，也有大学生、文化人、艺术家、作家、诗人。他们是为当局所不喜欢的"反叛的一代"、"局外人"、"持不同政见者"。人们可以不赞成其"垮掉哲学"及嬉皮士生活方式，但一律贬之为"颓废"、"堕落"，甚至"反动"，显然不是出于轻率就是对历史的无知。

二

就文学而言，或者狭义地说，"垮掉一代"是指上面所提及的一批诗人、作家，他们堪称垮掉运动的中坚力量，无疑，金斯伯格是其中最有世界性影响的代表人物。尽管曾受到保守派及学院派少数人士的阻挠抵制（至今学院派的某些批评家仍对他不屑一顾），但他在美国文学史上的地位已经不可动摇。1974年他的诗集《美国的衰落》获美国全国图书奖。他还入选为美国艺术文学学院院士，其作品也一再出版且畅销不衰。

评论家一致认为《嚎叫》，如同惠特曼的《草叶集》和艾略特的《荒原》那样，堪称经典，是"二次大战以来本世纪美国最重要的诗篇"。尽管近半个世纪的岁月过去了，但不论是与金斯伯格同时代的人或是在以后年代出生的人，读到这样的诗句都不会感到陌生："我看见我们这一代精英被疯狂毁坏了的最好的思想，看到了那饥肠辘辘、歇斯底里的裸体赤身／……他们穿着内衣裤畏缩在肮脏不堪的屋子里，在废纸篓里把钱烧掉，靠着墙壁胆战心惊。"这是对社会阴暗面不满的一代代青年愤怒的呐喊，也使金斯伯格成为一代代"反叛"青年的思想宗师。美国著名评论家詹姆斯·阿特拉斯认为"《金斯伯格诗集》(1978—1980) 可以当做一部 60 年代左派运动史来读"①。这毫不夸张，其实包括《白色的尸衣》(1980—1985) 以及他最近的一部诗集《向世界祝福》(1986—1992) 都可以作如是观。这些作品是一幅战后到现在美国形象的肖像画、美国政治和社会生活的全景画。美国乃至世界重大事件，每一历史时期的一些重要人物在他的诗中有时如电影特写，有时又如闪回呈现出来。某些诗作的标题，如《谁将统治宇宙》、《独立日》、《谁将统治美国》、《反越战争动员》、《新闻公报》、《曼哈顿五月一日夜半》等就已经赋予了某种意义。读到这些诗，人们绝对不会认为他是一个逃避社会现实、不问政治的"颓废"诗人。这或许正是金斯伯格极其矛盾复杂的一面，也正是他同其他"垮掉一代"诗人显著不同的一点。

"垮掉一代"至今健在的诗人中，金斯伯格可以说是笔耕不辍、最勤奋的一个。他现在仍然使用其独特的诗艺创作：按自然的呼吸为单位直抒胸臆，一气呵成；长短不一，但更多的是长句，不拘泥于传统的诗歌格律。这种散文式的自由诗体，自然受益于被他称为"啊亲爱的父亲、灰胡子、孤独的勇气教师"（《加利福尼亚超级市场》）的惠特曼，但他的词句比惠特曼还要长。金斯伯格认为："在某种意义上，诗歌是诗人了解、洞察自己心灵的一种方式，诗人应该深入其中，去感受并且探寻心灵的奥秘……在艺术上标新立异的人是一些不被认可的立法者，一旦为新的激情所冲击，他们会全神贯注，如醉如痴，这是社会赋予诗人的崇高使命。它本身并不给予诗人以褒奖，然而作为给诗人的报偿以及诗人从中体验到的情感却具有神奇的震撼人心的力量。既然每个人都无法回避衰老死亡，在漫长的生涯中，诗人可能一无所获，除非借助于诗歌。诗人

---

① 引自拙译《詹姆斯·阿特拉斯评金斯伯格》，《外国文学动态》1985 年第 7 期。

有助于人们去改变现存环境,给他们以某种教益和启迪。"①从中我们可以看出金斯伯格对诗歌的功能、作用,诗人职责的表达是何等的鲜明,这正是金斯伯格的创作观;而"在脑中进行速写构思,使用迥然不同的意象去捕捉那掠过心头的闪电般的思绪是诗歌写作的基本方法"②,也就是他一再强调的,诗歌必须是"发自内心的自发思悟——思想形式连续不断地自然地渗进普通的心灵",是"最初的思想,最好的思绪"。确切地说,他所遵循的正是庞德所说的意象派三原则之一的"直接处理无论主观或客观的事物"。金斯伯格说:"庞德在美国 20 世纪诗歌中的这一实践源于他对中国儒家、道家学说以及日本佛教诗歌的研究。"③就此而言,我们可以从一个角度解释为何金斯伯格如此醉心于佛教、印度教和东方哲学,不过,他对意象派诗歌的追随也仅此而已。或许为了表现潜意识的主观自我意识,他的某些诗句显然违反了意象派的第二条原则——"绝对不能使用任何无益于表现的词"。他往往把毫不相干的两个或若干意象联结在一起,比如"氢化自动电唱机"就是在"氢化物"和"自动电唱机"这两种事物所造成的心理距离中寻求意象。他可以把任何事物和任何事写进诗,包括新闻、谈话、评论片断、广播、童年轶事,乃至赤裸裸的性爱描写和感受过程,同时大量使用俚语、俗语。

金斯伯格同其同性恋伙伴、"垮掉一代"诗人彼得·奥洛夫斯基的爱情诗歌书信集《发自内心的欢悦》(1947—1980)被认为是了解"垮掉一代"生活方式(尤其是同性恋)的重要文献。这类诗作不宜介绍,但是对研究者全面评论金斯伯格及其诗歌,乃至了解"垮掉一代"诗人的创作观和思想轨迹仍然不无意义。

三

历史真是惊人的相似,值得注意的是,自 20 世纪 30 年代末,在纽

---

①② 引拙译金斯伯格《诗人的追求》,《文艺报》,1989 年 2 月 4 日。

③ From Meditation and Poetics by Allen Ginsberg Beneath a Single Moon:
Buddhism in Contemporary American Poetry Shambhala,1991,p.96.

约曼哈顿开始的"新垮掉现象"（New-Beat Phenomenon）现在已扩展到西部，而且已开始波及到欧洲，大有复兴之势。这种现象同"垮掉一代"作家及其作品近年来又重新在美国及欧洲受到重视大有关系。1993年夏季，纽约大学第一次召开的有关"垮掉一代"的学术研讨会反应热烈。鼎鼎有名的大导演科波拉拟将凯鲁亚克的《在路上》搬上银幕；威廉·巴勒斯的小说《裸露的午餐》被大卫·格罗勒伯格拍成影片后，在电视上、流行歌曲录像上频频出现；对"垮掉一代"的作品及有关的物件纪念品感兴趣的人也越来越多，凯鲁亚克生前使用的一件雨衣以9300美元售出，金斯伯格保存多年的有关"垮掉一代"及他本人的图片文书资料售价50万美元，全球闻名的耐克公司邀请巴勒斯为耐克运动鞋在电视上做广告。"新垮掉一代"青年如当年的"垮掉"分子一样身穿印有"垮掉一代"诗人头像的T恤衫聚集在酒吧、诗歌艺术沙龙、廉价影院、商业社区，而且还发行专门杂志。其中不少已不是嬉皮士而是雅皮士。把这种现象看成是一场运动，也许还为时过早，因为历史不会是简单的重复。不过，冷战结束后的当今美国社会矛盾及弊端依然存在，高新科技的日新月异、生活的富裕并没能从根本上缓解人们的信仰和精神危机。谈及"新垮掉现象"，金斯伯格说："或许当今美国本身就是一种垮掉，其物质的财富已耗尽，而且在科学技术上的乐观主义也已到了尽头，人们正在寻求金钱以外的真正价值。"联系到本文开头提及的"垮掉一代"艺术作品展，无论是"垮掉一代"还是"新垮掉现象"都值得引起重视。

由于诸多因素，也由于"垮掉一代"诗人自身的种种思想局限性（虚无主义、神秘主义等）及其生活方式，也由于可信而真实的第一手资料的匮乏，长期以来，我们对"垮掉一代"的研究及译介应该说相当不足，认识也不够全面、深入。尽管金斯伯格及巴勒斯到过中国（1984年），金斯伯格还写出了《中国组诗》①，表达了他对古老而年轻的生气勃勃的中

---

① 参见拙译《中国组诗》及拙文《久违，金斯伯格——论金斯伯格的中国组诗》，《外国文学》1994年第5期。

国的热爱，他对新时期中国诗人作家亦有不可忽视的影响①，但我们对他的研究仍很薄弱。我从 20 世纪 80 年代便开始译介他的作品，由我翻译的《金斯伯格诗选》目前已由金斯伯格授权，并由漓江出版社购得版权即将出版。愿这部较全面反映诗人诗歌成就的诗集能推动国内研究者对"垮掉一代"诗人的研究与关注。

（厚载于《当代文坛》1997年第4期）

"垮掉一代"传奇：凯鲁亚克和《在路上》②

曾有批评家断言，发端于 20 世纪 50 年代的美国"垮掉一代"文学及文化思潮已在美国公众生活中销声匿迹，然而事实并非如此。正如当年一样，"新垮掉现象"现在在美国势头正猛。1996 年 4 月，"垮掉一代"艺术作品展在华盛顿美国国家绘画馆展出，人们对"垮掉一代"作品、图片、摄影、画册、音像资料及其他纪念品，反响热烈。凯鲁亚克的代表作《在路上》将被大导演科波拉搬上银幕，他的一件雨衣以 1300 美元售出。金斯伯格（1997 年 4 月 5 日逝世）所保存的有关"垮掉一代"以及他个人的图片文书档案售价达 50 万美元。至今仍健在的威廉·巴勒斯频频在电视广告上亮相。"新垮掉一代"青年身穿印有"垮掉一代"作家头像的 T 恤衫，经常在酒吧、诗歌艺术沙龙聚集，出版杂志，其中不少人已不是嬉皮士，而是雅皮士。"垮掉一代"作品依然畅销不衰。种种迹象说明，无论是"垮掉一代"还是"新垮掉一代"都值得重视。

一

杰克·凯鲁亚克（Jack Kerouac，1922—1969）出生于马萨诸塞州古

---

① 参见拙文《金斯伯格及其在中国的接受》，《外国文学》1994 年 5 期。
② 此系拙译《在路上》译序，漓江出版社，1997。

老的纺织工业城镇洛威尔，父母亲是来自加拿大魁北克的法国移民。直到 6 岁，凯鲁亚克才开始学习英语。父母都是罗马天主教徒。父亲列奥·凯鲁亚克开了一家印刷厂，足以维持全家生计。杰克排行老三，是家中最小的男孩，其童年生活是平静和幸福的。4 岁时，比他大 5 岁的哥哥杰拉德因病死去，凯鲁亚克对此印象极深。在他看来，杰拉德天资聪颖，对小动物尤其有怜悯之情，却被死神无情地带走了。家庭的宗教信仰及哥哥的过早夭折，使凯鲁亚克从小便相信再生来世。这种思想在其创作中不断表露出来。小说《杰拉德的幻想》(1963) 便记叙了哥哥死前的情景。他后来笃信佛教也可追溯到此事。凯鲁亚克自幼生性腼腆，但却喜欢运动（骑马、棒球、足球），热衷于阅读文学作品。从中学起便养成了随身携带笔记本的习惯，记录下周围的人和事——家人、朋友、邻居的日常谈话，广播节目、电影中人物新奇的表达方式。他阅读广泛，从《哈佛文学经典》的英、法、俄、德、美国作家到当代作家的作品，诸如萨洛扬、海明威等等。经典文学典故和街头下层人民的日常口语是他作品语言的两大特色，前者显然受益于他这种自幼（一直到进入大学）对世界名著的酷爱与熟悉。

1936 年，流经洛威尔的梅里马克河泛滥，摧毁了城内众多建筑，凯鲁亚克父亲的印刷厂受到严重损失，债台高筑。父亲不得不卖掉印刷厂，以打短工为生，家庭经济状况开始恶化。父亲把希望寄托在擅长体育（特别是足球）的凯鲁亚克身上。1939 年，由于在足球上的出色表现，波士顿学院和纽约哥伦比亚大学允诺向凯鲁亚克提供奖学金。也就是在这时，他同玛丽·卡勒相识，并坠入爱河。他得在波士顿和纽约之间做出选择。去纽约意味着离家，也要同玛丽暂别。最终，出于对旅游的热衷和对新奇事物的渴望，他毅然去了纽约，在进入哥伦比亚大学之前上了一年预备学校。同玛丽的这段恋情，在小说《玛吉·卡萨迪》(1959) 中有所记述。一年 (1939—1940) 时间过得很快，他学业优异，并带领学校足球队获得了冠军。这段时期，除了继续阅读文学作品（特别是惠特曼和托马斯·沃尔夫的作品），他尤其喜欢自由奔放、不拘一格的爵士音乐，这直接影响到他日后所主张并实践的自发式写作风格。1940 年，在一次足球比赛中，凯鲁亚克受伤骨折。这时全家已迁往纽黑文。由于第二次世界大战爆发，他不得不中止了哥大的学业，回到纽黑文，又随父亲迁回洛威尔，在当地的一家体育报社当记者。1942 年,凯鲁亚克在商船上干活，10 月回哥大继续读书。不等期末又迁回洛威尔，等待应征入伍。1943 年2 月，他加入美国海军服役。可在营地训练时，他却躲在图书馆里看书，遂以精神症为由被送进精神病院，一个多月后被除名退役。他来到纽约，在曼哈顿埃迪·帕克（一个学习艺术的大学生，后来成为他的第一任妻子）的公寓住下。威廉·巴勒斯、金斯伯格、卢西·卡尔等"垮掉一代"伙伴常常来此聚会。1944 年 8 月卡尔杀死了一个欲对他进行同性恋骚扰的男人，凯鲁亚克亦因被控犯包庇罪而被捕，后被埃迪保释出狱。10 月，他再次到商船上干活，然后返回纽约同巴勒斯、金斯伯格同居，年长的巴勒斯对凯鲁亚克和金斯伯格来说，既是朋友、长者，又是教师。他毕业于哈佛大学，热衷于文学、语文学、人类学，出生于名门望族（母亲是南北战争中南方著名将领罗伯特·李的嫡系后裔），本来可以在仕途上平步青云，但他厌恶贵族的情趣和生活方式，青年时代便染上了毒瘾。尽管有稳定的家庭接济，他却喜欢浪迹天涯，到过世界许多地方，曾在墨西哥长住，同下层人民广泛接触。其小说《贩毒者》（1953）记述了吸毒的体验。但奠定其在美国文学史上地位的，却是小说《裸露的午餐》(1959)。其中涉及吸毒、同性恋的片段是用超现实主义的拼贴手法写成。这两部小说首开美国毒品小说之先河。凯鲁亚克《在路上》中的老布尔·李以及《孤独天使》中的布尔·休巴德的原型，便是巴勒斯。

从 1944 年到去世，凯鲁亚克同金斯伯格的关系一直非常亲密，尽管两人的家庭背景、宗教信仰及性情不尽一致。金斯伯格出生于新泽西州纽瓦克的俄国犹太人移民家庭，父亲是当时小有名气的诗人，母亲娜阿米思想激进，曾是美共党员。在"二战"后美国保守主义势力抬头的情势下，她的精神几度崩溃，长期待在疯人院，最后在那儿死去。金斯伯格从小就从母亲那儿感受到社会所导致的"精神的疯狂"。在其代表诗作

《嚎叫》中，亦如在凯鲁亚克以及其他"垮掉一代"作家的作品中一样，"疯狂"是共同的主题。"我看见我们的一代精英被疯狂所摧毁了的最好的思想……"《嚎叫》一开始就这样声嘶力竭。这种"疯狂"表现了"垮掉一代"青年对现存体制的愤懑、失望。他们和它的格格不入，是这种体制所导致的社会和人的异化的必然结果（比如《在路上》这部小说中，"垮掉一代"伙伴们横穿美国，行为怪诞，寻欢作乐，疯狂至极）。凯鲁亚克和金斯伯格的亲密关系也体现在他们创作观的默契上。凯鲁亚克的"自发性写作"亦是金斯伯格视为其写作原则的"最初的思绪，最好的思想"，强调写作时"心灵的顿悟、体验和启示"，亦即济慈所说的"反面感受力"——写作时"无须烦躁不安地去弄清事实、找出道理"，诗人应遵循的只是自然，"犹如风吹过树叶发出声响"①金斯伯格承认他的写作受到惠特曼、威廉斯、奥尔森特别是凯鲁亚克的自发性写作的影响。而为了达到对事物的真正感悟，贴近自然，"垮掉一代"作家使用毒品、致幻剂，使意识进入混沌痴迷状态，在极度兴奋中写作，也就不难理解了。《在路上》、《嚎叫》都是这样写成的。

1946年5月，凯鲁亚克的父亲去世，他开始创作的第一部小说《镇与城》，于1950年出版。这部小说基调悲哀，如同一首挽歌，以作者本人的家庭沉浮变迁为线索，以他"垮掉一代"的伙伴为原型，表现的是在工业文明情势下小镇的传统社会道德价值同城市中令人眼花缭乱但危险丛生的精神和物欲追求之间的冲突。小镇家庭的温馨同移居到城市后的绝望、失意，形成鲜明的对比。全书的宿命论色彩纯粹是凯鲁亚克式的。有的批评家认为："镇与城这一问题，在凯鲁亚克看来已成为小镇和城市亦即上帝和他的创造物（人类）之间冲突的一个象征。"②值得一提的是，正如他后来的小说，《镇与城》对世界和人生的看法可以追溯到爱默生、麦尔维尔、梭罗、霍桑这些美国文学巨匠。他崇尚自然、灵性的至高无上，

---

① 托马斯·F·麦里尔，《艾伦·金斯伯格》，巴勒出版社，1958年，英文版，第8页。

② 乔治·达德斯，《文学传记辞典》，英文版，第16卷，286页。

强调直觉，张扬个性，反对理性的超验主义和神秘主义，其自发性写作风格已初见端倪。

1946 年，凯鲁亚克同尼尔·卡萨迪相识。卡萨迪是《在路上》主人公狄安·莫里亚蒂的原型。在"垮掉一代"伙伴中，他是个"天使"兼"恶魔"似的人物。正如《在路上》所示，其父亲是个酗酒成性的流浪汉。1926 年，他父母正在流浪，途经盐湖城时，在一家慈善医院生下了他。他从小就野性十足。1928 年，他随父母迁往丹佛，混迹于乞丐、酒徒和流浪汉中，其绰号是"速度极限"和"速度极快的家伙"。其童年生活在自传《第一个第三者》中有所描述。他长得一表人才，读过不少书，思维敏捷，行动果断，谈吐机智。在受过教育的"垮掉"伙伴中，他并不自卑，相反却独具魅力，颇得女人青睐。同时他也与凯鲁亚克、金斯伯格有同性恋关系。1940 年至 1947 年间，卡萨迪偷了 500 次车，并非为了钱，只是为了"在路上"的游历。1946 年，他从丹佛到纽约时已被逮捕 7 次，过了一年多的监狱生活。凯鲁亚克在 1972 年出版的小说《戈迪的幻想》便描述了卡萨迪交织着善与恶的传奇故事。在凯鲁亚克看来，卡萨迪的执著坚毅、热情疯狂与玩世不恭，最能体现"垮掉一代"作为"局外人"的个性。

1950 年，《镇与城》出版，销路不佳，褒贬不一。凯鲁亚克回到丹佛，同卡萨迪一同到墨西哥城（《在路上》第二部描述了这段经历）。11 月，凯鲁亚克同埃迪·帕克解除婚约，同第二任妻子琼·哈维蒂结婚，住在纽约，开始为 20 世纪福克斯公司写电影脚本。1951 年 2 月，卡萨迪给凯鲁亚克写了一封长达 23 000 字的长信，用自由联想的方式记述了他复杂的性爱关系。受这封信的启发，凯鲁亚克花了 20 天时间，在服用安非他命后，坐在打字机旁用长达 120 英尺的打字纸写出了《在路上》手稿。1957 年《在路上》出版，其结构酷似《镇与城》，仍保留了自发式写作的风格。

1952 年，在新墨西哥城巴勒斯的公寓里，凯鲁亚克写出了小说《萨克斯医生》，副标题是"浮士德第三部"。传说中，德国巫师、星相家浮士德博士把灵魂卖给了魔鬼，这是西方文学中探讨上帝、魔鬼与人性关系的一个永恒题材，凯鲁亚克也有意以此表现精神世界的复杂性。萨克斯的一生无疑有巴勒斯的身影。这部小说分两部分。第一部分叫做"帕塔克特维尔的鬼魂"，作者用童年的眼光回忆童年时在故乡洛威尔梦见镇外的萨克斯医生（一个半恶魔、半浮士德博士式的人物）的恐怖情景。余下的一部分，运用了诸如电影脚本、街头市井俗语、法语、报纸剪贴、滑稽可笑的闹剧写作、哥特式氛围等方式，这表明其自发式写作技巧已日趋成熟。

1952年至1953年，凯鲁亚克辗转往来于旧金山—新墨西哥—纽约—旧金山之间。他同卡萨迪一样，在铁路上当司闸工，生活很不安定。可正是这两年，他却写出了两部小说《玛吉·卡萨迪》和《地下人》。前者记述他少年时代同玛丽的爱情故事，其中也包含着同第一任妻子埃迪·帕克的情史，富于戏剧性。故事在浪漫情恋的欢悦与现实生活选择的悲凉中展开，结局是绝望的。后者追忆作者（小说中的作家列奥·贝尔斯皮耶）同一个黑人姑娘（书中玛尔杜·法克斯）的爱情故事。玛尔杜住在纽约波希米亚聚集区（来自下层，"地下人"的寓意即在于此），她同其他一伙年轻人（实际上是《在路上》中狄安·莫里亚蒂的伙伴及追随者）的乱七八糟的生活方式在小说中亦有反映。小说用列奥·贝尔斯皮耶的独白展开，以玛尔杜的背叛而告终。自发性写作方式在小说中可以说达到了极致，从不间断、跳跃而又起伏的长句有时竟达半页之多。

1954年至1957年算是凯鲁亚克创作成果最丰硕的几年。这时他醉心于阅读佛教及禅宗经典（特别是大乘佛教），还写了大量有关对佛教感悟的手稿（都未出版）。长久萦绕在凯鲁亚克头脑中的一个问题是：上帝无处不在，但又似乎难以捉摸。现实的存在只不过是一个虚幻。佛教教义的"空幻"说颇能引起他的共鸣。佛教主张的灵魂的寂灭永生这一悖论使他明白，上帝所创造的一切生灵的痛苦都是神圣的，人的所有欲望并不是"恶"的象征。西方传统宗教的"人性原罪"这一道德二元论同大乘佛教、禅宗，尤其是老庄哲学"天地与我重生"、"万物与我为一"这些思想是对立的，因此一切（人的思想和行为）应顺应自然。这便成为

"垮掉"哲学的又一人生信念，他们以放荡不羁的生活方式及"自发式写作"来身体力行。对佛教禅宗的研读使凯鲁亚克的烦恼得到些许解脱（最令他苦恼的是写得多但出版不多）。写于 1954 年至 1957 年间并于 1957年出版的诗集《墨西哥城布鲁斯》包括 242 首短诗，反映了他对人生重大问题——生与死的思考。写于同年的长篇小说《特丽斯特莎》，讲的是一个同他一起吸毒又是他悲哀中的抚慰者的墨西哥姑娘的故事。1956 年他写成了《孤独天使》第一部，记叙他在旧金山同伙伴们在一起的经历。1957 年，写完《达摩流浪者》。所有这些作品无不贯穿生命无常，因而需纵情享受这一凯鲁亚克式的佛教—禅宗感悟。

凯鲁亚克的创作生涯终于迎来了转机。1955 年，《在路上》前两部分别在《新世界写作》和《巴黎评论》上发表。同年，金斯伯格在旧金山"六画廊"朗读《嚎叫》，大获成功。这标志着"垮掉一代"作为一个文学流派的正式登场。1957 年 10 月，得力于评论家马尔科姆·考利的推荐，《在路上》由维京出版社出版。此时凯鲁亚克已满 35 岁，但由于纵酒，身体也日渐虚弱。尽管评论家对他的作品褒贬不一，但他已远非无名之辈，作品得以陆续出版，经济情况也有所改善。1961 年，他花了 10 天时间写出了小说《大瑟尔》，记录了他在加利福尼亚西部海岸风景区大瑟尔疗养期间因纵酒身心交瘁的迷乱思绪。

1962 年至 1969 年期间，凯鲁亚克在佛罗里达州和新英格兰之间频繁迁居，同母亲居住在一起。1966 年同幼年时代的朋友桑帕斯的妹妹斯特拉（第三任妻子）结婚。1965 年，他写完了记述他到巴黎寻访家族史的小说《萨托里在巴黎》，该书于 1966 年出版。两年后，其最后一部小说《杜鲁阿兹的虚荣》出版，杜鲁阿兹即作者的化身。该书记述了他在故乡洛威尔以及哥伦比亚大学踢足球的经历，也回忆了从"二战"期间一直到他父亲 1966 年过世期间他本人及家庭的一系列事件。"虚荣"一词虽暗示他自己的过去，但似乎也在总结始于童年时代的文学追求，包括性爱等等。在他看来这一切只不过是过眼烟云。他生命的最后岁月就是在这种"自我放逐"的孤独心境中度过的——同母亲、妻子住在一起，纵酒、看电视、听音乐，逐渐与"垮掉"伙伴远离。1969 年 10 月 21 日，他在佛罗里达圣·彼德斯堡医院逝世。就在前一年，尼尔·卡萨迪——《在路上》中狄安的原型也告别人世。金斯伯格、霍尔姆斯等"垮掉"派作家，还有亲属、记者等二百多人参加了在洛威尔举行的葬礼。霍尔姆斯在葬礼上说："要了解他并不是件容易的事。"的确如此，凯鲁亚克在世时，由于不合正统文学口味，其作品大都受到贬抑。马库斯·坎利夫的评论颇具代表性："他只是陈述，而不是传达，是闲谈而非写作。一如过去像他们那样过流浪生活的人，他们在创作上的努力都消耗在努力冒充创作上。这就像烹调术一样，做出来的东西当天就吃掉了，剩下来的只是一股淡淡的香味。而且他们重视自然，流露出这种差不多毁掉惠特曼大部分诗作的风气，使严肃的创作难于有成。他们的文体可能有助于美国日常语言的发展，却不能对美国文学有所贡献。它既艰涩又不清楚——是一种个人的、散漫的、愤世嫉俗而感伤的文体。"①坎利夫这里所指出的是凯鲁亚克（也包括"垮掉一代"作家）的创作"缺陷"，同时也是针对自发性写作而言的，但显然很不公允。首先，自发性写作本身就是一种二元对立的写作方法，并不是任何人都可以效仿的。其初衷是顺其自然，离不开意识的参与，可同时又是无意识的，意在冲破传统文学的语言规范，但又并不完全脱离。从凯鲁亚克作品中表露出的对经典作家的熟悉程度，正可表明这一点。再者，凯鲁亚克的自发性写作实际上是继承了美国超验主义作家尤其是爱默生的主张："语言直接依赖自然的这种属性以及它把外部现象转化为人类生活中某一部分的能力，永远也不会失去它感染我们的力量……那种诗情画意的原始语言同时又有力地证明，它的使用者是一个与上帝相通的人。"②在《论自然》中，爱默生还认为追求思想意识中的这种自然就叫做"真理"。可见，凯鲁亚克在一个半世纪后重新提出这些主张并加以实践，使之合法化，只不过是在追随先哲的教导罢了，

---

① 马库斯·坎利夫，《美国的文学》，企鹅出版社，1954 年英文版，第 334 页。
② 《论自然》，见《爱默生集》上册，赵一凡等译，三联书店，1993 年版，第 24 页。

实际上这已经在冲击美国文坛的正统文学语言观念并持续影响到"二战"之后至今一些作家的创作。最后一点但并非不重要的是，凯鲁亚克的文学地位是同"垮掉一代"相联系的。人们普遍认为，对"垮掉一代"尤其是对凯鲁亚克的看法，从"二战"以来就一直是检验美国文学气氛或政治—社会话语的一块试金石，"只有'麻木不仁'的50年代，由于恪守繁文缛节和政治上安于现状，才会视垮掉运动为一种全无社会或学术意义的遁世文化。"①事实的确如此。

二

这里有必要对《在路上》的主要人物验明正身。萨尔·帕拉迪斯作为第一人称叙述者，实际上是凯鲁亚克本人；狄安·莫里亚蒂即尼尔·卡萨迪；老布尔·李即威廉·巴勒斯；卡罗·马克斯即金斯伯格。当然，这并不是说《在路上》可以当做作者自传来读，其中人物完全同真实人物一一对应。其实，在狄安、萨尔身上同时可以找到作者本人的影子。

全书共分五部分。第一部分：1947年萨尔同狄安在纽约相识，第一次开始从东到西横越美国大陆的旅行。此部分记述他一路上的经历。其中，萨尔同墨西哥姑娘特丽以分离告终的浪漫爱情，最令人感动。这部分中"狄安"其人其事不时介入，"我"与伙伴的谈话已让读者感受到此人在"垮掉"伙伴中的特殊地位，暗示了其后一连串事件的发展。第二部分：萨尔回到纽约姑妈家中。1948年圣诞节，狄安开着破车带着女友玛丽露突然来访。然后他们一伙人再次到西部，又返回纽约。第三部分：1949年，萨尔再次到达丹佛，同狄安的友情渐至高潮。他对狄安以"自我"为中心的疯狂行为及其同几个女人的关系更为了解，又一同横越大陆回到西部。第四部分：记述狄安和萨尔前往"旅途终点"墨西哥的"伟大旅程"。第五部分：狄安把萨尔留在墨西哥，然后萨尔独自返回纽约，回忆同狄安的最后一次见面，以一长段感伤怀旧的话结束故事。

---

① 莫里斯·狄克斯坦，方晓光译，《伊甸园之门》，上海外语教育出版社，1986，第12页。

以上只是对《在路上》故事"情节"的粗略概括。但由于作者遵从即兴式自发性写作手法，任凭思绪闸门打开，读者若是试图在小说中寻求完整意义上的情节，只会徒劳无益。小说中的"故事"抑或"情节"、"事件"可以被认为是超越时空的自发性思绪的拼接或混合。总体说来，乍看似混乱，但每一"事件"仍很清晰，从而构成了一部真正意义上的"垮掉一代"的奥德赛传奇，是 20 世纪 40 年代末、20 世纪 50 年代初"垮掉一代"生活方式和情感的忠实记录。

　　20 世纪四五十年代，美国的交通已相当发达。"那个时期被热核战争的恐怖阴影笼罩着，却又弥漫着一种万事如常、人人安分的气氛。在生活方面的丰碑是州际公路系统。它把愈来愈漂泊不定的人口从农村输送到城市，从城市输送到郊区，从南方输送到城市黑人区，从中西部输送到加利福尼亚。"①尽管战争已经结束，但政治、文化气氛仍相当令人压抑。麦卡锡主义肆虐（黑名单、大清洗、大逮捕），人人自危。民权运动处于低潮。那一段时期的情况在诺曼·梅勒（他与"垮掉一代"的渊源极深）的笔下有真实的描述："当今时代是随大流和消沉的时代，一股恐怖的臭气从美国生活的每个毛孔中冒出来。我们患了集体崩溃症……人们没有勇气，不敢保持自己的个性，不敢用自己的声音说话。"②正是在这种情势下，在战后成长起来的一代青年很容易在西方存在主义，弗洛伊德主义，东方佛教、禅宗中找到共鸣。《在路上》对狄安及其伙伴们的"垮掉"生存方式（酗酒，性爱，迷恋爵士乐，流浪，宗教信仰，对政治、社会的鞭挞等等）作了相当深刻的全景式描述。正如保罗·古德曼在其《荒诞的成长》（1960）这本影响 20 世纪 60 年代知识分子整个思想方式的著作中所说的那样，"垮掉的一代"青年不是单纯地逃避现世，因为"不给青年一代成长余地的社会现实就显得'荒诞'而毫无意义……他们是在以实际行动对一个有组织的体制进行批判，而这种批判在某种意义上得到

---

　　① 引自狄克斯坦《伊甸园之门》，第 27 页。
　　② 同上，第 53 页。

了所有人的支持"。①因此主人公狄安及其伙伴的玩世不恭在当时的确惊世骇俗，但绝不能由此简单地认为是"颓废"、"堕落"，而是具有深刻的现实意义。

狄安无疑是《在路上》中最重要的人物。他出身卑微，自幼随父亲"在路上"奔波，备受艰辛，但他并不消沉，常常挂在嘴边的一句话是"了解生活"。其放荡行径可以用"mad"（在小说中经常出自他和伙伴们之口）这一多义词（"疯狂"、"混乱"、"亢奋"、"野性"）来概括。似乎只有这一并不只是贬义的词才能最贴切地表达"垮掉一代"对人生的体验，"因为疯狂而生活，因为疯狂而口若悬河，也唯有疯狂才能拯救他们自己"（第一部第1章）。萨尔这样说到狄安："一些人议论社会现实，用他们自以为是的从书上看来的或政治或分析方面的诸种理由，如同生活在噩梦中，可狄安迎着社会现实冲击。……他之所以骗人，是因为他对生活渴望得太多太多。"他"对一切都寻根究底，以致变得更加忧郁、敏感"，"他那越轨的'劣迹'甚至也并不招致愤懑，被人鄙视，那是美国式的欢乐对人生持肯定态度时情感的疯狂发泄"。萨尔对狄安的这种议论使读者看到的是一个"体现美国崭新生活方式的先知"（出自萨尔之口），这就是说，狄安及其"垮掉一代"伙伴的生活方式在某种程度上预示了20世纪60年代嬉皮士运动、新左派运动以及民权运动。从这个意义上说，狄安是一个体现20世纪60年代及其后年代美国反英雄—反文化的精神象征。对于压抑个性自由发展的专制主义，权力意志（政治、经济、文化、精神诸方面），以及被美国资产阶级所美化了的理想主义（亦即"美国梦"）而言，他无疑是一个可怕的恶魔；可对于所呼唤的"新情感"而言，他又无疑是一个天使。

狄安及其伙伴们的"可怕"之处，在于他们对美国非人道的现存体制有着清醒的认识。无论是在丹佛、旧金山、芝加哥、洛杉矶或是底特律、纽约，在他们看来，"幅员辽阔的美国既乱七八糟而又神圣"，"生活如同

---

① 引自狄克斯坦《伊甸园之门》，第77页。

沙漠般的荒原"，"除了我自己的困惑，我可以说一无所有"。有一次，萨尔在下等影院过了一夜（第三部第11章），散场时他觉得自己仿佛被扫进了垃圾桶。"狄安定会跑遍美国每个角落，沿着西海岸，在每一只垃圾桶里寻找我的下落，他会真的发现，在一大堆废杂什物中的我正萌发出新芽哩。这就是我的生活，狄安的生活，与我有关的或无关的任何一个人的生活。"这段自白使人联想到他们对美国军事—官僚机构的公然蔑视。有一次因为超车，警察不由分说上来罚款。萨尔说："他们把我们准备在路上花的钱全拿走，简直是他妈的邀请我们去做贼、去抢劫。"又有一次，他们开着车在华盛顿看到杜鲁门总统第二次就职典礼时的军事演习。"充满杀机、耀武扬威，"狄安说，"他们要干什么？可哈里（指杜鲁门）正不知在城里什么地方睡大觉哩……"由此可见"垮掉一代"的怪诞行为是具有深刻的社会缘由的。

耐人寻味的是，与之相比，他们却在同下层人民（黑人、墨西哥劳动者、爵士音乐家）的交往中体验到真挚纯朴的情感（萨尔同墨西哥姑娘特丽的一段浪漫爱情，他在棉田干活时对劳动的赞美，在墨西哥的那段经历等等）。萨尔由衷感叹："我真希望我是个黑人，我认为，在白人中没有什么能使我激动得心醉神迷的，缺少活力、欢乐、神秘、音乐……可我偏偏是个'白人'，一个穷困潦倒的'白人'……我情愿我不是白人，而成为这些欢乐、诚挚、让人着迷的美国黑人中的一员。"四五十年代，美国的种族歧视仍是一个严重的社会问题。《在路上》所表达的这种对白人（实际上是白人统治者）优越性的鞭挞以及呼唤种族平等的呐喊无疑是进步的，具有极大感召力。

《在路上》对性爱关系（主要是狄安同几个女人之间的纠葛）的描写，如果说远不具有普遍性的话，但至少也揭示了从20世纪20年代开始就渗透进美国社会—文化生活中的弗洛伊德主义的影响。被称为反文化—反社会的年青一代之所以接受弗洛伊德的观点，是因为在他们反叛性隔膜、性压抑的态度上，弗洛伊德主义似乎提供了系统而科学的基础。在当时的美国，它一度成为公众最感兴趣的话题，在文学作品中亦得到表现。以弗洛伊德之名崇尚性享乐主义之实，成为战后小说常见的文学题材。这也实际上预示了日后更为大胆开放的"性革命"的某些先兆。例如，《在路上》提到有一次著名性学专家金西及其助手在酒吧进行性情况调查，便绝非偶然。正是在 20 世纪 40 年代末，金西博士发表了他著名的《男性性行为》和《女性性行为》。这正好说明了美国人（青年一代尤甚）在性观念上的改变。如同摇滚、爵士音乐、吸毒等嬉皮士生活方式对年青一代有着不可估量的诱惑力一样，历史地看，它们的确真实地反映了当时青年的信仰和行为时尚。坦率地说。《在路上》中性关系的描写并非自然主义式的直露、赤裸，相反还颇有节制，并未游离于人物刻画及主题之外，显然也具有社会学意义上的认识价值。

　　《在路上》出版后，因其离经叛道的主题，也由于凯鲁亚克即兴式的自发性写作手法，招引了少数批评家的抨击。凯鲁亚克被指责为真正的神经错乱、综合性病症的牺牲者，鼓吹欺骗、犯罪，作品毫无意义，犹如垃圾等等。不过，随着时间的推移，作为"垮掉一代之王"的凯鲁亚克其人其作，特别是《在路上》，已愈来愈受到公正的评价。由于其自发性写作手法，批评家们习惯于把《在路上》归入现代主义作品。其实，一部文学作品到底属于什么主义并不重要，重要的是它在文学发展史上的地位。最新出版的一部堪称权威的《哥伦比亚美国文学史》，在涉及美国 20 世纪 50 年代重要作家时，把凯鲁亚克列入其中（其他还有弗纳里·奥康纳、威廉·巴勒斯、约翰·巴斯、纳博科夫、马拉默德等等）。它这样写道："（他们）惊世骇俗地反传统文化，针对当时的美国社会思潮，表达了一种同社会准则及社会情势相对立的疏远异化意识（个人的、政治的、经济的、文学的等等），而正是这种情势削弱了语言的力量及其丰富性和感召力。"①这一结论无疑是中肯的，特以此来作为本文的结束语。

1997年8月于成都华西坝怡园

----

① 《哥伦比亚美国文学史》，哥伦比亚大学出版社，1988 年英文版，第 1162 页。

"垮掉运动仍在继续"

——凯鲁亚克故乡纪行

1997 年 8 月底，我赴美国哈佛大学英文系开始了为期一年的学术访问。我的研究课题就是"垮掉派"文学。到美后的所见所闻，我觉得很有必要介绍，相信会有助于我国读者了解"垮掉一代"，尤其是凯鲁亚克其人及其作品。

一

20 世纪 80 年代早期，我便开始关注金斯伯格，译介了有关他的评论及诗歌，在《读书》杂志上发表过《依然故我的金斯伯格》一文；20 世纪 90 年代中期，我开始同他通信，此时，我已将其长诗《白色的尸衣》等译出发表；他授权我翻译的《诗选》，将是第一部全面反映诗人诗歌成就的中文版诗集，漓江出版社已购得版权。在未正式出版前，我的译诗已陆续在《外国文学》、《译林》、《星星》、《峨眉》、《漓江》等杂志上发表，大约有四十余首，大都是国内从未译介过的。这次到美国，我本来打算去纽约拜访他，还未成行，他却于 1997 年 4 月 5 日患肝癌逝世，享年 70 岁。为此，我写了《半个世纪的回声："垮掉一代"和金斯伯格》（《当代文坛》1997 年第 3 期）一文悼念他。可到哈佛三天，我便获悉"垮掉一代"另一重要人物、被称为"垮掉一代"教父的威廉·S. 巴勒斯（即《在路上》中老布尔·李的原型，他本人是哈佛大学英文系毕业生）也于 8 月 23 日患心脏病去世，享年 82 岁。美国各大报刊都刊载了消息，称"1997 年对于'垮掉一代'是不幸的一年"，因为其最重要的两位代表相继离世。凯鲁亚克、金斯伯格、巴勒斯在美国当代文化—社会史上分别代表着 20 世纪爵士音乐兴起的 50 年代、嬉皮士运动的 60 年代、朋克音乐盛行的 70 年代；每个人都对那一年代的文化—社会潮流影响很大。金斯伯格、巴勒斯的离世，是否意味着"垮掉一代"真正寿终正寝，这是我到美国考察的一个重要课题。

一般认为，发端于20世纪50年代的"垮掉一代"文学以凯鲁亚克的长篇小说《在路上》、金斯伯格的长诗《嚎叫》、巴勒斯的长篇小说《裸露的午餐》为代表，以后便很快衰落、沉寂，这实在是一种误解。任何文化—社会思潮，在刚刚兴起、露头时备受重视，而且往往有其兴盛期，这非常正常；但作为一种已融入美国乃至西方社会—文化生活中的现象和哲学思想，就如同人们所说的存在主义、某种宗教信仰一样，"垮掉哲学"是不会因为其代表人物的去世而消亡的。姑且不说"垮掉一代"（尤其是上述三人的）作品早已登堂入室，成为美国及西方文学的"现代经典"而被选入多种美国文学选集，进入大学课堂，且凡是讲到当代美国文学，论及当代美国文化—社会思潮，都无法回避"垮掉一代"作家及其作品。在哈佛大学的成人教育中心，就专门开设有"垮掉一代"文学课程。我在哈佛图书馆通过电脑查阅到的关于"垮掉一代"的著作、评论之多，实在令我惊异：仅金斯伯格（作者目录）就有123条之多；通过因特网查寻，有关金斯伯格的信息多达1000多页。金斯伯格死后，美国各地（从纽约到旧金山），甚至国外（英国、法国、意大利、加拿大、日本、澳大利亚、新西兰等）都举行了隆重的悼念活动。我到达美国不久，就看见正在放映有关金斯伯格的专题片《金斯伯格的时代和生活》。他的诗集又分别以硬装（豪华版）和平装（普及版）再版，哈佛所在地剑桥（又译坎布里奇）有近30家书店出售其书。1997年，凯鲁亚克的《在路上》出版40周年（1957—1997），维京出版社的纪念性豪华本（硬装）售价自然不菲，企鹅出版社出版了简装本，售价也卖到12美元。封面上是凯鲁亚克和尼尔·卡萨迪（即《在路上》主人公狄安·莫里亚蒂的原型）二人的合影，都穿T恤和牛仔裤，年轻，潇洒，颇吸引人。还有一本凯鲁亚克生前未出版过的新著《达摩如是说》，这是他从1953年开始潜心研究佛教经典而写下的随笔式的著作，既有诗歌，也有祷文、冥思、信件片断以及关于写作的杂感、谈话录等，大32开本，被认为是研究凯鲁亚克的重要资料。此外，他的其他作品及有关"垮掉一代"的书在新书店也可买到。其中一本名叫《"垮掉"电影》的，是 1997 年末出版的，虽是平装，但售价 19.95 美元，因为有若干幅珍贵照片，版权页上特别注明是为纪念金斯伯格而出。第一部分收集了对凯鲁亚屯、金斯伯格、巴勒斯等"垮掉"作家的访谈录；第二部分谈及"垮掉电影"（包括被拍成影片的"垮掉"作家的作品）。此书前言中写道："随着'垮掉文学'的兴起，美国先锋文化借助于各种各样的媒介：绘画、音乐、演出以及电影，也得到很大发展，这些不拘一格的音乐家、演员、电影制片人同'垮掉一代'联系紧密，有着共同点——使这些人'垮掉'的是一种游离于美国主流社会外的意识；这些艺术家的作品表现了局外人或者说边缘人的情感，试图冲破传统文化的束缚，是自发性的，个人的，具有幻象性质的。"这段话说明，"垮掉一代"的哲学思想，已经成为一种颇为复杂，并非单一（不只是在文学领域内）的文化—社会话语，或者说表现为一种持久的文化—社会现象——吸毒、爵士乐、同性恋、旅游、宗教、激进的政治态度（如反战、环境保护、女权主义、黑人民权运动等）。当然，以我们的观点来看，消极和积极的因素都有。就此而言，"垮掉一代"从 20 世纪 50 年代到现在并没有销声匿迹，而且，"垮掉"产生时美国的诸种社会弊端和矛盾并没有因为当政者的替换而不存在，由此而引起的"垮掉"意识或心态在美国仍随处可见，自然也就在文学和艺术作品中反映了出来。

　　1996 年出版的一本书《美国：谁偷走了梦》很有影响。作者是《费城探索者》的两位资深记者唐纳尔德·L.巴勒特和詹姆斯·B.斯蒂尔。此书是作者继 1989 年《美国：哪儿出了毛病》后的又一畅销书。通过广泛的社会调查（采访、抽样、来信等），对象涉及各种年龄、职业、阶层、种族等，考察了美国近 30 年来在贸易、税收、就业、再培训诸方面的政策变化，作者指出占美国人数最多的中产阶级（年收入在 2 万～7.5 万美元之间）的生活标准有下降趋势，前景并不乐观：社会的两极分化日益突出。虽然当今美国的经济形势良好，就业机会增加（尤其是高科技领域），但并不稳定，民众失望、不满情绪正在增长。剑桥有一家书店，门前挂着红旗，店名是"Revolutionary Bookshop"（"革命书店"），橱窗里展出的是毛主席画像、英文版《毛泽东选集》、《毛主席语录》以及马列著作。我进到里面，令我十分惊奇的是，我仿佛进入了"文化大革命"时国内的书店，还看见至今在国内书店看不到的《毛主席去安源》大幅油画像、毛主席像章，特别是《毛主席语录》居然也是红色塑料封皮。我以为这是当年出的书，仔细一看却是最近在纽约印刷的。我同书店老板聊起来，他说读者还不少，还让我看一份名叫 *MIM NOTE* 的报纸。"MIM"是"International Maoism Movement"的缩写，即"国际毛主义运动"。这份半月刊报纸主张进行阶级斗争、武装斗争，建立无产阶级专政，号召美国和全世界劳动人民团结起来，推翻资本主义—帝国主义统治。在美国这样一个多元文化社会，宣传各种政治、宗教观点的派别很多，毫不足怪。比如还有一个组织叫做"托洛茨基党"。不过，这也说明美国的社会问题不可忽视，所以各种思潮，诸如"垮掉"的存在也就十分自然。况且"垮掉"分子从 20 世纪 50 年代开始，对美国现存体制无论有多么不满，甚至上街游行、示威、抗议，却并不试图摧毁这一体制本身，而是更多地从"精神"方面去追求他们理想的人生至善至乐的境界，即"beatitude"（"垮掉"的另一内涵），类似佛教禅学境界。他们崇尚享受人生，但并不大讲求物欲。金斯伯格后来虽成为中产阶级，不再是当年穷愁潦倒的嬉皮士，但他一直生活简朴，而且慷慨大方，经常资助境遇不好的艺术家。他们同体制保持着一定的距离，有一定的反叛性，但以美国当下知识界流行的"political correctness"（政治正确性）来看，他们却不如极端或激进主义者那么面目可憎。而且"垮掉"哲学，或者说这种信念，无论在中产阶级雅皮士阶层还是在一般大众中，都能找到接受者。倘若认为"垮掉"（中文的这一译法由于已经约定俗成，虽仍可沿用，但它显然未能全面涵盖"beat"这一多义词的意思）就是"堕落"、"颓废"、"腐朽"、"没落"——简言之，如"垮掉"这一中文贬义词所引起的种种联想那样，同"流氓"、"无赖"无异——那么显然是一种根本性的误读。

在波士顿有一份据称是"后垮掉"（post-beat）的诗歌刊物，名叫 *Squawk*——这个词很难译成一个对应的中文词汇，它既指鹦鹉、鸡、鸭等受伤或受惊的粗厉叫声，亦可指（粗声或大声地）诉苦、抗议、抱怨等等，很容易让人们联想到金斯伯格的长诗《嚎叫》（*Howl*）。其封面就是一只睁着大眼、竖起耳朵的猫头鹰，至今已出版 57 期。每一期的第一页都开宗明义标明其宗旨："对一切都不满意，只相信你自己创造的，甚至连这也怀疑……"正如当年金斯伯格在旧金山"六画廊"朗读其《嚎叫》（这其实是"垮掉一代"诗歌的一种传统，诗歌走向大众，同朗读、音乐相结合，回归到"诗歌"的本义上去）一样，这伙诗人（其中不少是在职的富裕雅皮士，亦有大学生，种族不一）每周星期四晚上在剑桥的一家酒吧聚会，朗读诗歌，听爵士音乐，跳摇摆舞，喝着饮料。他们还曾邀请金斯伯格到波士顿朗读诗作。金斯伯格逝世后，剑桥的好几个诗歌组织都举行过纪念会悼念他。其中，位于哈佛广场的诗歌书店举办的朗读会，吸引了波士顿知识界精英。哈佛大学英文系教授、美国著名诗歌批评家海伦·文德莱高度赞颂金斯伯格，说他站在东西方诗歌的交汇点，遵循了惠特曼的诗歌传统，是本世纪以来美国最重要的诗人，仍将影响到下一世纪。"垮掉一代"文学又何尝不是如此？

美国出版业发达，人们文化素养（受教育程度）普遍较高，尤其喜欢读书。大众文化中，畅销书籍（言情、科幻、惊险小说、娱乐生活性的快餐读物等等）大都是平装本，在旧书店里摆在外面，任读者挑选，五角一本，往往看过就扔。我原想，"垮掉一代"的作品既然是畅销书，读的人多，在旧书店一定能买到，可我几乎跑遍了剑桥的旧书店，却大失所望。第一，旧书店里几乎难以见到"垮掉一代"的作品；第二，即使偶尔能碰上一两本，价格也绝不是按一般规定的原价的 10% 或一半，几乎就是原价售出，而且甚至比原价还高出许多。例如，一本 20 世纪 60 年代由维京出版社出版的凯鲁亚克的《在路上》（附若干评论），原价是 4 美元，售价 8 美元。我问何以如此，可不可以原价卖给我。店主回答，这是珍藏本，因为凯鲁亚克的作品有收藏价值，出版年代愈久远，愈值钱；而且这本书附评论，有学术研究价值；最后，这本书不会再版，因此绝不减价。可同样是欧美名家的这类旧版书，甚至新版作品，一到旧书店总得打折，而且有的很便宜（如我看到的艾略特、福克纳、海明威、斯坦贝克、索尔·贝娄、辛格、罗思以及一些新近获得诺贝尔奖的其他作品），可以说得来全不费功夫。如果不是考虑到回国时寄费贵，我真想尽可能买个尽兴。我经常去旧书店，并留下电话。店主承诺，一旦有此类书就通知我，可我至今从没接到电话；每次去书店，店主对我已经熟悉，打过招呼后便摇头耸肩。一个店主说，"垮掉"作品他的书店每年最多只收购几本，可上午一进店，下午就卖出去；其他书店老板也如是说。他劝我，要买"垮掉一代"的书就别心疼钱，到新书店去。果然，在剑桥的新书店通常都有"垮掉一代"作品出售，虽然大都是再版，但都比一般书贵。上面提到的那本《"垮掉"电影》因为是新书，更贵，我只好横下一条心买了下来。物以稀为贵，坎特布雷书店（剑桥最大的一家经营文学类旧书的书店）店主斯塔先生（他本人也喜欢"垮掉一代"作品）就很有眼光，居然利用生意之便，千方百计收购到许多凯鲁亚克作品（各种版本，包括图片集、书信集、评论集、传记等等），专门布置了一个专柜。我第一次进门，就如同发现新大陆似的，站在书柜前久久不肯离去。这些书在哈佛图书馆自然都可以借阅，但倘若我能买下来，就别有意义。我问他售价如何，他说不单卖，接着伸出两根手指。"两百元？"我问，心里觉得这几十本书很划算。'No！ Two thousands！"（"不！两千元！"）我不由惊愕。在剑桥，我最常去的就是这家书店。渐渐同斯塔先生熟悉起来，他后来便允诺我，可以让我打开书柜翻阅，算是一种特许。有一次，他还送我一本书脊脱落但页码完整的凯鲁亚克传记。我先以为他会试着定个价，等我问他多少钱时，他说："Zero！"（"零！"）我这才恍然大悟，原来他送书是因为我喜爱凯鲁亚克，又是《在路上》的中文译者。从书籍的销售到阅读来看，"垮掉一代"在美国也确实拥有广大读者。

二

凯鲁亚克出生于新英格兰的马萨诸塞州洛威尔市，离哈佛所在地剑桥不远，从哈佛广场搭红线地铁到波士顿火车北站，乘火车只需 40 分钟就可到达。

我应洛威尔纪念凯鲁亚克节主席马克·海门威先生以及赫拉里·霍里戴教授（马萨诸塞州立大学洛威尔分校英文系主任，"垮掉一代"文学研讨会主持人）的邀请，于 10 月 3 日至 5 日逗留洛威尔。凯鲁亚克的父母及祖辈原是加拿大魁北克的法裔，后移民至新英格兰，先住在新罕布什尔州的纳舒（同洛威尔毗邻，不到一个小时的车程），然后定居于洛威尔。在美国资本主义工业发展史上，洛威尔是有名的纺织工业城市，一度非常繁荣，从欧洲（主要是爱尔兰）及加拿大来的移民为寻找"美国梦"，大都在市区沿河两岸的纺织工厂干活。当年用红砖砌成的纺织厂建筑，高耸的烟囱依然可见（纺织业后来逐渐萧条，这些建筑现在都另作他用，改成办公室、办公楼、商用房等等）。现在的洛威尔市除了原有的加拿大法裔社区外，还有来自希腊、葡萄牙、墨西哥、印度，特别是柬埔寨的移民聚集区。新的高大建筑少见，城市安静、清爽，显得古老、陈旧，甚至还可见到有轨电车。这儿没有如同美国其他城市（如纽约、旧金山、波士顿等）那样的"China town"（"唐人街"）。凯鲁亚克在一部小说中所提到的"China town"只不过是一家华人餐馆，可实际上华人很少。街上打出中国餐馆，甚至四川餐馆等招牌的饭店只是为招徕顾客，老板也并非华人，所谓的中国（四川）菜走样变味也就不足为奇了。凯鲁亚克的童年、少年、青年时代大都住在洛威尔（高中毕业才离开）。洛威尔市为纪念凯鲁亚克，每年都举办一次为期近一周的集旅游、文化为一体的纪念活动，时间都在 10 月初，因为凯鲁亚克最喜欢秋天的 10 月，今年是第 10 届。《在路上》就这样写道："我在 10 月回家，人人都在 10 月回家。"新英格兰的 10 月的确是一年中最美好的时节：天空澄净如洗，碧蓝一片；阳光明亮，但并不酷热；放眼望去，户外是翠绿和金黄，树叶也还没有开始变黄、飘落。凯鲁亚克逝世后，遗体于 1969 年 10 月 21 日送回洛威尔，终于在故乡安息。此外，他也出生在 10 月。洛威尔市为能拥有凯鲁亚克而感到荣耀，因为被称为"垮掉一代之王"的凯鲁亚克让全世界都知道了洛威尔。他的 11 部小说中有 5 部以洛威尔为背景（例如《镇与城》、《杰拉德的幻想》《萨克斯医生》等），24 部作品中几乎每一部都提到洛威尔。《在路上》在美国已售出 200 万册，现在每年出版 6 万册仍供不应求，还不包括译成其他文字在其他国家出版的小说。因此，每年一度的"纪念凯鲁亚克节"吸引着美国及世界各地的凯鲁亚克迷以及学者和旅游者。在此期间，活动内容非常丰富：凯鲁亚克及"垮掉一代"作家作品朗读、音乐会、舞会，步行和乘车参观凯鲁亚克及其全家在洛威尔及纳舒的旧居，还有与之有关的图书馆、教堂、中学、酒吧、公共墓地等等，还举办"垮掉一代"作品展、摄影艺术展、诗人聚会。今年还同时举办全美性的"'垮掉一代'文学研讨会"。金斯伯格生前也曾来过洛威尔参加此项活动。有感于每年的盛况，他曾说过，是凯鲁亚克把"洛威尔变成了圣地"。"celebrate"这个英文词汇并不是单义词，有"缅怀，纪念，为……举行庆祝"等诸多含义，洛威尔市民因此深情而风趣地说，"Kerouac celebrated Lowell;Lowell celebrates Kerouac"（"凯鲁亚克怀念洛威尔；洛威尔纪念凯鲁亚克"），一语双关，真是妙极了！这句话非常准确地表达了凯鲁亚克和故乡的关系。

今年的纪念节更具特殊意义，除上述传统活动外，还有纪念金斯伯格的诗歌朗诵会、音乐会，以《金斯伯格和他的朋友》为题的摄影展览会，由金斯伯格的朋友、"垮掉一代"研究学者戈登·博尔摄影并主持。

10 月 3 日上午，"'垮掉一代'文学研讨会"在马萨诸塞州立大学洛威尔分校奥里雷图书馆大厅举行。不到 9 时，偌大的大厅已座无虚席，扩音器播放着凯鲁亚克《在路上》的配音片断。我刚上楼梯，在报到处站立，一个身穿几乎发白了的浅蓝色夹克和牛仔裤、蓄着胡须、个子不高但结实健壮、约莫 50 岁的男子便主动迎上前来："你是中国的文楚安教授？"接着自我介绍，原来此人就是马克·海门威，纪念节主席（我们曾通过电子邮件，可一直未曾谋面）。他随即把我介绍给正在忙着接待来客的研讨会主持人霍里戴教授（我也同她通过电子邮件，没想到是位中年女士，个子比我还高）。我后来问马克，为何一下就认出我来。他说："邀请的中国学者只有你一人，我猜想准是你。"此次研讨会从年初便开始筹备（这是第三届），并向美国各大学及有关人士发了通知，征集论文题目。7月31日截止，最后才确定了演讲题目及演讲人。我8月底到达哈佛，在英文系布告栏看见此通知，虽已过期仍立即向马克及霍里戴发去电子邮件，很快便收到热情洋溢的邀请信。马克在信上说："没想到来自中国的一位重要的'垮掉'研究学者就住在附近。"我已准备好了《"垮掉一代"文学在中国》一文，准备在大会上宣读，介绍"垮掉一代"文学作品在中国的介绍情况，但由于发言议题早已排定，我只好同有关学者在会下进行交流。

报到处旁边正在出售凯鲁亚克作品及纪念品，比如印有凯鲁亚克头像的T恤衫。马克向其他人介绍我是《在路上》中文新译本的译者，于是好几位便同我聊起来。我指着一件印有"在路上"英、法、意大利、西班牙、日文字样的T恤衫说："应该写上中文。"马克点头称是："等你的译本寄来，我们就有依据了。"9点，研讨会正式开始。上午发言者分别对凯鲁亚克作品的罗曼蒂克影响（就凯鲁亚克的诗歌，特别是《地下人》的文体叙述风格，同欧洲罗曼蒂克诗歌传统，尤其是与华兹华斯诗歌的关系）以及"垮掉一代"追求精神完善（主要分析《在路上》）进行阐释。下午2点继续，由哥伦比亚大学英文系教授安·道格拉斯女士就凯鲁亚克的诗歌写作成就作了重要发言，然后，比尔·莫根先生——有名的"垮掉一代"编年史学者，曾编辑出版《金斯伯格作品研究目录(1941—1995)》——用幻灯介绍了即将由城市之光出版社出版的他的新著《"垮掉一代"在纽约：杰克·凯鲁亚克在纽约的生活纪实》中的若干图片。"垮掉一代"的主要成员大都在纽约求学生活过，格林威治村的酒吧、时代广场、哥伦比亚大学、曼哈顿等等。"垮掉一代"伙伴当年在纽约的生活情景，都被一一展现出来。凯鲁亚克同金斯伯格、尼尔·卡萨迪、威廉·巴勒斯、格里戈里·柯索等人常一同在酒吧饮酒读诗，彻夜不眠；凯鲁亚克就是在纽约切尔西区的公寓里写出了《在路上》。莫根边放幻灯边指着图片讲述，观众仿佛进行了一次凯鲁亚克纽约遗踪之游。

下午的最后一个主题是"怀念金斯伯格"，由安勒·沃德曼主讲。她同金斯伯格于1974年在科罗拉多州博尔德建立了凯鲁亚克分解诗歌学校，是"垮掉一代"的杰出女诗人，出版过若干诗集，20世纪60年代就同金斯伯格认识，以后一度来往密切，一同参加过反战示威。她说，1997年是"垮掉运动"遭受重大损失的一年，除金斯伯格、巴勒斯相继去世外，其他"垮掉"作家——杰姆·加斯诺威森（Jim Gustavson）、杰拉德·彭斯（Gerald Burns）等人也辞世离去；但是，"垮掉运动"（请注意，她强调是"运动"）决不会因此而消亡，因为"垮掉艺术及艺术家将一如既往，以他们坦率的胸怀，不屈从于任何束缚，追求自由和创造性，以此激励读者"。可见，"垮掉"作为一种信仰、一种哲学、一种文化—社会现象，其实从20世纪50年代开始就一直在继续。"运动"（movement）这个词的内涵就是"在行进中"，但不一定是"有组织"的。

接着，她朗诵了自己为悼念金斯伯格而写的一首诗。声音时而高亢，时而低沉，并以手势及面部表情补充。目光一会儿微微仰望，一会儿凝视观众。坐在我旁边的一位美国中年妇女（后来我们交谈，知道她就住在洛威尔，在邮电局工作，是凯鲁亚克迷，每年都参加纪念活动）对我悄声说，金斯伯格也到洛威尔朗读过诗，也是如此声情并茂，而且边朗诵边弹唱。沃德曼的诗句很长（亦如金斯伯格，是那种不拘一格的自由诗体），但她熟练地掌握着节奏，几乎是一气呵成，中间很少有停顿（至少观众觉察不出）。听这样的诗朗诵你能感到，对诗人来说，诗句已经内在化了，是心灵深处的自然迸发，是灵魂的真情涌动，绝不是刻意雕饰，坐在书斋里硬"逼"出来的。难怪凯鲁亚克、金斯伯格主张自发式的写作（其实这也是"垮掉一代"艺术家的共识），像爵士音乐那样即兴发挥，无拘无束。她朗诵完毕，听众便报以热烈的掌声。

最后由在哥伦比亚大学写作中心任教的乔依斯·约翰逊女士朗读她的回忆录《次要的人物》（1983）中有关凯鲁亚克及金斯伯格的片断。她从20世纪60年代在纽约就同"垮掉一代"的许多代表人物接触，尤其同凯鲁亚克关系密切，这本书今年再版，是了解"垮掉一代"早期活动的重要文献。她也朗读得真切动人。

　　我环顾礼堂，座无虚席，过道上也站满了人。来自美国国内外的摄影记者手中的闪光灯不时闪动。每个人讲演完毕后，都留下一些时间让听众提问。听众有些问题可以说是针锋相对，双方争论得十分激烈。中午休息两个小时，来自荷兰阿姆斯特丹的一家电视台的摄影记者马斯先生以及洛威尔市地方报纸《洛威尔快报》的记者伦斯·史密斯先生利用这段时间分别对我进行了采访（他们从马克那儿获悉我的情况）。我说，随着中国的改革开放、中美关系的正常化，中美两国的文化交流也在不断发展。美国许多文学作品（其中就包括"垮掉一代"的作品）已被译介到中国。金斯伯格1984年曾访问中国，写下了若干诗篇，收入《白色的尸衣》。就像在美国，对"垮掉一代"作家及其作品至今仍有争议，中国的批评界及读者对"垮掉一代"也有不同看法，这很正常，正好说明中国改革开放带来的自由学术气氛。我本人能够在众多申请者中经过角逐获得国家留学基金会赞助来美国进行"垮掉一代"研究，也正说明了这一点。10月10日《洛威尔快报》便登出了这一专访以及"'垮掉一代'文学研讨会"主持人霍里戴教授同我的合影照片。

　　荷兰电视记者不远万里来洛威尔，是为了拍摄一部有关"垮掉一代"的纪录片。他们告诉我，"垮掉一代"在欧洲拥有众多读者，颇有影响。对于将金斯伯格的诗译成中文，他们很感兴趣，认为那一定是很难翻译的。在回答了他们提出的一些问题后，应他们请求，我用中文朗诵了一首。我朗诵的是《我为什么要静坐冥思》。他们答应影片制作完毕可赠我一套。

　　10月4日傍晚在"彩虹酒吧"（Rainbow Café）举行的凯鲁亚克作品朗诵会值得一提。这家名字很有诗意的酒吧位于洛威尔市中区卡博街，门面毫不惹人注意，砖墙已显得陈旧灰暗，如果不是半墙之上的窗口闪烁的霓虹灯、贴在门廊之上的一幅书写着"KEROUACDAY"（"凯鲁亚克节"）的彩色广告及酒类饮料标价，陌生人不会以为这是酒吧（美国街头的酒吧大都门面考究，装饰别致，各具特色）。它显得太寒伧，但却更有历史感。可以想象，这一定是当年在工厂劳累一天之后的工人最爱光顾的廉价酒吧。我同马克进入酒吧，只见面对吧台是一排高高的座椅，沿墙及前厅安放着火车雅座式的高靠背座椅，两张座椅之间有一张矮条桌，铺放着桌布，上面摆放鲜花瓶、饮料、食品和烛台。后厅没安放座椅，实际上是一个舞池，有自动唱机。座位上都坐满了人，有的人只好站着。我注意到酒吧前厅右角虽然拥挤，但在大冰柜旁边却布置了一个凯鲁亚克角落，张贴着凯鲁亚克的大幅照片及"凯鲁亚克节"的招贴画，任何人一进门都会留意：凯鲁亚克年轻，英俊，神情忧郁，身穿西装，似乎正是他高中毕业离开洛威尔赴纽约读书的年龄。许多人就在这角落前留影。当年，凯鲁亚克经常同伙伴们到这个酒吧听音乐、聊天，有时还喝得烂醉。大概他一生纵酒与早年这段生活有关，他过早地结束生命，据他的传记作家所写，也与过度饮酒不无关系。

朗诵已经开始。马克告诉我这些人来自美国各地，还有人从加拿大、法国、澳大利亚和日本来。他对我说，那位正站在舞池中央手持麦克风、披着长发的亚裔青年朗诵者便是日本诗人。他已经是第二次来参加"凯鲁亚克节"了。他朗读的是凯鲁亚克的一首诗《不大想出生的孩子》。尽管他非常卖力，声音洪亮，像放连珠炮似的，但我想他那很不标准的日本式英语大概没谁能听懂；不过，人们还是报以热烈的掌声。

纪念节期间，我也去参观了凯鲁亚克出生的房屋（位于拉普里街 4 号）以及与他有关的好几处旧址：受洗礼的教堂、高级中学、报社（他曾在此担任体育专栏记者）、图书馆、他哥哥杰拉德病死的房屋等等。马克告诉我，凯鲁亚克家境困窘，父亲开一家作坊式的小印刷厂，母亲在鞋厂干活，生活很不稳定，经常迁居。凯鲁亚克家的住处在洛威尔法裔聚居区的幸特拉维尔以及波塔克维尔，一看这些房屋就知道是普通老百姓的住家。木质结构，一般两层（不算地下室），临街，小走廊兼阳台，四周没有如富人住宅那样空旷的草坪、树林，不过看起来仍很整洁，木板墙似才粉刷过。我问马克，干吗不把这些房屋作为文化和历史遗迹保留下来对外开放？他说，凯鲁亚克家在洛威尔有多处住址，都买下来，耗资巨大，市政府出不起。参观者到这些地方，只能在远处看看，不能进入，因为已属于私人财产。

不过，凯鲁亚克纪念公园却要算是市政府的一大艺术杰作。说是"公园"，实际上只是一个公共场所，一块开阔的空地罢了；位于市区布里奇街，濒临流经洛威尔市区的梅里迈克河；河边是一排当年修建的多层红砖纺织厂建筑，河岸之间有一座大桥。就在这样的背景上，八根深红色三面形花岗石柱组成了一个具有佛教—基督教双重象征的曼荼罗（mandala）图形。"曼荼罗"是梵语，即坛场，是静思祈祷之圣地。上面分别刻写着凯鲁亚克的 5 部以洛威尔为背景的小说以及《在路上》、《孤独的旅人》、《墨西哥城市布鲁斯》这三部作品的片断。八根造型独特、相互对称的红色书柱无疑是永恒的纪念碑，是由市、州、联邦政府共同出资，根据休斯敦著名艺术家本·沃尔塔纳先生的设计，于 1985 年 6 月 5 日建成的。凯鲁亚克最后一任妻子斯特拉同意在石柱上刻上作品文本片断。当时有人曾建议立一个凯鲁亚克塑像。据说，斯特拉这样回答："对他最好的纪念是作品。"每逢与凯鲁亚克有关的日期，市民们常常聚集于此，朗读他的作品，使之成为洛威尔市一大胜地。的确，在浩瀚的天宇下，洒满一身十月的秋阳，听着远处教堂的钟声、流水声，石柱上不时有鸽子停留，树影婆娑；站立在这儿，虽然见不到凯鲁亚克的任何图像，但面对书柱，能激起多少遐想！他正是从这儿出发行进"在路上"的。虽然现代交通极其发达，人们远行不必像凯鲁亚克及其伙伴那样只坐汽车，还可以乘飞机、火车；然而"在路上"已成为一种特殊的话语，它象征着追求自由、勇于冒险、不循规蹈矩、不知疲倦的人类精神和创造力。在这个意义上，《在路上》这部小说同《荷马史诗》中的"奥德赛"，同马克·吐温的《哈克贝里·芬历险记》一样超越疆界、年代，具有永久的魅力。他从洛威尔出发，最终在洛威尔安息。

1969 年 10 月 21 日，凯鲁亚克在佛罗里达州圣·彼德斯堡镇去世，遗体运回洛威尔，埋葬在戈汉姆街的艾迪逊墓地。我去的那个下午，秋阳灿烂，墓地里已落下片片枫叶，火红一片。这是"凯鲁亚克纪念节"

结束后的 10 月 18 日，马克单独邀请我前往洛威尔。美国的公共墓地就像居住区一样,编有街名和门牌号。马克很快就找到了凯鲁亚克的"住处"。和别的墓碑不一样,凯鲁亚克的墓碑不是直立的,而是一块普通的石板,平平地半埋在地面上,字迹清晰可见。我仔细一看,并非 1969 年他逝世后安葬的那块石碑,因为上面还刻有他最后一任妻子斯特拉的生卒年月日（1990 年 2 月 10 日去世),显然是死后同凯鲁亚克一起合葬时另立的。在凯鲁亚克的名字和生卒年月日下刻着这样一行字:

HE HONORED LIFE

译成中文的意思是"他没有虚度一生",这就是墓志铭。10 月 18 日是极普通的一天,与凯鲁亚克似乎并无关联,但是显然已经有人来悼念过了,因为在墓碑旁边已插了一小面美国国旗,放了几束鲜花,还有啤酒瓶、烟头,这是美国人悼念死者惯用的方式。除了我和马克,整个墓地空无一人,但可以看见可爱的小松鼠旁若无人地在墓地间蹦跳。我站立注视,凝思良久,然后蹲下,在墓碑旁留了一张影,拾了墓地上的一块小石粒。驱车回程时,马克对我说:"你是到墓地来悼念他的第一位中国学者,《在路上》中文版的译者,好极了！他若地下有知,定会无比欣慰的。"我想,真正令他欣慰的是:他的名字及作品已经越过大洋,在全世界广为人知了。是的,那墓志铭写得多好:

他没有虚度一生。

1997年11月19日于美国哈佛大学

（原载《文艺报》1999年2月25日）

凯鲁亚克遗产之争

杰克·凯鲁亚克（Jack Kerouac）有多少遗产？凯鲁亚克遗产之争（Kerouac Estate Controversy）是怎么回事？1997 年至 1998 年我在美国进行"垮掉一代"研究期间才开始知道此事，后来我还见到了与此案相关的两个"水火不容"的关键人物，至今此事仍未了结。不过，客观地介绍有关内容，特别是对喜欢被称为"垮掉一代之王"（King of the Beats）的凯鲁亚克作品的中国读者来说，仍不无意义。

凯鲁亚克父女

1950 年秋，年方 19 岁的少女琼·哈维蒂（Joan Harverty）从纽约州阿尔巴尼来到纽约市，同比尔·卡纳斯特拉（Bill Cannastra）律师——正在哥伦比亚大学就读的金斯伯格和凯鲁亚克的朋友相遇。10 月 12 日，比尔在乘坐地铁时，显然想从窗口爬出去，脑袋同地道中的一根柱相碰撞，随即毙命，其后，哈维蒂便住在比尔的公寓内。几周后，凯鲁亚克不时到公寓来看望哈维蒂，在向哈维蒂求婚后两天，11 月 17 日两人结婚，哈维蒂于是成为凯鲁亚克的第二任妻子。开初，两人同凯鲁亚克的母亲卡布雷列同住。1951 年初，夫妻俩迁入曼哈顿西第 20 大街 454 号公寓。这年 4 月底，凯鲁亚克完成了小说《在路上》初稿。6 月，哈维蒂怀了孕，凯鲁亚克坚持要妻子堕胎，但哈维蒂拒从。据凯鲁亚克传记作家安恩·卡特斯（Ann Charters）称，为此，她曾将凯鲁亚克撵出门，二人遂分居。这次婚姻只维持了半年便告终。1952 年 2 月 16 日，哈维蒂生下一女——琼·凯鲁亚克（Jan Kerouac），可凯鲁亚克拒不承认是其亲生父亲。为了获得女儿的赡养费，哈维蒂曾几次将凯鲁亚克告上法庭。哈维蒂在其回忆录中曾这样谈到两人的关系："我们之间甚至缺乏那种或许被我们误认

为是爱或者妙趣的肉体吸引……他的性要求并不强烈……他既不太挑剔，也毫不主动，除非涉及到家事。"（《无人之妻》）

哈维蒂后来再婚，生下了三个孩子，1982 年被诊断患乳癌，1990 年死去。

琼第一次见到父亲已经 9 岁，亲子血液鉴别证实了她同凯鲁亚克的父女关系。当时，"垮掉一代"诗人艾伦·金斯伯格（Allen Ginsberg）的哥哥尤金是凯鲁亚克的律师。据金斯伯格说，杰克其实在一见到琼时，从两人相貌的惊人相似便明白琼是其女，而琼也认出杰克是其生父无疑：同样的若有所思的蓝色大眼，厚厚的下唇，加拿大法裔血统特有的浓密黑发。法院判定，杰克每周需付女儿 52 美元抚养费。1967 年 11 月，凯鲁亚克由于长期酗酒，身体日益恶化。琼此时已 15 岁，父女再次，也是最后一次见面。琼由于家境窘迫，童年生活并不遂意，沾染了饮酒恶习，不时辍学，12 岁时便遭遇过性侵犯。她此时已有身孕，正同男友打算去墨西哥。他们来到佛罗里达州圣彼得堡镇同父亲告别。杰克看见女儿站在门口，便让她进屋在沙发上坐下，琼回忆道："他边喝着威士忌，边看电视，可我明白他看见我非常高兴。"正要离去时，凯鲁亚克对琼说："嗯，对了，你要去墨西哥，你可用我的姓氏写一本书。"

1968 年琼回到美国，在旧金山同作家兼神秘术士约翰·拉希（John Lash）结婚。1969 年她从广播中获悉父亲逝世，十分悲痛，虽说凯鲁亚克并没有给她留下任何遗产，如她后来所言"我只拥有他的 DNA"。此时她迁往华盛顿州基蒂塔斯，因为母亲此时定居在此。不久她同拉希分手，迁往新墨西哥州圣塔菲，由此开始一段长时期的旅居生涯——到过墨西哥、中美、南美等地。20 世纪 70 年代她返回美国，同伯纳德·哈克蒂结婚，一同去北美和英国。这次婚姻也为时不长，离异后琼又开始独自流浪。也许是命运的巧合，或者说冥冥中父亲灵魂的无所不在，琼比父亲更早体验了"在路上"浪迹的生活。众所周知，凯鲁亚克正是以其描述 20 世纪 50 年代美国社会中"局外人"、"边缘者"生活的自传性长篇小说《在路上》而闻名；他或许没料到，也不愿意看到自己的女儿会品尝到如此难以言尽的人生辛酸和痛楚，尤其是作为女人。琼处于社会最底层，干过最低贱的活，诸如跑道清扫工、饭馆洗碗工，甚至沦为妓女，吸毒纵酒，被拘押过。就在流浪途中，她也随身携带着她的第一部长篇小说《宝贝儿开车人》(*Baby Driver*)。此书 1980 年初脱稿，次年出版。这部小说是自传性的，描述她童年在纽约下东城贫民区同母亲相依为命的悲惨生活以及 20 世纪 60 年代在南美的浪荡经历。评论家认为琼已经显示出写作才能，其文笔的坦率真切、细腻传神与其说似乎在同凯鲁亚克的"文名一比高低，倒不如说令他复活"。(卡洛莱西《洛杉矶时报》)

"垮掉一代"诗人、城市之光书店老板、凯鲁亚克的朋友劳伦斯·费林格蒂 (Lawrence Ferlinghetti) 说："读者自会明白琼·凯鲁亚克无愧为老伙计凯鲁亚克的女儿，她在走着自己的路，并不寂寞。"只不过，琼同凯鲁亚克的联系既是天然的，更是精神上的。她在《宝贝儿开车人》中对此如是说："我的医生注意到我的名字，对我说'你应该读一读《在路上》'。后来的几年中我读了他的好些小说，可我对他从没有任何陌生奇异感。我正从泉水中游出来，而不是沉入其中，我渴得要命。我感到我全身心已经拥有他的情感以及灵性。"

从此琼作为"垮掉一代"女作家开始受到注意。她被邀请在美国及其他国家（芬兰、加拿大）出席有关"垮掉一代"作家尤其是凯鲁亚克作品研讨。1988 年她出版了第二部长篇小说《列车之歌》(*Train Song*)，写她多年流浪，同十多个男人在一起的经历。《纽约时报》上的一则评论写道，这是一本"有关她隐秘生活"的书，"字里行间浸透着悲哀"。当然，尽管如此，她生活仍然艰辛。1990 年母亲去世后，她的健康也每况愈下。由于无法偿付不断累积的医疗费用，她甚至不得不躲避去了波多黎各。1991 年 8 月在医院里险些死去。她患有严重的肾衰症，进而发展至心内膜炎，大剂量的抗菌素又致使她的手部神经功能及视力受损。在贫病交加中，她渴望能活下去，能拥有"一所属于自己的房子"。当然，她更因"凯鲁亚克遗产"案而身心交瘁，耗费了不少精力。1996 年 6 月 5 日，她在新墨西哥州阿尔伯克基一所医院去世，年仅 44 岁。其骨灰埋葬在新罕布什尔州纳舒她祖父母的墓地旁，从马萨诸塞州凯鲁亚克出生地洛威尔驱车约需 1 小时，我曾去此地凭吊。

琼死后留下了一部未完成的小说《鹦鹉病》（*Parrot Fever*），它与琼前两部小说组成了其自传三部曲。不过，这部小说大多系录音方式，没使用第一人称，而是第三人称，视野更为广阔，也更为松散，她有意将"自己"一分为二——主人公是一对同母异父姐妹，都失去了父亲，生活坎坷。

见过凯鲁亚克和琼的人都说，父女俩惊人地相像；也有人说，琼的外表和神态看起来就像电影明星简·方达。凯鲁亚克也许不会料到自己独生女的命运会如此不幸，更没料到自己当年留下的一笔微不足道的遗产居然会成为一桩错综复杂的司法案，不但将琼而且也将其他人卷入其中。

谁应该继承凯鲁亚克的遗产

这个问题本不值得争议，然而却成了这桩官司的焦点。1969 年凯鲁亚克去世，留下的遗产包括其手稿及其他财产都给了其母卡布雷尔（Gabrielle），据法庭估计当时价值 35 559 美元——不过，遗产数字说法不一，比如有的消息来源说是 53 280 美元（《洛杉矶时报》1998 年 5 月 30 日），最少的估计是只值 91 美元，显然这没有把凯鲁亚克在佛罗里达州的一处房产包括在内。这并不重要，一致的估价是现在凯鲁亚克的遗产价值达 1000 万美元之巨。凯鲁亚克的父亲早就去世。他可说是个非常有孝心的人，一生中尽管四处流浪，只要有可能大部分时间总同母亲住在一起。凯鲁亚克传记作家安恩·卡特斯对凯鲁亚克的第三次婚姻有以下一段描述：

1996 年秋，凯鲁亚克的生活愈加苦恼。母亲中了一次风竟瘫痪在床。这一年 11 月，《时代》杂志一则消息说杰克娶了第三任妻子，其童年好友查理（Charlie Sampas）的妹妹斯特拉·萨帕斯（Stella Sampas）。她比杰克年龄大，是一个生性稳重值得信赖依靠的女人，小时候与兄弟们一同上学便认识杰克了，一直未婚。她总盼着杰克回洛威尔向她求婚。杰克真的这样做了，他这时很需要有人照顾母亲。

同萨帕斯家的人结婚对凯鲁亚克来说也是了却一个梦想。他一直把萨帕斯家看成是理想家庭的楷模，在其第一部小说《镇与城》(The Town and City) 中就有所描述。

这也许可以解释他这次婚姻的动机，也在某种程度上表明了他同斯特拉的关系。支持琼的人曾以据说是杰克写于 1969 年 10 月 20 日的一封信来证实：(1) 凯鲁亚克无意将其遗产留给萨帕斯家；(2) 凯鲁亚克曾打算同斯特拉离婚。

这封信是杰克写给他妹妹的儿子，其侄子小保尔·布莱克 (Paul Blake JR.) 的。有关内容如下：

> 我已经决定把我的全部遗产，不动产和动产等等都留给妈妈。如果她死于我之前，我就将会留给你，在我死后所有一切都归属于你。……我只想将我的遗产留给与我的直系血统密切相连的人，那就是你妈妈我妹妹卡罗林，我不愿留下一分一文给我妻子方面的众多亲戚。我也打算离婚，或解除同她的婚姻。

这封信是否真实双方各执其理。波士顿律师乔治·托比亚 (George Tobia)、萨帕斯家的代理人说，这封信纯系伪造，是保尔在出席杰克的葬礼溜入房内用杰克的老式打字机打出，再寄给自己的。因为这封信是在长达 10 年后一位凯鲁亚克研究者访问他时他才出示的，其真实性值得怀疑。这位凯鲁亚克研究者指的是杰拉德·尼可西亚 (Gerald Nicosia)。他说曾复印了至少 10 份凯鲁亚克最后 10 年间亲自用打字机写成的信，发现字样同给保尔的这封信无异。

话说回来，1973 年凯鲁亚克母亲去世留下遗书将遗产留给斯特拉。1990 年斯特拉去世，她将凯鲁亚克遗产留给其弟妹们。他们决定由斯特拉的小弟约翰·萨帕斯 (John Sampas) 作为凯鲁亚克文学档案，亦即财产的代理人。

另一问题由此而生。1994 年 5 月 17 日，琼在佛罗里达州派纳斯县提出诉讼，状告萨帕斯家，声称祖母卡布雷尔·凯鲁亚克的遗嘱有假，因为签名是伪造的。琼的文学代理人，也是此案的重要人物杰拉德·尼可西亚在一篇文章中如此写道：

> 1994年1月，琼第一次见到一份据说是祖母的遗书，遗产继承
> 人没有她和表兄小保尔·布莱克。引起她注意的是凯鲁亚克（Kerouac）
> 这名字的书写好像有误，似乎谁写成了Keriouac。4月，由具有26年
> 验证书写和文件经验，包括曾为美国陆海军反间谍、反恐怖活动效
> 力过的专家在内的新英格兰司法调查处的隆·雷斯（Ron Rice）宣称：
> 对确定为卡布雷尔真迹的文书的鉴别结果表明，遗书上卡布雷尔的
> 签名"不是由卡布雷尔·凯鲁亚克所写或签署的"。

接着，据尼可西亚所说，琼和其律师到佛罗里达州圣彼得斯堡走
访遗书签名的两位见证人中尚在世的老人克里福德·拉肯（Clifford
Larkin）。"在法庭宣誓后，拉肯证实他从没看见卡布雷尔·凯鲁亚克在那
份作为其遗书的文件上签名；情况是，他的同室伙伴和朋友诺曼·巴拉
迪（Norman Barady）交给他文件，让他签名。诺曼是由斯特拉·凯鲁亚
克雇来照顾卡布雷尔的男护理。"

然而，对以上说法，另一方坚决否认。他们出示了卡布雷尔分别在
1972年的一份签名和1973年的遗书签名，认为二者并无不同，而且拉肯
的所谓证词不值相信，因为在卡布雷尔死后20年来，拉肯年老体衰，不
是一个可靠的证人，1974年琼提出诉讼时，拉肯已不能自理，正待送老
人院。似乎有说服力的是，1973年卡市雷尔签署遗书后9个月，两位证人，
即诺曼·巴拉迪和拉肯要求在此遗书验证期在法庭书记官前作证。两人
宣誓后确曾作证卡布雷尔在遗书上签名时，他俩"作为证人和目击者在
场"。如果琼的指控胜诉，凯鲁亚克遗产的归属又将如何？显然将一分为
三：凯鲁亚克的独女琼、侄子小保尔·布莱克、萨帕斯家。

杰拉德·尼可西亚和约翰·萨帕斯

1996年琼去世，留下遗书指定杰拉德·尼可西亚为其文学遗产代理人，
前夫约翰·拉希为遗产总代理人。出生于1949年的杰拉德·尼可西亚是
一位有名的凯鲁亚克研究学者，其长达近800页的传记性著作《杰克·凯

鲁亚克评传》（*Memory Babe：A Critical Biography of Jack Kerouac*　1983）多次再版，最近一次由加利福尼亚大学出版社 1994 年出版。企鹅版平装本在英国颇为畅销，并译成西班牙语、捷克文和法文。美国各媒体如《纽约时报》、《洛杉矶时报》、《今日美国》以及世界各地对此书的评论多达150 余篇，普遍认为这是最重要的一部凯鲁亚克及"垮掉一代"研究专著。"垮掉一代"三鼻祖之一的威廉·S. 巴勒斯（William S.Burroughs）赞扬："迄今有关凯鲁亚克生平及创作的最优秀之著，文笔准确清晰传神，作者颇能体味杰克行文之真谛。"凯鲁亚克研究权威之一，也是第一部凯鲁亚克传记作者的安恩·卡特斯认为此书"提供了重要的新东西，颇有价值，让我们能够更好地了解凯鲁亚克及其文学成就"。因为此书，尼可西亚荣誉获得美国艺术人文学会所颁发的杰出青年作家奖。

尼可西亚在伊利诺斯大学芝加哥分校获英语文学硕士，后曾在此校任教小说及新闻写作、"垮掉一代文学"等课。早在 20 世纪 70 年代在大学就读时，他就特别喜欢"垮掉一代"文学，尤其是凯鲁亚克的作品；同许多"垮掉一代"作家相识往来，如金斯伯格、费林格蒂、柯索以及鲍勃布·卡夫曼等人。他本人可谓多才多艺，除了为美国各大报刊撰写书评外，还写小说，诗歌，及戏剧、电影脚本。较有影响的戏剧作品是关于凯鲁亚克晚年生活的《杰克在幽灵镇》（*Jack On Ghost Town*），在纽约、芝加哥、洛杉矶的剧院上演过。他的诗集《精神病患者、情人、诗人、老兵和酒吧女》（*Lunatics,Lovers,Poets, Vets & Bargirls*）也颇获好评。当然，使他出名的是他作为凯鲁亚克传记作者及所从事的与"垮掉一代"研究的活动。他经常出席美国及欧洲"垮掉一代"研讨会，在有关大学开办专题讲座。为了凯鲁亚克传记的写作，他搜集查看了大量资料，耗费了整整 10 年，走访了众多有关人物，包括琼的母亲、凯鲁亚克侄子，也因此认识了琼：专为此书写作而积累的有关凯鲁亚克文档保存在马萨诸塞州立大学洛威尔分校图书馆，向研究者开放。不过，令他成为争议人物的是凯鲁亚克遗产案。

琼于 1994 年初签名指定尼可西亚为其文学代理人的遗书附录中第七

款明确写道："作为文学代理人，尼可西亚有权就我所拥有的任何文学作品或资料的出版、再版、出售做出决定。……作为文学代理人，他将从我的任何出版物出售或允许由他促成的其他所得版税收入中接受10%酬金。"

显而易见，如果琼指控萨帕斯家伪造卡布雷尔遗书签名一案胜诉，琼会获得其父杰克·凯鲁亚克遗产的三分之一，包括文学遗产。尼可西亚不但对琼的作品，也对琼承继其父的文学遗产的处理（出版、再版等）有一定的决定权。尼可西亚坚决支持琼的诉讼,据他所说是基于以下两点：

> 我认为萨帕斯先生将凯鲁亚克文档中的物件出售给收藏者和商人是错误、有害的，因为杰克自己曾明确表示希望他的文档存放在一个图书馆里对公众开放。我认为凯鲁亚克文档的年久失散对于凯鲁亚克研究将被证明是极其不利的，萨帕斯先生仅让两三个人使用这些文档，无从保证这两三个人是诠释凯鲁亚克作品的最合格的人。凯鲁亚克文档应该无限制地向所有严肃的学者、作家、历史学家开放。

> 我支持琼的诉讼的第二个原因，其实也是琼所希望的——那便是杰克·凯鲁亚克年已50多岁的侄子小保尔·布莱克生计窘迫，无家可归，病弱，随时会因缺乏必要的医疗而死去。……凯鲁亚克在死前曾写信告诉保尔，允诺让他享有其主要遗产。

约翰·萨帕斯现已70多岁，终身未婚，从军队退休后一直住在洛威尔，在其侄子吉姆·萨帕斯（Jim Sampas）的协助下主要管理凯鲁亚克遗产事务。人们普遍认为，琼以及尼可西亚指控他出售凯鲁亚克重要文档言过其实。《芝加哥论坛报》1998年8月5日的一篇文章写道："萨帕斯承认出售过10多封凯鲁亚克的信件给收藏者和凯鲁亚克迷。他说具体数量为20或30封。不过从1991年到1993年间曾为萨帕斯经手过此事的马萨诸塞州收藏者杰夫里·温伯格（Jeffery Weinberg）却说数量比这要多。"不过，温伯格也说他为萨帕斯出售的凯鲁亚克的手稿、信件、画等至今还在纽约市公共图书馆珍藏室。

1998 年初，我曾在这间收藏室阅读过其中一些手稿——凯鲁亚克用墨水笔写在笔记本上的诗歌及小说。看来凯鲁亚克重要文档并没流失。的确，凯鲁亚克的一件雨衣曾以 10000 美元卖给演员约尼·迪普（Johnny Depp）。萨帕斯一再表明，他无意如被指责那样靠出售凯鲁亚克文档或遗物攫取丰厚财源。出售某些无关紧要的东西亦是为了凑集必要的文档管理开支。上面所提到的那家报纸也透露，"萨帕斯说，他计划将凯鲁亚克文档出售给某一学府或研究机构以便利学者使用。他未说明是哪一家，什么时候。首先他个人将选定新奥尔良大学教授、传记作家道格拉斯·布仁基莱(Douglas Brinkley)清理凯鲁亚克个人日记、笔记及未发表的手稿。"

之所以做出这一决定，有传媒说因为萨帕斯很不满意尼可西亚的那本被广为称赞的凯鲁亚克传记。比如《洛杉矶时报》专栏作家瑞勒·塔瓦（Renée Tawa）在寄给笔者的文章（1998 年 5 月 2 日）中写道："在尼可西亚撰写的凯鲁亚克传记中，曾有若干次凯鲁亚克同男性的性事描述。萨帕斯说尼可西亚试图让人们相信杰克是不折不扣的同性恋者，可并非如此。"萨帕斯或许希望有一本权威性的凯鲁亚克传记来冲淡或抵消尼可西亚的那本传记的影响。

布仁基莱写过深受好评的卡特总统传记，本人是一位历史学家。果然，1998 年 11 月号《大西洋月刊》推出了其整理的从未发表过的凯鲁亚克日记片断及评论。这一期的封面是凯鲁亚克头像。布仁基莱将在几年内整理编辑出一套多卷本凯鲁亚克日记，并在此基础上写出一本凯鲁亚克新传记。这其实是如萨帕斯所说的凯鲁亚克著作出版计划的一部分。从 1991 年以来，通过其在纽约的文学经纪人斯特林·洛德（Sterling Lord），萨帕斯已授权出版了凯鲁亚克的 10 部作品——诗歌集、书信集、评论集。

我 1997 年至 1998 年在美国期间亲眼看见凯鲁亚克的作品在几乎所有的新书店出售，硬皮本和平装本都有，不但有再版的所有小说、诗集，而且还新推出了书信集及大开本精装《达摩如是说》（*Some of the Dahma*）——凯鲁亚克早年研习佛教的随笔手记。值得一提的是凯鲁亚克的好些作品当年曾被出版商拒绝，如今却由诸如维京（Virking）、企鹅、罗伊·哈泼斯这样的大出版社争相出版而且很畅销，真是今非昔比，其主要原因是当时被视为"地下文学"的"垮掉一代"文学已明显被纳入主流（虽然仍有争议）。但应该说，这种局面同萨帕斯在接管凯鲁亚克文档后的努力有关。萨帕斯还允许广告公司使用凯鲁亚克的相片，由萨帕斯侄子吉姆制作的凯鲁亚克诗歌朗诵 CD 前年上市，亦很叫卖。此外，据萨帕斯说，他同琼的关系并非如一些人所说的那么紧张。琼一直从其代理人那儿领收凯鲁亚克新出版物的部分版税。在琼患病期间，他曾邀请琼到洛威尔疗养，但被拒绝。

萨帕斯同尼可西亚之间的关系因为琼的诉讼可说势不两立。尼可西亚指责萨帕斯控制凯鲁亚克文档，利用金钱"收买"了一些人，比如安恩·卡特斯（两人关系也因此十分紧张），千方百计阻挠他出席与凯鲁亚克研究的一些纪念活动（比如 1995 年纽约大学凯鲁亚克研讨会。尼可西亚在一封公开信中详细叙述了开初他和琼如何被拒绝，只是最后由于金斯伯格的斡旋才买票得以入场，可后来被警察逐出的经过；不过另一说法是琼在会场上举出一幅标语"拯救杰克的文稿"，由于与研讨会议题无关，才被警察请求出场），而且指使一伙人在多种场合，甚至利用互联网对他进行人身攻击。

尼可西亚说："我已成为一场仇恨运动的主要目标。"一封寄给他的电子邮件居然杀气腾腾地威胁他"阿肯色的那所中学还公开为你保留了一个教职"，其意不言自明。这儿所指的是 1998 年 4 月初，阿肯色州一所中学发生的一桩震惊全美国的学生枪杀女教师及同学的恶性命案。瑞勒·塔瓦的那篇文章中还提到"萨帕斯去年在互联网上声称永远不准杰拉德·尼可西亚的毒手染指凯鲁亚克文档，他的触及是死亡之摸"。

这桩案子由于琼的前夫约翰·拉希以琼遗产总代理人的身份的介入而更加复杂。拉希认为是他而不是尼可西亚有权处理琼的遗产，包括与凯鲁亚克遗产有关的事务。他声称琼临死前的愿望是撤回其指控萨帕斯家伪造遗书的诉讼。1998 年 9 月 11 日新墨西哥州法院做出判决，是拉希而不是尼可西亚有权处理琼向萨帕斯家提出的诉讼，尼可西亚不服提出上诉。1998 年 10 月 30 日，新墨西哥州最高法院推翻 9 月原判，允许尼可西亚在数月后就其作为琼的文学代理人的身份问题"出席听证"。在此期间，以萨帕斯、拉希等为一方，尼可西亚为另一方，相互指责，愈演愈烈。尼可西亚指责萨帕期同拉希达成了某种默契，或者说交易，试图中止琼的诉讼。拉希等则指控尼可西亚"越权"，私自将琼的文档出售给加大伯克莱分校图书馆，获利 2 万美元。尼可西亚说这是琼的愿望、其所得远远不足以偿付此案高昂的司法费用。

凯鲁亚克的文学遗产不仅仅是一个个人拥有权问题，或许这正是其备受关注之所在，不论谁会合法地继承，它都应该是美国国家财富。这场时日旷久的官司背后的动机何在？似乎双方都有理由指责对方被金钱或名誉所驱使，当然我们宁可相信其动机是高尚的，无论萨帕斯或是尼可西亚都肯定要履行凯鲁亚克的遗愿：保护好文档，让有志于研究其作品的学者、读者使用。

反响及余波

这桩案件被媒体曝光后，很快便引起美国国内文学界及国外"垮掉一代"研究学者，乃至热心读者的关注。打开互联网，会发现若干相关网址，其倾向性不一，其中被访问最多、参与者最广的是由纽约市布鲁克林学院图书馆职员比尔·卡甘（Bill Gargan）创立的"垮掉一代文学名单"（Beat Literature List），参加者均为"垮掉一代"研究学者及爱好者，约 500 人。这原本是一个有关"垮掉一代"文学的站点，自从金斯伯格于 1997 年 4 月 5 日去世后，遂成为全球性悼念金斯伯格，缅怀其文学业绩的网站，以后更成为集中讨论凯鲁亚克遗产之争的网上自由论坛。参加者在上面张贴电子邮件，很快便表露出各自的倾向性，其中不乏美国式的"国骂"，主要针对尼可西亚；为尼可西亚打抱不平的也大有人在，言辞也愈加激烈，进而相互"攻击"。卡甘曾试图禁止参加者讨论这一话题，他说，他自己已经"成为所有人指责抱怨以及威胁的中心"。

据美国有线新闻的一则报道（1998 年 12 月 1 日），尼可西亚曾给卡甘一封信，声称作为这个网站的建立者，卡甘必须停止他人在网站上发表诋毁他的不实之词，否则他"会将此事付诸校方"。为了平息事端，卡甘不得不在1997年底关闭网站。此举被认为是"垮掉一代"圈子内的一大损失。

在另一被尼可西亚认为是支持萨帕斯家的网站"凯鲁亚克季刊"（Kerouac Quarterly）上也发表过"中伤咒骂"尼可西亚的言论。值得一提的是为此尼可西亚把居家于西雅图的一位新闻记者、自由撰稿人黛安妮·德·茹（Diane De Rooy）女士告上了法庭。据尼可西亚的律师大卫·A. 迪格鲁特（David A. DeGroot）1998年8月3日致旧金山法院的诉讼状中写道，被告自从1998年3月在国际互联网上发表了5篇文章"诬蔑杰拉德·尼可西亚为凶手、贪污犯、罪犯、骗子，精神错乱"，有损原告的声誉，影响恶劣，要求被告赔偿至少50万美元。而德·茹则声称：

> 发表在与凯鲁亚克崇拜（Cult of Kerouac）这一网页上有关的文章是我历时19个月对有关凯鲁亚克遗产案，包括凯鲁亚克亡女的遗产进行研究调查的结果。所以情况均为第一手资料，来自于我本人亲自同有关主要当事人包括尼可西亚的接触，也来自于法庭文件、遗书、出版物、凯鲁亚克文档，同数十位凯鲁亚克研究者、律师、新闻记者、"垮掉一代"作家，与杰克·凯鲁亚克和琼·凯鲁亚克有关的人，以及能证实尼可西亚阴谋的人的访谈。

我的结论十分明确：卡布雷尔遗产并非伪造，杰克·凯鲁亚克文档并不存在被出售给收藏家的危险，而且琼·凯鲁亚克有意甩掉杰拉德·尼可西亚，遗憾的是她未能用法律把这一希望确定下来就去世了。

上面一段话中的内容我已在本文中述及，唯一需谈一谈的是琼是否有意"甩掉"尼可西亚？尼可西亚当然坚决否认，而且似乎也不乏证据，诸如琼在给她的同母异父弟弟大卫·波尔斯（David Bowers）的一封明信片中第一句就写道："再次感谢你不遗余力保护琼的利益。"而这封信正是在德·茹访问大卫3周后写的。据德·茹说，这次访问中，大卫告诉她琼害怕尼可西亚，曾说过："我一定得摆脱尼可西亚，因为他不可信赖。"

从大卫给尼可西亚的信来看，他似乎不大可能告诉德·茹什么诸如琼欲甩掉尼可西亚的话。据尼可西亚说，德·茹最初向他表示对凯鲁亚克遗产及文档有关问题很有兴趣，请求他提供有关材料，他也的确那样做了，但后来他发现德·茹很可疑，因为她甚至要求得到一些极为重要的机密性的东西，诸如琼生前的最后录音带。此外，德·茹曾对尼可西亚说她奉约为全国公共电台（NPR）撰写一篇琼的诉讼报道，但尼可西亚调查后说，NPR对此加以否认，于是尼可西亚便中止了同她的联系。尼可西亚怀疑德·茹之所以反目为仇是被萨帕斯"收买"，尼可西亚的律师在上述文件上还如是说："据德·茹自己称曾于1997年10月去洛威尔同萨帕斯家见面，包括约翰·萨帕斯……会见后德·茹宣布将使用有版权的凯鲁亚克作品，包括在其拟编写的凯鲁亚克年历中引用凯鲁亚克文字及相片……德·茹欲编写的年历所需的大多数上述有版权的资料都将来自萨帕斯家亦即约翰·萨帕斯。"对此指控，德·茹亦很快予以反击。孰是孰非，可以权当是一个悬念。

由于此案的复杂性，很多人特别是对于那些曾与凯鲁亚克有关联的人，虽说关切但大都持中立态度，避免介入。不过，据德·茹所说，尼可西亚因为此行径"得罪了不少垮掉一代作家、学者"，其中有大名鼎鼎的金斯伯格。尼可西亚说1994年初正在东欧进行旅游朗读的金斯伯格从长途电话中被告知此事时便不相信萨帕斯家会伪造遗书，以后曾多次劝阻过琼和尼可西亚。金斯伯格为何如此，报道极少。这或许是因为他同萨帕斯家有长久的友好关系有关。

不过，支持尼可西亚的作家、学者乃至一般读者也不乏其人。首先是美国若干主要作家组织——全国作家协会（National Writers Union）、国际笔会美国中西部分会（PEN Midwest）、奥克兰分会（PEN Oakland）以及一些重要作家——马克辛·洪·金斯敦（Maxine Hong Kingston，即汤亭亭）、阿拉姆·萨洛阳（Aram Saroyan）、李尼·契尔可夫斯基（Neeli Cherkovski）以及约翰·舒尔兹（John Schultz）等。这几个团体都曾致信新墨西哥高等法院要求复审拉希提出的中止尼可西亚作为琼文学代理人案。值得一提的是 1998 年 6 月 6 日国际笔会奥克兰分会将 1998 年约瑟芬·迈尔斯文学审检奖（The Josephine Miles Literary CenSorship）授予尼可西亚，由著名华裔作家、美国全国图书奖及 1997 国家人文奖章获得者，现在加大伯克莱分校英文系兼职的汤亭亭颁奖，因为其"为捍卫杰克·凯鲁亚克和琼·凯鲁亚克文学遗产不遗余力"。这一全国性的文学奖每年授予那些在反对各种形式的政治文化迫害这一事业中出类拔萃的文学书籍、作家以及评论家。媒介对此评论道，正当尼可西亚遭受挫折之时，奥克兰笔会这一决定意味深长，意义重大，无疑给他为履行琼的愿望注入了更多的勇气及自信。

1998 年春，我经"垮掉一代"学者、米德尔塞克斯学院（Middlesex ColIege）英文系系主任布里安·弗耶（Brian Foye）教授介绍，在凯鲁亚克故乡洛威尔同约翰·萨帕斯及其侄吉姆·萨帕斯见面。听说我是凯鲁亚克代表作《在路上》中文版译者，他俩十分高兴，我们相谈甚洽，共进午餐，并在陈列的凯鲁亚克著作前合影。由于初次见面，我未能涉及极为敏感的凯鲁亚克遗产及文档问题。约翰·萨帕斯头发已花白，但身体硬朗，颇为和蔼可亲。他对我正在进行的"垮掉一代"研究课题极有兴趣，说他会乐意让我察看保存在他住宅的凯鲁亚克文档。遗憾的是我后来未有机会再去洛威尔。不过回国后我寄赠他拙译《在路上》，同他一直保持联系。

1998 年 5 月我在旧金山见到尼可西亚，他个子不高，身体壮实，戴着眼镜，留有浓浓的胡髭，目光炯炯，一看便知道极为精明，很有灵气。他家住在旧金山附近的一个风景宜人、树木葱郁的小镇。他专门邀请我前去。他对中国似乎并不陌生，因为他们夫妇 1995 年秋专程去安徽芜湖领养了一个中国孤女，去过一些地方。那小女儿中国名字叫吴吉（Wu Ji），或许是希望"吉祥平安"罢；英语名则十分普通，叫 Amy Catherine。小女孩挺逗人爱。尼可西亚夫妇热情地接待我，并说一定要教女儿掌握中文，"别忘记是中国人"，也要告诉她身世，长大了回中国去看看。我主要谈及凯鲁亚克与"垮掉一代"有关的问题。当然，他也对我谈及一些有关凯鲁亚克父女遗产问题，当时我就深感太复杂，而且一些美国朋友也曾告诫我别介入，尤其因为我是认识双方的中国学者。

今年4月10日，就在我开始撰写本文时我收到约翰·萨帕斯通过E-mail转发给我的一封司法文件，是由新墨西哥州伯讷尔利洛县(Bernalillo county)第二区司法庭于本年3月29日下达的正式司法令(Order and Judgment)。编号是NO. CVPB96—0949，上有法官托马斯·瑞兹(Thomas Ruiesz)签名。其内容看来是迄今为止有关此案的最新进展。1998年9月15日新墨西哥法院的判决重新得到肯定，这对尼可西亚绝对不利。这份文件的主要内容为：

1. 杰拉德·尼可西亚不得向琼·凯鲁亚克遗产继承方要求付给司法律师费。

2. 杰拉德·尼可西亚不能再作为琼·凯鲁亚克的文学代理人。

3. 杰拉德·尼可西亚可以获取他在作为琼·凯鲁亚克文学代理人时琼的出版物版权费的10%。

4. 凯鲁亚克遗产方的律师因为此案将获得190 000美元的司法费。

5. 杰拉德·尼可西亚如不服以上决定可向高级法院上诉。

我的一位美国朋友、"后垮掉一代"诗人维隆·弗雷泽（Vernon Frazer）在研究了这份文件后给我发来电子邮件说，在美国打官司既费时又耗财，得益者往往是律师。以此案论，律师获得190 000美元，萨帕斯家失去190000美元；尼可西亚损失最重，他从琼版权费中扣除10%所得可说微乎其微，不足500美元，远远不足以偿还其为此案须支出的巨额司法费用，因而会"债台高筑"（He is much now in debt）。

还没等我去信，4月12日我就收到尼可西亚的电子邮件，他没直接提及上述法院决定，"一直很不顺心。约翰·拉希新近雇佣了一位厉害的（new and powerful）律师，使我在新墨西哥州遇到麻烦"。显然这暗示了他的苦衷。作为一个自由撰稿人，收入本不太多（其妻在一家与中国有生意往来的科技公司工作），又有两个幼儿需抚育，由于一直为此案所困扰，正常生活以及写作研究项目已受到影响。比如早就开始撰写的记录从 20 世纪 60 年代末在美国兴起、众多越战老兵卷入并发展至今的反战运动史的大部头著作《从家园奔赴战场：越南战争老兵运动史》（*Home to War:A History of the Vietnam Veteran Movement*），至今一直未能脱稿，虽然部分章节已发表过，被誉为是有关这一运动的重要作品。眼下的这一判决更会使他处境艰难；不过，在这封信中他告诉我"新墨西哥州高等法院要求双方律师提供详尽的司法补充材料。案件辩论或许会拖至 6 月或 7 月进行"。显然他已上诉，不愿就此罢休；他还说"联邦调查局(FBI)已着手对约翰·萨帕斯涉嫌对我进行死亡恐吓开始调查"。

凯鲁亚克曾在其诗集《墨西哥城市布鲁斯》（*Mexico City Blues*）中说过：

> "金钱为万恶之源"
>
> 所以我
>
> 将在遗书中
>
> 写道
>
> "我后悔我这一生中
>
> 对金钱还受得不够。"

有一些人认为驱使双方纠缠此案的动因是"金钱"。德·茹就这样指控尼可西亚，当然被尼可西亚逐一反驳。至于尼可西亚状告德·茹诽谤案看来也没平息。

我想到尼可西亚的中国裔养女吴吉，她今年才 4 岁，我还记得她那可爱的笑容。尼可西亚说，他将我赠送他的拙译《在路上》珍藏着，就是要让吴吉有一天能读它。是的，令人感到欣慰的是，不管"大人"们如何"争斗"，吴吉还太小，不能明白这一切。

看来此案不大可能会很快了结。最后如何，还得耐心等着瞧。

1999年4月于成都华西坝怡园陋室

（原载《外国文学动态》1999年第5、6期）

城市之光书店与"垮掉一代"

美国西海岸大都市旧金山的城市之光书店（City Lights Book Store）兼城市之光出版社（City Lights Publishers）之所以名闻遐迩主要在于其同"垮掉一代"的历史渊源。对这家书店的盛名我早就心向往之，来到哈佛大学英文系研修后，我从金斯伯格的秘书鲍勃·罗森塔尔处获悉书店创始人劳伦斯·费林格蒂（Lawrence Ferlinghetti）的电子邮件地址后，发了一封信，作了自我介绍，希望能约定时间同他见面，很快便得到其秘书代回的答复："费林格蒂先生很高兴接受你的访问，请事先告知你可能何时来旧金山，以便安排。"1998 年 5 月 13 日，我到旧金山后从电话中得知，费林格蒂正好去欧洲出席"垮掉一代"国际研讨会，但书店负责人之一南茜女士（Nancy J. Peters）将同我见面，于是我随即前往。

书店在哥伦比亚大街 261 号，东邻旧金山唐人街，或称"中国城"（Chinatown），位于旧金山以文化人和意大利移民聚居而闻名的北滩区（North Beach）中心，旁边是以纪念"垮掉一代之王"杰克·凯鲁亚克于 1988 年由阿德勒巷更名的凯鲁亚克巷，几步之遥便是当年"垮掉"艺术家及文人经常光顾的意大利移民开办的维苏维阿酒吧（Vesuvio Bar）、利特里斯特咖啡馆（Trieste Café）。我曾同《凯鲁亚克评传》的作者杰拉德·尼可西亚（Gerald Nicosia）一同在这两家酒吧小坐，他同正在吧台忙着应酬的老板很熟，也向好几位顾客（都是自由撰稿人、艺术家）打招呼，向他们介绍说，我是来自中国的"垮掉一代"研究者。环顾四周，但见两面墙上挂着若干大小不同的照片框，都是一些文化名人历年来在这儿留下的照片。最引人注目的是金斯伯格及其"垮掉"伙伴，也正是这一点吸引着来自美国及世界各地对 20 世纪五六十年代文化怀旧的旅游者。他们不但到城市之光书店，也到酒吧来感受这种独特的气氛。书店是两层楼（地下室除外）建筑，面对大街，书店的徽记——一个丫字形，上面合抱着太阳，而这个丫字形（仿佛一个人高举两只手臂，又像托起的两只手掌）又被一个圆圈（象征太阳）环绕。店名的英文是"CITY LIGHTS BOOKSELLERS & PUBLISHERS"（城市之光书店和出版社），偌大的玻璃橱柜陈列着常备书及主要新书。我特别注意到橱窗内的凯鲁亚克半身照片，是最为常见的那幅。照片上的凯鲁亚克年轻英俊，目光炯炯又略带忧虑。读者进进出出，大都站在凯鲁亚克的照片前默默注视。书店入口处很窄，步上几个台阶向右便是偌大的售书间——与一般的书店展厅无异，一排排书柜间只留下足以让读者通过的空间，靠橱窗临近入口处是询问处兼收款处。如同美国的任何书店一样，这儿摆放着最新书目及书店介绍的小册子。从一楼书展厅我被引上二楼。上楼梯时。我注意到为充分利用空间，顺楼梯一侧仍然置放着书，墙上挂着与"垮掉一代"人物有关的相框以及招贴画。二楼有好几间办公室，南茜女士已在她那间和费林格蒂共用的办公室等我。她50岁开外，头发些许灰白，面颊消瘦但气色很好，颇为精明干练。她首先表示歉意说费林格蒂因不在旧金山未能亲自接待我，知道我是从事"垮掉一代"研究的中国学者（我早已在电子邮件中谈及我的情况）十分高兴。我们足足谈了两个多小时。我谈到"垮掉一代"在中国的译介研究，到美国后参加的一些与"垮掉一代"有关的活动，与"垮掉"学者的接触与联系；她则谈及城市之光书店的历史及有关情况，也回答了我所关心的一些问题，赠送我城市之光出版的若干书籍，其中有费林格蒂新近的诗选，"垮掉"诗人、南茜女士的丈夫菲力普·拉曼夏（Philip Lamantia）的诗集《斯芬克斯之床》（*Bed of Sphinexes*）。当年金斯伯格在旧金山"六画廊"朗读《嚎叫》时，出席并参与朗诵的诗人中就有拉曼夏。在"垮掉一代"诗人中，他以真实反映城市边缘人生活、关注生态而自成一格。南茜也带我参观了书店，二楼上除了几间办公室，余下的那间布置得舒适温馨，犹如书房，被称为"诗歌室"（poetry room）。书架上全是与"垮掉一代"有关的书，主要是诗歌，标写着"Beat Literature"（"垮掉文学"）。临玻璃窗的角落有别致的台灯，灯光柔和，还有沙发背椅，如果不想买书，可以坐在这儿阅读。南茜告诉我，这儿陈列的所有书籍不但可出售，而且也可供在营业时间内任意阅读。可不是吗，抬头可见墙上署名费林格蒂的一张招贴"请入坐阅读"。那天上午，一位中年男子正好坐在那儿专心读书，显然同南茜很熟悉，是常客。我们聊了起来，方知他是业余诗人，尤其喜欢"垮掉"诗作，看来这可是全美国书店中独一无二的"垮掉一代"书展厅。的确如此，我在其他书店没见到的许多书这儿都有，不仅有城市之光出版的，也有其他出版社的，依作者姓名的英文字母顺序排列，较为完整，难怪这儿成为世界各地"垮掉一代"研究者及爱好者购书的最佳去处，也是"垮掉一代"作家会晤、相互交流的理想场所。金斯伯格逝世前，不同年代的许多读者没准儿会在这儿同留着大胡子、总爱眯着眼微笑、谈吐幽默的金斯伯格邂逅。金斯伯格、费林格蒂、"垮掉"女诗人安勒·沃德曼（Ann Waldman）等都曾在这儿朗诵，同读者聚会，签名售书。这间房屋墙上还挂着费林格蒂另一幅格言式的标语，"Books are trees make immortal"（书籍是永恒的树林）。

接着我们回到一楼售书厅，这里陈列着城市之光出版的以及全美各出版社的书，大都是新近出版的，按类别（文学批评、小说、哲学、历史、音乐、政治、宗教等）上架。我注意到这儿不出售一般综合性书店必备的通俗类畅销书（无论是硬皮书或平装本），即使这类书很有经济效益。一个职员告诉我，尽管几经扩展，书店面积仍很有限。为了能容纳更多的人文社科类书，特别是文学，尤其是诗歌——这正是城市之光书店的特色——多年来都一直如此。有别于其他书店的一个显著特点是该书店专门设有翻译书专柜，都是世界优秀社科文学类作品，比如卡夫卡、契诃夫、陀思妥耶夫斯基、伊万诺夫，以及西班牙、葡萄牙，拉丁美洲等国作家的作品。出乎意料，我在书架上还发现有中国作品，而且是由我国外文出版社出版的中国现当代作家作品集。南茜说，书店同中国内地出版发行公司有往来，中国是一个文化悠久的大国，是不能不重视的。我还注意到，在其他书店不常有的一些稀罕的如属于"达达主义与超现实主义"这类的书在这儿也很多，而且是由城市之光推出的，比如超现实主义创始人、法国诗人勃勒东（Andre Breton）的《超现实主义宣言》以及首次被译成英文的《黑色幽默选集》（*Anthology of Black Humor*）——这本书颇受欢迎，勃勒东所论及的在他看来与超现实主义有关的艺术家、作家多达 45 位，诸如兰坡、达里、阿波利奈尔等人；还有另一类被称为"Topographies"（姑且译成地貌形态学，但别误会，不是地理学范畴，而是借用地理学术语的人文、自然科学的融合，纳入身体理论、控制学、性别研究等学科）。比如《精神空间疆界》（*Borders in Cyberspace*）这本论文集从实际性的信息基础产业，包括知识产权、安全、个人隐私、报刊出版检查诸方面，探讨法律、公共政策、社会文化价值。这类书读者面也许不太广，但对于城市之光书店却绝不可少。费林格蒂置于书店门前橱窗上的一句话"A kind of library where books are sold"已点明主旨——书店是一种出售书的图书馆。当然，这并不是说，书店应像图书馆藏书那样无所不包。就城市之光而言，这是说应该备有如图书馆那样稀罕、难觅的藏书。城市之光并不只是书店，而是"bookstore & publishers"（书店及出版社）的合二为一。在美国，出版社、书店作为企业，竞争非常激烈。出版社众多，大多规模不大，各具特色；至于书店，专门出售旧书的特多，新书店多为连锁店或颇有实力的大出版社（包括一些名牌大学出版社），比如众所周知的"Barnetrs and Nobles"。我在许多城市看到这家书店也像亚马逊书店那样开展网上售书，且有优惠。城市之光是一家独立出版社（independent press）。这有两层意思，其一指实践言论出版自由，不听命于政府意志。就此而言，从 20 世纪 50 年代创立开始，它就一直是所谓"反文化"、"反正统"，或者说"反叛"思想的一个中心。也正是因为如此，它同"垮掉一代"有天然的联系。20 世纪 50 年代，甚至当下，"垮掉"及"后垮掉"（post-beat）、"新垮掉"（neo-beat）作品仍被视为"underground"（非正统，地下的）。城市之光不但出版、出售所谓异端者的作品，而且一再将某些已被忘却的异端者（在彼时或现今）的作品重印，比如从金斯伯格的《嚎叫及其他》

诗集（多年再版，一直畅销，已印刷近 80 万册）到表现派艺术家卡仁·芬勒（Karen Finley）的《休克治疗》（*Shock Treatment*, 1989）。值得一提的还有美国当今目光敏锐的政治分析家之一的迈克尔·帕伦蒂（Michael Parenti）的两部评论集《被围困的美国》（*America Besiged*）和《反对帝国》（*Against Empire*）——前者所收文章大都作为系列讲演在加拿大、美国四十多个电台广播过。一些所谓主流评论家对于美国过去的重大事件、人物的解读往往虚伪，言不由衷，而这本书却深刻地揭示了主宰美国社会、政治、经济生活中的潜在势力，其中金钱至关重要："我们（美国）实在是一个被围困的国家，不只是从外部，而是从内部……有钱人对政治、经济、国家事务、大众传媒施加了绝对影响。听到这些，有些人会惊奇，有的会怀疑。"这本书令人信服地回答了这些疑虑。后者则暴露美国试图建立全球性帝国的狼子野心及血腥的事实。1985 年费林格蒂接受"湾区书评"奖的谈话，发表的标题是"作为国家敌人的出版社"（Publishers as Enemies of the State），虽说危言耸听，但也颇能说明城市之光的独立性。美伊战争之初，美国空军在海湾轰炸时，费林格蒂和南茜当即停止营业，以示抗议。其二是指不再依赖任何官方的经济支持来出版"异端"者的东西，比如国家艺术基金会（National Endowment fo Arts）。费林格蒂曾针对某些自诩为独立出版社或作家接受政府的此类资助出书的行为说过："虚伪，让这些小出版社和作家用政府的钱是共谋性的罪孽，我认为这是准则，这是阿伯特·加缪曾坚持过的，至今仍然通用。"简言之，独立出版社的宗旨是发现、寻找新的声音而且使之表达出来。正如费林格蒂所说："从一开始，（我们的）目的是出版的广泛性，避免地方狭隘主义以及学术宗派性。我所关注的是国际性的异端思潮，即使尚在萌发骚动之中。最令人激动、使人向往的是因语言或地域所隔离在诗人之间的那些持续不断产生的反叛性理念，它们会合在一起成为真正的超越国界的诗歌声音。"1995 年"城市之光"庆祝诞生 40 周年，隆重推出了由费林格蒂主编的《城市之光袖珍版诗人选集》（*The City Lights Pocket Poets Anthology*）。以上一段话便引自费林格蒂为此丛书所写的序言。该丛书从已出版的 52 册《袖珍版诗人丛书》中选出结集，收入了一些读者熟悉的诗人，如弗兰克·奥哈拉（Frank O'Hara）、肯尼思·潘特琴（Keneth Patchen）、罗伯特·邓肯（Robert Duncan）、格里戈里·柯索（Gregory Corso）、黛勒·迪·普里马（Diane Di Prima）、列维多夫（Levetov）、马雅可夫斯基和安德烈·沃兹申斯基（Andrei Vpoznesenskv），也有其他不常为人所知的诗人如芬兰的安塞尔姆·荷洛（Ahselm Hollo）、智利的尼卡诺·帕拉（Nicanor Parra）、法国的雅各·普雷沃（Jacques Prevert）、尼加拉瓜的厄勒斯托·卡登纳尔（Ernesto Cardenal）等。

自然，如今的独立出版社已面临危机，因为大众传媒试图一口吞下所有那些不崇拜任何偶像的东西，并且迫不及待将它们包装，这已是当下的一种时尚。不过，"城市之光"自有生存之道。这得从其历史谈起。费林格蒂 1919 年生于纽约扬克斯，后进入北卡罗来教会山大学，"一战"中在海军服役，后在哥伦比亚大学获英国文学硕士学位，1947 年赴巴黎专攻绘画，在索邦大学获博士学位。其毕业论文是《现代诗歌中作为象征的城市》。1951 年费林格蒂从巴黎来到旧金山，同朋友彼得·马丁（Peter Martin）相遇。马丁在如今的地址借用卓别林主演的影片之名创办主编了《城市之光杂志》。为支付杂志办公室的租金，他俩合计开办一家规模不大的平装书店（pocket bookshop）。1953 年书店正式开门。虽说在欧洲，尤其是在德国，当时平装书出版已相当发达，但在美国还没有地位，只有硬皮书才被认为是"真格的书"（real books）。"城市之光"是北美第一家平装书店。这自然是一个历史的机遇。特有的地理位置以及战后美国经济、文化由东向西渐移，使当时的旧金山成为东西方及美国本土各种思潮相撞、文人艺术家汇聚的一个中心。平装书由于价廉，读者众多，出版及销售逐渐普及到全美。作为开拓者，"城市之光"功不可没。《城市之光杂志》惨淡经营，办了 5 期只好停刊。马丁随即去了纽约，费林格蒂于是成了唯一的老板。在他接手的最初两年，他作出的第一个最重要举措是销售和出版平装书同时并举，出版了"平装诗歌丛书"（Pocket

Poetry Series）3 本，分别是费林格蒂本人、肯尼思·雷克斯罗恩（Kenneth Rexroth）以及肯尼思·潘特琴的诗集。费林格蒂这次因其诗集《逝去世界的图画》（*Pictures of the Gone World*）在诗坛崭露头角，后两位在当时诗歌界已颇有名气。这种平装书开本比普通型为小，也不厚，封面设计朴素大方，可以放在口袋中，十分方便携带和阅读，再加之售价特低，诗作本身也很有新意，所以非常叫卖。"丛书"第四本就是金斯伯格的《嚎叫及其他》。此书一出版即被当地警方指控为"淫秽"而引发了一场轰动全美的官司，费林格蒂被逮捕，不过审判后宣布无罪而释放。"城市之光"也因此声名远扬。《嚎叫》供不应求，金斯伯格也因此从一个无名之辈顿时跻身于美国诗坛，用他自己的话来说这次"判决帮了我大忙"。当然，这也使"城市之光"生意兴隆。于是"平装诗歌丛书"出版一发不可收拾，至今共有 52 本，几乎本本畅销。作为书店，"城市之光"也出售包括旧书在内的其他一些书籍，经营不断扩大。其策略是售书与出版相互补充。作为小出版社，"城市之光"集中财力，严格选题，每年只出书十多本，但本本有分量，销往北美及欧洲，并不亏本，反而赚钱；而销售的书籍，也不滞销，书店面积几经扩充，不但包括整个二层楼，而且连地下室也派上用场。南茜领我来到地下室，灯光明亮，非常宽敞用作旧书库开放，种类与新书类似；墙上也挂着记录"垮掉一代"作家20 世纪五六十年代在书店留下的一些颇有历史性意义的照片，还放置着一张大桌及沙发。南茜说这里是当年"垮掉"伙伴在旧金山聚会的一个场所，金斯伯格就在此朗诵过。我问到金斯伯格朗诵《嚎叫》的"六画廊"（Six Gallery）在何处，方知是位于联合街和菲利莫尔街之间的一家汽车修理店，早已不复存在了。"垮掉"伙伴当年大都属于社会底层的落魄文人，其作品常以手稿方式流传，被视为"地下"文学。置身于这间多次整修的地下室，望着墙上已陈旧的照片（当年他们都年轻，神态各异），联想到"垮掉一代"如今世界性的影响，不禁感慨良多。南茜从 1971 年便以总编身份成为"城市之光"合伙人。她认为"城市之光"雇员的素质，包括敬业精神及业务水平、工作能力当属一流。这也是"城市之光"一直保持良好声誉的一个因素。进入书店犹如到了家一样，好些男女读者在这儿相识，后来甚至结为伴侣，一些人的文学生涯也是从这儿开始的。我曾读到"窃书人（当然极为个别）如果其阅读品味不俗，有时竟被允许从这儿的书架上带走一两本书"。书店的收入增加颇能说明其成功，30年前月收入为1万美元，如今增至为20万美元。

"城市之光"同"垮掉一代"的联系的确是它名闻遐迩的一个主要原因，然而其"独立出版社"的传统使它不可能仅仅只为"垮掉一代"摇旗呐喊。"垮掉"诗人的作品只占历年来其出版选题的20%，并非通通接纳。比如，它就曾拒绝过凯鲁亚克的诗集《墨西哥城市布鲁斯》(*Mexico City Blues*)以及巴勒斯的小说《裸露的午餐》(*Naked Lunch*)。它也很乐意看见一些更大的出版社出版"垮掉"作家的作品。金斯伯格的《嚎叫》以后由知名的哈泼—柯林斯出版公司出版硬装本，售价25美元，但读者却似乎更喜爱"城市之光"平装本。

南茜让我在书店拍照并同我留影。回国后我一直通过电子邮件同她联系，获悉1998年10月13日，费林格蒂因为他的诗歌成就及对旧金山文学、文化所做出的卓越贡献而荣获旧金山首任桂冠诗人称号。他1958年出版的诗集《心灵中的科尼岛》(*A Coney Island of the Mind*)非常畅销，是唯一可以与金斯伯格的《嚎叫》相提并论的"垮掉"诗作。在78岁高龄时，他曾说过，自己并非"垮掉诗人"，而属于"垮掉"之前的一代（倘若以成长年代而论———一些批评家认为"垮掉一代"仅局限于20世纪50年代）。虽然在政治理念及诗学观上他们有某些共同处，但同被称为"垮掉三巨头"的凯鲁亚克、金斯伯格、巴勒斯相比，费林格蒂的"垮掉"色彩的确更少：他有固定职业，早已是成功的商人，家庭生活稳定，更非放荡不羁。但他无疑是"垮掉一代"最坚定的支持者，他更是一切不屈从于强权，追求自由，个性独立，被体制及正统批评家视为"异端"者的朋友。在接受旧金山市市长颁发的这一殊誉所作的题为《诗歌与城市文化》(Poetry and City Culture)的答辞中，他回顾了旧金山，特别是北滩的悠久文学传统，诸如马克·吐温、杰克·伦敦、威廉·萨洛扬、旧金山文艺复兴诗人，当然还有"垮掉"艺术家等在这儿留下的足迹；旧金山一直是美国的一个诗歌中心，诗歌前卫阵地，"也许其诗人和诗歌读者比世界上任何城市为多"。但他指出近两年来，旧金山富人和穷人的差距以 40% 的比率增加。"旧金山或许很快就将成为美国第一个贵族化的城市，几十年来一直是这个城市的灵魂并使旧金山跻身于世界最有魅力的大城市的那些人——渔民、小食品贩、蓝领工人、爵士音乐家、垮掉诗人、嬉皮士，以及朋克和其他许多人很难再在这儿生存下去，可一旦没有这一部分人，旧金山就名存实亡。"为此，他呼吁，向威胁城市的诗歌生命力的一切力量斗争，诸如伴随所谓的物质文明而日益增多的汽车、连锁店、军事—工业一体化等等。他郑重宣布，为促进旧金山文化，"城市之光"将筹建一个非赢利的基金会。他重申自己所身体力行的诗歌观："抒写那些具有创造性、重要性的东西，诗歌是让人听的，诗歌是消息（news）……或许当今的主流文化（dominant culture）仍将忽视诗人，因为诗人所说的一切是我们这个物质的、讲求实利的、技术至上的社会所不愿听到的。"他同"垮掉"诗人的异同也可由此观之：后者（尤其是金斯伯格）主张一切可以入诗，包括那些个人隐秘，诸如两性关系都可毫不顾忌大胆写出（这也是金斯伯格被非议的一个原因）。共同之处是"诗歌是消息"这一强调诗歌贴近现实生活，强调诗歌与朗诵、与听众密切相关，犹如新闻消息之于大众的观点。

　　到美国后，我关注的一个问题是：是否因为金斯伯格、巴勒斯等主要"垮掉"代表人物在 1997 年的相继去世，"垮掉一代"真正消亡？我曾向一些"垮掉"研究学者、大学教授、大学生、书店老板，乃至一般美国人谈及此事。根据我自己的所见所闻，回答是正如我多次读到的报纸标题所示："垮掉运动仍在继续"（Beat Movement Goes On）。这当专文评述。简言之，"垮掉"已成为一种思潮。"Beat philosphy"（垮掉哲学）这字眼常见于美国报端和文章中；作为一种信念、信仰，"垮掉哲学"自然便具有持久性。"异己的情绪"（dissident sensibility）以多种方式存在于当今美国社会，费林格蒂办公室书桌上就挂着一幅口号"美国见鬼去吧"

(Death to the State)。新近出版的一些书，从《新世界的边界》（*The New World Border*）到保尔·卡龙（Paul Garon）的《布鲁斯和诗歌精神》（*Blues and the Poetic Spirit*）等也都表明"反叛文学、边缘小说以及非小说类作品"（renegade literature，outside fiction and nonfiction）中的这种倾向。这不由使我想到费林格蒂对此问题的回答："干吗说什么垮掉的复兴？他们压根儿就没离开过！"（How can there be a revival when they haven't ever left？）

南茜、与我失之交臂的可敬的老人费林格蒂，但愿我能再次重访旧金山，在被称为"垮掉圣地"的城市之光书店同你们相逢。

1999年3月于成都华西坝怡园

（原载《出版广角》1999年第6期）

在地下："后垮掉一代"作家在美国
——维隆·弗雷泽访谈录

1997年10月初，我应邀出席了在"垮掉一代"之王杰克·凯鲁亚克故乡——美国马萨诸塞州洛威尔市举行的纪念凯鲁亚克节及"垮掉一代"学术研讨会。会议期间，我认识了著名的美国"后垮掉一代"作家、爵士乐评论家、低音提琴演奏家维隆·弗雷泽（Vernon Frazer）先生。他已经有《一辆华而不实的汽车》（*A Slick of Wheels*）、《魔舞》（*Demon Dance*）等4部诗集问世；1999年推出了其第1部短篇小说集《一直锁住这个频道》（*Stay Tuned to This Channel*）。

维隆同他的妻子埃莱因·卡斯住在康州东哈特福德市。他中等个头，清瘦，引人注目的是他的一脸胡髭。他很高兴同我相识，极有兴致地同我交谈，用那好听而清晰的美国口音对我朗读他的诗篇。我们话题广泛，但主要集中于"垮掉一代"，尤其是"后垮掉一代"。1998年底我回国后仍同维隆保持联系。这篇访问记是根据当时的谈话以及后来的电子邮件整理而成，由维隆最后查核后同意发表。他谈及我国批评界还很不熟悉的美国"后垮掉一代"作家，虽然回答往往是"非直接性"（indirect）的，这是文化背景使然，也许还只是他个人之言，但对我国读者更多地了解和认识"垮掉一代"及"后垮掉一代"文学相信会大有裨益。

文：维隆先生，我想到的第一个问题是"垮掉"对美国文化直到现在有何影响？这肯定与我们要谈到的"后垮掉一代"有关。

维："垮掉一代"对美国文化的影响相当大，不只是在文学领域，对当代美国的生活方式也有影响。"垮掉一代"是美国波希米亚传统的继承者，这种传统早在亨利·大卫·梭罗和沃尔特·惠特曼等的作品中就得到体现。60 年代的嬉皮士运动是"垮掉一代"的自然延伸或者说必然发展，这不仅是指写作也指生活方式。"垮掉一代"和嬉皮士都是如杰克·凯鲁亚克在其小说《达摩流浪者》（Dharma Bums）中所说的"背包革命"（rucksack revolution）。

凯鲁亚克的小说《在路上》一反当时美国主流价值观。人们也因此对"垮掉一代"众说纷纭，褒贬不一。所谓"美国主流价值观"，我是指 50 年代和 60 年代早期屡演不衰的诸如渥泽和哈雷特①之类的电视剧中所肯定的那种家庭生活模式——信奉传统的基督教义，追求循规蹈矩的人生历程以达到物质意义上的富裕，敌视那些持其他价值观的人，如波希米亚主义者和同性恋者。这些正是美国政客在竞选时所鼓吹的"家庭价值"。凯鲁亚克和其他"垮掉"伙伴深深感受到第二次世界大战结束后美国社会存在的这一股充满不满和异己情绪的暗流。

当今美国社会中理所当然的许多生活方式及理念在"垮掉一代"把它们带入美国，至少使之公开之时是不可思议、惊世骇俗的。比如出于娱乐目的而使用毒品。50 年代抽大麻是绝对邪恶之事，是犯罪。只有堕落的家伙才干那种事。现在，尽管电视上出现反对吸毒的呼声，可相对

①　全名是《渥泽和哈雷特传奇》（*The Adventure of Ozzie and Harriet*），由红极一时的影视男星埃里克·勒尔逊（Eric Nelson）出任男主角。

而言绝非是"谈毒色变"。又比如同性恋,虽说仍有争议,但社会对此的认可比之 50 年代是普遍得多了。

美国社会对于"垮掉一代"的看法相当不一致,在我看来既有趣又失望。60 年代早期嬉皮士运动势头正猛,大多数美国人认为"垮掉一代"已过时。他们没能意识到"垮掉一代"发起了一场文化意义上的革命,不但改变了美国的,而且也改变了世界其他地方的生活方式。类似的例子是:20 年代的达达主义和超现实主义也曾经使人们震惊。10 年前,我去参观一个达达主义和超现实主义艺术展,发现多数在当时被认为极有争议性的东西同今天高档杂志上的广告如出一辙。

威廉·巴勒斯对许多作家的写作风格极有影响,从实验主义文学中的卡塞·阿克尔(Kathy Acker)到诸多科幻小说家。对"朋克"摇滚乐也有影响。巴勒斯、凯鲁亚克、金斯伯格影响了一代在 60 年代成人的作家,比如我本人。

文:1998 年,劳伦斯·费林格蒂[①](Lawrence Ferlinghetti)在接受安德列·曼登(Andrew Madden)访问(参见《垮掉一代作家在工作》,第 334 页,现代图书馆出版公司,1999)回答"垮掉"运动是否已过时时曾说过:"它的确继承了美国写作传统,可追溯到沃尔特·惠特曼和爱伦坡以及杰克·伦敦,他们只是这种传统的一方面,在今天新一代的局外人(outsiders)中找到后继人。"不过,他没能进一步阐述这个问题,我认为这正说明垮掉运动正在继续,这一提法我在美国报刊上经常看到。

维:是的,"垮掉一代"在"后垮掉一代"及许多受到"垮掉一代"影响的作家那儿继续着。"垮掉一代"所反感的那些东西——异化、消费主义、单调划一以及缺乏有意义的宗教信仰,今天依然存在。你只要活下去,就会看到这些总是在继续。费林格蒂和我所说的这种情况绝不仅局限于美国。你可以在塞利纳、兰玻、陀思妥耶夫斯基等等这样一些不同时代、不同国家作家的地下作品中读到。对此我没有特别研究,但我

---

① "垮掉一代"诗人,旧金山城市之光书店及出版社负责人。

108

相信每一种文学都会具有堪称悠久的"地下"写作传统①。从历史的角度来考虑，我们可以说，由于"垮掉一代"的出现并不久远，他们对于其后作家的影响仍然是很大的。

文：那好，咱们现在谈谈"后垮掉"（post-beat）或"新垮掉"（Neo-beat）。我在美国报刊上读过，也听到人们讲过这一说法。"后"（post-）这一前缀用在"垮掉"前是否意味着"在……之后"（after），或者说是对发端于 50 年代一直持续到 60 年代乃至今日的"垮掉一代"的一种反拨（reaction）？什么时候，出于什么原因出现了"后垮掉"这一说法？

维：这个问题其他人如何看我不知道，不过我使用"后垮掉"是指那些继承"垮掉一代"作家事业的人。所谓"垮掉作家"（beat writers），我并不是仅指众所周知的最早出现的几个人——凯鲁亚克、金斯伯格、巴勒斯，还包括许多与他们有关的其他作家，比如迈克尔·麦克鲁尔（Michael MicClure）、菲力普·瓦伦（Phillip Whalen）、劳伦斯·费林格蒂、格里戈里·柯索以及加里·斯奈德。"垮掉一代"这一群作家彼此也极有差异。巴勒斯、凯鲁亚克、金斯伯格之间也是如此。"垮掉"作家的写作手法大都标新立异，极富幻念。作为一个整体，他们影响了现在 40 岁或 50 岁，甚至 20 岁左右的一代作家。这些年轻作家中的某些作品酷似"垮掉"。例如：迈克哈伊·霍洛维兹（Mikhail Horowitz）和我的诗作基本遵循"垮掉一代"传统。托马斯·品钦（Thomas Pynchon）、卡塞·阿克尔和马克·阿美里卡（Mark Amerika）的写作明显类似巴勒斯的小说风格。现今的美国文学、文化处于分离状态。50 年代还可以将许多作家归于"主流"，而"垮掉一代"恰好就是其对立面。五六十年代，创造性写作课程（Creative Writing Program）还罕见，现在可说无处不有。从事这种计划的，还包括不在其中的许多作家。他们现在感兴趣的是诸如先锋艺术、元小说以及超小说这些门类，而他们也大都受到巴勒斯、凯鲁亚克以及不属于"垮掉"之列的一些作家，如约翰·巴斯的影响。我还没有看见与"垮掉"

---

① 特指非主流文学，处于边缘或地下的作家或人士。所谓"地下"指尚未公开、处于秘密状态下的作品。

作家对立的文学流派。因为主流文学从没真正、完全地吸收他们，他们还没有足够的盛名能成为年青一代作家发难的目标。然而奇怪的是，70年代和80年代初的朋克摇滚是针对60年代的嬉皮士运动而言的，他们就把巴勒斯视为其代言人之一。

文：你这是说"后垮掉"是"垮掉一代"的继续？你刚才说过，"现今的美国文学、文化处于分离状态"，是否是说当今美国文学多元化，没有什么"主流"，是吗？

维：存在着为出版商和大出版公司赚取利润的文学主流，也有其他一些特殊市场，如女权文学、同性恋文学①、魔幻现实主义、多元文化写作，甚至"垮掉一代"作品也由于不断出版而获得可观收益。继60年代的民权斗争和青年反叛以及反越战抗议运动之后，出现了若干具有特别兴趣关注的团体。他们所创立的文学逐渐进入市场并占领了一席之地。比如一位男同性恋诗人现在可以专为男同性恋者这一群体写作。我认为这种分离状况主要归因于美国的文化市场化，而并不是由作家的作品造成的。不过在多数情况下，作家往往不得不寻求媒介的认同。

文：在我看来，"垮掉一代"作为一种运动（movement）而言，"垮掉一代"和"后垮掉"作家所固守的那些主张实际上已成为一种对于人生和社会的哲学观或理念，如同其他现存哲学教义一样不会短命，是永恒的。金斯伯格在回答"用一种理念或思想来概括垮掉运动"时曾这样说过："那就是回归自然而且反体制……"②你瞧，一定有某种很基本的东西使"垮掉"哲学或者说理念能打动不同年纪、职业的美国读者，虽说现在的社会情势同"垮掉一代"兴起发展的五六十年代已大不相同。你对此有何看法？

维：这个问题很难说清楚。金斯伯格的话代表了其他许多"垮掉"伙伴的主张，如迈克尔·麦克鲁尔和加里·斯奈德，某种程度上也包括凯鲁亚克。不过，巴勒斯在其作品中并不主张回归自然。他本人一直住

---

① 即"Gay and Lesbian Literature"（男同性恋和女同性恋文学）。

② 参见布鲁斯·库克，《垮掉一代》，第104页，查尔斯·斯克里布兄弟出版社。

在城市，后来才迁居堪萨斯州劳伦斯。如果你把金斯伯格的这一思想归自梭罗，那完全正确，也就表明你看出了斯奈德和巴勒斯之间的不同。生活在19世纪中期美国的梭罗是无政府主义者，脱离社区生活独自住在瓦尔登湖畔的木屋里。在其名作《瓦尔登湖》中，他记述了他离群索居的生活，向当时广为奉行的以追求物质财富为生活目标的美国价值观大胆挑战，温和地表达了后来"垮掉一代"对传统价值观的否定与不满。梭罗选择的是自然环境，也选择了简朴的生活方式。可众所周知，尼尔·卡萨迪①的生活相当复杂。

我认为"垮掉"哲学是一种灵活的并非一成不变的生活观念。它倾向于酒神般的狂放恣肆。多数"垮掉"作家追求痴迷，也在作品中表达了出来。作为一种精神体验，它非常强烈，使人摆脱司空见惯的混乱和疏离异己感。不过，一些"垮掉"作家在我看来，似乎更倾向于过一种宁静的生活。我很难用一句话概括"垮掉"哲学。我认为它是一种精神境界内的追求，尤其是宗教似的情感体验；面对社会和体制的束缚寻求自我实现，渴望一种更符合人性、充满同情怜悯的世界。

文：你似乎没直接回答"一定有某种很基本的东西使'垮掉'哲学或者说理念能打动不同年纪、职业的美国读者"。当今克林顿时代尽管问题也不少，但经济空前繁荣，美国梦似乎不是幻梦而是事实。在这种新的情势下"后垮掉"作家有些什么主张？

维：美国梦似乎不是幻梦，可毕竟还没实现。美国现在比世界上大多数国家拥有更多财富，可贫穷、无家可归者依然存在。1980年以前，里根执政期间，无家可归者还不多，可现在成为一个普遍问题。我相信美国有足够的财富消灭贫穷和无家可归现象，然而政治权势太贪婪，压根儿就不愿意这么干。"后垮掉"作家对此深信不疑。美国人民的确比多数国家人民享有更多的言论自由，但那些表达了太多异议的人在美国却很难找到工作，而且难以在传媒上自由表达看法。然而，如果缺少媒介

---

① "垮掉一代"伙伴，生活放荡不羁，被称为"垮掉一代天使"；凯鲁亚克《在路上》主人公狄安的原型。

111

传播，大多数人就听不到他们的声音，因此很难改变这种状况。美国不限制人民自由，但它把人民抛向市场。许多"后垮掉"艺术家都这么认为。在这个市场主宰一切或者说以市场为中心的时代，我们比当日"垮掉一代"还感到被剥夺、生存更艰险和压抑，有时候我甚至觉得我们像欧洲中世纪的僧人苦心固守一件文学作品、一曲音乐、一种文化和一种理想，只是希望未来的读者有朝一日能读到这些曾被权力体制压制过的东西。其他一些"后垮掉"艺术家强烈抗议使用核能和核武器。我们以各自的方式竭力向社会表达我们的观点：美国梦绝非真实，但应该有可能实现。50 年代，"垮掉一代"作家就曾抨击当时的体制。政府花了 15 年才孕育发展了美国目前现存的这种市场机制。凯鲁亚克在 1957 年还能用其作品影响公众，可由于现存这一机制的成熟和经济实力，与他相比我们就困难多了。

文：中国批评家对"后垮掉一代"所知甚少，虽说我们对它的出现并不感到惊奇。你知道，眼下在学术界，"后垮掉一代"之类的称谓成为时髦。你是一位很活跃的"后垮掉"作家，首先谈谈你自己，好吗？

维：我本人的写作受到"垮掉一代"作家以及为他们所影响过的一些作家的影响，如托马斯·品钦、卡塞·阿克尔和马克·阿美里卡。当然主要受益于"垮掉"作家。15 岁时，我就读到对凯鲁亚克《达摩流浪者》的书评。读完这部小说，我就明白，这辈子与写作分不开了。之后又读其他"垮掉"作品。我曾设法从奥林匹亚出版社邮购当时在美国被禁的巴勒斯的小说《裸露的午餐》，当然我从没收到。由于读凯鲁亚克，我醉心于爵士乐。凯鲁亚克的文章《自发性波普节律》①记叙了他的写作同爵士乐的关系，以及如何使用即兴手法来表达写作瞬间的感觉顿悟。我的写作（诗歌和小说）具有爵士乐似的即兴意味，这与凯鲁亚克的影响有关。我说过，我的小说某种程度上受到巴勒斯的影响，虽然同最近 25 年来发展起来的元小说、前卫通俗小说也颇有相似之处。我的诗歌受到"垮掉"

---

① 波普（Bop），是对兴盛于 20 世纪四五十年代的美国黑人爵士乐运动的称呼，与先锋派古典音乐有相同之处，节奏比一般爵士乐快，不那么平衡。

诗人迈克尔·麦克鲁尔和菲力普·瓦伦以及黑山派诗人查尔斯·奥尔逊和罗伯特·格雷莱（Robert Greeley）的影响。也如同其他许多"后垮掉"诗人，我还接受了查尔斯·布可沃基什（Charles Buikowksi）的一些影响。他最初拒绝把自己划入"垮掉"派，独来独往。实际上，他酗酒、赌马，也同女人有染。他更多地体现了"垮掉一代"不光彩的一面。

我通常伴随爵士乐朗诵诗并且录制下来。1987年我在灌制了一首诗的录音后，才开始发现我的嗓音同凯鲁亚克颇相似。这似乎也不奇怪：凯鲁亚克和我都有新英格兰口音。我认为，就诗歌与音乐的关联而言，我同爵士音乐家合作比当日的"垮掉"诗人用力更多。

文：还有哪些"后垮掉"作家你认为值得一提？

维：许多都值得一提。很遗憾我不可能全都谈到。

继承"垮掉一代"的作家在发扬"垮掉"传统时也各自形成了自己的风格。他们的作品与"垮掉"作品不完全相同是因为他们除了有"垮掉"作家的影响外，还受到其他人的影响。卡塞·阿克尔受巴勒斯的影响很明显，就年纪而言（她去年去世，仅45岁）是"后垮掉"作家。她也是一个致力于性别问题的激进女权主义者。她的一些小说中人物往往改变性别——从女性变为男性又变回女性。这一领域是"垮掉一代"作家从没涉足过的，虽然"垮掉"作家为此开启了大门。同其他"后垮掉"作家一样，她开始时举步维艰，但却取得了更多成功。她自己出版了早期作品。有影响的格罗沃出版社（Grove Press）推出她后来的作品后，声誉大增。

马克·阿美里卡是当代文学先锋通俗小说的一个代表人物。这种小说把文学实验同通俗畅销的诸如科幻小说结合起来。就此而言，巴勒斯堪称先驱。批评家认为凯鲁亚克的自发性写作其实也带有如约翰·巴斯和托马斯·品钦那样，在小说创作过程中突出作家心理的元小说因素。当然，凯鲁亚克本人不是学者在有意进行元小说实验。

安勒·沃德曼（Anne Waldman）作为诗人已经颇有名气。如果考虑到她在年轻时就同"垮掉"作家交往密切，可把她归入"垮掉"之列。如果考虑到她实际年纪——五十四五岁吧，她是"后垮掉"作家。她同金斯伯格一同在科罗拉多州纳诺帕学院建立了杰克·凯鲁亚克分解诗歌学校。

查理斯·普赖默尔（Charles Plymell），50 年代末、60 年代初就与"垮掉一代"伙伴交往，被认为是"垮掉"作家，不过他也同当日"垮掉一代"作家的后代关系密切。他住在纽约，在诗歌界和电脑技术界相当活跃，我们经常用电子邮件交谈诗歌信息。去年，昔日的一些"垮掉"伙伴在曼哈顿为尼尔·卡萨迪的儿子约翰举行了一次集会，有许多"后垮掉"作家参加。大家让约翰逛了纽约，晚上在格林威治村一家酒吧度过，朗诵诗歌，欣赏音乐，非常开心。当日的"垮掉一代"伙伴已经不多了，尤其在东海岸，普赖默尔因此拥有"垮掉一代"长老的身份。

一些"后垮掉"作家由于其作品对于我开头提过的一些经营"特殊"文学市场的人来说有利可图，因此受到公众、批评家的注意，收益也颇丰。不过多数"后垮掉"作家仍然得应付出版市场的变化。以下要谈到的人在我看来才气和原创力都不亚于一些知名作家。

米克哈依·霍诺维兹通过同普赖默尔等的关系直接与"垮掉一代"伙伴交往。他的诗歌既有艾伦·金斯伯格似的沉浸于文字的痴迷狂喜，也不乏一个天才喜剧表演家那样的幽默。他善于将诗歌和音乐演奏融于一身，其诗歌语言极具音乐性。

丹·尼尔森（Dan Nielsen）作为"后垮掉"诗人以机智著称。他的作品带有反文化朋克色彩，他对社会习俗的讽刺抨击让我联想到写作《婚姻》一诗的格里戈里·柯索。他使不良的社会现实变形以揭示其潜在的嘲讽因素。多年来他出版文学杂志《空枪消音器》（*Blank Gun Silencer*），主要发表"后垮掉一代"作品。

劳伦斯·卡拉迪尼（Lawrence Caradili）常在《咖啡评论》（*Cafe Review*）和其他一些"垮掉"或"后垮掉"刊物上发表诗歌，参办洛威尔纪念凯鲁亚克节活动，举办小出版社展销会。其诗歌特点也是以音乐为媒介。

以下一些"后垮掉"作家的作品也出色，只不过还没得到应有的公认罢了。巴里·沃伦斯坦（Barry Wallenstain），从 50 年代他少年时代便开始在曼哈顿同一流的爵士音乐家合作录制诗歌并表演，表达嬉普士们的情绪①。斯蒂夫·柯宁（Steve Koening）的诗作的多愁善感及精神狂喜类似金斯伯格。他也许要算是我读过的最大胆的男同性恋诗人，他在性描写上的坦率甚至超过金斯伯格。他的诗尤喜借助于先锋派爵士乐。默格·斯密士（Mog Smith）不仅诗写得好而且伴随音乐表演。她也编辑一本"后垮掉"文学刊物，多年来在洛威尔参与举办小型出版社展销。你去过那儿，想必能明白，这种活动在新英格兰各州对于"后垮掉"作家作品赢得更多读者是多么重要。

其他人，如卡蒂费什·麦克达拉（Catfish McDarah）、斯苏耶拉·霍夫曼（Schuyler Hoffman）和宪隆·弗拉齐（Shannon Frach）虽然还不出名，但作品不错，其共同点是既保持着如"垮掉"伙伴那样的精神探索，又不是简单重造，而是有所发展。

文：我注意到，你认为安勒·沃德曼既是"垮掉"也是"后垮掉"，凭她同金斯伯格和其他"垮掉"作家的交往以及她的年纪。她生于1945年。我见过她，她曾赠送给我她的诗集，挺好的。她或许要算是最有名的"垮掉"女作家吧。你认为她自己会认可被列入"后垮掉"吗？

维：我也很喜欢沃德曼的作品。我想，她更乐意被人称为"垮掉"作家，这是因为她同最初的一些"垮掉"作家的关联以及她在纳诺帕学院的地位。其他有名的"垮掉"女作家有黛勒·迪·普里马（Dianne Di Prima）和简妮·波米·维加（Janine Pommy Vega）。

文：50年代，"垮掉一代"诗人出现时是局外人，这是说一方面他们背离以Ｔ·Ｓ·艾略特为代表的文学传统，艾略特在其论文《传统和个人天才》中给诗歌的定义是逃避情感和个性；另一方面大多数"垮掉"诗人浪迹四方，就社会地位而言他们处于下层或边缘，难怪当时他们的作

---

① "hipster"是二战后在美国出现的一个新词，同"hippy"（嬉皮）有关，但含义更广泛，更深；指社会群体中某一类型的人：信奉存在主义，或吸毒，或迷恋爵士乐，与传统道德观格格不入。诺曼·梅勒索性称这类人为"白种黑人"（White Negroes）。"嬉普士"是20世纪60年代"嬉皮士"的先驱。

品很难出版——只有个别当时还毫无名气的小出版社出版他们的作品，如旧金山的城市之光。他们是"地下人"。当然后来情况有了转机，如莫理斯·狄克斯坦（Morris Dickstein）在《伊甸园之门》（*Gates of Eden*）中所说"到60年代末，文化界既拥抱莎士比亚也青睐金斯伯格了"（见该书英文版第5页）。我觉得，现在美国"后垮掉"作家面临的情势同50年代"垮掉一代"所遇到的颇为相似。这如何解释？

维：经济凌驾于艺术之上，或者说统治艺术。自70年代以来，被称为"集团"的大公司已经收买了出版商使他们成为大公司下属的小出版公司。大公司对出版业这一特殊行业的经营所知不多。有段时期，出版商情愿冒赔钱的风险出版某一文学作品，因为他们相信这样做"有益于文化"。可现在出版商受制于大集团公司，会事先预付上百万美元给一些他们认为会写出畅销书的作家。但这种买卖经常大亏本，所以现在他们便不愿意冒险出版"有益于文化"的书了。眼下这些大公司拥有美国大多数书店，甚至书店的职员也须从经济角度而不是艺术水平来看待文学作品。目前，如你在美国看到的，出版商不断出版能赚钱的"垮掉"作品。在50年代这些作品经曾作为市场推销商的金斯伯格的运作早已深入人心，一直被媒体宣传为"地下作家"作品。"地下"这一术语竟然变成了用来吸引读者的商业名词。这种读者我称之为"人口统计范畴内的不满者"（demograhics of the discontent），即购买主流媒体推出的"垮掉"以及其他不同文化认同的作家的作品。这些人我称之为不满意美国社会体制的"身穿凯鲁亚克T恤衫"者。可他们不明白美国商业机器——金斯伯格《嚎叫》中的那吃儿童血肉的恶魔——正从他们的这种不满中攫取巨额利润。可实际情况是，眼下的地下作家却难以找到愿担当经济风险去出版他们作品的出版商。所以大多数"后垮掉"作家不为人所知。

文：我明白了，谢谢。最后，我想要问的是，面对这种资本主义出版垄断市场，"后垮掉"作家眼下如何生存下去，前景如何？有哪些重要的"后垮掉"报刊、活动？

维：我已重新命名我自己的出版社为"在地下"（Beneath

Underground）以区别两种作家——像我这样或许难有机会使自己的作品拥有广大读者群的以及已故的那些为出版商赚钱的作家。

"后垮掉"作家通过他们的文学杂志和小出版社让"垮掉"精神得以继续。这里有必要提到由"垮掉"作家出版的一些文学杂志，50 年代阿米里·巴拉卡（Amiri Baraka）的 *Yugen* 等等。巴勒斯的《裸露的午餐》最先部分在《大桌》（*Big Table*）杂志上发表。当然，"城市之光"是最早出版"垮掉"作品的小出版社。60 年代报纸创造了一个词"mimeo revolution"（微型革命），专指许多文学杂志的应运而生。油印机、照片复印机以及其他价格便宜的印刷机器的使用使那些被保守杂志拒之门外的作品能得以出版。这些杂志大都是"垮掉"或早期的"后垮掉"类型，如埃德·桑德斯（Ed Sanders）的《去你的》（*Fuck You*）。许多人先后主持、发表仍处于边缘的作家、音乐家的作品。由于印刷成本降低，可以说，这类杂志太多，数以千计。

80 年代和 90 年代的"电脑台式出版革命"更大大减少了印刷杂志的成本，人们可以出版不比专业印刷逊色的书籍杂志。也由于创造性写作课程在大学盛行，作家自己也出版书和杂志。派别内容多元化，有不少是"后垮掉"的。

杰夫·比尔肯斯（Jet Bierkens）出版了"后垮掉"作品集 *Tempus Fugit*。大维·克里斯蒂（Dave Christy）的 *Bouillabaisse* 是很有名的"垮掉"和"后垮掉"杂志。此外，还有 *Hteeltap* 和我前面提过的《咖啡评论》。日本有一本"后垮掉"杂志《蓝卡克》（*Blue Jacket*）。这些杂志大多数不付作者稿酬，而用杂志代替。如同当年的"垮掉"作家、"后垮掉"作家共同面临的现实困境是不得不自费出版作品一样。对于美国诗歌，这似乎是传统，惠特曼的《草叶集》就是如此。与"后垮掉"诗歌有关的爵士乐唱片自费录制出版也很普遍。

你瞧，"后垮掉"写作的前景似乎不太乐观——至少在美国这样一个商业意识统治、轻视文化价值的社会。不过，我相信，事实上也一直如此，有一大批作家仍然不遗余力继承"垮掉"作家对精神而不是物质欲望的追求。如果眼下的"地下"写作能在美国消费文化中占有一个市场，这些作家就会一如既往在地下进行自己的事业。

1999年10月成都华西坝怡园陋室

（原载《当代外国文学》2000年第1期）

感受金斯伯格①

《金斯伯格诗选》终于同期待很久很久的中国读者见面了。作为译者，我自然由衷高兴，甚至用得上"兴奋"这个词儿。屈指一算，它的"诞生"竟然经历了整整7个年头，或许还应该追溯到更早。20世纪80年代初，我就开始关注金斯伯格，特别是自从他作为美国作家代表团一员于1984年到中国访问（他曾在若干大学讲演，朗诵诗歌）之后。他能到中国访问，只有在中国改革开放、与国外的文化交流开始之后才可能实现，意义委实非凡。

长期以来，"垮掉一代"及其代表作家在中国"名声"很不好。在外国文学界，影响很大的正统观点是："'垮掉一代'是美国资产阶级道德沦亡、腐化堕落最集中、最无耻的表现。在他们身上，几千年来人类创造的高尚的道德、优美的情操都糟蹋殆尽，荡然无存，只剩下了卑劣、污秽、淫乱、颓废和堕落。"（《文学研究集刊》第一册，1964）难怪"the Beat Generation"当初被译成"垮掉一代"。"垮掉"这词儿是贬义，会使人联想到美国电影、电视上出现的那些行为放荡、无所事事、道德沉沦的社会渣滓、流氓、混混、痞子什么的。实际上，"垮掉"伙伴穷愁潦倒，大都是一些处于社会底层的局外人、边缘人，应算是"无产阶级"，怎么能荣升到"资产阶级"？当然，那是在阶级斗争要天天讲、年年讲的年代，

---

① 此系《金斯伯格诗选》后记。

118

这种"译法"不可避免地打下了那个时代的烙印。不过进入20世纪80年代，对"垮掉"作家的固有看法似乎也并未很快改变，看来这也与对"垮掉一代"缺乏研究及译介有关。这便是我要翻译、编选一本旨在全面反映诗人成就及风貌的《金斯伯格诗选》的初衷。

1992年2月初，我写信给金斯伯格，谈及我的打算。当时我已经译介了他的代表作之一——被认为是《卡迪什》续篇的《白色的尸衣》（《外国文学》1988年第2期），写了《依然故我的金斯伯格》一文（《读书》1988年第2期），还译介发表了若干有关评论文章。应该说，我对他的作品已有初步了解。写信给他是希望他授予我其诗选中文版的翻译权并了解有关版权及版税问题。3月中旬，我便收到其事务助理 Regina Pellicano 的回信，被告知金斯伯格极为赞赏我的译介计划："金斯伯格的秘书鲍勃·罗森塔尔（Bob Rosenthal）完全同意授权你翻译金斯伯格的任何作品，一旦译事完成，请同我们联系商洽出版及版权等事宜。金斯伯格向你致意，并衷心祝愿你的事业成功顺利。"只是没想到这类事还挺麻烦，直到1997年夏天我在哈佛大学英文系作访问学者后，译事才全面开始。

《金斯伯格诗选》大半译事是在美国完成的，虽说收入《诗选》中的二三十首已在《外国文学》、《译林》、《漓江》等刊物上发表过。我很幸运，因为倘若没有在美国一年的访学经历，《金斯伯格诗选》不可能以现在的面貌呈现在读者面前。

首先是如何取舍，即哪些诗入选的问题。金斯伯格是一个多产诗人，各个时期的代表作应尽可能纳入。金斯伯格曾寄赠我由企鹅出版社出版的《诗歌合集 1947—1980》（*Collected Poems* 1947—1980）以及哈泼·罗伊出版社的《白色的尸衣 1980—1985 诗选》（*White Shroud Poems* 1980—1985），还有记录他和彼得·奥洛夫斯基同性恋情的诗歌书信集《心灵狂喜》（*Straight Hearts Delight*）。应该说，这几本诗集中已可选出重要的诗篇，可并不全面，因为直到1997年逝世前，他一直在写诗。其最后一部诗集《死亡与荣誉：1995—1997 诗选》（*Death and Fame Poems*

1995—1997）今年已出版。到美后，我很快同金斯伯格的秘书，"金斯伯格基金会"——一个处理金斯伯格逝世后有关出版、财产、活动的机构负责人鲍勃·罗森塔尔先生取得了联系，并于1998年初去纽约拜访了他。他约我到曼哈顿下东区东第十三大街艾伦·金斯伯格的公寓见面(1995年，金斯伯格将其包括照片、书信、作品，以及有关"垮掉一代"的文档以100万美元出售给斯坦福大学，1996年才动用这笔钱的一部分买下了这个公寓)。乘电梯来到门前，鲍勃迎我进门，一见面就对我说，我给金斯伯格历年写的信及寄去的我的有关金斯伯格译作、文章都珍藏在专门的"文档"里。"祝贺你，文先生。"他说。联系欲译金斯伯格诗作的中国内地翻译者尚有他人，但艾伦最终"选择"了我，才寄赠许多书籍。艾伦本人非常喜欢中国，在纽约曾接待了许多来访的中国诗人。1984年的中国之行使他大开眼界，给他留下了难忘的回忆，写出了若干诗篇，收集在《白色的尸衣》以及《向世界祝福：1986—1992诗选》(*Cosmopolitan Greetings Poems* 1986—1992)这两部诗集中，格外引人瞩目。我对鲍勃说，我没能在艾伦在世时见他一面，让他亲眼看到《金斯伯格诗选》的首次中文版，并且签名留念真遗憾；但这本诗选将置于其作品的世界众多语言版本中，该是对他最好的纪念。也就在这次会晤中，鲍勃赠送我在国内无法觅到的艾伦最新出版的两部诗集《向世界祝福：1986—1992诗选》以及《1947—1995年诗选》。这使我所拥有的金斯伯格诗集十分完备，加上鲍勃赠送的艾伦逝世前写的一首诗《死亡与荣誉》打字稿，我的选择范围已包括他从1947年到1997年50年间的主要诗作。

回到哈佛，我将我初选的《诗选》目录分别寄给鲍勃以及堪称权威的金斯伯格著作编纂家比尔·摩甘（Bill Morgan），请他们看看是否"妥当"（就代表性及重要诗作而言），他们认为"不错"，已颇全面。我同时也说明，中国国情有别于西方，有关同性恋情及吸毒内容的诗作（《嚎叫》是例外），从接受角度考虑未收入，他们亦能理解。即使如此，金斯伯格各个时期最重要的诗篇，如《嚎叫》、《向日葵箴言》、《卡迪什》、《访问威尔士》、《北京偶感》等几乎都在其中，足以能够令中国读者开卷一览诗人一生的创作业绩了。

当然，坦率地说，如果没有这次美国之行，面对金斯伯格那"自传性"的、堪称反映20世纪后50年美国现实社会的"百科全书"式的诗篇，我必将迷失在美国俚语、俗语，以及自发性的"最初的思绪，最好的思绪"的即兴式写作手法，神秘主义（东西方哲学、宗教神学、从基督到禅宗佛教），"在路上"的旅游经历，从20世纪50年代到90年代美国本身的社会动荡及世界政治风云等等所编织成的语言森林中。

美国当今最有影响的诗评家、哈佛大学英语教授海伦·文德莱（Helen Vendler）说，金斯伯格的诗歌是"对美国的透视"①。这一看法已普遍得到公认。一些美国学者也告诉我，不了解他诗中所涉及的诸多社会文化、政治事件（人物）乃至地理知识，别想读懂他的诗；如果不熟悉他的家世、他本人以及和"垮掉"伙伴有关活动乃至轶事（金斯伯格的坦率是惊人的，没有什么不可以被写入诗中），更是寸步难行。例如，他最出名的长诗《嚎叫》，被誉为开创了一代美国诗风，可与T·S·艾略特的《荒原》媲美，其问世标志着雄踞本世纪前半期、以艾略特为首的传统诗歌、学院派诗歌的终结。人们普遍认为，如果说杰克·凯鲁亚克的长篇小说《在路上》是"垮掉一代"的圣经，《嚎叫》则是"垮掉一代"的宣言书。这首长诗涉及了他的众多"垮掉"伙伴——"我们这一代精英"的怪异奇事。显然，姑且不说金斯伯格写这首诗时由于服用了致幻剂，幻念接踵而至，思绪亢奋，化成了奇妙荒诞的意象，如不熟悉其中所指及渊源，真的犹如读"怪文"、"天书"了。

总之，从其人到其作品都可以说"艾伦是块硬核桃"。有幸的是，我认识并拜访了若干重要的"垮掉"研究学者。他们也是艾伦多年的朋友。我出席了1997年"垮掉一代"文学研讨会②；参加了1998年6月纽约中央公园举行的艾伦·金斯伯格国际纪念会，在会上还朗诵了金斯伯格在中国写的诗《一天早晨，我在中国漫步》；直接或通过书信同他们讨论

① 参见本书附录。
② 参见拙文《"垮掉运动"仍在继续》，载《文艺报》1992年2月25日。

有关我在阅读金斯伯格诗作中遇到的从语言本身到背景方面的疑难问题，并常常得到满意的回答。藏书极丰富的哈佛大学图书馆（访问学者同该校教授一样，借书不限量）使我有机会借读到了需要的几乎所有书籍报刊，查找到相关资料。哈佛校园附近的全美最大一家"诗歌书店"老板露易莎·索南洛女士（Louisa Solano）知道我正在翻译金斯伯格的作品，主动向我推荐有关最新书籍，还帮我从其他地方代购需要的书。这家书店的墙上挂着光临过该书店并与读者见面、朗诵诗歌的一些美国顶尖级诗人的照片，其中就有金斯伯格。她告诉我，我来迟了几个月，不然就会参加由诗歌书店等若干波士顿社会团体组织的悼念金斯伯格的活动了。尤其令人难忘的是，我曾从波士顿出发，乘坐灰狗汽车从东海岸横跨美国，到达西海岸"垮掉一代"发源地之一——"圣地"旧金山，有过一次"在路上"的漫长经历；游览金斯伯格就读过的哥伦比亚大学；在纽约市立图书馆珍藏室查阅了金斯伯格手稿，去新泽西州伊丽莎白城金斯伯格墓地凭吊；在丹佛市中心拉里马大街以及洛杉矶的酒吧前驻足，缅怀当年"垮掉"伙伴踪迹；在旧金山拜访与"垮掉一代"关系密切的城市之光书店／出版社[①]、金斯伯格在湾区北滩以及伯克莱时的旧址。我有机会"身临其境"，对列于"垮掉一代"作家笔下，尤其是金斯伯格作品中所描述过的美国大地（城市、乡村、平原、山峦、沙漠等），特别是相关人文社会、地理背景有了感性认识。这一切绝不只是从书本上能读到而且明白的。金斯伯格的有些原本是难以"咀嚼"的诗句在翻译时渐渐明晰起来，应该说，这要归功于美国之行。

1993 年，金斯伯格的一位中文秘书在给笔者的信中就曾说，金斯伯格作品汉译"不仅零碎、片面，而且常常不得要领，最糟糕的是现有的各种翻译曲解、错误甚多，译者不仅对美国文化、语言和艾伦诗歌知之甚少，就连中文功夫也成问题"。的确如此，一些朋友和读者（他们大都知悉美国文学，有的本人就是研究者、诗人）告诉我，居然读不懂金斯

---

① 参见拙文《城市之光出版社与"垮掉一代"》，载《四川文学》1999 的第 7 期；《出版广角》1999 年第 9 期。

伯格的汉译诗作，比如《嚎叫》，于是问我："难道金斯伯格的诗真是如此一派胡言乱语？"回答当然是否定的。问题在于有些译者由于不求甚解导致某些"误读"，甚至根本就没读明白，便大胆杜撰、生造，使原作"走了味"，面目全非。中国读者大多是通过中译本才知道金斯伯格的，这种译作由此引起的对金斯伯格诗作的"误读"也就势所难免。老实说，我在翻译时就一直诚惶诚恐，没有把握不敢随意下笔。我向来主张翻译与研究相结合，这本诗选便是这一主张的又一次实践，它本身便是我的"垮掉一代"研究课题的部分。

在阅读金斯伯格的诗作之初，我曾纳闷为什么没有一本金斯伯格诗选注释本（英美有些出版社就出版过名家名著集注本）。其实，戈登·博尔就编辑过《金斯伯格札记：50年代和60年代早期》（*Journals:Early Fifties and Early Sixties*）、《金斯伯格札记：50年代中期1954—1958》。倘若金斯伯格健在时就进行此事就更好，因为他是见证人和"传主"，对有关问题的答复应视为"权威"。在阅读—理解—翻译过程中，我查找了大量书籍、资料，亦求教于美国学者，凡是我认为会成为一般中文译本读者阅读、理解障碍的地方，如诗人写作此诗的背景，涉及的有关事件、地名、人物，诗人的遣词用句以及译音就此所作的"选择"，甚至写作手段，全诗的"基调"都尽可能作了注释——是我作为读者、研究者、译者对金斯伯格的一种解读。这本诗选如能起到"导引"作用，对读者、研究者接近和认识金斯伯格其人其诗有实质性的帮助，就令我欣慰了。

翻译诗歌的人最好应该是诗人。这种观点是有合理性的。我认为，诗歌译者除所必须具备的双语功底外，至少应该具有诗人的气质，作为研究者、学者，应该对其所译介的对象"一往情深"（并非须赞同原语诗人的人生理念），能感受到原作的思想内核及艺术底蕴（原语词汇、句式、韵律、节奏以及用这些因素所表达的意象，营建的结构等）。我喜欢金斯伯格那甚至比惠特曼还惠特曼（实际上，这已是金斯伯格独有的风格了）的自由诗长句：爵士乐般即兴，无拘无束，自发性的；词语不事雕琢如同日常口语；节奏自然，朗朗上口甚至可吟唱。但译成中文，由于中英两种语言的极大差异，再现原诗的这些特点并非易事。中译面向中文读者，就必须首先考虑译语读者的接受性，不可能完全按原诗顺序处理。但只要可能，为什么不可亦步亦趋？因为"形式"是诗歌的容器，或者说是外在表现，内容置于其中。基于这种认识，就整体而言只要读起来不太别扭，只要不大大有悖于中文表达习惯，我的译文便力求与原诗的形式相似——在句式、结构、词序、长短、分行乃至标点上；至于词义，英文单词往往多义，与不同的词搭配便有不同的词义，在特定的语境下，词义更丰富。对某些关键词义的确定，我尽可能在注释中出示英文原词并说明何以有此译法；重要人名、地名，有关背景方面的术语不但加注而且标明原文。金斯伯格的诗歌节奏是基于其说话时自然的呼吸长短而定的，听金斯伯格诗歌朗诵的录音对这种特点会更有体会。他承认或许因为是犹太人，说话时，呼吸特别长，很难有停顿，于是如滔滔江水的长句便呼之欲出了。金斯伯格为美国诗坛带来的另一个变革是让诗歌从学院派的禁锢中走向大众，如他所说回复到诗歌的本义："抒情诗（lyric）这个词最初的原意是竖琴所伴奏的音乐——在希腊时期，诗和歌是一回事。"[1]诗朗诵，而且伴随音乐已是当今美国非常普遍的一种文化娱乐方式，不但出现在酒吧，而且进入了剧院和大学校园。金斯伯格本人的诗歌朗诵录音被制成 CD 后十分畅销。他尤其喜欢使用并置结构(juxtaposition)，无论是诗句或个别词语他都能"将彼此互不相关的一些特殊事物并列起来，使它们之间所有逻辑关系在心中呈现"[2]这种技巧诉诸读者的视觉和听觉上的新奇是令人震惊的，能激发难以言尽的联想。可译成中文后，是否也具有对原语读者那样的效果呢？我以为，至少是类似的吧。

翻译金斯伯格诗作的一个顾忌是俗语，尤其是被认为是"粗话"的处理。《嚎叫》当年就曾因为其中的"污秽语言及内容"而被告上法庭，一时禁止出售的。即使现在，根据里根 1988 年签署的一条杰西·赫尔斯（Jesse Helms）法令——禁止所有广播电视台在上午 6 点到下午 8 点这段

①　参看金斯伯格，《诗人的追求》，载《文艺报》1988 年 2 月 4 日。
②　同上。

时间播放具有污秽言语的作品，尽管这首诗被几乎所有权威美国诗歌集选入，进入大中学课堂，《嚎叫》仍名列其中。金斯伯格来过中国，对中国的国情不可能无知，所以他在 1993 年 12 月 10 日写给笔者的一封信中就提到"你（们）怎样发表和翻译如 fucked in the ass 以及 cocksucker、cunts of wheelbarrrrows①这样的词语？与之对应的（equivalent）俗话是什么？合法吗？或者倘若用日常中文清楚地表达出来允许吗？你将如何来处理这样棘手的事（crucial problem）？这些词语并不会使人震惊，在当今美国日常口语中已是基本语汇。但它们确实曾'惊世骇俗'（shocking）足有一年——不过 1956 年在美国便被接受公开出版了。"

金斯伯格的担心可以理解，但是对于表达力极强的中文来说，"粗话"中当然会有与上述堪称对应的词汇，而且相当绝妙②。不过此类词语我在译文中作了变通，如《嚎叫》中出现的"cocksucker"我译为"与同性恋伙伴欢娱"，并在注释中说明"此系同性恋俗语，颇不雅，故未直译"。再者，这或许是明智的选择——单纯与同性恋以及吸毒有关的诗已排除在入选之外，这已得到美国一些金斯伯格研究者的理解，我相信金斯伯格本人也会赞同吧。

金斯伯格的重要性和意义不是三言两语说得清楚的。

他因患肝癌于 1997 年 4 月 5 日逝世。美国及世界各国的主要传媒都及时作了报道，发表专论。美联社当日称："His writings and lifestyle shaped the music, politics and protests of the next 40 years."（"他的写作及生活方式给 40 年来音乐、政治以及抗议运动注入了新的精神。"）这是针对金斯伯格作为当年反主流文化运动领袖、一代代"反叛"青年的精神宗师而言的。评论家大都指出金斯伯格及"垮掉一代"的"遗产"（legacy）之一是催化了美国 20 世纪 60 年代开始的反战、黑人民权运动、生态环境保护、妇女解放及性革命③——其影响及后果一直持续至今。我特地

---

① 这几个词都与性行为有关。

② 按理，原文中"粗俗"的表达在译语中亦应"粗俗"，即语义等值。

③ 其中包括同性恋权利。

问过一些美国学者，他们说 20 世纪 60 年代青年的时尚是，即使不是嬉皮士（"垮掉"青年即"嬉普士"，可说是其先驱，二者逐渐合流），也大都热衷于寻求令人兴奋的、新的感情经历，比如对东方宗教（佛教禅宗）及东方哲学的兴趣，热衷于浪迹四方"在路上"游历，还有对摇滚、爵士音乐的迷恋，以及对任何新潮思想及作为的迎合等等。吸毒和性革命也属于这种"新的感情经历"。这些无不与"垮掉一代"，尤其是作为杰出公众人物的金斯伯格有关。用我们的价值观看这是良莠混杂，比如许多美国人也不一定认可包括同性恋在内的性革命；但同样不可否认的是，今天美国以及西方乃至世界各地（包括中国）被青年广为接受的许多先锋、后现代文化方式，以及渗透到日常生活中的种种理念正是这种"变革"的结果。

　　我在阅读金斯伯格本人的书信、札记，以及他接受访问的谈话时，发现"candid"（"坦率，毫不隐讳的真诚"）这个词用得很多。无论是他的朋友和"敌人"也都承认这一点。这种"坦率"甚至到了"silly and crazy"（"傻、痴迷"）的程度。"垮掉一代"（这一提法已约定俗成，虽不确切，姑且沿用）或者金斯伯格最有感召力的正是"心灵的坦率与正直——心地坦然、宽广为怀、豪放不羁、寻求新奇、敢于冒险"。[1]其实早在 20 世纪 50 年代，当"the Beat Generation"刚刚出现时，约翰·霍尔姆斯（John Holmes）对何谓"beat"就回答得再清楚不过了："这个词的意义本来就模棱两可，它不只是令人厌倦、疲惫、精疲力竭、一无所有；它还指心灵，也就是精神意义上的某种赤裸裸的直率和坦诚，一种回归到最原始自然的直觉或意识时的感觉。"[2]凯鲁亚克干脆说"Beat"就是"beatitude"（"至善至福，精神完善的最高境界"）。当然，某些极端作为或许也由此而生。不过，这些理念，还包括对崇尚自然、自由，反对一切形式的压抑束缚，就成为评论家所说的"Beat Vision/Philosophy"（"垮掉理念／哲学"）。如

---

　　① 参看金斯伯格，《诗人的追求》，载《文艺报》，1988 年 2 月 4 日。

　　② 《这就是"垮掉一代"》，载《纽约时报杂志》，1952 年 11 月 15 日；参看拙译《在路上》附录，漓江出版社，1998。

他晚年的一首诗《向世界祝福》中所宣称的：“不听命于政府，也不皈依上帝／勿须永恒许诺责任。／变化是必然的事实。／普通平常的心灵不乏永恒的知觉……”当然，由此表露出的无政府主义思想也显而易见，但总的说来，应该是弥足珍贵的，不可全盘照收，也不能一概否定。

金斯伯格还用他的诗及行动反对美国军事—工业—政治一体化的富人／强权体制，不因经济和社会地位的改变而有任何妥协。官方一直视他为“捣乱分子”和异己力量，尽管他已被主流文化所接受：1973 年因《美国的衰落》获美国全国图书奖，是美国艺术文学院院士；晚年其《向世界祝福：1965—1992 年诗选》获得 1995 年美国普利策诗歌奖最后提名。他因抗议、参加示威游行多次被捕。中央情报局一直备有他的专门“档案”；他向来淡泊物质享受，后来皈依佛门后更是如此；虽说他已不再潦倒，其慷慨好施、乐于助人已是众口皆碑——其收入很大部分留做“金斯伯格基金”资助穷困诗人，解决其生计问题，还帮助他们出版作品；作为“文化使节”，他频频奔波于世界各地，热心投身于社会公益及人类进步事业。这一切就是金斯伯格的魅力所在，也是“金斯伯格企业”（Ginsberg Industry）的含义及使命。矛盾和复杂性集于一身：虔诚的佛教徒、同性恋者、蔑视权势的世俗诗人、社会活动家、青年一代的精神宗师。

逝世前数日，金斯伯格在清醒时还断断续续在电话上同国内外的朋友们交谈，最后一个电话打给被称为“垮掉一代”教父的巴勒斯（真凑巧，他亦在当年 8 月 23 日因心脏病离世）。1997 年被命名为“美国桂冠诗人”的罗伯特·平斯基（Robert Pinsky）说：“他的逝世不但标志着一个时代的结束，而且对于所有具有同样信念的人也是一大损失。”美国、欧洲一些国家以及日本对他的逝世反响空前强烈。在互联网上，会发现许多有关金斯伯格的网址，可以读到世界各国的一般读者（他的同时代人，乃至现在的青年及大学生）贴发的悼念诗文，人们会由此深切地感受到平斯基这话的分量。

国内对“垮掉一代”及金斯伯格的译介既不足也不深入，我特地将金斯伯格秘书鲍勃·罗森塔尔专为此书写的一文作为本书“序言”——

他谈及若干鲜为人知的有关金斯伯格的个人情况，极有价值；也将戈登·博尔教授的专文和海伦·文德莱教授的一文译出作为附录。这两篇论文从不同视角揭示了金斯伯格诗歌的渊源及意义。作为代译序的长文是我赴美前写的，概述了金斯伯格的生平，并对其主要诗作《嚎叫》及《卡迪什》作了评析，现在看来还欠全面和深刻；于是有的话便在"后记"中作了补充。书中的若干照片相信也会令读者感兴趣。

我要对下述美国学者对我的帮助表示由衷的谢意：金斯伯格秘书鲍勃·罗森塔尔（Bob Rosenthal），感谢他在纽约金斯伯格故居接待我并赠送我若干艾伦的书籍、录音资料并为本书写序；著名金斯伯格研究学者，弗吉尼亚军事学院英语教授戈登·博尔博士（Gordon Ball），他邀请我去他家，同我畅谈"垮掉一代"及金斯伯格诗歌研究问题，也感谢他为本书提供他所拍摄的有关金斯伯格的珍贵照片；《华盛顿邮报》资深记者、金斯伯格的朋友及"垮掉一代"学者阿尔·阿诺维兹（Al Aronowit），他邀请并陪同我拜谒了伊丽莎白市金斯伯格墓地；印第安纳大学退休教授沃伦·弗伦契（Warren French）博士，他是著名的"垮掉一代"研究家，其专著《旧金山文艺复兴诗歌 1995—1960》（*San Francisco Roetry Penaissance*）使我受益匪浅，令我十分感动的是他特地从佛罗里达州飞住波士顿来同我会晤，对于我所提及的许多有关金斯伯格诗歌理解问题作了详尽回答，并一直关注我的课题；米德尔塞克斯学院英语系主任布里安·弗依（Brian Foye）教授，他主讲"垮掉一代文学"课程，邀请我去作讲座，我讲了"垮掉一代"文学特别是金斯伯格在中国的接受情况，他还赠送我他历年所收集的若干有关"垮掉一代"及金斯伯格评论复印资料；"后垮掉"（Post-Beat）诗人维隆·弗雷泽（Vernom Frazer）详尽地解答我的一些问题；也要感谢金斯伯格研究家比尔·摩甘（Bill Morgan），洛威尔市纪念凯鲁亚克节负责人海门威·马克（Hemenway Mark）先生，马萨诸塞州立大学洛威尔分校英文系希拉里·霍里戴教授（Hillary Holladay），哈佛大学英文系主任列奥·达摩洛斯奇（Leo Damrosch）教授，哈佛大学燕京图书馆馆长郑炯文博士，凯鲁亚克传记作家杰拉德·尼可西亚先生（Gerald

Nicosia)，旧金山城市之光书店负责人南希·佩塔斯女士（Nancy Peters），他们对我的这一课题一直十分关切。

四川文艺出版社副社长金平先生担当本书的责任编辑，他从选题策划、谈判签约、案头编辑，一直到本书最终出版都做了严谨细致的工作，特此感谢。本书的不足之处，敬请批评指正，以便再版时更正。

2000年4月6日于成都华西坝怡园

对the Beat Generation和金斯伯格的误读

拙译《金斯伯格诗选》（四川文艺出版社，2000）问世后。反响热烈。应该说，我国中年及青年知识分子对于金斯伯格（1926—1997）并不陌生，但对他的误读也太多。我应邀作讲座，也接受媒体记者采访，这篇访谈录曾发表于《文艺报》（2001年5月18日），收入本书时内容做了少许增加。

你是怎样开始触及对"垮掉一代"的研究的

首先，姑且仍暂使用"垮掉一代"（the Beat Generation）这一称谓。我对"垮掉一代"的兴趣可以追溯到80年代中期，当时读了美国著名批评家莫里斯·狄克斯坦（Morris Dickstein）的《伊甸园之门——60年代美国文化》（*Gate of Eden: American Culture in the Sixties*），其中有不少篇幅谈及"垮掉一代"，尤其是艾伦·金斯伯格。作者认为从20世纪50年代在旧金山以金斯伯格长诗《嚎叫》为代表的"垮掉"生活方式及艺术风格是一种新的文化，而且在20世纪60年代广为传播，逐渐演变成一种运动，"垮掉"运动绝不是"一种全无社会或艺术意义的遁世文化"。对"垮掉一代"的这种肯定同我国当时批评界对其的普遍厌恶恰成对比，给我的印象很深。当时对"垮掉一代"及金斯伯格的译介与其他美国作

129

家相比近乎空白，我认为很有必要研究，尤其是金斯伯格1984年到中国访问后，我便开始几乎是跟踪式的关注"垮掉一代"，特别是金斯伯格。我尽可能研读了所能触及的金斯伯格作品及评论，译介了他的代表作之一——《卡迪什》续篇《白色的尸衣》(《外国文学》1988年第2期)；写了《依然故我的金斯伯格》一文(《读书》1988年第2期)等，1992年初，我开始同金斯伯格联系其中文版诗选的翻译权，很快便获得授权。不过，直到1997年夏我在哈佛大学英文系访学后，译事才全面开始，今年终于出版。1998年，我还翻译出版了"垮掉一代之王"凯鲁亚克的代表作——长篇小说《在路上》的第一个中文全译本(漓江出版社，1998)。"垮掉一代"研究在美国和西方国家的确并不时髦，早已是文化、文学以及社会学等领域的一个重要课题。谈及本世纪美国和西方的文化、文学，"垮掉一代"无论如何是不可回避的。可在我国，由于多种原因，无论是翻译及研究都还相当不够。

对金斯伯格的误读确实存在吗　体现在什么地方

是的，在中国，对金斯伯格的误读确实存在，这又同对"垮掉一代"本身的误读相关。从60年代初"the Beat Generation"(BG)被译为"垮掉一代"就开始了：最具代表性的观点是"'垮掉一代'是美国资产阶级道德沦亡，腐化堕落最集中，最无耻的表现。在他们身上，几千年来人类创造的高尚的道德、优美的情操都糟蹋殆尽，荡然无存，只剩下了卑劣、污秽、淫乱、颓废和堕落"(《文学研究集刊》第一册，1964年)。这种近乎于"宣判"的评论，已不只是误读，而是曲解了。南京大学中文系一位研究生在查读了当时几乎所有有关文章后，寄给我她的毕业论文(未定稿)，其中她写道："①对垮掉派作家的定位是类似阿飞或流氓，生活方式堕落、颓废，是资产阶级精神崩溃、道德沦亡的产物。②文学作品的内容是他们垮掉生活的写照，没有任何可资借鉴的地方。③从阶级斗争的角度给他们定性，他们是为资产阶级效劳的文学，是老一代先锋文学的恶性发展，是一条又臭又长的污水河里翻起的新浪头。④前途：

是向死亡进军的先锋，必然垮掉。"这也同样适合于很长一段时期我国批评家对金斯伯格的看法。可见，我国批评界对 BG 及金斯伯格的"偏见"由来已久，当然，这与当时我国特定的政治及国际气候有关。

中文贬义词"垮掉"与"颓废"、"堕落"显然几乎同义，可英文"Beat"的意义有十几种：令人厌倦、疲惫、困顿、不安、被驱使、用完、消耗、摇滚音乐中的节拍、敲打等等，可无论如何引申，也没有"垮掉"这一意义。我在同美国批评家谈到这一译名时他们就大为不解。其实，早在 50 年代美国批评家对于 BG 就已有十分精辟的见解："'beat'还指精神意义上的某种赤裸裸的直率和坦诚，一种回归到最原始自然的直觉……一个'beat'无论到什么地方都总是全力以赴、精神振奋，对任何事都很专注。"（约翰·霍尔姆斯）

对 BG 以及金斯伯格的误读（姑且称为误读）主要是因为金斯伯格当然也包括 BG 惊世骇俗的生活方式（吸毒、性放纵、玩世不恭等）引起的，具体到金斯伯格，他早年的吸毒，尤其终身同性恋恐怕最受非议；他还同其同性恋伙伴彼得·奥洛夫斯基出版过一部爱情诗集《心灵狂喜》（*Straight Hearts Delight*）。即使他在去世前不久的诗《死亡与荣誉》（*Death and Honor*）中还不厌其烦地写道：

……

　　我半世纪以来所有爱过的人，

　　数十个，上百，也许还要更多，

　　那些老伙计们头已经光秃，而满头浓发的年轻人不久前还在床上赤裸相遇，

　　这么多人相互聚会真不胜惊异，口若悬河，亲切无拘无束，勾起无限回忆。

他在诗中使用脏话、粗俗语更是毫无顾忌。或许，有人会认为既然如此何为误读。问题在于我们应该在具体的历史话语中全面地评价金斯伯格这样个性复杂矛盾的诗人，可以不赞同其生活甚至写作方式，但不可简单地作"是与非"之类的道德评判；金斯伯格及其伙伴的极端生活

方式本质上是以特殊的方式表露被压抑的自我，对压迫他们的社会的反叛，"是在以实际行动对一个有组织的体制进行批判"（古德曼，《荒诞的成长》，1960）。BG 文人纷纷皈依佛教、禅宗，难怪"Beat"还有"精神上的极乐、至福"（beatitude）之义。金斯伯格坚持"自发性写作"、"最初的思绪，最好的思绪"（first thought，best thought），甚至其同性恋等行为也是与 BG 继承美国超验主义，反对对个性、自由、自然的任何束缚和压制相关的，所以他毕生投入反战、黑人民权、生态环境保护、妇女解放运动，被政府视为"危险分子"；他蔑视权威，无所畏惧，心地坦然，正直，重精神轻物质生活。访问中国写的《北京偶感》（*Improvisation in Beijing*）以"我写诗因为……"开篇，一气呵成，用 38 句抒发了他的诗歌观：

> 我写诗因为英文词汇灵感来源于拉丁字"Spiritus"，也就是呼吸，我想自由畅快地呼吸。
>
> 我写诗因为沃尔特·惠特曼曾对世人以允诺表达思想应坦白直率毫无顾忌。
>
> 我写诗因为沃尔特·惠特曼不受阻碍的呼吸开创了长句诗歌体。
>
> ……
>
> 我写诗因为我极为困窘不知道其他人到底在想些什么。
>
> 我写诗因为诗歌能揭示我的思绪治愈我的以及其他人的偏执狂想症。
>
> 我写诗因为我的思想飘浮不定听命于性政治佛教冥思。
>
> 我写诗为了使我的思想如同图画般精确栩栩如生。
>
> ……

撇开金斯伯格在文学上冲破了以 T·S·艾略特为代表的学院派禁锢，在美国诗坛开一代变革之风不谈，在我看来以上观念构成了具有历史性（请勿与历史性混淆）的 BG 哲学的精髓，这显然值得肯定。金斯伯格从来也没有"垮掉"。我们对 BG 及金斯伯格的"误读"应该终结，首先就要从去掉 BG 头上"垮掉"这顶臭名昭著的帽子开始。

金斯伯格对80年代中国诗人的影响更多是在诗歌上还是在生活方式上

应该说，金斯伯格对不只一代人，其中包括 20 世纪 80 年代中国诗人有影响，也许程度和方式各个不同，不好一概而论，对有的人是既在诗歌上，也在生活方式上面，有的则只在某方面。但我认为更多是在思想和理念上，如果我们承认 BG 是一种理念或哲学（Beat vision/Beat philosophy），那么我们很容易发现 BG 同中国文化人在精神上的某些共同点乃至联系，即使某些人并没有读过 BG 作家的作品，但文化意义上的互感沟通是跨越时空的，并不足为怪。比如 70 年代我国的地下诗歌、80 年代的新诗潮，包括"朦胧派"以及诸多其他诗派，如"莽汉"、"非非"等诗歌中都可以找到佐证。中国 70 年代的特殊社会情势同 BG 发端时美国的"麻木不仁"极为相似，当时的青年因而被社会学家称为"沉默的一代"（the Silent Generation）；而崔健的"一无所有"的一声呐喊似乎让我们听到类似金斯伯格的《嚎叫》（*Howl*）的那种痛楚："我看见我这一代的精英被疯狂毁灭，饥肠辘辘赤身露体歇斯底里。"也在《嚎叫》中，他把美国资本主义／帝国主义体制比喻为古代腓尼基人所信奉的以孩童作为其献祭品的火神摩洛克（Moloch）：

......

摩洛克的脑袋纳粹的机械！摩洛克的血液流淌着金钱！摩洛克的手指是十支大军！摩洛克的胸膛是一架屠杀生灵的发电机！摩洛克的耳朵是一座冒烟的坟地！

摩洛克的眼睛是瞎了眼的窗户！摩洛克的摩天大厦像数不清的耶和华耸立在长长的大街两旁！摩洛克的工厂在烟雾中做梦呻吟！摩洛克烟囱和天线冠状般地把城市上空伸满！

摩洛克的爱欲是耗不尽的石油和石头！摩洛克的灵魂是电力和银行！摩洛克的贫穷是天才精英的幽灵！摩洛克的命运是一朵没有爱欲无性的氢气云！摩洛克的名字是上帝！

......

  显然，金斯伯格把摩洛克看做是一切邪恶的象征，其憎恨和愤懑溢于言表。至于金斯伯格诗歌的不拘一格的自由，极端的口语化、个人化，"一切皆可入诗"的影响在年青一代中国诗人的作品中更是十分明显。因为金斯伯格的诗在 20 世纪 70 年代以及后来都有零星的翻译，尽管在翻译后已有所变形。比如《嚎叫》，误译十分严重。不过，耐人寻味的是有的诗人也许否认这一影响，或许同 BG 被译为"垮掉"有关，他们厌恶而且不愿与"垮掉"为伍吧。至于生活方式，或许中国年青一代的摇滚、爵士音乐歌手、艺术家、爱好者受到 BG 的影响最大。BG 同摇滚、爵士音乐有天然的内在的联系，金斯伯格的许多诗由他自己谱成布鲁斯演唱，他与著名的摇滚作曲家、歌手鲍勃·迪伦（Bob Dylan）经常在集会上诵唱。让诗歌回归到其本义，即可以诵唱，使之走向民间，使之大众化亦是金斯伯格的贡献之一。在美国及西方伴以摇滚、爵士音乐在酒吧诵唱诗歌的方式至今不衰。应该说，当今我国都市酒吧、书吧里的这类活动看来也与 BG 及金斯伯格的影响不无关系。我不敢断言我国当下的诗歌"口语化写作"是否也受到金斯伯格主张的影响，我要说的是金斯伯格在诗歌中口语已经运用得非常纯熟了，而且他还直接把报刊文章写进诗中，这种对传统诗歌形式和语言的反叛是够彻底、够"另类"了。西方有的评论家把王朔称为"中国的凯鲁亚克"，主要原因在于王朔笔下的人物玩世不恭，其反传统伦理的"痞子"行径同 BG 的作为有某种相似之处；不过，我个人认为，这种"痞子"（无论是作品中的或实际生活中存在的）在精神层面上的追求与探索还不能同 BG 相提并论。有人问我，是否有"中国的金斯伯格"？我没有听说过。如果有人要以"中国的金斯伯格"自称，那是他的自由。不过，金斯伯格就是金斯伯格，他是美国特定时代的产物，其他人要模仿他，甚至以"中国的金斯伯格"自居，可能吗？

金斯伯格的诗不怎么容易翻译吧，谈谈你在这方面的体会

金斯伯格作为公众人物，近半个世纪来一直活跃于美国乃至世界舞台，其活动领域不只局限于文学，常常对美国国内外重大事件坦率发表议论；他的诗还带有明显的自传性质，因此，要读懂金斯伯格的诗必须尽可能了解他生活的时代，他的家世，他的朋友、伙伴，甚至他的活动，在翻译时也要熟悉他的诗艺、美国俗语等等。从一开始，我就确定翻译应同研究相结合，力求先读懂才动笔翻译，为此曾查阅了不少文献，还请教过若干美国学者，其中不少是金斯伯格的朋友。我的诗译有不少注释，目的就在于尽可能为读者扫清阅读障碍，包括背景知识、词义的选择（鉴于英文的多义性，还出示英文便于比较）等。比如，《嚎叫》第一段便出现的"hipster"一词，大都被译为"嬉皮士"，其实"hipster"并非"hippy"，这两个词不可混淆。我的注释是"'hipster'，是'二战'后在美国出现的一个新词，同'hippy'（嬉皮）有关，但含义更深，更广泛，指社会群体中某一类型的人：信奉存在主义，或吸毒，迷恋爵士乐，与传统道德观格格不入，诺曼·梅勒索性称这类人为'白种黑人'（White Negroes）。'嬉普士'是60年代'嬉皮士'的先驱。金斯伯格写这首诗时的50年代中期，'垮掉一代'伙伴可以被认为就是'嬉普士'。本诗中，'嬉普士'用'他们'代之。"之所以用"嬉普士"这一音义兼得的译名，一方面，考虑到BG理念中的佛教因素（精神上的极乐、至福，普渡众生等）；另一方面，又与"嬉皮士"有关。

金斯伯格爵士乐般的即兴、无拘无束、自发性的自由诗长句甚至比惠特曼还惠特曼；词语不事雕琢如同日常口语；节奏自然，朗朗上口甚至可以吟唱。翻译应力求再现原诗的这些特点，所以，就整体而言只要读起来不太别扭，不太有悖于中文表达习惯，我的译文便力求在句式、结构、词序、长短、分行，乃至标点上与原诗的形式相似。此外，我也尽可能避免误译及漏译，希望提供可以信赖的译文文本。当然，翻译是"戴

着镣铐跳舞"，特别是翻译金斯伯格这种诗人的作品，难度很大，我还不敢斗胆说自己的译文已经尽善尽美了。

不能不说的是，由于某些译者的"不求甚解"，金斯伯格诗译中的误译，甚至可以说"乱译"随处可见，令人无法容忍。这里不妨举两个例。在《向日葵箴言》（*Sunflower Sutra*）这首诗中"And deliver my sermon to my soul and Jack's soul too, and any one who'll listen"被一位译者译为"且将我的精液射入我的灵魂，也射进杰克的灵魂和任何哪位愿意听听的人的灵魂"。译者居然将"sermon"（布道，讲道，训诫，反省）误认为"semen"（精子）了。有一首诗（"In the Bag-gage Room at Greyhound"）中的"nor sea-bags emptied into the night in the final warehouse"被同一位译者译为"不是水手的帆布袋在最后的妓院里倾入黑夜"，"最后的妓院"十分费解，我对照发现原文"warehouse"根本就不是"妓院"，而是"货栈"或"仓库"，却被作者误以为是"whorehouse"（妓院），于是想当然以为水手在妓院过夜。这些误译原本是查查字典就可以避免的，把如此"污水"泼向金斯伯格身上太不应该，这样只能无端加深中文读者对金斯伯格只热衷于"污秽用语"的曲解，这其实全是翻译"惹的祸"。这还只是对原文词的误译，没读懂原文整句意思的错译更多，恕不在此举例。

金斯伯格对今天的中国人意味着什么

这问题太大。我认为 BG 作家包括金斯伯格，他们反叛现实的那种放浪行骸的生活方式，比如泛性主义、纵酒、吸毒等等未必值得效仿，这是其消极之处。《上海宝贝》以及其他一些作品中描述的"垮掉"方式——酗酒、吸毒、性滥交等生活方式不过是对美国 BG 生活方式的表层模仿，本身就是一种误读。BG 和金斯伯格对我们的意义在于他们对人生精神意义上的执著探索而非生活上的放纵，他们追求的不是构成"美国梦"中的那种物质至上主义，而是精神、灵魂上的自由充实；虽然他们失败过，而且也未必能达到目的，但就此而言，他们永远"在路上"，决没有"垮掉"。在诸多物质和享乐主义诱惑的当今，我们哀叹人文精神的丧失，世风日下，道德沦丧。显然，BG 理念之于我们，无论在实际生活和文化、文学活动中仍然不失其感召力。中国当今社会中的一些无所事事、失去崇高理想的放荡青年有可能真正垮掉、颓废，甚至堕落为犯罪；广义说来，那些贪官污吏、形形色色的社会蛀虫更是十足的垮掉分子，是危害我们这个社会肌体的一种不可忽视的破坏力量。"垮掉"这词应该用在他们身上。

最后，我认为应为 BG 在中国正名。BG 当初译为"垮掉一代"，是加上引号的，似乎已意识到用"垮掉"一词不那么理直气壮，可后来去了引号，似乎合法化了。有识者已有诸如"悸动"、"敲打"、"疲踏"、"痞子"、"鄙德"等提法，但都未必能涵盖其要义。为一种如此重要的文学、文化、社会思潮命名并非小事，我主张不如直接使用缩写 BG 为好。

并非一样的反叛者："愤怒一代"与"垮掉一代"

1999 年美国出版了一本书《愤怒一代[①]：父母、教师和顾问如何能帮助"坏孩子"成为好人》(*Angry Young Men: What Parents,Teachers and Counselors Can Do to Help "Bad Boys" Become GoodMen*)。在当前美国少年"校园暴力"事件不断发生之际，这本书成为畅销书并不奇怪，作者拉隆·基皮里斯（Aaron Kipnis）不仅深入触及了这些问题少年和青年的内心，而且深刻地探讨了促使美国一些少年和青年成为暴力牺牲品的有关美国社会、文化和精神的方方面面。作者使用"愤怒一代"作为书名很切题，也特别引人注意，很容易让人联想到当代英国文学中以"愤怒一代"而出名的那个青年作家群。当然，美国"愤怒一代"并非彼"愤怒一代"，这是因为后者实质上是一个文学流派；而此书所指的美国愤怒一代纯粹是社会／文化学术语，指当下美国由于社会大环境，特别是教育（学校和家庭）领域存在的某些根深蒂固的问题在部分青少年（所谓

---

① 此一译名，有的译为"愤怒的青年"。

坏孩子）中引发的一种向社会发泄不满的破坏性倾向；广而言之，"愤怒一代"这一称谓甚至可以用于任何国家有如此行径的青少年群体，当然还可有些微的不同界定。这是同一术语在不同的语境中具有不同"意义"的又一例。

一

本文所谈到的"愤怒一代"是指英国 20 世纪五六十年代主要由小说家组成的一个文学派别，大都来自工人阶级或中下阶级家庭；其中一些曾经由政府赞助在战后兴办的"red-brick universities"（新大学，与老牌大学如牛津等相区别）读过书，虽然个别人曾经有牛津教育背景，如金斯利·艾米斯(Kingsley Amis, 1992—)。其他主要作家还有约翰·魏恩(John Wain, 1935—)、约翰·布莱恩(John Braine 1922-1987)、艾伦·西利托(Alan Sillitoe, 1928—) 以及剧作家约翰·奥斯本（John Osborne, 1929—)。

不过，"愤怒一代"这个命名却并不是因为小说家而是由剧作家约翰·奥斯本的一出名叫《愤怒的回顾》(*Look Back in Anger*) 的三幕剧而来：出生于工人家庭的主人公杰米·波特失了业，靠开一家糖果铺同出生于富裕中产家庭的妻子勉强糊口。舞台背景可以说是英国战后工党政府为重整经济而实行的"福利国家"政策时期下层人民穷苦生活的缩微——顶层阁楼上的破败天窗、墙壁，简陋家具、煤气灶；杰米不能忍受妻子的抱怨，对英国社会的等级观念、中产阶级虚伪的道德、习俗进行了无情的嘲讽。1956 年 8 月该剧在伦敦皇家宫廷剧院上演后非常轰动，被认为是对英国社会现实不满的青年一代的愤怒宣言，于是"愤怒一代" (the Angry Young Man) 这一称呼便为批评家使用，指所有那些在作品中表达了同样情绪的年轻作家。虽说"愤怒一代"一词体现了这些作家及作品的某些共同思想特征，但从一开始所谓"愤怒一代"并不是一个统一的文学团体，也没有一个统一的文学纲领。同美国的 BG (the Beat Generation，在我国一向被译为"垮掉一代"，未必达意，本文用 BG 代之) 相比，虽然都是"反叛者"，但却不能等同视之。

评论家如此描绘"愤怒一代"出现时英国的社会情势："废墟的景象想必也成为40年代末和50年代初大部分文学的组成部分。这是一个为破碎了的生活和精神，在某种更深远、更难以解释的意义上，为大不列颠的毁灭提供了某种隐喻的景象。"①的确，用"废墟"来概括"二战"后曾经是"日不落帝国"的英国国力以及民众生活和精神的贫乏、失落颇为恰当，这是作为战胜国的代价，处处是废墟不说，"国民财富损失过半，出口贸易减少了三分之二，失去了四分之一的海外资产，还欠了35亿英镑的巨额债务"。②大英帝国加速崩溃，印度以及非洲和东南亚等地的殖民地纷纷独立，在世界冷战的大格局中，英国成了二等国家；丘吉尔在战争中向人民允诺的"美好日子"并没到来，工党在人民迫切希望改变现状的呼声中于1945年大选上台后，便在经济、医疗、教育诸方面进行了目标是"福利国家"的系列改革，到20世纪50年代后期才有了改善。然而，战争给人民，尤其是下层民众所带来的精神创伤却不是那么容易治愈的。众所周知，战争以及随之而来的冷战给西方世界当然也包括英国民众带来的是普遍性的精神危机——传统价值观破灭，信仰崩溃，孤独无助，迷惘，空虚，焦虑，压抑，悲观……历史仿佛又回复到第一次大战后；亦如T·S·艾略特《荒原》所揭示的，现代世界成了一片荒原，不只是物质意义上的，更是精神上的。在这个大背景下，"愤怒一代"的出现是必然的——当时勃兴于与英国隔海相望的法国的存在主义思潮当然也不可避免地在英国登陆，故而反映这种思潮的文学作品，尤其是最感性化，以至于最直面人生和现实的戏剧才能在20世纪40年代末和50年代相对保守的伦敦上演。如1946年萨特的《死无葬身之地》、1948年加缪的《戒严》。这一年甚至还有来自美国的威廉斯的《玻璃动物园》，次年的《欲望号街车》，1949年阿瑟·米勒的《推销员之死》，1955年"荒诞派"大师法国剧作家贝克特的《等待戈多》等。存在主义认为世界和

---

① 安德鲁·桑得斯著，谷启楠等译，《牛津简明文学史》，北京：人民文学出版社，2000，第61页。

② 侯维瑞，《英国文学通史》，上海：上海外语教育出版社，1999，第62页。

人生是荒谬的，其关于社会和人的"异化"，现代人的痛苦和孤独感观念对于英国中下层青年知识分子特别有感召力；另一方面，存在主义又主张人有"选择"和"行动"的自由，也为他们渴望改变自身的经济和社会地位增加了动力，因为工党政府的普及教育政策使他们有机会接受高等教育，但他们感到自己仍然是"局外人"（outsiders），社会和政治地位依然低下，在"愤怒一代"作家的作品中可以清楚地看到具有以上思想和行为特征的人物形象。如果说英国"愤怒一代"和几乎是同时期出现的美国 BG 有任何可比性的话，就思想根源而言，其共同点之一就是存在主义的影响；就社会背景而言则是"二战"后英美两国在"冷战"期间各自的政治、社会情势。

"愤怒一代"作品的主人公大都是同作家本身那样来自中下层的青年知识分子，是一些"小人物"——魏恩的《大学后的漂泊》（*Hurry on Down*）、艾米斯的《幸运儿吉姆》（*Lucky Jim*）、布莱恩的《顶层房间》（*Room at the Top*）以及西利托的《星期六晚上和星期日早晨》（*Saturday Night and Sunday Morning*）无不如此。《大学后的漂泊》描写了查尔斯·拉姆利大学毕业后向社会抗争的人生历程，他干过多种活儿，最终也仍然未能改变作为"局外人"的命运。《幸运儿吉姆》中的吉姆·狄克逊（"卑鄙的莫扎特"）特别具有"愤怒一代"青年的特征，作为大学历史讲师，他属于战后由于 1945 年工党的上台心中燃烧起希望之火的那一代人，同时，他们又亲眼目睹了英国退入旧有的阶级分化局面，文化竟被认为就是拥有财富和特权。他聪明透顶，渴望"向上爬"，跻身于上流社会；同直接处于其上的学霸威尔奇教授作对，手段绝对卑鄙，可以被认为这是向威尔奇教授所代表的"高雅文化"亦即主流文化的斗争，"他憎恨文化本身，倒不如说憎恶占有文化的人"①。不过他的"反叛"具有嘲讽喜剧意味，结局似乎是满意的——他同一个出身于上层社会的姑娘结婚，谋到了一个好职位。布莱恩的《顶层房间》描写出身低微的乔·兰普顿背

---

① John Carey, *Kucky Jim*: Kingsley Amis, 1945, The Sunday Times Books, 1999, 9, 5.

叛了女友同富家姑娘结婚的内心矛盾和感情经历。然而，尽管表面上看来他如愿以偿，生活富裕，可他发现自己仍然是"局外人"。《星期六晚上和星期日早晨》对下层工人阶级生活的贫穷、乏味作了相当逼真的描写。具有反叛性格的主角亚瑟·西顿是一个自行车厂车工，不同于上面所提到的人物，这个"坏小子"用自己特有的方式——酗酒、闲荡、与女人鬼混（陷入了同三个女人的感情纠葛）来反抗社会。不过。小说最后表明，这种反抗注定是无济于事的。

现代主义文学在"一战"后在西方逐渐蔓延，也不可避免地对英国文学产生影响，上面提到的存在主义思潮以及先锋实验性戏剧入侵向来是现实主义堡垒的英国便是证明。然而，"艰苦的现实生活不能容忍现代派的唯美主义的奢侈形式，而更欢迎直截了当、平实质朴的语言形式和叙事风格。一时间，与现代主义划清界限成了创作界和批评界的当务之急"。[①]于是，在英国文学中便出现了这样的情况：作家拒绝现代主义表现形式，却容纳了构成现代主义意识形态，亦即社会、人生的异化和幻灭感，正如现代主义作品中也会包含现实主义甚至浪漫主义因素一样，这毫不奇怪。在20世纪50年代英国文学现实主义景观中，"愤怒一代"是很引人注目的。细读上面所提到的主要作家的作品很容易发现，源远流长的英国批判现实主义传统：逼真的场景描写，写实的叙述手法，语言明晰，不刻意雕琢，情节也不离奇，同现代主义手法大相径庭。艾米斯就直言不讳地表明他对实验小说的反感："我无法忍受这种小说。我讨厌这种小说……愿意接受作者的暗示……但我讨厌神秘化。"[②]"愤怒一代"作家的这种创作观和实践其实是当时的社会情势的必然，面对严酷的现实，他们非得一吐"愤怒"而后快，而现实主义手法正是最可驾驭的方式。就20世纪50年代英国文学而言，这种抵制现代主义的努力还表现在以菲力普·拉金（Phillip Larkin，1922—1985）的"运动派诗歌"诗人的作

---

① 阮伟，《社会语境中的文体——二战后英国小说研究》，北京：社会科学文献出版社，1998，第14页。

② 侯维瑞，《英国文学通史》，上海：上海外语教育出版社，1999，第33页。

品中，而"愤怒一代"小说家金斯利·艾米斯和约翰·魏恩本身也是"运动派"诗人。

不可否认，"愤怒一代"作家及其作品给当时的英国文坛带来了某种新的气息：首先是作品的题材贴近社会与现实，作品中的"小人物"的"反文化"、"反英雄"形象显得生气勃勃；其次是作品语言清新明白，而且现实主义的手法对于一般读者颇有感召力。这些作品因此成为通俗畅销书；《幸运儿吉姆》自 1954 年以来每年重印，至今仍不乏读者；艾伦·西利托的《星期六晚上和星期日早晨》1960 年还上了银幕。不过，在一个文学趣味急剧变化的时代，"愤怒一代"作品也同样表现出局限性，评论家对其褒贬不一。如果比较，人们会发现这些作品的主人公虽然名字不同，但形象似乎雷同，成了一种模式，读多了也就失去了新鲜感。C·P·斯诺的看法很有代表性："狭隘的范围，肤浅的分析，不负责任、漫无目标的主人公，反英雄的行为，反理智的观念，粗俗打闹的滑稽剧——这些便是 20 世纪 50 年代这些小说家所显示的特征"。[①]也许正是这些原因，"愤怒一代"到 60 年代便偃旗息鼓了。它的意义主要在于其作为"文献小说"的价值。其影响不像同时期在美国的 BG 具有广泛的世界性。最新出版的《牛津简明英国文学史》(*The Short Oxford History of English Literature*, 1994) 只在第十章"战后和后现代文学"中非常吝啬地提到"愤怒一代"的上述代表作家（对每个人的评述只有区区几行），甚至没有从整体上把"愤怒一代"作为一个派别提及。[②]

二

这里有必要对 BG 与"愤怒一代"作一比较。

---

① Fredric R. Karl, C.P. Snow: *The Politics of Consience*, Southern Illinois University Press, Carborndale, 1963, P.23.（转引自侯维瑞主编《英国文学通史》，上海外语教育出版社，1999，第 880 页。）

② 笔者参考的是中文译本。

"Beat"在我国已有诸如"垮掉"①、"痞子"②、"鄙德"③、"悸动"④、"疲踏"、"敲打"⑤等译法。一个术语有这么多不同的译名,在我国恐怕是典型的一例。可见,传递原语的内涵、用确切的译语来表达并非小事,这涉及对原语的正确理解。上面的诸多译名中,"垮掉"最常用,也就有"垮掉一代"这一沿用至今、影响也最大的称谓。近年来。由于笔者较多地从事 BG 研究及译介,朋友每一见面就会对我说"你可别也垮掉了"。当然,这是调侃,不能当真,但显然"垮掉"一词在汉语中是贬义,与"堕落"、"颓废"同义,会使人联想到行为放荡、无所事事、道德沉沦的社会渣滓、流氓、混混、痞子什么的。当时被译为"垮掉"有其特殊的历史原因,是在"阶级斗争要天天讲,年年讲"的年代。这种"译法"不可避免地打下了视"资本主义一天天烂下去"的那个时代的烙印,也因那时的评论家由于多种因素对在美国刚刚出现不久的这一文学、文化思潮没有全面的认识。很长一段时期,广为接受的观点是:"'垮掉一代'是美国资产阶级道德沦亡,腐化堕落最集中,最无耻的表现。在他们身上,几千年来人类创造的高尚的道德、优美的情操都糟蹋殆尽,荡然无存,只剩下了卑劣、污秽、淫乱、颓废和堕落。"⑥既然如此,被译为"垮掉"看来也无不可。笔者尽可能查阅了当时的有关文章⑦,之所以有如此结论,评论家主要是从

---

　　① 这一译名大约最早见于我同 20 世纪 60 年代早期报刊,有待进一步查正。但一直沿用至今,是最常用的译名。

　　② 董乐山,《边缘人语》,辽宁教育出版社,1995,第 15 页。

　　③ 王惟,《"垮掉之王"凯鲁亚克》,载钱满素编《美国当代小说家论》,北京:中国社会科学出版社,1987,第 161 页。

　　④ "旧金山的先锋派",北京《译文》文学杂志 1957 年 9 月号刊登的一则消息。

　　⑤ "疲踏"见于近年国内个别书报,"敲打"在台湾被某些作者使用。

　　⑥ 董衡巽,《文学艺术的堕落——评美国"垮掉一代"》,载《文学研究集刊》第一册,北京:人民文学出版社,1964 年,第 212 页。

　　⑦ 余彪,《美国的"垮掉一代"》,载《光明日报》1961 年 7 月 22 日;肖丁,《鸣呼,美国先锋》,载《解放日报》1961 年 10 月 13 日;袁可嘉,《略论英美现代派诗歌》,载《文学评论》,1963 年第 3 期;黎之,《"垮掉一代",何止美国有!》,载《文艺报》1963 年 9 月;袁可嘉,《腐朽的文明,糜烂的诗歌》,载《文艺报》1963 年 10 月。

BG 放荡的生活方式（吸毒、性放纵等）以及与此相关的作品内容来谈的。直到 80 年代改革开放，尤其是 1984 年 BG 诗人艾伦·金斯伯格（AIlen Ginsberg，1926—1997）访问中国后，评论界对 BG 的看法才逐渐有所改变。①

作为一种文学、文化甚至社会思潮，BG 发轫于 20 世纪 40 年代末和 50 年代，就国际社会背景而言，同"愤怒一代"一样都是处于"二战"后的"冷战"时期。不过，众所周知，由于战争并未在美国本土进行，正当在战争中蒙受巨大损失的英、法等西方传统强国忙于修复衰落的经济、重振社会秩序之时，美国经济可以说欣欣向荣，曾被经济萧条所挫伤的"美国梦"重新在一般美国民众心中燃烧起来，他们普遍关注个人物质利益。不可不提的是，当时西方媒体竭力鼓吹所谓来自苏联和中国的"红色威胁"（Red Menace），致使迫害所谓亲共和进步、激进人士的麦卡锡主义曾肆虐一时，大大助长了美国的政治保守主义，人人自危，唯恐被列入黑名单。一般美国人对政治的冷漠也是空前的，被历史学家谓之为"沉默一代"（the Silent Generation）。可就在这样一种个人自由、思想独立被压抑的沉闷年代，BG 青年却以他们自己独特的方式——生活实践以及自由思想的表达，来藐视社会体制及其意识形态。他们敢于离经叛道，对这一切公然说"不"，其震动和意义当然非"愤怒一代"

---

① 赵一凡，《"垮掉一代"述评》，载《当代外国文学》1981 年第 3 期；《当代西方文学流派讲话之四》，载《飞天》1981 年第 2 期。（赵的这两篇文章对 BG 进行了重新估价，指出"对于这场巨变，不应简单的看成是一幕由颓废青年所演出的闹剧，或是商业化宣传所造成的一个时髦的浪头，也不宜以其腐朽堕落而全部否定，不屑一顾"。）（"垮掉一代可视为研究当代资本主义桎梏下人的异化、文学的异化的典型标本"。）文楚安《对金斯伯格和"垮掉一代"的误读》，载《文艺报》2001 年 8 月 3 日。笔者也注意到，这以后的一些文章尤其是肖明翰的有关论文在涉及 BG 时大都比较公正客观了。

甚至在它之前的"迷惘一代"①所企及,他们"触动了美国的神经"②。金斯伯格的《嚎叫》之所以被称为"BG 宣言书",凯鲁亚克的《在路上》之所以被视为"BG 圣经",就在于它们淋漓尽致地表达了 BG 的人生观和体现这种理念的生活方式:金斯伯格把美国现存资本—军事工业一体化的体制喻为古代腓尼基人所信奉的以孩童作为其献祭品的火神摩洛克(Moloch),即一切邪恶的象征(《嚎叫》第二部分),这无疑是需要勇气的。他们"不存在统一的哲学,统一的组织,统一的立场。或许,这是因为大多数正统道德和社会观念未能真实地反映他们所熟悉的生活,然而,也正因为如此,每一个人都变成了一个自我满足的行动个体,不得不以自己的方式,面临一个似乎是完全无希望的社会中作为一个年轻人所必须正视的问题"。③他们虽然同"愤怒一代"一样也是一群"局外人"或边缘人,但同"愤怒一代"有别。与其说社会抛弃他们,不如说他们自我放逐;不过就经济地位而言,BG 不完全是下层青年,比如以《吸毒者》(*Junky*)和《裸露的午餐》(*Naked Lunch*)开美国毒品小说先河、被称为"BG 教父"的威廉·巴勒斯(William Burroughs,1914-1997)就出生于豪门世家。严格地说,BG 仅指威廉·巴勒斯、杰克·凯鲁亚克、艾伦·金斯伯格、尼尔·卡萨迪(Neal Cassady),以及后来的格里戈里·柯索(Gregory Corso)、赫伯特·亨凯(Herbert Huncke)和彼得·奥洛夫斯基(Peter Orlovsky)几位。一般情况下是指同旧金山、黑山学院和最有创造力的被称为"纽约派"(New York School)的一些诗人。比

---

① "迷惘一代"与 BG 的区别(可参看 Gilbert Millstein,"Review of On The Road",*New York Times*,1957.9.5),"在于后者所具有的那种,用通俗的话来说就是,甚至在面对死神,无能为力、无可奈何的情势下,也仍然不改初衷并决意行动的意志"。因此,他们展示的是在"一种令人眼花缭乱、目不暇接的层面上,在每一方面的这种堪称绝妙之至的对于信念的渴望和追求"。

② Todd Gitlin,*The Sixties:Years of Hope*,Days of Rage,1987,New York:Bantam Books,p.46.

③ John Cellon Holmes,*This is the Beat Generation*,New York Times Magazine,1952,11,16.

如"旧金山文艺复兴"的加里·斯奈德（Gary Snyder）、迈克尔·麦克鲁尔（Michael McClure）、菲力普·拉曼夏（Philip Lamantia）、劳伦斯·费林格蒂（Lawrence Ferlinghetti）、黑山诗人罗伯特·格雷里（Robert Greeley）、查尔斯·奥尔森（Charles Olson）；"纽约派"诗人弗兰克·奥哈拉（Frank O'Hara）、约翰·阿希伯利（John Ashbery）、黛勒·迪·普里马（Diane Di Prima）、安勒·沃德曼（Anne Waldman）和埃德·桑德斯（ED Sanders）等。[①]广泛地说，BG指在诗歌和叙事作品以及其他艺术门类中以开放毫无拘束的形式坦率地表达自我、关注精神自由为共同特征的文人和艺术家，如著名的摇滚歌手鲍勃·迪伦（Bob Dylan）等等。他们把"沃尔特·惠特曼、威廉·卡洛斯·威廉斯，其他先锋派作家视为楷模"。[②]更为普遍的用法甚至超出了文学、文化乃至艺术的范围，把不同职业的追随或赞同BG理念和生活方式的人也称为BG。显然，BG这一称谓已经被赋予了某种社会历时性；历史和现实地考察，BG的影响远比仅仅作为特定时期的文学、文化思潮的"愤怒一代"更具有持久性。此外，不同于"愤怒一代"的是，BG伙伴彼此联系相当密切，有的长期甚至终身保持了非同凡响的友谊，如金斯伯格同奥洛夫斯基，巴勒斯以及旧金山城市之光书店老板、诗人劳伦斯·费林格蒂以及加里·斯奈德等便是如此。

何为"beat"？除开"击打"、"节拍"等诸多常用意义，"这个词的意义本来就模棱两可，它不只是令人厌倦、疲惫、困顿、不安，还意味着被驱使、用完、消耗、利用、精疲力竭、一无所有；它还指心灵，也就是精神意义上的某种赤裸裸的直率和坦诚，一种回归到最原始自然的直觉或意识时的感觉"。[③]凯鲁亚克干脆说"Beat"就是"beatitude"（至

① Edward Halsey Forster, *Understanding The Beats*, University of South Carolina Press, 1992, p. 3.

② Steven, *The Birth of the Beat Generation*, New York：Fantheon Books, 1995, p. 5.

③ John Holmes, *This is the Beat Generation in New York Times Book* Review, 1952, 11. 25.

善至福，精神完善的最高境界），所以 BG 的代表人物大都后来信奉佛教禅宗。[①]最能说明 BG 行为特征的是"Beatniks"这一称谓，借用前苏联 1957 年发射的卫星"Sputnik"而成，在中国被译成"垮掉分子"显然又是误译。它出自黑人诗人鲍勃·卡夫曼（Bob Kafuman）并最先出现在其 *Beatitude* 杂志上，原本指在"（旧金山）北滩波西米亚群落那批蓄胡须，脚穿凉鞋，常常出没于咖啡馆的男人和他们的异性伙伴"。[②]不久，此用语逐渐传到美国各地，成为 BG 追随者的称谓，并没有贬义。只不过后来在美国保守媒体上，它反映了美国中产阶级对这类人的偏见，特指"知识分子和'无所事事，没有工作的'人"。[③]简言之，无论是"hipster"（嬉普士——特指 20 世纪 50 年代的 BG，60 年代嬉皮士的先驱），或"beats"，还是"beatniks"，都是反对传统美国价值观、反抗美国体制的"边缘人"、"局外人"，就此而言同"愤怒一代"相似，但也仅此而已。"愤怒一代"和 BG 的根本区别在于："BG 是社会的'地下人'（Underground Man）而'愤怒一代'却热望属于或者说成为体面人（Gentlemen）……'愤怒一代'作为反叛者是有其缘由的，属于社会转型期的失魂落魄者，他们一定会急于与社会步调一致，以便从中获利。"[④]本文前面提到的《幸运儿吉姆》中的吉姆·狄克逊就是典型。BG 伙伴或 BG 作品中的人物从不试图如"愤怒一代"作家那样渴望跻身于上流社会，相反他们安于清贫，藐视权贵，尤其喜欢"在路上"浪迹，过着如凯鲁亚克《在路上》中的萨尔、狄安及其伙伴那样的波希米亚生活。"他们因为疯狂而生活……也唯有疯狂才

---

① Mona lisa Saloy, *"Black Beats and Blank Issues,"* in Lisa Phillips, ed. ,*Beat Culture1950-1965*, Paris, New York : Flmmarion,1966, p. 163.

② *Beat Culture: The 1950s and Beyond*,Corne66s A,van Minnen,Jappvan der Bent,melvan Elteren ed. , Vu University Press,Amsterdam,1999,p.6.

③ Mona lisa Saloy, *"Black Beats and Blank Issues,"* in lisa Phillips, ed. ,*Beat Culture1950-1965*, Paris, New York : Flmmarion,1966, p. 163.

④ *A Peview of The Beat Generation and the Angry Young Man*,Gene Feldman and Max Gattenberg, ed. , from *Time Magazine*, 9, June, 1968.

能拯救他们。他们从不抱怨，出语惊人，总是燃烧，燃烧，燃烧……"①
他们"不听命于政府，也不皈依上帝，／无须永恒许诺责任"。②显然，
其反文化、反主流、反体制的立场远比"愤怒一代"作家更为彻底。至
于凯鲁亚克、巴勒斯、金斯伯格等 BG 作家的作品后来被主流社会所承
认——凯鲁亚克的《在路上》被美国图书馆列入 20 世纪世界 100 部最
佳长篇小说之列，金斯伯格 1974 年因其诗集《美国的衰落》(*The Fall of*
America) 获美国全国图书奖，并进入美国艺术文学院，1975 年斯奈德因
其诗集《龟岛》(*Turtle Island*) 获得普利策奖——也只不过表明美国文学
的多元化特征罢了。就在金斯伯格大红大紫之时，他仍然是美国政府不
喜欢的家伙，一直在中央情报局的黑名单上。或许，最能说明两者不同
的是 1958 年凯鲁亚克在接受英国新闻记者肯立斯·阿尔索普 (Kenneth
Allsop) 采访时所说："我们同你们的'愤怒一代'大相径庭。他们倒与
我们这儿的那些循规蹈矩的'沉默一代'是一路人，优雅斯文可懦弱胆小。
你可以把你们的特迪伙伴 (Teddy Boys) 同我们归于一类。你们下一次伟
大的文学运动将从他们那儿诞生。"在《孤独天使》(*Desolation Angels*)
的第二部第 61 章中，他又说："英国的特迪伙伴相当于我们的嬉普士，
可同'愤怒一代'压根儿是两回事。'愤怒一代'不是在角落里弄着钥匙
链的街头青年，他们多数是在大学读过书的无能的中产阶级知识分子体
面人，如果不那么无能，就热衷于政治而不是艺术……特迪伙伴还没有
开始写作或发表作品，一旦他们如此，一定会使'愤怒一代'像十足的
学术伪君子。"③凯鲁亚克这儿所说的"特迪伙伴"是指 20 世纪 50 年代
中期英国一群迷恋于时髦的摇滚音乐的年轻人，他们穿着爱德华时代的

---

① Jack Kerouac, *On The Road*, Penguin Books, 1991, p. 8.

② 金斯伯格著，文楚安译，《向世界祝福》，载《金斯伯格诗选》，四川文
艺出版社，1999，第 449 页。

③ 凯鲁亚克认为特迪伙伴会在文学上发展他们的艺术风格，这一预
见并不正确，实际上，特迪伙伴后来很少有人写作。只有雷·戈斯林 (Ray
Gosling) 1962 年出版了自传小说《大盘底》(Sum Total)，与凯鲁亚克的《在
路上》类似。

衣服，其喜好新奇，自由自在的理念和生活方式酷似美国的嬉普士——BG 在 20 世纪 50 年代的普遍称呼；而据美国著名批评家莫里斯·狄克斯坦（Morris Dickstan）所说，"BG 与两个运动有深厚的联系……一个是在40 年代兴起的爵士乐革命，从演奏舞蹈乐的大型摇滚乐队到如查利·帕克、狄兹·格莱斯皮、蒙克这样的波普艺术家令人惊讶的表演，BG 受益于他们那即兴般的生动丰富和自发性的演奏而且努力表现在自己的诗歌散文作品中。"[①]凯鲁亚克的《在路上》中就有 BG 伙伴热衷于爵士乐的精彩描写（第二部第 4 章，第三部第 4 章等）。狄克斯坦所说的"另一个运动是 40 年代末和 50 年代早期风行的先锋艺术抽象／印象主义，其张狂和着重表现的行为以及非凡的精神追求极大地影响了 BG，因为先锋艺术家的画作本身就是行为，是一种经验而不是制作的、业已完成的产物或者一种模仿"。[②]事实上，BG 作家与爵士摇滚艺术家关系密切，推崇先锋艺术，如金斯伯格习惯在诗歌朗诵时伴以音乐，还把布莱克和自己的诗作谱成布鲁斯，还喜欢塞尚；而凯鲁亚克用 20 天工夫完成了 9 英寸宽，119 英尺 8 英寸长的《在路上》长卷打字手稿（既是自发性写作的典范又是一种行为艺术），以及 BG 作家、艺术家为了激发灵感和意象，排除主观意识进入自发性写作而不惜牺牲健康服用大麻、LSD 等就不难理解了。由此也揭示了 BG 和"愤怒一代"的另一重要区别：从整体上看，就创作倾向而言，BG 可归入现代主义，正如本文上面所述，"愤怒一代"则是现代主义的。

最后但并非不重要的一点是，BG 的影响远比"愤怒一代"更广泛持久[③]，其国际性影响不是有相对局限性的"愤怒一代"所能企及的。BG

---

①② Morris Dickstein:On and Off the Road from Beat Culture:the 1950s an,ed Beyond,ed Cornel1s A,van Minnen,Jappvan der Bent,me1 van E1teren,Vu University Press,Amsterdam 1999,p.34.

③ 参见拙文《"垮掉一代"仍在继续》，《文艺报》1999 年 5 月 25 日。

149

冲出文学领域，涉及艺术和影视诸方面①，极大地影响到美国甚至世界各地民众的思想观念和生活方式。仅以金斯伯格为例，他因患肝癌于1997年4月5日逝世后，美国及世界各国的主要传媒报刊都及时作了报道，发表专论。美联社当日称："他的写作及生活方式给40年来音乐、政治以及抗议运动注入了新的精神。"（"His writings and lifestyle shaped the music, politics and protests of the next 40 years"）从1996年到笔者写完这篇文章止，《纽约时报》上有关他的消息、评论就多达351条，是任何一个"愤怒一代"作家无法比拟的。目前"后BG"（Post-Beat）也势头正劲。②2001年5月凯鲁亚克《在路上》长卷手稿以220万美元拍卖成功，打破了卡夫卡未完成长篇小说《审判》（*The Triall*）在1989年以100万英镑，即190万美元名列文学作品拍卖榜首的纪录；8月22日《纽约时报》报道，凯鲁亚克的文学个人文档被纽约公共图书馆买下，收藏于伯格珍本室，估计大约价值1000万美元，但根据合同约定，售价保密，没有向外界透露。这些无不使BG热更加升温。至于BG在中国的接受与影响也不容忽视，当用专文述之。

(2001年10月于成都)

凯鲁亚克《在路上》手稿：知向谁边？

莎士比亚名言"to be, or not to be ; that is the question"眼下用在目

---

① 从20世纪90年代以来，世界范围内的BG热有增无减，以下是最重要的一些活动：1994—1995年纽约大学连续举行两次规模颇大的BG研讨会；接着1995年11月到1996年2月在纽约惠特里艺术博物馆举行了"BG文化和新美国"大型展览会，并巡回到旧金山和明尼阿波利斯；1998年纽约公共图书馆BG展览、1998年在荷兰阿姆斯特丹的国际BG研讨会，都空前轰动。

② 参见拙文《在地下："后垮掉一代"在美国》，载《当代外国文学》，2001年第1期。

前已成为美国文学、文化界关注焦点之一的拍卖一事颇为合适：3月22日《纽约时报》发表了Kathuyn Shattuck题名为"凯鲁亚克《在路上》长卷手稿将拍卖"（"Kerouac's'Road'Scroll is Going toAuction"）的报道，很快便在公众中尤其是在文学圈子中掀起波澜。该文披露"the Beat Generation"（我国传统的译名是"垮掉一代"未必达意，以下以BG代之）代表作家杰克·凯鲁亚克（Jack Kerouac）被列入20世纪百部最佳英语长篇小说之一的《在路上》手稿将在5月22日由纽约曼哈顿著名的克里斯蒂（Christie）拍卖公司拍卖，据估计其价值达100万到150万美元之巨。

1995年，BG的另一巨头金斯伯格的档案（文书、手稿等）曾被斯坦福大学用100万美元购买，成为当时一大新闻。正是用这笔钱的一部分金斯伯格才在曼哈顿买下了一幢电梯公寓中的一层（loft）；大部分用于金斯伯格基金会。可凯鲁亚克的这一件手稿以如此天价拍卖，恐怕连凯鲁亚克本人都未料到，更不消说金斯伯格以及当年的其他BG伙伴了。《在路上》手稿作为"收藏品"之所以如此被看好，不仅是因为凯鲁亚克本人在BG文学中与金斯伯格、巴勒斯并列无可争议的地位，以及作为"BG圣经"的文学、社会价值，而且还因为《在路上》"自发性写作"（spontaneous writing）过程早已成为文坛佳话；手稿本身是世界文学史上不可替代的唯一罕见文本。3月23日《纽约时报》同时向读者展示了《在路上》被圈在长卷的手稿照片："凯鲁亚克在类似电报纸，"该文写道，"也许是建筑用绘图纸（9英寸宽，119英尺8英寸长）上打字，这种纸是他同第二任妻子琼·哈维蒂（Joan Haverty）在他们才搬往的曼哈顿第20大街找到的。"那是在1951年4月22日，凯鲁亚克用20天工夫马拉松似的完成了自传性长篇小说《在路上》初稿。"我靠喝咖啡写作——安非他命、茶，以及任何我所知道的东西都没有咖啡这样能真正激发脑力思维。"他在给尼尔·卡萨迪的信中写道。从长卷手稿看来，纸缝是他后来用胶布粘贴上的；沿着纸的右侧有一铅笔划过的淡淡的线，表明他把纸裁剪过以便放入打字机。岁月的流逝已使纸张颜色变暗，也许是由于经常握捏，开始部分也已破损。凯鲁亚克喜欢把长卷像一条大道似的展开让朋友们看。长卷手稿的最后一段已不见踪影，凯鲁亚克说是被一个朋友卢辛·卡尔（Lucien Carr）的狗咬掉的。

写完《在路上》后，凯鲁亚克非常自信："我真正写了一部伟大作品，要算是我最好的，今年（或者来年 1 月）准能在某家出版社出版。"（1951 年 6 月 10 日给尼尔·卡萨迪的信）可他根据长卷手稿重新在打字机上按通常出版要求打好的书稿却被纽约若干大出版社拒绝，一方面是因为他当时没有多大名气，也许更主要是因为《在路上》对偷车犯、骗子、流浪汉、妓女以及在当时看来是惊世骇俗的生活方式的美化。最后，在维肯出版社（Virking）任职的文学批评家马尔科姆·考利（Malcom Cowley）让凯鲁亚克作了修改，主要人物使用化名后同意编辑，1957 年终于出版。吉尔伯特·米尔斯坦（Gillbert Millstein）的一篇书评（《纽约时报》，1957 年 9 月 15 日）对《在路上》作了充分肯定："这部小说的出版极具历史意义……是数年前被凯鲁亚克本人命名为'BG'的最不拘一格、语言最朴实无华却最为重要的一部作品。他无疑是 BG 的化身。"历史证明以凯鲁亚克及其 BG 伙伴经历而写成的这部汽车—流浪小说具有其他经典作品那样的历时性、永恒性价值。"on the road"一词已进入美国人的日常用语，有着特殊含义，与"背包革命"同义：向往自由，精神独立，敢于冒险，勇往直前；而这正是 BG 理念积极的方面，难怪该书 50 年来畅销不衰，仅在美国就已售出 350 万册，而现在每年还以 11 万册到 13 万册的平均数持续增长；在许多国家，《在路上》也有多种译本，都十分畅销。

1967 年 10 月 21 日，凯鲁亚克因酗酒引起大出血，死于佛罗里达州圣·彼得斯堡，年仅 47 岁，真是英年早逝。他的创作生涯非常短促，却写出了 18 部小说，还有大量诗歌、散文。《在路上》手稿在维肯出版社出版后，20 世纪 60 年代中期由凯鲁亚克的经纪人斯特林·洛德（Sterling Lord）保存在其格林威治村的办公室内。凯鲁亚克死后，手稿在 1993 年送交纽约公共图书馆伯格珍藏室。笔者 1998 年曾经到伯格珍藏室查阅凯鲁亚克文档，或许因为太珍贵，管理员没有拿出这件手稿让我看，实在令人遗憾。《在路上》手稿所有权属于凯鲁亚克住在凯鲁亚克故乡马萨诸塞州洛威尔市的第三任妻子斯特拉·萨帕斯（Stella Sampas）。1990 年斯特拉去世时把手稿留给其弟安索尼·萨帕塔卡库斯。1999 年萨帕塔卡库斯去世后其侄子托尼被指定为遗产执行人，与他的叔叔约翰·萨帕斯以及萨帕塔卡库斯的女友南茜共同拥有手稿。

为什么要拍卖手稿？托尼（木匠，钻研过图书馆学）如是说："我很清楚手稿是一件稀世珍宝，从图书馆拿出实在违背我的心意，是无可奈何的事。拍卖并不是为了谋取高利，因为我得交付自从我接手遗产后沉重的税收。"约翰·萨帕斯是一个和善的老人，拥有部分凯鲁亚克作品的使用权，我在洛威尔同他见过面，曾谈及拙译《在路上》中文版译事。他不赞成拍卖，"杰克 1944 年迁往纽约，很多时间都在图书馆度过，我认为杰克的文档还是放在纽约公共图书馆为妥。"可他不是萨帕塔卡库斯遗产的执行人，没有决定权。早在今年 1 月手稿已经从图书馆送到克里斯蒂拍卖公司，由专家鉴定，打算 5 月初在芝加哥和旧金山展出后立即拍卖。负责手稿鉴定的专家克尼斯·库弗（Chris Coover）表示，凯鲁亚克手稿同卡夫卡、乔伊斯和普鲁斯特的手稿属于一个档次，不担心卖不出去。

凯鲁亚克遗产（主要是物品，作品手稿）随着其声望日隆，"市场价值"扶摇直上，据估计当时价值 35 559 美元——不过，遗产数字说法不一，比如有的消息来源说是 53 280 美元（《洛杉矶时报》1998 年 5 月 30 日），最少的估计是值 91 美元，显然没有把凯鲁亚克在佛罗里达州的一处房产包括在内。一致的估价是遗产价值远远超过 1000 万美元。本文上面提到凯鲁亚克的遗产现在由萨帕斯家控制。凯鲁亚克唯一的女儿（第二任妻子哈维蒂所生）琼·凯鲁亚克（Jan.Kerouac）当然理应是遗产共同继承人之一，尽管琼已于 1996 年去世，可她在世时就指定了代理人同萨帕斯家打官司，在媒体上曾以"凯鲁亚克遗产之争"（Fight for Kerouac Estate）轰动一时。有兴趣的读者可查阅笔者的文章（见《外国文学动态》1999，5 ～ 6 期）。

笔者从事 BG 文学研究与译介，1997 年至 1998 年在美国期间曾到过凯鲁亚克故乡、金斯伯格故居及墓地，并同若干 BG 研究学者会晤，一直保持联系。我是通过与美国 BG 学者的通信才获悉凯鲁亚克《在路上》长卷手稿将拍卖的消息，当然对此十分关注，我相信全世界所有凯鲁亚克研究者也无不如此。在美国及欧洲有许多关于 BG 尤其是凯鲁亚克的因特网站上都可找到有关信息。由美国 BG 学者黛安妮·德·茹（Diane De Rooij）女士主持的网站称为 BU（Beat University），BG 研究者经申请同意方可访问，很有影响。到笔者写这篇文章之时，20 多位世界各国的 BG 研究者已在由黛安妮·德·茹起草的一封致《纽约时报》的公开信上签了名，算是对该报 3 月 22 日报道的回应。他们在信中表达了深深的忧虑，"……很不幸，为了巨额所得竟然决定要将凯鲁亚克手稿拍卖给某位愿意出最高买价的人，使手稿成为任何 BG 研究者不可触及的私藏品。倘若如此，这对凯鲁亚克、文学、整个读书界，乃至后代都有害无益……因为凯鲁亚克手稿之于美国文学犹如宪法之于美国民主……拍卖行为本身意味着手稿的安全无法保证，这是凯鲁亚克在世时从不希望，假如他能活到高龄无论如何也不愿看到的事。凯鲁亚克手稿的价值无可估量，它是，而且应被视为一件文物珍品，理应保存在一个人人都能看见的地方，而不应该成为最富有的某位大亨的所有物。这件具有历史意义的文学珍品属于公众，正如凯鲁亚克属于最近 50 年来生活被他所极大影响了的所有人……"恕我不再摘引下去。此信表达的也是关注此事的公众的心声，笔者虽也在这封抗议信上签了名，可我怀疑在像美国这样一个金钱万能的商业社会，文化人如此强烈的理想主义呼吁未必能起到任何作用。是的，你有发表意见的自由，《纽约时报》也将会登出这封信，可"商业价值"最终将决定一切：拍卖不会取消，仍将如期进行。

我曾经在美国朋友的带领下寻找过凯鲁亚克在洛威尔、旧金山的故居——包括凯鲁亚克出生的屋子，《在路上》写到的主人公凯鲁亚克原型帕拉迪斯同卡萨迪的化身迪安相遇的房屋。可我只能远远瞭望，不敢靠近，更不消说进入了，因为外面分明有"此系私宅"的标牌。凯鲁亚克如今已是洛威尔市的骄傲，每年 10 月（凯鲁亚克诞生月）都举行一周集纪念与旅游为一体的"洛威尔纪念凯鲁亚克节"（Lowell Celebrate Kerouac Festival），吸引着来自世界各地的学者和游人。活动都由民间机构组织，与政府无关。我很纳闷，问道："既然凯鲁亚克对洛威尔如此重要，政府为什么不把凯鲁亚克主要故居作为纪念馆？""谁出钱？"回答十分干脆但也无奈。联想到手稿拍卖，回到本文开头的莎士比亚那句名言，其实拍卖原本不该是什么问题，这不是很明白了吗？

不过，即使拍卖后，按照美国法律，萨帕斯家仍拥有手稿的版权，亦如萨帕斯家也是抗议信所希望的，但愿（也许我们有理由乐观一些）买主会基于社会责任感和公众影响，能将手稿赠送给一家图书馆或是学术机构（比如大学），让手稿能被学者研究，让公众观看。这将是最好的结局。

（原载于《中华读书报》2001年4月18日）

凯鲁亚克《在路上》手稿拍卖落幕及其他

笔者曾在《中华读书报》（2001 年 4 月 18 日）介绍 BG（我国传统译名是"垮掉一代"）代表作家杰克·凯鲁亚克被列入 20 世纪百部最佳英语长篇小说之一的《在路上》手稿将在 5 月 22 日由纽约曼哈顿著名的克里斯蒂（Christie）拍卖公司拍卖的有关情况，据当时行家估计其价值可达 100 万到 150 万美元之巨。现在该向关注此事的读者交代拍卖结果了。这件事被美国及西方媒介炒得煞是热闹，不过尽管抗议者有之，可仍按原计划 5 月初手稿分别在芝加哥和旧金山用玻璃柜展出后如期在克里斯蒂拍卖。起价是 65 万美元，然后每次以 5 万美元加价，如此到 100 万美元，此时每次以 10 万美元上浮，最后终于以 220 万美元敲定，落入印第安纳波里斯市的可尔兹（Kolts）足球队老板吉姆·艾塞（Jim Irsay）之手。

也许，用金钱来衡量拍卖作品的价值会为清高的批评家所不齿，但按经济学原理，在商品社会这又是屡试不爽的事实。在这之前，卡夫卡的未完成长篇小说《审判》(*The Trial*) 在 1989 年以 100 万英镑，即 190 万美元名列文学作品拍卖榜首。不久前，法国作家塞利纳 (Saline，1894—1961) 的处女作《长夜漫漫之旅》(*Journey to the End of the Night*) 的拍卖价大约为 200 万美元；乔伊斯的《尤利西斯》曾经创下过 140 万美元的纪录。5 月 22 日的拍卖会上，还有几件拍卖品值得一提：英国军人作家 T·H·劳伦斯 (Lawrence，1888—1935) 的 1922 年珍版《智慧的七大支柱》(*Seven Pillars of Wisdom*) 以 85 万美元成交，海明威《永别了，武器》手稿也卖到 6500 美元。可凯鲁亚克的一件手稿居然有如此天价，打破了卡夫卡作品保持的纪录，足以表明凯鲁亚克《在路上》本身以及他那 9 英寸宽、119 英尺 8 英寸长的绘图纸打字手稿难以抗拒和不可代替的文学、文化价值，也表明曾经被主流文学、文化所拒的 BG 文学作品已牢牢确立了自己的地位。其实从 20 世纪 50 年代其诞生之日开始，BG 文学就一直顽强地在寻求生存，从来也没有如有些批评家所断言的那样"销声匿迹"；相反，"BG 运动正在继续"(Beat movement is going on)，但这绝不是由于 BG 文学被惯于"贴标签"的批评家冠以什么"后现代主义"之故，恰恰是因为继承超验主义传统而又接受了东方哲学思潮的 BG 理念已渗透在一般美国民众的思想和行为、生活方式中。

　　今年 1 月 9 日，BG 另一位重要诗人格里戈里·柯索 (Gregory Corso) 逝世，一时也竞相成为各种媒体关注的热点之一，各地纷纷举行纪念活动。这不由使我联想到 1997 年金斯伯格和巴勒斯去世后公众热烈的反响，悼念活动包括作品朗读、新版书、摄影展览、作品研讨会等等一直持续到来年。那时笔者正在美国，值得一提的是 1998 年 6 月 12 日在纽约中央公园的一次国际性的金斯伯格及 BG 纪念会。因为除了诗歌朗读将还有爵士乐队及其他音乐即兴演出，我提前半月便收到 E-mail 告知了发言时间。可天公不作美，那天纽约倾盆大雨，原本是露天活动，只好临时改在广场的一个舞台上。虽说规模远远不如原计划那样盛大，但我冒雨赶到时，不太大的舞台上仍然挤满了人，有来自美国各地以及国外（主要是加拿大及拉丁美洲）的 BG 学者、诗人。他们穿着随便，有的蓄长发留胡髭，但在我看来并没有"痞子"相，更别说"垮掉"了。我是唯一的黄皮肤中国人，很显眼。人们按顺序朗读悼念金斯伯格的诗歌，获悉我是《在路上》全译本和金斯伯格诗歌的中文译者时，便有人过来同我交谈。应该承认在意识形态上与西方不同的中国对他们还很陌生，他们感兴趣的是中国内地文化人和一般读者是如何看待 BG 的，我告诉他们早在 60 年代就出过非全译本。改革开放后中美文化交流频繁，中国读者熟悉的美国作家远比一般美国读者，甚至文化人了解的中国作家要多得多。要是随便问任何一个中国大学生，他都会一口气说出许多美国、西方作家的名字，可知道中国作家的美国人，如果不是研究文学、文化的，可以说寥寥无几。金斯伯格和斯奈德 1984 年访问中国后，更多的中国知识分子知道 BG，而且中国年青一代诗人还受到 BG 的一定影响。我用中文朗读了我翻译的金斯伯格在中国写的一首诗《一天早晨我在中国漫步》（*One Morning I took a Walk in China*）。听众非常安静，我不知道完全不同于英语的汉语（尤其是声音）在他们听来会有何等感受，但他们专注且略带惊喜的表情使我高兴。或许他们惊喜的是毕竟 BG 也能在中国学者中找到知音，还不远万里到美国来研究吧。

凯鲁亚克《在路上》手稿拍卖引起空前轰动之时还传出了有关 BG 的许多消息。比如经过多年挫折，《在路上》的电影脚本多次易人，不久前已由腊塞尔·班克斯（Russell Banks）完成，大导演科波拉已认可。主人公萨尔（凯鲁亚克原型）和狄安（卡萨迪原型）的演员也已初步确定，今年秋天将开拍。不久，全世界的 BG 迷就可以在银幕上看到神往已久的 BG 伙伴"在路上"了。此外，一部凯鲁亚克传记片《BG 天使》（*Beat Angel*）也已完成。联系到美国及西方最近以及即将出版的诸多有关凯鲁亚克、金斯伯格、卡萨迪、柯索等的评论及传记性新书、有声书籍／光盘，谁还能怀疑 BG 热不会持续下去呢？正如出版过金斯伯格《嚎叫》的旧金山城市之光书店（City Lights Book Store）老板、诗人费林格蒂所说：

"干吗说什么 BG 的复兴？他们压根儿就没离开过。"（"How Can there be a revival when they haven't ever left？"）其原因实在值得我们好好研究。我认为，对于人类来说，不论社会物质文明多么发达、富裕，如果失去精神意义上的富足，可以说"虽然活着，但已死了"。BG 作家追求的不是构成"美国梦"中的那种物质至上主义，而是精神、灵魂意义上的自由充实，所以他们厌恶美国资本主义军事—工业—体化体制，反抗对自由独立本性的压抑，重精神轻物质，尽管他们反叛现实的那种放浪行骸的生活方式未必值得效仿；他们永远"在路上"，也失败过，可这种 BG 理念不可否定，因为在当今美国和西方，同 BG 发端时的 20 世纪 50 年代比较，精神迷惘、信念丧失这种"时代顽症"并没有在政治家、实业家们宣称"进入新世纪"、"全球经济一体化"之时，向民众乐观地允诺未来美好世界的热烈欢呼声中得到丝毫缓解，更不必说就此消亡。在这种情势下，经历过沉默的 20 世纪 50 年代、动荡的 60 年代的年长者怀念 BG，在战后经济繁荣出生、长大的"baby 一代"，在中学、大学的文学、文化、社会课程上读过早已进入主流的 BG 作家作品的更为年轻的一代对 BG 作品及 BG 理念产生如此共鸣并不奇怪，这或许正是凯鲁亚克、金斯伯格等其他 BG 作家作品一直被广泛阅读，还有后 BG 文学目前势头正猛的原因。

我曾经同美国同行和大学生谈到《在路上》，他们告诉我最喜欢结尾萨尔自白的那一段，甚至能背诵出来。萨尔和狄安往返东西部，在路上奔波后萨尔在纽约住下，找到了心上人劳拉，情感终于有了归宿；可狄安婚姻屡遭挫折，前途未卜，仍将继续流浪。一天两人街头相遇，狄安身穿那件为了抵御东部严寒才买的破旧外套，猥猥琐琐，孑然一身，消失了，从此再也没同萨尔见面。文字好在不长，不妨抄录拙译：

> ……今晚，星星眼看就要消逝，还有人不知道上帝就是那精疲力竭的大熊星座吗？不等夜色完全降临，笼罩山河、山峰，最后将海岸遮掩，给大地带来安宁，星星就将渐渐隐没，向草原倾泻余晖，除了在孤独中悲惨地衰老下去，我相信没有谁会知道他将会发生什么。我怀念狄安·莫里亚蒂，我甚至还想念他的父亲老狄安·莫里亚蒂，

我们从没能找到他。我怀念狄安·莫里亚蒂。

是的，抒情诗一般，太动人了，这是萨尔发自内心对狄安的呼唤和思念。其实，任何人读到这儿，油然迸发出的还有对那位只活了47岁、老是带着忧郁眼神的《在路上》作者凯鲁亚克的怀念，当然也会想到《在路上》手稿。41岁的艾塞打算如何处置手稿还不得而知。艾塞说他将会先在印第安纳州展出《在路上》手稿，然后沿着凯鲁亚克及其伙伴们当年横跨美国大陆的足迹进行一次"在路上"巡回展。不过，人们最为担心的是这件稀世手稿被大亨购得后是否只作为其珍藏品而束之高阁，使研究者以及喜爱凯鲁亚克作品的人失去与之接触的机会，如果手稿能最终捐赠给一家公共图书馆或大学研究机构则最为理想。

2001年5月27日于成都

（原载于《中华读书报》2001年6月20日）

"BG之王"凯鲁亚克文档被出售

今年真是"BG 之王"凯鲁亚克年。年初美国各种媒介都竞相报道其长卷手稿《在路上》在纽约曼哈顿的克里斯蒂（Christie）拍卖公司拍卖的消息，到 5 月手稿终于以 220 万美元被印第安纳波里斯市的可尔兹足球队老板吉姆·艾塞买走，打破了卡夫卡的未完成长篇小说《审判》（*The Trial*）在 1989 年以 100 万英镑，即 190 万美元名列文学作品拍卖榜首的纪录。手稿拍卖引起空前轰动时还传出许多消息，比如经过多年挫折，《在路上》电影脚本多次易人后，由腊塞尔·班克斯（Russell Banks）完成，大导演科波拉已认可，今秋开拍。凯鲁亚克传记片《BG 天使》（*Beat Angel*）也已拍完。凯鲁亚克的几乎所有作品以及有关评论及传记性新书、有声书籍／光盘等更加畅销。英年早逝只活了 47 岁的凯鲁亚克几乎比任何在世的美国作家都要风光，显然已成为今年美国及西方媒体的文化明星。

8 月 22 日《纽约时报》又刊登一条消息：纽约公共图书馆发言人说，凯鲁亚克的文学、个人文档已被该馆买下，收藏于伯格珍本室。这批文档包括了除《在路上》手稿外，凯鲁亚克从 11 岁到他 1969 年逝世为止所留下的所有作品手稿、信件、笔记本、日记以及他个人的物件等。文档本来由凯鲁亚克的第三任妻子斯特拉·萨帕斯继承，1990 年斯特拉死后，其弟约翰·萨帕斯被指定为凯鲁亚克遗产代理人，文档便一直保存在凯鲁亚克故乡马萨诸塞州洛威尔市约翰·萨帕斯家中。凯鲁亚克传记作家们大都认为斯特拉的另一位兄弟，凯鲁亚克童年时代的好友、诗人塞巴斯蒂安（Sebastian）对凯鲁亚克早期的写作有所影响，这也是凯鲁亚克为何要娶他并不那么喜欢的斯特拉为妻的一个原因。《在路上》手稿拍卖后，公众尤其是 BG 研究者自然把目光投向凯鲁亚克的文学、个人文档，希望能有机会在一个学术机构或公共图书馆研读。短命而多产的凯鲁亚克留下的 24 部作品（包括小说、诗歌、散文、书信等）不只是 BG 研究的重要文献，也是了解美国"沉默的 50 年代"和被称为"嬉皮士时代"的 20 世纪 60 年代的珍贵文本。现在这批文档的归属总算令人们欣慰了，因为 10 年前，纽约公共图书馆人文社科部负责人兼前伯格珍本室主管菲力普司就开始不遗余力购买凯鲁亚克的某些文档，供研究者查阅。截至1990 年，该室已拥有凯鲁亚克的 8 部作品手稿、36 本笔记以及不少书信。1998 年春，笔者在伯格珍本室借阅过凯鲁亚克的若干本笔记，其中一本是他研读佛教经典时用蓝墨水笔随手写下的文字，字迹不算工整，密密麻麻，但还可辨认。由于出售凯鲁亚克的文档，凯鲁亚克遗产继承人曾经受到某些 BG 研究者的批评，被指责为只出于营利目的，再加上凯鲁亚克的女儿琼·凯鲁亚克（Jan Kerouac）对遗产继承权的异议而引发的一场官司，伯格珍本室购买凯鲁亚克文档也曾受阻。两年前，约翰·萨帕斯决定将文档（凯鲁亚克遗产部分）全部出售给纽约公共图书馆，上月文档已全部从洛威尔运到，此事才向媒体公布，不过，尽管文档估计大约价值 1000 万美元，但根据合同约定，售价保密，不向外界透露。

这批文档包括 1050 件手稿和打印稿——小说、短篇小说、散文、诗歌等，其中好些是打印稿长卷；130 本笔记——几乎是凯鲁亚克写在笔记上的全部作品，其中有的已发表，有的从未发表过；52 本从 1934 年到 1960 年的记事本，包括曾经在其小说《镇与城》(The Town and the City)、《在路上》、《大瑟尔》(Big Sur)中使用过的材料，也还包括凯鲁亚克从 1956 年到他逝世为止的 55 本日记、1800 封书信，其中有金斯伯格、巴勒斯等人写给他的信件，72 件出版合同，凯鲁亚克 7 岁、11 岁时手写、绘画的各类卡片纸张，同他睡过觉的女人的名单等等。

　　值得注意的是他用 3 周时间完成的《在路上》打印手稿，一向被认为是其自发性写作的典范，往往给人一种假象，似乎"自发性写作"就是作者任凭思绪自由驰骋，无须任何修改，写完了事；可从这批文档中发现《在路上》曾出现在 3 本笔记上和 6 件修改稿上，最早的一种的题目是"雷·斯密士小说 1948 年秋"(Ray Smith Novel of Fall 1948)。这些不同的文本表明《在路上》打印手稿或许是自发性的，可他在后来又都对每一页进行过仔细修改。实际上，现今《在路上》就是他应文学批评家马尔科姆·考利 (Malcom Cowley) 的要求修改后才在维肯出版社 (Virking) 出版的。

　　纽约公共图书馆还宣布凯鲁亚克文档目录将在两年内编定，不过，要等到 2005 年由获得约翰·萨帕斯授权的历史学家道格拉斯·布伦基莱 (Dauglas Brinkley) 写作的凯鲁亚克新传记问世后才正式向公众开放。文档的部分将在适当时候在该馆展出。

　　就在写这篇文章时，笔者收到马萨诸塞州立大学洛威尔分校英文系赫拉里·霍里戴 (Hilary Holladay) 教授（她是作为一年一度洛威尔纪念凯鲁亚克节组成部分的凯鲁亚克及 BG 研讨会的负责人，1997 年纪念凯鲁亚克节她曾经接待过我）的邀请，希望我能出席今年 10 月的聚会。从寄来的会议日程安排来看，今年的内容比过去任何一届更丰富精彩，除了有约翰·萨帕斯保存的凯鲁亚克画作展出外，若干美国著名的 BG 研究家将对凯鲁亚克作品进行较为全面深入的探讨。例如奥斯丁州立大学英语教授南茜·福克斯（Nancy Fox）的"马克·吐温的河流和凯鲁亚克的《在路上》"（*Twain's River and Kerouac's Road*），题目就很吸引人：把两人相提并论而且比较各自的河流小说和《在路上》小说，可说是抓住了他们作品的思想精髓，因为19世纪的马克·吐温和20世纪的凯鲁亚克无疑都具有崇尚自由、敢于冒险的美国精神，还应该说他们都是体现人类独立自由价值的代言人，也难怪无论马克·吐温还是凯鲁亚克都为不同国家的读者喜爱。凯鲁亚克和BG作品定会再次引起重视。

（原载于《中华读书报》2001年9月19日）

《在路上》在中国[①]

1998年8月，就在我准备结束在哈佛大学访学即将回国之际，从责任编辑沈东子先生处获悉《在路上》（*On The Road*）中文译本行将出版。在这之前，我已有10余本翻译作品问世，可坦率地说，没有哪一本书像《在路上》的出版使我那般激动，也怀着更多的期待——把被称为"The king of Beat Generation"（BG之王）的凯鲁亚克的这本代表作，而且是第一本中文全译本介绍到中国，在我的文学翻译生涯中无疑是一件大事。我亲眼看见在美国凯鲁亚克的作品，尤其是《在路上》受到读者何等喜爱，在任何书店都列于"Best Sellers"（畅销书）柜台。从1957年初版以来，该书50年来一直畅销不衰，仅在美国就已售出350万册，每年还以11万册到13万册的平均数持续增长。如果把世界各地的多种语言版本算在内，总数就更惊人。我看到过不同版本的封面，风格不一，但有别于一般艳情畅销书的是都设计得十分朴素、庄重，一点也不花哨。比如最受欢迎的1991年企鹅版，凯鲁亚克和卡萨迪两人并肩站立的黑白照片占

---

① 此文系拙译《在路上》再版后记，漓江出版社，2001。

据整个封面，是当年"在路上"时期所照：两人酷似孪生兄弟，英俊潇洒，酷极了。读者喜欢收藏这本书是有缘由的：在美国战后最沉闷乏味的50年代，他们穷困潦倒，可仍然充满活力，面带微笑；尽管岁月流逝，但他们仿佛仍在向读者昭示，就精神追求而言BG决没有"垮掉"，永远在向命运挑战，永远"在路上"。实际上，《在路上》已成为美国甚至世界当代文学经典。在20世纪即将过去的1998年，由美国国内外的一些最著名的文学批评家、研究／图书机构专家参与的一项调查结果显示，《在路上》赫然进入20世纪100部最佳英语小说前列。我当时不知道会有怎样的封面，可我总期望，在世界众多不同版本中《在路上》中文译本也能堂而皇之，毫不逊色。

1998年10月，我终于在西安全国书展上看到了《在路上》中文译本，但却没能买到，因为出版社只展出，供书店、书商定购。我收到样书是以后的事了。应该说我还是满意的：大32开，纸张上乘，印刷精良，墨迹清晰；我提供的近20幅黑白照片以及序言、若干附录更增加了此书的文献、研究价值，或许这正是此书获得1999年第四届全国优秀外国文学图书奖的一个原因吧。不过，如果说要挑剔的话，封面格调同《在路上》国外版本相比过于"通俗化"了，虽然以美国国旗为背景很美国味。上海一位艺术专业的年轻读者在给我的来信中谈到封面时说："此书最让人遗憾的是封面设计得太难看，太太难看了，简直就像一部恶俗的西方艳情小说……一回家，我就把封面撕下扔了，自己重做了一个。"我理解他的过激之辞：一方面，艺术鉴赏力因人而异；另一方面，使我欣喜的是这位酷爱《在路上》的年轻读者对BG的看法，他之所以不喜欢这个封面，是因为他认为，封面上的几个我们通常在美国、西方电影、画报上看到的那种放荡男女并不能代表集体意义上的BG形象——简言之，他不认为如我国批评界长期以来所灌输的那样，BG是"垮掉"了。我绝不是指责这个封面的设计者，如此设计未尝不可。相反，如果把BG视为嬉皮士运动的先驱，封面上的几个男女的嬉皮味还远远不够，许多读者都同我谈到这一点。国外的BG作品收藏者、学者在收到我赠送的这本书后的一致反响是"Not bad！"也就算是认可吧。

尽管如此，我还是希望再版时的封面能给读者另一种新的视觉和心理体验，书籍的艺术品味在很大程度上取决于包括封面设计、装帧等在内的整体效果。漓江出版社这次决定再版《在路上》，改换封面。石绍康先生设计的这一款封面简洁，构思不乏新意：位于下方的美国20世纪50年代公路上标有"东部"（East）的路标很有时代特征，而老式汽车驾驶室里的凯鲁亚克向外望的面容以及封面大部的空白则给读者留下了想象和遐想的空间，除了中文书名，列出英文书名及凯鲁亚克英文名也颇必要，并不是增加了什么"洋味"，而是很有亲切感。我希望读者会喜欢。

近来，有同行告诉我似乎当下国人对 BG 的兴趣正在升温，媒体上有关 BG 的报道、讨论专版逐渐增多，研究生以 BG 为论文选题者更大有人在（我就收到好些中文、英语研究生来信，询问有关问题），并说这与我多年来专注于 BG 研究与译介——出版了《在路上》全译本、《金斯伯格诗选》，发表了若干论文、文章不无关系；这自然是溢美之词，更多的是对我的努力的肯定与鼓励吧。众所周知，由于诸多历史因素，BG 在中国从 60 年代被译为"垮掉一代"开始可以说就声名狼藉，现在是应该为 BG 正名的时候了，个人的能力太微不足道，我不过做了我认为应该做的事而已。而国人对 BG 的误读或误解不能不说与缺乏可堪信任的译本以及认真的研究有关；不懂原文的广大读者、研究者往往借助于译本来了解域外文化、文学。我一直主张翻译与研究相结合，就此而言，还有许多事可做。

研究外国文学作品在异国的接受可以揭示许多耐人寻味的东西：20世纪60年代作家出版社曾经出版非全译本《在路上》（石荣等译，1962）。这个译本我始终没有见过，属于文革前的"内部参考"书（多为灰皮或黄皮，被称为"灰皮书"、"黄皮书"），供一定级别的干部批判阅读，并未公开发行。这批书有苏联小说《第四十一》、《你到底要什么？》、《多雪的冬天》，也包括与 BG 有关的杰罗姆·大卫·塞林格的《麦田里的守望者》，以及为数不少的其他西方现代派文学作品，如《厌恶及其他》、《愤怒的回顾》、《局外人》、《等待戈多》等等。20 世纪 60—70 年代这些书通过各种方式被"偷运"出来在青年读者（上山下乡知识青年、社会各阶层青年、学生）中流传阅读，影响不小。就《在路上》而言，作品中 BG 伙伴对美国现存体制、传统道德信仰的怀疑、悲观、绝望和反叛在经历过文化大革命、上山下乡的青年中引起共鸣是很可以理解的，更大的震撼是《在路上》BG 伙伴追求自由、欢乐、性爱的极端生活方式，在当时中国特定社会背景下，对于一直接受正统教育的青年，反响极具矛盾性：拒绝与向往，程度如何，恐怕是因人而异。美国批评家喜欢把 20 世纪 60 年代中国在"革命大串联"路途上奔波的红卫兵和美国奉行"背包革命"（rucksack revolution）实践的嬉皮士——他们是 BG, 亦及嬉普士（hipster）的继承者进行比较。撇开中美两国的社会文化背景，我们的确可以发现一些共同点：都是反叛的一代——红卫兵要破坏、打倒的是一切封资修的东西，不管是老祖宗的还是洋人的；嬉普士和嬉皮士憎恨美国资本主义工业—军事一体化，同构成"美国梦"极端的物质主义追求格格不入，在 20 世纪 60 年代动荡的世界情势下（法国学生运动、英国的"愤怒的青年"、中国文化大革命、美国 BG／嬉皮士运动、新左派等），BG 在精神层面上则融合了西方超验主义、浪漫主义、存在主义和东方宗教理念，而中国反叛一代的红色革命理想主义很轰轰烈烈也很悲壮。美国是一个"在车轮上"的国家，如《在路上》的人物那样，BG 可以自由自在地自己开车或搭车浪迹天涯，很大程度上是个人化的行为；而中国反叛的一代"在路上"则是集体行为，最后被下乡浪潮所消解，可正是这种体验自由甚至饱尝痛苦磨难的经历使他们日渐成熟，感受到与 BG 相同的心境，进而在思想上同 BG 接近起来，这可以从文化大革命时期和其后的地下、先锋文学所反映的情绪中找到印证——须知，BG 文学、文化在很长一段时期也是处于民间、边缘，一直"在地下"（Beneath the underground）。一篇谈及中国新诗潮的文章有以下一段话："1972 年彭刚和芒克曾经两个人组织了一个先锋派，准备去流浪，'随便翻墙进北京站赶火车就走了，身上只带了两块钱，心中充满了反叛的劲，对家庭，对社会。美国有本书叫《在路上》，我们也是走到路上再说。'"这可以被认为是受到《在路上》译本影响的结果。

1984年，《外国现代派作品选》第三册（上海文艺出版社）收入了《在路上》第一部第一章，第二部第四、五、八章片断（黄雨石、施咸荣译），当时正值我国介绍西方文学、文化作品热潮时期，读过这一译文的人一定不少。

1990年底，漓江出版社出版了《在路上》（陶跃庆、何晓丽译），有译者写的序言，很畅销。但严格说并非全译，好些段落没译，而且错译、误译较多。尽管如此，这一译本让更多读者了解到凯鲁亚克其人及《在路上》，功不可没。我受漓江出版社总编辑宋安群先生之约翻译的《在路上》全译本于1998年出版，但译事在我1997年赴美前已完成，其中来由我在"译后记"已谈及。

我曾经沿着凯鲁亚克及其伙伴当年"在路上"的足迹从美国东海岸乘坐灰狗巴士最后到达西海岸的旧金山，一路上我自然特别留意《在路上》提到过的地方，更特意在丹佛、洛杉矶、旧金山等地停留，寻访小说中当年迪安、萨尔等人所在之地，比如丹佛的拉马里街、旧金山迪安与萨尔相逢的房屋等。如《在路上》所描写，20世纪50年代的美国公路已很畅通发达，但当时的单行道（one way road）现在几乎已全被多行道的高速公路所代替。行驶在这种公路上，但见往来车辆川流不息，尤其是晚上，目力所及，前面的车辆灯光闪烁，一直延伸到远方，往往使我联想到小说中迪安、萨尔等人疯狂驱车行驶在公路上的惊险情景。小说所写的路边小旅馆、饭店现在已很难看见，代之以汽车旅馆或小餐馆；由于美国人现在几乎都有车，而且也不乏专供全家出游的有卫生间、厨房、卧室等现代化设备的旅游车，这种白色旅游车常常停靠在高速公路的服务区。现在，要想如《在路上》上所写的在路边挥手搭车的情况肯定很少了。美国朋友告诉我，比之20世纪60年代，《在路上》提到的那种人与人之间在路途上认识并且由此产生的一些非凡奇遇的机会已大大减少；但好些美国年轻人在旅途中仍喜欢带上《在路上》，并不是为了寻求奇遇之类的刺激，而是要体验一种自由自在的生活方式，这正是 BG 所留下的精神遗产之一，也是《在路上》至今在世界各地仍有如此感召力的一个原因吧。

当今的中国青年如何看待《在路上》呢？不妨摘引一段我前面提到的那位上海青年 1999 年给我的来信："近四五年来，只要是逛书店，没有一次不怀着一种侥幸心理，希望能在书架上找到一本《在路上》，然而，结果总是失望，甚至常常会蹲在地上看看是不是会被丢弃在书店的小角落里。前几天，一个朋友打电话告诉我发现《在路上》，我用尽了身上仅有的钱把它弄到手。随后几天，除了吃饭、睡觉，我便一头扎进这本书里，当看完了最后一页，我心里很难受。这几天来，我和萨尔、迪安朝夕相处，无话不谈，可是一关上书，又被挤出了那个世界，又回到了这个不得不在里面继续生活的小圈子。惆怅，也许这个词太做作，但实在找不到更适合的词来形容此时的感受。"他买的就是拙译。他对《在路上》的痴情跃然于笔端，接着他写道："感谢你把这本书译成这么激动人心的文字，把它带到我们中间，你是否知道在现在中国，有一大群地下青年，操着电琴，在笨嘴拙舌但又无比努力地说出自己的理想和失望……"信上所提到的"地下青年"实际上是"民间青年"的代用语，也是 BG 用语，指那些远离主流文学、文化的"边缘人"，亦即嬉普士，凯鲁亚克的一本小说便取名为《地下人》（*The Subterraneans*，1958）。"地下"在这儿当然没有"反动"、"秘密"之类的政治含义，更不是同政府、体制对立，它指的是自发性，区别于我们通常习惯的那种集体性和组织化的行为。什么是这些青年的"理想和失望"呢？社会学家对于这个问题的讨论一直很热烈。在中国社会目前的这一转型期，并非事事完美，青年人天生对新鲜事物的好奇、敏感，对美好自由生活的向往也使他们很容易失望，去寻求心理学意义上的"情感释放"。于是，这位读者接着写道："也许他们只能处于地下，也许哪天他们浮出水面时，却不知觉地变了味道，也许他们像西方的嬉皮士、朋克、迷惘的、垮掉的一样张开嗓子，说出自己的主张，谁知道呢？"不同于充满艰涩抽象术语的那种专业文学评论，这位读者对《在路上》的阅读感受何等真挚。

值得一提的是 BG 与爵士摇滚音乐,包括朋克、黑人布鲁斯的关系。凯鲁亚克在其《现代散文理念与技巧》(*Belief & Technique For Modern Prose*)中有若干条与爵士摇滚音乐直接有关:顺从一切,开放、倾听(Submissive to everything, open, listening);你所感受到的自会找到它自己的形式(Something that you feel will find its own form);写出你的内心不断感受到的一切(Write what you want bottomless from bottom of the mind);写出狂乱的、无序的、纯粹的、内心深处的东西,越疯狂越好(Composing wild, undiscip1ined, pure, coming in from under, crazier the better)。金斯伯格也一向主张"最初的思绪,最好的思绪"(First thought, best thought)。显然,这些正是视自发性、即兴性为第一要素的爵士摇滚音乐所认同的创作原则。当今中国,名目繁多的民间、地下爵士摇滚音乐乐队一直很火,活跃于都市酒吧、音乐厅,已形成一大文化景观。在我居住的成都,若干酒吧常常有爵士摇滚音乐演出及诗歌朗诵,是诗人、艺术家、新闻记者等文化人经常光顾之地,还常常在这儿看到老外。参加者告诉我他们特别爱读 BG 作品,《在路上》是他们的案头常备书之一,他们非常熟悉书中有关爵士摇滚音乐场面的描写,比如第三部第十章;喜欢书中提到的诸如莱斯特·扬(Lester Yang)、查利·帕克(Charlie Parker)、特罗尼斯·蒙克(Thelonius Monk)、吉莱斯皮(Gillespie)这样著名的现代爵士乐演奏家、作曲家,当然也喜欢包括书中没提到的,同 BG 尤其是金斯伯格关系密切的鲍勃·迪伦。在一个物质、享乐主义至上的社会,中国这些青年人同 BG、美国及西方爵士摇滚音乐的连接点,或者说默契在于共同的精神追求和探索,自由表达情感的欲望上,而这正是《在路上》所要奉献给读者的。2000 年,我应邀去河南大学、河北大学外语学院作 BG 讲座。我谈到 BG 和《在路上》对中国青年的影响,一位女大学生后来送我一本由兰州 Sub Jam 乐队编的"1998 新音乐之春"专号,令我惊奇的是这次因故夭折的音乐会是由中国各大城市 15 支地下乐队为纪念金斯伯格逝世一周年而专门举办的,封面上就有金斯伯格一段关于音乐和诗歌的话。不久前的一个晚上，我在成都玉林小区著名女诗人翟永明的"白夜"酒吧邂逅现在客居北京的 Sub Jam 乐队的颜俊，当晚他朗诵了自己写的诗，然后带着乐队去附近一家摇滚音乐酒吧演奏。我们谈到 BG 和兰州那次音乐会，他肯定地告诉我中国现代爵士摇滚音乐与 BG 确实有精神渊源。

《在路上》出版已将近半个世纪，可联系到美国及西方最近以及即将出版的诸多有关凯鲁亚克、金斯伯格、卡萨迪、柯索等的评论及传记性新书、有声书籍／光盘，谁还能怀疑 BG 热不会持续下去呢？出版过金斯伯格《嚎叫》的旧金山城市之光书店（City Lights Book Store）老板、诗人费林格蒂多年前就说过："干吗说什么 BG 的复兴？他们压根儿就没离开过。"（"How can there be a revival when they haven't ever left"）其原因很值得我们好好研究：BG 作家反抗压抑人自由独立本性的束缚，蔑视物质至上主义，追求精神、灵魂意义上的自由充实，虽说他们反叛现实的那种放浪行骸的生活方式未必值得效仿；他们永远"在路上"，也失败过，可这种 BG 理念也不可否定，因为在当今美国和西方，同 BG 发端时的 50 年代比较，精神迷惘、信念丧失并没得到丝毫缓解，更不必说就此消亡。在这种情势下，经历过沉默的 50 年代、动荡的 60 年代的年长者怀念 BG，在战后经济繁荣出生、长大的"baby 一代"，在中学、大学的文学、文化、社会课程上读过早已进入主流的 BG 作家作品的更为年轻的一代对 BG 作品及 BG 理念产生如此共鸣并不奇怪，这也正是凯鲁亚克、金斯伯格等其他 BG 作家作品一直被广泛阅读，还有后 BG 文学目前势头正猛的原因吧。

读者也许会发现，在这篇后记中，我直接用 BG (the Beat Generation) 这一缩语代替在我国使用多年的"垮掉一代"，其原因在于这原本就是误译，与 60 年代我国当时的政治和国际形势、对 BG 缺乏全面深入的了解有关，我已在若干文章中，在许多场合谈及，恕不赘言。此外，"Kerouac"一名，按翻译常规（见商务印书馆编《英语姓名译名手册》1991 年版），"Ker"一般译为"凯"，因此我使用"凯鲁亚克"而不是"克鲁亚克",由于没有重新制版,所以文本中仍使用"凯鲁亚克",也没有来得及对译文作进一步校正,特此说明。最后,由衷感谢漓江出版社有关人士及责任编辑张谦女士为本书再版所作的努力。

2001年7月8日于成都

"垮掉一代":历史性和历时性

李亚萍[①](以下简称李):您是否觉得在四川而且是在一个以医学为主的大学做研究会有些寂寞呢?在美国文学和文化领域中,您为何选择了"垮掉一代"这一流派来研究呢?

文楚安(以下简称文):我毕业于重庆四川外语学院英文系,先在中学教英语,后来几经奔波在华西医科大学英语系教授英语专业高年级英汉互译等课程到现在。华西医大2000年才同四川大学合并,其前身是1910年由英国、美国、加拿大的5个教会联合在成都创办的综合性"私立华西协和大学",在海外颇有知名度。华大重视人文以及英文教学可以说是其传统。说实话,虽在医大,可我压根儿不懂医学,是"借贵方一块宝地,立足谋生"。学校位于成都有名的"都市中的村庄"华西坝,一切十分方便。成都的人文环境得天独厚,适宜居住,虽有机会"跳槽",可我一直很安心,没有寂寞感;我还认为学术研究是很个人化的事,资料之类的条件是可以创造的,不必一定非在什么中心城市,比如北京或名牌综合大学才能进行,何况现在"边缘"同"中心"的差别已日趋缩小。

我从80年代开始研究"垮掉一代",主要是金斯伯格的译介与研究,

---

① 李亚萍女士是南京大学中文系研究生,硕士论文是《"垮掉一代"和文革时期青年反叛文学》,现在是暨南大学比较文艺学方向博士生。在她写作的过程中,笔者尽可能提供了一些帮助。2001年9月底,她对我做了长达两小时的电话访问,这篇访谈录根据此次谈话增添而成。

因为我发现在 80 年代的文化译介热中，同其他美国当代作家相比，对于 20 世纪这样一个如此重要，尤其是对中国当代文学、文化很有影响的文学、文化思潮，我们的研究不仅少而又少，而且对其误读太多，在我国名声很不好。因为在我们这个礼仪和道德之邦，仅"垮掉"一词就意味无穷了，应该有人来做这种看来是颇冒险的正本清源的事。你的硕士论文对此做了很有意义的研究，不妨谈谈你所知道的五六十年代国内批评家对"垮掉一代"的一些主要观点。

李：我很同意你的观点，因为当初我对"垮掉一代"感兴趣有大部分原因也是因为看到太多批判他们的文章。当时我就想一个事物既然能够存在而且影响了那么多人自然有其可取之处，我就抱着这种想法开始了研究之旅。当时我想做的还仅仅是对"垮掉一代"在我国评论界的回响的一个梳理，于是我做的第一步就是收集国内评论资料，首先从 50 年代开始，因为"垮掉一代"兴盛于那个时候。通过查阅各种资料包括 50 年代我国主要的报纸，像《解放日报》、《光明日报》、《文艺报》，以及一些文学杂志如《译文》、《文学评论》等，我发现我国 50 年代对"垮掉一代"只是做了一些简单介绍或者作为消息报道，它们都不涉及评论；而到 60 年代就开始出现了大量的批判性文章，最具代表性的就是 1961 年 7 月 22 日《光明日报》刊登的余彪的《美国的"垮掉一代"》，这有可能是中国第一篇对"垮掉一代"定性的文章，我认为 The Beat Generation 译为"垮掉一代"或许就是从这里开始的，因为在 50 年代的介绍性文章中都称其为"悸动的一代"。该文全面介绍了"垮掉一代"的成员、代表作、哲学依据，及其在西方社会的影响。作者将其归入存在主义文学，并且认为其文学是颓废文学的恶性发展，是资产阶级麻醉人民的工具，是美国及资本主义世界文化领域里的一株毒草。随后就出现了董衡巽、袁可嘉等人的文章，他们都把"垮掉一代"视为流氓、阿飞，是资本主义社会堕落的标志，而且认为垮掉派文学毫无借鉴的价值，它们必然垮掉。总的说来，那个年代的评论明显带着浓厚的政治色彩，只注重道德评价，十分片面。这样的观点一直持续到 80 年代还有表现，不过当时赵一凡先生两篇文章确立了重新评价"垮掉一代"的基础——《垮掉一代述评》(《当代外国文学》,1981 年第 3 期)及《垮掉一代当代西方文学流派讲话之四》(《飞天》,1982 年第 2 期)。这两篇文章全面地介绍"垮掉派"产生的社会历史背景、哲学依据、艺术观点等方面,并指出"垮掉一代"是二次世界大战后在美国产生的第一个现代主义文学流派,也是一场病态青年的造反运动。赵认为可以把"垮掉一代"视为研究当代资本主义桎梏下人的异化、文学的异化的典型标本。他充分肯定了垮掉派文学在美国文学史上的地位:"垮掉一代"在诗歌领域结束了艾略特传统的长期统治,为继起的美国各种现代派小说、实验诗歌、音乐、美术等消除了障碍,拓展了视野,促进了美国 60 年代流行艺术的发展。应该说,赵的文章是对我国文艺界 60 年代普遍持有的全盘否定态度的一个矫正,辩证地看待了"垮掉一代"的成就及其缺陷。

文:在那个特定的年代,受当时苏联文艺政策的影响,文艺要为政治服务,批评家那样评论也是无可奈何的事,即使他们有自己不同的看法也不敢表达。问题在于"Beat"一词译为"垮掉"本身就是种误读,你一定注意到我在报刊上发表的一些有关文章,我没有使用"垮掉一代"这一称谓,而是用"The Beat Generation"的简缩语 BG,因为既然"垮掉"一词是误读使然,而诸如"痞子"、"鄙德"、"悸动"、"疲踏"、"敲打"这样一些译法我认为也未必妥当,倒不如用 BG 为好,你以为如何?

李:关于 Beat 一词的翻译确实是个很难解决的问题。应该说您以上所提到的一些译法虽然有其合理的地方,但是它们表现的仅仅是 BG 的一个方面而已。比如说"垮掉"形容他们的生活方式可以,因为他们吸毒、搞同性恋,但是如果用来表达他们的精神则很不确切,甚至是表达了完全相反的意思;"敲打"也不过体现了他们作品中对节奏的关注和重视,其他方面的特点似乎又很难用这个词来表示。所以我觉得您的建议比较适合一些,因为长期以来我国读者受"垮掉"一词的影响太深,甚至见到这个词就退避三舍,从而导致人们对 BG 的不了解甚至是误解。因此,我们如果要进行正本清源的工作,首先就必须给 Beat 一词一个很清晰的解释。美国学者斯坦利·费希尔在他所编的《"垮掉一代"作品选集》书中曾列出该词的 20 种意义，而我还是觉得约翰·霍尔姆斯——《这就是"垮掉一代"》①文章的作者理解得较为深刻和到位。

文：还要指出的是当初译为"垮掉一代"是有引号的，可后来引号没有了，别小看这种改变，如果不是有意的话。在美国，使用 The Beat Generation 没有引号。有引号表明的是一种"存疑"，而去引号无异是肯定了这一译法。我认为即使用"垮掉"形容他们的生活方式也未必妥当，因为在美国和西方的环境下吸毒、同性恋也不好同"垮掉"联系，比如吸毒我们通常认为是吸可卡因、海洛因等剧毒品，实际上 BG 文化人一般用大麻等兴奋剂，而目的多是为了"自发性写作"，在五六十年代，服用大麻等兴奋剂在青年人中成为时尚，至于同性恋更不是什么"垮掉"了，这需要专门来谈。

李：应该说您是第一个对《在路上》进行全文翻译的人，在译完该书后，您觉得在迪安这些人身上体现了垮掉派的哪些精神实质？他们为何受到广大青年的喜爱呢？

文：国内《在路上》译本，据我所知，有作家出版社非全译本《在路上》（石荣等译，1962）。这个译本我始终没有见过，属于文革前的"内部参考"书，多为灰皮或黄皮，被称为"灰皮书"、"黄皮书"，并未公开发行，可在上山下乡青年中流传广泛，这恐怕是中国读者最先接触 BG 而且读到的《在路上》文本。1984 年出版的《外国现代派作品选》第三册（上海文艺出版社）收入了《在路上》第一部第一章，第二部第四、五章片断（黄雨石、施咸荣译）。1990 年漓江出版社出版了《在路上》（陶跃庆、何晓丽译），这个译本有不少漏泽、误译，所以，严格说来也不是全译本。我的译本是漓江出版社在购买了版权后约我译的，1998 年出版。许多读者都认为封面太花哨，国外 BG 研究者寄给我他们收藏的《在路上》的几乎所有各种文字的版本封面照片，比较之后我也有同感。这原本是很严

---

① 参看《在路上》附录，文楚安译，漓江出版社，1998，2001。

肃的作品，封面当然亦应保持这一格调，最新的版本 2001 年 9 月已出版，换了新封面。

《在路上》之所以受到广大青年的喜爱，值得研究，恐怕三言两语说不清楚。不过，我认为主要在于通过《在路上》的 BG 伙伴如迪安、萨尔所表达出来的 BG 理念、哲学在读者尤其是青年中产生了共鸣。概括起来，BG 理念、哲学的精髓是：继承美国超验主义传统，崇尚思想、行动自由，敢于向不合理的社会体制连同其意识形态提出挑战，甚至否定——比如对当时美国的政治保守思潮、迫害进步人士的麦卡锡主义、物欲和金钱至上的美国梦等等。再具体一些，还可体现在 BG 的重精神生活轻物质主义，蔑视权威，无所畏惧，勇于探索和冒险等方面。就连他们备受非议的放浪形骸的生活方式本质上看也是在探索一种新的生活方式和新的信仰，是对传统和体制的反叛，虽说不免太极端——我们未必全面肯定（比如吸毒、性放纵等），可也应具体看待，他们在精神上从未"垮掉"。我要特别强调的是：同任何经久不衰的人生理念、哲学一样，BG 理念、哲学是历时性，而不仅仅是历史性的。反叛与追求是其根本，所以 BG 在世界范围的影响才形成一种"movement"。萨尔的原型是作者本人凯鲁亚克，他"迎着社会现实冲刺，渴望面包爱情，不要因为这事或那事而顾虑、担心"。他的姓——帕拉迪斯（Paradise），即伊甸园，而他的名——萨尔"Sal"则是英文 Salvation（灵魂获救）的缩写。同极端放任感官享受的迪安相比，在他那儿，作者想揭示的是人性的复归和精神升华，比如他同墨西哥姑娘特丽十分动人纯真的爱情。还应该看到，在种族歧视还十分严重的四五十年代，BG 却同黑人以及其他少数民族友好相处，《在路上》有这方面的描写。萨尔不就这样说吗，"我真希望我是个黑人……我情愿我不是白人，而成为这些欢乐、诚挚、让人着迷的美国黑人中的一员"。这种反叛够彻底了，正因为如此，BG 和其后的嬉皮士大都积极地投身于反战、黑人及妇女解放、民权以及生态保护运动，金斯伯格就是典型。BG 的这种人文、浪漫主义精神却往往被我们的批评家所忽视了。不知你对于我刚才所说的 BG 理念、哲学是历时性，而不仅仅是历史性的观点有何看法？

李：对于研究人员而言，方法论很重要。如果仅仅把某一研究对象局限在某个具体的横截的时段里进行孤立研究是很不可取的，因为研究需要开放性的视野和眼光，我们既要学会把研究的本体返还到过去，也要学会把它拉到现在来审视，尤其是对 BG 这样一个在不断延续的有生命活力的课题。应该说 BG 的兴盛期不过短短的十几年时间，但是它的影响也一直在持续，像您提到的民权运动、妇女解放运动以及生态保护运动，还有现在美国"后 BG"的兴起，这些都表明了 BG 不仅仅是历史，它随着时间的延续表现出不同的类型和精神实质。然而最初的那种追求、他们的人生理念是永远不会被淘汰的。而且我认为研究者同样要具有跨文化的视角和高度。BG 并不是一个孤立的现象，在 60 年代，青年运动是个世界性的现象，比如 50 年代末英国的愤怒青年、日本的太阳一族、我国的红卫兵运动，以及苏联的以马雅可夫斯基为代表的诗人等，这些几乎具有全球性的现象不得不引起我们的进一步思考和研究。因此从这个角度上说，他们还不仅仅是历时的更是共时的。我的毕业论文就致力于这个方面的探索，虽然我的论文只是很有限地把中国"文革"时期的反叛青年诗人如黄翔、北岛和芒克等人的诗歌与 BG 特别是金斯伯格诗歌作一个比较，分别从诗歌表达的反叛专制、追求个性的主题和诗歌形式上的转变和影响来探讨二者的异同，进一步认识中美文化之间的异同。文章还有许多有待改进的地方，有许多问题还有待考虑成熟，但我总觉得这种开放性的视角是研究者所必须具有的素质。

文：我同意你的有关共时性的看法。整体而言，中国红卫兵运动和 BG 在目的、反叛方式等方面并非相同。这个问题也很值得讨论。

李：现在中国许多年轻人也都很喜欢《在路上》，而且"在路上"已经演绎为一种新的生活方式的代名词，您觉得中国青年的"在路上"情结和美国青年有什么不同？

文：确实如你所说，"在路上"已经演绎为一种新的生活方式的代名词。"在路上"（On the Road），在美国日常词汇中，亦即"上路"，昭示的是一种自由自在、无拘无束的生活，可以说它触及到人与生俱有的本能要求，唤醒的是一种美好、温馨、浪漫，而又刺激冒险的情怀。想想看，当一个人独自或几个人背上简单的行装"在路上"，无论有目的与否，也不论采取何种方式，肯定都会有许多难以预测的事发生（人与人，人与大自然，人与社会之间）。世界文学中以"上路"或者说流浪生活为题材似乎是一大传统，比如《圣经》、《奥德赛》、《堂吉诃德》、《格列佛游记》以及马克·吐温的河上漂流小说等等。主人公在流浪中都会无一例外地面临诸多挑战，这种环境也最能考验人的生存意志和毅力，展示他们人格的方方面面，好的和坏的。从阅读、接受的角度来说，这些对读者无疑都是一种震撼，如《在路上》的狄安和萨尔的个性和结局就并非相同，尽管就 BG 理念而言，他们志同道合。概括地说，读者，包括中国许多年轻人很喜欢《在路上》就在于"在路上"生活方式象征着追求自由、敢于冒险、不循规蹈矩、不知疲倦的人类精神和创造力，如我前面所说的它超越时代、种族、国界，是历时性的，可以说也就是你使用"在路上"情结一词的最好阐释。

中国青年的"在路上"情结和美国青年当然有别，西方价值观以个人主义包括自我实现的"个人本位"为主，而中国传统价值观则主要是以排斥个人主义、视天下国家为个人生命的延续、崇尚天地之道为主的"人伦本位"。在四五十年代美国特定的历史情势下，美国青年的"在路上"情结可以被认为是西方价值观的必然，并不奇怪，正如当时存在主义主张人是自由的，而且重要的是要做出选择，以及弗洛伊德主义在青年中很有影响一样。正因为此，"在路上"的狄安用萨尔的话来说才是一个"体现了美国崭新生活方式的先知"；BG 的反叛才在以后的嬉皮士那儿得以继承，"在路上"情结也才一直持续到现在，看来还将继续下去；而 BG 的一个重要思想资源恰恰是爱默生、梭罗、麦尔维尔等所奉行的酷爱自由、拥抱自然的美国超验主义。

中国青年的传统束缚显然要比美国青年多得多。众所周知，很长一段时间，在中国当时特定的历史和政治环境（大跃进、文化大革命、知识青年下乡等运动）中，"个人主义"在中国是备受批判的，可正如前面谈到的，向往自由尤其是精神自由，渴望过人应该过的那种不乏激情、新奇冒险的生活乃是人的本能需求，所以一旦有条件，这种天性被激发，中国青年的"在路上"情结可以说远比美国青年要强烈得多——不必认为一定得在路上，因为如前所述"在路上"已有其特定的内涵。现今中国青年表现出的某些颇前卫的思想和行为就是证明。我在美国时，一些BG学者曾经对我说，中国红卫兵大串联甚至知识青年大迁徙不也是"在路上"吗？撇开相同形式的都"在路上"奔波，中国青年同美国青年的区别也显而易见：前者出于狂热的政治信念，是一种集体行为；后者完全是个人化的行为，他们在寻求、探索一种新的生存方式，身心在感受一种新的生存体验，"因为疯狂而生活，因为疯狂而口若悬河，也唯有疯狂才能拯救他们自己"。看来你的这个问题可以到此打住。不过，你可否简要谈谈在不同的时期中国青年的"在路上"情结，也就是《在路上》和BG在中国的接受和影响，这可与你的研究有关？

李：这个问题我也一度考虑过，由于各种原因没能够成为我的毕业论文。不过我的论文其实也体现了这个方面，有一点不同的是，我将文化大革命时期的反叛青年也就是对文化大革命进行反思的一批青年作为我的研究对象，将他们与BG相比较，因为我个人觉得无论从二者产生的背景和他们作品中所体现出的精神实质来看他们拥有更多的相似点，更多的共鸣。同是在专制的政治环境中崛起的，也同样是一群追求个人独立，要求自由思考的青年，同样以一种与众不同的写作反抗当时的社会；他们同是一群精神上的流浪汉在孜孜不倦地追求着理想中的家园。基于这些简单的观点我的论文完成了，虽然是一篇平行比较的论文，但是我相信以后有时间和精力收集资料来完成那未实现的影响之路。其实，BG和中国青年有着千丝万缕的联系："文化大革命"中《在路上》是最受欢迎的地下读物；到了80年代，金斯伯格的诗歌又成为众多青年诗人的所爱，像莽汉派诗歌以及非非主义等；90年代，金斯伯格和凯鲁亚克几乎成了中国年轻作家的偶像，尤其是被称为70年代作家的那些人诸如美女作家们，还有最近风头很劲的"下半身"诗歌。还有一位就是自称是中国的金斯伯格的诗人伊沙，小说方面我还要提到的就是痞子味十足的王朔，在他的小说中所描写的人物很有"垮掉"的意味。我曾经写过《王朔的＜顽主＞与塞林格的＜麦田里的守望者＞的比较》一文，其中就略略探讨了二者之间的相似，其实塞林格被很多人视为 BG 的先锋。有关这方面的课题还有待于更多的研究人员来开发。

文：希望你的研究持续下去。至于有诗人自称是中国的金斯伯格在我看来很新鲜，怪我孤陋寡闻。其实问题不在于自称，应该考察他和金斯伯格是否真有什么可比性（诗歌观、精神等等），有人喜欢炒作，千万别太当真。中国民间诗坛眼下很热闹，有不同名目的称呼，不过我相信有的只是昙花一现。有一篇文章《诗歌之死》（马策，收入《2000 年中国诗年鉴》，广州出版社，2001）值得一读。

李：您的研究中对金斯伯格尤为关注，1984 年他来中国访问给您带来了什么影响？是不是可以说，从此您对垮掉派的研究进入了一个新的阶段呢？

文：是的，我对金斯伯格特别关注，一个原因是我本人自幼就喜欢外国诗歌，尤其是惠特曼的自由体诗歌，无论是思想还是诗歌风格，他对金斯伯格的影响都很大。早在 1955 年，金斯伯格在其《加利福尼亚超级市场》这首诗中，亲切地称他为"亲爱的父亲，灰胡子，孤独年老给人以勇气的教师"。惠特曼的民主、自由信念，对生命力包括性爱的坦率而激情的赞美，冲破诗歌不容纳俗语、口语的禁忌，奔放的自由体诗风都在金斯伯格的创作中继承了下来，并有所发展。更重要的原因是我在前面谈到的，我感觉到我们对 BG，尤其是金斯伯格的误读太多，而这又同译介和研究不力有关。正好 1984 年他作为美国作家代表团的一员（同行者还有另一 BG 诗人加里·斯奈德等）到中国访问，真是一个难得的契机。在当时思想解放的氛围下，其传递的有重大意义的信号是：我们能够用开放，以更加宽容的态度来对待被我们曾经长期冷落的一些作家了。可以说，正是金斯伯格的中国行促使了我对他的研究和译介，而金斯伯格的中国行又使我的 BG 研究进入了一个新阶段，其标志是我萌发了一个大胆的计划——在中国翻译出版他的诗选集；后来我直接同他联系通信，历经周折，才终于有了现在这一部《金斯伯格诗选》出版。

李：要完成这样一部厚实的诗集的翻译确实不容易，《金斯伯格诗选》出版后受到了各方面的关注。您能否简单地评述一下该译著在中国出版的意义？

文：《金斯伯格诗选》出版后的确受到媒体广泛关注，许多重要报刊都有肯定的介绍和评论，中央电视台《读书时间》还专门推荐。美国学学者潘小松说此书出版"应该算国内英美文学翻译研究中的一件大事"（博库网，2000年9月24日）。著名美国文学专家张子清先生在《文艺报》（2000年5月8日）撰文说："对于不读金斯伯格原诗的中国读者来说，这是迄今为止的好译本。对于学者或研究者来说，它也是一个好译本。"2001年，此书还先后获得成都市政府颁发的第三届"金芙蓉文学奖"、第五届全国优秀外国文学图书奖二等奖。我原本认为，它在外国文学尤其是美国文学研究界会有所反响，坦率地说，却没有料到也会受到其他读者特别是年轻读者的喜爱；不到一年，该书已经第二次印刷了。

作品一旦出版就具有社会性，此书出版的意义应该由评论家和读者来说。不过，从研究者和译者的角度，我想谈以下几点：（1）该书填补了我国，甚至华人世界（Chinese Community）对金斯伯格以及BG研究及译介的空白。因为在华人世界，即使用中文的地区，当然就不仅仅是中国内地，还包括台、港、澳地区，在这之前，金斯伯格诗歌只有零星的翻译，唯一一本结集是中国花城出版社的《卡第绪——母亲的歌》（张少雄译，1991），仅仅收有24首诗。可以说我国一直没有一部较完整、全面反映金斯伯格诗歌成就的诗选出版；而少许的译诗，比如《嚎叫》这样的代表作，还颇多误译。本书收入了金斯伯格一生创作的诗歌中几乎所有重要作品（1947—1997）。我的"金斯伯格简论——译序"试图客观全面地评论金斯伯格，"后记"介绍了国外金斯伯格研究现状，金斯伯格秘书的中文版序以及附录的两篇金斯伯格重要研究论文也极有参考价值；我还对译诗、译文作了大量注释，有助于读者、研究者理解文本，目的就是要使本书成为具有学术导引性质的译本，也许这正是出版后备受学界重视、读者厚爱，在海内外产生了较大影响的原因吧。（2）此书出版说明中国社会向更加开放，文学、文化向更加多元化的方向发展。显然，如果不是继80年代的改革开放以来、中国同外国的文学、文化交流更加深入，像金斯伯格这样的异端诗人作品是不可能结集出版而且受到媒体如此介绍的，这个意义无疑是深远的。（3）与第一点有关，由于有这样宽松的社会氛围，文学研究可以摆脱非学术因素的干扰，更深入、科学、客观，从而使我们能够澄清对金斯伯格以及 BG 长期的误读，有助于探讨金斯伯格以及 BG 在中国的接受与影响，比如对先锋诗歌、文化（包括前卫艺术、音乐、中国地下爵士摇滚、酒吧文化，乃至思想观念、生活方式等方面）以及对另类美女作家作品的影响等等。我们可以探讨 BG 积极的和消极的方面，对类似的文学、文化、社会现象亦可作如是观。比如一位名叫袁晞的读者在《文汇读书周报》（2001 年 8 月 18 日）撰文，一开头就说："金斯伯格的诗作终于出版了较全的中译本，这对喜欢金斯伯格又无缘读到原作的人是件高兴的事儿，同时也让人感到金斯伯格不再是精神堕落、道德沦丧的代名词。中国人正开始正视这一 20 世纪不可忽视的社会现象，珍惜这一份独特的文化遗产。"作为译者，来自读者的这种反响令我由衷欣喜，因为你知道，我从事 BG 译介及研究的动因之一就是要在国人中澄清对 BG 的误解。看来我的努力并没白费。不知你有其他看法吗？

李：《金斯伯格诗选》出版后引起了广泛关注，尤其在外国文学领域。我也经常在书店和图书馆看到有人购买或阅读这本书，对于这一点我想您应该感到欣慰和自豪，因为您是我国对 BG 进行系统研究和翻译的开创者，以后众多的研究者都将从您这儿获得帮助。当初我从您那儿听说《金斯伯格诗选》要出版了，也很激动，收到您寄来的书感到特别的沉重，因为里面凝结了您多年来的心血和期盼。作为 BG 研究者，我也很希望看到我国青年或者各界能够对 BG 有一个正确的理解，实现这个目标的最有效的途径当然是让他们亲自接触到 BG 作品，让他们在阅读中确定自己的判断。往往我们的视线或者是观点很容易被误导或者是受到各个方面的影响，因此接触原著，或许是我们了解本质的一个好的方法，所以，《金斯伯格诗选》的出版是很有意义的。当然在这个收获的同时，您也遭受来自其他方面的一些批评，主要是翻译问题，因为翻译又具有一个选择的问题，如何忠实原著、更确切地反映原著的思想和观点，也是翻译中经常受到抨击的方面。

文：文学翻译，尤其是诗歌翻译的难度非局内人所能感知。批评是正常的，我很欢迎，不足之处可以在再版改正。用你的话说，让读者在阅读中确定自己的判断，所以我又推出了金斯伯格的《嚎叫》英汉对照本（四川文艺出版社，2001）。

李：在翻译过程中，您对诗中一些美国俗语或粗话进行了相当的改动，为何要这样改动，是否也暗示了您的道德立场？

文：我想，你这是指诗中的一些涉及性的俗语或粗话。金斯伯格"一切可以入诗"的诗歌观是对学院、正统、主流文学批评标准的反拨，历史和现实地看有很积极的意义，但"矫枉过正"。我认为，这并不是说什么都可以写进诗中，就最敏感的性描写而言，即使在美国也不是没有限制的。美国宪法第一和第四修正案规定，文学作品中的性描写应该不失最小程度的社会意义。正是如此，金斯伯格的《嚎叫》才没被视为淫秽作品而被法庭宣判为禁书。综观他的作品，尤其是后期，其实金斯伯格本人在这方面并不是肆无忌惮的；另一方面，翻译者在介绍时仍然有选择的标准，应考虑到国情以及读者、社会的可接受度。这是选集，并非全集，金斯伯格很多产，但他的诗歌并非都是好诗，有些诗也不值得介绍。在美国的若干诗歌选集中，收入的也是他的那些公认的代表作。我在确定入选篇目时，也遵循这一标准。有些内容（同性恋以及描写感官感受的等等）都未能入选，但有些诗如《嚎叫》、《卡迪什》是不能不选的，虽然其中有俗语或粗话，可我的确对个别词进行了相当改动，没有直译，用了意译，既要传递原文的信息（message），但又不能太露骨，是不得已而为之。如同性恋行为的描写，《嚎叫》中的"cocksucker"，我能直接

181

译出来吗？我译为"与同性伙伴欢娱"。某些变通与其说暗示了我的道德立场，不如说表明了我的翻译观和美学观。

李：针对译文的某些粗话改动，曾经有读者在报刊上发表文章指责您不忠实原著。他们认为这些粗话是 BG 文学的主要特征，您如何看待？

文：你说的这些文章我没读过，只在网上读到一位中国诗人说拙译使"金斯伯格成了太监"，可他的文章没有具体说明我的诗译何以便让"金斯伯格成了太监"，我猜测可能是他发现我的译诗没有太多的他认为是垮掉派文学的主要特征的那些粗话吧。这个问题与上一个问题有关，其实，在把原文移植到译语的过程中，我遵循的是忠实于内容和风格的原则，因此一般没有改动，比如"cock"这种十足的粗话反复出现过，我就完全是直译，还因为中文就有与之相对应的粗话，而且很绝。

我要强调的是，粗话并不是垮掉派文学的主要特征。这也是对 BG 的误读之一。以凯鲁亚克的作品《在路上》为例，如果细读就会发现其实粗话不多；而且有关性描写更要使误认为 BG 文学"什么都可以写"的人大跌眼镜，因为你压根儿就在里面找不到什么赤裸裸的性渲染描写，文字可以说相当干净。应该说这种先入为主的预定看法（Pre-assumption）还多半与误译有关。我曾经谈到金斯伯格的一首重要诗篇《向日葵箴言》（*Sunflower Sutra*）中的有一句被一位译者译为"且将我的精液射入我的灵魂，也射进杰克的灵魂和任何哪位愿意听听的人的灵魂"。你瞧，金斯伯格这家伙够"垮掉"吧，可对照原文"And deliver my sermon to my soul and Jack's soul too,and any one who'll listen"才知道，真太冤枉了金斯伯格，译者居然将"sermon"（布道,讲道,训诫,反省）误认为"semen"（精子），并以为就是"精液"，太离谱了，可这原本是查查字典就可以避免的。不读原文的人会认为金斯伯格只热衷于"污秽用语"。这句似应译为"对着我的灵魂反省，也对着凯鲁亚克的灵魂，对着所有那些愿意聆听反省的人"。《嚎叫》被称为 BG 宣言书，在我国有多种译文，误译也最多。难怪有人会认为那正是"垮掉"诗人金斯伯格的风格，粗话是"垮掉派"文学的主要特征了。

李：这种误译我们当然无法容忍，但是我也想表达一下我的看法。我觉得对粗话的运用也确实是 BG 文学的一个重要特征，因为他们是沿袭惠特曼的传统，大胆地将生活引入诗歌。当年惠特曼的诗歌里也有对同性恋的描写，不过比较隐晦，那么现在 BG 要超越前辈势必会在语言等方面更有创新或者说更加刺激。而且，相对于当时的政治背景来看，BG 用粗话来表达自己的真实内心感受也是一个很好的途径，以此来与大众划清界限，就像霍尔顿在《麦田里的守望者》中经常要骂 Damn 一样。这个世界就是一个 Damn World，为什么我们不能用 Damn 来诅咒它呢？这样的表达其实在"愤怒的青年"和文化大革命时期的诗人作品中都有体现，尤其在马雅可夫斯基的作品中更为明显，粗话确实是一个较为明显的特征。因为他们都是叛逆的青年，他们的言行是极具破坏性的，因此粗话和俗话是他们最有可能选择的话语，并且以对此类话语的拥有和掌握作为一个明显的标志区别于那些主流社会的代言人，从而形成了具有自己特征的语言形式。其实在我国也有这样的阶段，王朔小说里的人物语言就很明显。

文：你的看法很有启发性，"用粗话来表达自己的真实内心感受也是一个很好的途径"，其实在欧洲及美国的现实主义、现代派作品中也不乏粗话。

李：1998 年您曾在美国游历了当年凯鲁亚克等人的"在路上"的路线，此次旅行对您有什么帮助？

文：是的，大有帮助。我在《金斯伯格诗选》的后记《感受金斯伯格》中谈到："我曾从波士顿出发，乘坐灰狗汽车从东海岸横跨美国到达西海岸'垮掉一代'发源地之一和'圣地'的旧金山'在路上'的漫长经历——游览金斯伯格就读过的哥伦比亚大学，在纽约市立图书馆珍藏室查阅了金斯伯格手稿，去新泽西州伊丽莎白城金斯伯格墓地凭吊；在丹佛市中心拉里马大街以及洛杉矶的酒吧前驻足，缅怀当年'垮掉'伙伴踪迹，在旧金山拜访与 BG 关系密切的城市之光书店、出版社和金斯伯格在湾区北滩以及伯克莱时的旧址。我有机会'身临其境'，对于'垮掉一代'作家笔下，尤其是金斯伯格作品中所描述过的美国大地（城市、乡村、平原、山峦、沙漠等），特别是相关人文社会、地理背景有了感性意义上的体味。这一切绝不只是书本上能读到而且明白的。金斯伯格的有些原本是难以咀嚼的诗句在翻译时渐渐明晰起来，应该说，要归功于美国之行。"这主要指此次旅行对我翻译金斯伯格诗作的帮助。

这种"在路上"的亲身经历，包括在凯鲁亚克故乡洛威尔市和纽约出席了纪念凯鲁亚克和金斯伯格的学术讨论会和诗歌朗诵活动，一路上参与同美国 BG 学者的交往和内容广泛的讨论——比如金斯伯格的秘书鲍勃·罗森塔尔（Bob Rosenthal）、旧金山城市之光书店负责人南茜·佩塔斯（Nancy Peters）女士等，还有凯鲁亚克遗产继承人以及不同年纪的美国人，亲自感受到 BG 的影响并没有因其代表人物的去世而减弱，相反如美国媒体所言"BG 运动仍在持续"（Beat movement is going on），使我加深了对 BG 比较全面的了解，应该说，回国后我的研究更有目的性了。

李：对，我也因此得益于您的此次出行，因为您为我论文的撰写提供了很多帮助，再次感谢您。那么"垮掉一代"是美国五六十年代很激进的一个流派，它以独特的青春反叛气质吸引了众多青年的注意，您作为一个中年学者，是否有时会对这些属于年轻人的心理感到不理解？您是否觉得如果由年轻人来研究更适合呢？

文：坦率地说，我自信对年轻人的心理没感到那么不理解，一方面我一直在大学任教，与年轻人接触较多，还因为我的个性随和，我对新生的第一堂课一开始就说我是教师可我希望也是他们的朋友，用许多学生和朋友的话来说特有亲和力。也由于我从事 BG 译介与研究，我有意识地关注与年青一代有关的问题，尤其是 BG 对青年一代多方面的影响。你知道成都的先锋诗歌、行为艺术、前卫音乐在中国很知名，我对他们并不陌生。他们的活力、对新奇事物的敏感也常常感染我，所以我觉得我同年青一代并没有太明显的"代沟"。

BG 课题由年轻人来研究是否更适合不能一概而论，要看有关条件和本人的素质，因为 BG 涉及文学、文化、社会现象。我希望有年轻学者能从事这一研究。令人高兴的是，据我所知，现在更多年轻学者对 BG大有兴趣，国内好些大学的英语、中文专业研究生的毕业论文就是 BG课题。我收到他们的来信，也读到寄来的文章，对他们研究的独特角度、新视野、独立见解以及坚实的学力印象很深。可以预料，他们的自身优势会进一步推动我国的 BG 研究。

李：应该说 BG 这个课题现在还处于边缘状态，但是可挖掘的潜力是很大的。相信以后会有更多的人来研究。最后还有一个比较私人化的问题要请教您，您自身的经历是否让您觉得与 BG 很接近，甚至有某种暗合的特征呢？

文：先说点有趣的事，由于我从事 BG 研究，近几年来发表文章，参加有关学术会议提交论文，在大会发言，应邀去一些大学讲座，在书市和读书沙龙上同读者座谈，接受媒体访问等等都是与 BG 有关的话题，圈子里的一些朋友每每见面会说"老文，你别也垮掉了"。当然。这是善意的调侃，不过，看来"垮掉"无论如何都不是什么好词儿，也可见 BG在中国的接受过程中其真正的内涵，不说被歪曲吧，可以说已经变了形，这实在值得研究。BG 要想在中国翻身，摆脱其臭名并非易事。我专注于BG 研究的原因前面已涉及，也还因为我的确非常喜欢 BG 作品，尤其是BG 理念中那种对自由和人格独立的向往对我很有影响。由于出身不好我大学毕业后被分配到少数民族地区，只是在改革开放后，我才凭着自己的"个人奋斗"——其实，也就是毅力和勤奋进入大学任教，从事我喜欢的工作，我认为这是人生最大的快乐。我一向淡泊物质享受，以"生命短促，艺术长存"为立身之本，"经历是宝贵的财富"，所以我的并非一帆风顺的经历和我的个性使我很容易同 BG 理念产生共鸣，这对于我从事 BG 研究和译介是一种动力，或许也就是你说的某种暗合的特征吧。还是要谈到"垮掉"，这并不是说我研究 BG 就"垮掉"了，我肯定 BG的许多积极的方面，我理解他们的一些极端的生活方式，但并不赞同更不用说去实践，比如吸毒、同性恋等。对 BG 这样的或者其他文学、文化、社会现象，我们应肯定其合理的部分，扬弃其消极的东西。

同五六十年代相比我们的社会的确是空前开放、进步了。不可否认，西方思潮，包括 BG 对当下的一些青年产生了影响，值得注意的是有的人表现为片面地、表面地模仿 BG 放荡的生活方式。如果他们自认为是BG 追随者，那么他们对 BG 的了解是肤浅的，他们压根儿忽视了 BG 理念的精髓，有可能真正地垮掉。这种倾向已反映在当下的一些作品中，其实也是对 BG 的另一种误解。你以为如何？

李：对 BG 误读就如同您所说的，要在中国翻身还要有更多人的努力，我前面也说过要让人们真正理解 BG 就让他们读作品。可问题是现在一些年轻人读是读了，只是断章取义地去理解，去套用它们，这是我们现在必须正视的问题。他们并不是真正理解了 BG 的理念而是赶时髦地在文章中引用一些语句，或者干脆模仿他们的生活方式，以堕落为时尚，这种误读是最有危害性的。如何解决这样的问题，我想还是要依靠研究者的努力，去做些正确的引导而不是误导。当然，"一千个读者就有一千个哈姆雷特"，所以在读者接受的过程中也难免会出现上述问题。外来文化进入中国后势必会有许多的变形，但是作为研究人员，要做到实事求是，不要按照自己的标准误导国民。与您一番交流后，觉得自己在许多问题上又有了很多认识。您能够抽出时间与后学者交流，非常感谢。

文：我们就 BG 话题的确进行了较为深入、广泛的交谈，还有许多问题值得探讨，希望有机会继续，谢谢你。

肯·克西：嬉皮士时代的见证人

中国读者也许是因为看过美国影片《飞越疯人院》(*One Flew Over the Cuckoo's Nest*) 才知道肯·克西（Ken Kesey）其人的。影片根据其同名小说改编，直译为《飞越布谷鸟巢》。这部小说是被称为美国嬉皮士时代的 20 世纪 60 年代反文化运动的经典之作，与在它之前的塞林格的《麦田里的守望者》以及凯鲁亚克的《在路上》在美国和西方一直畅销不衰。不过，我在 20 世纪 80 年代初才读到 1963 年企鹅出版社版本，封面中央的房顶一角站立着一只昂头布谷鸟，仿佛是在呼唤自由，这在美国近代史上众所周知的"多事之秋"就特别有感召力了。与肯·克西同时代的诗人和朋友金斯伯格曾经写过长诗《卡迪什》（Kaddishi），悼念其患精神病死在"疯人院"的母亲娜阿米，凡读过此诗的读者无不被诗中"疯人院"的恐怖和娜阿米受到的精神折磨而震惊。可《飞越布谷鸟巢》绝不是单纯的精神病院故事，其强烈的社会认识意义远远超越其故事本身。故事发生在美国太平洋西北部的一个精神病院。叙述者布罗德曼在病院呆得最久，是有一半印第安血统的病人，从不说话，被认为又聋又哑，经常产生幻念，觉得屋子里到处是青蛙。病院由诨名是"大护士"（Big Nurse）的拉齐德（Ratched）统治。这女人冷酷无情，处处表现出对病人的独裁和控制欲，唯一的乐趣是压制人性。虽说是女人，她却总是竭力掩盖其女性生理特点；可笑的是，她无论如何也不能让她那一对大乳房消失。主人公爱尔兰裔人麦克穆菲（McMurphy）曾经被指控犯强奸罪。他联合其他病人向"大护士"的权威挑战，与"大护士"进行了一场激烈的斗争。他们赌博、酗酒、同女人约会等，公开藐视病院的规则；为此他付出了惨痛代价，被迫做了脑叶切除术。最终，他同开始说话（其寓意耐人寻味）的布罗德曼一起逃离病院。同拉齐德相对照，带头反抗"大护士"的麦克穆菲集中体现了追求思想自由、人格独立、反体制压迫这样一些精神，尤其是这是"非正常"、"失却理智"的"疯人"的行为，恰好同金斯伯格在其《嚎叫》中的那一声"我看见我这一代的精英被疯狂毁灭"相呼应，发人深省。这显然同《麦田里的守望者》和《在路上》传达的"垮掉一代"理念一脉相承；而"大护士"则是《嚎叫》中的邪恶"摩洛克"的象征，代表美国资本—军事一体化体制对人性的压抑。《时代》周刊当时就称"此书是向体面阶级社会的成规以及支持这些成规的看不见的统治者发出的愤怒抗议";《纽约客》则说此书"预示了大学骚乱，反越战，吸毒以及反文化运动"。实际上，肯·克西同"垮掉一代"代表人物不但在个人交往而且在思想上的联系非常密切，有的评论家甚至干脆把他也归入"垮掉一代"。1964年，肯·克西用《飞越布谷鸟巢》的版税组织了一次活动，由凯鲁亚克《在路上》主人公迪安的原型尼尔·卡萨迪开着命名为"向前"（Further）的校车横跨美国。车身涂上炫丽色彩，满载着一伙自称为"快活的恶作剧者"（Merry Pranksters）的青年男女。"快活的恶作剧者"这一称谓就已活脱脱地洋溢着嬉皮士的反文化、反叛精神了。他们从加利福利亚出发到达纽约世界贸易大厦，然后又返回。一路上，他们试图借助于吸毒（主要是致幻兴奋剂LSD）、性爱，当然还少不了摇滚乐来寻求精神极乐，成为嬉皮士时代的一大事件。当时嬉皮士中非常流行的一句话是"你在车上吗"（Are you on the bus？）。60年代末在旧金山兴起的以反文化著称的嬉皮士运动的理念和生活方式其实可以追溯到此——公开吸毒，奇装异服，男女群居，街头爵士摇滚即兴演出，用和平方式反抗现存法律和传统习俗等。1968年，这次奥德赛似的经历被以"新新闻写作"（New Journalism）闻名的汤姆·伍尔夫（Tom Wolfe）写进了其著名的纪实性非小说作品《令人振奋的兴奋剂实验》（*The Electric Kool-Aid Acid Test*）。值得一提的是，就在这一年8月，芝加哥爆发了长发异装的嬉皮士反越战骚乱；而在一年前，旧金山目睹了被称为嬉皮士时代颇为壮观的"爱之夏"（Summer of Love）大集会。也正是受到肯·克西和哈佛大学生理学教授、LSD毒品试验先驱之一的梯姆斯·利里（Timotby Leahy）、鲍勃·迪伦（Bob Dylan）的摇滚音乐以及被称为"优雅的死者"（The Graceful Dead）乐队的感召，上百万嬉皮士继承"垮掉一代"理念，把一场反文化运动推向了全世界，以其惊世骇俗的长诗《嚎叫》吹响反叛号角的"垮掉一代"代表诗人金斯伯格在其《同"地狱天使"在肯·克西家的一次会晤》一诗中就曾经叙述了他们一起如何商议反越战争抗议活动的情景：

凉爽的漆黑夜晚穿过红色森林

汽车停在屋外大门后

浓荫里，星光朦胧笼罩

深谷，一堆火燃烧在侧廊旁

几个疲惫的人弯着腰凑在一起

穿着黑皮夹克。

……

据美联社报道，2001 年 11 月 10 日，这位嬉皮士时代的见证人在俄勒冈州尤金市患肝癌逝世，享年 66 岁。肯·克西的一生颇具传奇色彩。1935 年 9 月他出生于科罗拉多州一个奶牛场主家庭。1934 年迁移到俄勒冈州祖父家，因其出众的摔跤才能获奖学金进入俄勒冈大学并获新闻学学士。1959 年，肯·克西在斯坦幅大学攻读创造性写作学位时，自愿参加了政府在一所医院的毒品实验项目，尝试过如像 LSD 这样的致幻兴奋毒品。《飞越布谷鸟巢》正是基于这一体验写成。由于滥用大麻，肯·克西在加利福尼亚州曾被监禁 4 个月。1965 年，他同在高中认识的女友法耶结婚，后来定居于普勒真特西尔（Pleasant Hill），养育了四个子女。他在好莱坞影片中出演过次要角色。肯·克西夫妇的农场成为致幻兴奋剂时代的一个圣地，吸引许多嬉皮士前去拜访。1990 年他回到俄勒冈，在俄勒冈大学任教，可常常徜徉于户外森林，在河中垂钓、急流中游泳，与家人一起过着平静随意的生活，直至去世。

肯·克西的第二本小说《有时冒出了一个伟大的念头》（*Sometimes a Great Notion*）于 1964 年出版。书名源自民歌"有时冒出了一个伟大的念头／要跳入河中漂流"，讲的是俄勒冈州某小镇两个独立谋生的伐木工人的故事。他们信奉的人生准则是"永不屈服"（Never Give An Inch）。此书虽然不如《飞越布谷鸟巢》那样具有商业意义上的成功，但由于表达了公众和时代普遍关注的迫切问题，被评论家普遍看好，认为极具现实意义。他本人也最满意这部作品。此书搬上了银幕，由名演员亨利·芳达和保尔·纽曼担任主角。后来他也写过一些自传性短篇小说、儿童故事、文章等，可除了 1992 年以来的阿拉斯加渔村为背景的《水手之歌》（*Sailor Song*）外，影响都不太大。《水手之歌》描写了全球气候变暖，核污染以及癌症的肆虐对人们生活的影响，用他的话来说这是一个有关"世界之端的爱情"故事。批评家的评论众说纷纭。自然，对他最猛烈的攻击来自反对毒品的人。他们认为这位曾经催发毒品文化的家伙居然如此奢谈人类的生存态势真是大煞风景。实际上，他对毒品的态度，尤其是在他患糖尿病和肝炎后大有改变——他不再使用 LSD。1996年，梯姆斯·利里去世后他在接受记者采访时曾经说："人们常常到我这儿来，希望看到我和我的朋友让毒品给毁了，靠捡破烂为生，可实际上，我们都对家庭有责任感，千方百计让孩子从大学毕业，我们对社区可是尽心尽责。"

不过，让肯·克西在美国文学、文化史册上占有一席之地的还是同嬉皮士时代联系的"快活的恶作剧者"之旅和《飞越布谷鸟巢》，后者的舞台和电影的使用权被演员柯克·道格拉斯（Kirk Douglas）获得。从1963 年到 1964 年，剧本在百老汇上演了 82 场，道格拉斯本人扮演麦克穆菲；1970 年，此角改由威廉·德瓦勒（William Devane）扮演；就在2001 年，此剧还在继续演出。1974 年此片一举夺得奥斯卡五项大奖（最佳影片、导演、男女演员、剧本改编）[①]；不久前又被美国电影学院列入其二十部最佳影片之一。有趣的是肯·克西却不买账，很不满意电影脚本对主角麦克穆菲和印第安病人布罗德曼等人物的处理。他不但提起诉讼而且干脆拒看影片。还可一提的是《飞越布谷鸟巢》出版后，一位红十字医院护士把出版社告上法庭，指控小说中一位次要人物红十字医院护士与她有关，出版社不得不作了修改，用不指名的护士取代了红十字医院护士。可这位护士后来写了一部小说却也成为被告，因为一位医生声称护士的作品中的某医生形象有损他的名誉。看来，文学创作中人物塑造有被人"对号入座"，作家有被指控"侵犯名誉权"的危险早已是司

---

① 最佳导演米罗斯·福尔曼（Milos Forman），最佳男演员杰克·尼可尔森（Jack Nicholson），最佳女演员露易丝·弗莱彻（Louise Fletcher），最佳剧本改编劳伦斯·豪本（Lawrence Hauben）和波·戈尔德曼（Bo Goldman）。

空见惯，不是中国独有的了。

1964 年肯·克西及其"快活的恶作剧者"之旅目的地纽约世贸大厦如今已是一片废墟。在缅怀肯·克西之际，不知那些经历过嬉皮士时代的人如何着想。美国及西方各大媒体对肯·克西的去世反应热烈，称他是嬉皮士时代的催生者和见证人，是一位严肃的小说家，可以同菲力普·罗思（Philip Roth）和约瑟夫·海勒（Joseph Heller）相提并论。肯·克西1973 年出版的《出售旧货》（*Garage Sale*）对美国社会的看法基调相当悲观。著名剧作家阿瑟·米勒（Arthur Miller）在他为此书写的序言中就明白无疑地说，肯·克西预示，"邪恶同（我们的）斗争永无尽头……"俄勒冈州、旧金山、纽约以及伦敦等地相继举行了纪念会，还展出了与嬉皮士时代有关的披头士歌手约翰·列农、金斯伯格等人的图片和物件。尤金市的纪念会特别动人，出席者最后齐唱已故的嬉皮士吉他手杰瑞·卡西亚（Jerry Garcia）和"优雅的死者"乐队的歌"我们祝你晚安"（We Bid You Goodnight）。俄勒冈州的报刊称赞肯·克西是俄勒冈历史上最伟大的人物之一。

正如 1997 年"垮掉一代"宗师金斯伯格和巴勒斯的离世一样，人们普遍认为肯·克西的去世所留下的空白无人可以填补。20 世纪 60 年代是美国近代政治和文化史最多姿多彩、最具戏剧性、最重要的时代：越战、肯尼迪被刺杀、黑人民权运动，当然还有嬉皮士运动，等等。由于国情不同，说到美国的毒品文化我们总是本能地厌恶和排斥。的确，即使是出于如"垮掉一代"伙伴和肯·克西那样，为了达到下意识的创作灵感使用毒品也不是什么好事，何况被青年所效法而且滥用就更是危害无穷。不过，历史地看，在当时美国社会的特殊情势下，正如摇滚爵士音乐、"在路上"背包革命生活方式的风行，作为一种为寻求新的感觉刺激和特殊的精神经历，对美国人而言，毒品文化却具有特别复杂的意义，恐怕不是置身于外的人能体验的。罗德·霍顿等著的《美国文学思想背景》就写道："60年代末和 70 年代初，几乎每个年轻人都至少服用过一两次麻醉剂。"（人民文学出版社，1991，第 577 页）

肯·克西的历史意义在于：他把 50 年代发端的波西米亚"垮掉一代"运动同 20 世纪 60 年代的反文化、嬉皮士运动联系起来。他们极端的反叛方式，诸如吸毒等现在当然不会再具有当日那样的吸引力；可美国及世界范围的许多人如今已习以为常的生活态度和行为，如向往自由、人格独立、不循规蹈矩、追求新奇等不能不说是他们留下的宝贵精神遗产。

2001 年 11 月 25 日于成都

下　篇

伊·庞德和索萝西·莎士比亚书信集

(1909—1914)

美国著名现代派诗人庞德和他妻子索萝西的书信集不久前在美国出版，书中收集了正在热恋中的庞德和索萝西在 1909 年至 1914 年间的重要信件。

索萝西是亨利·霍普·莎士比亚和其妻奥立维亚的独生女。亨利是当时小有名气的律师和风景画家，奥立维亚则是伦敦文艺沙龙中的活跃人物。庞德曾师从奥立维亚研习法国古典诗歌，因而同其女索萝西相识，两人感情日渐加深。但奥立维亚并不希望女儿同一个异国人结合。尽管如此，庞德与索萝西的爱情关系还是继续发展，两人之间的相互倾慕之情洋溢在这部书信集的字里行间。索萝西的信感情真切、文体朴素。从书信集中索萝西涉及诗歌创作的文字看来，索萝西对庞德诗歌观点的形成无疑有所影响。庞德在 1913 年至 1916 年间曾替当时已闻名遐迩的叶芝做过秘书，而在这以前两人就通过奥立维亚而过往甚密。叶芝比庞德大 20 岁，庞德早期的诗歌创作曾得益于叶芝的指教和影响是为批评家所众所周知的。从书信集索萝西的信件中可看出，索萝西对庞德的影响也不可低估。针对庞德在信中使用的一些生僻、华丽、冗繁的词语，在 1912 年 4 月 23 日的一封信中，索萝西写道："原本简单明了的意思，你竟然花费了不少笔墨——我以为，就书信文体而言，这是不能容忍的，虽然，由于叶芝的影响，还不算太晦涩。"对这种观点，庞德是接受并赞同的。在诗歌中避免使用冗词陈词，忌讳夸张、模糊、抽象，追求高度鲜明、准确、含蓄、凝练的意象，这正是庞德所主张的意象派诗歌的精髓。

　　索萝西像她父亲一样，喜欢作画，不过，她更为高明之处在于不仅仅只用色彩，而且用文字。她极富于想象力，且极少陈腐的学究气。这正是作为诗人的庞德所欣赏的；索萝西也钦羡庞德的才气、博学以及一旦投入创作和阅读时的那种善于排除干扰的专心致志的毅力。1913 年 3 月 12 日，在给庞德的一封信中，她写道："我无法理解你当时的心境——捧着洛卜·德·维迦的一出剧本，竟会那样如醉如痴。"的确，在这种时候，庞德会忘记一切，即使他心爱的索萝西就在身旁。索萝西具有女性敏锐的鉴赏和判断力，她总是对庞德的作品提出坦率的，甚至挑剔式的批评，"在我看来，你的散文不如亨利·詹姆斯，让人失望"。有一次，索萝西收到庞德赠送给她的一些诗作，其中有好些是为索萝西写的情诗。在 1913 年 3 月 5 日的一信中，她写道："你想知道我对于你的诗作的意见，我认为，它们不那么出色，——虽然，其中一二首颇为动人。"

　　庞德曾醉心于希腊、拉丁、法国、盎格鲁·撒克逊的诗歌，对中国、日本的古典诗歌也做过专门研究，1915 年他所翻译出版的《汉诗译卷》，包括《诗经》、汉乐府以及"古诗十九首"的若干古诗，译笔流畅，且较为忠实，被 T·S·艾略特称誉为"20 世纪诗歌中的样板"。值得注意的是，研究翻译这些中国古诗的时期正是庞德与索萝西热恋并行将结成伉俪的时期。庞德的诗歌创作根基于西方文化的熏陶，同时又从东方诗歌，特别是中国古典诗词中吸取营养，一反浪漫主义及维多利亚时期的诗风，他树起了意象派诗歌的大旗。意象派诗歌鼎盛的 20 世纪 20 年代，曾影响过诸如 T·S·艾略特、W·H·奥登这样一大批诗人。艾略特的长诗巨作《荒原》是在庞德的悉心修改下定稿的，卷首的献词是"献给诗歌巨人庞德"；而奥登则这样说过，"倘若没有庞德的诗作，我的作品将会停留原地而毫无进步"。他还说，"至今活着的诗人无一不受到庞德的影响"。这足以说明庞德及其意象派诗歌在西方当代诗歌中的地位。

　　在第二次世界大战中，庞德支持意大利法西斯独裁者墨索里尼，在电台发表过攻击美国的言论，也撰写过为法西斯主义唱赞歌的文章。

1948 年因叛国罪被捕送回美国。而且在私生活上，庞德还有外遇，这在夫妻间曾投下过阴影，不过即使如此，索萝西仍未离弃庞德。由于精神病理学家作证，庞德因患有精神失常症而免受法庭审判，被送到华盛顿的圣·伊丽莎白医院就医，一直呆了 20 年。正是在此段岁月中，庞德写出了他一生中最好的一些诗作。1958 年在罗伯特·弗洛斯特、T·S·艾略特以及一些有声望的美国诗人名流的努力下，他才得以恢复自由，夫妇俩于 1959 年重返意大利定居。

（原载于《读书》1985年第10期）

美国第一个桂冠诗人

1986 年新年伊始便传来消息，美国诗人、现年 81 岁的罗伯特·潘·沃伦（Robert Penn Warren）被指定为美国文学史上第一个桂冠诗人。

决定设立全美桂冠诗人这一称号的一项法律去年才在美国国会通过，从今年 9 月开始正式生效，持续一年或两年。授予沃伦这一荣誉是由于诗人对于"美国生活中的希望和毁灭所倾注的感情"，以及他在作品中所揭示出的"滑稽可笑、喜剧因素、暴动、虚饰以及崇高精神和英雄主义"。（《哈诺德国际论坛报》1986 年 2 月 28 日）

沃伦 1905 年 4 月 24 日生于美国南部肯塔基州的卡思雷亚（Guthria）。1925 年在田纳西州梵得比尔大学获文学学士学位，1927 年在加利福尼亚大学获文学硕士学位，其后便在南方及其他大学执教。这种根底深厚的文化和教育背景使他能在多方面的文学创作领域内驾轻就熟。在梵得比尔大学，他成为以诗人、批评家约翰·克芬·兰塞姆（John Crove Rasom）为首的南方诗人派别"逃亡者"（The Furgitive）的中坚，当时同属于其中的一员干将是诗人艾兰·泰特（Allen Tote）。兰塞姆是颇有影响的新批评派理论家。1941 年，当 T·S·艾略特、理查兹以及燕卜荪所鼓吹的专注于研究作品文本、强调艺术作品的自主性和自足性的形式主义本体论的影响日益增强时，是兰塞姆率先将这种方法取名为"新批评"而写进他的一本同名著作中。"逃亡者"诗人执著地维护诗歌传统，主张诗歌应有严格的韵律和严谨的选词，坚信诗歌应表达理性。这些也影响了沃伦早期的诗歌创作。

沃伦虽离开南方，但他的作品（小说、诗歌、戏剧等）却大都以南方为背景，而且大都取材于真实事件或某个具体历史时期的场景。他既能够把自己经历过的感受，或强烈的事件，也能够把似乎是琐碎微不足道的小事写进诗中，幽默风趣而充满智慧，被批评家认为是最富于哲理性的当代美国诗人之一。这些特色再加上沃伦笔下的那种哥特式神秘氛围以及夸张而丰富的语汇，使他的诗歌独具魅力。1953 年写成的《与恶人为伍》(*Brother to Dragons*)，体现了他一直关注的永恒主题：对人类命运、善和恶的思考。这首长诗根据一个名叫利尔本·刘易斯的年轻人的残暴罪行写成。刘易斯是美国第三任总统杰弗逊（1801—1809 任职）的侄子。19 世纪初期，刘易斯在南方肯塔基边界杀死一个黑人奴隶。此诗的副标题是"用诗和多重角色对话写成的故事"(*A Tale in Verse and Voices*)，暗示了诗的结构及文体风格，刘易斯的罪行被戏剧化了。沃伦所要探讨的是产生这种罪行的历史渊源和心理因素。在种族主义者看来，奴隶可以被主人任意处置，沃伦抓住这个普遍事实，使它升华到更为深刻的意义上，因为有极大讽刺意味的是，凶手竟是主张解放奴隶，信奉人人平等、自由、博爱这种启蒙主义理想的美国总统杰弗逊的侄子，难怪杰弗逊本人得知此事也不胜震惊——虽说刘易斯杀人动机是由于对母亲的眷恋，即所谓"恋母情结"所致。在沃伦看来，这种事本身使人类性本善的天性受到无情嘲弄——对一个人的爱竟要用另一个人的生命来换取。沃伦的《诗选1923—1943》、《诗选 1923—1975》的基调就是这种困扰着他的对时代和历史的深切忧虑和沉思。

作为诗人，沃伦的重要性还在于他是当代美国诗歌中承上启下的重要人物之一。一般把第二次世界大战作为现代和当代的分界线，大战后的美国诗歌经历了"中间代"这一环节，才延续到当代。"中间代"诗人又大都是学院派诗人如西奥多·罗塞克（Theodore Roethke, 1909—1963）、伊丽莎白·毕肖普（Elizabeth Bishop, 1911—1979）、斯坦利·克由尼茨（Stanley Kunitz, 1965—）等等。他们分别在三四十年代至 50 年代已在诗坛上立足，创作日趋成熟，但大都还按照传统写作。沃伦的传统保守观在由 12 人撰写的、代表南方诗人观点的《我将采取我的立场》(*I'll Take My Stand*, 1930) 中已表露无遗。但变化终不可避免，这首先是受了以反学院派而著名的"黑山派"（Black Mountain）诗人之首查尔斯·奥尔森（Charles Olson, 1910—1970）的影响。后来，战后五花八门的诗歌流派在美国诗坛上活跃起来，其中，一直保持传统派、新批评派诗风的罗伯特·洛厄尔（Robert Lowell, 1917—1977），20 世纪 50 年代末一变初衷，改弦易辙大反艾略特——新批评派诗风对上述反学院派的潮流起了推波助澜的作用，成了美国当代诗史上一个戏剧性的转折点。于是，奥尔森所主张的"放射诗"，洛厄尔的"自白诗"，还有庞德、威廉斯以及"垮掉派"诗人金斯伯格等人汇合在一起，有力地冲击着学院派固守的禁地，形成一场持续多年的战后美国诗坛的两派诗风之争。在这个大转变时期，作为"逃亡派"集团的中坚和元老，沃伦的诗风也从保守的拘泥的形式转向灵活多变，渐渐摆脱了兰塞姆所领导的学院派形式主义影响——虽然不免仍有旧的痕迹。沃伦的诗意象鲜明，风格清新、明朗，形式多变。在他的笔下，"白天，就像一条裤子，哪儿都可以见到"（《夜属于自己》1960），而"时间是一面像张大眼睛凝视着的镜子"（《或者其他》，1974）。他特别擅长以某些素材作为共同主题，写成抒情系列诗，如《恬静美梦中的歌谣》(*Ballad of a Sweet Dream of Peace*) 以及长诗《奥杜邦：一幅幻景》(*Audubon, A Vision*) 等。这类诗一般采用叙事体，或用戏剧独白手法，诗句短促，类似碎句，口语化；有的诗句较长，对称，节奏感强，令读者下意识地从一首诗进入另一首诗的境界。显然，就形式和诗句的奔放而言，沃伦已脱离传统的窠臼了。这也是他的诗能被不同的读者广泛接受的一个原因，从而使他成为美国诗坛上从传统跨过"中间带"这个时期进入当代，使两代诗风相衔接的一位诗人。因此，作为诗人，1944 年至 1945 年，他当选为美国国会图书馆诗歌顾问并不令人们感到意外。1965 年他成为美国文学艺术院成员；1972 年，出任美国诗人学院院长，并且多次获得美国重要诗歌奖：1943 年获纪念雪莱诗歌奖，1958 年同时获得普利策诗歌奖和美国国会图书诗歌奖。

沃伦从 20 世纪 40 年代开始，便在耶鲁、明尼苏达、哈佛等大学担任教授，执教文学、戏剧、写作，一直到 1973 年退休；做过诗刊《逃亡者》以及《南方评论》（*The Southern Review*）的编辑。对沃伦来说，一方面，他以此为阵地写作诗歌，但同时也逐渐涉足于文学批评和其他形式的文艺创作。他的一大贡献在于，同诗人艾伦·泰特、著名的文学批评家克利安斯·布鲁克斯（Cleanth Brooks）一起在美国开创了现代美国最有影响的新批评派。1938 年，沃伦同布鲁克斯合作写了《诗歌的理解》（*Understanding of Poetry*）一书。在当时，这是用新批评方法去分析诗歌的典型范例，对于大学生和研究者，的确仿佛是扑面吹来的一阵清风，被认为是新批评派的一部力作。此书的成功促使两人再度合作，于 1943 年出版了《理解小说》（*Understanding of Fiction*），意图、目的、编选体例仍是典型新批评式的。不过，如果说，新批评对于容量较小、重视技巧手法的诗歌（选入《诗的理解》一书中的诗大都是 17 世纪的诗，戏剧性较强，讽喻性明显，抒情意味较弱，因而较易于分析）还可自圆其说，那么，对于结构宏大、情节复杂、人物众多的小说（即使是短篇）则遇到了困难，不那么得心应手。这暴露了新批评派教条主义、形式主义的缺点。尽管如此，这两本书在当时影响很大，多次再版，现在仍畅销。和勒内·韦勒克、奥斯丁·沃伦合作的《文学理论》（*Theory of Literature*，1949）同为新批评派雄踞的四五十年代的经典著作，是大学生、研究者案头必备书。此外，沃伦还写过《现代修辞》（*Modern Rhetoric*，1949）、《佳作之要素》（*Fundamentals of Good Writing*，1950）等多部文艺批评论著，撰写了大量批评文章。出版过有关英国湖畔派诗人柯勒律治以及德莱塞、麦尔维尔、惠蒂尔的系列研究专著。1977 年，同 R·W·B·刘易斯合编《美国文学：制作的人与制作》（*American Literature：the Makers and Making*）一书。这部书仿佛是对美国文学的一个回顾。沃伦为此书写了精彩的序言，他对美国作家的评价已有悖于新批评方法，开始强调时代和环境等历史因素。1975 年写成的《民主与诗》（*Democracy and Poetry*），据权威的《哈佛当代美国文学导论》（*Harvard Cuide to Contemporary American Literature*，1979)编者的看法，则是沃伦"将美国文学作为一个有历史延续性的传统的最简法的分析"。非常明显，作为一个成熟的批评家，他并不认为文学批评只能容纳一种模式。事实是，即使在他用新批评派观点写成的评论中，他的态度也表现得宽容、灵活得多。沃伦还编选过若干诗选和评论集。这一切卓越建树使他置身于本世纪美国最有影响的批评家之列，而这又是作为桂冠诗人必不可少的因素之一。

沃伦的小说创作也不容忽视。自从 1939 年问世的以本世纪初在肯塔基州所发生的烟草主和资本家之间的斗争为题材的小说《夜间骑手》(*Night Rider*) 算起，到现在，已有十多部长篇小说出版。其中，最有名的是写于 1946 年的《国王的全班人马》(*All the King's Men*)，该书次年获普利策小说奖。小说主人公的原型是路易斯安那州的参议员惠·朗格（Huey Long），此人在 1928 年至 1931 年任州长，道德败坏。像沃伦大多数小说一样，沃伦用多彩的笔触，展现了南部的社会生活现实，浸透着作家对社会人生严肃的思考。

桂冠诗人源于 17 世纪英国，是由英国皇室授予英国最卓越的诗人的一种崇高永久性的称号。华兹华斯、丁尼生曾获此殊誉。英国现在的桂冠诗人是泰德·休斯（Ted Hughs）。不过，正如任何文学奖并非都像一场"Fairplay"（公正无私的竞争）一样，真正优秀的诗人常常不能获此称号，原因相当复杂，其弊端也是显而易见的。但沃伦获得美国第一个桂冠诗人殊誉，应该说是当之无愧的。虽然他并不只是致力于诗歌创作，但倘若没有在诗歌写作上的成就，沃伦或许就不成其为沃伦，文学史家对他的地位会做出另外的判断了。1983 年，沃伦不无自豪地说过，"诗歌才是我心灵的归宿地"。这应该是诗人的心声。他而今已是耄耋之年，诗写得不多，从 1985 年以来，他自己说，只写了 6 首诗，而且"全都不满意，并不打算发表"，表示今后要"舒适地休息一会儿"。尽管如此，正是在 1985 年，他仍然出版了一本自选诗集，编选了麦尔维尔的一部诗选，并为之作序，这部诗选预定在 1987 年春由伊可出版社（Ecco Press）出版。不久前，他在接受一次访问时说，尽管老态龙钟，但"一息尚存，仍将写作不止"。

对于自己被指定为美国有史以来第一位桂冠诗人，沃伦颇为兴奋，并不是因为这可以使他每年收入 36 000 美元，而是因为，作为诗人，他并没有被忘却。

（原载于《读书》1986年第8期）

沉思人类命运的美国桂冠诗人沃伦

罗伯特·潘·沃伦（Robert Penn Warren）于 1986 年初被授予美国文学史上第一位桂冠诗人的称号，因为他"对于美国生活中的希望和毁灭所倾注的感情"和他作品中所揭示的"滑稽可笑、喜剧因素、暴动、虚饰以及崇高精神和英雄主义"。

沃伦 1905 年 4 月 24 日生于美国南部肯塔基州的卡思雷亚。1925 年在田纳西州梵得比尔大学获得文学学士学位，1927 年在加利福尼亚大学获得文学硕士学位，其后便在各大学执教。著述甚丰，几乎涉及文学的各个领域，在小说、诗歌、戏剧、文艺评论、政论诸方面都卓有建树，长篇小说《国王的全班人马》获 1974 年普利策奖。沃伦是公认的颇有影响的美国新批评评论家。不过，正如他自己所说，"诗歌才是我心灵的归宿地"。诗集《预言：1954—1956》同时获得 1958 年美国全国图书和普利策诗歌奖。1978 年，诗集《现在和过去：1976—1978》使他再度获得普利策诗歌奖。早在 1944—1945 年，他便当选为美国国会图书馆诗歌顾问。1965 年成为美国文学艺术学院成员，1972 年出任美国诗人学院院长，在美国诗坛上德高望重。

沃伦的诗歌写作开始于大学时期。当时，他是以兰塞姆为首的南方诗人派别"逃亡者"（The Fugitive）的中坚，并主编过《逃亡者》诗刊和《南方评论》。在政治上，这一派诗人倾向保守的重农主义，在艺术观上则执著地维护美国诗歌传统，主张诗应有严格的律、严谨的选词，坚信诗应表达理性。这些特点在他的第一本诗集《诗选三十六首》（1935）中表露无遗。他的诗同小说一样，多以南方为背景，既展现重大的历史题材，有史诗般宏伟的气魄、结构，如长诗《与恶人为伍》、《奥杜邦：一幅幻景》，又具有传统抒情诗所要求的那种精雕细刻，语言典雅、庄重，并善于心理刻画。对人类命运、善和恶的思考，对历史和时代的反思是沃伦所关注的永恒主题，他被公认为是最富于哲理性和历史感的当代美国诗人。他说："在这个狂乱的时代，无知通常是在不时追求成熟和健全的行动中失掉的。"在他的笔下，"真理是坟墓／是大风拔起的榆树下／花床的阴影，／是口中吹出的气流送到阳光中的／一片机灵的羽毛，／是历史一次又一次地／捉弄人类的恶作剧，／在光明的暗影中／它的形状飘忽不定，／是在花园里潜伏着的诅咒，／是死者在无尽的长夜里漫长的独白"（《真理》）。而世界，只不过是"地图上一大片白色的斑渍，茫无边际"（《宇宙地图》）。这类短诗，长短句不一，意象出奇，比喻独特，耐人寻味。尽管沃伦充满悲愁，甚至痛楚，缅怀资本主义美国早期开发史的纯朴、浪漫，但他并不厌世悲观。他亲身经历过本世纪美国历史上一系列重大转变，对于美国的历史和现实，对于人类的缺点和失败有清醒的认识，并不拒绝接受现代生活的节奏和文明。因此，在他看来，"幸福的名字是行动"（《早雪即景》）。在 1982 年出版的抒情诗集《在这里：1977—1980》的"后记"中，沃伦这样写道："不错，小说比现实更深刻，更有意义，但在我看来，人生这部小说才最崇高壮美。"

作为诗人，沃伦的地位举足轻重，还在于他是美国诗史上承上启下，从传统跨过"中间带"进入当代，使两代诗风衔接的一位重要人物。早年，他推崇的是法国象征派诗人、17世纪英国玄学派诗人，以及T·S·艾略特、庞德、叶芝等。但是从诗集《新与旧：1923—1966》中，正如诗集名字暗示的那样，可以看出，他的诗歌无论在题材、风格上，40年来已有戏剧性的转变。沃伦并未完全摈弃传统，但在形式上已趋于多样化，已逐渐脱离传统保守的窠臼。70年代以及近年来的诗作总的基调是稳重、深沉，但也可以发现如惠特曼，甚至金斯伯格式的自由、奔放的诗句。

沃伦已进入耄耋之年，作为美国第一位桂冠诗人，他将任期两年。他的职责是向国会图书馆推荐、评论优秀论文。他表示，决不充当英国桂冠诗人那种雇佣赞美者的角色，去为死者写悼诗，不过"一息尚存，仍将写作"。

1986年11月

（原载《中外诗歌研究》1987年第1期）

对人性沉沦的有力鞭挞
——从《第四次警报》试论契弗短篇小说的认识价值及艺术风格

美国当代作家约翰·契弗（John Cheever，1912—1982）一生致力于短篇小说创作。1982年，他的自选集《契弗短篇小说选》出版后，"成了畅销书"，重新点燃了出版商和读者对美国短篇小说的兴趣。[①]在美国文学的商业化倾向日益加剧，光怪陆离、五花八门地充塞着恐怖、色情、凶杀等内容的影视和通俗文学正冲击着严肃文学的创作及其读者群的情况下，美国人仍能怀着强烈的兴趣阅读契弗的小说，这是值得重视

---

① 保罗·格雷，《一位歌颂阳光的作家——约翰·契弗》，载美国《时代》杂志，1982年6月28日。

的。美国著名批评家山密尔·柯尔说："忽视契弗的作品，如同忽视我们美国 20 世纪后半期许多人的美国生活。"[1]这颇能说明契弗作品的魅力和价值。

短篇小说《第四次警报》，如同契弗的许多短篇作品一样，背景是纽约市郊中产阶级居住区。"我"同妻子伯莎的一场家庭冲突实际上已具有社会矛盾的性质。矛盾的焦点是对于人的"自我"及"存在价值"的不同观点的对立。在伯莎看来，她参加一出裸体舞剧的演出，是作为女人和妻子，以及母亲的一种绝对自由，丈夫无权干涉。在回忆应聘时的情景时，她居然说，"坐在陌生人面前，赤身裸体，有生以来，我第一次感到我作为个人存在的价值和意义"。这出自一个受过良好教育、曾在中学校担任"社会学"课程、因对学生管教极其严格而"有了好名声"的中产阶级年轻妇女之口，实在令人震惊。然而，伯莎的堕落及其所反映出的美国艺术的没落，都是可信的真实。契弗力图揭示出在当代美国社会，物质文明愈高度发展，精神世界愈加空虚、贫困，最终导致个性的毁灭和人性的沉沦。

早在 20 世纪 20 年代，正当资本主义的各种矛盾还未充分尖锐化，美国由于在第一次世界大战中未受到直接损害，处于歌舞升平、相对繁荣的"爵士时代"[2]时，英国著名诗人叶芝就已经看出资本主义社会道德观念开始崩溃解体，而且预示了今日西方社会的混乱。他说过一句颇为人重视的名言，"一切都四散了，再也保不住中心"。这正是当今西方社会信仰和精神危机的真实写照，亦正如美国著名评论家欧文·豪所说，"在这个社会里，所有的人都变得消极、冷漠，像一个原子微粒一样，团聚在一起；在这个社会里，传统的互相忠诚、传统的人和人之间的纽带和联系松弛了，或者完全消失了……在这个社会里的人，变成了消费者，他的自我，和他所享用的产品、娱乐，所吸取的价值观念一样地都被大

---

① 引自《外国文艺》1982 年第 5 期。

② 爵士时代，在美国文学史上指 20 世纪 20 年代，是第一次世界大战后美国经济繁荣时期，以司各特·菲兹杰拉德（1896—1940）为其代表人物。

批地创造出来"。①伯莎只不过是在这种群体社会中无数受害者之一个。她所发现的人的"自我价值"只不过是抛弃家庭、丈夫、儿女，为了寻求官能刺激，在观众面前一丝不挂，挑逗情欲而已。如果说，在资本主义发展的上升时期，资产阶级在社会道德准则方面，在"自由、平等、博爱"的幌子下，还能在表面上维持家庭关系的话，那么现在，一切遮羞布都已不复存在，他们早已把传统的道德观念完全抛弃了。在小说的末尾，为了与伯莎的堕落相对应，契弗仿佛担心读者不能悟其寓意，精心选择了这样一个细节——包括伯莎在内的演员竟走下台来，怂恿观众同他们一样，赤身裸体地像背诵圣经一般，大声对着"我"呼叫，"放下多余的东西，多余的东西不纯洁"。其实，理解这种暗示并不困难：人既然赤条条降生到人世，那么，用资产阶级反传统的道德观来衡量人的"自我"的真正价值，莫过于还是回到原始和蒙昧的"自然"状态中去为好。回到亚当和夏娃的时代中去，仿佛唯有如此返归，才有人性真正的纯洁可言。然而，从无产阶级的世界观来看，这却是触目惊心的人性的真正沉沦。当今美国社会，乃至西方世界家庭关系的日趋崩溃解体，正是所谓"性革命"（婚外性关系、乱伦、同性恋，甚至兄妹恋情等）的直接恶果。而凶杀、吸毒、嬉皮士、宗教性的集体自杀等社会弊端已像瘟疫一样，日益蔓延，这也是伯莎堕落的社会根源。

问题在于，契弗如果只是单纯逼真地暴露出种种丑恶而无动于衷，使读者只看到罪恶的展览，而不能透过"恶"去发现"真、善、美"的感情，那么，契弗的作品绝不会具有如上所述的认识价值。

一些评论家认为，契弗的作品大多是半自传性的，这看法不无道理。的确，他善于用"第一人称"来叙述故事。当然，"我"并非一定就是作者本人。他说："文学是有理智的成年人之间的一种最高形式的思想交流……文学是表达某种爱的感情的媒介。"②在《第四次警报》中，"我"

---

① 引自王文彬《战后美国的现代主义文学和美国社会》，载《现代美国文学研究》，1982 年第 1 期。

② 转引自《约翰·契弗逝世》，载《外国文学和报道》，1982 年第 4 期。

对伯莎的沉沦及其裸体舞剧深恶痛绝之情贯穿于整个故事始终，从而表达了契弗异常鲜明的道德观和美学追求。最初，"我"一再用夫妻骨肉之情，企图说服伯莎不去应聘参加裸体舞剧演出，伯莎一意孤行，"我"便诉诸离婚，伯莎仍不回心转意；"我"仍然寄希望于她的幡然悔悟，不得不违背心愿出高价买票去观看演出，甚至为了同她接近，也脱去衣服……"我"在剧场中对伯莎发出发自内心的呼唤："回来，回来。回来吧，为了爱情，为了安宁和纯净。"这一方面，无异于是对人性沉沦及丑恶现实的愤怒鞭挞和控诉；另一方面，也是对与这丑恶相对立的美的生活的向往。虽然，在我们看来，这鞭挞还有点儿温情脉脉，这种"美"的理想也是那么含糊和不确定，但契弗的确具有社会学家那样敏锐的目光，在他笔下的中产阶级男女的悲剧与不幸，虽则平平常常，却是那么震撼人心。他企图按照自己的理解，用传统的道德观念去改变现实，这正表达出他的真诚、天真然而又无法实现的美学理想，而这，亦正是《第四次警报》及契弗作品局限性之所在。

契弗的短篇小说，并不以情节的曲折离奇取胜。但他的作品构思巧妙，结构严谨，文笔流畅、简洁。在美国当代文学现代主义思潮曾经风行一时的情况下，他并不力图标新立异。是为数不多的遵循现实主义方法的作家之一。

整篇小说的层次相当分明、严谨情节的发展顺着"我"的情绪的变化而深入：仿佛是一条小溪，开始是平静的涓涓细流，然后，经过一个比一个更为险峻的山谷，最后又归于平静。这种起伏的节奏感使本来简单的情节变得引人入胜。契弗认为："小说意味着启示。"[①]他的短篇小说的结尾往往既不是喜剧的，也不是悲剧的。《第四次警报》结尾时，"我"虽然不能同伯莎重修旧好，但"我"却未失去"自我"，这应该是契弗所追求的传统道德及价值观的胜利，同时给读者留下了更多的思索和遐想回味的余地，这亦是契弗短篇小说的艺术风格特点之一。

---

① 转引自《美国作家约翰·契弗》，载《外国文学研究》，1982年第4期。

短篇小说的语言贵在精练，这不仅要求作家在语言锤炼上痛下功夫，也要求作家精心选取情节及细节。契弗有"美国的契诃夫"之声誉，不仅是因为他善于在平常的日常生活中捕捉具有深刻意义、发人深省的题材，以及在揭示小人物的精神世界诸方面与契诃夫有颇多相似之处，还在于如契诃夫一样，他遵循着现实主义的创作方法。契诃夫主张"凡是跟小说没有直接关系的东西，一概都得毫不留情地删掉"。用这个标准来看《第四次警报》，其语言相当简洁、明快，毫不晦涩，去掉任何一词一句都会有损于人物性格的塑造、情节的发展和主题的表现。细节的选取也是如此。小说一开始，便用秋天、落叶、星期日的上午烘托出"我"因为与伯莎分居的孤寂与离愁；而在结尾时，时令已转至冬天，一场暴风雪正渲染了"我"的茫然无绪。伯莎到纽约应聘以及亚瑟剧场外貌的描写和舞剧演出的情景，虽都是淡淡几笔，但却给读者留下了深刻的印象。

为了表现人性沉沦这个主题，契弗使用了强烈的对比手法。伯莎原来"从来不饮酒……她只会出于礼仪尝一口杜波内特酒，可压根儿也说不上有瘾"。可后来却判若两人，在"陌生人面前，压根儿不感到害羞"；伯莎原是"社会学"教师，对学生非常严格，"总是穿着一身深色服装，发式也十分朴素"，可后来竟抛弃家庭，心甘情愿在性感舞剧中扮演角色，大声感叹"啊，我太幸福了"！亚瑟剧场的淫秽气氛同"我"少年时代的阿尔哈姆拉剧院朴实无华、秩序井然的对比；《第四次警报》这出影片中马拉消防车同汽车消防车的对比；舞剧《奥扎曼德斯二世》的乱伦内容同现实主义伟大剧作《李尔王》以及《樱桃园》的崇高主题的对比等等，这种种对比前后呼应，不但推动了情节发展，而且使诸种矛盾集中到为了揭示主题这一焦点上来。在契弗的调色盘上，各种色彩在他的画笔下，总是调和得那样色彩斑斓，人物、情景总能给读者以异常鲜明的立体感。

从整体来讲，契弗继承了现实主义的传统，但作为当代美国作家，他也不免受到现代派文学潮流的影响。就表现手法而言，这篇小说使用的第一人称贯穿始终，不像一些现代派作家的作品，人称的转换、时序的颠倒、过多的抽象议论等常使读者如堕五里云雾之中；但另一方面，契弗与现代派文艺思潮的共鸣首先表现在思想体系的相同，即在作品中所表现的现代主义作家对社会、人生的态度和观点上。在契弗看来，通过"我"眼中的美国当代社会是"异化"了的、"非理性"的荒谬世界，而伯莎堕落的缘由正在于此。其次，在艺术手法上，诚然，契弗不像现代派作家那样醉心于弗洛伊德的"心理分析"，但为了更加深刻揭示人物情感和表现主题，契弗也善于使用"内心独白"这样的现代派手法。"我"在剧场中看见伯莎"在众目睽睽之下被一个陌生的男人支托着表演时"，"我"的那一段用诗意般的语言写出的"内心独白"是对昔日甜蜜爱情的追恋，深沉而含蓄，有强烈的艺术感染力。特别值得注意的是，如果说"内心独白"是"意识流"手法的主要技巧，那么"我"的关于"第四次警报"的那一大段意识流则又是同现代派作家的另一种手法，即"象征隐喻"结合在一起的。

《第四次警报》这个标题本身就包含着深刻的象征隐喻。在契弗的笔下，如果说伯莎的沉沦及其裸体舞剧象征着当代西方文化的堕落、真正人性的泯灭的话，那么，"我"与伯莎的矛盾，则正是一部分中产阶级的明智之士对美国现代文明的抗议，是保守思想和怀旧情绪的反映。"保守的前提——诸如对传统、等级制度、正统观念、宗教神秘的重视，对进步的观念、完人的可能性、人的天性善良的怀疑——都在文学中产生了重大反响。"[①]而"第四次警报"便是这种保守思想和怀旧情绪的象征——契弗用较多的笔墨回顾"我"在少年时代如何喜爱这部电影并非无的放矢，正好表明"我"对于传统的道德标准是何等钟爱，更重要的是"第四次警报"这部电影内容所包含的象征隐喻。按照人类社会发展规律，随着生产力的飞速发展，落后的马拉消防车被更为先进的汽车消防车所替代是十分自然的事。但具有讽刺意义、最足以表明"荒诞"概念的却是，资本主

---

① 阿兰·特拉赫金，《战后美国文学的知识背景》，载《当代美国文学研究》，1982 年第 1 期。

义物质生产的高度发展，带来的却是精神文明的空前沉沦。因此，在契弗看来，象征现代文明的汽车消防车同落后的象征昔日传统的马拉消防车相比，毫无可取之处，在一场大火面前，它们竟"逃之夭夭"，无能为力，而马拉消防车却扑灭了大火，拯救了城市，受到市长的嘉奖。这儿所隐藏的寓意是相当深刻的。接着契弗笔锋一转，直截了当地呐喊，"然而，现在舞台上的奥扎曼德斯二世却正在我妻子的臀部上涂写着淫秽与邪恶"，他对当代美国社会人性沉沦的鞭挞是何等淋漓尽致。显然，这种包含着无限痛楚的幽默感又一次深刻地表现了主题。这种手法远比通常的叙述、直接描写，甚至议论更为强有力。

契弗一生写作了 5 个长篇和 100 多个短篇，于 1982 年 6 月因患癌症而辞别人世。生前，他的作品多次获奖，本人是美国文学艺术院成员。美国《时代》杂志 1982 年 6 月 28 日曾撰文纪念他，称颂他是"一位歌颂阳光的作家……他的作品赢得了本世纪中叶风俗画家的声誉"。他的作品的局限性正如《第四次警报》中"我"的结局那样，在于不能给读者指出只有从根本上消灭资本主义制度所赖以生存的私有制及一切剥削阶级，他笔下的男男女女才能够真正免除人性的沉沦，才能够真正摆脱"异化"的羁绊，掌握住自己的命运，实现如马克思所预言的"合乎人的本性的自身的复归"。不过，苛求像契弗这样一位终生致力于追求光明、揭露黑暗，"迎来一个像梦境一般在我们面前呈现的令人迷惑的、惊讶的世界"①的作家，毕竟不是历史唯物主义的态度。仅从《第四次警报》这样一个短篇的思想与艺术成就，可以看出，契弗是无愧于读者的喜爱与崇敬的，无愧于批评家的赞誉的。

（原载于《当代文坛》1986 年第 1 期）

---

① 契弗，《书外人物集萃》，载《外国文学》，1981 年 1 月。

外国作家谈当代美国小说

1986 年 1 月，在纽约举行的国际笔会上，世界各国的一些知名作家会聚一堂，坦率地对彼此关心的问题进行了交流。作为东道主的美国作家及美国文学自然成了谈论的话题之一。

在外国作家看来，当代美国小说枯燥无味，往往有这样的开头：主人公是一位有名的作家，性情孤僻，郁郁寡欢，妻子乖戾、任性，不了解他，甚至嫉恨他，而作家的文学代理人却心怀叵测，作家的写作计划因而受阻。他沮丧万分，只好去求助于精神分析医师。这样的故事可以写上 300 页，是典型的当代美国小说模式。美国作家所描绘的是一个失去了的世界，而不是现实。他们缺乏激情、理想和动力。在这个世界中他们寻觅的是这个国家令人缅怀的往昔。

王蒙认为他在美国当代小说中所了解到的美国的形象与他在美国的所见所闻大相径庭。使他困惑不解的是美国作家竟然不去表现真实的美国，而只热衷于表现他们个人的情感。

美国当代小说的这种转变，在一些外国作家看来，发轫于因越战失败而引起的幻灭感，继而又因日益增长的政治保守主义思潮而定型。以色列小说家阿摩斯·渥兹（Amos Oz）直言不讳地说，很久以来，他就不喜欢当代美国小说。对此，大多数作家都有同感。被他们批评的美国当代作家有约翰·厄普代克、《未束缚住的朱克曼》的作者菲力普·罗思、安妮·泰勒、玛丽·戈登，以及已故的约翰·契弗等。这些作家几乎都毫无例外地表现城市中产阶级生活，主人公大都住在城市郊区，悠闲自得，然而精神空虚。美国当代作家中，很少具有 20 世纪早期作家那样的气势和胆量去写作乡土题材的小说。

南非作家布雷腾巴奇（Breytenbhach）说，他当年读"垮掉一代"的始祖之一杰克·凯鲁亚克（Jack Kerouac）的小说《在路上》曾是何等激动。那是一个喧嚣的、失去理智的，然而却充满叛逆精神的时代。他认为透过海明威，以及诺曼·梅勒的笔触，美国作为一个国家的男子汉气概曾经表现得淋漓尽致，接着是詹姆斯·鲍德温、拉尔夫·埃利森的相当出色的黑人题材小说，而伯纳德·马拉默德、索尔·贝娄这样的犹太作家则深刻地揭示了美国犹太人的成长和喜怒哀乐。但现在，或许除了威廉姆·斯泰隆（William Styron），还没有谁在表现上述内容时做出成功的尝试。

美国当代小说的另一倾向是，缺少工人阶级和农村人物的形象，美国生活中的贫瘠往往被诗意化了。比较拉丁美洲、以色列，以及世界其他国家正在发展壮大的文学潮流，美国小说中的人物似乎对政治和历史漠不关心。外国作家认为，这是因为，美国的政治运动对个人的生活很少有过直接的影响。智利儿童小说家伊萨贝尔·阿连德(Isabul Allende)说：在拉丁美洲，作家经过独裁专政，从长期的监禁中幸存下来，他们所关注的不会只是个人的苦难和经历，而是这些重大事件本身。因此，他们的作品浸透着强烈的民族意识和政治、时代色彩。

英国作家萨尔蒙·纳什迪（Salman Rushdie）认为，严肃的美国当代文学忽视的一大问题是，作为一个全球性的超级大国，美国的生机活力未能在小说中得到充分体现。他把这种现象同大不列颠王国处于鼎盛时期英国作家也往往不屑于去表现英国的力量相比较。他还认为美国当代短篇小说已经从表现史诗式的内容转向反映琐碎而平淡的日常生活、小人物、小事件。对雷蒙德·卡弗（Raymond Carter），纳什迪推崇备至。卡弗带着厌恶揭示美国生活的阴暗面，他的短篇小说容量小，显然写得格外谨慎。这类微型小说，从一开始就表明美国小说家的审美观和价值观念已有所改变。

由于在严肃的美国当代小说中很难捕捉到确切而真实的美国形象，许多外国作家建议倒不如去阅读"通俗"小说。民主德国剧作家海纳·米勒特别喜欢读斯蒂芬·金（Stephen King）的畅销小说。他认为，这类小说虽只供旅途消遣之用，但其中的描写却相当细致入微。通俗小说所传达的美国现实的信息量远比严肃文学要多得多。穆拉特别提及罗斯·麦克唐纳德（Ross MacDonald）的侦探小说：它们展现在读者面前的加利福尼亚"阳光充沛、富裕满足，但阳光下却布满罪恶和堕落"。

严肃文学与通俗文学之争，在美国作家中，向来就各执己见，没有定论。今年5月，在洛杉矶举行的第三次中美作家会议，其中一项议题就是"通俗文学与严肃文学"。有的美国作家抨击通俗文学用有害的内容"占据读者本来就空无一物的意识"，对通俗文学下的定义是"白日梦"，即用不真实的幻想使读者得到刺激和满足，有害无益；有的则认为美国通俗文学最显著的特色正是与现实关系密切，而这又恰是严肃文学所缺少的。其实，从文学审美特征的多元性来看，两者都有自己的位置，不能截然划分。

谁是美国当代最杰出的作家，各国作家看法不尽一致。瑞士小说家斯温·德尔布兰克（Sven Delblanc）竟声言：根本不存在堪称真正伟大的当代美国作家。而大多数作家则同意联邦德国小说家彼得·施耐德（Peter Schneider）的看法：最有影响的当代美国作家要首推福克纳。不过，福克纳早已去世，而新的福克纳似乎还未出现。

（原载于《文艺报》1986年11月1日）

1987年：纪实性犯罪小说在美国的勃兴

当今美国的社会问题日趋严重：吸毒、走私、抢劫、性暴力、凶杀、拐骗幼童等犯罪行为层出不穷。这类事件往往是新闻、电视、电影的热门题材，而纪实性犯罪小说（True-Criminal Tales）今年更成为出版商竞相出版的作品，大有取代其他门类小说地位之势，即使是以同一犯罪案件为内容的出自不同作家手笔的这类小说也很畅销。

美国纪实性犯罪小说严格说起来并不始于今日。1966年著名作家杜鲁门·卡波特的《残忍的凶杀》（*In Cold Blood*）被认为是美国当代纪实性犯罪小说的先驱。这部小说已印刷多次，硬面和平装本的印数达 500 万册。1983 年乔·麦克格里斯的小说《可怕的幻觉》（*Fatal Vision*）以杰弗里·麦克唐纳博士的妻子和孩子被杀为题材，也同样大获成功，至今已销 300 余万册。今年以来，各出版社，包括维肯、哈泼·罗依以及美国图书出版公司这样一些有影响的出版机构都各自推出一批纪实性犯罪小说，成为出版界和批评界热衷一时的话题。其中最引人注目的是以 1985 年佛罗里达所发生的烟叶种植园女继承人玛格丽特·本森及其养子斯可特·本森被安放在汽车内的炸弹炸死一案为内容的四本小说。这桩事件曾轰动一时，唯一幸存者——本森家族的卡罗尔·本森·肯达尔提供了充足的证词，经过调查，终于真相大白。凶手不是别人，正是玛格丽特 35 岁的长子斯蒂芬·本森，其谋杀动机是企图独吞家产。被害者之一，正当青春年华，被认为是大有希望的网球明星斯可特·本森正是卡罗尔的私生子。这四本小说是：约翰·格林亚和卡罗尔·肯尔达合作的《血腥的关系》（*Blood Relations*）、安德逊的《魔鬼的牙齿》（*The Serpent's Teeth*）、克尔·米肖的《焚烧的钱》（*Money to Burn*）及玛丽·瓦尔顿的《为了贪图金钱》（*For Love of Money*）。今年出版的这类小说还有《黑暗里的回声》（*Echoes in the Darkness*）和《参与谋杀》（*Engaged to Murders*）。这两部小说写 8 年前费城郊区的一位中学英语女教师苏姗被杀、两个孩子失踪的事件。罗伯特·梅耶尔的《阿达的梦》（*The Dream of Ada*）揭露 1984 年在俄克拉荷马市郊某方便商店的一位新婚女职员失踪被杀详情。约翰·布里逊以 1986 年澳大利亚一个才出生 9 周的女孩阿惹丽亚被杀为题材写成了《罪恶的天使》（*Evil Angel*）。理查德·汉默的《哥伦比亚广播公司谋杀案》（*CBC Murders*）披露了一位女簿记员如何被卷入了一桩骗取百万美元钻石案、两位技术人员千方百计营救她的经过。安恩·儒勒的《微不足道的牺牲》（*Small Sacrifice*）还被认为是一部心理小说，以俄勒冈的一位家资富裕的母亲枪杀自己三个孩子的案件为题材。据透露，这股势头还将持续下去。

纪实性犯罪小说在美国的勃兴有多方面的原因。首先，同传统小说以及通俗小说相比较，这类小说写真人真事，人物、地点、场景、情节大都尽可能客观、真实，具有新闻报道的特点。作者必须掌握有关事件的大量资料，诸如当事人、罪犯的口供、法庭审讯档案，走访有关人员的口笔实录，有的还追溯事件发生的前因后果，甚至包括家族史、个人史以及与之有关的政治、经济、文化等各方面的背景材料，进而条分缕析；它以事实为基础，既保持了事件的连续性，又不拘泥于具体的细节，而是艺术地再现事件的部分或全过程；作者尽可能根据自己的理解揭示人物的内心隐秘，甚至可以边叙边议。哥特式小说神秘氛围，悬念和情节的扑朔迷离使这类小说具有比一般杜撰虚构小说更为独特的现实性和可读性。第二，这类小说之所以畅销，出版商迎合一般读者猎奇心理、喜欢刺激性口味的经济意识固然不可忽视，但更重要的是这类小说较为深刻地体现了包括中产阶级在内的美国各阶层及读者对于日益尖锐化的美国社会矛盾的关注和焦虑。形形色色的犯罪案件只不过是这种社会现实的缩影，正如圣迪戈警察局长及精神治疗助理教授 M·R·曼特尔所说，"现今美国的犯罪就像苹果饼一样普遍"。揭示这类案件也并不仅仅在于暴露美国生活的阴暗面。对美国理想，亦即美国梦的追求与幻灭一直是美国文学的传统主题。当代美国作家，从杰克·伦敦、德莱塞、福克纳，到贝娄、诺曼·梅勒、约瑟夫·海勒、菲力普·罗思、拉尔夫·埃利森，以及谢尔顿、普佐等许多作家都在自己的作品中触及人性的邪恶问题，更早还可追溯到霍桑、爱伦·坡、马克·吐温等这样一些经典作家。对于现代美国人，如果说上述作家的作品能使他们从理性上感受到美国社会的可怕阴影，认识到美国这个自由、富足的国家并非天堂而是危机四伏的话，那么纪实性犯罪小说则以其赤裸裸的逼真缩短了他们同现实生活的距离，强化着他们心灵的失落感和危机感，使他们更加清醒地意识到异化的个人在异化的社会所承受的巨大压力和所处的地位。因为这类事件为普通美国人所熟悉，与他们自身的利益息息相关。第三，就读者的阅读心理而言，置身于这样一个动荡不安的现实世界，他们阅读作品决不仅仅在于娱乐和松弛身心，也不仅仅满足于了解罪恶本身，而是企望通过阅读去寻求解决自身及社会问题的途径。纪实性犯罪小说正好提供了这样的一种机会，使读者能透过对具体事件的描写，学会如何识别和对付错综复杂的生活中带着不同面具、怀着不同邪恶动机的歹徒的嘴脸，增强自信心，而不致成为罪恶的牺牲品。出版家和作家非常了解读者的这种自我保护心理。《参与谋杀》一书的编辑、维肯出版社的兰·格雷汉姆直言不讳地承认，阅读这类小说，"读者在丑恶中身临其境，会觉得生活本来如此，因而能在许多方面镇定自若"。

毋庸讳言，并非所有的纪实性犯罪小说都具有同等的认识价值和艺术水准，有的过分渲染凶杀、暴力及色情成分，从而把读者引入迷途，这对商业化的美国社会来说并不足为怪。不过，在美国当代文学的现实主义复归这一总的趋势中，纪实性犯罪小说，作为这股潮流中的一种反响，仍然值得注意。

（原载于《文艺报》1987年11月14日）

荣格理论的渊源及影响[①]

1961 年 6 月 6 日，分析心理学派创始人卡尔·古斯塔夫·荣格（Carl Gustav Jung）与世长辞，享年 86 岁。荣格给世人留下了 18 卷之丰的《荣格全集》，尽管他的理论体系同他的文章一样艰涩难懂，扑朔迷离，可他的追随者至今已遍布全世界，他的影响波及许多领域。荣格一生的足迹，人们只有在他的自传——未收入《全集》的《回忆·梦幻·思考》以及由晚年的私人秘书阿尼拉·杰菲女士所撰写的《荣格的生活和事业》（1968）中去追寻，其他有关材料则寥寥无几。然而，英国当代批评家、传记作

---

① 此系拙译《荣格：人和神话》序言，黄河文艺出版社，1989；新华出版社，1998。

家温森特·布罗姆（Vincent Brome）近期所著的《荣格：人与神话》（*Jung: Man and Myth*）却被认为是至今最有影响的关于荣格生平的著作。布罗姆著述甚丰，其代表作有《我们时代的爱情》（1964）、《四位现实主义作家》（1964）、《弗洛伊德和他的早期学派》（1967）、《哈维拉克·伊里斯：性学哲学家》（1979）等。而且他还一直是《泰晤士报》、《卫报》、《新政治家》、《泰晤士报文学副刊》、《文汇》等各大报刊的专栏撰稿人，也是《新大英百科全书》"弗洛伊德"条目的主要撰写人。为了写这部传记，布罗姆潜心研究心理学和精神分析学，从1957年开始搜集资料，研读荣格著作及与荣格有关的著作、评介、回忆录，走访了与荣格和弗洛伊德交往甚密的人及亲属，包括弗洛伊德的挚友、弗洛伊德传记的作者琼斯博士，并且查阅了百余种文献，可以说掌握了丰富翔实的资料。本书的写作历时20余年，1978年由麦克米伦出版公司出版后，立即引起重视和好评。正如作者所言："这部传记涉及荣格科学研究的各方面以及他的尚无人知晓的私生活。"作者把作为杰出学者，同时又是普通人的荣格，完整展现在读者面前。他并不拘泥于生活细节和秘闻，而是力求为人们认识和了解荣格提供极为生动、丰富的背景材料，这部传记完全可以看做是一部独特的精神分析学以及分析心理学发轫和发展的历史，是对这一历史过程的精辟勾勒和描述，其重要价值不言而喻。我国学者对荣格的介绍和研究还刚开始，比之弗洛伊德，读者和研究者对荣格还较为陌生。为了借鉴荣格理论中的合理成分，以促进我国心理学、文艺心理学、文学批评等学科的建设，拙译《荣格：人与神话》中译本问世了，相信读者能对荣格理论的意义和局限性做出自己的判断。为了帮助读者深入了解荣格理论，并比较荣格和弗洛伊德分歧所在，笔者试图就荣格理论的渊源及影响做一简单阐述。

一

从精神病学通过心理分析学转向分析心理学，从原型理论转向宗教动机心理及东西方哲学的心理机制。这便是荣格理论发展的大致轮廓。

荣格早年曾在苏黎世布尔格霍尔兹利精神病院担任颇负盛名的精神病学家布洛伊勒(Bleuler)的助手。当时,精神病学领域内正发生根本转变。这一时期,荣格同布洛伊勒通力合作却也渐生分歧,荣格对布洛伊勒力图重建精神病学的心理机制反应冷淡。与此同时,他对法国有名的精神病学家皮埃尔·雅内(Pierre Jannet)的理论也表示了同样态度。但是雅内的理论至少在四个方面,即下意识固恋、综合机制、心理自主性以及双重人格,给荣格日后的研究以启发。被称为"无意识之父"的德国玄学哲学家哈特曼(Hartman)对荣格也颇有影响。哈特曼在其三卷本的《无意识的哲学》(1870)中,强调人类无意识的中心作用,并试图调和理性主义和非理性主义的冲突。他把人类无意识展示为三个阶段,即本质无意识、心理的或宇宙无意识,以及相对无意识阶段。在第一阶段,理性和非理性结合在一起,是一切精神、一切存在物的基础,经过荣格的改造被称为"精神实体"(Psychic entities)。它不受无意识的约束,能从意识中分裂、阻碍或帮助意识的行动。在第二阶段,理性退却,而在第三阶段,理性征服了非理性才最终导致了理想人格的实现。从哈特曼对无意识发展的描述中,可看出荣格的人格结构理论,即人格统一、自我实现的雏形。

无意识是精神分析学派的理论基石。对荣格的理论影响最大的无疑当首推弗洛伊德。正如本书所述,荣格同弗洛伊德的关系经历了一个友谊、冲突和最后决裂的过程。二人之间的矛盾固然同他们各自的个性有关(荣格独立性很强),但关键还在于各自理论的根本分歧。弗洛伊德认为人格的驱力一律来自与压抑的性欲有关的力比多。力比多不但是精神病的生理成因,也是人类心理意识的唯一动因。性冲动决定并且影响人格,甚至是推动社会前进的动力。荣格首先断然抛弃了弗洛伊德理论中的这一泛性的力比多概念,而把它命名为个体的普遍生命能量,从根本上区别了他和弗洛伊德各自理论所赖以存在、发展的基础。荣格的力比多概念由于具有普遍的现实性,显然更容易被接受;再者,弗洛伊德认为无意识作为意识的对抗物,由被遗忘的童年时代印象、与生俱有的本能及与现代人和人类祖先相联系的回忆构成，不但具有个人的，还具有后天所发展起来的特性。荣格不满足这种解释，他把无意识区分为个人无意识和集体无意识。他说："无疑，位于表层的无意识或多或少具有个人的特性，我称之为'个人无意识'。不过，它有赖于更深的层次，是由先天所获得的，并非来自个人后天的经验，这更深一层的无意识我称之为'集体无意识'。使用'集体'一词，是由于这部分意识不是个别的，而是普遍的。与个性心理相反，它具有一切地方和所有人都共有的几乎相同的内容和行为方式。换言之，对所有人而言，集体无意识都是相同的，由此便组成一种超个性的共同心理基础，普遍存在于每个人身上。"[①]荣格进而把集体无意识的内容用原型（archetyre）来表述，有时称之为"原始意象"（Primodial image）。原型成了荣格分析心理学理论的核心内容。荣格认为集体无意识就是所有一切原型的储藏所。原型是人类世代相传的典型心理经验，诸如生、死、男人、女人、母亲、英雄、上帝、魔鬼、智慧老人等等，是具有同样特征的心理物质的浓缩，是所有经验的不断反复的积淀。之所以称之为原始意象，是因为它表明人类心理结构的最初本原可以追溯到生命之始。一种原型可以被认为是生命的一种符号或象征（symbol）。荣格没有使用"符号"这个概念，但原型说显然与文化哲学体系创始人、当代西方哲学家卡西尔的观点不谋而合。卡西尔认为人的本质和文化的本质必须以某种能动的创造性活动为媒介才能趋于统一，而这种活动或者说创造过程才是人类生活的"原始意象"（arphänomen）。原始意象的本质就是"符号现象"，人的本质是符号的动物，因为人"生活在一个符号宇宙之中，语言、神话、艺术和宗教则是这种符号宇宙的各个部分。符号之网就由它们编织而成，这是人类经验的意识之网。人类在思想和经验之中取得的一切进步都使这符号之网更为精巧和牢固"。[②]可见，荣格的原型说同卡西尔的符号说一样，涵盖所有的文化和精神现象。实际上，荣格对原型的研究正是从心理学、伦理学、人类学、哲学、神经学、文

---

① 《荣格全集》，第4卷第1分册，普林斯顿大学英文版，第3～4页。

② 卡西尔，《人论》，上海译文出版社，1985，第33页。

学艺术等各方面来考察的，已超越了心理学的范围，有助于寻找人类文化心理结构和历史积淀的深层内容。

与无意识相联系的梦的理论也是荣格和弗洛伊德研究的重要课题。荣格的自传以《回忆·梦幻·思考》为题，表明梦幻同荣格一生的活动密切相关。本书提供了荣格对许多梦例的精彩分析，也揭示了他同弗洛伊德在梦理论上的分歧。弗洛伊德认为梦是性欲伪装了的显现，是理解无意识的一把钥匙，任何梦（儿童的梦除外）都是被歪曲的，必须运用自由联想等一系列释梦法还其本来面目。不同于弗洛伊德，荣格所特别强调的是做梦人所置身的环境和心态。他认为梦境所揭示的内容并不仅仅是愿望的满足，更不用说只是性欲压抑的释放，因为梦"揭示一些置信不疑的真理，哲学见解，奇异的幻想、记忆、计划，非理性的经验，甚至心灵感应之类的幻念"。[①]这显然更符合心理实际。

荣格精神模式中的人格面具（persona）和阴影（shadow）可以分别被认为是弗洛伊德人格三部结构中奉行"现实原则"的"自我"（ego）和寻求"快乐原则"的本我（id）的变形——另一部分是体现"道德原则"，充当"自我"监督者的"超我"（superego）。但是，荣格显然赋予了人格面具和阴影比自我、本我更深邃的内涵。人格面具同自我相对应，是一种适应社会和人的本能要求的生存机制。在人生舞台上，它为自我穿上外衣，戴上各种面具以扮演各种角色，调整个人同自我的自居作用（identification）可导致人格的"扩张"（inflation）。由于这种自居作用在实际上不可能与社会道德、习俗，其他人的意志相符合，一方面既可能使个人在生活和事业上获得成功；另一方面，"扩张的结果也可能使人陷入同外界的矛盾或自我异化的痛苦中，进而转向自卑、孤独，有害于心理健康"。所以，就人生的最后目的——个性化或"自我实现"而言，人格面具只是精神的"外部显相"（Outward face）。弗洛伊德认为无意识的本我混混沌沌，是充满罪恶的地窖，代表全部本能欲望；而荣格则认为

---

① 荣格，《心理治疗实践》，第147页。

存在于集体无意识中的阴影并非全是邪恶、泛性色彩的。他使用"阴影"有多层含义：第一，它是每个人身上黑暗的一面，但所谓"黑暗"（dark），就字面而言，并不是判断"是"与"非"、"善良"与"罪恶"的唯一标准，只不过是说，它是人精神中最为隐蔽、最深入、尚未暴露的部分，既能容纳好的也能容纳坏的心理内容。为了使阴影这个概念表述得更加明确，荣格特别把那些为意识所厌恶的、同公认的道德准则相对抗的产生邪恶动机的心理内容称为"魔鬼原型"。第二，荣格指出："只有三维物体，即立体的东西才会投射阴影，如果我们没有阴影，就不是完整的人。"①可见，一个个性充分发展的人，阴影的内容何等丰富。第三，人类祖先所遗传下来的动物本性，即非理性因素，既是破坏性的，又是创造性的、充满活力的。阴影中的动物性如果能受到人格面具力量适当的抵制，或能同自我保持适度和谐，便可激发个人创造力，在身心两方面达到满足，人格主体会更加丰满，最终导致个性化（individuation）。反之，阴影会与个性化相对抗，形成扭曲人格。显然，荣格关于阴影的概念比弗洛伊德的本我更能深刻阐明人的生存与社会环境的关系，更能显示精神和人格的复杂性，更能揭示出伟大人物的创造力，包括灵感、直觉之类潜在的超验现象的内在机制。

比较荣格同弗洛伊德人格理论的异同，还必须考察弗洛伊德的"超我"和荣格的"自身"（self）概念。"自身"不同于多半是无意识的"自我"，它是荣格理论的核心之一，也是人格发展完善即个性化和自我实现的最终目标。而"超我"除了对自我与本能有强制、威胁作用外，本身并不以人格完善为目的。再者，"超我"的形成是先天遗传，是婴儿时期的延长以及性欲延迟的结果，在很大程度上决定于父母影响，而"自身"的显露和实现则需要个人努力，取决于人格其他部分的充分发展，其驱力也不是性力力比多，而须依赖于内、外部的情势和作用。所以，荣格认为，只有人到中年，经历了生活的各种波折变化，精神愈加成熟，个性化程

---

① 大卫·柯克斯，《现代心理学与荣格》，巴勒斯和诺贝尔出版公司，1968，第 142～143 页。

度愈强烈，自身原型才会更加鲜明地显现出来。

荣格不止一次地承认"个体心理学"派创始人 A · 阿德勒对他的人格理论的影响。他赞同阿德勒的观点——对优越感的追求是某些神经症的特征，是对自卑情绪的必然补偿，超越自卑才能实现人生的至善自尊。可见，尽管两人在某些观点上不尽一致，但就人格的最终目标而言，可以说是殊途同归。

荣格对于实用心理学以及文学的重大贡献之一是他的心理类型理论。他认为个体的人可分为两种心理类型或两种定势（内倾和外倾），定势分别与外部环境和个体的精神过程相联系。由此出发，他提出意识的四种机能（思维、情感、感觉、直觉）。两种定势与四种机能组合又可分为八种人格类型，这样人格理论的内容更趋复杂丰富。不过，他承认，法国心理学家阿弗雷德 · 比奈（Alfred Binnet）通过两种不同智力的心理测验显示了人的心理可分为内倾与外倾，证明人的个体心理存在差异。这曾给他的理论以启迪。在《心理类型》这本著作中，荣格还提到瑞士作家卡尔 · 斯皮特勒（Carl Spittler）以及席勒的《论人类审美教育》一书对他的心理类型理论的影响。他还从尼采、荷尔德林、雷塔·哈加德、H·G·威尔士等作家的作品中寻找例证，来证明自己对心理类型，力比多的上升与退行、象征形式以及关于人的两性同体（bisexuality），即被他发展为阿妮玛与阿尼姆斯原型的表述。

比较荣格和弗洛伊德各自的理论体系及实践，不难发现，他们作为精神病医师，从心理治疗入手，都进而转向对于上帝、人，以及人类生存状况的具有哲学意义的反思。但不同于弗洛伊德的是，荣格力图在东西方哲学的交流中谋求融合。1914 年，荣格钻研了诺斯提教义。这一产生于罗马帝国时期，流行于希腊—罗马世界的神秘宗教，集多种信仰的通神学和哲学之大成。诺斯提教义认为人是住在躯壳中的灵，物质世界不是至高神灵，而是一位"巨匠造物主"（Demiurge）的创造物，只有把握"诺斯"（真知），凡人方能得到解脱。因此，禁欲静修才能转生。荣格由此相信诺斯提教义早已预示了无意识的存在。荣格还对炼金术、占星术有特别的兴趣。在研读了法国科学史家、有机化学家贝特洛（Berthelot）的有关著作后，他坚信，炼金术是"半理性、半神秘的科学"。荣格还深受被称为医学界的路德的瑞士炼金家、医学家帕拉切尔苏斯（Paraulsus）的影响，写过一篇精辟的论文，分析帕拉切尔苏斯的研究和人格，视他为无意识心理学的先驱之一。

关于宗教学，荣格读过早期希腊教会最有影响的神学家、《圣经》学者奥里金（Origen）的著作。吸引他的并不是奥里金所强调的基督教义本身，而是认为存在一个灵魂世界的泛灵论。荣格继而研读东方神秘典籍，希望能从中验证自己的思考。其中，《藏遗经》对在死亡和转世间的灵魂历程描绘得格外富于诗意，这个历程具体分为三个阶段：死者首先处于神秘般的睡眠状态，然后在幻觉中苏醒，最后灵魂通过涤罪净化进入天界。荣格发现这种描述同个性化进程有某种惊人的相似之处。1929年，荣格读到他的朋友理查德·威廉（Richard Wilhebm）译成德文的中国道教典籍《金丹要诀》及《易经》，并为之写了评介。在他看来，其中所述的象征或符号同他的病人的梦、幻想中的象征相似。由此他找到基督教义与炼金术象征的联系。他认为《易经》的核心思想建立在这样一个基础上，即每一个事件具有只有在它发生时才能产生的永恒不变的特征，而通过客观发生的偶然事件可以确定人的心灵现实。荣格称这种现象为"共时性"（Synchronicity）。他说："有人会认为它仅仅是主体的产物，而我则认为它不过反映了客观事件的性质。"① 《荣格全集·第八卷·精神的结构与动力》试图对共时性加以阐释，这是他的理论体系中最为神秘莫测的难题之一。

传入西方的印度瑜珈、佛教行派也受到荣格的注意。1944年，他为齐默尔（Zimmer）介绍瑜珈的著作《本我之路》写了一篇评论，题名为《印度的圣贤》。他承认主张取得灵智经验和满足人世欲望的印度教真谛的象征及礼仪加深了自己对集体无意识象征性的理解。

---

① 布罗姆，《荣格：人与神话》，第 192 页。

——列举荣格理论的渊源不是易事。他精通西方多种语言，读过几乎所有有影响的西方哲学家、神学家、东方学家、神秘主义者、人类学家的著作。这可以列出一个长长的名单：卢梭、叔本华、马丁·布伯、利普斯、布莱克、亚瑟·韦利、冯特，等等。除此之外，还可以发现，荣格的原型概念既类似柏拉图的理念，又类似康德的范畴。而19世纪神学家施莱尔马赫（Schleimacher）无疑对荣格的自我实现理论有所启迪。弗雷泽的《金枝》和《图腾崇拜和族外通婚》、列维—布留尔的《原始社会心理作用》、巴斯蒂安（Bastian）的《历史上的人类》、巴霍芳（Bachofen）的《母权》都对荣格的理论建树（特别是阿妮玛和阿尼姆斯原型）产生过积极的影响。

二

荣格理论的影响不但直接涉及精神分析学及心理治疗，也还影响到西方的哲学、宗教科学、艺术诸多领域。

"原始意象"、"内倾"、"外倾"，以及"情结"的独特概念已渗入弗洛伊德学派，甚至迫使弗洛伊德本人修正泛性的力比多理论，而用生死本能、自恋欲来加以补充；也正是荣格对神话以及力比多的变形与象征的研究，促使弗洛伊德把注意力转向神话和人类学，写成了《图腾与禁忌》这本重要著作。新弗洛伊德主义者以及法兰克福派的理论家，诸如E·弗罗姆以及正冲击西方心理学的"第三思潮"的马斯洛的人格学说显然也受益于荣格的个性化和自我实现理论。他们都摈弃了弗洛伊德的生物学意义上的性动力原则，强调人格发展的个人和社会因素。弗洛姆认为五种需要（联系、超越、根源、认同及定向）是健康个性发展的基础，而个体人格是文化发展的产物。马斯洛则提出人的基本需要、发展需要、潜力和自我实现。他承认荣格同阿德勒、奥尔波特、罗杰斯等一批杰出的心理学家"开了第三思潮的先河"。[①]德国心理学家埃里克松

---

① 弗兰克·戈布尔，《第三思潮：马斯洛心理学》，上海译文出版社，1987，第25页。

（Erikson）在《儿童时期与社会》（1950）一书中，根据荣格的人格理论设想心理社会发展可分为八个阶段，每一阶段都有自己的心理社会要求，在转入下一阶段时，个体必须克服和内化一系列心理危机才能取得人格全面发展。

在心理治疗方面，虽然受到学院派某些心理学家的非难，但荣格早期的研究至今仍未失去其影响。在许多精神病治疗医院，语词联想实验仍在普遍使用。罗尔沙赫（Rorshach）据此设计了为心理学界所公认的罗尔沙赫氏测验，让患者按照所看到的物体在墨迹图上的部位来描述一系列刺激性内容的特征（形状和颜色），将人格分为"内倾"和"外倾"两种类型。基于这种实践，测谎器才得以发明。根据荣格理论所设计的梅波类型指标(MBTI)是一种人格量表，运用于从10岁到成人的各类被试者，可测量个人的特点和兴趣。1976年正式使用以来，现在已广泛用于诸如管理心理等各个实际领域。MBTI现已可借助电脑微型机IBMPC软件这种先进手段来测试。

荣格理论中的神秘主义在宗教思想界也掀起轩然大波。荣格一直关注宗教问题，力图从神话、巫术、炼金术、招魂术、占星术，甚至算命、卜卦等方面，从心理学角度来揭示上帝的本源和宗教的性质。涉及宗教的众多原型成为其理论问题的重要内容。一些神学家断言，荣格是无神论者，另一些人则认为荣格的理论是对新教教义的肯定。众说纷纭，莫衷一是。晚年，荣格写过一部重要著作《对约伯的回答》，被认为是他著作中最有挑战性的一部。这部著作有助于澄清人们对他的宗教观的某些误解。《约伯传》为《旧约·圣经》之一卷，相传为一位佚名的犹太人所作，以书中主人公约伯为书名，用长篇诗剧形式探讨人世善良、罪恶等哲理。荣格引经据典公开表露对上帝的蔑视。二次世界大战带给人类文明的深重灾难使他深信："约伯揭示了某种傲慢、目空一切，甚至高于上帝本身的正义存在着……"[①]而上帝只是"一个自相矛盾的名词……一个应该被

---

① 布罗姆，《荣格·人与神话》，第284页。

治愈的精神病患者"。①他还认为科学追求真理，而真理不可穷尽；宗教却视真理为占有物，因此不可能进一步去探索真理。诸如此类对上帝和宗教的嘲弄、亵渎，竟然使出版商不敢在美国出版此书。

荣格从来不认为自己是文艺批评家，但众所周知，当代具有真正国际性影响的文学批评模式之一的神话—原型批评（统称原型批评），直接产生于他的集体无意识原型理论。当然弗雷泽的人类学理论、卡西尔的象征形式和神话思维的研究无疑也成为原型批评极其宝贵的思想库。受到荣格理论的启发，莫德·波特金（Moud Bodkin）的《诗歌中的原型模式》（1934）和弗莱（Frye）的《结构的剖析》（1957），以及其他众多批评家、作家的努力及实践，已使原型批评成为沟通文学与心理学、人类学与哲学等领域的桥梁，极大地开拓了文学新的思维空间，从20世纪的50年代以来，正引人注目地迅速发展。评价荣格对文学批评的重大影响有必要了解他的文学批评观。其批评观可简要归纳于下：第一，荣格注重文学中的原始因素，它们在神话中屡见不鲜，是永恒持久的心理原型，可以通过梦、想象、幻念等形式出现。第二，荣格向来强调内倾的重要性。文学批评必须考察完全属于主体自身精神的那些因素，"……对主观水平面上力量的探究使我们不但能够以更加广阔而深邃的心理学观点来了解梦幻，而且也包括文学作品本身。文学作品中具有个性的人物体现了作者精神中相互关联的自主情结"。②因此主观态势有助于了解触及读者的心理原型的文学作品的巨大感召力。第三，文学蕴含历时性的内容，反映集体无意识和个人无意识的千态万变的发展。在这种过程中，文学作品的作用在于其补偿机制，即使无意识的力量重新复苏。所以文学作品像梦一样，既可以预示，也可以还原，具有因果关系。第四，文学作品往往只具有美学鉴赏价值，因为所谓美学价值"不适于解决教育人这样一个严肃而特别困难的任务。它总是暗示和假设它应该创造的东西的存在，即爱美的能力，而这在实际上有碍于对事物本身进行深入考察。

① 《荣格书信集》，第2卷，1952年1月5日。
② 《心理类型》，见《荣格全集》，第6卷，第472～473页。

因为它总是回避邪恶、丑陋及一些棘手的现象，只是寻求欢娱，尽管它具有某种启发意义"。①荣格的这种看法显然未免偏颇。他进而把艺术作品分为两类——心理型与幻想型，并坦率承认自己对幻想型作品的偏爱，因为"幻觉中出现的东西叫集体无意识"，只有当艺术家感受到无意识冲动、体验到某种真实而原始的经验时，作品才能超越事实，唤醒心灵深处的"种族记忆"，世代积淀起来的集体无意识能量才能得到释放，表现了一种比人类情感更深沉、更难忘的幻觉体验，强烈震撼读者心灵，艺术作品的永恒魅力正在于此。荣格因此认为艺术家应该是一个"集体人"，是体现人类无意识心理生活，并使之具体化的人，是自己民族和全人类的精神代言人。"不是歌德创造了浮士德，而是浮士德创造了歌德"，在论及但丁、歌德、尼采等作家时，荣格不止一次阐述了这种观点。

直接或间接渊源于荣格的原型理论，当代西方批评家尽管对荣格理论仍有所保留，但他们兼收并蓄，在自己的批评实践中发展和容纳了荣格的观点。美国著名批评家韦勒克和沃伦说："不难发现艾略特所受的荣格的影响和对荣格论点的复述，即在个人的'潜意识'中——我们的过去，尤其是童年和婴儿期，已经封闭起来的意念的底层潜着'集体潜意识'，即已封闭起来的我们民族以往的记忆，甚至是史前期的人类的记忆。"②T·S·艾略特一向认为，艺术家比他同时代人更为原始，因为"前逻辑的心态存在于文明之中，但只有诗人，或通过诗人的帮助才能达到"③。前逻辑心态正是集体无意识的另一说法。艾略特还特别强调诗人的听觉想象力和视觉意象同原始心灵的联系，这同荣格的"幻觉型"作品的提法正好一脉相承。

考察结构主义的成因还可以发现，作为一种思维方式，无论是乔姆斯基关于语言固有构造或者列维—斯特劳斯关于文化系统的普遍模式说，

---

① 《荣格全集》，第6卷，第121页。

② 《文学理论》，三联书店，1984，第79页。艾略特的观点可见其《诗歌中的功用》一文。

③ 同上。

就其与神话的渊源而言，同荣格的理论如出一辙。列维—斯特劳斯认为语言"构成文化现象（使人和动物区别开来的）原型，以及全部社会生活形式借以确定和固定的原型"①，而人类学家研究的正是社会生活得以进行的"无意识基础"。可见，结构主义者的"原型"说尽管在具体界限上并不等同于荣格关于原型的概念，但结构主义寻求心灵本身的永恒结构同荣格的集体无意识理论的宗旨正好一致。苏珊·朗格认为艺术形式传达"意味"，是明确表达情感的符号，与语言、神话、梦幻同属一个范畴，这种对于人类来说是普遍相通的情感，或者说生命形式正是人类精神活动与情感活动的深层心理结构。这里不难看出她的理论同荣格的集体无意识学说的直接继承关系。

荣格的原型理论对我国当今文学批评，甚至创作已产生相当的影响，严格说来可以上溯到更远一些时期。闻一多在《神话与诗》中，从神话和仪式的角度研究宋玉《高唐赋》同其他古代神话、传说的渊源。他发现鱼在文学作品中的情欲、配偶象征性，并且得出结论：这是一个原型。闻一多早年在美国研读，有精深的西方文化根底，他是否直接读过荣格的著作还有待考证，但有趣的是，荣格在《埃里恩——自身现象学研究》（《荣格全集》第四卷）第二部分中曾以《鱼类的历史意义》、《鱼类象征的矛盾性》等为题撰文。如果比较他们的观点，一定可以加深对中西文化传统关系的了解。就当时文学批评而言，李泽厚的"历史积淀"说可以被认为是由荣格的"民族心理积淀"说发展而来。当代文学作品中对于人与文学本身的思考，强调作家主体意识，再现人物丰富而复杂心灵现实的"向内转"趋势，刘再复的"性格二重组合"论，还有当代作家中的"寻根热"文化思潮，特别是在我国沉寂多年的文艺心理学又重新发展的势头等无不说明荣格理论在我国的强烈反响。当然这种影响不是唯一的，还有其他多方面原因。值得一提的是近年来国内关于艺术美学同美感本质的探讨中，有一种观点颇引人注目，即美是自由的象征。作

---

① 特伦斯·雷克斯，《结构主义与符号学》，上海译文出版社，1978，第25页。

为意识形态的文学作品要引起读者共鸣，存在着一种内在机制，必须转化为象征，即符号"成为欣赏者进行审美创造的共同媒介……文学作品在空间横向和时间纵向不断地被欣赏者群体改造成各自的经验和情感的表现形式（符号）。因此，优秀艺术作品的普遍的、永恒的生命力，归根到底是文艺作品符号的普遍、永恒的功能"。[1]显然，这种打上民族心理共同印记以及人类共同心理印记，超越时空，蕴藏着极其丰富而深厚的历史和时代内涵的象征，换句话来表述，就是原型。

像弗洛伊德一样，荣格无疑属于人类历史上致力于探索人类精神的一位伟大的后继者，也是在他之后的众多追随者所崇敬的圣人和先驱。难怪有的批评家认为，荣格取代弗洛伊德，甚于上帝创立了自己的宗教。宗教是一种世界观、一种信仰。就此而言，荣格的理论体系因其神秘莫测、唯心论、经验主义、唯理性主义色彩更独具魅力，而这些也使他的理论长期以来蒙受反科学的指控而遭受非议。的确，荣格的理论核心集体无意识、原型，还缺乏精密的科学论证。他怀疑上帝的存在，但又崇尚灵学，种种片面性使他精心建造的理论大厦基础受到动摇。不过，人类的认识无止境，许多假说会成为事实，人体特异功能以及许多至今未能用现代科学解释、被科学家称为波尔代热斯现象的超自然奇景怪事仍困惑着人类，激励人类去探索宇宙和人脑之秘，而现代脑科学与高级神经系统生理学仍处于开始阶段，许多神秘的"黑洞"正有待人们去打开。荣格所追求的目的远远没有达到。这或许正是布罗姆的这部荣格传记以"人与神话"为题的深刻寓意。

1987年10月于成都华西坝宁村陋室

---

[1] 林兴宅，《艺术魅力的探寻》，四川人民出版社，1985，第93～94页。

永不安息的灵魂

——海明威和他的《伊甸园》

　　海明威已去世 25 年，然而他生前未发表过的作品至今仍有 10 部问世，其中包括回忆录、书信集、随笔以及两部小说。一部是《海流中的岛屿》(*Island in the Stream*)，另一部是 1986 年出版的《伊甸园》(*The Garden of Eden*)。这部超长篇小说的手稿，虽尚未完成，但已多达 1500 页。直到 1985 年，读过原稿的一些批评家还认为这部长篇人物众多，场面繁复，结构凌乱，还有不少明显的败笔，比之海明威的其他作品，毫不出色，价值不大。因此，这部开始写于 1947 年的作品手稿，放在斯克雷布纳斯 (Scribners) 出版社长达 25 年之久。1985 年，若干出版商曾不惜高价，说服海明威的家属同意转让手稿。不过，无论是哪一家出版社，要让它重见天日，就必须对 1500 页的原作重新修订，这是让人望而生畏的。要保持原作主旨和风格，实在并非易事。35 岁的汤姆·杰克士 (Tom Jenks) 是斯克雷布纳斯出版社编辑，他决心不畏风险，承担重任。从 1985 年下半年开始，他每天工作 12 至 15 小时，每周工作 7 天，4 个月后，已重订了原作之六分之五。他说："编辑海明威的作品无异于是同上帝进行摔跤。"[1]的确，对于海明威作品的崇拜者来说，他是神圣不可侵犯的"上帝"；对于熟悉海明威独特文体风格的学者以及读者而言，海明威的文笔又是绝不可能被代替的，不容玷污的。杰克士首先认真阅读研究了海明威的作品及有关资料。他得让人确信，重新缩减的小说中的每一个字、每一句话部应该是海明威式的，他必须让专家们相信，他大量删去的部分，重新安排的场景、次要情节是无可指责的。海明威在原稿

---

[1]　美国《时代》周刊 1986 年 5 月 26 日。

中的空行部分，曾留下一些随感似的评注，这对杰克士大有帮助，但更多的却必须由他动手。他砍去了一些人物，删去重复的对话和冗繁的描写，而且使之不显露出拼凑的痕迹。他终于如愿以偿,这部 247 页的《伊甸园》出版后受到评论界一致赞许，被认为是美国出版史上的重要事件，杰克士也因此一举成名。

　海明威是一位个性相当复杂的作家，他并非十全十美，人们对他的个性、私生活以及他的作为有褒有贬并不奇怪。仅在 1985 年，美国就有三部他的传记出版，分别记述了他的青年时代和一生传奇性的创作生涯。其中，杰夫瑞·麦耶斯（Jeffery Meyers）的《海明威传记》用夸张和肢解的手法所描绘的海明威的肖像是一般读者难以接受的：反复无常，酗酒好色，自私自利，玩世不恭。问题还在于，作者"不能更深地解析海明威作品中对世界大战、革命、社会变化各方面的理想主义的观点"。[①]
对于希望在放大镜下找寻海明威缺点的人，《伊甸园》或许能为他们的偏见提供证据，因为这部小说明显是自传性质的。背景是 20 年代法国南部地中海海滨和西班牙。男主人公大卫是一个颇具才华、小有名气的青年作家。他同新婚妻子卡瑟琳来到法国南部海滨欢度蜜月，同时写作一部以他的父亲和一个青年在非洲丛林狩猎的故事。新婚夫妇充分享受到了阳光和海水浴的乐趣，表面看来，日子过得相当惬意。但美丽富有的卡瑟琳并不能理解丈夫的抱负。她追求时髦，贪图享乐，任性固执，欲火很旺，是一个十足的性变态女人。她留着男式发型，却要丈夫留女式发型并染发，并强求丈夫充当女性角色。大卫虽不乐意，也只好从命，忍受卡塞琳的性虐待。另一位富有的叫做玛丽塔的皮肤黝黑的青年女人这时闯入了他们的生活，她同卡瑟琳的同性恋使三人之间的关系变得更为复杂。不过不同于卡瑟琳的是，玛丽塔极钦佩大卫的写作才能，两人关系也日渐亲密起来，小说的情节便围绕三人之间微妙的关系而展开。认真说，玛丽塔只能算是次要角色，她的出现仅是使爱情、事业以及道德

---

　① 董鼎山，《海明威的立体造型》，载《读书》1986 年第 7 期。

之间的冲突更加尖锐化。遗憾的是，海明威未能完成这部手稿，因之故事的结局引起了批评家的兴趣，因为卡瑟琳的荒唐行径，即使用美国标准的性开放观点看来，也难以接受。美国著名批评家埃德蒙·威尔逊认为，对卡瑟琳的作为或许会有两种以上的价值尺度，第一种认为那是在享受青春和爱情，是一个美妙的梦；第二种则是，那是违反人性的不可饶恕的原罪。表现"原罪"的文学作品，一向是西方的传统题材，海明威用《伊甸园》作为小说的标题，意味深长。据《圣经》，上帝所创造的第一个男人亚当、第一个女人夏娃违背上帝的意志，为邪恶的撒旦所诱引，偷吃禁果，上帝把他们驱出伊甸乐园，惩罚他们去承受世俗的烦恼和人间的苦难。海明威暗喻，尽管海滨的一切赏心悦目，大卫夫妇的蜜月生活也不乏罗曼蒂克的诗情画意，然而他们生活的现实世界却乌云密布，并不是伊甸乐土。物欲和情欲，还有人类生存的目的这一永恒问题所带来的矛盾痛苦是无休止的。如果把大卫雄心勃勃的艺术追求，以及他的人生理想或现实比做伊甸园的话，卡瑟琳的作为则是对人的美好天性的粗暴亵渎；而失却人性，失去明确的信仰以及为达到人生目的所必须的努力，对艺术和人生都是一场大灾难，注定要自食苦果。这正是海明威所要表现的严肃主题。他曾说的"一切邪恶的作为源于天真"，颇耐人寻味。英语中，"无知"和"天真"是同一个词"innocence"。这词的两种释义，一语双关，应该被理解为，卡瑟琳的堕落正是因为她失去了人固有的本性。因此，尽管《伊甸园》关于两性关系异化，特别是同性恋的描写似乎过于袒露、粗俗，有伤大雅，但公正的评论家和读者却不能不佩服海明威在当时就已具有的胆量和勇气。他曾说过："作家的任务是把真相告诉人。他忠于真相的标准应达到这样的高度：根据自己的经验创作出来的作品应当比任何实际事物更加真实。"[①]在对海明威的研究中，的确有偶像化和简单化两种倾向，不过，海明威近乎天真的直率是不能非难的。他笔下的暴力、凶杀、战争、性爱等并非杜撰，都来自现实生活，而且"准确

----

① 《海明威回忆录》，浙江文艺出版社，1985，第168页，第91页。

程度却同伦勃朗用画笔和油画颜料描绘的完全一样。亮光从永恒的漆黑中和长久的黑暗里透射出来"。[①]这种直率才使他的作品更有生气，更有吸引力，更有力量，对于读者认识和了解人生真谛和西方社会现实更有启发和教益。

海明威的作品总是一气呵成，然后再加以反复修改。被称为20年代的经典作品的第一部长篇小说《太阳升起了》只花了三个多月时间写成，一般的长篇小说只用6周就可完成初稿。《丧钟为谁而鸣》也只用了一年半。不过花在修改上的时间却远远比初稿的时间多。回忆录《流动的圣节》经30多次改动才定稿。这使他的大多数作品无论在思想和艺术上都能达到风格意义上的统一。《伊甸园》写作始于1947年前后，历经14年，一直到逝世前也还未完成。这期间他的思想、个人经历都有重大变化，因此场景的处理、人物及情节构思难免前后重复、松散。他最初打算写一部规模宏大的长篇巨著，这种题材对他说来本来驾轻就熟，然而由于诸种原因，愈到晚年，愈无法收笔。即使如此，《伊甸园》仍然闪烁着他的非凡才智，许多部分写得相当精彩，人物的情感及其活动背景透过个性鲜明的语言，被描绘得栩栩如生。不过，《伊甸园》的意义还远远不在于此。要想了解海明威早期的生活及他一生的创作思想，这部长篇小说极有价值。小说中的时间和背景与海明威当时的经历正相吻合。1926年，海明威曾同他的第一任妻子哈德莱·李却逊，以及以后成为他的第二任妻子的法国《时装》杂志记者波林·法伊芙曾在法国南部海滨一同度过了一个难忘的夏季。正如《永别了，武器》中男女主人公的生死爱情，是根据海明威在第一次世界大战中，在意大利米兰的一个伤兵医院与一位美国女护士艾格拉斯·冯·古芬斯相爱并同居三天的一段罗曼史写成的一样，《伊甸园》中三个主人公：作家大卫夫妇和玛丽塔身上都可以找到海明威和哈德莱、波林的身影。当然，如果将他们一一对号入座，又将是荒谬的，艺术创作中的典型并不是生活中模特儿本身。1921年，海明威偕新

---

① 　康尔特·辛格，《海明威传》，浙江文艺出版社，1984，第86页，第191页。

婚妻子哈德莱，以《明星日报》驻巴黎记者身份来到巴黎这样一个五光十色的城市。在巴黎，以美国女作家柯特鲁德·斯泰因为中心的文艺沙龙，成了20年代美国到巴黎的新起诗人、小说家、艺术家聚合之地。在这里，海明威同安德森、庞德、刘易斯、菲兹杰拉德等许多人相识，并结下了友谊，这些人日后都在美国文坛上占有一席之地，而海明威也正是从此显露头角，真正开始文学生涯。他们畅谈社会、人生，热烈地讨论文学创作并同巴黎名流和社会各阶层人士广泛接触。也就是在这里，斯泰因把这批对现实持批评态度，感到空虚、惆怅，但又志趣非凡、跃跃欲试的一群年青作家称为"迷惘的一代"。她反对文体的华丽、雕琢，力求语言自然、简洁、有节奏感的主张，无疑对海明威独特的"电报式"风格的形成有所影响。但她的同性恋私生活（她与秘书托克拉斯长期同居），却令海明威十分厌恶，以致逐渐疏远。在回忆当年情况时，海明威说："斯泰因小姐认为我太缺乏性的知识……我承认我对同性恋的确抱有成见，因为我知道同性恋的若干最粗野的表现。我知道，因为这样，在'色狼'这个词还没有成为专指玩弄女性的男子的俚语的时候，一个少年和流浪汉在一起就必须带上刀子，而且还得准备动刀才行。"[①]《伊甸园》中卡瑟琳与玛丽塔的同性恋不能不认为与海明威在这段时期的见闻与感触有关。不过，小说中的卡瑟琳不同于哈德莱。在巴黎，她是海明威得力的助手和伴侣，虽然生活困顿，却毫无怨言地支持当时默默无闻的海明威。尽管二人以后离异，海明威的婚姻生活又屡遭波折，但他对哈德莱却一直铭刻未忘，深感懊悔和内疚。

大卫被置于情欲和事业冲突的旋涡，他渴望有所作为，他忍受着精神的孤寂，顽强奋斗而又无力自拔，在一定程度上是早期海明威心境的投影。小说中大卫关于创作的自白，实质上也正是海明威的美学观，比如："写得愈简洁愈好，这无疑很好。不过，别以为简洁就是一切。思考得愈多，才有可能写得更简洁。"众所周知，海明威作品宏大而深

---

① 《海明威回忆录》，浙江文艺出版社，1985，第168页，第91页。

刻的容量、巨大的认识价值，正是借助于凝练而明晰的语言来达到的，二者不可分割。

值得注意的是，《伊甸园》为何竟拖至数十年而未能问世，甚至海明威在世时，也未能以连载方式发表？有的研究者误把《海流中的岛屿》当做是海明威的最后一部长篇小说，而未提及《伊甸园》。事实上，《海流中的岛屿》开始写于1947年，而在同时，《伊甸园》也已动笔。《海流中的岛屿》花去几年时间定稿后，手稿便存放进哈瓦那一家银行的保险库。海明威逝世约十年，才由其第四任妻子玛丽整理发表。出版后，反应并不强烈。可能在晚年时，海明威已对《伊甸园》不满意。因为，1953年《老人与海》获普利策奖，1954年又获诺贝尔文学奖，使他的声望达到最高峰。而正是在1954年初，海明威的飞机在非洲失事，整个世界曾为之震动悲哀，悼念一代文坛巨星的陨落，但他大难不死；第二天飞机又再次出事，他又幸免于难。这两次事件，使他的健康状况日趋恶化。尽管他的"硬汉精神"并没有急速崩溃，仍努力写作，不过，他的创作力明显衰落了。海明威一向珍惜自己的声誉，如他许多小说中的主人公一样，在生活中，海明威从不向失败屈服，向来以"狮子"、"公牛"的雅号为人叹服。他也写过一些失败的作品，如长篇小说《过河入林》，这是他在二次世界大战结束后，在巴黎，用一只眼睛写成的，出版后，被认为是平庸之作，曾使他的声誉大大降低。这件事不能不使他耿耿于怀，以至晚年在享有盛誉之际，更加小心翼翼。或许正是因为这诸多因素，才使他终于未能完成《伊甸园》的写作，而且不愿将片断贸然发表。

瑞典科学院常务秘书安德斯·奥斯特林博士在授予海明威诺贝尔奖时曾说过："勇气是海明威的中心主题……是使人敢于经受考验的支柱，勇气能使人坚强起来。敢于喝退大难临头时的死神。"[①]但海明威却在1961年把猎枪放进嘴里，饮弹而亡。一些人对此困惑不解。在海明威看来，死亡并不足以畏惧，他坎坷冒险传奇性的一生可说是九死一生。他一向

---

① 康尔特·辛格，《海明威传》，浙江文艺出版社，1994，第86页，第191页。

认为如果不能作为一个强者生活下去，宁肯笑迎死神。他的勇气、他的信念是同强烈的写作冲动、创造力不可分的，而到晚年，他的创造力陷入绝境。他承认，"整天都在这该死的写字台前……可是我写不出来"，[①]于是他才毅然告别人生，他选择死亡的方式，也是需要极大的勇气的。

纵观海明威的一生，他豪爽、热情、果断、坚强、兴趣广泛，经历丰富多彩。在这个动荡不安的世界上，他过着疾风暴雨似的生活，以战士和记者的身份经历过二次世界大战，足迹遍及欧、美、非，甚至到过中国，为着自由、正义和真理，为着缔造神圣的艺术殿堂而不倦奋斗。他当然也有许多缺点，性格暴烈、专横、酗酒、虚无主义，而其私生活也是许多执意贬低他的批评家们所津津乐道的。的确，他结过四次婚。但如果仔细分析他前三次婚姻破裂的缘由，不难看出，海明威把自己的事业和自由看得高于一切。他承认自己不配做好丈夫。四个妻子，除第一任妻子哈德莱以外，其他三位都是记者或作家。尽管他不时有些风流韵事，但他所要求于妻子的却是志同道合：既是伴侣，儿子的母亲，秘书，护士，厨师，听讲他的作品的人，殷勤周到的女主人，也要能适应他那紧张而行踪不定的生活和夜晚写作的习惯……一身兼数任，同时又能忍耐孤独和家务重担，对于任何女人来说，实在不容易。海明威对最后一任妻子玛丽·韦尔斯的爱胜过他爱过的任何一个女人，视她为真正的知己。玛丽也认定海明威是天才，伟大的人，愿为他的成功做出任何牺牲。由此看来，海明威的婚姻数度破裂不值得责难。《伊甸园》的出版，应该是他一生创作活动的总结，虽然他的灵魂永远不会安息，倘若海明威九泉之下有知，他必定会感到无限安慰。

（原载于《外国语文》1987年第3期）

---

① 《美国文学名家》，黑龙江人民出版社，1985，第220页。

如此美国神话
——评约翰·珀理《杰克·伦敦：美国的神话》

在美国及西方，对杰克·伦敦的评价向来褒贬不一。据 1975 年纽约版《二十世纪文学百科全书》卷四（*Encyclopedia of World Literature in the 20th Century*, Vo14）所提供的资料，截至 1966 年，有关伦敦的重要传记作品共有 9 部，还不包括若干研究专著及论文。近几年来，又有新的传记和专论问世。其中，1981 年芝加哥纳尔逊·霍尔出版社（Chicago：Nelson-Hall）出版的，由约翰·珀理（John Perry）所作的《杰克·伦敦：美国的神话》（*Jack London：An American Myth*，1981）已引起西方评论界重视。之所以如此引人注目，是因为在这部长达 351 页的传记专著中，作者虽然赞扬了伦敦的一些短篇小说，但纵观全书，作者对伦敦的为人及其作品是持否定态度的。在珀理看来，伦敦只不过是一个吹牛大王、悲观厌世者、种族主义者、色情狂、伪善者，一个善于见风使舵的机会主义者，一个无耻的剽窃抄袭之徒，一个在思想体系上属于无政府主义的拙劣代言人。这个结论的确令人震惊。珀理继而说，"对于一些在生活上失掉信仰，陷入绝望以及身染恶习的人，伦敦所产生的不良影响不堪设想"。(p. 122)

为了使上述观点具有说服力，珀理引用了大量材料，倘若每条都加上注释，可多达数百条。遗憾的是，珀理唯独没有引用被评论界公认为杰克·伦敦研究权威著作的约翰·R·谢尔曼(John R. Sherman)的《杰克·伦敦研究指南》(*Jack London, A Reference Guide*, 1977)。传记作家对所需材料加以选择、取舍，这本是无可非议的，但却不应忽视别人的研究成果，特别是为批评界所公认的一些客观事实和材料。应当承认，珀理所援引的材料，一般说来，尚还准确，但并不全面，甚至本末倒置，断章取义。

他所著的传记给读者的印象是：伦敦不但根本说不上伟大，甚至连伦敦的知己和朋友在他身上都未能发现有何可堪崇敬的品质。

例如，美国批评家、批判现实主义著名代表之一的厄普顿·辛克莱（Upton Sinclair）曾对伦敦过度饮酒有所反感，于是，珀理便不厌其烦、有声有色地引用辛克莱有关伦敦纵酒的描述。但他却恰好忘记了，正是这位辛克莱——伦敦生前的好友之一，对于伦敦曾给予过多么高的评价。1925年，在一篇题为《超群绝伦》的纪念伦敦的专文中，根据他本人同伦敦多年的接触与了解，辛克莱充分旨定了伦敦，用有说服力的事实批驳了一些资产阶级批评家加在伦敦身上的不实之词。关于酗酒，辛克莱说："我得说一下，杰克本人对酒是持反对态度的，在加利福尼亚选举时，他就投票赞成过他去世前几天颁布的《禁酒法令》。同时还解释说，别看他是个酒徒，他非常乐于剥夺年青一代的这种乐趣；他还说只有冷酷的利己主义者才会对青年人提出更多的要求。"[①]事实也是如此，美国有名的传记作家欧文·斯通（Irving Stone）所作的伦敦传记《马背上的水手》（*Sailor on Horseback:the Biography of Jack London*,Colins,London,1983）是有关伦敦传记及研究著作中很有影响的一部。斯通这样写道："伦敦有时用醉酒来克服他周期性的抑郁，不过他大多时候喝酒是为了交际、快乐、休息……除了做青年劫蚝贼时的狂饮以外，他一向对于酒是可喝可不喝的。"[②]在一次从巴尔的摩到西雅图的旅行中，伦敦曾把他想读的1000本书和小册子以及40加仑威士忌运上船。他对人们说，他要读完这1000册书，才喝完这40加仑威士忌，而当他到达目的地离船时，1000册书不但已被读完而且留下了批注，但威士忌却没有动过。在伦敦生命的最后一年，由于他耗费巨资、苦心经营三年建造的豪华住宅"狼舍"于竣工的次日凌晨在一场大火中成为废墟，伦敦因此债台高筑，再加之不愉快的家庭生活以及长期疾病的困扰，他意志消沉，才开始天天醉酒，指望用此来解除身心两方面的痛苦。对伦敦来说，这固然是可悲的，但具体

①《美国作家论文学》，三联书店，1984，第216页。

②《马背上的水手》，中国青年出版社，1982，第267页。

分析他当时的处境以及他一生中思想矛盾的复杂性，也并不难理解。判断一个作家的功过，应从大处着眼。同是伦敦传记的作者，也同样谈及伦敦纵酒，对比珀理与斯通的不同论述及结论，显然，珀理的论断是轻率的、不客观的。也还是上面所谈到的辛克莱，他用充满敬意的语言赞扬伦敦是"当代作家第一位工人出身，并在自己的作品中拥护无产阶级觉悟思想的人，真正是我们这些文学作者当中的主帅和曾经在我们天陲闪耀过的一颗最灿烂的明星。他兼备奇才和大智于一身"[1]，是"美国有史以来给予世界最伟大的作家和灵魂中的一位"。[2]

再者，以伦敦的代表作长篇小说《马丁·伊登》(*Martin Eden*) 为例，珀理从四篇批评该作的评论中寻求支持，多次引用罗伯特·巴特拉普 (Robert Bartrob) 在其《作为人、作家、叛逆者的伦敦》(*London, the Man, the Writer, the Rebel*, 1977) 一书中的观点，指责伦敦的这部现实主义杰作是"美国文学中最拙劣的作品"(p. 236—237)。对杰克·伦敦的这部作品的思想和艺术成就，本文无须在此赘述，但众所周知，《马丁·伊登》在美国现实主义文学中的地位是不容抹杀的，美国内外的许多卓有见识的批评家对《马丁·伊登》曾给予过高度的评价，也无须在此一一引述。比如，美国批评家爱德温·马克汉姆 (Edwin Markham) 曾在《出版家通讯》(*Publishers Circular*) 上发表评论，称赞此作是"一部强有力的、杰出的作品"[3]。另一位美国文学批评家安德鲁·辛克莱 (Andrew Sinclair) 在他的《杰克·伦敦传记》(*A Biography of Jack London*, 1977) 中，虽然曾指出《马丁·伊登》受到一些批评家攻击的事实，也不否认这部作品并非完美无缺，但他却赞扬"伦敦作品中所具有的令人惊叹的奇异世界和天才的想象力"(p. 159, p. 249) 需要指出的是，作为一本传记，安德鲁·辛克莱还尽可能在其著作中提供了在他以前的有关伦敦传记作家的不同观点，公正、客观，并无抑扬之嫌，其目的是为了引起

---

[1] 《美国作家论文学》，三联书店，1984，第213页，

[2] J. R. Sheman, *Jack london, A Reference Guide*, 1977, p. 98.

[3] *Jack London: A Reference Guide*. P. 52, p. 54

讨论。传记著作固然也可表现作者的倾向性，但重要的是要尊重事实，至于结论，不妨由研究家和读者去做。如果说，上述两例还不足以说明珀理的评论因失之于客观而显得偏颇的话，以下事实还可以佐证。珀理为了力图说明伦敦只不过是一个危险的恶魔式的人物，竟断言连"伦敦使用过的文具也无不反映出同样的平庸和俗气，而且，伦敦早年与给布雷特的用打字机书写的信件中，有重叠字样，有些字是用笔补填上去的"（p. 155）。不可否认，伦敦的潦草、有时重复涂写的书写习惯，的确使出版家和朋友们为之头痛，也并不值得效法。然而，这毕竟只是作家的生活习惯，与作家的人格及作家的思想艺术性风马牛不相及，实在不值得责难。只此一点就否定像伦敦这样的作家，显然有失公允。对比之下，其他伦敦传记的作者，诸如欧文·斯通、安德鲁·辛克莱既充分肯定伦敦作品的力量所在，也不力图掩饰伦敦的个性缺陷及作品中的种种不足之处。安德鲁·辛克莱的结论是："杰克·伦敦屡经波折，九死一生，写下了 50 多部作品，最后买下了一大片牧场，在 40 岁死去，像他这样的人是值得人们当做神灵来崇敬的。"①

我国读者对伦敦并不陌生。他是最早被介绍到我国的少有的几位美国作家之一。他的许多重要作品，包括长篇小说《海狼》(*The Sea Wolf*)、《马丁·伊登》、《深渊中的人们》(*The People of Abyss*)、《铁蹄》(*The Iron Heel*)、《天大亮》(*Burning Day-Light*)，以及若干中短篇小说已被译介，有的还有多种译本，多次再版，而欧文·斯通的伦敦传记《马背上的水手》中译本 1948 年就已问世。杰克·伦敦也是我国外国文学评论工作者最重视的美国作家之一。他出身贫困，10 岁就当报童，14 岁到工厂当童工，青年时期还做过水手，曾加入到阿拉斯加寻求黄金梦的成千上万淘金者的行列，有过传奇般的生活经历。长期的颠沛流离和沉重的劳动使他对资本主义美国所宣扬的美国理想——所谓自由、平等、博爱的虚伪本质有切肤的感受和认识。他曾积极投身于当时尚未成熟的工人阶级斗争，

---

① *A Biography of Jack London*, P.177

通过他的作品和论文猛烈抨击和揭露资本主义制度的黑暗和罪恶。他的作品在一定程度上是美国从上世纪末到本世纪初进入帝国主义时期的阶级矛盾和阶级斗争的真实记录。他公开宣称是无产阶级的一分子，借用《铁蹄》中主人公埃佛哈德的话，他坚信社会主义"不会永远失败！我们受到了教训。明天，运动就会再起来，成为一个经验更丰富、纪律更严明的运动"。他的确不愧是继承马克·吐温的美国批评现实主义最杰出的代表之一，在美国以外的世界各国拥有众多的读者，产生了广泛的影响。他的作品不为美国资产阶级所理解，受到冷落，甚至诋毁也实在不足为奇。当然，这并不是说应该把杰克·伦敦当成偶像来崇拜，把他抬高到"真正的无产阶级作家——美国第一个也是到此为止、唯一有天才的无产阶级作家"①，以及"美国的马克思"②的高度。伦敦受马克思主义的影响的确不可低估，但他同时也醉心于达尔文、赫胥黎的进化论，而且尼采的"超人"哲学和斯宾塞的实证主义哲学对他影响极深，这便使他的作品既有曾被列宁所肯定的"强有力的东西"③，同时又"浸透着资产阶级的道德观念"④——诸如极端个人主义、白人优越论、种族沙文主义，等等。因此，伦敦的世界观仍然是小资产阶级的。他有过人的精力和非凡的写作才能，依靠顽强的奋斗从社会的最低层跻身于资产阶级上层社会，但他终于无法摆脱金钱、利欲的影响，名利双收之后，又脱离劳动人民和现实斗争。正如《马丁·伊登》中的主人公一样，以自杀告别人生——不同的是，马丁·伊登投海自尽，而伦敦则因服用了大量吗啡而死。这是由于伦敦对美国理想感到幻灭而又无力自拔的结果。美国理想，也即美国梦一直是贯穿美国现当代文学的一个重大主题,可以说是以《马丁·伊登》开始的。物质文明的高度发展带给美国社会乃至整个西方的是日益

---

① 1929 年美国《新群众》(*New Masses*) 一文,转引自中译本《马背上的水手》译者序, 中国青年出版社, 1982 年版。

② 此为法国小说家法朗士 (1844—1924) 所言, 转引自中译本《马背上的水手》。

③④ 《列宁论文学》人民文学出版社, 1979, 第 122 页

加剧的精神危机感、社会幻灭感。伦敦的个人悲剧，也是美国的悲剧。在这个意义上，珀理的这部伦敦传记以"美国神活"为题倒是极耐人寻味的，道出了某种真谛：美国文明、美国理想实在不过是一出虚幻的但并非美妙的神话而已，尽管珀理的动机或许并非如此。

（原载于《英美语文教学》1986年第1期）

重新被认识的荣格
——评《寻求灵魂的现代人》①

荣格（1875—1961）早年曾追随弗洛伊德，捍卫过当时为传统心理学派视为异端邪说的精神分析运动。荣格曾被弗洛伊德指定为继承人，但后来终于同他分道扬镳，创建了分析心理学派。荣格关于集体无意识、情结、梦与象征、人格类型等理论已超越心理学范围，在诸如医学、文学、哲学、文化学等领域产生了重大影响。尽管如此，由于他的行文一般说来较为艰涩，而且涉及东西方神学、占相学，乃至算命卜卦等方面，因此，即使是专门学者，在荣格精心构建的理论迷宫面前也会困惑叹息，踟蹰不前。荣格比弗洛伊德晚辞世近20年，但他的理论长期以来却被某些批评家划入"非理性"、"反科学"，甚至崇尚迷信的神秘主义体系。这种划分并不公允，并在某种意义上阻碍了荣格理论在更大范围内的传播。在我国，比之弗洛伊德，对荣格理论的认识和研究还相当薄弱。因此，荣格的代表著作《寻求灵魂的现代人》被列入"现代社会与人"名著译丛，由贵州人民出版社推出，无疑将会受到国内学术理论界与广大读者的关注。

此书收入荣格的11篇文章，正如书名所示，荣格所探讨，而且力图阐明的是这样一些斯芬克斯之谜：对于面临科学日渐昌明但精神危机日

---

① 荣格著，贵州人民出版社。

趋加深的现代人来说，人生的目的和意义何在（《人生诸阶段》），灵魂与肉体，亦即精神与物质有何关系（《古代人》、《现代人的精神问题》等）；即使是在涉及分析心理学原理及治疗的一些篇章中（《分析心理学的基本假设》、《现代心理治疗问题》等）也无一不贯穿着作者对上述问题严肃而认真的思考。读者会发现，越过时间和历史的雾障，作为当代心理学大师之一的荣格，还是一位深切关注社会和人生问题的哲学家和社会学家。正是这种对学院心理学派甚至权威的大胆挑战，这种执著地探寻人生真理和灵魂奥妙的大无畏勇气，才招致了许多非议，也才会激起如此强烈的反响。

荣格的理论内容相当丰富、深邃，笔者无意在此一一述及。就精神与物质的关系而言，这实际上是要解决精神实体论和物质实体论的矛盾。以经验、事实为其出发点的现代科学的确加深了对精神（灵魂）实体说的怀疑倾向，确立了精神现象的产生完全依赖于物质或物质的因果关系这一唯物观。这种重大转变，如荣格所言，是"人们在世界观上的一次史无前例的革命"。心理学的进展似乎也无可辩驳地证明理性之光能照亮人们意识生活的每一方面。谁要相信灵魂或精神同物质一样也是一种实体存在，无疑会被认为是无知和愚昧。然而，心理现象所有复杂的神秘性，都使荣格不得不大胆断言，"唯有对物质全能的怀疑才有可能引导我们用批判的眼光去检查科学对人类心理所下的这一论断"。他进而指出，这样的心理学，即承认意识不过是对客观世界的依赖与反映，是心理生活的必要条件这一前提，是"没有心理的心理学"。荣格要我们注意，"有些心理内容或心理图像似乎来自于我们的躯体所属的物质环境，另外一些则似乎来自于某种与物质环境相去甚远的精神之源，但后者的真实程度丝毫也不逊于前者"。这种精神之源就是无意识，因此"没有心理的心理学"的根本错误在于忽视了无意识生活的存在，荣格因而提出要建立"有心理的心理学"，强调自主的精神实体是存在的。他从"灵魂"一词的语源，从人类学、东西方神话、精神病理学、梦及其象征，以及现实生活的普遍现象等方面力图说明"将灵魂视为客观现实的古老观念是有其道理的……而进一步假说这一如此神秘可怕的存在物质同时又是生命的源泉，从心理学的角度来看也同样可以理解"。在荣格看来，无意识心理具有意识心理的功能——能知觉，有目的和直觉，也能感受和思想。两者的不同在于无意识不集中，也不强烈"隐入一片模糊混沌之中，它广泛宽阔，包罗万象，……除去容纳于它之中的难以数计的阈下知觉外，它还有众多世世代代积累起来的遗传因素"。这些遗传因素被荣格称为原型或原始意象，是一种超越时间的人类的共同心理沉淀。众所周知这是荣格理论中最具有魅力的所在，尽管它因人们难以用科学方式使之定量化和定性化而显得扑朔迷离、神秘莫测。乍看起来，荣格只不过是在用精巧的形式和独特的术语重复原始人和古代人表露在宗教和神话中的唯灵论，然而现代科学的成果却恰好证明，人类的经验和理性并不足以解释至今仍未明晰的众多物质和精神世界之谜，科学家们正在不遗余力对超自然、超验的奇景怪事进行重新认识。难怪荣格认为神话、宗教、迷信，以及哲学中的多样化和独特性的心理生活应在心理学研究中占有自己的位置，并且预言"广泛接受这一观点不过是一个时间问题"。的确，就人类意识的水平发展和程度而言，理性和非理性、真理与荒诞只是相对的，由此我们不难明白对东西方文明及其成就并非一无所知的荣格为何如此热衷于似乎原始、荒谬的灵魂及无意识心理的探索，这也正是为什么荣格一生致力于研讨东西方哲学心理机制，并力图在二者之间达到某种契合，最终向健康的身心发展，实现人格完善，或个性化的最高境界——精神与物质融合，天人合一这一崇高目的的原因。

值得一提的是，在这本书中，荣格坦率地披露了自己和弗洛伊德观点的异同（《弗洛伊德与荣格的对比》）。读者也会读到他对于心理学与文学关系的精辟阐述（《心理学与文学》），他的观念构成了本世纪最有影响之一的神话—原型文学批评理论的基石。《荣格全集》共有17卷，全部读完他的著作并非易事。对我国读者来说，《寻求灵魂的现代人》堪称进入荣格理论之门的一把钥匙，读者还会发现善于哲学思辨，悉知现代科学发展成果的荣格还具有诗人的气质：丰富的想象力和形象化的语言，竟能使本来抽象、乏味、神秘的理论阐述变得有条有理，娓娓动人，极富于诗意和哲理。本书为读者了解一个重新被发现的荣格透射出缕缕曙光，尽管，急于寻求答案的读者仍会若有所失。他的理论似乎陌生又亲近，正如本书的英译序者所言，荣格"对于现代人正在痛苦地进行摸索的心理提供了其本质和功能的线索"。限于时代和条件，他没有也不可能得出某种结论，他的某些论述也的确偏颇、艰深，如心理现实一样神秘。然而，这也足够了。世界上没有全能的先知，重要的是给予启示，这应该是衡量卓有建树的思想家理论体系中的伟大的片面性的标准。

（原载于《贵州书讯》1988年4月28日）

耐人寻味的"独家新闻"：欧文·华莱士的《奇迹》 ①

　　《奇迹》（*Miracle*）可归入半纪实性社会历史小说之列。据史料记载：1858 年，14 岁的法国村姑伯纳德蒂声称在法国西南部比利牛斯山区卢尔德镇一山洞目睹圣母马利亚显灵。1862 年教会宣布此事真实可信，伯纳德蒂遂被奉为圣女。教会在山洞附近建筑了几个圣母教堂。从此每年大约有 300 万朝圣者从世界各地涌至卢尔德举行盛大的烛光游行，在被视为圣水的山泉中沐浴，在洞内祈祷。而教会则披露，又有不少人见到圣母显灵，从 1858 年以来，有五百分之一的病患者到卢尔德后康复，三千分之一的病人得以奇迹般治愈。这一传说在西方可说家喻户晓。这两个世纪以来，对圣母显灵及奇迹治愈的真实性在西方宗教界和科学人士中一直众说纷纭，以此为题材的小说、游记、传记等著作也不断出版。反对者认为圣母显灵纯属自称目睹者所产生的"幻象"，可从病理学上找到根据；奇迹治愈虽颇为复杂，但也可以肯定同圣母显灵并无关系；甚至

---

　　① 此系拙译《奇迹》序言，北岳出版社，1991。

245

教徒中也不乏持异议者。19 世纪法国天主教作家贾里斯·卢尔·魏斯曼曾这样写道:"人们在卢尔德所目睹的一切丑恶是如此罕见、违背自然,甚至远远超过了世所共知的最低级、最庸俗的标准。"无神论者、法国伟大作家左拉 1892 年曾访问过卢尔德,1897 年写成小说《卢尔德》,借用书中主人公(一位医生)之口,尖锐地指出伯纳德蒂看见圣母显灵及所谓奇迹"纯粹是骗人的无稽之谈"。教会一直持肯定论并不奇怪,但在有识之士中也大有人在。法国表现主义诗人弗朗兹·魏兹尔的历史小说《卢尔德之死》则进一步把伯纳德蒂的传说神奇化,此小说还被改编上了电视。不过,最有影响的还是 1912 年诺贝尔医学奖获得者、法国医学家阿列克塞·卡莱尔。他声言"任何攻击卢尔德奇迹的企图都是不公平的",由此在科学界掀起了一场轩然大波,其言论受到了最为猛烈的抨击。尽管现代科学日益昌明发达,但迄今为止,围绕卢尔德奇迹的争论并未停止。显然,华莱士选择的这个敏感题材本身便具有历史感和时代感,他也许并不旨在通过小说去探讨宗教和科学的本质。作家的使命是给予人们以启示,在这个意义上,他通过美国女记者里兹奉命到卢尔德追踪这一事件并向全世界发出有关奇迹的"独家新闻"这一主线索,令人信服而且耐人寻味地揭示了西方大众传播(mass communication)——这个"世界上最大的传声筒和最好的洗脑系统"①所标榜的"真实"、"客观"、"独立"、"准确"的虚伪性和欺骗性,而作为独家新闻内容的"奇迹"本身也受到无情嘲弄。"奇迹"作为书名,可谓寓意深刻。

为了鲜明地表达这个主旨,故事发生的年代被特意安排在当代,即伯纳德蒂死后的一个半世纪:伯纳德蒂的一本私人日记被教会发现,从日记中获悉,圣母在其最后一次向伯纳德蒂显灵时启示,将在本年 8 月 15 至 24 日内重返卢尔德山洞显灵,有幸见到圣母的重病患者将获得奇迹治愈。小说背景以卢尔德为中心,从巴黎、梵蒂冈、威尼斯到纽约、东欧、西班牙,围绕着这一主线,辅以其他相关情节,华莱士用既分合又并进

---

① 维·佩特鲁森科,《垄断新闻》,新华出版社,1981,第 45 页。

的写实笔法，展示了怀着各自目的卷入卢尔德奇迹的众多人物的非凡遭遇：意大利歌剧演员纳特尔年轻貌美，才华出众，但却突然失明；美国女心理学家阿曼达同未婚夫克莱顿即将结婚，但克莱顿却身患癌症；东欧Ｓ国外长基克汉诺夫将就任总理，却为疾患所困，乃乔装化名来到卢尔德，其真实身份不料被当地女导游基塞尔识破；西班牙巴斯克运动自由战士赫克塔多为了阻止头儿同政府利用卢尔德奇迹进行谈判，欲炸毁山洞，但却又同寄希望于奇迹治愈的纳特尔坠入爱河；曾患过不治之症的英国女人摩尔即将被命名为"奇迹女人"，如果她在卢尔德能被证明确实痊愈……其中最引人注目的人物无疑是美国一家大通讯社驻巴黎的女记者里兹。这些个性、信仰、背景、国度不同的人物按照各自的动机组成了错综复杂的关系。他们如何摆脱困境始终为读者所关注。他们的作为或重或轻，或多或少也都同里兹所欲撰写的独家新闻，即奇迹本身密切相关。主次线索的这种交织，从一开始就使情节不断高潮迭起，使作品具有非读下去不可的可读性，同时也在更为广阔的社会生活面上深化了主题。

里兹一开始便处于将被解雇的不利处境。巴黎分社只能留下一名特派记者。她的唯一对手是曾经当过模特儿、姿色迷人的玛格丽特。此人也是巴黎分社头儿特拉斯克的情妇，自然深受重用，被分派去调查法国内务部长维隆所参与的一桩贩毒贿赂丑闻。里兹很清楚，特拉斯克的目的是要利用玛格丽特的"美貌去诱引维隆吐露真情"，而她自己相貌平平，在这场"凭姿色而不是才气和智力的竞争"中，将很难获胜。她并不情愿地受命去卢尔德，在接受任务时就直言不讳地对特拉斯克说，圣母显灵"全是骗人的鬼话……根本没有报道价值"。特拉斯克对此其实也很清楚，回答是"问题不在于我是否相信……你所要做的是以一个目击者的身份去报道圣母重返卢尔德，这才是最佳、最震撼人心的新闻"。这一"指示"或者说"暗示"至关重要，它预示着一场场闹剧即将围绕以"奇迹"为内容的"独家新闻"而展开，并巧妙地同小说最后结局相呼应。里兹对此命令心领神会。特拉斯克此话的潜台词无疑是：让新闻的真实性见鬼去吧，你尽管去制造一桩"独家新闻"，最佳的标准，那便是它必须具有轰动效应，而这种轰动效应才能带来最大的经济价值。当然它也同样暗示，如果里兹真能撰写出这样的"独家新闻"，或许可以继续留任。在采访有关圣母显灵及奇迹治愈的过程中，里兹越来越发现有关这"神话"的一切是如何有悖于科学和真实，从而陷入困窘，但出于个人前途的考虑，又不得不违背良知，终于制造出"独家新闻"：圣母不但再次显灵，摩尔太太也真正成了"奇迹女人"。里兹终于获得了报偿，击败了玛格丽特，保住了职位。但是极富讽刺意味的是，玛格丽特之所以被淘汰与其说是特拉斯克出于私欲和愤恨解雇了她，不如说是玛格丽特自动退出了这场角逐，因为她假戏真做，在采访维隆丑闻事件中，已同维隆难舍难分。显然，里兹的胜利并非特拉斯克真正器重她的才干，或者说，仅仅因为她制造了这样一桩"独家新闻"。西方新闻界人际关系冷漠，其竞争的残酷性由此可见一斑。

当然，华莱士致力所揭示的，也是读者所关注的是这桩"独家新闻"如何出台，如何收场。圣母显灵最后限期已到，"独家新闻"却无从下手，令里兹一筹莫展。这时，摩尔太太无意中透露的情况却给里兹带来了转机。据摩尔太太说，经医生最后诊断，她的不治之症并未痊愈，这意味着她被命名为"奇迹女人"一事不但将告吹，而且她生命的岁月也已所剩无几。在这生死关头，她只好恳求莱茵伯格博士，请杜瓦尔医生帮她动手术，并假称这是奇迹治愈。莱茵伯格博士同意为她动手术，但拒绝承认为奇迹治愈，除非得到教会某高级人士的默许。摩尔太太遂向鲁南神父忏悔。鲁南神父对她说："并不是只有被奇迹治愈的女人才是奇迹女人——而是任何女人，只要她看见圣母显灵。"这使里兹恍然大悟，一连追问是否神父真这么说过。得到肯定的回答后，她暗自大骂摩尔太太是"笨蛋"，并暗示她在动手术之前必须去山洞祈祷。摩尔太太果然到了山洞，并且在手术成功之后对医生说，她真的在山洞见到了圣母，不过圣母对她的启示是，"科学可以同信仰并存"。英国有一句谚语："眼见为实"（To see, to believe）。她是否真的见到了圣母？圣母是否真的给予她上述启示？正

248

像伯纳德蒂奇迹本身一样，也正好用得上西方一句口头语，只有"天知道"！（God knows！）从小说的情节展示中，我们可以看到，无论是宗教界人士、医生，还是摩尔太太及里兹等人，都对此事心照不宣。他们各怀鬼胎，出于各自目的，让这一场骗局披上了既为宗教又被科学认可的"奇迹"外衣，成为轰动世界的"独家新闻"。"科学和信仰可以并存"这句话颇耐人寻味。摩尔太太可以认为，这多少可以减轻由于她的谎言而成为"奇迹女人"的负罪感。她原本很清楚，正是手术而不是圣母显灵挽救了她的生命，创造了"奇迹"。如果说对于力图让科学置于宗教的灵光中，或者期望赋予宗教以科学和理性，并寻求两者的妥协甚至统一的人来说，这句话似乎可以被接受的话，那么小说最后一段对话便将这种幻想，连同"独家新闻"以及它所报道的奇迹本身的所谓真实性，揭露得淋漓尽致：里兹重返巴黎，此时"独家新闻"已出现在世界各大报头条位置。她如愿以偿，保住了饭碗，踌躇满志。特拉斯克向她祝贺，随即陷入了沉思：

"你在想什么，头儿？"里兹问。

"我正在纳闷。里兹，你认为——我老是在想——今天真有什么人见过圣母马利亚吗？"

里兹耸耸肩："伯纳德蒂曾经见过吗？"

这真是绝妙的回答，绝妙的结尾（小说到此结束）。难怪《奇迹》出版成为畅销书后，美国《出版家周刊》这样评论："华莱士的结尾堪称一大奇迹。"[①]我们可以认为这是美国式的幽默，然而决不可轻易一笑了之，其辛辣的讽刺、深邃的内涵实在发人深省。

华莱士不愧是悬念技巧大师。他知道，单一的线索和事件不足以有力地揭示作品主题和强化作品的批判性，所以，他有意让主次线索同时推进，扑朔迷离，但却服从于同一目的。其中，纳特尔的眼睛失而复明这一插曲最具有戏剧性。纳特尔说，这是她到山洞亲眼见到圣母显灵所致。

---

① 见《奇迹》1984年原版封底。

对里兹来说，比之摩尔太太接受手术治疗却佯称是奇迹治愈，这事应该是真正意义上的"独家新闻"。对纳特尔来说，她才是教会所期望的真正的"奇迹女人"，可以一举扬名。但是，纳特尔却拒绝让里兹报道此事，其理由仅仅是圣母告诫过她，不可公之于世。读者不禁要问，圣母显灵如不真实，又如何解释纳特尔的双眼失而复明？对此，小说中的确没有任何一个人直接回答。人生中有一些事只能意会，不可言传，何必硬要戳穿。华莱士让此事秘而不宣，实在是因为他对人性弱点有极其深刻的洞察。其实，正如阿曼达一直坚信过的那样（可惜在这最后一刻，她的信念却开始动摇）："歇斯底里，多愁善感，自我催眠对人有始料不及的心理影响，人的心理行为可以使人的躯体处于麻痹状态，这正是有些病症出乎意料不治而愈的原因。"

　　显然，心理的麻痹状态可以使病人产生幻象。在幻象中，某些病症的确能够"出乎意料地不治而愈"，从而会被人们认为是"奇迹治愈"。里兹之所以保持沉默，固然是因为她必须履行对纳特尔的允诺，但难道不也表明她并不真正相信纳特尔的复明同圣母显灵有关。不过，应该承认的是，对华莱士来说，正如他毫不留情地揭露摩尔太太的所谓奇迹治愈那样，作为忠实于生活的小说家，他也无意回避这样的事实：大千世界无奇不有，纳特尔突然复明虽然并非宗教奇迹，但世界上许多超自然的心灵现象的确仍有待科学去加以解释。至于阿曼达，纳特尔的复明使她最后改变初衷，同意未婚夫前往山洞祈祷，指望"奇迹"也会使未婚夫不治而愈。对于一个陷入绝望中的女人，即使她曾经那么执著地相信科学，但在特定的情势下，这种念头和作为其实也并不费解：希望或者说信仰在感情意义上往往异常强烈复杂，有时是难以用理智的尺度去衡量的，所以人们总是会违心地去做自己并不愿意做的事，去幻想，去追求，去期望并不现实的东西。宗教之所以仍具有一定的感召力，也恰恰在于它是现实和理想矛盾的一种润滑剂，是一种精神依托。不过，华莱士很快就粉碎了阿曼达这种希望，当她劝说克莱顿相信奇迹治愈时，得到的回答却是："也许信仰是不错，也许它能帮助一些人——但我却希望得到更有把握的东西。"这是因为摩尔太太的并非奇迹治愈使他恢复了理智，终于把挽救生命的希望寄予科学而不是宗教信仰。比较阿曼达的"失去理智"，这是多么强烈的反差。通过这具有戏剧冲突的情节，华莱士向我们暗示了这样一个道理：即人类的情感往往带有悲剧性，有时候我们容易为"幻象"、"假象"、"奇迹"所迷惑，特别是当它们被新闻媒介大肆渲染之后，更是如此。

欧文·华莱士（Irving Wallace，1916—1990）是美国当代最有名的畅销小说大师之一，他的作品《R密件》、《第二夫人》、《第七个秘密》等已为广大中国读者所熟悉。他善于捕捉为西方读者所关注的重大历史事件和具有国际性的现实问题，每一部小说几乎无一例外从开头便设下诸多悬念，数条线索交错，由此展开情节，刻画人物，而且总有始料不及的结局。场景的转换、人物的对话类似影视手法；语言通俗、幽默、机智，这些特点在《奇迹》中也很突出。更难能可贵的是，有别于专门制造离奇曲折的情节和格调低下的作品的一些畅销小说家，华莱士在对于西方社会形形色色阴暗面的揭露和批判中，常常注入了自己对于人生、社会和哲理的思考，这使他的作品往往具有多重主题以及一般畅销小说所不能企及的思想深度。就《奇迹》而言，读者还可以从不同的角度去思索，诸如宗教与科学、爱情与信仰、权力与私欲等问题。当然，不能不指出，受到商业观念冲击的西方畅销小说家也有共同的弊病：某些情节、某些描写常常游离于主题之外，在华莱士的一些小说中也的确不乏其例，但就《奇迹》而言，这种缺点显然已得到较好的克服。其主题之深刻，对中国读者确有一定程度的现实意义和认识价值，其艺术手法也有值得借鉴之处。

1990年12月25日于成都华西坝宁村陋室

美国金三角的投影

——普佐和他的《弱肉强食》

继《教父》、《西西里人》两部长篇小说译介到我国之后，马里奥·普佐（Mario Puzo）对我国读者来说已不陌生，但他的另一部重要长篇小说《弱肉强食》（*Fools Die*）却不为广大读者所知——事实上，这部长篇小说 1979 年由新美国图书出版公司出版后，立即成为当年最佳畅销书。权威的《纽约时报书刊评论》称赞此书只能“出自马里奥的手笔。它有力、大胆地描写众所周知的美国——赌城、纽约、好莱坞。揭露了这金三角的腐败与内幕”。《出版家周刊》则认为这部长篇“引人入胜，……堪称普佐又一力作。揭示了一幅幅赌博、情欲，男女互相利用、倾轧斗争的图景，令人惊心动魄”。评论家还认为，继《教父》的成功，《弱肉强食》再一次表明，普佐是一位杰出的小说家。

对同一位作家不同时期的作品进行比较、考察，有助于了解作家的创作个性、审美情趣——简言之，他对生活和艺术的态度，从而可以比较公正地评定他的作品的社会和美学价值。普佐 1920 年出生于纽约下东端的意大利移民贫民区。在纽约社会研究学校以及哥伦比亚大学接受过教育，其后，为许多报纸撰稿，担任过杂志编辑。在第二次世界大战中，入伍赴欧洲战场，退伍后又在政府部门担任过公职，足迹遍及国内外。这种阅历自然有助于他的小说创作。他 1955 年出版了第一部长篇小说《黑暗角逐场》（*The Dark Arena*）。小说背景主要在国外，主人公莫斯卡在第二次世界大战后退伍，在美军驻西德占领区政府当文职人员。情节沿着两条主线展开。战后最初一段时期的美—德关系的融洽预示着新的德国的诞生；莫斯卡的自我在这种环境下却经受着一场考验，爱情的悲剧使他对生活感到失望，从而毅然辞职而重新开始新的生活。这部小说在当时并没有引起批评界的好评。在冷战和麦卡锡主义的幽灵所徘徊的 50 年代，正如著名的美国作家诺曼·梅勒所说，在这个时代里，"人们没有勇气，不敢保持自己的个性，不敢用自己的声音说话"。①普佐所触及的这种主题颇具有敏感性。根据自己的经历，从一开始写作他就认识到，个人的命运与现实氛围相关。几乎在 10 年后，普佐才发表第二部长篇小说《幸运的移民》(*The Fortunate Pilgrim*)。小说描写一个少女从意大利农村来到美国安家后如何奋斗的历史。她最初住在移民区出租公寓内，历经磨难，后来终于在纽约长岛中产阶级住宅区立足，并拥有一套属于自己的舒适住宅。值得注意的是，围绕她的个人际遇，小说逼真地描绘了贫苦移民区的生活场面和众多的人物。他尖锐的笔触第一次伸向了美国城市生活中的毒瘤——有组织的黑手党犯罪集团及其骇人听闻的罪恶活动，并使这一切赤裸裸的罪恶与甜美的美国梦、美国理想形成鲜明的对比。显而易见，如果把这部作品同《教父》、《西西里人》作一比较，尽管写作时间先后持续了近 30 年,但普佐所表现的主题却一脉相承。首先，他关注的是都市生活。在他看来，城市是美国这个经济高度发达的号称世界民族博物馆的一切矛盾的聚焦点。其次，他力图揭示城市的丑恶与黑暗。美国的确自由富足，但却掩盖不住在明媚阳光、自由女神像下的贫穷和丑恶，而这一切都是在合法的"Institution"体制下进行的,所以,《教父》的成功绝非偶然。它还重新在美国读者中燃起了对普佐以前作品的重视。人们这才发现，普佐的通俗畅销小说具有更为深刻的社会和道德内容。无疑，引人入胜是通俗畅销小说的一个重要因素。不过对普佐来说，比这更重要的是他对人物性格的刻画以及围绕着人物所依赖的环境的描写，并不仅在于情节本身。就此而言，《弱肉强食》远比他的其他小说，包括《教父》、《西西里人》，在更为广阔的社会背景上，多层次、多角度地揭示了美国社会形形色色的生活面，是一部值得介绍的作品。

　　《弱肉强食》以默林的命运沉浮为中心（他的名字恰与英国中世纪

---

　　① 引自《伊甸园之门——60 年代美国文化》，上海外语教育出版社，1985，第 83 页。

亚瑟王传说中的魔术师默林同音，在人生如赌场、丛林的西方社会，这种巧合绝不是偶然，是颇耐人寻味的），背景从赌城——拉斯维加斯到纽约及洛杉矶，卷入了其他许多主要的和次要的人物，赌场老板、经理、歌女、陆军后备部门官员、国会议员、商业大亨、日本企业家、好莱坞制片人、导演、演员、作家、批评家、文学代理人，等等。普佐仿佛使用一架高倍摄影机把这一切一切摄入镜头，既有近景又有远景，既有闪回，也有特写。在内华达荒漠上拉斯维加斯的格诺勒维尔特的赌博王国里，灯火通宵达旦，赌场昼夜营业。这里是世界各国阔佬，甚至政界要人、冒险家等寻欢作乐的"乐土"，也是难以数计的失败者的"坟墓"。读者可以看到，乔丹一夜之间赢得40万美元之巨，但他却由于妻离子散，走投无路，不得不拔枪自杀。格诺勒维尔特的生活准则是："在这个国家，想要发财，就得背地干，决不心慈手软。"他看中了混迹于赌场、颇有嬉皮士风度的卡里的精明能干，使卡里成为这赌博王国内仅次于他的"黄那都第一"，他最信任的人。但当他发现卡里企图另立山头背叛他取而代之时，便千方百计一再设下圈套，欲置之于死地，最后让卡里在东京死于非命。作为一个作家，默林花了5年功夫写成的作品，稿费才不过3000美元。他在美国陆军后备部工作的微薄收入也难以养家糊口，于是他出走拉斯维加斯赌场，以后又利用职权接受贿赂，不到3年，贿赂款已达数万美元。他发现从上而下人人都是骗子而心安理得。贿赂一事被告发后靠了金钱的力量，他得以转危为安。美国庞大的官僚机构的腐败，包括它所鼓吹的民主、平等以及法律的虚伪性在普佐的笔下暴露无遗。普佐所展示的"艺术圣地"好莱坞的世界既非天堂，也非地狱，这儿既有陶醉于灯红酒绿、放纵情欲、剽窃欺骗、排除异己、追名逐利的影男影女，也有呕心沥血一生追求拍好一部影片、献身于艺术圣坛的正直制片人和演员。女影星贾内尔曾获得奥斯卡金像奖提名，红极一时，但她的一生却并不幸福。她渴望真正的爱情，而在极有教养的中上层社会中，她怎么也找不到一个知音。有人只是逢场作戏，视爱情为享乐和儿戏，她于是坠入同性恋中而无力自拔。后来她与默林相爱，但好景不长，默林又一次使她绝望，现实生活终于使她相信世界只不过是"谎言者的天堂"。作家奥桑诺也许是普佐小说中，甚至当代美国文学中一个独特的文学形象。他才华横溢，谈吐诙谐，精力过人，在他身上惊人地体现了恶魔和圣人的二重性格。作为小说家、评论家，他在美国文坛享有很高的声誉，被认为是获得诺贝尔文学奖呼声最高的作家，他最喜欢的格言是"任何人都不能当傻瓜，因为时间无情地同人作对"。这可理解为应做生活中的强者，奋斗不息；也可理解为生命短促，需及时行乐。他一方面谈男女平等，以维护社会正义和自由的斗士自居，但在私生活上却一味贪恋女色，对女人极端专横，"女人身上的气味使他不能自持，就像一个吸海洛因者非要注射一剂才能过瘾"。在他看来，"婚姻是花钱买到的债券，可以升值，也可以贬值……女人对男人的价值随着年龄而贬值。男人会像扔汽车那样把她扔掉"。他几乎否定一切经典作家，在他看来，托尔斯泰、狄更斯、特洛普、巴尔扎克都拙劣透顶。凭借自己的影响，他利用自己主编的书评刊物撰文同几乎一切人作对，用他自己的话来讲，在文坛上，他是"比赛场上的裁判，而不是运动员"。不可否认，在他对现存秩序的猛烈抨击中，不乏真知灼见；在生活中虽然他数次离婚，但他却又非常爱自己的孩子，一直承担着几个前妻的抚养费……不过，极具辛辣讽刺意味的是，奥桑诺死后人们才发现，号称即将得诺贝尔文学奖的伟大小说的手稿只有几页。而在临死前，他坦率地否定了自己的一切，他说自己在文章、著作、谈话中写下和说过的一切全都言不由衷，"只有一个实在真理，人活着，就是为了女人，其他都是虚空"。他相信"权力、金钱、荣誉、艺术只不过是糕点上的砒霜"。奥桑诺人格的这种极度分裂，这种没落颓废的人生观，有着深刻的社会根源和内在契机，无疑是西方社会异化了的人们心灵的真实投影。

这部小说的书名《弱肉强食》表明普佐对于西方社会现实危机四伏和堕落有较为清醒的认识。在这强者生存，弱者送命的人生——城市丛林中，小说中的几个重要人物：卡里、贾雷尔、奥桑诺、格诺勒维尔特虽然可以说是胜利者，他们获得了生活中所追求的部分东西：金钱、名誉、地位，但结局都并不美妙——卡里死于主子之手，奥桑诺死于梅毒，贾雷尔死于绝症，格诺勒维尔特已生命垂危。唯独以魔术师自居的默林活着，但他终于明白"无论我怎样深谋远虑，狡猾奸诈，无论怎样撒谎骗人，还是积善好德，我都不可能取胜"，在人生这残酷的竞技场中，没有谁是真正的胜利者。在我们看来，默林这种对人生的看法，或者说，普佐所力图得出的这种结论也许太过于悲观。众所周知，在重视人的价值和自我实现的西方社会，物质欲望和精神需求并不是和谐的统一体。因此，我们自然不能责难普佐没有为读者指出达到和谐的必由之路，因为作家的任务并不在于教会人们怎样做，而在于给予启发——当然答案也不难得出，正如马克思所说：人类在身心两方面真正的解放，人自身的真正复归只有在共产主义社会里才能实现。

现实主义一直是美国文学中一股强大的主流，尽管美国当代文学流派繁多，但普佐仍然遵循着弗兰克、诺里斯、克兰、德莱塞、刘易斯等人的写实主义传统，深受德莱塞的影响。像德莱塞一样，普佐致力于表现城市生活，揭露个人的命运如何在违背人性的环境中备受折磨，人与人之间又如何在为生存而你死我活。有的批评家认为，比之德莱塞，普佐没能触及重大的政治、社会问题。这种看法并不公允。如我们在《弱肉强食》中所看到的那样，虽然普佐没有直接描写政界和上层社会的重大事件，但透过他如此熟悉的社会各阶层各方面人物的刻画，读者仍然能够强烈感受到主宰美国社会生活的那可怕的无形的阴影在游荡。

就艺术手法而言，这部小说在叙述方式上，具有"复调"小说特色，既有作者以第三人称出现的叙述，还有小说中不同人物的叙述，时间的顺序也被打破。就接受美学观点而言，这种方式大大缩短了读者同小说中主要人物的心理距离，使之呼之欲出，人物形象较为丰富饱满。但也如普佐其他小说那样，这部长篇情节不够集中，节奏缓慢，对白繁冗，部分描写特别是两性关系的渲染与主要情节无关。尽管如此，《弱肉强食》由于从社会、文化多视角艺术地展现了纷繁复杂的美国当代现实，具有一定的美学和认识价值。

马尔科姆·考利：美国现代文学的一个记事人

面前摆着美国企鹅出版社 1979 年出版的马尔科姆·考利（Malcoim Cowley）的《我的作家生涯》（*And I Worked at the Writer's Trade*），副标题是：1918—1978 年美国文学记事。考利的侧面头像几乎占据了这本平装普及本封面的三分之二。岁月已在考利的眼角、额际刻下深深的皱纹，一头银发，粗眉下那双睿智的眼睛目光炯炯。他微笑着，似乎在展望什么，又似乎在回顾和沉思：宾夕法尼亚州坎布里奇县贝尔茨塔农舍和田野上度过的少年时代，匹兹堡的中学、哈佛的大学时光，"一战"中在欧洲战场当救护车、军用卡车司机的冒险经历；他也一定回忆起在巴黎、纽约文人圈子里以及晚年定居康涅狄格州美丽小镇谢尔曼后的著述生涯。然而，考利已于 1989 年 3 月 29 日因心脏病与世长辞，享年 90 岁。

一

《纽约时报》称誉"马尔科姆·考利是我们所置身于其中的文化的一位最杰出的代表"[1]，实在恰如其分。这不仅因为他作为"迷惘一代"一员及其最有资格的代言人，与众多西方作家友谊深厚，还因为作为本世纪美国主要文学批评家之一，他与埃德蒙·威尔逊、劳埃德·莫里斯等人齐名。1929 年—1934 年，考利主持颇有影响的《新共和》杂志文学书评，从 40 年代中期到 1985 年一直任职于维肯出版社。作为资深编辑，康拉德·艾肯、福克纳、约翰·契弗、杰克·克勒瓦克、肯·克西等都曾受益于考利的关心与扶持。他一生著述甚丰，早年出版过诗集《蓝色

---

① 《我的作家生涯》英文版封底评论，企鹅出版社，1979。

的朱尼厄塔》(1926)、《干燥的季节》(1942)，翻译过许多法国文学作品，但考利更致力于文学评论。其中，《流放者的归来》(1934 年初版，1954 年修订再版)、《文学现状》(1954)、《重放的花朵》(1973)、《金山梦》(1980)、《80 岁老人的看法》(1981) 以及本文提及的《我的作家生涯》等专著都已成为研究现当代美国文学发展和现状的必读书和重要文献。

考利认为，文学史上每一代新人都有自己的感情、自己的象征。文学史实际上是活动于其中的人所创造的泛文化史。所以，他的文学评论集，确切地说，他的具有独特风格、文采的文学回忆录所写的是"范围比文学史更广阔的东西。这种性质的思想或目的总是和某种形势相联系，先与总的社会、经济形势相联系，然后才成为文学思想"。[①]他经历过美国历史上最浪漫而又最华而不实、寻欢纵欲的"爵士时代"——这是文学史家对 20 世纪 20 年代美国社会生活特征的概括，体验过"迷惘一代"作家在一次大战后所共有的失望、幻灭心绪；在其后漫长的写作生活中，又目睹过从 20 世纪 30 年代到 80 年代末美国社会在经济、政治、文化诸方面的巨变；他也一直活跃于文坛，与不同年代出生的众多作家有广泛联系。这种种因素，使考利能以参与者的身份，从宏观和微观两方面去观察本世纪美国文学的历史与现实，其著作因而被公认是"美国知识界的故事"。现当代美国文学不属于同一流派、时代的众多作家的典型画卷在他的笔下展现，既有与政治、经济相联系的文学界重大事件，又有作家的趣闻轶事，还有个性迥异的作家的肖像素描，甚至还有坦率的自我剖析和冷静客观的评论。进入这个画卷的除了"迷惘一代"的伙伴，还有乔伊斯、庞德、T·S·艾略特、安德逊、泰特·艾伦、威廉·卡洛·威廉斯以及左翼作家迈克·高尔德等人。他的著作内容广泛，材料翔实，见解精辟，文体生动简洁，可谓独树一帜。在他的笔下，1923 年的乔伊斯"是一个身材颀长、形象消瘦的人，苍白的额头高高的，戴着一副黑眼镜。薄薄的嘴唇上，皱纹累累的眼角处明显地表达出一种痛苦的神情"[②]，

---

① 《流放者的归来》，上海外语教育出版社，1986，第 7 页。

② 同上，第 105 页。

乔伊斯个性的三个特点是"骄傲、对别人的藐视以及抱负"。[①]庞德"与其说是以其作品，不如说更以引荐其他作家并向愚蠢的公众出击而著称"。[②]考利同海明威于1922年夏在巴黎庞德的消夏小屋初次见面。年轻的海明威"目光执著，留着牙刷似的小胡子"。[③]从此两人交谊笃深。考利高度评价海明威非凡的个性及作品，同时用荣格关于人格阴影的理论分析海明威个人生活中的狂暴、阴郁、自大及其创作的复杂性："他犹如一头公牛撒野，容易着恼……也像一头老狮子，不能容忍竞争对手，特别是文学界的对手。"[④]海明威晚年创作力明显衰退，虽然其功名已达到顶峰，却饮弹自尽。联系到考利的另一位朋友、著名诗人哈特·克兰在33岁投海自杀一事，考利认为，具有创造性的作家，往往陷入现实与精神追求的多重矛盾之中而走向极端，所以他们不能写作就不愿再活下去了。

诗人康拉德·艾肯擅长表现诗歌的音乐美，在诗艺上不断试验。考利早在1918年在哈佛时便同艾肯相识。考利这样描绘第一次见到艾肯的印象："他长着一头浅灰色的头发，身穿哈佛制服：棕色上衣，牛津式白色衬衫。开阔的前额，方正的下巴，眼睛又蓝又大，个子不高，但体格壮实，神情羞涩腼腆又执拗好胜。"[⑤]艾肯诗才出众，大学毕业时便显露锋芒，但他却决心"从公众中隐遁"。[⑥]直到20世纪50年代才开始获得诸多荣誉：国会图书馆诗歌顾问（1950—1952），1954年全国图书诗歌奖，1957年成为美国诗歌学院院士，1969年获全国文学奖。但艾肯一如既往，坚持以不在公众面前露面为前提才同意接受上述荣誉。考利认为，读者和评论家长期对艾肯忽视（例如《艾肯诗选》于1971年出版，是其一生的佳作汇集，但半年之内却只售出430册），一方面是由于艾肯离群索居的孤僻个性削弱了他在公众中的影响力，另一方面在于他一直保持着一种不迎合

---

① 《流放者的归来》，上海外语教育出版社，1986，第103页。

② 同上，第105页。

③ 同上，第106页。

④ 《外国文学评论选》下册，湖南人民出版社，1982，第592页。

⑤ 《我的作家生涯》英文版，第222页。

⑥ 同上，第237页。

诗歌界趣味的固有自信和判断力。早期的诗作由于其实验性未能赢得如新诗运动的代表人物艾米·洛威尔以及维切尔·林赛那样的好评；20 世纪 20 年代的诗作则被认为缺乏创新，不那么含蓄、深沉；20 世纪 30 年代左翼文学思潮中，又因未能表现出革命的内容而备受冷遇；20 世纪 40 年代，其诗作早被评论家认为缺乏足够的意象而不合时宜；20 世纪 50 年代，新批评派开始雄踞美国文坛，艾肯的诗作由于"未能很好接近诗的肌质"①而不符合新批评家的细读法口味；20 世纪 60 年代，艾肯的诗大部分用传统的抑扬格五音步，则又被认为落伍复旧。这番客观评述不但总结了艾肯一生的诗歌特色，也粗略地勾勒了本世纪美国诗歌的发展史。

二

考利的文学评论较为清晰地描述了 20 世纪初至今的美国文学编年史。20 世纪 20 年代的美国文学还是地方性文学，尽管以前出现过爱伦·坡、霍桑、朗费罗、惠特曼、马克·吐温等人，但当时"其他国家把美国文学当成是一种殖民地货币，必须按英镑来给它确定价值，然后才能为国际汇兑所接受"。②1930 年，美国文学才开始作为一门课程进入学府，并通过考察其本身状况来评定其价值。发生这种转折是因为这一年刘易斯成为了美国第一个获得诺贝尔文学奖的作家。在这之后，众所周知，获这种殊誉的美国作家已不乏其人。考利在《流放者的归来》附录中特别列出了一份出生于 1891 年至 1945 年的美国作家名单。本世纪最优秀的许多美国作家都在其中。按照他的分析"大约每隔 30 年会有一代作家出现"③但他认为，决定一代作家的重要标志不是出生日期、地域，而是这批人所共同拥有的信念。同属一代的作家在采取并建立新的生活方式的过程中，会找到他们自己的文学模式和代言人。据此，他划分了六代作家。前四代的代表分别是爱默生和霍桑、麦尔维尔和惠特曼、马克·吐温、

---

① 《我的作家生涯》英文版，第 247 页。
② 《流放者的归来》，上海外语教育出版社，1986，第 263 页。
③ 同①，第 7 页。

德莱塞和弗洛斯特，第五代和第六代作家出生年代分别为 1879—1889 年和 1894—1990 年，这正是当代美国文学群星璀璨、人才辈出的年代，也是美国文学走向成熟、值得自豪的年代。华莱士·斯蒂文斯、尤金·奥尼尔、T·S·艾略特、刘易斯、庞德等属于第五代，海明威、菲兹杰拉德、威尔逊、托马斯·沃尔夫、纳博科夫、福克纳、格特鲁德·斯泰因等属于第六代。自然，考利的划分并非细致完整。他承认"在时代模式的范围内，每一个人的生活都有他自己的模式，而每一位个人又都是一个例外"。①尤其值得注意的是，考利所指出的"疏远离间和重新组合"即离别与归来这一模式，虽然特别适用于"迷惘一代"作家，但在更深层的意义上，却恰恰是本世纪美国文学的一个重要特征。一次大战的结束并未治愈他们的精神创伤，一些人仍在国外"流放"，这并不是说他们生活窘迫，而是因为他们精神迷惘，之所以迷惘是因为他们这一代人几乎和美国任何地区或其传统都失掉联系而成了无壤之木。一些人，包括考利在内，虽然回到美国，在格林威治村暂时住下来，但很快又感到失望。格林威治村一直被认为是美国文化的启蒙中心之一。后来传遍美国、影响思想界的新道德观——自我表现、自由、男女平等、改变环境等思想在当时却受到保守主义——清教徒主义的抵制。为了生计，他们无法施展个性和艺术创造性，于是有些人再度到欧洲流浪。1921 年春末，考利获得到法国大学读书的美国野战军研究生奖学金，偕妻子重返巴黎。他一方面攻读学业，一方面为美国报刊撰写书评。在这里，他成为旅居巴黎的"迷惘一代"作家的一员，与达达主义、超现实主义的一些头面人物如阿拉贡、查拉、勃勒冬接触频繁，也受到马克思主义的影响。

　　"迷惘一代"不接受旧的行为准则、旧的人生观，对现存社会秩序也很失望，达达主义把艺术引至极端的美学虚无主义引起了他们的共鸣，虽然从一开始，考利就看到，短命的达达主义正在"费力地活着"。②20世纪 20 年代末和 30 年代初，这批人纷纷返回美国，由于美国文学的国

----

① 《流放者的归来》，上海外语教育出版社，1986，第 259 页。

② 同上，第 139 页。

际地位已大有提高，他们也才真正介入到美国社会文化生活中去。接踵而来的大萧条又使他们极度失望。多斯·帕索斯以及考利等人都被卷入了左翼文学运动，出席了1935年召开的第一次全美作家代表大会。但是，国际形势的急剧变化使美国作家的统一战线——美国作家联合会开始瓦解。1937年第二次全美作家代表大会召开时，革命的主题已大为削弱，西班牙政局成为作家关注的中心，许多美国作家退出了共产党和作家联合会。1941年6月在纽约举行的第四次全美作家大会更表明进步作家的"蜜月"正式结束。接着是50年代的冷战和麦卡锡主义时期，包括考利在内的一些作家被迫把对实际政治问题的兴趣转移成为对抽象的道德问题的探讨，如对人道主义、人类命运的思考等。美国作家直接介入政治的热情在一段时期确实有所下降，但这只是暂时的沉寂。反越战运动、大学生校园风暴、黑人民权运动以及女权主义的兴起很快在文学中得到反映。这表明，对社会阴暗面的揭露和批判这一主题从来就是美国文学的一个优良传统，只不过在不同时期用不同方式表现而已。

三

考利不那么激进了，但仍未辍笔。继续撰写文学评论，从事编辑工作和社会活动，也在许多大学，如康乃尔大学、斯坦幅大学、华盛顿大学、明尼苏达大学等大学执教。其研究领域也更加扩大加深。他主编了《袖珍本福克纳文集》、《福克纳——考利档案》、《袖珍本海明威文集》、《袖珍本霍桑文集》、《惠特曼全集》，均被公认为是研究上述作家的权威著作之一。他的声誉日隆，1956—1959年、1962—1965年两度担任美国文学艺术院院长，1966—1976年出任美国文学艺术与科学会会长。

考利的文学评论独具慧眼。20世纪40年代中期，福克纳虽已出版17部作品，但并未受到批评界的重视。虽说早在30年代，萨特和马尔洛就已对其作品大加赞扬，但在美国，评论家对他则常常贬抑。只是在考利编辑并为之作序的《袖珍本福克纳文集》于1946年出版后，这种情况才开始转变。考利既指出福克纳的小说结构松散等缺点，同时也指出福克纳作品的伟大意义。他认为，福克纳的成就在于成功地创造了"约克纳帕塔法体系"——即一个贯穿于《喧嚣与骚动》等小说中的"福克纳的神话王国"。享有盛名的美国批评家、诗人罗伯特·潘·沃伦对考利这个选本的评价最具代表性。他在《新共和》（1946 年 8 月 12 日）上撰文说，考利"以其前言中的明智、敏感性与谨严和编选中所表现出的机智和判断力，将在任何时候都是有价值的，但它在现在特别有价值，也许只有它可以给福克纳的名声标志一个转折点"。[①]从此，福克纳声名大振，1950 年获诺贝尔文学奖。许多年后，福克纳本人说过，"我对于马尔科姆·考利的感激之情难以言表。"[②]不过，即使是对于福克纳这样的大作家，考利的评论也并非一成不变。他认为，时间和历史将促使评论家重新审视自己的观念。评论家需具有独立意识和自信的品格，但绝不能脱离作家和作品本身。1973 年，他直言不讳地说，福克纳诚然伟大，但其作品仍难以同狄更斯、陀思妥耶夫斯基这样的巨人相提并论。

另一件在美国文坛上传为佳话的事与被称为"城市现实主义"代表人物、"美国契诃夫"的小说家契弗有关。20 世纪 30 年代，考利在《新共和》任主编。契弗当时热爱写作，但从未发表过任何作品。考利鼓励契弗每天坚持写千字之内的短篇小说。经过一段时间的努力，他逐渐磨炼了自己的文字表达能力，特别善于从中产阶级日常琐碎小事中发掘题材。17 岁时，契弗因吸烟被学校开除。他写了四篇短篇寄给考利。考利将其中一篇《我被学校开除》在《新共和》破例发表，其他三篇推荐给《纽约人》杂志。以此为转机，契弗得以成功地步入文坛。1986 年其短篇小说选获全国图书奖和普利策小说奖，重新燃起了美国读者对短篇小说的热情。

考利对反主流文化的"垮掉一代"中坚人物杰克·凯鲁亚克的有保留的评论值得一提。"垮掉一代"文学的愤世嫉俗是美国 20 世纪 50 年代青年作家对现实的一种抵抗。在这个意义上，它是"迷惘一代"反叛精

---

① 《福克纳评论集》，中国科学出版社，第 236 页。

② 《纽约时报书评》英文版，1989 年 3 月 29 日。

神的继续。凯鲁亚克的长篇小说《在路上》也是一部流浪小说，记载了战后美国青年一代新型的生活方式，只不过其背景在美国国内。考利认为，文学史上具有某种相同特点的模式的出现绝不是简单的继承和重复，艺术在标新立异中寻找生机，新一代作家理应超越前辈。不过，或许因为他从自己这一代作家流放和归来的经历中得到了教益，所以他认为作家必须使个人的命运同不同的社会集团的目标和斗争相联系。"这样，不管他们居住在美国哪个地方，他们都找到了家乡。"①他们将不再是流放者或局外人了。"家乡"的深邃含义正在于此。纵观现当代美国文学，各种流派纷呈，互相包容并存，既有对外国文化的扬弃发展，但仍植根于美国的社会现实。这证明了考利的又一论断：美国对欧洲、西方对东方、乡村对城市的抗拒是美国文学持续不断的主题。

（原载于《当代文坛》1991年第6期）

一本奇特的回忆录
——阿瑟·朗德基维斯特的《梦幻之旅》

生与死是文学的永恒主题：生的价值和死的意义一直是思想家、艺术家、文学家所思考的严肃命题，既具有形而上的哲学性又有世俗的现实性。死亡是人类无法超越的绝对极限，《圣经》中有这样的呼问："死亡，你的毒刺在哪里？"这是说，在人世间所有作为事实存在的毒刺中，死最毒，无法逃避。宗教神学中的天堂和地狱正如灵魂和精神之说一样都是无法印证的虚幻。虽说，但丁的《神曲》、弥尔顿的《失乐园》、歌德的《浮士德》以及东西方众多的经典文学作品中都不乏有关天堂和地狱、精灵和鬼神的描述，然而，死亡的真正体验至今仍是一大谜，也因

---

① 《流放者的归来》，上海外语教育出版社，1986，第258页。

此具有持久的魅力。人们曾经穷尽想象去描绘死亡，或者临界死亡的情景。英国诗人拉金在《逝去》中写道："一个从未见过的夜晚／越过茫茫的原野而来，／却没有点亮一盏灯火。／远远望去它像丝绸一般柔滑，／可是蒙上双膝和胸部却没有带来一丝慰藉。／那棵紧紧衔接着大地和天堂的树／怎么不见了？我的手底下是什么，／怎么摸不着？／是什么沉重地压住了我的双手？"在拉金看来，可以预感的死亡是黑暗，是沉重，然而又是恬静，甚至是诗意化了的，但是，从死神的阴影中回到现世的体验恐怕未必如此。正是在这个意义上，最近由美国四面八方出版社出版的一本回忆录《梦幻之旅》（*Journeys In Dream and Imagination*）才引起了批评家和读者的强烈兴趣。

此书的作者是瑞典学院诺贝尔文学奖委员会德高望重的成员——瑞典著名诗人、语言学家、文学批评家阿瑟·朗德基维斯特（Arthur Lundkvist）。他于1991年12月逝世，享年85岁。1981年，在论及英国作家安东尼·伯吉斯的一次讲演中，朗德基维斯特突然心脏病发作，随之便昏迷不醒达两个月之久。按临床医学观点，如此长期昏迷，实际上可算之为死亡。当时，医生认为，他恢复的希望微乎其微，即使能苏醒过来，也将在轮椅上度过余生。医生的悲观判断是残酷的，但朗德基维斯特的夫人，也是作家的玛丽亚·怀恩仍每日两次到医院守护丈夫，为他唱祈祷诗歌，朗读诗篇，回顾他们在一起度过的漫长岁月中的桩桩往事。朗德基维斯特睁开双眼，但什么也看不见，只能借助于呼吸器延续生命。令人惊异的是，三周之后，他竟然能够短暂地在病榻上坐立，当呼吸管被移去他竟然能够马上说话，依然能讲五种语言。这表明，他显然已从死神身旁回到了人世。《梦幻之旅》所记叙的正是他在长期的昏迷中，在"准死亡"的王国中漫游的非凡经历。与一般回忆录不同，翻开这本书，读者最先读到的是瑞士朗德大学临床神经生理学系主任大卫·恩格瓦尔博士为朗德基维斯特所写的病历，接着是作者夫人玛丽亚·怀恩写的序言，然后是墨西哥著名作家卡洛斯·富恩特斯的一篇读后感似的评论，最后才是正文。富恩特斯不无深情地追溯了朗德基维斯特有意义的一生，他的成就、崇高的品格与声望，特别提到他作为诺贝尔文学奖委员会成员，在发现和提携一代杰出的拉美作家，使拉美文学堂而皇之进入世界文学圣殿，成为本世纪最重要的文学现象之一所做出的贡献。关于《梦幻之旅》，富恩特斯认为朗德基维斯特的诗意般的抒情文学所描述的是任何天才作家难以表达的——或者说，迄今为止，还没有谁能够真正涉及"死亡境界"，这一事实本身便堪称奇迹。这表明死而复生的朗德基维斯特"永远没有被击败，他的睿智，一直深不可测"。

许多经历过类似"准死亡"的人都说，他们在黑暗中通过一条长长的隧道似的地洞后，便看到一线光亮；有的人说，这段旅程是在死后重新获得生命的明显征兆。对于信奉宗教者而言，光亮意味着"天堂之光"，表明死者已从尘世的一切羁绊中得到解脱，被上帝所拯救；而地狱是一团漆黑的深渊。朗德基维斯特一向认为生命的意义在于现实的生存，来世之说不值得相信。他所体验到的死亡果然与上述描述大相径庭："痛苦只是那么一瞬间，倏忽即逝。或全然没有任何感觉，便同死亡不期而遇。在这一瞬间，我既没有任何焦虑也不觉得被任何东西所窒息。我当时只知道，死亡降临时，毫不足惧……它静谧安详，就像一束已经熄灭的火苗，没有留下任何痕迹。一个人曾经活着这一事实此刻已经失去任何意义……不过，我们必然会深信除非它能转化成其他别的什么——一切都将没有意义，我们往往过高地估计我们自身。"这段话极其深刻，在朗德基维斯特看来，生的意义在于活着时尽可能去做力所能及的事，而生命的转化并不依赖于上帝的启示。生命可以借助于艺术作品——不但是艺术家本人，就连艺术家创造的人物也可以得以永存。莎士比亚在其《十四行诗》第十四首中就曾经明白宣称，他所钟爱的人"将在不朽的诗中与时间同在；／只要人类在呼吸，眼睛能看见，我这时就活着，使你的生命绵延"。他或许意识到，这是对宗教信仰的亵渎。朗德基维斯特写道，他听见有人在指责："你已经失却感知，如果你还没有看见上帝，你的灵魂将永远得不到安息。"

朗德基维斯特的梦幻之旅有时异常奇特，回忆录中叙述得十分具体、生动。有时，每一次幻觉都伴随着强烈的性冲动，而且每次都获得了高度的满足。或许这可以用弗洛伊德的观点来解释，梦是"愿望的达成"，主要是出于一种本能，特别是性本能在压抑之后的一种"遂愿"。"梦幻内容是由一些我们清醒时所熟悉的思想串列所提供的"，顺着这一线索，我们便能理解朗德基维斯特的梦幻并非全是非理性的。比如，在梦中，他重返童年，看到在炉火旁的铁匠、用纺车劳作的妇女、采石工人、修女。有时候，他发现自己在意大利、德国，甚至到了他所渴望去的中国游历。有趣的是，他梦见一条狗，"像影子一般，我并未清楚地看见它的尊容……它的皮毛下似乎囚禁着一颗委屈的灵魂。每一次，它都希望我正是它寻找的人，能够理解它给它以生存的权利"。他还看见一群鸟，"其色彩鲜艳，犹如立体派画家给涂上去的，红色和蓝色相间，黄色和绿色相映，为了在丛林中生存，它们好像故意这样伪装的"，而海豹"其状远远不如幼仔一半大，淡灰色的皮肤分外光洁，柔软得就像上等手套，它们的蓝色眼睛闪烁着欣快的光辉"。

阅读这本回忆录，人们感觉不到一般文学作品中描述死亡境界时的荒诞与神秘、恐怖与痛楚，他展示的是我们司空见惯的现实生活情景，甚至连地名也极其精确。太阳照样闪耀，云彩仍然在飘逸，也有四季寒暑……这些似乎平常琐碎的事物通常被视为诗文的一大禁忌，但在作者笔下，它们却蕴含着深邃的象征寓意：天国同尘世无异，即使有这样一个上帝，也存在于人们的心里。所以，我们便不难理解，作为一个酷爱现实生活，而且用文学作为媒介为人类的和谐幸福贡献了毕生精力的诗人和社会活动家，朗德基维斯特在其梦幻之旅中，仍在思考诸如贫困、饥饿、污染，以及人类的好战性这样一些全球性的重大问题，尽管在涉及这些问题时，抒情笔触往往淡化，常常淹没在清醒的现实主义中，但并非索然无味，相反，还发出令人深思的哲理。

伟大的法国思想家拉罗什·福科说过："很少人认识死亡，人们通常并不是靠决心，而是靠愚钝，靠习惯来忍受它，大多数人赴死，把它看成一件不得不接受的事实。"而阿拉贡在一首诗中写道："此生即将逝去仿佛大风中一座苍凉的城堡。"然而《梦幻之旅》吹奏的并不是一支无可奈何的挽歌，它清新而又昂扬，再加之作者写这本书时正值耄耋之年，以及作品中洋溢的蔑视死亡的乐观主义情怀，它的意义显然已超越纯文学作品的范围，会令我们对作者格外肃然起敬。

（原载于《四川文学》1993年第1期）

《S.》：厄普代克对"女性意识"的新探索

在美国，随着女权主义运动的发展，本世纪以来，各种以探讨女性意识、女性权利问题的著作极大地丰富了人文科学领域。就文学而言，女权主义文学批评也日渐受到重视，这股势头不仅使一些美国女作家卷入其中，而且似乎也迫使男性作家重新审视自己作品中的女性形象，并试图从女性审美角度进行创作。这无疑是当代美国文学值得注意的倾向。美国小说家约翰·厄普代克（John Updike）的近作长篇小说《S.》便是男性作家这种努力的体现。

现年57岁的厄普代克正值创作的鼎盛时期。他说过："中产阶级的家庭风波，对思想动物来说如谜一般的性爱和死亡，作为牺牲的社会存在、意料之外的欢乐和报答，作为一种进化的腐败——这些就是我的主题。"从他的成名作三部曲《兔子，跑吧》（1960）、《兔子归来》（1971）、《兔子富了》（1981），到另一部三部曲之一的《罗杰的看法》（1986）以及之二，即本书《S.》等看来，这个主题始终贯穿如一。兔子三部曲的男主人公哈利（绰号"兔子"）是厄普代克创造的最成功的当代美国人典型。哈利从"人生顶峰"的26岁踏入社会，孤独、迷惘且充满追求和幻想，成家立业后仍穷愁潦倒，几经沉浮，最后成了阔佬，却又不得不向他所反抗过的中产阶级社会妥协。哈利的人生历程戏剧性地展示了美国沉寂的20世纪50年代、骚动的60年代到平庸的70年代这一段历史画卷。哈利矛盾的自我（对人生、性爱、政治的态度和作为）体现了30年的时代精神。

然而，令女权主义者不满的是，厄普代克笔下的女性形象大都不是职业妇女，缺乏事业抱负和才干，只是男人的妻室、性伴侣或者至多不过是料理家政的主妇而已。在他的一篇小说中，他甚至把女人比做博物馆的陈列品。用女权主义的术语来说，厄普代克的作品表现了一种贬低轻视妇女的"性歧视"——不是把女性作为具有独立人格、精神价值的个体来表现。其次，厄普代克对性爱直率袒露的描写（兔子三部曲以及《夫妇们》最为突出）也颇使女权主义者难堪和愤怒。厄普代克显然深受弗洛伊德泛性论的影响，不过，在他的作品中，性爱不仅具有心理的意义，而且还渗透着神学成分的社会意义。为了摆脱尘世的烦恼，他的男女主人公们既沉溺于性爱，又常常寄信仰于宗教。在《罗杰的看法》中，罗杰本是牧师，后任神学院教授。《马人》中，作者借助于主人公乔治·考德威尔的经历，暗示人的本质并非完美，介于神兽之间。美国批评家乔治·W·亨特就曾以《约翰·厄普代克的三大秘密：性爱·宗教·艺术》为书名探讨厄普代克其人及作品，可说是一针见血，抓住了精髓。对于女权主义者的非难，厄普代克并非无动于衷。他所做的第一个反应是长篇小说《东方女巫》（1984）。小说中的三位漂亮女性都有职业，但令女权主义者目瞪口呆的是，这种职业都是行巫。看来，他对女性所担当的社会角色的评价的确过于辛辣、悲观。尽管如此，他却一再表示，要努力改善作品中女性的形象。《S.》便是又一回答。

关于书名《S.》，厄普代克承认这与霍桑名著《红字》中的女主角海丝特·白兰有关。海丝特反抗不合理的婚姻，同清教徒牧师狄姆斯台尔有了私情，受到教会和法律的惩罚，带着标志"通奸"的红色 A 字示众。红字(Scarlet Letter)的第一个字母便是S。海丝特坚定地捍卫自己的爱情。尽管身受教权、夫权、政权三重压力，她仍然鼓动牧师同她一道逃跑。牧师最终也用自己的行动承认了这桩隐情，为自己洗清了耻辱。而海丝特的丈夫罗杰一心一意复仇而丧失了人性。这一批判资本主义制度的现实主义名著探讨了人性的善与恶。海丝特身上的红字显然并非邪恶与堕落的象征，而成了德行的标志。《S.》中女主人公莎拉·沃思姓名的第一个字母也是 S，这并非无意的巧合。《红字》中三个主人公在厄普代克这一三部曲中——对应，不过都被赋予了全新的意义：《罗杰的看法》中的罗杰教授并不完全是《红字》中那恶魔般的罗杰的翻版；三部曲的最后一部，厄普代克透露，读者将看到穿着 20 世纪现代服装的狄姆斯台尔牧师的身影。

比较莎拉和海丝特形象的同异有助于揭示这部作品的认识价值。一反他惯用的传统叙事小说，《S.》是一部书信体小说。42 岁的莎拉是波士顿上层阶级的一位贵妇人，丈夫查理是颇有名望的外科医生。他们生活富裕，拥有考究的私宅、精心培育的花坛草坪，还有海滨别墅。像当今美国许多中上层阶级家庭一样，物质的满足却无法掩盖夫妻间的貌合神离。查理居然引诱他属下的女护士，致使夫妻关系恶化，虽然表面上仍然保持着温文尔雅似的平静。不过莎拉本人也并非清白之身，已长大成人的女儿珍珠本是私生女。可偏偏珍珠不遵妇道，同一个荷兰籍罗马天主教徒鬼混而怀孕。莎拉恼羞成怒，遂离开丈夫、女儿以及年迈的母亲，来到亚利桑那州荒漠中的一个印度教隐避处。这种举动并不令人惊奇。美国是一个具有多元文化，但西方传统价值观念深深积淀于国民心理意识中的国家。几经改造革新的基督教一直是国民的精神支柱。经济、科学的高度发达，高科技尖端技术的广泛应用，并没有使宗教的影响和渗透力有所减弱。倘若撇开"上帝死了"（尼采）或"上帝活着"（汉斯·昆）这类玄妙的永恒命题的争论，基督教神学三德的终极价值——信、望、爱，以及包孕着博爱、平等、正义的那些道德观念仍不乏合理性。问题在于现代西方人仿佛被困在精神荒原上，时刻感受到现代文明下荒诞和异化的阴影。他们虔诚皈依宗教并不仅仅旨在使灵魂在来世中得到拯救，实在是为了摆脱今生困境。所以，各种名目繁多、仪式不一的宗教崇拜才得以风行。问题还在于当今美国的一些宗教派别是借"上帝"之名，行欺骗、愚弄、敲诈、乱伦之实，成了滋生罪恶的社会毒瘤。前几年圭亚那美国人民圣殿教徒集体自杀内幕曾使世界为之震惊，暴露了此类宗教的罪恶实质。莎拉投奔的印度教隐避地并非杜撰，其原型是在 80 年代初为报刊所披露过的一个名叫布哈格万·希里·腊尼希的无赖在俄勒冈州所建立的一个"性解放"公社。不过，小说中的印度教精神领袖已改名换姓，被教徒称为阿哈特，即教主或主持人。在这儿，教徒们集体学习印度哲学，练习默念术、推拿、瑜伽，实施心理治疗，还得交出财产，参加劳动，服从教主教规，忍受教主的盘剥。具有讽刺意味的是，他们的私生活混乱，虽然被要求戒除世俗私念。小说以莎拉为叙述者，采用书信体形式。书信体叙述使作者再也无法充当传统叙述小说中人物行动、感情的全知全能的仲裁者、解释者和叙述者的三重角色，因而有助于人物以第一人称直抒胸臆，剖析自我。厄普代克以这种方式使莎拉的个性显得异常鲜明，呼之欲出。尤其值得注意的是，厄普代克本人说，在写这部小说时，他试图暂时把自己"变成一个女人，忘却自己"。应该说，这种努力基本上是成功的，虽然，我们仍然不时在莎拉的自白中听见作者本人的声音，特别是在那有关宗教、人生、爱情的令人玩味的自叹中。分析心理学的创始人荣格早就用阿尼玛（男性身上的女性人格体现）和阿尼姆斯（女性身上的男性人格体现）这样的术语从心理学、生理学的角度来论述两性同体现象。如果把艺术创作看成是生命力的冲动和升华，荣格的两性同体说表明，尽管作为个体，男女两性的情感体验不尽一致，有所差异，但艺术家仍可超越性别差异去观照异性的内心世界。文学史上这种例子不胜枚举。雨果笔下的芳汀、托尔斯泰的安娜·卡列尼娜、福楼拜的包法利夫人、劳伦斯的查泰莱夫人、亨利·詹姆斯的伊莎贝尔（《一个贵妇人的画像》）等都是男性作家塑造的女性形象的成功范例。厄普代克把莎拉极其复杂丰富的个性刻画得淋漓尽致。莎拉的自白分两部分：一部分是她对出走前家庭生活的回忆。单调、乏味的家庭生活氛围使她悲叹"作茧自缚"，"我从来没有觉得自己年轻过"。但她离家，并非为了完善自我。自白的另一部分叙述她在隐避地的生活。随着她的叙述，她的乖戾、任性、贪婪，虽不贤淑温良但也多情善感的个性逐渐暴露无遗。表面上，她虔诚祷告，卖力干活，似乎真心适应了新的环境，不厌其烦地把印度教术语引用得那么得心应手，同时却又心计多端，竭力接近信徒中的富有者，力图控制他们的钱财。她虽然远离家人，甚至萌发要同丈夫离异的念头，却又不无深情地追忆同丈夫曾有过的一段卿卿我我的甜蜜时光，甚至原谅丈夫不忠的过失。在给丈夫的信中，她说："亲爱的查理，没有你相伴的日子在我看来仿佛是在斜坡上，或者至少说是在一条单行道上行走……"在谴责了上帝经不起女人的引诱后，她却对丈夫说："我把你看成是圣人，说真的，当你身穿白色的工作服，你的手熟练地移动的时候。"接着她显得判若两人，"然而，你应该明白，当我离开你时，你就已经失掉了我……在你的庇护下，我的生活是一出恶作剧。我的自我徒有其形，且已死去。"谈及丈夫的私情，她显得宽容大度："亲爱的查理，那并不是你的过错，我仍然爱你。"可就在同时，却又不加掩饰地说到印度教教主"那双令人迷恋的大眼"。她于是进而投入教主的怀抱，与之同床共枕。其后便受到教主信任，掌管隐避地的经济事务。她没有一刻忘怀她昔日在波士顿的理财之道和舒适的生活，喋喋不休地告诫家人要细心修整花坛、草坪，把海滨别墅出卖的收入存入银行。她似乎关心母亲，但在信中又用调侃刻薄的语气嘲讽母亲如何愚蠢，甚至说："难道你不想在墓志铭上留下这样的话语——这儿长眠着一个为耄耋之年的恶棍引诱而了结一生的老妪？"作为母亲，她并不尽职，却又呵斥女儿，"败坏了我的家风不成，强迫我担任外祖母之职"。并且明确声言，"你怀孕，与我无关"。可同时又在女儿面前为自己的出走辩护："你母亲追求真理、美好、自由。现在，我已找到了，——这没有什么可羞耻的。"谈及婚姻，她说："对于结婚的人来说，很好地理解对方很不明智。我担心，这种理解与心灵间相通被过分地强调了。"她时而一本正经，时而玩世不恭，其矛盾复杂的双重人格简直可与米切尔·玛格丽特《飘》中的女主人公郝思嘉一比高低。尤其令女权主义者反感的是，莎拉是在女权主义运动的宗旨下走出家庭的。在她身上我们仿佛看到了并未绝迹的嬉皮士分子的精神烙印，但她的经济和社会地位却又似乎属于自诩清高、崇尚道德礼仪的雅皮士阶层。厄普代克似在暗示：嬉皮士和雅皮士有着由美国社会情势所决定了的某种内在的不可分割的天然联系。她厌倦生活，因为"一切生活……是一张没有真实衬托的空皮。我们只不过在自己建造的那种幻觉般的希望和转瞬即逝的作为中踟蹰而已"。爱情对她而言就是情欲和相互利用，因此她憎恨男人，可又不能缺少男人。"男人总是挑逗你的感情……他们要么气势汹汹，要么缺乏足够的自信。"丈夫和教主都是她报复的对象，一旦目的达到，便义无反顾地将之抛弃。

小说结局颇耐人寻味：最后，莎拉才发现她所曾崇拜的精神教主原来是中途辍学的一个失意的美国大学生。在这儿，厄普代克特有的喜剧和嘲讽的笔锋似乎把故事引至高潮，但并没有终结。这既是对伪宗教、伪上帝，甚至是对美国当代千奇百怪的社会现实的一种开心而冷峻的嘲讽，也暗示了莎拉命运中的悲剧因素，她其实也是受害者。此时，她似乎才大彻大悟，发现这种生活与她的憧憬格格不入。不过，她并没有重新返回丈夫身边，而是像当初毅然离开家庭一样，舍弃了隐避地。其象征意义不言而喻，对于莎拉们来说，世上既没有伊甸园，也不可能达到拯救灵魂的彼岸，那么莎拉何去何从呢？厄普代克巧妙地留下悬念，让读者去猜度。莎拉最后的信件是从巴哈马群岛发出的。她宣称："我现在终于找到了赖以生存的平静的归宿。"她早已在这儿为自己积存了一大笔财富。然而，这种"回归"仿佛又使她返回原地，虽然不是在波士顿。按照她的性格发展，在人欲横流的现世，虽然摆脱了丈夫和教主，但她绝不可能心安理得地弃旧图新。就此而言，莎拉的命运足以激起人们的怜悯和同情，让人们深思。如厄普代克说过的那样："我的书是用来和读者进行道德辩论的……问题通常是，'什么是好人？'或者'什么是善？'每本书都考察一个问题。"（《拾零》英文版，第502页）对不同身份境遇的莎拉们来说，消极遁世的路不通，放纵私欲未必快乐，拯救灵魂只是幻想，这才是厄普代克这部小说所给予现代读者的启示。

厄普代克的小说并不以情节的跌宕紧张取胜。有的批评家认为，这正是严肃小说和通俗小说的一个差别。阅读厄普代克的作品，读者所关注的并非仅在情节本身，而是为了领略某种人生真谛，所以松散的结构和叙述，细致的心理刻画不会令适应快生活节奏的现代读者乏味。《S.》采取书信体形式，使厄普代克所擅长的用精细的文体来捕捉感觉这一风格得以更好地发挥。不过，由于书信体形式本身的局限，叙述者的角度较传统叙述手法窄，不利于表现更宽广的场景，推进情节。就《S.》而言，莎拉的自白没有遵循时间顺序，呈跳跃性，虽然可以接近人物的心理意识，但却延滞了读者所期望的高潮。其次，正像厄普代克的其他小说一样，他的博学多才使他能够把现代神学、宗教、神话等诸多领域的知识融于作品中，以表现不同人物的职业和个性。《罗杰的看法》的扉页就列有他向科学院有关各部院士表示谢忱的献辞。本书中，印度教术语层出不穷，有时甚至直接引用外来词，尽管厄普代克附了长达13页的词目表，但也给一般读者的理解带来不便。第三，《S.》给读者的印象是，重大的人生问题往往同凡俗琐事交织在一起。厄普代克说过："人生的重大问题常常同有待解决的日常事务极不调和，难以彼此分割。我认为，在特殊的意义上，它们同样重要。"其实，正是这种细枝末节的描写（诸如性爱、家庭、子女、生活习惯等）才使莎拉的性格富于生活气息。

莎拉经历了一次圣徒式的心路历程，但前途未卜。厄普代克对于莎拉们的这种困境以及作为社会问题之一的妇女问题的完善解决，显然没能给予明确的答案，作家自然可以提供某种道德或价值判断，亦可做出某种预测和暗示，但变革现实却是全社会的使命和重担。它的最终解决将有赖于马克思所说的人的才能和智力——身心全面充分发展这一社会理想的实现。

（原载于《外国文学评论》1991年第1期）

纳博科夫的一只永恒的"蝴蝶"

——《洛丽塔》出版备忘录

"难产"的《洛丽塔》

弗拉基米尔·纳博科夫（Vladimir Nabokov）的长篇小说《洛丽塔》
（*Lolita*）1954 年春在位于美国纽约州伊萨卡的康奈尔大学辍笔。当时他
在该校教授欧洲文学课程,本书写作过程可以追溯至 1930 年—1940 年间。
小说最初是用俄文写成的约 30 页的短篇小说, 构思并不复杂：主人公阿
瑟垂涎一法国少女的美色， 娶其母为妻， 婚后不久， 母亲死去， 阿瑟在
小旅馆里强暴少女未遂，投身于卡车车轮下自杀。1940 年，纳粹入侵法
国前夕，纳博科夫一家移居美国后， 由于不满意这一处理， 他便将手稿
烧毁。1949 年， 被压抑在他心中的写作这一题材的冲动又再次萌发，性
感少女、娶其母为妻的线索保留下来，但故事情节同初稿相比已面目全
非，而且改用英文写作。背景也从欧洲移至美国，阿瑟成为接近不惑之
年、在大学教授俄国和欧美文学的移民亨伯特；而性感少女是年仅 12 岁、
迷人早熟的洛丽塔，其母后来成为亨伯特夫人的寡妇黑兹夫人，不是病
死，而是在偷看亨伯特日记发现他对洛丽塔的隐情后，气急败坏，神志
恍惚，被汽车撞死；亨伯特顺理成章以养父身份实现了他霸占洛丽塔的
情欲，而且这种畸形的爱恋随着洛丽塔的长大成人更加狂热。与原小说
不同的重大改动是阿瑟—亨伯特不是自杀，而是开枪杀死了洛丽塔的情
人，锒铛入狱，在开庭前夕，因脑血栓而死。小说以亨伯特自述贯穿始末。
一个神经质的老家伙，居然有此怪癖（他最感兴趣的是 9 至 14 岁的尚未
完全发育成熟的幼女），手段卑劣至极，即使就当时美国的道德标准来看，
也是惊世骇俗。预感到此书恐难以被接受，纳博科夫曾有烧掉手稿的念

头。有一次，甚至已在草坪上架起了焚火炉。手稿之所以得以保存的原因，如他所说"一想到此书如果付之一炬，其幽灵将会纠缠我，使我余生不得安宁"；还与另一事有关，纳博科夫博学多才，到美国后，除在大学任教外，还继续从事昆虫和蝴蝶的采集与研究，在哈佛大学动物博物馆担任过研究员，在康奈尔大学也未间断。每年夏季，他都同妻子一道捕捉蝴蝶，在标本下方钉上产地标签。他深信，对于21世纪的学者，这些标本将大有用场，而《洛丽塔》亦可以像一支蝴蝶标本那样留传下去。时间已证明，这确实是一只非凡的、具有永恒生命力的蝴蝶。

他立即同美国四位出版商联系，但全都遭到拒绝，无非是"童女恋"主题似乎有色情文学之嫌。巴黎奥林匹亚书店接受了此书，并于同年出版。值得一提的是这家小书店店主的父亲莫里斯·吉洛迪阿斯曾在30年前冒着风险出版美国小说家亨利·米勒的自传小说《北回归线》：主人公精神空虚，放荡不羁，书中有露骨的色情描写。这家书店也还推出过贝克特等人难以为其他出版社接受的作品，其独具慧眼和胆识已成为出版史上的佳话。《洛丽塔》一书出版后，虽抨击者和赞赏者各执一端，但反应热烈。英国作家格林在《泰晤士报》称赞此书为1955年三部最佳小说之一；但在法国，当局还是于1956年底将《洛丽塔》列为禁书。

1958年的美国：《洛丽塔》旋风

1958年被文学史家称为"《洛丽塔》之年"，其标志是该书美国版的问世。这一年，纳博科夫移居美国已18年。1月，在法国，《洛丽塔》被法庭宣布为非法后得以重新出售，但仅在6个月后，法国政府又根据另一律令，再次禁止此书在书店陈列出售给18岁以下的读者。8月的伊萨卡气候温润，更因《洛丽塔》在法国再次被禁的消息，纳博科夫的心中愁云郁结。幸好，他可以在捕捉蝴蝶时暂时忘却烦恼，每天平均能捕捉50余只。不过令他欣慰的是《洛丽塔》将于8月18日在美国出版发行。8月17日，十多家美国报纸星期版纷纷发表评论，三分之二持肯定态度，三分之一充斥着否定愤慨之辞。从以下两段评论摘录可以看出批评家对此书的观点何等针锋相对。伊丽莎白·詹韦在《纽约时报书评》上写道：
"初次读《洛丽塔》，我认为这是我所读到的最不可思议的一本书……第
二次，我一口气读完书，终于明白，这是一本最具有悲剧意味的小说……
亨伯特是一个为欲火所煎熬的活生生的男人，他如此渴望占有洛丽塔，
从来没把她当成是一个有真实生命的人，仅仅视她为一个梦幻般虚构的
肉体……至于色情内容，就抑制情欲而言，我认为，很少有作品能像本
书那样对其后果做过如此确切而直接的揭示。"奥维尔·普雷斯科特却在
8月19日《纽约时报》上宣称："《洛丽塔》的出版毫无疑问是读书界一
大新闻，然而，很不幸这是一桩丑闻。这本小说对任何成年读者毫无好处，
这有以下两个同样重要的原因。第一，粗俗、下流、无聊、做作，没有
摆脱花哨、虚假、狡黠的写作程式。第二，毫无掩饰的色情内容令人作
呕、厌恶……"但就在此文跃入读者眼际之后，仅数小时，出版《洛丽塔》
的普特兰姆书局老板华尔特·敏顿便给纳博科夫发来一封电报："人人都
在谈论前日报纸对《洛丽塔》的评论，《纽约时报》今日上午的文章无异
于是火上加油，仅今晨，就收到300份订书单。书店告知销路极好，特
此祝贺。"

　　9月13日，纳博科夫在好莱坞的代理人欧文·拉扎尔向外界透露，
《洛丽塔》是继《飘》之后第一次在三周内售出10万册的畅销书。纳博
科夫有理由为此而高兴，但他却格外冷静。正如维拉一周后在日记中所
写的那样，"弗拉基米尔无动于衷——专心致志写作一个短篇（即未完成
的《令人羡慕的安格莱文》），忙着整理他已采集到的近两千的蝴蝶标本。"
一直到第三周后，纳博科夫才在给姐姐爱莲娜的信中说："此书的成功令
我难以置信——虽说30年前就本该如此了。"此书带给他的收入相当可观，
接着，哈里斯—库伯里克合伙制片公司用15万美元加上15%制作利润的
优厚条件买下了电影拍摄版权。合同签订后，纳博科夫的反应却超乎寻常，
他惊叹命运的不可捉摸竟然同他早年的一个梦如此巧合。1916年，舅父
瓦西里·鲁卡维什尼科夫临终前，纳博科夫曾在梦中听见舅父对他说，"我
将以哈里和库维尔金的身份同你重逢"。这两个名字意指一对联袂演出的

（或许是莫须有的）马戏团小丑。舅父为什么会对他提到这两个奇怪的名字，他曾久久不得其解。40 年后他才明白，如果说人生是一个舞台，这对小丑所预兆的正是此刻因《洛丽塔》而给他带来财富的制片人詹姆斯·哈里和斯坦尼·库伯里克。1916 年，他从舅父那儿继承了一笔令人钦羡的财产，但俄国革命很快使他这位俄国贵族后裔变得一贫如洗，这笔损失现在正好由哈里和库伯里克来偿还。

他始料不及的是社会的反应。伊萨卡基督长老会所属的妇女俱乐部秘书打电话给纳博科夫，邀请他到俱乐部演讲。维拉不无感慨地在日记中写道："仅仅三年前，他在文学界的朋友无一不奉劝他别出版《洛丽塔》，因为撇开其他因素，所有的教会、妇女俱乐部之类的团体一定也不会'饶过你'。"尽管如此，在美国的某些地方，《洛丽塔》仍未开禁。具有讽刺意味的是，公众对此书的热情却日益高涨，《洛丽塔》旋风正越刮越猛。

洛丽塔与日瓦戈医生

9 月中旬，《洛丽塔》在畅销书榜中还只名列第四，此时，帕斯捷尔纳克的长篇小说《日瓦戈医生》英文译本刚刚出版。9 月末，《洛丽塔》已登上畅销书单榜首，但 7 周后，《日瓦戈医生》却跃居第一，《洛丽塔》屈居第二。苏俄文学的两大分支（苏联文学和移民文学）第一次在美国图书市场上厮杀得难解难分。纳博科夫对《日瓦戈医生》的看法颇耐人寻味。10 月初，在接受德怀特·麦克唐纳德的访问时，纳博科夫直言不讳："如果日瓦戈和洛丽塔没有处于竞争的同一位置……我早就乐意毫不客气地公开批评那本虚假、情感夸张、浅薄无聊的书了。"《日瓦戈医生》受到苏联当局批判后，纳博科夫虽拒绝"在报刊撰文表明对此书的反感"，但在接受访问时已不再缄默。10 月 23 日，诺贝尔文学奖授予帕斯捷尔纳克，苏联当局又立即作出反应，斥责《日瓦戈医生》"艺术表现拙劣"，是对苏联的"恶意诽谤"。10 月 29 日，苏联作家协会宣布开除帕斯捷尔纳克。同日，原本已同意接受此奖的帕斯捷尔纳克迫于压力拒绝受奖。与此同时，《洛丽塔》虽仍然畅销，但在国际报刊上却从来没有成为关注的焦点，相比之下，《日瓦戈医生》却独领风骚，稳居畅销书榜第一。

纳博科夫一直认为，对于文学作品，"风格和结构才是一部书的精髓，伟大的思想不过是空泛的废话"。或许正因为此，他更多的是从艺术角度来评论《日瓦戈医生》的得失，并且认为授予此书诺贝尔文学奖明显带有政治动机；而且，甚至早在一场鞭挞《日瓦戈医生》的舆论攻势发起以前，他便确信《日瓦戈医生》的出笼是苏联当局蓄意设计的阴谋：帕斯捷尔纳克本人身受莫斯科的控制，此书的手稿秘密从苏联传到西方之说纯属杜撰，苏联当局禁止此书在国内出版是一个骗局，目的是为了打开国外出版销路，赚取它久已想获得的外汇。即使就政治而言，纳博科夫对《日瓦戈医生》也很反感，在他看来，《日瓦戈医生》是一部精心美化布尔什维克主义的宣传品。

洛丽塔余波：从美国到欧洲

《洛丽塔》在美国几乎成为每一家庭的话题，更因著名电视节目主持人斯蒂芬·阿伦、狄尔·马丁、弥尔顿·波尔的幽默、富于感染力的渲染而广为人知，以至于在生活中出现了类似洛丽塔打扮的幼女玩具。一天，一个大约八九岁的女孩身穿父母替她做的洛丽塔样式的衣服来到纳博科夫门前要糖果吃。这种使洛丽塔粗俗化的现象令他异常震惊，因为早在出版前，他就告诫过敏顿，封面上不得出现真实的小女孩像。此刻，由于《洛丽塔》搬上银幕的事正在筹划中，他再次对敏顿说，反对"在影片中用小女孩来扮演角色，让他们去找一个矮女人来代替好了"！

11月中旬，拍摄电影合同签订的同时，纳博科夫获得许可离开康奈尔大学休假一年。不过，次年2月能否成行取决于他能否找到人来替代他教授春季学期课程。他的经济状况已大为改善，大学教职似乎已经不那么急需。法塞特·克雷斯特出版公司已用10万美元买下了平装本的版权。

《洛丽塔》在美国的成功并不意味着在其他国家的出版发行时机也已成熟。在法国，对奥林匹亚版的禁令尚未解除；在英国，反淫秽出版法相当严厉。1958年9月末，英国某一地方司法长官宣布《洛丽塔》有伤风化，一位试图将奥林匹亚版《洛丽塔》出售给某位便衣警察的书店主被罚款200英镑。出版商和发行者受到严重警告被送进监狱。尽管如此，敏顿仍在为在英国出版《洛丽塔》奔波。此外，纳博科夫早年在牛津大学三一学院的朋友、英国内务大臣Ｒ·Ａ·巴特勒提交了一个涉及色情出版物的新提案。议会辩论时，保守党下院议员、威登费尔德—尼可尔逊联合出版公司的合伙人尼格尔·尼可尔逊以"就其本质而言，《洛丽塔》对它所描述的事件进行了严肃的谴责"为理由，声称他的公司出版此书并未违法。圣诞节前五天，纳博科夫在欧洲的代理人送来日本、挪威和以色列出版《洛丽塔》的合同，而此时，丹麦、瑞士、瑞典版已经问世，法文、德文、意大利文、芬兰文版正在翻译中。

纳博科夫收到美国各地及欧洲打来的祝贺电话，来访者络绎不绝。美国六所大学和国会图书馆邀请他去演说。大学生们在他的办公室前排成长队，请他在《洛丽塔》书上签名以便作为圣诞礼物送给父母。美国对《洛丽塔》的宽容和热情使纳博科夫有理由为他的第二祖国而骄傲，虽说仍有不愉快的事发生：得克萨斯州的一个叫做洛丽塔的小镇为更名杰克逊镇进行了辩论，洛杉矶市的一位官员发现公共图书馆出借《洛丽塔》，居然进行指责。有趣的是，纳博科夫的朋友、美国著名批评家埃德蒙·威尔逊送来一张为手持热锅时使用的厚布，上面绣有洛丽塔字样，其嘲讽意味不言而喻。在威尔逊看来，《洛丽塔》纯属粗制滥造之作，不能登大雅之堂。

在英国，出版《洛丽塔》的努力虽然艰苦，也终于有了转机。乔治·威登费尔德在一批支持《洛丽塔》的文学界名流中进行斡旋。伯纳德·莱文在《旁观者》报上撰文为《洛丽塔》进行了强有力的辩护。24位知名作家、评论家包括康普顿·麦肯齐、爱丽丝·默多克、维克多·普里切特、斯蒂芬·斯宾德以及安格斯·威尔逊等联名给《泰晤士报》写信："获悉弗拉基米尔·纳博科夫的《洛丽塔》在英国出版受阻，我们深为不安……对真正的文学作品的迫害只能使政府的威信蒙受耻辱，而且无助于提高公共道德意识。当我们现在阅读当年指控《包法利夫人》或《尤利西斯》——

曾被与作者同时代的许多人视为大逆不道而不胜震惊的作品的卷宗时，令我们肃然起敬的恰恰是福楼拜和乔伊斯，而不是当时社会对这些作品的压制。"为了在同反对《洛丽塔》的保守人士的论争中取得主动，莱文的评论和发表在《泰晤士报》的这封信将收入英国版《洛丽塔》附录。其中还包括9个国家的作家，诸如格雷厄姆·格林、阿尔贝托·莫拉维亚、多萝西·帕克以及列昂·特里林的文章。乔治·威登费尔德当时在致纳博科夫的信中索性把这场论争称之为"捍卫《洛丽塔》之战"。这场战斗虽然不见刀光剑影，但也相当激烈——在院外活动场合、下院辩论室以及执政党席位上，在报刊、电视上。《洛丽塔》出版前，这一争论成为英国生活中的重要论题，竟达数月之久，这在出版史及文学史上也是罕见的。

（原载于《外国文学动态》1993年3月号）

现代人的双重困惑：嫉妒与羡慕[①]

进入后工业社会以来，西方社会的急剧重大变革（其速度之快，已经把跨学科的未来学推向了最前沿）更加突出了情感生活的焦虑、紧张、竞争、失落，也往往伴之以嫉妒和羡慕，并且在社会生活的各个层面，以不同的方式表现出来。女权主义运动的方兴未艾既可以看成是女性向以男性为中心的价值体系的一种大胆挑战，也是对现代人日益加剧的精神困惑和信仰危机的一种有力反拨。行为心理学家和社会学家的研究表明：情感问题及社会问题在很大程度上与我们所忽视的嫉妒和羡慕有关。

南茜·弗赖达（Nancy Friday）的《嫉妒》（*Jealousy*）在1986年出版后，被认为是迄今为止有关嫉妒问题的最"激动人心"的重要著作之一。其贡献在于：一是科学地评述了经典精神分析及现代心理学派对这一问

---

① 此文系拙译《嫉妒》译后记，四川文艺出版社，1992。

题的研究得失；二是澄清了有关嫉妒与羡慕的混淆及其心理机制，探讨了与嫉妒有关的其他情感；三是作为一本非小说类理论专著，构思新颖，不乏文学性。作者不仅试图回答"为什么"，而且还力求解决"怎么办"——即如何防止和克服嫉妒，尽管作者的"建议"和"忠告"并非尽善尽美。

一

弗洛伊德在其著名论文《嫉妒、妄想犯和同性恋的某些精神机制》中给嫉妒下的定义是："一种情感状态，诸如悲痛，是正常的情感之一。倘若有人看上去无嫉妒之心，这说明他经受过严重的压抑，而且这一压抑在其无意识的精神生活中起着极大的作用。"[①]按照弗氏的观点，压抑作为一种无意识的心理防御机制，要把不能被意识接受的观念、情感或冲动从意识中排除出去，因之，压抑必然会导致破坏性的欲望。弗赖达赞同这一观点，她深信被压抑的情感不会魔术般地消失，反而经常成为"隐藏着的发动机，迫使灵肉相争"。令弗赖达所困惑的是或许由于弗洛伊德理论的影响，在谈论嫉妒时，人们往往强调嫉妒的邪恶性，认为"不可救药"。产生这种倾向的一个根本原因是混淆了嫉妒与羡慕(envy)的内涵。她说，直到她研读了梅拉妮·克莱因的著作，特别是《羡慕与感激》后，才终于确信，研究嫉妒及其有关的其他情感，必须首先区别嫉妒与羡慕。

基于这一理解与前提，弗赖达对嫉妒的观点大致可归纳如下：(1)嫉妒涉及三方——心理学家称之为嫉妒三角，严格说来，指爱情。一旦有嫉妒产生，会惧怕心上人被另一个人夺走。(2)嫉妒可最早追溯至婴儿的恋母情绪和不完全的分离。具体说，分离指一个人摆脱依赖感，在精神上、人格上的独立，即完成"个体化"——获得自我。分离过程始于生命初期。婴儿依赖母亲／乳房，同时加强自己的性别认同。由于同母亲的共生关系，一旦意识到有他人（父亲或兄弟姐妹）享有对母亲的权力，或优先得到母亲的爱，自己被冷落、忽视，嫉妒三角冲突便会强

---

① 厄纳斯特·琼斯编，《弗洛伊德全集》，第 2 卷，第 232 页，1959 年，纽约英文版。

化。成年人"杀死对手的冲动",婴孩撕抓乳房等行为充分反映了嫉妒的破坏性。(3)嫉妒与自卑有关。阿德勒说:"当个人面对一个他无法适当应付的问题,就表示,他绝对无法解决这个问题,此时出现的就是自卑情结。"[①]自卑情结强调的是障碍因素,而不是积极因素;在阿德勒的自卑理论中,自卑情结同自卑感截然有别,自卑感能导致积极的追求力量的愿望,并非总是坏事,但也会产生危害,引起自卑情绪(专横,虚荣;文过饰非,自以为是)。弗赖达强调的是嫉妒中的自卑感。(4)嫉妒一旦产生,便具有背叛的含义。背叛的一个要义是"抛弃所承诺的应履行的责任"(《剑桥英语辞典》)。爱情是男人和女人的契约,应以信任、忠诚、互不支配占有为基础。嫉妒者如果不设法采取防御机制,爱情就会破裂。行之有效的防御机制是敢于同第三者竞争。弗赖达说:"对那些在爱情上不敢于竞争的人,他们将避免的不是嫉妒,而是再次失败。"实际生活中,面对嫉妒,有人采取补救,有人则甘愿撤出、放弃,还有人化嫉妒为仇恨,仇恨意味着撕毁契约,也就是背叛。(5)男人和女人同样善妒,无法区别谁强谁弱,但男女嫉妒时的反应并不完全相同,男人嫉妒时"维护的是自尊"(亦即权力,支配权),女人"维护的是婚姻关系"(女人倾向主动修复关系);男人倾向指责女人,或第三者甚至整个社会,而女人则倾向于更加适从男人的要求,这是由于男女性别角色的不同及社会文化情势所决定的。不过,弗赖达也指出,随着社会的发展,男女两性的社会和家庭角色已相互渗透(男性的传统领域已愈来愈小),男女两性对嫉妒的心理反应及表现形式变得更为复杂,这正是现代人愈来愈为嫉妒而困惑的一个原因。(6)由于嫉妒,女人往往会贬低自己,男性则惧怕权力丧失。弗赖达认为,社会道德规范在很大程度上还在维护父权统治。女人贬低自己,因为她们嫉妒男人的权力和地位(同时已潜伏着羡慕因素),男人也惧怕女人的控制,这始于婴儿诞生初期母亲的强有力地位。(7)嫉妒产生时常伴随着绝望、失落、愤恨、内疚、猜疑、痛苦等复杂的情

---

① 阿德勒,《自卑超越》,作家出版社,1986年,第47页。

绪。"嫉妒谁？"是一个极其重要的问题。嫉妒者往往嫉妒"竞争对手"，即使这个第三者是出于想象而投射于他人身上的。（8）羡慕是组成嫉妒之网的一部分，是嫉妒的催生剂，会使嫉妒更加炽烈。在爱情中，如果一方试图占有、控制对方，占有欲便会膨胀，羡慕中破坏性的欲望已预先潜伏于嫉妒中了，嫉妒者会把爱转化为恨（针对第三者、心上人），势必侵犯他人或干预他人的思想及选择。（9）嫉妒并非总是有害，嫉妒有时会伴随内疚、自尊这些情感，促使男女双方重新估价自身，进行反省，并借助于补偿、修复、调停、和解等防御机制，抑制嫉妒的破坏性力量，转向感激，最终转化为爱。

二

南茜·弗赖达自始至终是在对弗洛伊德、布鲁诺·贝特尔海姆、L·H·法伯、乔治·福斯特、马克斯·谢勒、汉兹·柯胡特、赫尔穆特、舒克、理查德·罗伯捉洛、汉娜·西格尔、多罗茜、迪勒斯泰恩等人，特别是对梅拉妮·克莱因的理论进行评述中展开自己观点的。她显然受到克莱因的启发，尤其是在嫉妒与羡慕的异同上。继克莱因之后，她的研究具有扩展性的意义。尽管这些观点，特别是在论及同胞手足之间的嫉妒上，如她所说"尚需进一步探究"。羡慕是本书的另一重点，内容相当充实，在笔者看来，以下方面值得注意：

1. 羡慕比嫉妒更为复杂，语义范围更广。嫉妒往往涉及第三者，而羡慕仅仅针对对方。在实际生活中，被羡慕的可以是名誉、地位、金钱、权力、美貌以及别人拥有的一切（良好品质），嫉妒则主要涉及爱情和情感生活。

2. 就心理发展阶段而言，羡慕比嫉妒来得更早。弗洛伊德认为：在对无意识情感的研究中，应关注婴孩性本能的满足和恋母情绪产生的最初几年（3岁到7岁），而克莱因和弗赖达认为"必须审视更早的起点和各种基本的情感，才能破译嫉妒所涉及的三角冲突"，当然也包括羡慕在内；因此断定，情感三角从婴孩出生后的最初几天、几个月便已开始。

首先是在母与子的共生关系中。这时候，婴孩羡慕（出于依赖和焦虑）母亲的支配权（母亲的乳房是爱，也是权力的象征），婴孩既爱乳房又恨乳房。足以说明这一情感的是婴孩拼命吮吸乳房，甚至咬乳房，这暗示了羡慕这一欲望的破坏性和毁灭性。羡慕很快便发展成为嫉妒（对父亲、同胞手足）。克莱因和弗洛伊德的根本分歧点便在于此。弗赖达认为，从心理分析角度来看，焦虑越早，心理系统的进一步组织（分离、认同、个体化等）就愈重要。婴孩的情感生活开始得比临床医生所想象的要早得多。

3. 羡慕过程中存在三种防御机制——拒绝、贬低、理想化。羡慕者往往否认自己羡慕他人。弗赖达十分赞同乔治·福斯特的精辟阐述："承认负罪感、羞耻感、骄傲、贪婪甚至嫉恨都可以不失自尊，但承认羡慕几乎不可能，至少在美国社会如此。我认为对这种差异的解释，一个很重要的原因是，在感到内疚等的过程中，一个人不一定要把另一个人的品质和特点同自己相比较，要承认自己羡慕别人，无异于是承认自己比他人差。"[①]这也揭示了为什么人们情愿使用"嫉妒"而不喜欢用"羡慕"的原因，拒绝承认自己不如别人强，接着便会贬低他人（有时也可能贬低自己），也可能将对方理想化（既然对方高不可攀，超凡脱俗，何比之有），也可能将自己"理想化"。这三种防御机制常常是隐藏的，不易觉察，其目的都是为了保持一种心理平衡，以获得某种程度的、暂时的对现实的满足和自慰。不过，它们会因个体而异，并非同时存在。

4. 羡慕往往始于崇拜：从婴孩时期同母亲和父亲的三角关系开始，崇拜父母的权力，但是这一崇拜随着性别认同、分离的过程，可能会向嫉妒方向发展。因为有时候，"崇拜无法给嫉妒者带来任何生活乐趣，只能使他产生被剥夺感乃至深仇大恨，崇拜的偶像突然毁了一切，会使人感到暗无天日，我们会变得一钱不值"。这种现象在爱情和婚姻生活以及日常生活中屡见不鲜。

---

① 乔治·福斯特，《羡慕剖析：对性象征行为的研究》，载《当代心理学》，第13卷，第2期，1972，第184页。

5. 羡慕常常是消极的情感。弗赖达认为，克莱因所说的羡慕根本不是表达恭维，而是指自私的占有欲，伤害并毁灭尤其是我们所爱的东西的企图。

6. 羡慕向什么方向延伸取决于诸多内在和外在的因素。克莱因和弗赖达都认为羡慕有时可转化成爱，其发展轨迹大致为：羡慕—内疚—修复—感激—爱。羡慕潜伏着占有欲，从脱离母亲到个体化的过程中，会伴随着内疚（对父母的养育之恩、对爱我们的人未能报偿等）。内疚是内化了的灵魂痛苦。弗赖达说，"感觉不到内疚，是心理变态者的根本缺陷"；有了内疚或者说负罪感，便会设法修复、改善、调节同他人的关系。修复的结果是感激之情超越羡慕，从而开启爱的大门。在这儿，羡慕能否转化为爱，要受到爱本身的制约，即双方是否真正有爱——不只是爱情，还包括广义的爱心。如果彼此利用，视爱情为交易，就很难使人内疚，难有修复的愿望，也难以产生感激之情。

7. 羡慕的"相互作用"和"零数赛规"（The Zerosum Game）。"一个人羡慕他人，同时就惧怕别人也羡慕你"，克莱因和弗赖达将这种现象称之为"相互作用"，同样也适用于嫉妒。社会心理学家将此阐释为"成功者恐惧"——"要么有人要杀你，要么你变成一个杀手"。于是人与人之间、男女两性间的纷争迭起，人们会"咬牙切齿"，"顿起杀心"。心理学家也称之为"谋杀动机"。其深层心理机制源于此。羡慕有时会触发竞争意识。羡慕中的竞争被称之为"零数赛规"。人生好比一场竞争，一个人得到成功，也就意味着另一个人将失败，或者说，"一方得益，另一方蒙受损失"。乔治·福斯特在对墨西哥操西班牙语的印第安人原始部落的研究中，在论及"好事有限"时，说过"倘若好处的数量有限，不能再扩大，在逻辑上会使一个人或家庭只能以牺牲他人的代价来提高自己的地位，增加好处"。[①] 显然，羡慕对象已超出二者范围，扩展到群体和社会。弗赖达进一步补充说，"倘若你必须做，或得到别人非常羡慕的事，你对

---

① 秀治·福斯特，《羡慕表达方式的文化反应》，载《西南人类学季刊》英文版，第21卷，第1期，1965，第25页。

整个社团便构成了威胁"。在经济、政治诸领域,"相互作用"和"零数赛规"的作用也普遍存在:国家之间,政治、经济团体之间出于自身利益,争夺资源,划分势力范围谋求权力以致矛盾丛生,战火不断。不过,对这种现象进行心理学意义上的分析,并强调其社会性、广泛性,并指出它们源于羡慕,却极有启迪性和现实意义。

美国性文化史的一次巡礼

1953 年 12 月,在芝加哥的书摊上,突然出现了一本新创刊的杂志,紧靠在高品位的《纽约客》以及颇受中产阶级和一般读者青睐的《绅士》杂志旁边。封面是好莱坞性感女明星玛丽莲·梦露的着装玉照,而整个中心页则是梦露的一幅挂历彩色全裸照。杂志内容很适合室内生活男人的趣味,涉及单身汉生活幸福、对婚姻价值的怀疑等。核心文章的标题是《1953 年的"淘金小姐"》,作者对因离婚而被迫付给对方(被讽喻为"淘金小姐")一笔颇为可观的赡养费的男人深表同情;还刊登了薄伽丘《十日谈》中的一篇奸情故事;受金西博士《女性性行为》报告启迪而作的插图:一幅表现年轻夫妇在起居室正脱去衣服,玩"脱衣表演"游戏的照片,也有一幅在加利福尼亚海滩上的女人裸体日光浴黑白照;关于音乐家多尔西兄弟成就的文章,柯南道尔以及比尔斯的短篇小说,可谓图文并茂。当然最吸引读者的还是在金丝绒背景下,梦露双目微闭,含情脉脉的裸照。创刊号既无主编大名,也没有出版日期,正好暗示了创刊者的苦衷:20 世纪 50 年代初,或甚至可追溯到二三十年代,在美国,涉及女性及两性问题的生活类杂志已拥有广大读者,如罗伯特·哈里林出版的《调情》、《窃笑》、《眨眼》、《美人》、《机密》,裸体者协会办的《日光浴与健康》《生活展望》,冯·罗森的《艺术摄影》、《现代人》、《大街》等,竞争相当激烈,一本新杂志想有立足之地并非易事。更重要的是,法律界和公众对新杂志的反应如何，对创刊人来说也确实难以预料。然而，创刊号却获得了意外的成功，《时代》、《新闻周刊》作了肯定评价。《周末评论》甚至说，新杂志的新风格使"号称以大胆开放著称的《绅士》杂志读起来像是商业广告了"。月底，新杂志已打破 5 万册纪录，接着每月上升为 6 万册，不到两年，发行量已猛增至 40 万册。显然，新杂志如此畅销与每期作为中心页刊登的一幅彩色美女裸照有关。在这以前，美国男人是很难在杂志上看到这样真实而诱人的裸照的。这份杂志便是《花花公子》(*Playboy*)。这一名字颇能体现 20 世纪 20 年代费兹杰拉德在其《伟大的盖茨比》等小说中反映过的"爵士时代"一代人的生活情趣与追求——风流、浪漫、潇洒；而在反主流文化思潮渐成气候的 20 世纪 50 年代，亦能引起"垮掉一代"青年的精神共鸣。其创始人是当时年仅 27 岁，曾做过推销员、杂志撰稿人、漫画作家，出身于一个贫寒、恪守严谨的清教道德传统家庭的休·赫夫纳（Hugh Hefner）。创刊时，他手中仅 600 美元（购买梦露的裸照版权便花去 500 美元），虽以合股方式，也才集资不过 10 000 美元。但赫夫纳以丰富的想象力和意志坚韧著称，由此开始了其堪称"奇迹"的出版事业，很快便使《花花公子》成为美国，乃至西方发行量最大的畅销杂志之一。1961 年,赫夫纳已拥有包括花花公子出版社、印刷厂、购物中心、俱乐部等在内的跨国经济实体，成为名副其实的"花花公子帝国"的君主，跻身于最富有的大亨之列。在芝加哥，花花公子大厦高37 层，令毗邻的一座巍峨耸立的教堂尖顶也相形见绌，被认为是芝加哥城的标志和象征。其读者从总统、各界要员名流到一般市民，《花花公子》撰稿人甚至包括了诸如约翰·契弗、欧文·肖、阿勒克斯·赫勒、索尔·贝娄这样大名鼎鼎的作家，诸多名人以接受《花花公子》采访为荣。前总统吉米·卡特在采访中坦率自白："我承认，当我看一些女人时，总是暗地里怀着情欲的冲动，我在内心里就犯过多次通奸罪，上帝知道我会这样，同样，上帝也会因此而原谅我。"

　　1978 年 12 月，《花花公子》创刊 25 周年庆典时，赫夫纳撰文回忆创刊宗旨，说："它不但反映，而且将影响美国社会在性文化方面的诸种变化;但是它的主题首先是欢乐,我们的清教徒传统是反性意识的,反嬉戏、反娱乐,它压抑人的天性。《花花公子》就是要反其道而行之。"就此而言,对于 20 世纪 50—70 年代美国社会在性观念、性行为方面的巨大转变,《花花公子》的确起了推波助澜的作用,或者可以说,它的成功恰好顺应了这一情势。颇能说明这种转变的是,就在《花花公子》创刊的同年,金西博士继他影响深远的《人类男性性行为》之后,《人类女性性行为》(两书合称《金西报告》)得以问世。报告第一次系统地对美国男女的性行为进行了调查,其统计数字无可争辩地预示了在以后的岁月中特别是 20 世纪五六十年代成为一时风尚的性革命、性解放运动早在 20 世纪四五十年代就具有何等广泛的社会基础:50%的妇女、60%的女大学生在婚前有性行为,25%已婚妇女热衷于婚外性关系,一半以上妇女手淫;50%已婚男人有婚外性史,85%的男人婚前有性关系,10 个男人中有 9 个手淫,37%的男人至少在一次同性恋性行为中获得快感……

显然,对赫夫纳其人以及《花花公子》内幕的研究是美国性文化史研究中的一个重要题材,事实上,也一直为社会学家、文化史家、出版史家所关注,但涉及这一题材并以纪实性的新新闻主义文学风格写成的成功之作却首推美国作家盖·泰勒斯(Gay Talese)于 1981 年出版的《邻人之妻》(*The Neighbor's Wife*),虽然该题材只是全书的三条线索之一。

二

《邻人之妻》的第二条线索是在 20 世纪六七十年代美国性革命运动背景下,堪称先锋人物的以机械工程师约翰·威廉森(John Wiliamson)为首,取名为"沙石归隐公社"(Sandstone Retreat Commune)(实则是"夫妻交换团体")中的一些主要人物朱迪斯、布拉罗等人的性思想和性经历。据《纽约时报》一项调查,20 世纪 70 年代在美国各地这种大小不一、名目五花八门、崇尚性乌托邦的公社大约有 2000 余个,成员多为中产阶级夫妇。以沙石公社为例,有新闻界、学术界、商界人物,亦有律师、医生、作家,入会规定除了具有一定的社会、经济地位,夫妇必须双双加入。

沙石公社主张高度的性自由、性开放，试图寻求一种新的家庭和婚姻模式，即"克服把配偶作为财产一人独占的欲望，坚信性共享不仅不会毁掉婚姻，反而会提高婚姻的质量……一个人的精神、肉体以及存在这三者之间，不再相互隔离"。这种婚姻和性实验性质的群体组织在 20 世纪六七十年代出现的缘由可从美国这一段社会时期的社会变化（从服从和压抑的艾森豪威尔和麦卡锡议员的时代到注重享乐、鼓励思想变革的肯尼迪时代）中找到答案。享乐主义思潮在肯尼迪短暂的执政期间达到高潮，白宫内的盛宴和舞会从未间断。毫不足奇的是，年轻英俊的肯尼迪本人从来就不是禁欲主义者，他同两位好莱坞明星以及白宫女秘书的风流韵事已不是秘密；而第一夫人杰奎琳的风骚、艳丽，甚至成为美国一代年轻人性幻想对象也是众所周知的事。泰勒斯所披露的这方面的情况（裸体聚会、夫妻交换等）的确触目惊心，但由于作者引用了大量当事人的日记、文章、回忆录（全是真人、真事、真名）不仅真实可信，而且能使读者从作者所提供的极其丰富的有关社会历史、政治、文化、心理、性格等因素去思考这些近乎怪诞、不可思议的性意识和性行为的生成动因。性解放的倡导者在张扬人性自由、独立个性、实现自我价值、反对传统道德观的必要性和积极意义时，却走向了极端，陷入不可解决的混乱和矛盾。其根本原因是性欲与爱欲相分离，性欲的泛滥使真挚的爱失去了任何意义，性的自由最终不是一种解放，反而成为新桎梏。性与爱的乐趣由于放纵，以及越来越乞灵于技术而非人化，反社会化，其结果必然是从对性爱的肯定逆向为对性爱的否定。正如沙石公社的若干成员的结局（朱迪斯首先成为第一个反叛者，与丈夫布拉罗分居，夫妻关系名存实亡；布拉罗从此一蹶不振，不得不在被解雇前自动辞职；艾伦·高夫，这个曾经是威廉森理论最坚定的信徒，毅然离开公社，却同其情夫一起被枪杀，凶手竟是她 16 岁的儿子；威廉森本人也逐渐失去感召力，公社濒临瓦解之势）所表明的那样，奢谈性爱自由而无视社会的稳定性和家庭以及道德价值的任何理论和行为必将为人类自身和社会所摒弃。沙石公社可以看成是美国式性革命的一个缩影。当今美国，或许经历过沉痛的反思，重建道德价值，肯定健康的家庭、婚姻的呼声已越来越高，甚至无一例外地出现在议员、总统竞选的演说辞里。据最近统计，在美国，人们最喜欢读的书仍然是《圣经》；像《读者文摘》这样严肃的杂志以及其他纯文学作品，同色情书刊相比仍最受读者喜爱；离婚率高，但结婚率、重组家庭率也高；特别值得注意的是，尽管使用避孕工具，允许堕胎，但成千上万的美国人仍拒绝婚外性关系。或许，以此断言美国社会已开始走出性与爱的误区还为时过早，但至少可以肯定的是，同过去相比，整个社会在性意识、性道德上正日趋严肃、理智、文明。

三

本书的第三条线索是有关美国色情书刊检查制度及法律地位的变革问题。

禁止淫秽色情出版物传播是任何一个国家都必须面临的，也是最棘手的重大课题。在性文化史的研究中，自然更无法回避。美国宪法第一修正案（即言论自由修正案）保证公民享有不危及他人利益的高度言论自由，但在具体解释时，却常常各取所需，表现在对淫秽出版物的指控和反指控上。问题的症结在于，用什么标准来区别严肃的性描写（文学）和淫秽作品，如何对性文学作品做出审美判断（有关性内容的出版物也可作如是观）。淫秽或色情一词，在一般辞典上的解释大同小异，普遍可接受的是"违反贞节或社会行为准则，或暗示淫乱的思想"，但什么又是"社会行为准则"？在不同时代、国家、地区，不同的民族有不同的性格、观念、文化传统。因此，"社会行为准则"很难划一，致使"淫秽"一词的含义也因"国情"或环境不同而千差万别。仅仅因为作品中有性场面、性描写（包括心理、行为）便一律斥之为色情自然失之偏颇，因为它们有时而且总是作为作品情节、主题的因素，为适应特定人物的需要而出现的。问题还在于，不同的读者对同一描写的反应往往不可能完全一致。D·H·劳伦斯说过"某人视为色情的东西，对另一个人则是天才的笑声"。有性描写的作品是否直接与性犯罪、社会道德堕落有关，至今仍悬而未决。

这些问题同样使社会学家、书刊检查官、法律制度陷入困境。历史地看，在美国，即使到现在，似乎也未能找到能使全社会一致认可的最佳对策。

1857年，英国通过了赋予法官成为书刊检查者的坎贝尔法。1868年，以英国审判希克林案命名的希克林法规定，从总体上看，优秀作品如果只有一段性描写，即使只使用一两个淫秽下流的词，这部作品都将被判为色情文学作品。坎贝尔法和希克林法在美国建国后一直被使用。

1873年，美国通过了由邮政官康斯托克所发起的把书检的权力交给邮政部门的康斯托克法，规定邮寄和接受"任何淫秽的、挑逗色欲的、不虔诚的书籍、小册子、图片、报纸、信件，或印刷品，或任何不严肃文字的出版物"将被判以重罪：初犯罚款5000美元，判刑最高达5年；再犯或屡犯罚10 000美元，判刑10年。出于维护宗教权威、纯洁道德的动机，康斯托克自诩为"上帝花园中的一个除草人"，他把婚姻手册、色情小说、图片等一律称为"败坏道德的秃鹫，随时都在偷袭我们的青年，把恶爪刺入青年的心脏"。政府委派他为扫黄特派员，赋予他组织的扫黄团体"纽约协会"拥有警察的权力，可以佩带手枪。康斯托克本人及其支持者采用密探、告密、设置圈套、篡改信件、突然袭击、逼供等手段开展了美国历史上首次前后达40年之久的"扫黄运动"。毋庸讳言，康斯托克法对于色情书刊的流传、打击色情出版商具有威慑作用，有一定积极意义；但在执行过程中，用卑劣的手段侵犯公民人身自由、隐私权，以及良莠不分，对真正有价值的文学作品的禁忌所带来的恶果也显而易见。康斯托克本人在晚年承认，他一生共销毁1600吨他所认为的色情淫秽读物，被判刑的罪人已足够装60节客车车厢(每节车厢容纳60名乘客)，而第60节车厢已快装满。可以肯定，其中冤假错案不少。比如，一个出版商仅仅收藏了古罗马诗人奥维德的经典著作《爱的艺术》便被收监一年，也有因出售避孕套或其他莫须有的罪名而被判刑的。英国大文豪肖伯纳的剧本《华伦夫人的职业》被康斯托克视为色情作品；而惠特曼的《草叶集》被指控为"下流的作品"，虽然没有坐牢，但惠特曼却因此被内政部开除公职。

1933 年，希克林法和康斯托克法第一次在美国遇到具有历史意义的挑战。地方法官约翰·德斯利否定了对乔伊斯《尤利西斯》的指控，并得到高级法官奥古斯特斯·汉德的支持："判定一本书是否色情应看总体效果，不可断章取义。《尤利西斯》中的性描写是全书内容不可分割的部分。"《尤利西斯》终于开禁不说，重要的是，正是根据这一新的、革命性的解释，一些有性描写内容的非色情之作得以正名。但即使如此，由于实际上存在着有关"淫秽"、"色情"定义的国家标准和地方标准，对是否是色情作品的裁定往往便取决于陪审团、法官的个人好恶倾向。二次大战后，一些有价值的文学作品仍然被禁，如考德威尔的《小墓地》、埃德蒙·威尔逊的《冥界女神之乡的回忆》、福克纳的《避难所》、法雷尔的《种马》三部曲，等等；而到 1959 年，劳伦斯的《查泰莱夫人的情人》、纳博科夫的《洛丽塔》也才得以开禁。

1957 年的罗斯案、1959 年《查泰莱夫人的情人》案、1974 年的《73505号案件——哈姆林起诉美国政府》案是美国性文化史中最具代表性的三桩案件。本书对此进行了饶有趣味的详尽披露。塞缪尔·罗斯 20 世纪 20年代便创办《两个世界》杂志，最初几期便连载《尤利西斯》章节，颇使乔伊斯不满。1930 年，因出版违禁的《尤利西斯》等书，被拘禁 60 天之后，他又因重印和出售《查泰莱夫人的情人》、《印度性爱艺术》、《香园》服刑 3 年。1957 年，最高法院又以他非法出版邮寄色情刊物，判刑 5 年。不过，这次判决的意义在于，美国法律终于从希克林法中独立出来，对"淫秽言行"作了新的解释："完全无视社会的重要性……对一般人来说，凡是从整体上看，其内容在于满足人的好色之心。"这就是说，第一，一本书的主旨是猥亵的、淫秽的才应受到指控；第二，只有对"一般成人"不宜时才违法；第三，"完全无视社会的重要性"所暗示的是，一本书只要最小程度地强调"社会的重要性"就有可能通过书刊检查。尽管在实际受理时，法官对以上问题的看法仍然举足轻重，但不管怎样，以上三条原则是令人鼓舞的，在以后的许多类似案件中，辩护人正是援引罗斯案的结论同法官针锋相对，最终得以胜诉。哈姆林案的起因是：司法部长米切尔亲自出马迫使陪审团以哈姆林出版发行《淫秽与色情文学专门委员会的插图报告》为由定罪（当时正值尼克松政府时期发起又一次"净化扫黄"运动之际），判处 4 年监禁，罚款 87 000 美元。原来，美国政府成立了一个专门委员会在全国调查性问题，并提出一个报告，其中一个结论是，性法律应允许公众做出选择是否愿意接受直接描写性内容的出版物。显然，《报告》具有政治意义和社会价值。而哈姆林的《插图报告》只不过是原《报告》的插图版而已，而且把问题进行分类，阐述得更清楚。陪审团、法官及起诉人的律师在法庭上唇枪舌剑，支持哈姆林一方援引罗斯等案件，认为"插图报告"是非色情的；而反对者则使用康斯托克法中的陈词滥调，在"色情"定义上绕圈子，最后投票结果是 5∶4，哈姆林败诉，维持原判。

四

性文化是一个广义的具有历时性和共时性的范畴，自人类社会存在以来，它超越时代、民族、信仰、地域，可以被认为是一部最难解读、最容易误读，又最具有争议的"文本"。性无孔不入、无处不在，然而，性作为一种文化现象，却没有能够像饮食、衣着、建筑等文化一样，确立自己的地位。许多重大问题，诸如性与犯罪、性与道德、性与社会、性与人生、性与政治等，无论在理论描述和实际运作上都还处于尴尬、是非难辨的处境，未能得到深入探讨。在美国法律界，当解释宪法第一修正案时，曾流传着一句话："无论什么内容，只要能导致法官阳具勃起，就算'色情'。"有人在评论美国伦理道德时说："谋杀是犯罪，但描写犯罪却不是；与此相反，性不是一种罪行，但描写性却是犯罪。"激发性欲的书一般可以认为是色情的，但是有的科学家却认为，色情读物并非无益（比如可减轻性焦虑，对夫妻性生活有益，或至少对专业研究者有用）。至于引起性想象、性意识的文学作品是否是色情作品，文学作品性描写可以到什么程度向来争执不下。文学批评家莱昂内尔·特里林反问："文学为什么不该把引起性欲作为它的意图之一？"色情、性描写是否是犯罪的一个动因，执法官和学者的结论也从未一致，前者持肯定说，而后者依据调查认为青少年犯罪同色情作品二者之间并无必然的联系。书刊检查的随意性、有关法律解释的多义性、扫黄策略等，也很值得研究。

泰勒斯花费 9 年时间，走访了成千上万的人，查阅了大量档案，引用了各方面的文学及学术著作，完成了这本他自己称为"反映美利坚民族的社会和性文化趋向的书"，其内容丰富，史料准确，特别是对性文化这一敏感问题的严肃思考使本书具有可读性和学术性。该书出版后连续 9 个月名列《纽约时报书评》畅销书榜前列，被认为是美国性文化史研究的一个里程碑。当然，作者不可能，也无法对所涉及问题得出明确的答案，他引导读者进行了一次美国性文化史的巡礼。鉴于性文化在每个国家都有共同性，相信此书会对我国读者、研究者不无裨益。

（原载于《外国文学》1994 年第 2 期）

"名不切题"的阅读效果
——厄普代克的新奉献：《对福特执政时期的回忆》①

只看书名《对福特执政时期的回忆》(*Memories of the Ford Administration*)，人们会误认为这是一部非小说类著作，可归于回忆录式的纪实性历史或政治作品类。然而，以"具有无穷无尽的才华"②而闻名遐迩的美国当代小说大师约翰·厄普代克只不过向读者玩弄了一个小小的障眼法。他好像有意引诱读者一开始就堕入意图谬误。按传统观念，作品的标题或书名可以说是一部作品内容的概括，往往以作品中的人物、事件、地名乃至相关的象征寓意直接或间接地来揭示作品的"意思"。厄

---

① 约翰·厄普代克著，《对福特执政时期的回忆》，纽约：阿尔弗雷德·A.克诺普夫出版社，1992。

② 马库斯·坎利夫，《美国的文学》，企鹅出版公司，1970，第 345 页。

普代克也曾这么做过。例如《夫妇们》（*Couples*）、《救济院集市》（*The Poorhouse Fair*）、《马人》（*Centaur*）、《罗杰的看法》（*Roger's Version*）等。但如果以为这一模式是小说命名的金科玉律则失之偏颇，毕竟读者是通过进入小说"文本"——作家所构建的由人物、情节及相关描述所组成的语言现实，同作者以及作品中人物进行情感交流并体验其意义的。就此而言，小说的命名不应该有任何固定不变的俗套。

在现代小说中，有时候"名不切题"（wonder off on target）或者说"名不副实"比直接切入正题更具有接受意义上的阅读效果。按传统模式，这部小说如果取名为"两个男人的罗曼史"或者其他更富于感官刺激性的标题似乎也无可非议。但厄普代克一反时尚，宁愿让读者一看书名，就把此书当成是一部有关美国当代史上一个平庸然而并非不重要的时代的作品来解读。厄普代克的这部新作——他的第 15 部小说，同他的其他小说一样，虽然书名颇有政治性，但其所蕴含着的滑稽、讽刺等喜剧因素同样表明了厄普代克对历史和现实的一如既往的关注与反思，也又一次体现了他非凡的独创性。

———

这部小说问世的 1992 年正是美国总统大选年。布什和克林顿鹿死谁手还未见分晓。众所周知，美国选民向来重视候选人的政治素质及治国能力，也对其道德观，特别是私生活相当挑剔。大众传播媒介围绕着候选人在这些问题上的得失大做文章；候选人之间也为此而唇枪舌剑，绝不留情。候选人的任何一桩微小的过失，尤其是诸如婚外恋情之类的事都会成为丑闻，危及候选人在公众中的印象，最终会影响到选民的信任。政界人物，特别是总统的私生活（无论是在当时或以后被披露）常常成为公众和舆论最敏感的话题。尽管岁月流逝，政权更迭，仿佛是为了同现今总统或未来总统的业绩作对比，或者作为某种启示或怀旧，历届总统的政绩及私生活每到大选之年，仍然会激起公众的兴趣。厄普代克当然深知公众的这一心理，这也或许是他给这部小说如此命名的动因。此书果然十分畅销，至今已出版三次。

1974 年尼克松因"水门事件"下台后，杰拉尔德·福特以副总统身份继位成为美国第 38 届总统。1976 年 11 月总统大选中，他败于卡特而下野，执政期不到两年半。福特也许算不上一位伟大的总统，但正是他在职期间越战结束，美国人摆脱了一大噩梦。这一事件就重要性而言，堪与布什任职期间冷战结束的意义相比。他任命基辛格为国务卿，推行多方位外交，进一步加强了美国超级大国地位；然而也同布什政府一样，在国内面临着经济衰退、高通货膨胀的难题。当然，与福特执政期间相比，当今美国的经济形势更为严峻。福特当年一就职便向国会提出消除通货膨胀计划，但在实行时收效甚微；布什和克林顿在竞选中为了拉拢选民，也无一不发誓要重振美国经济。历史往往有惊人的相似之处，厄普代克把小说的时代背景置于短促的福特执政时期，对于现今的读者来说当然不是无的放矢。厄普代克是一位有历史感的作家，其作品的特点之一是，在他的每部长篇小说里"精确的年份和历届总统的执政都无一遗漏。例如，《马人》显然是一本杜鲁门执政时的作品，《兔子，跑吧》是艾森豪威尔执政时的作品，《夫妇们》只有在肯尼迪当政时才能写出来……甚至《救济院集市》也有一位总统洛温斯坦。如果《农场》是一本没有列出总统名字的作品，那也许是因为它的一种独特的写法，触及到了将来的问题，虽然那是一个比写作时间提前了一年多的将来——但已成为过去的将来了"。①

这部小说中的叙述者阿尔弗雷德·克莱顿，是美国新罕布什尔州南部威沃德女子学院历史老师。他应一个历史学术组织之约，撰写他对于福特执政时期的回忆时，他声称只记住了两件事：一是他错综复杂的婚外恋情；另一件是从那时就开始写作但至今仍未完成的有关美国第 15 届总统詹姆斯·布坎南生平轶事的著作。小说情节以这两条不太相关的主线交替展开。阿尔弗雷德生活放荡，是 20 世纪 60 年代性革命的产物。

_____

① 厄普代克答《巴黎评论》记者问，引自《西方现代派作家谈创作》，中国电视出版社，1991，第 415 页。

他大言不惭地承认："除了缺少一个成熟男人的道德观念外，表现男子气概的一切东西我无不具备。"于是他无视家庭价值，热衷于与女人调情，并为此争风吃醋。他勾搭上了他的同事布伦特·米勒姿色撩人的妻子杰拉维芙，竟然抛弃妻子诺玛和三个孩子。而这位布伦特先生既是他的情敌，也是他在事业上的对手。耐人寻味的是，厄普代克为其安排的职业是解构主义学者。布伦特的反传统的新观点颇能吸引学生，在他看来，"衡量西方经典文学著作的所有标准都不值一提，因为这些标准只不过是数世纪以来白种男人的压迫和专制所留下的古董，对待它们务必像对放射性废物那样格外小心，不过《呼啸山庄》和弗雷德里克·道格拉斯的自传是例外"。显然，安排这样一个时髦学者型人物，让他直接介入同阿尔弗雷德之间的个人情感以及学术观念冲突中并非是随意的，在我看来，这是为了揭示人物所处时代的社会现实及文化思潮对这一现实的反映。伊格尔顿说过，现代文学理论的发展同 20 世纪的政治与思想意识的动乱有某种联系，"这种动乱绝不仅仅是战争、经济萧条和革命的问题，它还是卷入其中的那些人的内心深处的个人体会。它既是一种社会的动荡，也是一种人类关系的象征，而且还是人的个性的危机"[①]。20 世纪是批评的世纪，解构主义（后结构主义）作为对结构主义的一种反拨，其存在自有其合理之处，但其理论主张也容易使它自动走向极端，可说是一大悖论。解构主义以否定语言的可靠性开始进而反对一切"先验的"、依赖于一种不可怀疑的原则的思想系统，它对于真理、现实、意义和知识的传统观念一概表示怀疑等观点本身就应受到质疑。不过，作品文本的"不确定性"，或者如巴特所说的"作者已经死亡"，对解构主义者来说就不仅是一种文学批评准则，而且也是他们对危机日益加深似乎不可救药的西方现代社会文明和体制的看法。就此而言，它具有社会批判的意义。福特执政期间，美国人为越战的结束而庆幸，为一个新时代的开始而鼓舞，但这种希望又很快因国内的经济、社会问题以及尚未消除的冷战阴云而幻灭。福特

---

① 伊格尔顿著，王逢振译《当代西方文学理论》，中国社会科学出版社，1988，第214页。

企图重建美国价值观的允诺只是政客的空话。在这样一种不安、焦灼、前途未卜的时代气氛下，同属中产阶级的阿尔弗雷德和布伦特便以各自的方式游戏人生：阿尔弗雷德在事业上毫无建树，失意、沮丧，虽然他曾试图"用语言将生活诗意化，仿佛生活是思维的产物，可以随心所欲构建，使之放大、提高一般"。现实生活击碎了他的这一乐观主义，他因而沉溺于情欲之中，用他的话来说："肉体的天堂就在眼前，艾森豪威尔时代不可思议，肯尼迪执政时被认为是猥亵的一切，在福特时期却已经成为一种不可缺少的需要。"这种逃避现实的行为本质上同布伦特的怀疑主义是相同的。阿尔弗雷德同社会的格格不入自然可以找到其社会根源，从以下他的一段自白中不难捕捉到业已过时的"垮掉一代"在美国特定历史时期的迷惘和无可奈何的心态："我们的身上曾戴着彩色念珠，我们吸毒，我们全身赤裸狂舞……我们轰炸河内，曾在月球上着陆，然而一切依旧，连天空也无动于衷。"

家庭、两性关系、宗教是厄普代克的小说所关注的三个主题，它们往往互相交织，构成了厄普代克的多彩而诡秘的小说世界，是作家用以揭示人物心灵、阐释历史与现实的独特手段。从《兔子，跑吧》系列、《夫妇们》、《罗杰的看法》、《东方女巫》等小说中的人物到其 1988 年的近作《S.》中那位不满意婚姻而离家出走、试图皈依宗教、以女权主义者的方式实现自我价值而最终仍陷入失望的女主人公莎拉的遭遇，都表明了厄普代克始终如一的审美观。[①]在《对福特执政时期的回忆》这本小说中，厄普代克似乎不太关注他笔下人物的宗教信仰问题，而着力于展示人物的现实需求，特别是情欲负罪感以及充满矛盾的道德观念。小说所描述的大学校园内的婚外恋事件颇有代表性。这些"事件"发生在阿尔弗雷德同杰拉维芙，同布伦特的一个学生的母亲，以及布伦特同阿尔弗雷德的妻子诺玛之间。引人深思的是，阿尔弗雷德妒恨布伦特同自己妻子私通的主要原因竟是因为他对布伦特的"新潮思想"不胜反感。他对布伦

---

① 参见拙文《〈S〉：厄普代克对"女性意识"的新探索》，见《外国文学评论》，1991 年第 1 期。

特说："如果你将历史解构，就无异于是在消解历史中的真实，从历史中剥脱其罪恶感。我认为罪恶感至关重要——我是说，耻辱和负疚是人类存在的最根本的条件。"看来，阿尔弗雷德也许不算是十足的歹徒，虽说他放浪形骸，但毕竟还有羞耻之心和负疚感；而布伦特，尽管高谈阔论，试图用其解构主义为武器充当女权主义的辩护士，维护女人的自主和尊严，但也未能抗拒情欲而去勾引他人的妻子。颇具讽刺意味并使这种行为带上悲剧色彩的是，现实无法解构，倒是他自身的人格正被消解。

二

这部小说同时交替展开的另一线索是阿尔弗雷德未完成的布坎南总统的著作。厄普代克不惜笔墨通过叙述者阿尔弗雷德的视角呈现了这部未成著作的若干段落：从福特时代的现实回溯到南北战争时期。时间空间跨度上的这种跌宕、跳跃，再加上布坎南的令人悲伤的恋爱史，增加了小说的可读性。有位评论家对这种写作手法的阅读效果作了十分生动的比喻："读这本小说，仿佛你在温泉中沐浴。你沉浸在温水中，任凭厄普代克让你超越时空，在水中漂浮……他所叙述的一切如此引人入胜，使我们在布坎南时代和福特时代之间回复往返。"①布坎南的功绩比之接替他的林肯也许不免失色，但他终身未婚，是美国历届总统中唯一的处男。这一事实令历史学家和传记作家倍感兴趣。阿尔弗雷德的写作动机是借助布坎南并非平静的情感生活为他本人的远非道德的情欲辩护。这种比较自然滑稽可笑，苍白无力，因为读者自己很快会得出结论，无论阿尔弗雷德怎样叙述，有关布坎南的"绯闻"其实很难成立。1819 年，年轻的布坎南同宾夕法尼亚州兰开斯特城的安·柯尔曼订婚。安继承了一笔可观的遗产，其家族在当地颇有声望。按阿尔弗雷德的说法，布坎南作为一个男人，优柔寡断，甚至有点呆头呆脑，对女人毫无魅力可言，是"同情南方黑奴制，采取调停立场的最后一个政治家"。观察布坎南政治立场

---

① 引自《纽约时报书评》，1992 年 11 月 29 日。

的功过应考察当时十分复杂的社会情势才能做出公正的回答，这一点连阿尔弗雷德也不得不承认，"在 19 世纪人们用以判断事件意义的标准对今天的我们未必适用"。在兰开斯特，布坎南是一位众人瞩目的大有前途的律师。然而，在安的亲属眼里，他不名一文，社会地位低下，是一个花言巧语、觊觎安的财产的骗子。安本人对布坎南也不满，认为他太专注于律师事务而常常忽略了她的情感需求。这种妒恨更因布坎南与一位名叫格雷丝·休伯莱的女人的邂逅而加深。而事情的经过仅仅是：布坎南在他的一个当事人威廉·杰肯斯的家里被介绍同格雷丝相识，两人相谈颇为投机，一起度过了整个下午。不幸的是，这次纯属偶然的相见却被布坎南的对手别有用心地加以渲染。事实上布坎南清白无辜，同格雷丝的关系并没越轨。然而，安不顾布坎南的解释，怒不可遏，单方面解除了同布坎南的婚约。为了排遣痛苦，安前往费城度假，旅途劳累和精神上所受的刺激使她病倒。医生替她开了鸦片酊，她却因服用过度而死亡。

人们普遍把安的死归咎于布坎南。他给安的家人的信件被拒收，其身心所遭受的打击难以言表。然而，在追述这一悲史时，阿尔弗雷德显然对布坎南的内心痛楚程度及对其事业的影响估计不足。事实上，安的去世，不但使布坎南在议会的声望受到损害，而且也为他日后获得提名出任美国驻俄国彼得堡公使以及同曾担任美国第七届总统的安德烈·杰克逊和《红字》作者霍桑的会晤投下了阴影。

小说中的叙述语言（作为叙述者阿尔弗雷德的声音，有时可以被认为是作者本人的）所揭示的布坎南的个人悲剧，就其细节的精确性、语言的生动性和表现力而言，在美国当代历史小说中均堪称范例。有必要指出的是，同解构主义学者布伦特所声言的"解构主义准则——消除一切模式，颠覆任何一切流畅的、优雅的、令人畏惧的东西"相反，阿尔弗雷德（自然亦可被看成是作者本人）则仿佛是在重建语言——一种抒情的、颇具传统古风的典雅语言。如果把这一语言操作实践置于日趋多样化，但也越发混乱的美国当代小说发展背景中来考察，它所传递的一个重要信息是，90 年代的美国小说在接近或回归现实主义时（这一回归当然与旧现实主义已有质的区别），语言也从现代主义的实验中趋于传统，仿佛欲"返璞归真"。这显然同当代小说更加重视现实的迫切问题有关，亦如"新新闻主义"代表人物之一汤姆·沃尔夫所言："小说的前途将是以新闻报道为基础的高度细节化的现实主义，这种现实主义要比在使用中的任何一种更全面……"[①]因此人们有理由将为"了解历史"而写出的历史、传记类小说归入社会现实小说范畴，因为从语言到形式它们大都借鉴了对社会问题、人物、事件进行深入调查、详尽披露的新闻写作方式。厄普代克的这部新作亦可作如是观。

小说中提到的两位总统，布坎南显然比之福特更令作者关注。他无意把笔触直接指向福特本人，只不过将福特执政时期作为小说的一个背景，意在通过叙述者的回忆去折射福特时代的某些社会层面而已。读者在进入"文本"后，最先产生的意图谬误便逐渐消除，最终会从阿尔弗雷德"我压根儿怀疑是否真出现过福特时代，足以表明它存在的证据似乎难以寻觅"这一困惑中同叙述者——作者达成某种默契，意图谬误因而转化为心领神会；至于布坎南，厄普代克从他所能得到的大量官方文件、档案中去粗存精，重现了因年代久远而在人们心目中已经淡漠的有关布坎南的生平轶事。于是，这部"名不切题"的小说的阅读效果除上所述之外，便有了更深邃的现实寓意：在大选之年，厄普代克所要摧毁的不但是美国公众根深蒂固的自我欺骗心理——一种虚幻的把现实和未来问题的解决寄托在某位伟大、英明、人格高尚、完美无缺的总统身上的神话，而更为重要的是，正如美国小说家查里斯·约翰逊所言，这部小说给予公众的启示是，让他们领悟到"美国政治生活中最根本的，无须求证的公理——任何一位当选领导人都不是非凡的，更不能拯救我们，我们必须依靠自己"[②]。这部小说的认识价值的最发人深省之处也正在于此。

（原载于《外国文学评论》1994年第4期）

---

① 引自马·布莱德伯里《80年代美国小说：更接近混乱》，《外国文学动态》，1993年第1期。

② 《纽约时报书评》，1992年11月1日。

儒勒·凡尔纳和他的《世界主宰者》①

1905 年 3 月 24 日法国科幻小说家和冒险小说作家儒勒·凡尔纳(Jules Verne) 与世长辞,享年 77 岁。他一生共创作了 66 部长篇小说和中短篇小说集;此外,还有一些剧本,一册《法国地理》,以及一部六卷本的《伟大的旅行家和伟大的旅行史》,当之无愧地被公认为世界科幻小说(Science Fiction) 的奠基人之一。凡尔纳作品中,奇特丰富的想象力,对自然科学发展的天才预言,融惊险、科幻小说特点为一炉的情节,以及包含着现实主义传统的对社会历史事件的深刻披露,人物形象的生动塑造,等等,使凡尔纳的重要地位和影响远远超出科幻小说、惊险小说范围。

呈现在读者面前的这部小说《世界主宰者》(*Master of the World*) 发表于作者逝世前一年,即 1904 年,是凡尔纳的最后一部作品;严格地说,是作者于 1886 年出版的小说《征服者罗布尔》(*Robur the Conquerer*) 的续篇。小说《征服者罗布尔》的主要情节是工程师罗布尔发明并创造了"信天翁号"飞船。其根据是,只有"比空气重"的机器才能征服空间。他劫持了与其理论相悖、主张"比空气轻"原理的美国费城韦尔顿学会的主席及秘书长到"信天翁"上,带着他们环球飞行,历经艰险,显示了这种飞船的巨大威力。

承继这一线索,在《世界主宰者》中,"信天翁号"飞船的发明者罗布尔又发明并制造了一架能够在天空中飞行,在水面上航行,在水底下潜行,在陆地上疾驰的水、陆、空三栖"恐怖号"机器;其发动机功率之强,其速度之快简直令人惊骇。故事开始发生在美国北卡罗来纳州的蓝岭山脉中的爱里巨峰。居住在这一带的老百姓看见从巨峰顶上有火光出现,

---

① 此系拙译《世界主宰者》译序,四川人民出版社,1996。

303

浓烟升腾，种种迹象使人们怀疑是否这是火山爆发或地震的前兆，但科学家根据地质历史资料指出：蓝岭山脉没有任何火山或地震活动的依据。约翰·斯特拉克——美国联察署的一名督察官，受命前往爱里巨峰探查，他带领的登山队试图登上爱里巨峰峰顶，但无功而返。

几周后，在宾夕法尼亚举行了一次国际汽车大赛。比赛进行之际，突然，赛场跑道上传来隆隆巨响，烟云四起，一辆汽车像飓风一般超过所有赛车到达终点，又立即消失。其速度达每小时150英里。从当时的记录来看，可说是异乎寻常。接着没多久，从沿新英格兰海域的缅因、马萨诸塞、康涅狄格诸州传来消息，一辆雪茄形状的怪船在水面上掠过，摩托艇和轮船试图接近并追踪它，但都无济于事；而同时，在一个湖泊内，人们又发现一只怪异的潜水艇。

斯特拉克及其上司，当然也包括美国政府不由寻思——怪船、怪车、潜水艇是否是同一机器？斯特拉克甚至怀疑，是否爱里巨峰上所发生的现象也与这机器有关。从当时的科学发展水平来看，任何政府如果能够拥有这项发明，就将是世界上最强大的国家。因此美国率先，接着欧洲其他各国政府也相继向这神秘机器的无人所知的发明者提供高额金钱以收买其发明的专利权。在这场角逐中，美国最终以巨价使其他政府自动退出。就在这时，联邦警察署收到署名为"世界主宰者"发自"恐怖号甲板"的匿名信，寄给"东半球和西半球"。写信人拒绝了所有政府的建议并威胁"我将掌握这机器来控制全世界"，声称"任何人休想阻止我"。

"世界主宰者"是谁？他到底有何居心？斯特拉克和他的两名搭档奉命追查并俘获这位狂人。小说情节于是追随以上线索渐入高潮：斯特拉克在黑石湾被"恐怖号"所俘，亲眼目睹了水、陆、空三用"恐怖号"的许多秘密。"世界主宰者"不是别人，正是罗布尔。

"恐怖号"从黑石湾逃离后，从大湖区进入尼亚加拉河，躲过了鱼雷艇的炮火和拦截，在瀑布所形成的深渊即将吞没它之时，突然变形为飞船，飞抵爱里巨峰。原来爱里巨峰顶的洞穴正是罗布尔建造其神秘三用机器的"车间"和隐蔽所。在这里休整后，"恐怖号"飞过群山，时而变形成船，时而变形成潜水艇，驰向太平洋中的 X 岛（"信天翁"号正是在 X 岛建造的），终于在一场罕见的风暴中被雷电摧毁，罗布尔也因此葬身海底，斯特拉克则死里逃生。

小说的这一结局自然令读者皆大欢喜，似乎应验了"恶人必有恶报，好人必有善终"这一哲理。然而闭卷深思，这部小说所揭示的认识价值却远远不止于此。美国批评家雨果·根斯巴克（Hugo Gersback）认为"所谓科幻小说，我是指儒勒·凡尔纳、H·G·威尔斯，以及爱伦·坡所写的那种小说——引人入胜的罗曼史同科学的事实以及预示性想象相结合"。

这就是说，第一，科幻小说必须具有细节的精确性；第二，科幻小说的情节，心须建构在科学事实上；第三，科幻小说不应只注重故事本身的预示性，而且应尽可能反映政治、社会、文化的内容；第四，科幻小说不仅以神秘、冒险为其特点，而且也应注重罗曼史——即情节的生动和人物个性的刻画。

用这一定义来考察凡尔纳的这部小说，虽然不尽完美，但也的确体现了上述特点。首先值得注意的是，生活在 19 世纪的凡尔纳已经预示了他那个时代的科学发展前景。他认为科学工艺的发达应该带给人类以和平与正义，而不是邪恶和灾难。像威尔士一样，他看见这些信念在实际生活中是如此受到嘲弄，虽然他没有目睹 1914—1918 年间的第一次世界大战。他已经明白仅仅有科学的进步并不能创造出一个美好的世界。科学作为一种工具，既可以明智地利用，也可以愚蠢地使用；既可以用于建设也可以用于毁灭，而且大多数的创造发明并不是直接用于人类的利益；相反，却常常出于自私的功利性而被滥用。显而易见，罗布尔发明的水陆空三栖"恐怖号"机器尽管十分先进，但其目的却是为了"主宰世界"，并不能给人类带来任何好处。这个科学狂人及其发明的最终毁灭，正表达了凡尔纳的这一主旨。而且，美国及欧洲列强政府之所以要不惜高价收买这一秘密发明，也并非为了增进社会福利，而是出于军事目的，试图一旦战争爆发即可以此秘密武器来统治全世界。联系到当今世界政治的"弱肉强食",某些大国所推行的"强权政治"（虽然冷战已经结束，但世界并不太平），凡尔纳的这一揭示既辛辣又尖锐，仍然十分深刻。

其次，也正如凡尔纳的其他许多科幻小说一样，在作者时代被认为是科学幻想的事物，随着科学的日益昌盛，已经变成现实。这部小说中的水陆空三栖机器如今已不是什么"神秘的怪物"了。人类已进入后工业——电子信息时代，征服太空也不是什么梦想。就此而言，已表明了凡尔纳天才的预见性，这也正是科幻小说无穷魅力和巨大认识价值之所在。

末了，作为凡尔纳的最后一部科幻小说，拙译《世界主宰者》填补了我国对凡尔纳译介的一个空白，相信会有助于读者和研究者全面认识凡尔纳其人及其作品。

1995年3月13日

言之不尽的幽默大师马克·吐温[①]

一

马克·吐温（1835—1910），原名塞缪尔·朗荷恩·克莱门斯，1835年11月30日生于美国密苏里州的小镇费罗里达。父亲约翰·马歇尔·克莱门斯是本镇的法官，有四个孩子，马克·吐温排行老三。克莱门斯法官很受人尊敬，但收入微薄。萨姆（即马克·吐温，家里人叫他萨姆）4岁时，全家迁居密西西比河畔的汉尼巴尔小镇。童年生活中的一些趣事日后被马克·吐温写进了《汤姆·索亚历险记》，其中最著名的就是用白灰浆粉刷木板围墙的故事：一个周末，喜欢钓鱼游泳、好做恶作剧的萨姆同三个小伙伴逃学玩耍，回到家，母亲惩罚萨姆粉刷约有30码长、比

---

① 本文系拙译《马克·吐温幽默作品集》序言，漓江出版社1997。

306

他头顶还高、正对街面的围墙。尽管很不情愿，萨姆却若无其事地费力刷墙，像是画家在完成一幅伟大作品似的。别的孩子路过，觉得怪有趣，都想试试身手，可他却故弄玄虚，对他们解释：母亲对粉刷这围墙很讲究，"一千个孩子，也许两千个里面也找不出一个能使她满意的哩"。于是孩子们纷纷向他许诺，赠给他许多小玩意儿以交换刷墙这一差事，仿佛那是世上最体面的壮举。就这样，半个上午，围墙就刷上了三层白浆，而且萨姆还大有所获，收到了许多礼物：口琴、独眼小猫、刀把儿、等等。马克·吐温借用汤姆的话写道："这世界原本不空虚。他发现了人类行为的一大法则，可自己还未意识到——那就是，如果要使一个大人或小孩去干一件他非常想干的事不可，只需设法使这件事不那么容易得手就成。"

萨姆常到有 20 名黑奴的约翰姨父家的农庄去玩。姨父温和善良，极有幽默感，不虐待黑奴，但却像当时多数有产者一样，他也不容忍让黑奴获得自由。在这儿，萨姆同一个叫丹尼尔大叔的黑奴交上了好朋友。他向丹尼尔大叔提出各种各样的问题，包括《圣经》故事，比如所罗门王有一后宫，为什么会有 100 万个女人等（这件事写进了《哈克贝利·芬历险记》）。丹尼尔大叔给他讲了许多民间故事，让他懂得了许多实际生活知识。他对奴隶的境遇极为同情，幼小的心灵里早就滋长了反奴主义，主张人人平等的民主启蒙思想。丹尼尔后来被主人卖掉，但萨姆对丹尼尔的情谊终生未忘，在《哈克贝利·芬历险记》结尾，他有意让吉姆（丹·尼尔的原型）获得了自由。

萨姆家的经济状况在到了汉尼巴尔后并无好转，由于耿直和对不可靠的诸如"黑奴贩子"毕克、房地产投机商斯陶特之流的轻信，克莱门斯法官的欠债越积越多。在一场官司中，克莱门斯败诉，于是只好拍卖财物，以致一贫如洗，终于一病不起直至去世。萨姆也不得不辍学，12岁就进了印刷所当学徒。他的哥哥奥利安靠父亲卖掉田纳西州的一份地产所得的 50 美元，在汉尼巴尔办起了一种反映辉格党观念的周刊《西部联合报》。萨姆在哥哥手下干活，既当印刷工人，也写作品。15 岁时，便开始了写作生涯，主要写幽默小品、杂文。当时的报纸上有关到外部世界探险的传奇故事很让萨姆心动。他生性富于幻想，渴望去干一番惊天动地的事业。终于在 21 岁时，他登上了从辛辛那提到新奥尔良的一艘轮船，同一名叫毕里斯贝的领航员混得很熟，向他学习驾驶轮船，从此他开始了成为他一生转折点的密西西比河上的航行生涯。他对从新奥尔良到圣路易斯之间 1200 英里航道的形状——无论在白天黑夜，无论何种天气都了如指掌。"马克·吐温"（Mark Twain）原是航海术语，意思是"测标两呎深"——即 12 英尺为安全水位。他的笔名"马克·吐温"便由此而来。他果然如愿以偿，1858 年当了领航员，成了"一条水上城市的掌航人"，收入颇丰，衣冠楚楚，留着长长的颊须，头戴一顶高高的锥形毡帽；广交朋友，接触了形形色色的人，知道了许多国内外大事，乃至私事秘闻及小道消息。航海生活既有趣又繁忙，有时还伴随着意外灾难（他的弟弟亨利就在一次轮船爆炸中丧生）。这段生活为他日后写作提供了丰富的素材。

在船上，马克·吐温曾爱上了一个不值班的见习领航员——来自南方路易斯安纳州一个富裕种植园主的女儿、28 岁的姑娘萝拉。他对这位性格活泼、黑眼睛的姑娘一往情深，写了许多情书，可萝拉的父母认为船员不是女儿的合适对象，竟然扣下了信，使这短促的恋爱告终。在以后的许多年，他仍然怀念萝拉，虽仍广交朋友，但一直没能堕入情网。

1860 年林肯当选为美国总统。同年 12 月，南卡罗莱纳州宣布退出联邦，其他几个实行蓄奴制的州也紧跟其后。1861 年，美国南部联邦成立，南北矛盾激化，由南方发起的对萨姆特要塞的进攻揭开了南北战争的序幕。战争使密西西比河上的航行陷于萧条中，马克·吐温因此失业。效忠哪一方对于马克·吐温这个生于南方的年轻人来说是一次严峻的选择。他反对蓄奴制，南卡罗莱纳退出联邦时，他在领航室对此进行过激烈的抨击。不过，在当时情势下，乡土情结对他也不无影响。当还未脱离联邦的密苏里州被联邦军队进驻时，出于"保卫家园""忠于密苏里州""要把一切入侵之敌，不管他们来自何方、打着何种旗号，统统赶出密苏里的土地"这一信念，马克·吐温加入了一支只有 15 名成员的来历不明的南方部队。这支小队伍士气涣散，无法抵挡北方大军的猛烈攻势。3周后，吃尽苦头的马克·吐温逃跑回家。这段经历在他的《一场失败了的战役秘史》中有生动的叙述。

马克·吐温同哥哥奥利安于是风尘仆仆一路向西来到荒凉的内华达的卡森城，由于不久前这里发现了科木斯托克银矿，大批怀着"淘金梦"的移民拥入内华达——那时内华达刚被联邦批准为一个准州。奥利安担任州长手下的行政长官。马克·吐温也渴望发财，加入了探查银矿的队伍。可事与愿违，他的"黄金梦"终成泡影，他便只身来到弗吉尼亚城，在《企业报》担任"本地新闻"专栏记者，采访矿区生活，写杀人狂、亡命徒的故事，笔锋犀利、尖刻，用的就是"马克·吐温"这一笔名。马克·吐温的专栏大受欢迎，但也因此同《弗吉尼亚联合报》的老板莱尔德结下宿怨，不得不与之决斗。由于莱尔德临阵怯场，决斗才没能进行。然而就在这一天，内华达州下了一项新法令，禁止提出和递送决斗挑战书，否则将被逮捕。于是马克·吐温第二天便越过内华达山区进入加利福尼亚矿区，在《号角晨报》当记者，不久又返回内华达山区一金矿区淘金。在这儿，他听淘金者讲故事，其中一个是关于矿工柯尔曼及其心爱的跳蛙的故事，后来被他写成标志其文学创作开端、脍炙人口的短篇小说《卡拉维拉斯县闻名的跳蛙》（1865）。那位喜欢用跳蛙打赌、总是所向无敌的斯迈利（以柯尔曼为原型）在一次打赌中被对方耍弄，其跳蛙被对方灌进了铁砂，结果不但跳蛙送了命，而且他还白白丢了40美元。这一短篇小说，文笔轻松，被誉为西部幽默故事的代表作，也从此确立了马克·吐温作为幽默作家的声誉。

1865年，南北战争结束。马克·吐温来到旧金山，接着他以新闻记者身份从纽约出发沿地中海赴欧洲旅行。这次经历以旅行书简寄回国内发表，《傻子国外旅行记》（1869）更详尽记载了一路的所见所闻，让读者领略到融揶揄、讽刺、玩笑、机智于一体的马克·吐温式的幽默笔触。

这次旅游中他认识了他未来的妻子莉薇·兰顿的哥哥。在船上，马克·吐温一见到莉薇的玉照便决定要见她一面。莉薇的父亲杰维斯·兰顿是纽约富豪。莉薇当时 22 岁,美丽、聪明、文雅,具有维多利亚时代少女的一切优雅风范。1867 年元旦,他们在杰维斯家见面,从上午 10 点一直呆到深夜,两人可说一见钟情。短篇小说《百万英镑钞票》中在伦敦的那位美国浪子亨利在一次聚会中同富家小姐波霞邂逅,亨利说"见面两分钟,我就爱上了她,她也一样",虽然有些夸张,但正是记叙马克·吐温与莉薇当天晚上见面的情景。为了向莉薇求婚,马克·吐温不但要向姑娘表明他的真挚,还必须向其父母证明他经济地位稳固,有能力使这个柔弱、有严格家教的姑娘获得幸福。因此,他继续写新闻稿、创作,同时巡回演讲。他是天生的演说家,异国风光、充满幽默笑料的趣闻轶事,再加上他妙语连珠的即兴评论,拖着南方口音的声调,确实令观众倾倒。但 3 个月来,他的求婚却屡遭拒绝,可他并未死心。他给莉薇写的情书共有 184 封,而且总是那样热情洋溢——其中一封这样写道:

> ……对我来说,你还是超出一切凡人的佼佼者,因此我不能用一般的平淡的词语同你说话……让我对你的高贵品质表达应有的崇敬吧;让我对你比一切妇女更加尊重吧;让我用一种毫不怀疑、毫无问题的爱情来爱你吧——因为你就是我的整个世界,就是我的生命,我的荣耀,就是全世界值得我追求的唯一的对象。假使你有什么缺点,那就尽管让它发展吧——我决不害怕——无论什么事都不能把你从我的心灵中夺去。莉薇,但愿你知道我多么爱你!可是我即使一连给你写一年的信,也不能使你理解我的爱慕之情。[①]

两人终于在 1870 年 2 月 2 日结婚。在漫长的婚姻生活中,莉薇确实是马克·吐温忠实的伴侣、事业上的知己。她帮助丈夫校订书稿,甚至改掉一些在她认为是不雅的词句,整理他的书信,处理社交和日常事务。他们的女儿克拉拉在《我的父亲马克·吐温》中这样写道:

> 每个艺术家都必须有一个相知的亲密伴侣和他共同致力于他的作品,同时从赞赏和非难中获得启发。无论多么伟大的艺术家,建

---

① 引自《马克·吐温传奇》,中国青年出版社,1993,第 175 页。

设性的批评所产生的健康的指导和适当的赞美所起的滋润作用，对他都是很必要的。我母亲就有本事兼顾这两个方面。我父亲得到这样一个伴侣，和他自己一样专心致志于他的著作，他感到非常幸运！他曾多少次对神奇的命运所做的巧妙安排表示感激啊！这个伴侣对于文学和人生应有的正确的协调具有真纯的慧眼；她的挑剔毫无例外地被证明是公正的批评，因为她的眼力是由宽广的胸怀产生的，每次射击都能击中靶心。[①]

马克·吐温在写作他的爱情短篇小说《亚当夏娃日记》时倾注了对妻子的深情。亚当在夏娃的墓碑上的悼语是"她出现在哪儿，哪儿就是伊甸园"，而夏娃的悼词可以看成是莉薇对丈夫的祝愿。果然，她在马克·吐温之前离世：

> 我期待，我渴望，我俩能一同告别人世——这一渴望将永远不会在这个世界上消失，会在每一个体验过爱情的妻子心中占有一席之地，直到世界末日，而且他们将会牢牢记住我的名字。
>
> 不过，如果我俩之中有一个先离开人世，我将祈愿让我先去，因为他强壮有力，而我是弱者。对于他来说，我并非不可缺少；可对于我来说，他是我的一切——没有他的人生不配叫做人生；这种人生我如何能够容忍？我的这一祈愿将是永恒的，我的后代将会生育不息，但即使如此，这一祈愿也不会终止。

可以想象，当1908年6月5日，莉薇在意大利佛罗伦萨他们孤居的寓所因心脏病复发而逝世时，马克·吐温是怎样的身心交瘁。他不禁在回忆录中写道："你在地下，孑身一人；我在人间和大家在一起，但也是孤零零的。"

马克·吐温的作品中，真正意义上的爱情小说屈指可数，然而，他和莉薇的恋爱婚姻史堪称一篇最动人、最完美的爱情故事。

---

① 引自《马克·吐温传奇》，中国青年出版社，1993，第294页。

二

马克·吐温许多作品中的一个常见主题是揭露美国资本主义发展初期金钱对人性的腐蚀，这种贪婪的"拜金热"深入政界、金融界、司法部门、新闻界及社会各层面，既有头面人物，也有小人物。长篇小说（同华纳合作）《镀金时代》（1873）将南北战争后号称美国"黄金时代"光环下的阴影揭露无遗，"镀了金的时代"绝妙地讽刺而且概括了那一时期的社会特点。短篇小说《百万英镑钞票》（1893）、《败坏了哈德莱堡的人》（1899）、《三万元的遗产》（1904）被公认为这一方面的代表作。《百万英镑钞票》是以美国穷小子亨利·亚当斯为主人公的一次在伦敦的奇遇为线索的故事。伦敦的两位富翁打赌，把一张无法兑现的百万英镑钞票借给亨利，看他在一个月内如何收场，结果亨利不但成了富翁还获得了爱情。应该指出的是，马克·吐温认为老百姓渴望发财本无可非议，他也并不谴责这一美好憧憬，他所讽刺的是发财致富的方式。因此，在其早期作品中，他的这种讽刺是温和的，对于人物由此而表现出的缺点的嘲弄是善良的，但写于晚年的《败坏了哈德莱堡的人》和《三万元的遗产》（两个故事中的主人公都是一对夫妇），马克·吐温的幽默讽刺就变得冷峻了。他无情地让主人公去品尝贪婪的恶果，虽说两对夫妇在临死前都深深忏悔。《三万元的遗产》中的萨利在临死时说："靠突然而来的、不正当的手段获得的巨大财富是一个罗网，没给我们带来任何好处，狂想纵情的享乐也转瞬即逝；可为了追求这不义之财，我们却抛弃了温暖淡泊的幸福的生活——让世人引以为戒吧。"《败坏了哈德莱堡的人》中那位"全镇最廉洁的人"理查兹临死前也承认："我也和其他人一样，一遭诱惑就堕落了。"这种讽刺风格的变化显然也是作者对美国社会从乐观到悲观的思想转变。马克·吐温认为："仅仅是'幽默'的作家不可能流传后世……幽默只是一缕香气，某种装饰点缀。幽默常常是使用语句与缀字时的一种新巧手段。"不过，马克·吐温的讽刺幽默绝不是纯粹为了逗乐，而是基于作家对社会现实、人生百态、人性弱点的敏感观察所迸发出的具有"教诲意义的文字",颇似"警世恒言",但并不脱离作品的情节及人物性格,因此读起来耐人寻味,发人深省。

在短篇《竞选州长》中,马克·吐温把美国资本主义社会两党竞选制度的腐败和黑暗揭露得淋漓尽致:"我"作为独立党候选人竞选州长,受到民主党对手莫须有的恶毒抨击,被指控为"伪证犯"、"小偷"、"盗尸犯"、"酒鬼"、"贿赂犯"、"讹诈犯",因此不得不最后"降旗认输",退出竞选。文字简洁,情节紧凑,讽刺语句俯拾即是。这是用极富夸张和与指控事实有极大反差、甚至荒诞的语言来达到的。比如,"九个初学走路的小孩肤色各异,身穿各式各样的破烂衣服,在别人的指使下,冲上集会讲台,抱着我的双腿不放,口口声声叫我'爸爸'"——居然成为肤色各异的9个孩子的爸爸,这是十足的天方夜谭!亦如另一短篇《田纳西的新闻界》一样,《竞选州长》对美国新闻界在政治权力的角逐中成为政客相互攻讦的工具也揭露得入木三分。

《汤姆·索亚历险记》(1876)、《密西西比河上》(1883)、《哈克贝利·芬历险记》(1885)这三部作品实际上可以看成一部长篇自传体小说的三个部分,分别与作者童年时代在汉尼巴尔小镇、密西西比河上的生活有关。小说中的人物都有原型,汉尼巴尔成了圣·彼得堡,汤姆·索亚这个淘气鬼就是少年时代的作者本人。在儿童小说中,《汤姆·索亚历险记》一直最受欢迎,但这并不仅仅是为少年而写的。小说用孩子的目光触及许多重大社会问题:教育、法律、宗教、金钱,等等。汤姆天真可爱,又酷爱自由,热衷于冒险。全书基调乐观,这是马克·吐温早期作品的特点。《密西西比河上》追随他自己在河上当小船工的生活,对这条伟大的河流的历史地位以及两岸人民的生活有十分细致的描述,如同麦尔维尔的《白鲸》一样,充满着水上气息。《哈克贝利·芬历险记》中,汤姆的朋友哈克成了主人公,不同于《汤姆·索亚历险记》的是,这部小说用第一人称,写从不循规蹈矩的哈克同具有反抗精神的黑奴吉姆顺密西西比河"逃走"时,在路上遇到的种种遭遇。两人共患难亲如兄弟,最终吉姆获得自由。这一结局鲜明地表现了马克·吐温的反奴主义思想：崇尚自由，不分肤色、宗教，主张人人平等。小说还生动地展现了南北战争之前的社会风貌，其现实主义与浪漫主义相结合的艺术风格（真实的自然景色描写，人物心理的细致刻画，惟妙惟肖的美国南方俚语）更使这部小说具有永久的魅力。

马克·吐温的其他重要作品有长篇《王子和贫儿》（1882）。这部作品记叙一个王子与贫儿互换地位后了解到下层人民贫困生活的悲剧。《亚瑟王宫廷中的康涅狄格州的美国佬》（1889）——故事离奇，记述19世纪一个美国人回到6世纪英国生活的故事。《傻瓜威尔逊》（1894）——具有侦探小说特点，写被人称为"傻瓜"的律师大卫·威尔逊以旁观者的身份解开了一桩扑朔迷离的谋杀案的故事。这些作品就幽默讽刺而言，仍然是马克·吐温式的，但对蓄奴制、封建专制、美国社会阴暗面的抨击却更加尖锐，在很大程度上已失去了早期乐观、温和的成分。这与作者当时的境遇有关：由于投资排字机生产及经营出版业均以失败告终，马克·吐温不得不拼命写作，1895年7月他出发到世界各地巡回演说——澳大利亚、新西兰、印度、英国、意大利等（长篇《傻瓜威尔逊》、《贞德传》、《赤道环游记》等写于欧洲）。在大西洋航行时，他得知爱女苏西病死，接着妻子莉薇在意大利去世，另一个女儿吉恩也因病而死，这接踵而至的打击使他的健康更加恶化，也使他变得愤世嫉俗。在向秘书口授了《自传》片断后，1910年4月21日，即爱妻逝世五年时终于与世长辞，享年74岁，真正印证了他在《夏娃日记》中，那夏娃不朽的祈词："如果我俩之中有一个先离开人世，我祈愿让我先去。"他被葬在了妻子和两个女儿的墓旁，从此结束了他那传奇般的人生旅程。

三

马克·吐温一生著作甚丰，与长篇相比，短篇小说不过七八十篇，但他的幽默、讽刺、悲喜剧相结合的戏剧悬念，夸张、诙谐、机智、辛辣的艺术语言，这些独特风格在中短篇小说中也得到了体现。其长篇中的那种缓慢的情节推进有时会显得冗长，在中、短篇中也有显现。无疑，这并不影响他作为一代幽默大师的地位。收集在这部集子中的 25 个短篇①均译自查尔斯·勒特尔（Charles Neider）根据写作年代而于 1985 年编辑的权威选本《马克·吐温短篇全集》（*The Complete Short Stories of Mark Twain*）。全集共 60 篇可唯独没有收入《竞选州长》，其缘由编者没有说明，但也足可见编者的审美标准，不过，总的说来仍能令读者一窥马克·吐温短篇创作的特色了。

显而易见，《卡拉维拉斯县闻名的跳蛙》、《坏孩子的故事》、《好孩子的故事》、《麦克威廉斯太太和闪电》、《火车上的食人事件》、《白象失窃记》、《为艾德带来好运的玩笑》、《一个没有结尾的故事》等都笔调轻松，多根据民间放事传闻写成，颇能迎合当时一般公众阅读幽默小品时捧腹大笑开心的趣味。另一类短篇：《如何编辑农业报》、《一大笔牛肉合同事件揭秘》、《竞选州长》、《田纳西的新闻界》、《百万英镑钞票》、《三万元的遗产》、《败坏了哈德莱堡的人》等则把笔触指向社会生活的阴暗面，是当时美国社会的缩影：贪婪、投机、欺骗、卑劣、虚伪。这些小说直到今天仍然有着强烈的现实意义。还有一类大多根据作者个人的亲身经历或长期观察生活，反映的是小人物包括黑人的形形色色的际遇，内容最为丰富，风格也不尽一致，值得一一介绍。

《一个真实故事》中黑人大婶雷切尔虽生活艰辛，家破子散，但乐观开朗，终日笑声不止。作者通过雷切尔赞美黑人朴素善良、崇尚自由的人性光辉。《一个奇怪的梦》，其副标题是"道德教训一戒"，故事荒诞恐怖，用忆梦的形式写墓地里死尸的各种遭遇，讽刺世态炎凉，让人即使死去也并不安宁，实际上喻指人间俗世。《一桩稀奇事》描写一个阅读侦探小说着迷的白人少年向往侦探生涯，在南北战争中混入北军，制造假情报，致使要塞人心混乱，最终才真相大白的故事，妙趣横生。《一个垂死的人的忏悔》中主人公的妻女被杀，他决心复仇，可又误杀无辜，终于在停尸房相遇真凶，恶人未必有恶报，故事惊心动魄，氛围阴森可

---

① 《白象失窃记》、《为艾德带来好运的玩笑》、《一个没有结尾的故事》系刘琦女士所译，特此致谢，其他均为笔者所译。

怕。《被延误的俄国护照》中美国大学生帕里希旅游德国后正要回国,却邂逅同胞杰克逊少校,被劝同少校一同到圣·彼得堡一游,在没有护照的情况下到达俄国,于是进退维谷,面临流放西伯利亚的危险,后又奇遇美国驻俄国使馆一官员而绝处逢生,极富悬念,结尾尤其出乎意外。《一个扑朔迷离的间谍故事》中名门望族之女出于爱情不顾父亲反对嫁给地位低下的青年福勒,婚后不久福勒便虐待妻子,以报复岳父对他的轻蔑,然后逃走。女人被救后回到父亲家中,父亲因女儿遭此羞辱而病重身亡。女人卖掉家产,远走他乡,生下了儿子阿奇。阿奇从小便具有凭气味、足迹就能辨别事物的天赋。她决心要儿子寻找福勒报仇。阿奇走遍世界各地追寻福勒,最后回到美国西部一矿区。故事的另一条线索是发生在矿区的一桩谋杀案,被害者是一矿主。就在这时,大名鼎鼎的英国侦探福尔摩斯来到矿区,矿主的侄儿被怀疑是用火药炸毁矿主家园使其丧命的凶手。到底谁是凶手,阿奇是否替母复仇,读到最后一段才会明白。小说最吸引人的是一波三折的情节、极富地方特色的对话、机智严密又不失幽默风趣的推理以及个性化的人物刻画,尤其耐人寻味的是福尔摩斯号称科学侦破的破案手段竟然在阿奇面前败下阵来。

最后一类短篇小说难以归类。亚当和夏娃的故事在西方家喻户晓,但马克·吐温用日记体写成的《亚当夏娃日记》则以不乏诗意的男女两性间的自然吸引法则,诠释了人类第一对夫妻这一古老传说。上帝无形的律令,撒旦的诱引分明暗示,即使在人类始祖诞生之初,在没有阶级存在、没有物欲和权力欲出现的漫长的社会文明发展进程中,人类也远远不是自由的。《亚当夏娃日记》分别写于1893年和1905年。这段时期,马克·吐温声誉日隆。但也由于美国梦的破灭以及个人生活的不幸(经济拮据,两个爱女相继离世等),他的绝望情绪日增。面对现实和个人悲哀,他在1898年写成了《人是什么》这篇文章,对"可恶的人类"进行了强烈抨击:"人是唯一的、独一无二的具有恶意的造物……在所有造物中,人唯一以虐杀为乐,只有人类才出自恶意为报复而暗杀。""人能区别善恶,这足以证明他的理智比任何别的动物强,但人能干坏事,又足以证明他的品德不如任何不干坏事的动物。"他对人类的诅咒正是典型的马克·吐温式的幽默和讽刺，意味无穷。1899年写成的《败坏了哈德莱堡的人》，对人性之恶已不再宽容了。但值得注意的是，在这种心境中，他却写出了《亚当夏娃日记》，特别是在他妻子逝世后一年（1905年）写的《夏娃日记》使我们看到，在这位历经人世艰辛的孤独的老人心中，尽管他诅咒人类的种种罪恶，但是真正的爱情却占有极为重要的位置。《夏娃日记》中那充满深情的文字，那炽烈的爱恋主题是他对爱妻的最后的也是最有意义的悼念了。

写于1893年的《加利福尼亚人的故事》更让读者看到这位历经沧桑的老人（当时已58岁）内心世界那多愁善感的一面，这又一次揭示了他对美好人性——忠贞不贰的爱情、真诚的友谊、相互理解的向往与肯定。矿工亨利的妻子在新婚半年后被印第安人劫走，生死不明。十余年来，亨利精神恍惚（"也许还是死了好一些"，一个矿工这样说他）。妻子出事前布置得温馨舒适的卧室仍像当初那样原封未动，每逢周末（妻子就是在这一天一去不返），伙伴们总要来到亨利家，同他一起准备好一切，读着她10年前写给亨利的一封信，等待她回家。故事以"我"，即被亨利挽留过夜的客人来叙述，笔调极其抒情、细腻，情感真切动人。严格说来，这一篇不能称为幽默小说，但却是马克·吐温所有作品中最能打动读者心弦的一篇，它可以同任何爱情名篇相媲美。

同年所写的《一个人的生死之谜》（1893）是法国名画家米勒的一段轶事。几位一文不名的年轻画家生计窘迫，忽然他们发现一条定律："凡是生前默默无闻、不受重视的伟大艺术家，只有在死后，其天才才被承认，而且其作品的价值只有在死后才会扶摇上升。"于是他们抽签决定谁去"死"。米勒抽中了，其他伙伴纷纷到处游说，宣称"去世的"米勒如何伟大，而且果真为米勒举行了隆重的葬礼——棺材里装的是一具蜡制假人，米勒却乔装打扮地混入抬棺人之列。于是米勒的画从此成为珍品，价值连城。故事的讽刺意义不言而喻：米勒作品的艺术价值姑且不论，但商品化的物欲社会却扼杀着任何真正的艺术天才，这正是马克·吐温作品中那"含泪的笑"给予读者的又一启示。

四

马克·吐温的成功还归功于他的勤奋。他说过："我不工作就不能度日。我的整个身心都沉浸在工作中去了——有时一口气写八九个小时。"他的作品题材多样，思想深邃，其幽默讽刺的风格独具特色。不过，另一个重要方面也不可忽视。权威的《哥伦比亚美国文学史》对此有如下精辟见解："跨越了杰克逊·林肯和罗斯福执政时期，在公众中以马克·吐温这一形象出现，他从三个人心颇得众望的时代学会了在社交场合中如何为人所知，如何提高自己的声誉。威廉·豪威尔斯曾说：'马克·吐温是我们文学中的林肯。把他称为边疆开拓者、我们文学中伟大的民主主义者杰克逊也同样正确。他征服了东部，第一次使我们的文学不再局限于新英格兰的范围而具有美国性。同时，马克·吐温堪称我们文学中的罗斯福，第一个利用报纸和传播媒介的文学名流，我们文学中的第一个漫画人物，他知道如何凭借夸张和机智来获得声誉，也知道如何以这种声誉去推动他自己事业的发展……事实上，他是现代美国第一个文学政治家，在这方面能和他相提并论的只有下一时代的欧内斯特·海明威。"[①]

的确，马克·吐温由于顺应了19世纪美国文化潮流中的三大特点：报纸、演讲、推销，作品才畅销不衰，但更重要的是，作为一代幽默文学大师的马克·吐温作品的独特魅力，就是他的作品题材（不论人物的活动场景是否在美国本土）都具有纯粹的"美国味"，反映的是在这个新大陆上建立的移民国家的形形色色的美国人的观念和性格：伟大与卑微，冒险与务实，单纯与狡诈，热情与冷漠；还由于他使用独特的具有西部地区色彩的群众幽默、方言俚语、叙述方式，以抗拒对欧洲文化的顶礼膜拜（在多次游历欧洲的演说中，他对欧洲文化的抨击往往出言不逊。

---

① 《哥伦比亚美国文学史》，哥伦比亚大学出版社，纽约，1988年，英文版，第632页。

他坚决抵制全盘接受欧洲文化），特别反对早期美国文学那种一味继承英国传统的趋向。难怪海明威说："《哈克贝利·芬历险记》是我们文学的最好的一本书，所有美国作品都源于此，可说是前无古人，后无来者。"[①]马克·吐温逝世后，他的棺材停放在伦敦长老会教堂，成千上万的人排队在灵前走过，向他致敬。全世界为他的去世震惊、悲痛。作为作家、政治思想家，他的声誉是世界性的。即使在他生前，肖伯纳在给他写的一封信中就说："我相信，总有一天，从事美国文学史研究的人会发现，你的著作必不可少，正如伏尔泰的政治评论被法国史学家所重视一样。"有趣的是，英国小说家吉卜林被称为"伟大的超凡的克莱门斯"，吉卜林则很珍惜这一声誉，但在给美国出版界的信中他写道："马克·吐温是大洋彼岸你们中最伟大的人物，远远超过其他人……他可以和塞万提斯媲美。"

是的，马克·吐温当之无愧。

不朽的、言之不尽的马克·吐温。

一种翻译批评观：论文学作品的合格译者

一

什么是翻译，即对翻译——本文专指文学翻译的性质、原则，乃至理论与技巧的探讨一直是我国译界讨论最多的话题。从传统的"信、达、雅""神似""化境""直译与意译"到奈达的"动态对等""等值反应"论等，可以说已成为一种公认的文学翻译批评标准，尽管表述和内涵不尽一致，但都旨在通过原语同译语文本、语言表达、转换的比较，最终达到最大限度的理想的译文这一目的。无疑，这种翻译批评观的理论性和灵活性

---

① 海明威，《非洲青山》英文版，纽约，1935，第12页。

不容否定，但是结合具体作品并顾及译者本人的素质、品格的批评却很少见。其主要不足是评论家所得出的结论仅仅局限于单纯语言的对比上，令读者有"知其然，不知其所以然"的感受。比如，为什么同一原著的不同译者的译本有优劣之分？为什么同一译者译某些作品能得心应手，而译另一些作品却明显捉襟见肘，屡试不力？显然，这正是纯语言比较面临的困窘。

美国文化批评理论家萨伊德（Edward W.Said）曾提出"旅行的理论"（Travelling Theory）[1]一说来说明当今理论的一大特征，即各种理论同中求异，互相渗透。无独有偶，另一美国文学理论家、批评家米勒（J. Hills Miller）亦提出"跨越边界：翻译理论"（Border Crossing：Translating Theory）[2]，其原意是主张"翻译"外来理论，以便去探讨、阐释英美文学作品，因为在后工业社会，任何一种学科领域已不可能封闭自守，理论在互相综合，理论在到处"旅行"。这启示我们，文学翻译批评必须首先是跨学科的批评。这一批评观亦可从接受美学、读者反应批评找到依据，即翻译批评应深入到跨学科、文化的诸领域，不仅要致力于阐述原语和译语在语义、表达方式层面上的静态对等，思想、意蕴、风格上的动态等值，而且要揭示在翻译过程中作为原语的读者／翻译家对原语作家／原著是如何创造性地接受并传达给作为译语文本的译者／接受者的。这一关系可简示为：

原语作家→原语作品→翻译家→译著→译语读者

显然，原语作家同译语读者的交流这一反应过程是通过位于中心的翻译家这一媒介来达到的。翻译家既是原语作家／原语作品的读者／接受者，又是译语读者／接受者所阅读的译著的创造者。把箭头方向一律向右，这一关系可进一步描述为：

---

① *The World, the Text, and the Critic*，Cambridge，Mass：Harvard University Press，1983.

② 转引自《第三届美国文学与思想研讨会论文选集》文学篇，单德兴编，台北中央研究院欧美研究所，1993年，第1页，第2页。

原语作家／原语作品→读者／翻译家／接受者／创造者→译者
→译语读者／接受者

这样一来，作为原语读者／接受者和作为译语作品的创造者的翻译家的反应——对于原语作家／原语作品的理解程度，对于阅读他的"artifact"的译语读者、接受者的能力和判断必然要成为翻译批评的焦点。简言之，翻译家本身的素质、修养、品格，以及译语读者的非被动式的接受和反应应该成为考察一部翻译作品优劣、得失的出发点，也应成为翻译批评的一个至关重要的标准。

二

翻译家对于原语作家、原语作品的阅读／接受／翻译／创作过程一般可归纳为理解和表达阶段。在理解阶段，翻译家首先应是原作的读者／研究者，而在表达阶段，翻译家对于译语的读者／接受者又是一个作者／作家。这两重身份贯穿于翻译／创作过程中，因此，翻译家首先应成为一个如美国读者反应批评理论家斯坦利·费什（Stanley Fish）所说的"有知识的读者"（informed reader），或弥尔顿所说的"有资格的读者"（fit reader）。斯坦利·费什认为，"有知识的读者"或合格的读者应具备以下条件：

（1）能够熟练地讲写成作品本文那种语言；

（2）充分地掌握"一个成熟的……听者在其理解过程中所必须的语义知识"，包括词组搭配的可能性、成语、专业以及其他方言行话知识（亦作为运用语言的人和作为语言的理解者所具有的经验）；

（3）文学能力，即作为一个读者，他在将文学话语的特性，包括那些最具有地方色彩、技巧（比喻等手法）以及全部风格内在化的过程中所具有的经验。①

费什的论述并非针对翻译家而言，而是指阅读弥尔顿的《失乐园》

---

① Stanley Fish, *Is there a Text in This Class*, Harvard University Press, 1990, p. 48.

这样容易引起诸多歧义的经典作品的专家／批评家／读者，但是，严格说来，阅读活动实际上也是一种翻译活动，"即使一部作品被属于一个国家和一个有文化的人以原文来阅读，就某种意义上，也是被'翻译'，也就是说，被移植、转口、带过去"。①而翻译家正是这种首先能阅读原语，然后善于表达译语的人，翻译过程正是一种将原语"移植"、"带过去"的语际转换过程。因此，上述要求对于有知识的翻译家，或者说合格的翻译工作者也同样适用。第（1）、（2）条所强调的是翻译家的语言能力，即通常所说的扎实的、深厚的双语功力（语法、语义、修辞、表达等）。由于文学作品包罗万象，翻译中的语义选择、修辞表达方式又与该语言的社会、历史、政治、民族心理、地域差异以及原语作家的个性及艺术风格密不可分，因此，费什所说的"作为运用语言的人亦作为语言的理解者应具有的经验"实际上已在要求翻译家必须具有学者／研究者／批评家那样丰富广博的知识和功力。"经验"(experience)一词有深邃的含义。《韦氏新世界美国英语词典》第二版中，可接受的释义是："a）activity that includes training, observation of practice, add personal participation，b）the period of such activity, c）knowledge, skill, or practice resulting from this"。这就是说，第一，无论翻译家是否以翻译为职业，必须视翻译为一种包括训练、观察社会、人生、翻译实践在内的特殊活动，因此，必须具有事业心和责任感；第二，任何人不可能天生是合格的翻译工作者，只有在通过一段时期的训练即"学徒阶段"，不断进行知识更新，翻译技巧才可能日臻成熟，还应投身于翻译实践；第三，这种训练或者说这种活动所造就的实际上是立足于两种语言、两种文化（当然，能掌握多种语言更好）的知识复合型的研究者／学者／翻译家。还必须指出的是，鉴于翻译活动的特殊性，一个作家／学者如果没有深厚的双语功力，或即使通晓双语，但却缺乏翻译实践，也不可能成为合格的翻译工作者。典型的一个例证是诗人徐志摩（曾留学美国专攻英美文学，其英

---

① 转引自《第三届美国文学与思想研讨会论文选集》文学篇，单德兴编，台北中央研究院欧美研究所，1993，第1页，第2页。

文水平以及写作能力不可谓不深），他早期翻译女作家曼斯菲尔德的一篇小说，不就把"But that sounded so fearfully affected……"译成"但是，这一声装得太可怕了……"吗？类似误译尚多，林以亮先生对此有中肯的分析。①至于费什所谈及的第（3）点，文学能力亦不可缺少。文学作品是语言的艺术，其特点是栩栩如生的人物形象，细致入微的心理刻画，与情节、事件、人物活动相辅相成的情景、对话、哲理性的描述，等等。简言之，合格的翻译工作者的文学能力就是形象思维和逻辑思维的高度统一，理论、知识与实践操作的完美结合。一个合格的翻译工作者应该本身具有作家、学者的素质和能力，最理想的诗歌翻译家必须是诗人，"翻译莎剧最理想的译者应该是文学评论家、莎学研究者和具有较强语言表达能力的语言学家"。②

三

考察一些批评家、作家论及对翻译的要求会颇有启迪。

莎弗莱（Theodore H. Savory）在其《翻译的艺术》中将其归纳为"（一）对原文的理解能力（linguistic knowledge）；（二）对本国文学的操纵力（literary capacity）；（三）同情心（sympathy）、直觉（intuition）、勤勉（diligence）和责任感（conscientiousness）"。③对于前两点译界已有共识，不必赘述。仅用"同情心"来替代"sympathy"未必达意。《韦氏新世界美国英语词典》二版中对此词有 7 条释义，在不同的语境中有"相互理解与喜爱"、"发自内心的情感共鸣、认同"、"对于他人、他事的由衷兴趣，表示关切，甚至怜悯"。因此，对于翻译家，"sympathy"意味着其对原语作家其人及其作品所产生的强烈兴趣，能够领会到原作的精

---

① 林以亮，《翻译的理论与实践》，载《翻译论集》，商务印书馆，1984，第 767 页，第 754 页。

② 刘军平，《莎剧翻译的不懈探索者》，载《中国翻译》，1993 年第 5 期。

③ 林以亮，《翻译的理论与实践》，载《翻译论集》，商务印书馆，1984，第 767 页，第 754 页。

髓，而且能同原语作家那样去分享、体验创作的强烈兴趣、创作的激情与思绪，亦能在进入翻译过程时产生创作的冲动，即到痴情、不能自拔的地步。朱生豪先生虽贫病交加仍呕心沥血译莎剧的动力何在？正是这种"sympathy"。至于"直觉"实际上是指翻译家"锐敏的艺术直觉及丰富的想象能力和联想能力"。①艺术想象贫乏的译者在原语作家的生花妙笔面前败下阵来，苦于找不到恰当的对等词句，何谈进入"化境"。

俄裔美国著名作家纳博科夫不仅以其小说《洛丽塔》等作品享誉西方文坛，而且还以其对罗曼·罗兰、济慈、拜伦、波德莱尔、缪塞的俄译本，以及莱蒙托夫、普希金作品的英译本而为批评家所称道。他认为，理想的译者应该："（1）他得有原作家的天资，至少得有近似的天分；（2）他得彻底掌握两国的语言文字，彻底了解两个民族各方面的情况，完全熟悉那位作家的创作手法和风格的种种细节，而且还得深谙词语的历史背景、语言的风尚、历史沿革的相互搭配关系；（3）他得具备模仿的才能，能极为逼真地扮演原作者，惟妙惟肖地表达出他的行为举止、言谈话语的思维方式。"②这一看法同郭沫若的观点可以说不谋而合："（一）译者的语学知识要丰富；（二）对于原书要有理解；（三）对于作者要有研究；（四）对于本国文字要有自由操纵的能力。"③显然，他们实际上要求理想的翻译家应该作家化、学者化。实践证明，大凡卓有建树的文学翻译家无不集作家、学者、批评家、翻译家的角色于一身。遗憾的是，目前的文学翻译批评仍然更多地局限于检查译著的语言表达的得失，要么，至多再论及原语与译语的风格比较，但最终都是单纯从语言角度出发的外在批评；而撇开翻译家自身的个性、修养、品格，就不能令人信服地回答翻译的本质——即翻译是一种再创造，是艺术，而且归根结底是一种有别于创作，但又与创作相似，艰苦而特殊的体力和心智劳动。

---

① 张今，《文学翻译原理》，河南大学出版社，1986，第229页。

② 梅绍武，《纳博科夫和文学翻译》，载《中国翻译》，1993年第4期。

③ 郭沫若，《理想的翻译之我见》，载《翻译论集》，商务印书馆，1984，第331页。

四

　　文学翻译批评视角关注译者本身，强调翻译家的学者化、作家化，在笔者看来是一种涉及重建翻译批评原则的开放性。内在的批评，在理论和实践上有以下几方面的意义：第一，可以提高文学翻译在人文科学领域内，在社会，在读者中的地位。这样的翻译家将会受到尊重，不是"匠人"，不是仅仅依附于某一学科、某一作家的"仆人"，而是具有自己独立的人格和品格，跨越两种文化，并且比较这两种文化的异同，进行独立思考，真正意义上的阐释者／创造者——作家和学者。第二，这类翻译家的二度创作才有可能区别于世俗意义的"文学翻译"，真正地登堂入室，成为文学圣殿的一种，即"翻译文学"。因此翻译文学理应像原著（如果是经典名著）那样受到重视，被研究并传之于后世。第三，由此出发，文学翻译批评才可能纳入比较文学、比较文化、文学批评范畴，得以扩大视野，加深力度，真正进入文学批评主流。第四，既然翻译家＝学者＝作家，或"一个文学翻译家＝一个学者＋一个作家"①这样的文学翻译共识能得以成立，那么，文学翻译批评必将超越纯语言的壁垒，将会像对待作家、学者那样去要求翻译家，把世界观、审美观、人格、禀赋、灵感，乃至其身世、经历以及思维方式和心理模式等纳入文学翻译批评话语，亦同样要求文学翻译批评家具有文学批评家那样的知识结构和人格，不但要精通原语和译语，具有跨文化的涉及社会历史等方面的感情和理性，对所评价的原语作家及其作品有深入研究，能洞察原语作家及翻译家本人的个性及艺术风格，而且（这一点尤为重要）应熟悉、驾驭诸理论批评话语。如果说，"20 世纪是批评的世纪"，那么，可以预见，即将跨入 21 世纪门槛的文学批评理论将不会停滞，文学翻译家和文学翻译批评家的知识结构重建和人格自身调整，在世界正变得越来越小，东西方交流日益频繁，新旧观念冲撞，理想与现实矛盾加剧的社会情势和文化气候下，将在很大程度上决定文学翻译、文学翻译批评的地位和作用，

---

　　① 杨武能，《尴尬与自如，傲慢与自卑》，载《中国翻译》，1993 年第 3 期。

也必将决定以何种方式影响作为反应者的新一代读者的审美情趣。

本文所阐述的是"有知识的"翻译家应具备的品格。鉴于文学翻译的特殊性，有许多问题尚需深入探讨，比如翻译家和学者或作家的共性和差异，是否"一个二三流学者加上二三流作家就可以成为第一流的翻译家"。①普通读者或作为读者的文学翻译的批评家对同一译著，或对同一原著的不同版本的反应，翻译家所必须的条件的制约性和不平衡，等等。本文结束之前，我还想强调的是，这种翻译批评观所要求的翻译家，严格说来，用费什的话来说，还是"理想的"读者，即能阅读原语的读者和为译语作品读者所接受的"理想的"作者，在实际生活中，也许还难以寻觅。但提出这一命题或标准，作为有志于此道，欲成为"翻译大师"的翻译家的努力方向无疑不是无的放矢。

（原载于《巴蜀译论》四川人民出版社，1997）

文本·作者·读者②

人类即将告别 20 世纪，回顾近当代，特别是 20 世纪文学批评史，尽管流派纷呈，主义迭出，令人眼花缭乱，但特里·伊格尔顿的概括可以说十分精辟："当代文学批评理论粗略经历了三个阶段：专注作者（浪漫主义和 19 世纪）、专注文本（新批评），近几十年又从文本转向读者。"③第三个阶段就是众所周知的以读者为指向的批评(Audience-Oriented Criticism)，或接受理论（Reception Theory）。德国称之为"接受美学"(Reception Aesthetics)，由康斯坦茨学派的沃尔夫冈·伊瑟尔和汉斯·罗

---

① 杨武能，《尴尬与自如，傲慢与自卑》，载《中国翻译》，1993 年第 3 期。

② 此文系拙译《读者反应批评：理论与实践》译者前言，斯坦利·费什著，中国社会科学出版社，1998。

③ 《文学理论导论》，明尼阿波尼斯，明尼苏达大学出版社，1983，第 74 页。

伯特·尧斯首先提出；在美国则称之为读者反应批评（Reader-Response Criticism），并已被批评界所接受。读者反应批评是对新批评派注重文本（文本是一个独立的客体，意义只存在于文本之中，无须读者参与，也排除了诸如对作者生平、生活经历、背景、作者对作品的看法等一切外在因素）理论的一次反拨，其注意力从文本转向了读者。就此而言，不同名称的读者反应批评家取得了一致；然而，除此之外，他们在许多重大问题上却有分歧。美国批评家简·汤姆金斯在其编辑的《读者反应批评：从形式主义到后结构主义》（巴尔的摩，霍普金斯大学出版社，1980 年）的引言中指出，读者反应批评家的焦点集中于研究读者和阅读过程，其理论倾向却各个相异；他们从新批评派、结构主义、现象学、精神分析、解构主义出发，对"读者"、"阐释"、"文本"所下的定义明显有别。由于对文本的阐释、阅读经验、意义的生成都离不开读者，所以"什么是读者"又成为争论的中心。一致说来，这种"读者"可以分为两种类型：假想的读者（hypothetical reader）和实际的读者（real reader）。

假想的读者实际上是理想的读者（ideal reader）的别称之一。对理想的读者有多种不同的说法。法国批评家热拉尔·普兰斯（Gereld Prince）谓之"叙述接受者"（narratee）——即作品中作者直接转达其信息的对象，并进而引申为"零度叙述接受者"（zero-degree narratee）那种懂得叙述者的语言和语汇，具有一定语言能力，能够较为准确记忆被叙述的有关事件，并得出断言性结论的读者。简言之，不论这种读者在文本中是否明确出现，他都是文本中的一个人物，在作者（叙述者）和真正的读者之间担任中介调停（mediate）的角色。这种读者同伊瑟尔所主张的"隐在的读者"（implied reader）（这一提法出自韦恩·布思《小说修辞学》，但伊瑟尔作了新的界定，是一种超验的"现象学"意义上的读者，是一种文本结构，并促使文本结构现实化）有别，同美国批评家吉布森（Gibson）所提出的"冒牌读者"（mock reader）也不尽相同。后两种并非真实存在的读者，而是作者在其作品中所要求的那种能够体验文本"意义"或者使文本产生"意义"（即现实化）的读者。还有一种是乔纳森·卡勒根据他的"文学能力"概念所提出的"有能力的读者"。斯坦利·费什所主张的"有知识的读者"与卡勒的观点相似，都指那种能够描述由社会所制约的阐释技巧并且具有内在化了的语言文学能力的读者，实际上是一种学者化的读者。此外"超级读者"、"合格的读者"等也可归于此类理想化了的读者。

与此相反，另一类读者反应批评家则强调日常生活中司空见惯的、实际存在的读者，即阅读作品文本的普通读者。他们对作品的反应与阅读经验也许更有实践意义。然而，即使这类实际读者，由于批评家的方法和理论视角不同，也是众说纷纭。诺曼·霍兰德注重个别读者及他们对作者的反应，他在《五个读者的阅读》中通过研究个别学生对福克纳《献给爱米莉的玫瑰花》的分析，揭示出学生的心理机制如何决定了他们的反应。

对"什么是读者"的争论说明这一问题相当复杂，不可回避。但不论有何分歧，读者反应批评家都注重语言和阅读过程，从而拓宽了文学研究及文学批评领域，引发出作者与文本、作者与读者、文本与读者、文本意义的建构乃至文学价值等一些本质性的问题。对这些问题重新评论无疑具有重大的意义。

既然强调读者在阅读过程中的自我意识，又断言意义是特定情势下产生的（整个社会可以说亦是一个文本），所以读者反应批评发展的趋势（实际也如此）势必要涉及与文学有关的社会、政治、文化话语。读者参与文本的体验、活动也就势必同体制本身、权力，乃至社会道德规范等相联系。当今西方文学批评的一个重大缺陷是过于理论化而脱离实际，而读者反应批评应该说是最富于实践性的批评模式之一。尽管它自身也同其他模式一样有自身的局限性，但仍将有持续的生命力。正是在这个意义上，我们认为对读者反应批评的译介在理论上和实践上都有参考和借鉴的价值。

斯坦利·费什（Stanley Fish）作为当代读者反应批评的一个重要代表人物尤其值得我们重视。费什1936年出生于美国罗德岛普罗维登斯；1959 年从费城的宾夕法尼亚大学毕业，获英语文学硕士学位；1962年在耶鲁大学获博士学位。其博士论文《约翰·斯克尔顿的诗》（*John Skelton's Poetry*，耶鲁大学出版社，1965）虽然受到当时仍在势头上的新批评派的影响，但已显示出日后同新批评派和形式主义分道扬镳的端倪。他思维敏捷，善于思辨，从古典以及中世纪修辞理论出发，通过细读文本，引经据典，对英国文艺复兴时期第一个诗人斯克尔顿的诗作进行了相当精辟的分析。后来，他在加州大学伯克利分校及霍普金斯大学任教。1985 年到杜克大学英文系，担任过系主任，至今仍在杜克大学英文系和法学院执教。

1967 年，费什出版了第二部著作《为罪恶所震惊：＜失乐园＞中的读者》，对弥尔顿最难理解的长诗《失乐园》如何使读者以各自的方式去感受进行了探讨。他力图阐明"史诗声音"（epic voice）如何给读者设置下一个又一个陷阱；仔细考察在阅读过程中读者在这一时刻或那一时刻的阅读经验："应当认为，《失乐园》是亚当失败时留给我们的一份遗产清单。弥尔顿在长诗中所使用的策略是使读者意识到他自己参与的角色，驱使他怀疑自己的反应的正确性。"简言之，费什意在通过读者对文本的颠覆，摧毁读者对于自己知觉的过于自信，从而说明文本的不确定性。60 年代末期，这一论点受到新批评派理论家的抨击，斥之为"危险的"观点，堕入了"感受谬误"。费什并没有后退，反而在其第三部著作《自我消受的制品：17 世纪文学阅读经验》中进一步将这一关注读者经验的方法引入对其他诗歌分析，试图说明其运用的普遍性（所有诗歌、小说、戏剧作品都离不开读者的参与），重申是读者的阅读体验，而不是"文本本身"理所当然地成为分析的客体，并产生意义。这部著作被提名进入1972 年美国全国图书奖候选名单，进一步奠定了费什作为读者反应批评家的声誉。

1980 年，费什的论文集《这门课里有没有文本？阐释团体的权威》问世，当年便售出 2 万册，这在学术著作中已是颇高的数字。题目本身表明作者观点的变化：语言和文本的事实是解释的产物，而不是解释的客体。论文集中最为代表性的是《读者中的文学：感受性文体学》及《阐释集注本》(*Interpreting the Variorum*)。他的结论是"读者制造了（借用马克思主义的术语，但并无政治意义）他在文本中所看到的一切"。

费什还写过许多其他涉及文学批评和法律的论文。1994年他出版了《没有自由言论这回事，这也确实是件好事》，开始关注文本与政治、权力的关系。这里翻译的自选集七篇论文中，除《批评的自我意识或者我们能否理解我们正在做的事》及《实用主义与文学理论》之外，均选自上面提到的重要著作，这些著作反映了费什对读者反应批评模式及相关文学批评领域的主要观点：

（一）意义即事件：费什认为"阅读是一种活动，是一件你正在做的事"，因此阅读这一行为或活动必须在读者参与下进行。面对文本的一个句子，人们一般习惯问"这句话是什么意思？"费什认为这一问题可用"这句话做了什么？"来代替。这一改变表明读者面前书页上的一个句子不再是一个独立存在的客体而成为一个事件（event），而正是这一事件，这一正在发生的事件本身（不是任何对它所叙述的内容的描述，也不是读者从中得到的任何信息）才是这句子所表达的意思。这就是说，读者的阅读体验是对文本事实的一种反应。文本作为一种陈述、一种策略是对读者发生作用的行为，不是读者可以从中获取信息的贮存物。由此，他提出了一种基于时间流意义上的一种不间断的反应式分析／阅读体验，即读者是按照阅读经验中的时间流动而不是对整个文字作出反应：读者总是在某一时刻读到第一个词，然后又在其他时刻读到第二个、第三个词，一直如此下去；正是发生在词与词之间以及读者头脑中的非肉眼所看见的事件以及由此产生的"这话做了什么"构成了其意义。

（二）解释团体：费什认为"意义既不是确定的以及稳定的文本的特征，也不是不受约束的或者独立的读者所具有的属性，而是解释团体所共有的特征"。这一问题的前提是，既然是读者制造了文本的意义，那么，不同的读者就必然会对同一文本制造出不同的意义（文本的客观性已被取消）。针对这一质疑，费什提出他所说的读者是"有知识的读者"，类似阅读培根、弥尔顿作品的那种合格的读者及卡勒所要求的"有文学能力的读者"——显然都是理想的学者化的读者。对于这类读者，意义的生成也就具有某种程度的一致性，而这是由阐释团体来达到的。阐释团体既决定一个读者（阅读）的活动的形态，也制约了这些活动所制造的文本。他多次对"阐释团体"进行描述，这是一种理解结构，一种在集体意义上的自我（阅读）所依存的情势。具体说，"我们所进行的思维行为是由我们已经牢固生成的规范和习惯所制约的。这些规范习惯的存在，实际上先于我们的思维行为，只有置身在它们之中，我们才可觅到一条路径，以便获得由它们所确立起来的公众普遍认可的而且符合习惯的意义"。可见，"解释团体"实际上是一个具有社会化的公众理解系统。在这一系统范围内，读者对文本的理解会受到制约，但它也适应读者，向读者提供理解范畴；而读者反过来使其理解范畴同其个人面对的客体（文本）相适应。这一概念似乎很玄乎，他自己又做了浅易的说明："当我打开一本书看的时候，实际上我看到的是由我已经构成的观点写出的东西，也就是我 25 年来在文学团体中所形成的结构。这是一种活动和一种团体。另一种是所谓理论的或哲学的团体。……当你看书时，把一本书打开，把面前书页上的文字加以组织，这时一种历史的、特定的阐释就会加入你的理解，这并不是说你要把自己看成是历史地进入这个团体，而是你已经和这个团体融为一体，你没有反应就这样做了。"①

（三）反对理论（Against Theory）：这一提法最初出自斯蒂文·克莱普和本·迈克尔斯的同名著作，并成为批评术语，反映了一些批评家对当前文学理论及文学批评远离实践、日趋"理论化"的一种厌恶情绪。费什赞同这一观点，问题其实是何谓理论，到底是什么才能有资格称之为理论。克莱普和迈克尔斯认为："所谓'理论'我们是指文学批评中的一个特殊项目，试图对特定的具体文本的解释进行制约，是借助于一般性的解释进行描述而实现的。"一般性的阐释同仅凭经验主义的，而非理

---

① 王逢振，《今日西方文学批评理论》，漓江出版社，1988，第30页。

论的方法的局部阐释不同，它是在任何时候都真实可靠的、具有概括性的准则。费什认为"普遍性（概括性）取代地方性（局部性）从来没有而且永远也不会办到。所谓理论是一件永远不可企及的事。因为使理论能够被确定的、必不可少的、基本的第一手资料以及符合规范的法则总会被发现"。因此，现今的所谓理论，如女权主义、精神分析都不能称之为理论。因为它们不过是把在特殊（局部）领域内所发生的利害关系（地方的、个别的、宗派集团的）提高到普遍性的位置，只不过是一些信仰观念、推测和借用了理论的术语和内容而已，而信仰、观念之类的范畴不能称之为理论，即使带有普遍性也不行；因为这种信仰或声称是理论的东西所引发的结果只能是经验主义的概括性，而非一般意义的解释；或者只是对某一有影响的实践行为的模仿。他认为哲学是理论，但人们往往把文学批评和哲学混同起来。文学理论应该是哲学的一个分支。所谓理论之所以成为一种时髦，是因为理论能够引出其他实践所得出的政治及体制方面的结果：如宣传，提升，荣誉，更多的出版物、专题讲座，进入词条，等等。理论希望（theory hope）和理论畏惧（theory fear）同时并存。这是一个悖论，但却是对西方当代文学批评及理论趋势的概括。

阅读费什的著作，把握他的思路，理解其观点并不是轻松的事，因为这涉及哲学、文学、语言学以及政治、宗教、法律等诸多领域。正如他所说，他对于文学研究的现状认识是由诸多因素（经历、教育、专业训练、学术信仰等）作用的结果。他对诸如理论本身、理论与实践、理论的结果等的某些观点似乎有些偏颇，但他不囿于权威以及经典之说，而是进行独立思考，在许多方面表现出真知灼见，因此较之一些自封为理论实则是"伪理论"的东西，他的观点对我们了解西方当代文学批评模式无疑是更有价值的。

费什认为，其实读者反应批评也不是理论，甚至不是一种方法，而只是文学批评的一种实践形式。在我国，对读者反应批评模式的介绍、评价相对薄弱，对费什的评价更为不足。鉴于此，1992年底，应友人王逢振先生之邀，我开始翻译费什的这本自选集，亦得到费什本人的支持。

在给笔者的信中费什说，"我由衷感谢你为翻译我的著作所做出的努力；同时也非常遗憾，我恐怕永远也不能用你们的语言来阅读我自己的作品了。"不过，学术无疆界，他的著作借助于翻译能被中国研究者、读者阅读，并从中吸取教益一定能使他欣慰。1994 年译事才完成，其中艰辛不必赘述；费什知识渊博，语言艰涩。在阅读—理解—表达—翻译过程中（这本身就是一种阅读经验），我常常被置于他的文本陷阱中，不得不小心翼翼逐字逐句地反复推敲（翻译亦是用另一种文字对原文文本进行解释）。对于所涉及的大量人名、著作、典故、背景也尽可能给予注释，可以说做了最大努力；若干术语附以英文以资对照，尽管如此，失误一定难免，恳请批评指正。最后我要对作者、王逢振兄，以及本书责任编辑汪民安先生的帮助、支持表示由衷谢忱。

1997年7月30日

《第二十二条军规》起风波

1998 年，对于因被称为"黑色幽默"代表作的小说《第二十二条军规》（*Catch—22*）而大名鼎鼎的美国作家约瑟夫·海勒（Joseph Heller）来说，可谓是非同寻常的一年。因为，《军规》在问世 37 年后，其著作权由于刊登在今年 4 月 12 日《星期日泰晤士报》上一封致编者的信而受到质疑，由此触发了一场轩然大波，引起西方批评家的广泛关注。

信的作者刘易斯·波洛克（Lewis Pollock）是一位名不见经传的职业艺术家。他在这封信中列举了《军规》与另一位同样是默默无闻的美国作家路易士·福尔斯坦（Louis Fa1stain）发表于 1961 年的小说《孤独长空》（*The Sky is a Lonely Place*）在人物、人物个性、爱好、外表描写、受伤情况以及事件的诸多令人惊异的相似之后，语气温和地问道："这一切作何解释"，并暗示《军规》并非如批评家一致赞美的那样，具有"想象的

333

创造力"和"不可思议的独创性"。

好奇的读者倘若将福尔斯坦的小说粗略读一读，就会发现写这部作品的人也如同海勒一样出生于美国犹太家庭，同样来自纽约市的一个行政区布鲁克林，具有同样的职业——美国轰炸中队飞行员，而且来自同一战区（意大利，1943—1945）。值得注意的是，福尔斯坦的《孤独长空》发表时间比《军规》早整整10年。《军规》的篇幅比《孤独长空》长，更具有滑稽、幽默的喜剧色彩。

《孤独长空》中，福尔斯坦描写了一位住进医院的飞行员，他躺在床上，"全身裹着白色的石膏如同一具埃及木乃伊。他的手臂断了，原来是腿部的残肢处现在包扎着棉纱绷带，只有他的脸没被石膏包住。为了排泄，身体底部留出了一个洞口，一个勤务兵亦或是护士在他吸烟时替他拿着香烟。"

《军规》中，海勒这样写道："伤员从上到下都被石膏和纱布包扎得严严实实，他的两支胳膊和两条腿都残废了"，而且他身边有一名护士将体温计插入他口中，这位士兵也总是被称为"一具上了药料和消毒剂的木乃伊"。

在两部小说中，飞行员们都在自己的防弹服上绘上小型炸弹以标记飞行次数。他们酗酒、恼怒、哄闹、撒谎，互相用极其刻薄残酷的方式逗趣，甚至斗殴，常常去逛妓院寻欢，同当地人打交道，等等。

《孤独长空》末尾，福尔斯坦描写了一次圣诞节夜晚聚会，极有戏剧性。晚会笼罩着一种神秘气氛，人们狂欢纵饮，唱歌，大声喧哗，痛哭失声，诅咒骂人，最后，士兵们误认为有敌人进攻，纷纷拔枪开火，陷入一阵混乱："传来卡宾枪的子弹响声，有人用点45手枪开火回应。"

《军规》中，海勒写的是一次感恩节："庆祝会一直持续到夜晚，宁静不时地被打破，有的人高兴，有的人伤感，疯狂地吼叫，呼唤，痛哭。不断传来干呕和呻吟，还有笑声，招呼，恐吓，及诅咒怒骂声，饮料瓶扔向石头的碎裂声。有人在远处唱下流歌曲。"这次狂欢也以一场枪击结束：主人公尤索林在他的营地用点45手枪向外面射击。

两部小说还有另一情节相同：一个意大利少女由于不懂英语离开了营地后被歹徒强奸。

　　此外，《第二十二条军规》中的那伙善饮、喜欢大吼大叫的人物，如卡塞卡特上校、柯恩上校、梅杰少校、阿菲上尉，当然还有主人公尤索林在《孤独长空》中都能一一找到相应的人物。

　　有的评论认为，不可否认这两部小说的共同之处在于都是以"二战"为背景，而且都写的是空军。当时飞行员们无一不急于飞完规定的50次任务好返回军团。在没有执行飞行任务而又面临死亡威胁时，作品中描写他们消磨时间的方式对读者来说可说是司空见惯。

　　亦如福尔斯坦，海勒也着力揭示战时的某些弊端：负责公共事务的军官热衷的是名声奖章，对士兵的安危却漠不关心；不严加打击倒卖侵吞军事给养的黑市走私者，致使部队挨饿，危机四伏。福尔斯坦用口语化的、极有现实主义意味的笔触描写战争中的混乱和荒诞，同样海勒也用不断提高必须完成的飞行次数等这类情节来渲染和强化战争的荒诞。在这两部小说中，作者都用地图上的一条红色缎带标明美国军队及轰炸线的进展及延伸。在《孤独长空》中，缎带接近维也纳时，一个巴勒斯坦人身患腹泻；而在《军规》中，缎带在指向意大利波伦亚时，海勒笔下的空军基地也流行腹泻传染病。

　　两本小说的相同之处（包括语言的结构）还可以举出更多，这些相同处就仿佛是同一马赛克工艺品上的碎片。如两部作品中都描写一只猫爬上一个熟睡士兵的背，将士兵弄醒，因而滚将下去的细节；两部小说的人物在玩牌时无论洗牌、分牌都是同样动作：快速、干净利落。《孤独长空》的主角本·艾萨克与《军规》中的尤索林一样，在每次飞行时都要带上备用防弹衣，套在身上。同样令人可笑的是，两本小说中的部队医生都明知飞行员生病或神经失常，仍然准许飞行员去没完没了地飞行。

　　4月27日的《华盛顿邮报》发表了该报特约撰稿人迈克尔·米肖（Michael Mewshaw）的一篇特稿，文章报道了居住在长岛寓所的海勒对此事的答复。记者向海勒问及此事，海勒一口否认他读过《孤独长空》，称他从来不知道路易士·福尔斯坦为何许人也，对于写这封信的刘易斯·波洛克也从不认识。海勒说："两部作品之所以有相同之处在于都具有相同的战时经历……我的作品发表在 1961 年，我觉得可笑的是，在这以前，谁也没有指出过有这种相似性，当然，也包括刚刚去年去世的福尔斯坦本人。"

对这两部小说的相似海勒也感到惊奇，但他竭力掩饰这一情绪，只是一味强调，就题材和人物而言，战争小说在很大程度上依据的是那样的一些基本素材，因此大同小异不足为奇。他说："那次感恩节发生的场面确有其事——伙计们都喝醉了，便开始开枪；当时在罗马也确实发生了一桩强奸案，我听说过，一个少女被人从窗子上给扔了出去。我在一份军队报纸上读到过这件报道。"他认为，福尔斯坦也许也读过这份报纸，写进小说也很自然。

问及全身都包扎着石膏的士兵这一描写，海勒说："这是受到达尔顿·特拉波（Dalton Trumbo）的《约尼找到他的枪》（*Johnny Got His Gun*）的启发。特拉波的小说并非是在《军规》发表前不久出版的，远比福尔斯坦的《孤独长空》还要早。"所以他暗示，或许福尔斯坦也读过特拉波的小说，并同样受到启示。他接着说："令我惊奇的是，倘若有什么文学参照的话，《第二十二条军规》第一章同塞莱因（Celine）的小说《夜色尽头之旅》（*Journey to the End of Night*）还颇为相似。"

当年出版福尔斯坦小说的出版商是一个英国人，已去世；不过他的儿子达夫·哈特·达维斯（Duff Hart-Davis）最近说，他父亲从未同福尔斯坦见过面，因此，他认为有这种可能性，即福尔斯坦同海勒是同一个人，《孤独长空》是写作《第二十二条军规》之前的一次试笔。

对此说，海勒断然否认：《孤独长空》是以 B—52 轰炸机上的一个犹太裔轰炸手作为第一人称来叙述的；在《军规》中却是一个全知全觉无所不晓，超然于事件本身的叙述者，从而能把在一个 B-52 轰炸机组内发生的种种奇闻怪事描述得栩栩如生。

对海勒的回答，有评论家进一步指出，倘若两部作品中的这些相似性可以用都基于同样的"二战"经历或相似的文学原型来解释的话,另一类相似就无法自圆其说了。比如《军规》开始的一章题为"得克萨斯人",而《孤独长空》第一章中,叙述者在谈及一个人物时,称此人为"身强力壮的得克萨斯小伙子"。

这场著作权的争论还刚刚开始,而且至今还没有诉诸法律。真相究竟如何,海勒自己当然最明白不过。不过,我倒宁愿相信海勒本人的话,两部作品中的这些诸多相似性完全是"惊人的巧合"。不然的话,《军规》已无可辩驳的"里程碑"似的意义(就现代派文学而言)、海勒本人的声誉等就都会大受影响,现代文学史上的这一章可能就要重写了。

1998年5月于哈佛

(原载于《文艺报》1998年7月14日)

附　　录

诗人的追求[①]

艾伦·金斯伯格　著

文楚安　译

在脑中进行速写构思，使用迥然不同的意象去捕捉掠过心头的闪电般的思绪是诗歌写作的基本方法。以我的诗句"氢化自动电唱机"以及西班牙诗人费德里科·加西亚·洛尔卡的诗句"被月光磨损了的灯心绒衣肩"为例。洛尔卡显然巧妙地对肩头同月光之间的空间距离进行了联想，而我则在氢化物和自动电唱机这两个风马牛不相及的事物所造成的心理距离中寻求意象。诗人往往将彼此互不相关的一些特殊事物并列起来，使它们之间所有的逻辑关系在心中呈现。

正如心理过程所揭示的事实那样，从乳腺癌病毒到摇摆舞影视这样一些压根儿毫不相关的事会突然反射在大脑屏幕上。诗人已对这种心理速写习以为常。25 年前，威廉·巴勒斯（William Burroughs）的切割法（Cut-up method）——将诗歌内容分离然后又将它们重新组合以创造新的意象的方法，曾被那些对浅性叙述语言深信不疑的人认为不可理解，甚至是无稽荒唐。现在，任何人都不会对巴勒斯的方法再持异议，而且事实上已被诗人们所采用。心理语言现象的自然过程并非像人们在报纸上所读到的故事那样，相反，却与巴勒斯的表现方法更为吻合。心理的突发性和随意性并不是由相互对称的逻辑观念所决定，而恰恰是在切割似的跳跃中产生的。谁也不明白，下一瞬间，什么闪

---

① 此文是诗人 1988 年接受《美国新闻与世界报道》记者阿尔文·P.斯诺弗访问时的谈话录。它反映了诗人对诗歌创作的一些看法。现将此文译出以供读者参阅，有删节。

念会在头脑中浮现，或许与廷巴克图①有关，或许是热狗、夹鼻眼镜或照相机。

　　能够写出一首抒情诗的人或许可以成为诗人。配乐的抒情诗可以被称为诗歌。在我看来这类诗并不高明，虽然其中的确不乏佳作，如鲍勃·迪伦（Bob Dylan）的诗就堪称名篇。他的确是一位世界性的诗人，写出了为人们难以忘怀的诗句，如"洁身自好，方能逍遥法外"，像布莱克和伊克勒斯亚特斯（Ecclesiates）的诗篇应被视为诗歌经典。

　　黑人抒情民歌总有一天也必定会作为瑰宝被列入诗歌精选。理查德·布朗（Richard Brown）、查理·潘顿（Charlie Patton）、罗伯特·约翰逊（Robert Johson）的诗读起来仿佛是现代题材的莎士比亚诗篇。他们之所以未能被人们称为诗人有多方面原因：一方面是由于民族沙文主义，一方面是因为他们过分固守诗歌写作传统，而且轻视口语表述在诗中的作用，也还由于迂腐的学派遗风作祟。许多学者并不明白"抒情诗"（lyric）这个词的原意是"竖琴所伴奏的音乐"。他们往往认为，抒情诗只意味着那些有韵律、形式整齐的诗；一旦被吟唱，就不能称为诗。他们竟然忘记了这个事实：西方最早的一位诗人萨福本人就是歌手。在希腊时期，歌和诗是一回事。或许，由于印刷、音响发明才使声音从诗文、心灵及肉体中脱离，而事实上，正是文字、说话才使心灵和肉体成为一体。

　　在某种意义上，诗歌是诗人了解、洞察自己心灵的一种方式。诗人应该深入其中，去感受并且探寻心灵的奥秘。不过，在我们这个社会，积聚金钱的欲望加速地占据了心灵的空间，以至于几乎没有为诗人的这种对心灵的窥视留下一席之地。人们青睐的商人所出售的麻醉药品以及可卡因成为一切动力的象征。心灵的肆无忌惮的过度活动和物质欲已使它疲惫不堪——所有这一切使人们无暇去思考自己生命的价值。人们因此常常沮丧失望是极自然的事。

　　"垮掉一代"留给诗坛的财富是他们心灵的坦率和正直。就艺术风

――――――――――

　　① 廷巴克图（Timbuktu），马里一城市。

格而言，垮掉诗人从梭罗和惠特曼那儿继承了我们文学的伟大传统——心地坦然，宽大为怀，豪放不羁，寻求新奇，勇于冒险，以及像哈克贝里·芬那样并不循规蹈矩，也喜好"在路上"奔走游历，热衷于超灵感受；直接同禅宗学说和西藏喇嘛教义接触，到过印度。我们或许更能够去身体力行。凯鲁亚克应被认为是本世纪的一位伟大诗人。他或许是当今中国内地为人们所研究最多的一位美国散文作家。作为一位文化勇士，他的确具有世界影响。

在艺术上标新立异的人是一些不被认可的立法者，一旦为新的激情所冲击，他们会全神贯注，如醉如痴。这是社会赋予诗人的崇高使命。它本身并不给予诗人以褒奖，然而给诗人报偿的作为以及诗人从中体验到的情感却具有神奇的震撼人心的力量。既然每个人都无法回避衰老死亡，在漫长的生涯中，诗人可能一无所获，除非借助于诗歌。诗人有助于人们去改变现存环境，给他们以某种教益和启迪。

（原载于《文艺报》1989年2月4日）

对美国的透视[①]

——艾伦·金斯伯格40年来的诗歌

海伦·文德莱　著

文楚安　译

切瓦夫·米沃什[②]在给艾伦·金斯伯格的一首诗中这样写道：

我钦佩你全然蔑视一切并与之挑战的勇气，

那激昂的诗句，预言家所具有的强烈诅咒……

你那亵渎神圣的嚎叫仍然回响

在霓虹灯闪烁被认为是失去真实人群游荡的沙漠。

你那新闻体风格，你的胡须、念珠

你那另一个时代叛逆者的装束已被认可。

艾伦·金斯伯格的《1947—1995年诗选》（哈泼－科林斯出版社）卷首中对"全然蔑视一切"作了如下解释："我想象出这样一种语言力场（a force field of language）以反抗大众媒介、政府秘密警察和军事一体催眠般的力场控制系统，他们掌握着难以数计的美元所产生的惯性、虚假消息、洗脑、群体幻觉症。"

金斯伯格的"力场"最先引起人们关注的是在1956年出版的《嚎叫和其他诗篇》，那年他才30岁。作者在这本诗集同名长诗《嚎叫》中大声疾呼反抗美国——这个美国如同沉溺于享乐的摩洛克神吞食作为祭品

的儿童一样也毁灭美国一代青年。金斯伯格亲眼目睹母亲娜阿米——一个俄国移民如何身受迫害，精神失常，成为体制的牺牲品；而他本人终于从新泽西州帕特逊如愿以偿进入哥伦比亚大学，接着便卷入了一个朋友的罪案中，为了免于坐牢不得不暂时住进了精神病院，不久便离开纽约去了旧金山。像他在中学任教的父亲一样，金斯伯格喜欢写诗，不过父亲的诗风传统而且情趣高雅，金斯伯格的诗句狂放、愤懑。在旧金山，金斯伯格和肯尼思·雷克斯罗思、杰克·凯鲁亚克、加里·斯奈德、罗伯特·邓肯作为垮掉运动的中坚人物已崭露头角。这一运动以其敢于坦率直言，关注并致力于社会问题的革新，在写作领域掀起了轩然大波。美国海关以反淫秽作品为理由扣留了在英国印刷的《嚎叫》，旧金山警察派了两名官员到出售《嚎叫》第一版的城市之光书店，逮捕了出版这本书的书店老板、诗人劳伦斯·费林格蒂。不过，在审判中法官宣布《嚎叫》并非淫秽作品，费林格蒂也无罪。这一事件使《嚎叫》和金斯伯格举世闻名。

继《嚎叫》后，金斯伯格出版了其他许多引人注目的诗集。最有名的是《卡迪什及其他诗篇》(*Kaddish and Other Poems*)，其中同名长诗《卡迪什》是金斯伯格为悼念母亲而写，犹太人移民经历的深切痛楚贯穿其中，感人至深。金斯伯格后来又推出了两部诗集《行星消息》(*Planet News*)和《美国的衰落》(*The Fall of America*)。W·C·威廉斯这样写道，"很难在诗歌中获取新闻消息"，然而，金斯伯格却以一种超乎寻常的大胆方式把日常发生的消息写进诗中。联邦调查局、中央情报局、越战、(男性)同性恋、城市衰败——所有这一切每隔一年时间都会出现在金斯伯格新闻公报似的诗歌中。不过，比之他的许多慈善义举，不知疲倦的政治调查，以及对其他作家的关怀帮助，频繁的诗歌阅读（伴以手钹、小风琴以及圣歌唱颂），他的足迹遍及世界的游历，他如同演员投入般的抗议，他的伦理意义上的训喻（反对原子弹、政治谎言、生态毁灭），对他的杰出的诗歌感召力的评论还远远不够。上述活动使他成为重要的文化名人；然而，使他在文坛上占有重要地位的却是他的诗歌。

尽管名声日隆，事务缠身而且年事渐高，金斯伯格仍然继续写诗，每一部诗集都有值得称道、难以忘怀的诗篇。然而，这种成功却总是由两种相互冲突对立的神经性冲动——偏执狂妄想和情感退却，以及另外两种诗歌冲动——平民意愿和“自发性”不断受到威胁，而且有时候无能为力所导致的。在他的最优秀的诗篇中不断如火花闪现的偏执、妄想症被自我嘲讽、幽默、智慧或对生存、人生由衷的好奇心所诱发，而佛教的寂静主义能够使每一种幻念正好及时地被一阵情感的涡流所唤醒。倘若金斯伯格的平民意识所渴求的是一枚白金唱片，那么，这一愿望被对于艺术的顾忌所阻止了；记录他在旅途巴士上声音的那自发性冲动借助于对优美条理性的感觉而获得了。当这些力量失去平衡时，他的诗要么成为大喊大叫般的夸夸其谈，要么成为布道、摇滚节奏或新闻手记。总体来说，金斯伯格的诗犹如 X 射线，40 年来美国社会主体的相当一大部分都被它透视无遗了。

金斯伯格对社会邪恶面的沉郁感受部分来自于想象中与他那患有狂想、偏执症的母亲的某种共生性联系。“我最初的幻念”——金斯伯格在《卡迪什》中写道，“来自于她备受折磨的头脑”。另一方面，在成年时，金斯伯格目睹同性恋在美国被认为是罪行，还有美国在朝鲜和越南的不宣而战，在南美洲和世界其他地方竭力维持豢养傀儡政权，公然宣扬种族主义，同贩毒业勾结一气，通过联邦调查局可耻地对公民监视审查的现实。金斯伯格同那些对政治冷淡的同时代人的不同之处不仅在于他很早就开始接受政治教育（通过他母亲），还在于作为一个同性恋者，他处于边缘人的地位，这使他出于必需的自尊而对现存制度产生抗拒性。他同许多活跃的激进主义诗人的分歧还在于，他终于认识到，所有官僚机构并没什么不同，他在捷克斯洛伐克和古巴如同他在美国一样不受欢迎。因此，他明白（可许多改革者并没如此）他的热情潜在的动因存在于他自身的攻击性心理。这一心理向外投射的结果是转化为对他人持怀疑性的敌对侵犯和攻击性。金斯伯格早期诗歌中所发泄的愤怒和失望既是自我憎恶，也是客观地抨击现实世界的产物。然而，他自身的情感危机也使他的思绪变得激烈、狂乱，并以此去洞察一个压抑性社会所强加给年青一代的痛苦：

　　　　他们被学院开除由于疯狂由于在骷髅般的破墙上发表猥亵的颂诗……

　　　　他们从拉雷多狼狈来到纽约腰带上捆着大麻阴毛部被重重踢了一脚……

　　　　他们跪下嚎叫在地铁里被拖下屋顶犹如挥手抖动着生殖器和手稿。

　　金斯伯格陷于自杀性的绝望压抑之中，就在这时，如他自己所说，被一种"听觉产生的幻念"（auditory vision）所拯救了。他听到一个声音，他认定那是威廉·布莱克的声音正在朗读诗。因为金斯伯格的诗总是谱成曲让听众能听到声音——这种对口头语言的认可显然超越于文字禁忌、压制，所以，这种幻觉与声音相关毫不为奇。布莱克是以反对压制、禁忌而著称的英国诗人——如同惠特曼在此意义上是美国最伟大的诗人一样。因此，就金斯伯格早期诗作而言，布莱克作为激发其创作的诗人，惠特曼作为其宗师十分自然。惠特曼的"把锁从门上卸下来！／把门及门框一起拆下来！"成为《嚎叫》遵从的格言。雪莱也是金斯伯格所崇敬的三位诗歌先驱之一。雪莱的"死去吧／要是你能够同你所追求的东西在一起"亦是《卡迪什》一诗的铭文。

　　布莱克、雪莱、惠特曼这三位诗人给金斯伯格的教益远比他从佛教箴言中所学到的要多。金斯伯格的诗歌道路同ＴＳ艾略特极为相似：两人的感受性都极其高度紧张兴奋，一旦被激发，都很容易令人忧虑地堕入近乎疯狂的境地；两人都遭受过精神崩溃，两人都曾经试图寻找某种智慧的方式以便减轻、导引或调整他们在这种情势下的反应。艾略特在维托兹医生（Dr. Vittoz）的洛桑休养院里（"给予……同情……控制"引自《荒原》奥义书）中寻求；而金斯伯格则在佛教经文和冥思中寻觅。

　　在我看来，金斯伯格的佛教信念对其诗作的影响和作用大致相同于英国天主教义对ＴＳ艾略特的诗作的影响；诗中的某些紧张性或者说张力已经减弱舒缓，取而代之的是教诲。为了驾驭狂放，平衡精神紧张，这种战战兢兢、萎萎缩缩在生活中屡见不鲜；为了避免被囚禁在精神病院而生存下去的生活智慧实在无可厚非。不过，对于这种混乱和令人困惑的痛楚的分析是诗歌中那强有力表述的一个极为重要的来源。自然，被用来调整、减缓这种痛楚的方式、信念本身也是另一种不同的深沉痛苦——自我毁损痛苦的始发点。虽然，艾略特的《四个四重奏》承认这一点。金斯伯格对此却并没有太多的兴趣。他在佛教无神论空泛中寻求的是安慰，而不是痛苦。

这部新出版的《诗选》还不能十分令人满意。许多出色的诗篇——从《美国的变化》到《机会》，从《生态》到《黑色的尸衣》都未入选，以便留出 60 页来收集 1984 年《诗选》中的一些诗——主要是"歌"。这些歌也许是能够令人信服地说明其表演性，然而，对于冷漠的印刷方式却不相宜。金斯伯格同鲍勃·迪伦①的交往应该说十分愉快。"就这种不屈于同时代的重大影响进行切磋交流，我很高兴，我们肯定的是艺术的古老传统以及精神意义上的传递表露。"很难确切地对此作出解释：金斯伯格要追寻进入的传统核心至少并不像是对迪伦的抒情歌曲的模仿。其真正的表述如下："从一开始，(我的)使命就是'拓宽知觉、意识的领域'，对于知觉、意识，甚至某些变形的意识的本质特征进行实实在在的考察。"事实上，这似乎才是对金斯伯格已完成的使命的一个中肯概括。当然，金斯伯格作为公众人物及其参与的政治活动以其特有的方式有助于"拓宽意识的领域"，正如米沃什和艾德里安娜·里奇②的论文所起到的作用那样。但是，诗歌自有其特点和要求，决不等同于去示威游行，或者善辩性劝说或散文。

金斯伯格的诗之所以极具魅力，在于其如同电影手法一般对现时发生的一切细节进行处理，令你身临其境。阅读金斯伯格的任何诗篇，比

---

① 迪伦 (1941—)，美国有名的歌手、作曲家，1998 年被《时代》杂志列为 21 世纪最有影响的 100 名艺术家之一。

② 里奇 (1931—)，美国当代有名的女诗人。

如在《曼哈顿五月一日夜半》中，他晚上外出去买报看见工人正在检查煤气管泄漏，他注意到在管道孔内圆圆的脑袋；观察到沥青和花岗石连接处，看见正有一辆汽车在那儿溜达：

在十一街拐角处晦暗灯光下的一个洞里

一个身穿工装的男人，

毛线帽低垂遮掩着他那弹丸一般的头顶

时而站立时而屈身手持木杆和手电筒

在挖到一半的地坑中转动身子，

我朝他的脚望了一眼，

花岗石路沿旁的柏油路齐及他的上半身，

……

是的，他浑身散发出城市底层的臭味，

地面六英尺下腐烂管道随时都会迸裂

被喘着气呼呼作响的康埃德卡车引爆。

诗中没有繁琐描写之类的铺陈，读者并不需要去同情无产者，或者为煤气泄漏而感到生态意义上的震惊。金斯伯格对现实生活所倾注的极大兴趣使我们能够平静地参与其中。他的思绪漫无边际，朝着不可预知的方向漫游。在另一首诗中，煤气泄漏这场景使他不由联想到自己的煤气炉，或者如他在印度看见的面临这种情况的工人，或者想到夜晚散步的诱惑力。于是，他的思绪出乎意料地飞向古罗马和乌尔城。[1]

我已注意到这车停在路旁，当我匆匆路过，不禁想到古罗马，

吾茸[2]

情况可否如此，同样是检视员和路人模糊的身影

记录下腐烂的管道和大理石上楔形的垃圾堆，

夜半时分普通居民走上街头探听帝国消息

---

[1]　古代美索不达米亚南部苏美尔的重要城镇。

[2]　吾茸 (Ur)，又译"乌尔"，古代美索不达米亚南部重要城市，曾为帝国都城，文学艺术发达，古迹众多。

指望意识／感知能遵循一条预定的方式（如多数以理念为主的诗歌那样）绝不可能扩充或者说拓宽意识。不论动机如何高尚，某一种预定的道路必定会制约束缚意识。就此而言，一般说来，金斯伯格总是灵敏，无拘无束，自由自在的。

考察"意识的本质"意味着，在我们从表述生动活泼的意识（诸如"计划"、"怀念"、"记忆"、"悲怆"、"希望"）时所使用的粗俗语中去寻找难以数计的生存位置的本质。在我们这个世纪，许多杰出的作家对意识本质进行了卓有成效的探求（小说中有乔伊斯和伍尔夫，诗歌方面有艾略特和斯蒂文斯），因此任务似乎已经完成。然而，金斯伯格对此却做出了新的奉献，而所有这些常常被认为是不可言传的：例如《卡迪什》中描述他母亲在浴室呕吐、大便，在《遵命，主人》中他表露的性行为方面的卑微心理，在《你要干什么》一诗中表述因为贝尔的瘫痪症使他如何窘迫尴尬。不过，虽然金斯伯格只毫无隐讳地描述耻辱和羞愧之类的事，也仍然称得上是一位"歹徒群氓荒诞古怪情感的监护人"——借用他赠给弗兰克·奥哈拉①的一句称呼。

意识的喜剧性并非只是艾略特或斯蒂文斯的专利品，同时常常生趣盎然地出现在金斯伯格的诗中。他那带有讽刺意识的双眼随时准备去捕捉一种崭新的当代题材，《个人广告》就是一例，用它作为一种自己心灵的扫描仪：

> 诗人教授正逢暮年
>
> 寻求助手陪伴保安兼朋友……
>
> 可同我分享纽约下东城公寓的床一同冥思
>
> 有助于激励人类去克服世俗愤怒和罪孽
>
> 从惠特曼、布莱克、兰波、马·雷勒以及伐尔第
>
> 那儿获取力量和鼓舞……
>
> 请务必单独赴纽约我的住处……

---

① 奥哈拉（1926—1966），美国诗人。

金斯伯格试图揭示的是：我们中谁没有读过这类"个人广告"而且内心里构思过这样一份广告呢？我们又有谁没有认识到自我描写就其实质而言极其荒谬呢？由于有待进一步探查其意识诸层面在诗中的纷争位置而显得滑稽可笑；自称简缩体"诗人教授"，无用滥词的堆积；"正值暮年"，怀念往昔，"寻求"；杜撰同性恋伙伴称呼的替代语，"助手、陪伴、保安兼朋友"，诗人的精神状态随着如此每一次变更也略有变化；从圣经意义上的"助手"，到具有委婉含蓄意味的"陪伴"，到具有封建色彩的"保安"（保护人），以及心仪很久的"朋友"，兰坡和马·雷勒被迫共存所揭示的意识的诸层面在这一句孤立的句子中无法一一列举。金斯伯格的自我剪影——最后一句所呼应的正是莱昂内尔·约翰逊的诗句。这位诗人颇为自负地写道："孑然一生，我走向孤寂；／神圣地迈向神圣之地"——它表明，金斯伯格断然不会摒弃那份（模仿的、虚拟的）崇高。

在抒情诗中，诗人借助于转变自身的意识来转变他人的意识。金斯伯格的这一自我转型——颇像惠特曼，放任读者也去经受这一转变。《向日葵箴言》就是这样一首出色描述狂热的自我转变的诗（"向日葵，你从来不是火车头，向日葵，你就是向日葵！"）。不过，也有一些讽刺诗，这类诗中最值得称道的是那首有名的《采我的雏菊》：

采集我的雏菊

把我的酒杯饮干

我所有的门全部打开

中断我的意识

为了椰子果

我所有的蛋都打碎

谈到此，不可能不撇开许多繁冗浮华的东西（倘若某一首诗碰巧包含了类似的东西）。读金斯伯格的诗，读者务必也同诗人一样经历一场激烈的，即使是短暂的意识转变、变形。由于感受到他的魅力，读者会兴奋不已，而且也愈聚精会神，愈发敏感，愈具嘲讽性。倘若幽默强于盛气凌人，而好奇强于恐惧，这个世界就会变得更美好。

最后一点，金斯伯格借以唤醒、提高意识的最有效方式是他的极富节奏感的冲动力通过长长的浪花般滚动起伏的诗句表达出来，其急速性有时会因加快而变得紧张，尤其当金斯伯格要强调某一问题时。不过，这常常是真格的——这意味着生活的某些部分要求在历史博物馆中有一席之地。如果金斯伯格在纽约没有遇到抢劫，我们就不会读到《被抢劫纪实》这首诗中那充满着不规则节律的诗句：

我向前走大声祷告念念有词　啊摩——啊——

嘿摩，对着站在门阶上观望的情侣们

慢慢明白过来，这可就叫袭击，这伙陌生人干的是不可思议的事

目的何在——为我的钱包，秃顶，跌断刚痊愈的腿，我的轻便鞋，

要扒我心肝——

他们可持有匕首？啊摩——啊——嘿摩——他们可带有锋利的

金属木头对准你的眼睛耳朵屁股？啊摩——啊——嘿摩

他们慢腾腾地斜靠在人行道上，试图夺去我肩上的羊毛挎包里

面有诗歌集地址日历以及利瑞的律师致函

金斯伯格那一直不愿抵抗的咒语使抢劫者恼羞成怒甚至发狂——"闭嘴，要不就杀死你！"诗人于是得出结论，转变你自己的意识比转变街上的人的意识要容易，然而，虽然这首诗开始惶恐地希望在现实面前悲惨地结束，但却没有解除其前提，即非暴力作为暴力的一种反应是唯一的抉择，以结束无休止的侵犯行为。新的一代青年阅读金斯伯格的《诗选》将会在诗中发现，这样的"语言力场"仍然形成了一种不可抗拒的想象压力。

艾伦·金斯伯格："垮掉一代"遗产、联系及其他[①]

戈登·博尔　著

文楚安　译

我认为要真正了解"垮掉一代"，认识到他们之所以已经给我们，而且正在给我们留下诸方面的遗产是因为他们善于从许多不同的文学和美学传统中汲取形式及力量。"垮掉一代"作家似乎深谙亨利·詹姆斯的秘诀——"专注于一切，别丢掉任何一点"。也正因为此，我们今天仍然不断在挖掘而且发现他们的天才。

仅以艾伦·金斯伯格为例，他接受过哪些影响？他在哪些方面又影响过我们？在我看来，艾伦所获得的灵感和影响几乎是无限的，有时甚至明显是矛盾的。所以，在形式以及观念上他给我们留下了一笔丰富而又庞杂的遗产，而且这笔遗产还在不断扩展。

首先，谈一谈他所接受的某些影响。就此而言，凯鲁亚克首当其冲：他在自发性写作上的实践，他的"自发性散文写作原则"（Essentials of Spontaneous Prose）以及他的《梦书》（*Book of Dreams*）总是给金斯伯格以启发，使他进行自发性的写作。同样重要的是，金斯伯格从凯鲁亚克在诗歌和散文写作时运用声音的方法中获益匪浅，凯鲁亚克的这一技巧部分来自于他那令人兴奋的广泛兴趣：威廉·莎士比亚和托马斯·沃尔夫、

---

① 本文原作者戈登·博尔（Gordon Ball）是美国"垮掉一代"研究家、金斯伯格的挚友之一、弗吉尼亚军事学院英文系教授。笔者在美期间曾访问过他，此文根据他在 1994 年 5 月出席纽约大学"垮掉一代"研讨会上的发言稿写成，经他同意后译出发表。

他听见和使用的美国日常方言、莱斯特·扬①和查理·帕克②的美国音乐语汇，还有他视为楷模的弗兰克·史纳特拉（Frank Sinatra）③带有个人特色的语汇语音表达方式。我们读金斯伯格的《"嚎叫"录音札记》（*Notes Written on Finally Recording Howl*），知道诗歌是为"我自己的灵魂的耳朵和少数其他美妙的耳朵而写的"，我们明白，其中最美妙的耳朵就是凯鲁亚克的。

20 世纪 50 年代中期，在旧金山，金斯伯格和凯鲁亚克及几个年轻诗人已读到 R·H·布莱斯的四卷本《俳句史》，用金斯伯格的话来说，"在俳句里的最重要发现以及俳句中的省略……在《嚎叫》中成为句式的基本构架"。或者正如他在这段期间在日记中所写的那样：

> 研究省略语的基本形式，俳句的简略明晰，对于精炼西方语言比喻极为有用——"氢化自动点唱机"（hydrogen jukebox）。

同时，他对省略的研究或者说如同他后来称之为的简化——或许也源于他对保尔·塞尚④的悉心学习。他曾经这样说过："我像塞尚一样运用素描式的手法。"金斯伯格后来声称《嚎叫》就是"塞尚方法的体现"。这种对塞尚的研究，回报他的是另一种影响，即他在 1948 年的那次布莱克幻念，他试图用文字／语言传达这种幻念境界中存在于他和布莱克之间的一种超越时空感。金斯伯格也谈到佛教及印象主义研究有助于他在写作时使用省略。

显而易见，《嚎叫》独特的文体风格受益于他对若干迥然不同的表现手法的吸收。在这首有着惠特曼似的长句的长诗中，凝练的俳句形式的影响明显可见。

诸多其他的影响也不时在这首史诗般的长诗中鲜明地表现出来。《嚎叫注释本》中注明了十数处重要渊源，诸如克里斯塔弗·斯马特、弗拉

---

① 莱斯特·扬（1909—1959），美国爵士音乐家，次中音萨克斯管演奏家。
② 查理·帕克（1920—1953），美国爵士音乐家，中音萨克斯管演奏家。
③ 弗兰克·史纳特拉（1915—1998），美国民歌手、演员。
④ 保尔·塞尚（1839—1906），法国印象派大师。

基米尔·马雅可夫斯基和库特·斯维特斯（Kurt Schwitters）①，还有其他垮掉伙伴以及与他们有关的个人趣闻等，弗里兹·朗②的《大都会》，佩奥特致幻剂以及弗兰西斯·德莱克爵士饭店。我注意到金斯伯格把个人逸事写进诗中，不仅因为这违背了当时的文学批评准则、信念——不可直接抒写个人经历，而且还因为，姑且这样说，让我们仿佛看见赫伯特·亨凯③和赫尔曼·麦尔维尔④并肩在一起。

在金斯伯格后来写的长诗《卡迪什》中，我们发现教规和非教规、文学和非文学的完美结合：个人家庭史、国家事务、少数民族民间故事、希伯来经文；从路易斯·菲迪南·塞利纳⑤，托马斯·沃尔夫以及凯鲁亚克的散文写作，威廉斯的诗歌"注重细节及选字措辞"，雷依·查尔斯⑥（Ray Charles）的"布鲁斯曲调喧叫"，也还从雪莱、哈特·克兰⑦（Hart Crane）、退斯特·查拉（Tristan Tzara）、基特·斯马特以及萨米尔·格林堡（Samuel Greenberg）的"亲爱的丹尼尔"中吸取灵感。我们还发现一个年轻诗人爱德华·马歇尔（Edward Marshell）的影响，这位诗人在23岁时写了一首非同寻常的叙事长诗《孤独地离开世界》（*Leave The World Alone*），追溯家庭史片断，揭示了他母亲因病久居医院健康日益恶化的痛苦。显而易见，我认为，金斯伯格不但深受年老的大诗人影响，也还接受过年轻诗人的影响：另一例子是1963年他从印度回到美国时，阿尔·阿

---

① 库特·斯维特斯（1887—1948），德国艺术家，达达主义的代表人物。

② 弗里兹·朗（1890—1976），著名电影导演，出生于奥地利，20世纪30年代到好莱坞，其主要的影片《大都会》（*Metropolis*，1926）是一部无声电影，表现2000年的未来社会，十分恐怖。

③ 垮掉一代诗人，《嚎叫》中有关于他的逸事叙述。

④ 赫尔曼·麦尔维尔（1819—1891），美国伟大作家之一，其作品重视表现人与大自然的和谐。

⑤ 路易斯·菲迪南·塞利纳（1894—1961）法国作家，以其作品中所表现的愤世嫉俗、绝望情绪而闻名。

⑥ 雷依·查尔斯（1931— ），美国著名的黑人盲歌手、作曲家，致力于将布鲁斯和摇滚结合起来。

⑦ 哈特·克兰（1899—1932），美国"迷惘一代"诗人。

诺洛维兹①曾经在纽约格林威治村给他弹奏过一首年轻诗人谱写的歌《战争的主人》，令他感动不已。

有时，这种影响以一种不寻常的挑战形式表现出来。1971年，金斯伯格认识日后即将成为他的佛教宗师的西藏喇嘛钟喀巴，剃去胡须不久，他开始在舞台即兴弹唱、写作诗歌以及布鲁斯，因为钟喀巴曾经劝诱过他："你读自己的诗觉得厌烦，干吗不像一些大诗人，如米拉热帕那样即兴写作诗歌？"这可以称为金斯伯格进一步对布鲁斯形式再创造探索的创世纪——从费里·刘易斯（Furry Lewis）到鲍勃·迪伦（Bob Dylan）。其结果可以从他的表演中看到，亦可从许多录音带和CD中听到，因为艾伦不仅使用他的贝纳尔斯小提琴和他的手钹，而且还使用如他所说的"人类诗歌最古老的形式"，即在他与澳大利亚土著人接触时所看到的那种耶卡纳唱歌指挥棍。

有时，影响难以为人知晓，并不明显。其中一个例子是"客观派"诗人查尔斯·雷兹尼可夫（Charles Reznikoff）的影响，其作品令金斯伯格进一步明白，在最微不足道、司空见惯的日常生活中，在"枯燥乏味"的题材中可以找到"诗意"，因此他在以后写的一些诗中特别强调他所熟悉的犹太情调。正如金斯伯格在1990年给我的来信中所写的那样，雷兹尼可夫"使我增强了我对作为新犹太移民家庭背景下家庭的深厚的历史感"。比如，有名的长诗《白色的尸衣》用散文化的笔触描绘了无家可归的以拾垃圾为生的女人娜阿米，令人联想到雷兹尼可夫笔下20年代的情景；不过，为了再次说明他所受到的多方面的影响，他在半年中又写出了一首雷兹尼可夫似的诗，即采用布莱克式的颇为庄重的诗行写于1976年的《别长大》（*Don't Grow Old*）。在谈及金斯伯格对我们的影响之前，我得谈一谈他对诗人这一概念的看法。虽然在他的作品中具有诸多堪称优秀的诗歌特质，可在严格的意义上他并非诗人，而是一个崇尚精神极致的佛教徒。虽说他作为诗人的地位不可动摇，但他远非一个遁世的诗

---

① 阿尔·阿诺洛维兹，美国资深记者，《华盛顿邮报》撰稿人，金斯伯格的朋友。

人，相反他置身于社会，关注人生和世界，甚至可以说是一个社会活动家、社会批评家、希伯来预言家，当然同时也是诗人和学者（甚至以其诗人的身份同中央情报局作对）。他曾经称自己"骨子里是个懦夫"，诺曼·梅勒却称他是"美国最勇敢的人"。

显而易见，金斯伯格受到了诸多影响，而我们从他那儿又接受了一些什么呢？

首先得从美国诗歌谈起。今日美国诗歌的写作、出版，以及接受同20世纪50年代并不相同。20世纪40年代和50年代，"垮掉一代"诗人执著地强调彼此交谈，除却任何疑虑，于是咖啡沙龙、画廊朗诵在20世纪50年代成为时尚，重新认定诗歌并不仅仅是平面地存在于印刷书页上的文字，而是出自于一个群体的人类情感的投射。正如金斯伯格所声称的那样，诗歌是某种"用嘴巴写成"的东西。

我并不是说当下的诗歌都要如此写成，因为诗歌如今已不必严格遵循过去的既定形式。现在，一个诗人很少会像上一年代罗伯特·格雷尼（Robert Greeley）①及其伙伴在朗诵诗歌时被问道："何谓真正的诗，或者你自己随心所欲想怎么写都成？"

我是想说诗歌形式的冷战时代已经结束。我们诗歌的开放形式已经愈来愈得到承认。抒情短诗被新批评情趣所主宰的局面已经一去不复返，今天的形式以及题材已被多元化所代替。得到普遍公认的一个尺度是沃尔特·惠特曼的地位已经改变：在《嚎叫录音注释》中，金斯伯格曾声称惠特曼的诗歌形式"还远远没有被重视"，惠特曼是"巨大的山峦，难以被全部窥探"。只有极少数人会认为他的诗句"十足的奇异怪诞，散文般地不拘一格"。而今天正如我们所看到的那样，从卡尔威·肯勒尔（Galway Kinnell）②到琼·乔丹（June Jorden）③，一直到埃德·桑德斯（Ed Sanders）④，

---

① 罗伯特·格雷尼（1926— ），美国黑山派诗人。
② 卡尔威·肯勒尔（1927— ），美国诗人。
③ 琼·乔丹（1936— ），非洲裔美国诗人，评论家。
④ 埃德·桑德斯，美国"垮掉一代"诗人，歌手。

再到詹姆斯·特德①（James Tete）以及安特勒这些人身上，我们发现这种看法已经不复存在了。

当今诗歌的表现或者说表演方式同以前迥然不同。金斯伯格在舌头和呼吸中捕捉诗意、诗句，他对音乐的酷爱让我们能得以阅读一首更富于表现力、强调口头表演但极有艺术魅力的诗句：帕迪·斯密士（Patti Smith）②、劳里·安德逊（Laurie Anderson）③以及安勒·沃德曼（Anne Waldaman）④对这种主张身体力行。诗歌已不再仅仅是学院派的专利品，也再不是只为女子气的男人和道貌岸然的先生们而写的了。

其结果是当今诗歌的接受也同以前不同。上个年代，诗歌务必详加研究，诗仿佛是谜语似的。诗必须仔细猜读，有时候得费尽心机，然而，我怀疑这种读诗方式是否会有任何乐趣。1956 年末期，当黛勒·迪·普里马（Diane de Prima）⑤第一次读到《嚎叫》时，她的反应是新批评派奉为要旨的诗歌非个人化原则被诗人抛弃了。她在《对一个"垮掉"伙伴的回忆》中这样写道："……我们在一起读《嚎叫》，我高声地对大伙儿朗诵。"

1956 年至 1957 年冬季，金斯伯格在哥伦比亚大学就读时的同学、诗人路易士·辛普逊参与主编一本现代诗选集《英美新诗人》（*New Poets of England and America*），金斯伯格交给辛普逊一组由邓肯、斯奈德、莱维托夫、瓦伦、凯鲁亚克、奥哈拉写的诗。然而当诗集出版时，却没有上述任何人的作品，甚至连金斯伯格的也没有。

如今，艾伦的作品以及他的伙伴们的诗被选入多种诗文选集、讲义，在许多大学甚至一些高级中学都专门开设了有关"垮掉一代"的课程。霍夫斯特拉大学（Hofstra University）所开设的"美国的奥德赛"课程，

---

① 詹姆斯·特德，美国诗人，1992 年普利策诗歌奖获得者。
② 帕迪·斯密士，美国朋克摇滚乐音乐家。
③ 劳里·安德逊，当代美国行为艺术家。
④ 安勒·沃德曼，"垮掉一代"女诗人。
⑤ 黛勒·迪·普里马（1934—　），"垮掉一代"女诗人。

是特地为纪念凯鲁亚克和金斯伯格而设立的。早在 1997 年金斯伯格逝世前，他就被评选为美国艺术文学院院士、美国语言学会荣誉成员。《嚎叫》和《卡迪什》在 1986 和 1991 年两次成为美国语言学会年会的特别议题。

我们也许应该问我们自己，诗歌的这一转变在多大程度上是由"垮掉一代"诗人所激发的？金斯伯格曾经这样写道：

> 有一种自觉的意识要进行一次文化方面的突破，渴望如同在私下那样在公众场合也能自由交谈……私下我们的作为如何，归根结底实在是值得考察的事。因之创造性的文学灵感就是要求（我们）在公开的场合的作为如同在私下那样无拘无束。

20 世纪 50 年代初期，凯鲁亚克在给金斯伯格写信时曾经说过他们共同的与众不同的特点是彼此能相互坦率地倾吐最隐秘的情感。我相信，他们毫不隐瞒的谈话——在被压抑的年代，同当今民众所议论的问题，诸如司法范围内的同性恋、吸海洛因等有关。1965 年冬天，在雪花飘飘的纽约，金斯伯格走上街头在游行中高举"大麻开心"以及"大麻是现实解愁剂"这样的标语牌。1966 年，他在《大西洋月刊》发表了《大麻恶作剧：结束沮丧的第一宣言》。据迈克尔·奥德里奇，LEMAR（大麻合法化组织）早期的一个成员的看法，金斯伯格实际上道出了人们对这类问题的想法。

今天，如果说，我们在生活和文学的某些方面能比上个年代享有更多的自由，无疑，这要归功于金斯伯格及其同伴们，诸如由于《嚎叫》、《裸露的午餐》、《芝加哥评论》以及 1958—1960 年间因美国邮电局和其他司法问题冲突而导致的审判等。

我以上所谈到的是金斯伯格对美国生活及艺术的影响，可实际上，正如许多读者所明白的那样，金斯伯格的影响是世界性的。最突出的表现是在东欧。1965 年金斯伯格在布拉格被市民选为"五月之王"也许已是一个先兆。在布拉格文学界、学生团体、咖啡聚会上，金斯伯格已经备受钦慕，作品被翻译介绍，广为朗诵。1990 年，他再次访问布拉格，当年被捷克当局剥夺的王冠终于失而复得。

纽约大学一位年轻的波兰金斯伯格研究者曾经写道，就对"垮掉"文学的兴趣而言，波兰学术界并非无所作为（或者说仅局限于艺术），"垮掉"文人的作品鼓励他们使其有勇气敢于向他们所面临的文学、文化情势挑战。这个年轻的波兰人以其在美国一年后于1986年返回波兰的经历说明金斯伯格的诗作是反抗波兰警察国家极为有力的武器。由于被指控为同性恋，这在波兰是非法的不道德的行为，他被监禁，他从狱中逃跑来到美国。他写道，只有读诗，尤其是金斯伯格的《嚎叫》才能使他的痛苦得以从他那令人窒息、异化的祖国的重压下有所减轻："我喜欢金斯伯格的诗，因为它为我创造了一个自由的小世界。"这种评论、看法极好地说明金斯伯格对于那些生活在冷战铁幕下与美国同时代的一代读者来说具有何等意义。正如诺贝尔文学奖获得者、诗人切瓦夫·米沃什在1991年写给金斯伯格的献诗中所说的那样，金斯伯格是"恐怖杀戮时代的一个伟大诗人"。

诗人、医生、翻译家格雷兹戈什·缪塞尔（Grzegosz Musial）如此评论道："垮掉一代"有助于促使冷战结束。在缪塞尔看来，艾伦·金斯伯格和弗兰克·奥哈拉70年代的地下作品对80年代自由运动的兴起产生了重要的推动作用。举一例来说，亚当·米契里克（Adam Michnik）就是当时自由运动的一个领导人（至今仍是波兰的一个重要出版家），他本人就是金斯伯格地下作品的一个忠实读者。

在前苏联，诗人叶甫图申科如此写道：

> 在阴暗的麦卡锡时代和好莱坞的政治迫害发生之际，"垮掉一代分子"（beatniks）成为囚禁在美国社会牢笼中的牺牲品和那个年代的象征。我们对于那个象征所做出的微弱的共鸣和回应并不是没有缘由的。莫斯科的年轻诗人们在私下传递着《常青评论》（Evergreen Review）[①]。"垮掉一代"同我们俄罗斯一代诗人密不可分。

最后，我得对"垮掉一代"的集体精神特征说上几句。20世纪50年

---

① 旧金山诗人文学杂志，经常发表"垮掉"文人的作品。

代末期，凯鲁亚克赋予"垮掉"以"beatific"（至福极乐）的含义。1968
年，当一场美国革命——政治革命行将到来之际，金斯伯格说"如果这
场革命不是精神意义上的，就毫无价值"。在我看来，或许正是这种处于"垮
掉一代"的精神核心弥补了125年前由惠特曼所留下的那份令人沮丧的
美国遗产，因为他明白无疑地披露了他那个时代的"摩洛克"（Moloch）[①]。
惠特曼在1870年写成的《民主的展望》（Democratic Vista）中这样说过：

　　……我要说，在美利坚合众国的日常生活中只存在着一种巨大
的主宰一切的物质力量……出于精神净化，也出于纯洁的良知，为
了寻求真正的美学境界，为了纯粹而高尚的男性气概和女性气质，
至少应该有同样强大微妙的力量与之相抗衡——否则，我们的现代
文明及其所有一切进步都将消失殆尽。

在结束这篇文章时，我得说，"垮掉一代"正是惠特曼所呼吁的"强
大微妙的力量"。艾伦·金斯伯格40年来一直不遗余力为美国的精神净
化而写作、呐喊、激动、冥思、梦想、歌唱。正如理查德·赫尔（Richard
Hell）所说的那样，"他是一代人的灵魂"。

1999年3月于弗吉尼亚州列克幸顿

艾伦·金斯伯格离开了行星[②]

鲍勃·罗森塔尔　著

文楚安　译

　　1997年4月5日，全世界失去了一位伟大的诗人。全球报纸为之哀

叹惋惜，《纽约时报》写道："金斯伯格是'垮掉一代'的桂冠诗人，其《嚎叫》（*Howl*）成为 20 世纪 50 年代性解放及言论自由的宣言书……由此奠定了其在美国文坛的地位……（他是）美国超验主义当今唯一真正的代表。"在纽约、博尔德①、旧金山、芝加哥、伦敦、柏林、斯德哥尔摩、巴黎、布拉格、莫斯科……人们很快聚会悼念他的去世，场面虽然并不大——走进林地，高声朗读他的诗作。金斯伯格直接在对我们这个世界交谈！人们公认他继承了这样一些前辈诗歌大师的风格——威廉·布莱克、克里斯塔法·斯马特、沃尔特·惠特曼、W·C·威廉斯。他无所畏惧，幻念是那般强烈，以至被认为是一个预言诗人。他的诗歌是"二战"后美国社会、历史、文化生活的明镜。他早期的愤懑表露在长诗《嚎叫》中，其基调和想象力、观察力令那些倾听和阅读它们的人振奋不已，令他们大开眼界，唤醒了意识。尽管经受当局盘查审讯②，《嚎叫》仍然得以留存，至今已译成 25 种文字。美国因越南战争而陷入混乱、狂躁之际，艾伦·金斯伯格的诗作却变得沉稳、平和，成为抑制激愤、增强心灵沟通和精神理解的一种方式。他平生慷慨、豪爽，就此而言，很少有人能与之相比。人们沉痛哀悼他的去世，因为他为人们指出了一条人生之路。

艾伦·金斯伯格出生于一个诗人家庭（父亲和哥哥都写诗），在新泽西州帕特逊城长大，这也是另一位美国伟大诗人 W·S·威廉斯的故乡，因此，从小金斯伯格便深受他的影响。金斯伯格的童年生活并不遂意，面对 20 世纪 30 年代世界范围内日益加剧的法西斯主义威胁；同时，在家中，他还得照料身患精神病的母亲。金斯伯格后来越过哈德逊河，参加了哥伦比亚大学入学考试，暗中发誓，如果被录取，他一定要不遗余力为改善劳工阶级的境遇奋斗终生！

---

① 科罗拉多州一城市，金斯伯格曾在位于博尔德（Boulder）的纳诺帕学院参与杰克·凯鲁亚克分解诗歌学校的创立，每年到此讲授美国文学及佛教诗歌。

② 《嚎叫》于 1957 年发表后，旧金山法院曾以此诗是"淫秽作品"指控出版此诗的城市之光书店老板劳伦斯·费林格蒂及作品。10 月 3 日，法院判决对《嚎叫》的指控无效。

在哥伦比亚大学读书时，他结识了杰克·凯鲁亚克（Jack Kerouac）、威廉·巴勒斯（William Burroughs），这两人日后成为他的终身密友，他们共同催生了20世纪50年代生机勃勃的、使众多艺术家卷入其中的"垮掉"运动。1948年大学毕业后，金斯伯格作为一名商船水手漂洋过海，并在加利福尼亚湾区住下来。在这儿，他认识了加里·斯奈德（Gary Snyder）和菲力普·瓦伦（Phillip Whalem）以及其他几位作家。他们一起发起了被批评家所称为的"旧金山文艺复兴"（San Francisco Renaissance）。1956年，金斯伯格写出了本世纪最有名的长诗《嚎叫》，并在旧金山六画廊朗读；当场朗读诗作的其他诗人还有迈克尔·麦克鲁尔（Michael McClurc）、菲力普·拉曼夏（Phillip Lamantia）、肯尼思·雷克斯罗思（Kenneth Roxroth）、菲力普·瓦伦及加里·斯奈德。《嚎叫》成为那天下午最令听众喝彩的诗篇！金斯伯格因此同费林格蒂的"城市之光"书店签了出版合同。W·S·威廉斯为这本诗集撰写了序言。也是在旧金山，艾伦同一个年轻人彼得·奥洛夫斯基（Peter Orlovsky）相遇，彼得日后成为艾伦的终身伴侣。20世纪50年代末，"垮掉"作家被传媒称之为"Beatniks"（垮掉分子），这一称谓的词尾"–nik"取自前苏联发射的人造卫星——俄语称之为"Sputnik"，显然带有贬义。艾伦·金斯伯格终于很快成为"垮掉一代"的代言人，他也千方百计促使其朋友的作品出版，于是威廉·巴勒斯的第一部小说《吸毒者》（*Junkie*）得以问世。艾伦后来也写出了堪称20世纪经典之一的长诗《卡迪什》以悼念母亲。

艾伦·金斯伯格在20世纪50年代开始便到世界各地漫游，曾在南美停留数月。20世纪60年代早期同彼得·奥洛夫斯基到了印度，一呆就是数年。劳伦斯·费林格蒂被捕并受到审讯（被指控出版《嚎叫》，有伤风化）时，他远在印度。他在印度结识了许多印度圣人，从他们的布道祈祷中学会了唱歌般地朗读诗文的技巧；回到美国，在对公众朗读诗歌时，他运用了这些方式。

整个20世纪60年代，金斯伯格作为诗人、社会活动家的声誉日隆。在大学校园常常可以看到他的踪迹，听到他的声音。他不知疲倦并且参加在美国各地为结束越战而举行的抗议和示威活动。他坚决反对征税以用于战争。20世纪60年代青年中新的社会运动被称为嬉皮士运动，他自然被青年们拥戴为领袖。他反对战争的诗篇以《美国的衰落》为题结集出版，获得1974年美国全国图书奖。20世纪70年代早期，金斯伯格就皈依佛教，一直到他去世。这段时期，他一方面教书，一方面写作，到世界各地游历；与鲍勃·迪伦（Bob Dylan）合作，把英国诗人布莱克的《天真和经验之歌》谱成乐曲。

在他生命的最后20年，金斯伯格有了一名专职秘书（我本人），协助他处理并完成他愈来愈多的日常事务。在办公室工作中，他把佛教式的训练和善于深思的教诲贯穿始终。不久，我也得雇佣一些助手。艾伦·金斯伯格的精力似乎永不枯竭，总能不断地去从事新的任务，而且都能坚持到底，从不半途而废。他于是成为一名优秀的摄影家。在他生命的最后5年，电话铃声从未停止过，仿佛全世界人人都有问题要求教于他。他仍然住在纽约下东城的一个多家合租的公寓内，生活简朴。70岁那年，他才有足够的钱购买了顶层寓所，可就在他搬进新居后的几个月（新宅与以前租的公寓都在同一街区）他的健康状况日益恶化。1997年3月底，他才获悉自己身患肝癌，无法治愈。谁料一周后便离世，周围有他的家人和朋友。葬礼按佛教仪式举行，然后，他的遗体安葬在新泽西州伊丽莎白市的一个犹太公墓，傍依在他父亲——诗人路易斯·金斯伯格和姑妈罗斯身旁。

1994年7月，我曾在纳诺帕学院举行的艾伦·金斯伯格研讨会上这样说过：

> 艾伦·金斯伯格已成为一个家庭企业！我希望诸位能原谅我，如果我不时在讲话中强调地使用"我们"这一语汇的话。我们是单纯的家庭企业，我们的产品和服务涉及众多范围；我们没有特定的定额指标，也没有固定的日程表。一个中心家庭企业服务于一个小的社区，我们也是如此。这样的一个企业实在是包容了个人的也是艾伦·金斯伯格的理念和想象力，他的"村舍"具有全球性质。

不过，且慢，难道这可就是真正的艾伦·金斯伯格？欧文·艾伦·金斯伯格[1]就是艾伦·金斯伯格自身。艾伦·金斯伯格就是那个身穿命运之衣的欧文的转世。艾伦是诗人，是伟大的公民，是关注家庭快乐的人。因此，艾伦·金斯伯格的事业应该归入以下范畴：

诗稿、录音、摄影、诗集、散文、访问记、信件、演讲、CD盒、摄影集、同音乐家及作曲家的合作、剧本、歌剧、演出；

在纳诺帕学院、布鲁克林学院[2]任教，主持诗歌创作计划，制片人，研讨会，安排访问日程，教学——预备性课本，为图书馆购买书籍；

存档、卷宗处理、回忆录、分类目电脑处理、邮寄诗文集；

安排旅行、咨询、会晤；

政治性论题、FCC（联邦通讯委员会审查）、男同性恋事务、个人事务、为囚犯的正当权利请愿。

艾伦·金斯伯格也许是爱欲和创造力结合得最快乐的一个典范。艾伦需要被爱，他将这种爱写成诗篇，勇敢地为这种爱呐喊。为了保持那件命运外衣的温暖，他承担了众多责任，十分慷慨大度，善解人意。当然，他也能气势汹汹地调整麦克风，让三个人同时干一件杂活（所谓"傻瓜理论"：我是傻子，你是傻子，你们都是傻子，事实上我们大家都是傻子；因为务必让人都去干某事。这样这事才能干好）——然而，毕竟只付出了小小的代价，可回报却极为丰厚。

我是通过诗人特德·贝里甘（Ted Berrigan）的介绍与艾伦共事的。我起初对艾伦所知甚少。我的妻子洛彻勒曾经自愿无偿为在监狱一度失踪的蒂姆·利瑞[3]打印一份人身保护令[4]。艾伦有一天来到我们位于纽约东十二街的公寓，对我说，他正在寻找新公寓以便迁居。我们告诉他楼

---

[1] 此系金斯伯格出生时的命名（Irwin Allen Ginsberg），以纪念其曾祖父。

[2] 位于纽约，金斯伯格在此任英语教授。

[3] 蒂姆·利瑞，心理学家，原哈佛大学教授，因进行吸毒试验及研究被控入狱。

[4] 法律术语，被拘捕者可请求法庭裁决其拘禁是否合乎法律程序。

下有刚空出的双间待租。他同彼得·奥洛夫斯基便搬了进去，同我们成了邻居，一住就是好几年。那年冬季，我们一起参加了减租游行。我们的女房东认为上下午各供应一小时暖气和热水已足够了，可事实上我们感到冷。艾伦和彼得似乎并不那么在意，他们总是试图说服我们，作为房客我们的行动不可过于强硬——他们似乎同那位古怪的女房东有某种默契似的，相处甚好。我同妻子次年春天便搬到第十一大街。一年后(1978年)，特德·贝里甘打电话对我说，艾伦打算临时物色一位秘书（原秘书理查德·伊诺维那时去了欧洲），我接受了他的邀请。第一天，我去他那儿时，他正在门口等我，递给我一张支票和通知单，要我保管好。我步行去银行付清了账，如同成千上万人每天都这么办一样，然后带着收据回去。就这样，我从此同一个非凡的人共事了。

我的工作有条不紊，按艾伦的嘱咐进行。他的起居室很小，室内有水槽，沿墙置放着文件柜。一个抽屉上写着"Eypc"（过期、陈旧的报纸剪报），另一个柜子上写着"Dope"（信息资料）。其中一个中心抽屉最为重要，上面写着"Death And Asshole"（死亡与屁眼）。

我在一台手工打字机上把艾伦写的信打好，整理登记、接答电话，筹建并管理日益增多的文档。艾伦喜欢我随和的个性，于是让我把这一职责干下去。我把文稿书籍归类编目，装运送到哥伦比亚大学；我负责处理财务。后来，我更多地参与第十二社区的活动，比如一个名叫刺激者（Stimulators）的朋克摇滚乐队的活动。我为客人或一些常客浆洗褥单，拟定行为规范细则。

我本人是诗人，也写散文，属于"纽约诗派"。我同艾伦共事，可我遵从三条原则：我从不把我写的东西给他看，我不是佛教徒，我不是同性恋者。我喜欢作为诗人的那份乐趣，也喜欢在从事文学、录音、摄影、保存文档，充当经纪人、导游的工作中，以及广泛交往时所感受到的诸多裨益。我十分钦佩艾伦·金斯伯格。他公正、无私、富于同情心。我竭尽所能为艾伦效力，使他更有所作为，当然，这样做也使我更充满自信。我曾经撰写信件帮助一个蒙受不白之冤的囚犯讨回公道，那得归功于信上有艾伦的签名，州长才专为此事作复。艾伦对我颇信赖，在他的支持下，我策划组织了9次国际诗歌节活动，邀请了包括中华人民共和国的诗人出席；帮助一群低收入者重新安居，住进了合作公寓——我认为，我已成为他的事业的合伙人。当然，艾伦作为老板无法一一及时回复记者、学者、翻译家向他提出的一些简单问题，这些事都由我来代做了。我并非喧宾夺主，而是尽我所能帮助他处理，以一种很传统的方式来对待我所担负的职责。我已经认为艾伦的事业亦是我自己的事业的一部分——我们有许多共同感兴趣的事可做。艾伦教会我把每个人都看成是有可能修炼成为菩萨的人，他要我务必对那些坦率地对我报以不理解态度的人也要耐心。他教我怎样去处理好某一桩事而不损害我们正在进行的事。他让我明白什么是命运（Karma）。我和我的家人以及社区的人都从艾伦那儿获得极大教益。

有两件事值得一提，为艾伦办事既有风险也十分有趣。有一次，艾伦和我在纽约中城第七大道搭乘出租车，交通十分拥挤、混乱。他很细心，记下了司机姓名、车标等，断定司机是一个穆斯林，并问司机是否如此，司机回答：是。艾伦问司机对某一印度英裔作家有何看法，司机满脸惶惑。艾伦便告诉司机：他是被伊朗阿亚图拉①宣判死刑的作家。司机听后回答："要是他侮辱上帝，死了活该！"艾伦大为不悦，气愤地扬起手臂，厉声嚷叫……我赶快制止他："要是你想找死，得了，等我不在车上随你怎么干都成！"幸运的是那司机只顾开车，没听见艾伦的咒骂声。

还有一次，某个星期五下午，快近黄昏。艾伦离开在联合广场的办公室，像往常那样匆忙赶到梅塞尔街和第四大道叫出租车。"告诉他们，我正在路上。"他在电梯里回头对我说。对于他的这一习惯我已习以为常，当然照办。我关上电脑及其他电器准备回家，这时电话铃响起来，是艾伦打来的，声音惊惶："我简直是白痴，在给司机车费时，膝头上的钱包

---

① 伊斯兰教什叶派领袖的尊称。

滚出了车厢，落在街上，掉进了下水道！我得把钱包找回来。""你看清了钱包没有？""看不清楚！""有人帮忙吗？""他们瞧了瞧，可找不到。""喏，你想要我怎么办？""我是说，你赶快给下水道管理处打电话，要他们派人来，打开阴沟。告诉他们要带上起吊机，还要有灯光设备。""艾伦，我想这事他们不会……""听我说！叫他们来，让他们来看看怎么办！一定叫他们来瞧瞧水往哪儿流了！"我明白非打电话不可了，于是翻开蓝色封面电话簿，找电话号码，心想，没人回答最好，可电话竟然一拨就通，从对方下东城的口音听来没准是个大块头家伙。在这种情况下，如同一个秘书会做的那样，我先抱怨老板一番："喏，是这样，这事有点不寻常。你瞧，我的老板的钱包刚才落进下水道，他希望你们快开车赶过来，打开阴沟，灯光要亮，找到钱包。""唔，这种事，好的，我告诉你怎么办，就像你小时候遇到这种情况时那么干就行：找上一根绳子还有口香糖，一起放进阴沟，准能把钱包粘上来。""太棒了！我就这么告诉他！"我说，"不过，我还想问清楚，能告诉我水朝哪个方向流？""这还用问，往下流嘛！"

1984 年 10 月，金斯伯格随美国作家代表团赴北京出席中美作家会议，在北京和河北的大学短期讲授过美国诗歌。中国对金斯伯格的诗歌想象力有极大的影响。在中国，他的梦和诗句难解难分，总是充满着对他最敬慕的诗人 W·S·威廉斯、沃尔特·惠特曼以及他的诗人父亲路易斯·金斯伯格的怀念。

诸位读着文楚安教授所译的这一部《金斯伯格诗选》，我相信，一定会对艾伦的一生有更多了解，因为他把自己的一切都坦率地写进诗中。他能把生活经历中的具体事实和琐碎的细节用诗句表达出来，而且不乏诗意，这一能力可说出类拔萃。遵照 W·S·威廉斯的格言"无需理念，理念寓于事物"，金斯伯格在诗歌中拥抱整个世界、人生。他认为人世间最重要的是诚挚与坦率：

> 是的，只要我在这个世界上，
>
> 我将致力于一件事——

那是什么事来着？

是去减轻人间的痛苦……

——《记忆之园》

艾伦总是行包匆匆，四处行游，尽管异常疲惫。这一次，他得飞往波士顿，因为他的心脏病医生在坎布里奇（Cambridge）①。我第一次发现，他这一次精力不支，不能单独前往。"艾伦，我同你一道去。"我说。那是在 1997 年 2 月 24 日下午，他生性倔强，坚持说不用，可我也很固执，最后他欣然同意。我拎着行李，他慢慢地跟在我后面走到街上。在搭乘出租车去机场的路上，他要我把书包交给他，出租车内没开灯，窗外，街灯在川流不息的车流中闪烁；车在大街小巷穿梭时，我格外紧张。艾伦突然转过身对我说："听我念一首诗，我昨晚上写的。"他笑声呵呵的。他找寻记事本，将那首字迹潦草的诗稿取出来，开始读：

我死后，

我不在乎怎样处置我的尸体，

把骨灰抛向天堂，部分扔向东河，

把骨灰盒埋在新泽西伊丽莎白犹太基地，

不过，我希望举行一次盛大的葬礼

……

我指望出租车赶快到达目的地，不想听艾伦把诗读下去，因为内容听起来愈来愈滑稽；他在诗中列举所有那些将在他的葬礼上出现的男性伙伴的名字时，兴奋极了，近乎歇斯底里。他想知道我的看法，是否还可以加上几句。我说，女人们看到这首诗，都会寻思："这家伙从来就没记住我的名字。"

在飞机上，我开始写一首诗：一只鸟儿同诗人飞越东海岸。艾伦睡着了，我注视着他那满布皱纹的脸，他似乎睡得很沉，我担心他就这么一睡不醒。可在飞机降落时，他颤巍巍地醒过来，一把抓住记事本写了

———————————

① 波士顿一城镇，哈佛大学、麻省理工学院均在此。坎布里奇又可译作"剑桥"。

起来，约有两分钟，对着我读道："我父亲死于癌症，低垂着头……"

6周后，艾伦与世长辞，就在他居室的床上。室内静寂无语，人们就在长沙发上和椅上休息。乔尔（艾伦的表弟，一个医生）和我躺在艾伦的平台式床上，离艾伦的病床只有几步远。乔尔摸了摸艾伦的脉搏，说道："已经很慢了，而且微弱，捱不过今天晚上。"10分钟后，凌晨2时左右，艾伦身子在动，传来了呻吟声。护士赶忙检查，乔尔也过去忙开了，说这是一次病理性发作，死亡即将降临。20分钟后，艾伦身子微微动了动，发出低低的喉音，他的头向右侧耷拉，眼珠往上翻，目光盯着我；我打量他，分明注意到他的目光无神乏力。乔尔站在艾伦身旁，正监视着他的呼吸，"快了！"，我们围着艾伦，死一般的静寂。我盘腿坐在艾伦的床上，目光一刻也没离开他。他的呼吸愈来愈弱。彼得·赫尔（Peter Hale）开始散发艾伦的最后一次食品，他看来挺紧张，我也一样。艾伦的呼吸间隔愈来愈长，乔尔说："最后一次。"果然没有下一次。乔尔迟疑等待片刻，我们都明白，艾伦去世了。他走得很平静，最后一刻身子甚至没动一动，呼吸传到室内可再也没回转来。彼得用眼药水滴管将流食滴到艾伦的嘴唇上，那食品呈红色，我把手放在艾伦的额头和眼上，结结巴巴，用意第绪语说："Sh Ma Yisrael, Adonai Eloheinu, Adonai Ehad！"（主啊，我们的上帝，上帝独一无二！）艾伦在世时曾经多么声嘶力竭地反对这一个上帝！他将会多么欣慰，在死后被认为是这个民族的一员。1997年4月5日凌晨2时39分，他离开了。

艾伦·金斯伯格的诗歌将永远留存，读者会从其中获取无穷慰藉，犹如在一次风暴中寻觅到一块栖身之地。我衷心希望人们能喜欢他的诗。金斯伯格为我们开启了一道道让我们继续了解认识他的门扉。他离开了我们，可我们能够像他那样，以敏锐的目光睿智清楚地观察现实，无所畏惧地面对人生，竭尽所能保护我们赖以生存的生态环境，减轻那些来自体制危及人民生存的种种压力。

1998年春，文楚安教授在哈佛大学做访问学者之际来到纽约金斯伯格故居，我们的交谈十分投机而且深入。他一直致力于美国"垮掉一代"的研究及译介，为把金斯伯格的诗作译成中文做了不懈的努力，他的勤奋和智慧给我印象很深。我深信金斯伯格的诗作在中国这个伟大的国家会拥有广大读者，找到知音。我唯一的遗憾是不能亲身感受到阅读这部中文诗集的兴奋与激动——这种体验，亲爱的中国读者，都留给你们来分享了。

1998年9月于纽约

评《在路上》①

吉尔伯特·米尔斯坦　著

文楚安　译

《在路上》是杰克·凯鲁亚克的第二部小说。②在当前这样一种就连真正的艺术作品问世也算不上什么大事的时刻，这部小说的出版极具历史意义。因为当今时代人们所关注的东西并不集中，其敏感性也由于追逐最超乎寻常的时髦（其速度之快令人目眩）而变得麻木迟钝。

这部小说值得评论，尤其值得对其写作背景多说几句：很可能，号称新学院派的学者和"资深的"先锋派批评家们要么对这部作品回应几声廉价的喝彩，要么会因此而感到尴尬。正如一部作品问世时我们常常可以见到的那样，会得到这样一些一般性的评论：诸如"引人入胜"、"感人至深"，或者"传奇式的浪漫故事"以及其他一打以上的陈腐平庸的评语，自不待言，也会有"无与伦比"之类了。但事实却是，《在路上》是数年前被凯鲁亚克命名为"垮掉一代"作家的本人最不拘一格、语言最质朴无华，却最为重要的一部作品，他无疑是这一代的代表和化身。

---

①　这篇文章"Review of On the Road"发表于 1957 年 9 月 15 日《纽约时报》，被认为是最早肯定"垮掉一代"的一篇重要文献，从此，凯鲁亚克一举成名。

②　凯鲁亚克的第一部小说是《镇与城》(1950)。

正如谈到 20 世纪 20 年代的任何小说时，《太阳升起了》①被认为是"迷惘一代"的宣言一样，《在路上》看来将成为"垮掉一代"的《圣经》。当然，这两部作品并不相同，就作品年代和思想意识而言，海明威和凯鲁亚克之间至少还横亘着经济萧条时期和一场世界大战。

"垮掉"症候种种

"垮掉一代"这一现象已并不鲜见（当然不必提及他们对现代爵士乐的酷爱），在被称为"旧金山文艺复兴"流派的写作、诗歌、绘画中已经出现，当然，这并不是一回事。这一现象并不是地方性的（"旧金山文艺复兴"的许多人，不管从任何方面来说，都是最喜欢流动的人；他们行迹不定，要么已不在那气候温和的城市居住，要么只是象征性地去那儿待上一段时间罢了）。"垮掉一代"及其艺术家所表现出来的症候②是不难识别的。

表面上，这些症候可以归结为拼命而疯狂地追求感觉的宣泄，极端的神经质，不停地摧残自己的身体（"垮掉一代"总是"寻欢作乐"，总想"尝试"任何事，无论是纵酒、吸毒、性滥交、高速开车还是信奉禅宗佛学）。

就内在而言，他们之所以做出过度反常的行径，是出于一种精神目的，这一目的的实质性内容现在仍不明晰，众说纷纭，很不系统，有待界定。但它显然同"迷惘一代"的主张或"经济大萧条时期的一代"的政治主张迥然有别。

"垮掉一代"自诞生之日就不抱任何幻想，它对迫在眉睫的战争无动于衷，对政治生活的贫瘠空洞以及来自社会其他方面的敌视冷漠也同样熟视无睹。它甚至对富裕生活（同物质主义亦有所区别）丝毫不为所动（虽然它从不故意摆出藐视的姿态）。它不知道它寻求的避难所在何处，可它一直不断地在追寻。

正如约翰·阿德里奇在他那批判性的著作《迷惘的一代之后》中所

---

① 海明威的小说。

② 评论家在这儿使用的是"stigmata"一词，这本是医学用语，却并不是随意为之，而具有社会学诊断意义。

写的，战后一代作家面临着的选择是：小说化的新闻写作或新闻化的小说写作，至今还没有被充分描写过的不为人所重视的题材（同性恋、种族冲突），不加修饰的自然写作技巧（还缺乏某种东西）。或者说，在我看来，这正是凯鲁亚克已经身体力行的——"有必要树立信仰：即使这一必要性还处于一种隐蔽的晦暗状态，使这信仰还难以变成现实，而且也缺少任何迹象表明能够用确切的字眼去说明这一信仰。"

5 年前，就在本报星期日杂志[①]上，凯鲁亚克的一位年轻朋友约翰·霍尔姆斯试图为凯鲁亚克所起的"垮掉一代"这一名称给予界定。这样做时，他实际上对阿德里奇的以上假定作了进一步发挥。他说，面对如此之多的令人厌烦的情势，"对个人以及社会价值观的失望或者说丧失，对他们来说不只是一种动摇其根本信念的启示，而且成为要求他们每天都必须正视并加以解决的一个问题。如何生存对他们来说远比为什么要生存更为至关重要"。他还说，"迷惘一代"和"垮掉一代"之间的区别也许在于后者所具有的那种"用通俗的话来说，甚至在面对死神、无能为力、无可奈何的情势下，也仍然不改初衷并决意行动的意志"，因此，他们展示的是在"一种令人眼花缭乱、目不暇接的层面上，他们在每一方面的这种堪称绝妙之至的对于信念的渴望和追求"。

一群渴求燃烧[②]、燃烧、燃烧的家伙

《在路上》的意思就在于此。小说叙述者萨尔·帕拉迪斯不是这样说过吗："……我与之交往的人只是那些疯狂的人，他们为疯狂而生活，为疯狂而交谈，也疯狂地寻求得到拯救；他们渴望同时拥有一切东西。这些人从不抱怨，语出惊人，总是燃烧、燃烧、燃烧，就像传说中那些闪着蓝色幽光的罗马蜡烛一样……"

---

① 《纽约时报》每逢星期日随报出一份杂志：《纽约时报杂志》，此文发表于该杂志1952 年 11 月 16 日，可参见本书附录三。

② 英文"burn"为多义词，除"燃烧"，亦有"激动"、"愤怒"、"渴求"等义，此词颇能说明"垮掉一代"的思想和行为特征。

萨尔心目中的美国英雄、先知狄安·莫里亚蒂又怎么说呢？"当然，没有谁告诉我们人世间根本没有上帝。我们已经经历了各种各样的磨难……上帝存在着，我们知道时间……上帝就在那儿心安理得。我们在这路上疾驰，或完全相信，压根儿没半点怀疑：一切事都会因为我们而显示恩惠——虽然你对车轮非常恐惧，可你开车的当儿，别担心，车轮会自己转动，不会把你抛出公路，我也好放心睡上一觉。"

正是这种坚定不移的探寻促使萨尔上了路，一路奔波到了丹佛和旧金山、洛杉矶、堪萨斯和墨西哥。有时候同狄安，有时候没有，有时候则同其他"垮掉"伙伴。这些伙伴的身世、背景、个性各不相同，但他们的追求却极为一致（常常是以死亡或者精神错乱为结局，其对信念的追求之激烈以致紊乱，是任何一个人难以承受的）。

《在路上》的某些部分写得美极了，让人非一口气读完不可。例如，开着车横穿美国大陆的一段描写，堪与托马斯·沃尔夫在其《关于时间和河流》这部著作中所描写的乘火车孤行那段媲美。墨西哥之行写得非常细致，时而令人恐惧，时而多愁善感而又滑稽可笑。最后，关于爵士乐的某些描述，在美国小说中还无人堪与比肩，不论是在洞察力、风格或者写作技巧方面，都是如此。《在路上》实在是一部值得注意的非凡之作。

这就是"垮掉一代"[①]

约翰·霍尔姆斯　著

文楚安　译

几个月前，一家全国性的杂志发表了一则报道，题目是"年轻人"，副标题是"母亲对我恼羞成怒"，讲的是加利福尼亚一位 18 岁少女由于

---

① 此文原载《纽约时报杂志》1952 年 11 月 16 日，对何谓"垮掉一代"最先作了界说，是研究"垮掉一代"作家及作品的重要文献。

吸大麻而精神焕发，因而想谈谈自己的感受。一位记者很快记下了她的想法，还有人给姑娘拍了照。少女坚持认为自己是一种文化现象的一部分——在她所能见到的5个人中就有一个人使用大麻。这张照片颇引人注目，她脸色白皙，神情专注，一双眼睛透露出亲切温和之情，嘴唇线条也很优雅，压根儿看不出任何堕落的迹象，除非你绞尽脑汁从道德判断的角度去衡量，才能从这张脸上看出与邪恶的联系。这张脸上的神态似乎在说："人们干吗不让我们安静？"这就是"垮掉一代"的一张面孔。

自从战争结束以来，这张年轻清秀的面孔就不断在报纸上露面。在希揭克斯①区法院法官面前，因偷窃被指控，这张脸正对着相机，带着奇怪的微笑，压根儿就没有一丝一毫的犯罪感。

同样是一张年轻的脸，不过要严肃得多，从《生活》杂志的扉页上凝视着读者。这个人大学毕业后入过伍，他坚信去干小生意注定要破产，不如投靠一家最大的公司，虽说是个雇员，但这位置却不可缺少，日子过得舒舒服服。摄影记者这次是在伊利诺伊州拍摄到这张脸的，年纪要小些，而且有点儿拘谨、惶恐。这家伙当时是在伊利诺伊州刚开张的第一家被称为非处男夜总会里。那个年轻的报纸撰稿人靠在第三大街的一家酒吧柜台上，独自饮酒作乐。还有精力充沛，在洛杉矶高速开车，到处奔波的小子，开着一辆破车去玩俄罗斯式的轮盘赌。他只不过是在美国大陆的另一端，同上面提到的那家伙仅相差几岁而已。他们是这一群人中最狂热、最特别的人物。这伙人中，有些是秘书之类的职员，她们不知如何是好，是不是应该现在就同男朋友睡上一觉，还是等等看看再说；还有机修工人，同一伙伙伴喝着酒，心血来潮就开着车到底特律，也会在鸡尾酒会上露露面。不过，这张面孔，人们并不陌生，它有生气，冷静，很讲求实际，而且敢说敢做，咄咄逼人。

任何试图给整个这一代贴上标签的做法都注定徒劳无益。不过，这是经历过上一次战争，或者至少可以在战争结束后痛快地饮上一口酒的

---

① 纽约最北的小岛，哈莱姆河将其与曼哈顿分开。

一代人。他们似乎都保存着军装，同普通军装没什么不同，却具有特殊含义。这个人不是别人，正是杰克·凯鲁亚克，一部受到冷遇的小说《镇与城》的作者，最终成了这一代的代言人。就在几年以前，这张面孔还难以被人们所辨认时，他就目光敏锐、出语不凡了。一天，他说："你瞧，这就是垮掉一代（You know, this is really a Beat Generation）。""Beat"这个词的意义原本就模棱两可，不过，对于美国人来说，其意义却再清楚不过。这个词不只是令人厌倦、疲惫、困顿、不安，还意味着被驱使、用完、消耗、利用、精疲力竭、一无所有；它还指心灵，也就是精神意义上的某种赤裸裸的直率和坦诚，一种回归到最原始自然的直觉或意识时的感觉。简言之，它意味着他们情愿以一种并不耸人听闻的姿态驱使自己陷入困境。一个"垮掉"的人无论到什么地方都总是全力以赴，精神振奋，对任何事都很专注，像下赌注似的把命运孤注一掷。这年轻的一代人从他们一懂事就这么干了。

"垮掉一代"成员个性异常鲜明，无须用放荡不羁和波希米亚艺术家那样的生活方式或古怪、偏执这类的话来描绘。他们是在一个令所有人极度不安的糟透了的经济萧条时期中长大成人的，一场全球性的战争使他们丧失了许多东西。他们不信任集体，但是他们一直未失去对世界和人生的梦想。他们童年时的幻梦是同慕尼黑朦胧的灯光、纳粹德国苏联缔结同盟条约以及随之而来的灯火管制交织在一起的。他们的青春伴随着战争的混乱，从下午4时到夜半都得上班，随部队不断地转移流动。他们抢占滩头堡或登陆地，在下等酒吧，在昨天半夜刚到、不到今天黎明就得出发的情势下，思想日渐独立。她们在某天收到过电报，被告知自己的丈夫、弟兄、父亲或是男朋友在某地阵亡。他们四处奔波，这世界无处不动荡，他们的家乡也被工厂及少数维修人员侵占。他们既有情感最低沉的时刻，也有情绪最振奋的体验，除此之外，再难容得下其他了。他们只有在又一次看到头条新闻标题时，才能真正感到平和舒心，那是严酷的平静。他们渴望自由，渴望能在和平中生存，然而所有这一切都因为战争而破灭，他们不得不混迹于黑市交易，沉溺于爵士音乐、吸毒、性放纵、打零工，醉心于阅读萨特著作。"垮掉"运动终于正式登场了。

　　这是战后的一代，它成长在这样一个似乎每隔一定年代就要循环发生战争的世界上。有人已将这一代同第一次世界大战后出现的"迷惘一代"进行过比较。喧嚣的 20 世纪 20 年代以及曾使那个年代名噪一时的一代，现在正经历着一次情感的复活，因此，这种比较不无意义。人们在一辆破旧的敞篷车上看见过"迷惘一代"，他们歇斯底里大笑不止，因为再没有什么东西是有意义的了。"迷惘一代"移居到欧洲，他们不明白是寻求"恣意狂放的将来"，还是从那"清教徒般纯洁的过去"中逃遁。它的象征是一个坚定维护独立自由、行动和穿着都不为传统所约束的年轻女人，是长颈的禁售的非法威士忌，以及由诺伊尔·考尔德所描写的那种极为轻浮而玩世不恭的态度："网球，有谁会玩吗？"这是一种带有浪漫情调的失望，最终变成一种幻灭。它每一次富有戏剧性的迷惘行为，都是具悲剧性或讽刺意义的低劣行为，正因为如此，T·S·艾略特的《荒原》就远远不只是一个感觉敏锐、富于观察力的诗人的近于死亡般绝望的表白了。贯穿在其中的基调是一种几乎看不到任何目的地的迷惘感，读者在读这首诗时便会感受到事物的内在凝聚力已荡然无存。"荒原"这个比喻，极为精确地表达了整个"迷惘一代"的精神困境。

　　然而今天，这狂放的一代①却并没有迷惘。他们那神采奕奕，常常蔑视一切，总是专注、热切的面孔上压根儿看不到"迷惘"这个字眼，对他们来说，那是不真实的。因为这一代显然缺少"迷惘一代"具有象征性的那种一切已被剥夺、一切已丧失殆尽的神态。而且，经常困扰着"迷惘一代"的那种理想不断受到挫折的感觉，对道德伦理主流中一些毫无价值的东西深为惋惜的情怀，并不是当今年青一代最迫切关注的事。他们本来就是在这种情势下长大的，对这些东西已不再有任何兴趣。他们只醉心于寻欢作乐，他们并不想阐述一番大道理。他们体验吸毒和性滥交，只是出于好奇，并不是出于幻灭。

---

　　① 指"垮掉一代"。

在这一伙人中，只有那些历经磨难痛楚的人，才认为现实是一场噩梦，而且不无愤怒地声称他们确实丧失了什么，乃至前途，等等。不过，岁月流逝，他们如今已老练成熟，任何艰险困顿他们都能料想得到。对个人以及社会价值观的失望或者说丧失，对他们来说不只是一种动摇其根本信念的启示，而且成为要求他们每天都必须正视并加以解决的一个问题。如何生存对他们来说远比为什么要生存更为重要。正是基于此，那位报纸撰稿人和高速开车的家伙才走到一起，他们之间相互认同的那种"垮掉"味儿才变得有意义。因为，不同于以丧失信念为其特征的"迷惘一代"，"垮掉一代"却愈来愈需求信念。这种情况，正如伏尔泰早就说过的那句令人不安又给人以希望的笑谈"如果没有上帝，有必要创造一个出来"一样，他们决不只是悲叹上帝的丧失，而是慌乱地在许多方面为了这个上帝而制造出一些图腾来。

对于哈哈大笑的虚无主义者而言，以90英里时速用脚开车在路上狂奔，是"迷惘一代"诗人哈里·格诺斯比所无法理解的。格诺斯比有一天曾驾着飞机向太阳飞去，因为他无法容忍生活在现代社会里。相反，那高速开车的家伙面无惧色地迎向死亡，正是想超越它。他用只有他自己才能理解的极端方式来肯定生活。那有着急切表情、因为吸毒而顿时精神焕发的姑娘同菲兹杰拉德①笔下那些"来自公共场合，因为纵酒或吸毒而厉声呼叫的妇人和姑娘"也完全不同。相反，她以一种令人信服的严肃叙述她吸大麻时体验到的那种社会从来没能给予她的、仿佛置身于群体中同人密切交流的归属感。那位报纸撰稿人也同那夜半酩酊大醉的"迷惘一代"青年一样，也许在星期日下午会边酌酒边读《上帝和人在耶鲁》呢。"垮掉一代"同"迷惘一代"的不同之处，是那种几乎被夸大了的信仰某种东西的意志力，如果可以被认为是只相信他们自己的话。用通俗的话来说，这是一种甚至在面对死神，无能为力、无可奈何的情势下，也仍然不改初衷并决意行动的意志，因此必然会在这一方面或那一方面

---

① "迷惘一代"作家，其代表作为小说《了不起的盖茨比》。

378

走向极端。

年长的人对这"垮掉一代"的震惊，在深层次的意义上说，同目睹其在表面上的所作所为时的感受并不完全一致。因为主宰"垮掉一代"的人生态度总是令人不安。不过，虽然他们为此而忧心忡忡，但他们评论甚至关注所依据的与其说是"垮掉一代"的人生态度，倒不如说是"垮掉一代"出现的这一事实。报纸的读者会从那些年轻的吸毒者的目光中发现因恐怖和困惑而引起的发泄。社会学家则更多从学术方面来观察问题。令他们不安的是，这一群年轻人最大的愿望似乎是在一种坚不可摧的聚合中寻找到一处安全的立身之地。当代历史学家们对年轻人中缺乏那种带有政治性的、宗教性的、有组织的行为或其他行动表示温和的惊异，他们为此所写出的文章，让我们意识到，掌握自己的命运并且天生崇尚自然，是我们美国人最引以为豪的国民特性。不论到何处，那些固守正统道德观念的人总是摇头而且不胜惊异感叹，这年轻的一代到底在干些什么？

或许，他们没注意到，人们在这两种倾向背后（一种是极端否定，另一种是认同）潜藏着的是一种等着瞧的态度。之所以如此，与其说是因为他们赞同一个人的忍耐性，倒不如说是肯定他的人生哲学。这并不是说，"垮掉一代"缺乏理念，相反，他们对之非常向往。就人生哲学而言，无论是过去或将来，都有不同理念之间的抗争。不管怎么说，"垮掉一代"明白，归根结底，就这种抗争的个人性而言，真正与之对抗的是另一个人而不是另一种理念。对爱情亦可以如此理解。因此，这是包容许多理念，但并不一定都信仰它们的一代。不过，这也是若干个世纪以来最先出现的以信仰为一种行动而困惑不安的一代，是不论是否具有某一特定信仰，都疏远理智的一代。在一种令人眼花缭乱、目不暇接的层面上，他们在每一方面的这种堪称绝妙之至的对于信念的渴望和追求，让人无法不相信。虽然，它确实是不同寻常的一代，既包括那些标新立异、追逐时髦、喜欢爵士乐的青年，也包括"激进的"年轻共和党人。"垮掉一代"试图探寻的是：何谓强权政治？何谓上帝？对于他们之中最疯狂的人来说，热衷的只是爵士音乐、吸毒、夜生活的神秘氛围，并不试图去摧毁他生活于其中的那个"守旧古板"的社会，只是想躲开它而已。让他们站在公众讲台上或者起草一篇宣言，似乎更是荒谬可笑的事。不过，他所看见的这外人们习以为常的世界中的几乎任何东西，对他而言都是一种"障碍"，尽管如此，他却仍能泰然处之。同样，那位年轻的共和党人虽然似乎总是把巴比特①看成是一个文化意义上的英雄，但实际上，也正如巴比特一样，他既不粗俗也不大追求物欲。他之所以适应，是因为他相信这是在社会上生存的一种务实之计，即使不一定是崇高而有精神价值的。不管怎么说，这两种态度在不同程度上都是基于同样信念——也就是现代人的生活犹如深渊，毫无价值，无法忍受。

有时候，人们可以凭借一代人读的书而不是写的书去更好地了解他们。巴扎诺夫也许要算是"迷惘一代"在文学意义上的英雄。此人是屠格涅夫小说《父与子》中的一个虚无主义者。巴扎诺夫喜欢到处溜达做客，常常出现在他宣称为他所讨厌的人的家里，以他力所能及的方式来挫败任何偶像。这是一个以其道德和精神世界的败坏为特征的，令人惊讶、反感，具有嘲讽意义的人物。然而，这个人物一事无成。另一方面，"垮掉一代"的文学英雄也许是斯塔沃罗金——陀思妥耶夫斯基的小说《占有者》中一个最不可忽视的人物。他也是虚无主义者，或者说至少同虚无主义者个人关系密切。

尽管如此，这两个人绝不是一路货色。斯塔沃罗金从表面上看虽说与巴扎诺夫颇为类似，但透过这种表面现象，他却怀有强烈的信念，几乎什么都对他有吸引力。他的无神论思想可以说相当彻底，十分玄奥，具有形而上学特质。然而，他明白没有信仰是可怕的，他不遗余力地试图改变自己，但终因无济于事而自杀。他认为自己缺乏被他襃扬的那种"宽广伟大的灵魂"。在巴扎诺夫脚下，大地裂开了，出现了一个洞，他堕入

---

① 美国作家辛克莱·刘易斯小说《巴比特》（1922）中的主人公，是个商人；泛指满足于中产阶级体面优越的物质生活、崇拜物质成功、蔑视或没有能力去欣赏艺术的一类人物。

其中；而斯塔沃罗金却在洞中挣扎，拼命想爬上来。就其与斯塔沃罗金相似的方面而言，如同"垮掉一代"这样强烈渴望信念的一代人，在历史上并不多见。

这一代人不论是标新立异还是趋同，在这两种表现形式下面，除了独立不羁外，还有另一特点，那就是执著地追求信念。那追求时髦的年轻人以其"超然冷漠"（躲避），或"热烈激动"（疯狂）所追求的最后归宿感，并不仅仅是为了寻求消遣。而年轻的共和党人分明感到，在这种追求中，超过限度就会导致混乱，而他所渴求的并不仅仅是特权和财富，而是一个稳定的、令他游刃有余的位置。他们都有过一种无家可归、失去价值、丧失信念的深切体验。

他们试图用多种方式，甚至走向极端来追求自己的目的，对于当今的年轻人来说，这毕竟只是一种象征。它说明，至今还不存在任何一个现实的支点。以这支点为中心，作为一代人，他们才能够有系统地提出自己的看法，表达自己的愿望。对他们来说，不存在统一的哲学，统一的组织，统一的立场。或许，这是因为大多数正统道德和社会观念未能真实地反映他们所熟悉的生活。然而，也正因为如此，每一个人都变成了一个自我满足的行动个体，不得不以自己的方式，面临在一个似乎是完全无希望的社会中作为一个年轻人所必须正视的问题。要不，至少就得忍耐下去。

较之其他，这就是为什么这一代人不情愿给自己命名的原因，他们拒绝把他们这一代作为一个群体来看。因为，被创造出来的各种神灵必然会使那些皈依他们的人大失所望，只是因为需要才能存在下去。而正是这种需要，导致了一个又一个的争论。这正好说明，"垮掉一代"能够存在到将来，一直到有一天，完全失去其"垮掉"味。

陀思妥耶夫斯基在 19 世纪 80 年代早期曾这样写道："年轻的俄罗斯现在除了一些永恒的问题，别无可谈。"随着适当的变化，类似当年俄罗斯的情况已开始在美国发生，自然是以美国的方式。对"垮掉一代"及其观念的重新评价，现在只是这种现象出现的一些征兆罢了。简单地将

"垮掉一代"和"迷惘一代"进行比较，当然不能确切地衡量其影响，不过，似乎十分明显的是，充满幻灭感的、在绝望中挣扎的"迷惘一代"并不那么危险可怕，反而诗意般地动人。然而，不顾一切地执著追求信念，而且不愿意接受任何向他们做出调解允诺的"垮掉一代"，却完全是另一回事。陀思妥耶夫斯基所写过的那一代，30年后正在地牢里相聚，而且在那儿制造炸弹。

这一代也可以那么做，它的确曾被迫丢下几个炸弹，这对它可是轻而易举。这一代人遭受着诸多压力，也正是这些压力促成了它的诞生，上面提到的事只是其中之一。但对于"垮掉一代"今后会干什么，其作用不可低估。一些人总这样认为，对"垮掉一代"这一代人来说，他们中间会产生一种新的、走投无路的道德观念；其他人则认为，自我放纵、消耗时间和精力、明显地丧失社会责任感才是"垮掉一代"的特征。

然而，这一代却自有能力格外警觉，而且避免愤世嫉俗。他们愈来愈深信，归根结底，现代生活中最基本的问题是精神问题，对于那些生活艰辛却能够具有如此智慧的人，这是一笔财富，值得重视，而且那一张张清秀、目光敏锐、生气勃勃的面孔，也实在值得注意。

"后垮掉一代"诗选

文楚安　译

美国"后垮掉一代"是对"垮掉一代"而言，并非其"反动"；相反它继承了"垮掉一代"信念，并有所发展。目前，由于多种原因，它仍处于"地下"（underground）——请注意，这并不是说其作品不能自由发表、出版，而只是说明其尚未能被主流出版公司普遍容纳的一种生存状态。"后垮掉一代"值得我们注意，其势头（在诗歌、小说、音乐、艺术诸方面）相信会不断增长。这儿选译了5位"后垮掉一代"诗人的9首诗作。

诗人的情况在《访谈录》中已提及。考虑到篇幅，所选诗作较短。虽不可能全面反映"后垮掉一代"诗歌风貌，但其主要特色，如对美国社会、体制的批判，对人性健康力量的向往追求仍十分鲜明。艺术上，值得注意的是其诗歌形式，并不都是如金斯伯格那样的长句；虽然仍是即兴式的，但其对音乐性的讲究可以说比"垮掉一代"诗作更甚。此外，标题本身有时就是诗歌第一句，与诗歌本文已成一体。

维隆·弗雷泽（2首）

海特街①1985年

健康熟食品商店街区
以及新浪潮时装店
一向是爱之夏者②的家园

不过花之子③已长大
如今权势双兼
留下古怪者④呆在那儿

一群自命不凡的人

"你没干掉他。"
那朋克⑤嬉皮一头金发口吐唾沫
从他那条皮特布尔种狼狗流血的大鼻子上喷飞。

---

① 旧金山市区内一条街。
② 1967年夏天嬉皮士运动发展到高潮，被称为"爱之夏"。
③ 1967年对嬉皮士的称呼。
④ 系美国俚语，嬉皮士对自己的称呼，指行为古怪反常，亦指吸毒成瘾者，概括了嬉皮士的某些特征。
⑤ 60年代风行的爵士乐派。嬉皮士都迷恋爵士乐。

"我有枪在家正好派上用场。"

一丝傻笑闪动
从嬉皮被瑞士刀片
刮得青灰的胡桩处。

"我的枪也用上。"

他把他那正在狂吠的
德国种狼狗拉到身边。狗都
流着血，虎视眈眈。

在这爱之夏
小伙子们涌入街区
寻找毒品还有虱子

没准就在街旁安身

感觉比他们的狗还惬意。

健康无恙

总是
与我们相伴，可怜的

受难者
我们真是。
健康无恙

令我们向往，
总是试图愉悦我们，

他们执著顽强
考验我们的耐心
健康无恙

试图用他们稳健平和的。
生命来抵消

怒火愤懑
我们吞下它而且咬噬
我们的肌肤。

他们故作
妥协的友善慈爱

是疯狂，
我们用它来量度
对我们的攻击。

健康无恙
总是与我们相伴，
可怜的受难者

我们真是。

劳伦斯·卡拉迪尼（2首）

埃尼·弗宁①

银屏

珠宝

她看见

银屏

珠宝，

闪闪烁烁

她走动的姿态舞蹈般地

掠过

狂想者的

心际……

啊！

如此海盗

思潮翻滚

啊，老爹

去你娘的，

———

① 标题名埃尼·弗宁(Erin Fly'n)是对美国20世纪四五十年代演员爱诺尼·弗宁 (Erroll Flynn) 的戏谑，其生活方式当时被普遍认为放荡，名声不佳。诗中所指的场景是他在一影片中扮演的海盗角色所为，埃尼也是女性常用名。

乔·麦卡锡①

也诅咒被你列入异类的黑名单。

是你毁了他们

一个对别人关怀备至的人

他热爱

这个世界

是你杀死了他的

"可爱精灵的小鱼"②

"在那古老的米尔小溪"③

把他遮掩

用你的帽子和领带。

我听见罗斯福的支持④们呼唤

有气无力，

担心被人看见

（唯恐

如此。）

去你娘的，

乔·麦卡锡

丹·尼尔森（2首）

---

① 美国共和党参议员（1908—1957）。20世纪50年代初煽动全国性的反共运动，对进步人士调查迫害，以臭名昭著的"麦卡锡主义"著称。

② 原文"itty bitty fishes"系一首颇流行的儿歌中的一句。

③ 原文"in the Old Mill stream"，20世纪初流行歌曲，歌名是《米尔小溪》。

④ 弗兰克林·罗斯福总统在20世纪30年代美国经济大萧条时期主张社会改革，诸如社会安全保障制度，有助于美国经济复苏。

潜入先知天空①

边思想边等待
降落伞开启

思考已经明白
降落伞不会打开

恍然大悟外界情势
如何影响思绪

我在一天早晨醒来

我竟然记不清楚
我的名字

甚至任何事
我刚发生过的。我寻思这恐怕是
患了健忘症。

我去见医生。
他让我接受一系列检查。
他说，"太好了
你没有健忘症。

可糟糕透顶

---

① "swami" 印度教中的偶像，先知、诗人将天空与之联系进而用降落伞开
启喻示思想，颇有哲理。

你竟然没有一个名字

你可不曾

有任何事儿发生。"

米克哈依·霍诺维兹（2首）

中国王朝的一件珍宝

——纽约大都会博物馆

我最喜欢的是

一幅狂放的草书

它出自一个圆乎乎的僧人

怀素①

他醉意犹酣

黑色的笔墨草书

如此栩栩如生

完全淹没了

那苍白的一方官印

无题

经久不息的雪花过后

在蓝色的暮色时分

灰蒙蒙的天空

就在西边

---

① 怀素（725—785），唐朝书法家、僧人，以善"狂草"闻名于世。

一颗夜星

寒气逼人纹丝不动

犹如一只耳饰衬托六翼天使纯然的宁静，

也如最后一片雪花，永不落下。

巴里·沃伦斯坦（1首）

吸大麻的托尼

托尼读着报上的新闻

吸一支大麻

紧咬着嘴唇，一阵眩晕

于是去找美发师；

要把头发染成红色。

——该到时候了

内心有歌儿在唱。

——干吗麻木得如此漫长？

他压根儿什么也听不到。

溜达着仿佛换了脑袋①

在这城市卷须般的轻烟缭绕中，

他是一束红色的火焰，

一个壮观；电靴和

一条皮带闪烁使他飞了起来。

---

① 以下皆是吸毒引起的幻觉。

在这一切幻觉中

托尼忘记他读过什么：

左侧栏目印刷字样

褪色成蓝

右侧栏目印刷字样

也同样变蓝。

可对于第七页的一个记忆

抓住他像一根湿漉漉的手指

在刚生成的冰上。不容置疑的贫瘠图像——随即消逝：

市郊的原子山峦

毒气波浪淹没

了他昏暗的隐匿处，甚至那图像

中的神奇，冰冷而且荒诞犹如置身于死亡之境。

后　记

　　发端于 20 世纪 50 年代兴盛于 20 世纪 60 年代的"垮掉一代"(the Beat Generation——BG) 是美国乃至整个西方文学史和社会史上的一个重要潮流，至今影响不衰。BG 作家尤其是其三个代表人物艾伦·金斯伯格 (Allen Ginsberg)、杰克·凯鲁亚克 (Jack Kerouac)、威廉·巴勒斯 (William Burroughs) 的作品早已从当日的"地下文学"融入主流，BG 研究在美国和其他西方国家已是文化、文学以及社会学等领域的一个重要课题，凯鲁亚克的长篇小说《在路上》被列入 20 世纪世界英语最佳 100 部长篇小说，金斯伯格被公认为 20 世纪世界最有影响的诗人之一。

　　由于众所周知的原因，我国对 BG 的误读从 20 世纪 60 年代初 BG 被译为"垮掉一代"就开始了，研究和译介都很不足，至今还没有一本有关 BG 的研究性专著。我从 20 世纪 80 年代中期便开始关注 BG，尤其是金斯伯格和凯鲁亚克的译介与研究：1997—1998 在哈佛大学英语系访学也主要集中于 BG 课题。这本集子收入了我历年来有关 BG 的论文、文章以及其他关于英美文学、文化、文论、文学翻译理论的论文、文章，故冠名为《"垮掉一代"及其他》，可以说在某种意义上反映了我这些年来的学术研究走向。读者也许会注意到我的兴趣还算广泛，可把这些文章结集出版，我的确有一种诚惶诚恐的内疚感，因为，即使就 BG 课题我的研究也还很不深入，我所做的不过是在进行一些我力所能及的梳理，或者说去澄清由于历史的原因造成的本不该是问题的问题罢了。比如我对 BG 的其他重要代表人物威廉·巴勒斯、加里·斯奈德、柯索等人就还没能专门谈及，金斯伯格和凯鲁亚克也仍有众多问题值得探讨。就此而言我们应该偿还的"债务"还有很多——须知，作为具有广泛国际影响的 BG 文学、文化，在美国乃至整个西方早已从地下走向公开，堂而皇之进入书店、学院课堂、研讨会、朗诵会、展览厅等大众场合，简言之，已融入主流文化。从 20 世纪 80 年代开始 BG 运动的复苏持续至今，BG 研究如果不算是"显学"，至少也一直是一大热点。其原因当然是多方面的，最重要的一点应该是超越文学、文化范围的 BG 理念（酷爱自由，崇尚自然，心地坦然，喜好新奇，敢于冒险）已渗透进世界各地人民的思想和生活方式中。这一历时性使它历久弥新，我无意要拔高其重要性，因为显然其消极的方面同样不可肯定。

近年来我应邀在国内多所大学对英文专业学生讲授 BG 专题，深感要了解美国文学、文化，BG 是不可回避的课题。学生，包括研究生对 BG 虽有兴趣但却颇多误读，这不能不说与国内长期以来冷落 BG 译介、研究的整体水平不高有关。不过，令人高兴的是，据我所知，在我国学术界，BG 研究眼下正受到越来越多的学者关注，尤其令人欣慰的是其中有不少是攻读相关专业的硕士、博士学位的年轻学人。他们接受过严格的学术训练，中外文俱佳，思维敏捷，研究角度新颖。可以预料，在当前改革开放的宽松的学术环境下，我国的 BG 研究一定会有新的突破。

2001 年初，我的朋友、美国 BG 研究专家威斯康星大学斯蒂文斯角分校英文系威廉·劳勒（William Lawlor）教授来四川大学外语学院作 BG 讲座，他对听众的热烈反应、所提出的颇有深度的有关问题印象很深。"成都太美了，中国西部有这样现代化的大城市出乎我们的预料。"除了去成都及附近的风景和历史文化胜地游览，一个夜晚，我还带他到成都玉林小区由著名女诗人翟永明开的白夜书吧小坐，在那儿可以边喝饮料边看书，尤其是读中外诗歌。这个书吧是本地乃至全国各地诗人在成都的必到之处，常常有诗歌朗诵会。那天还见到了"非非"诗人陈亚平和先锋女诗人唐丹鸿等。劳勒对成都浓厚的人文气氛赞不绝口。我们就 BG 交换了看法。他曾经出席 1998 年在荷兰阿姆斯特丹举行的国际 BG 研讨会，他说如果在中国，在成都召开一次国际 BG 研讨会就太好了，我当然赞成。看来他并非戏言，回美国后果然又提及此事，说正在寻求某大基金会资助。令人鼓舞的是，我现在所在的四川大学外语学院支持这一提议，国内某些机构、出版社等也表示愿意参与筹办，国内外不少著名学者亦大有兴趣，答应一定参加。或许我不该过早透露此事，会被误认为有"炒作"之嫌，这样的国际研讨会可不是说开就能开的，会受到许多因素制约，虽然"事在人为"。不过，倘若在中国召开无疑会加强和加深我国外国文学、文化研究者同国外同行的交流和理解，进一步推动我国乃至全球 BG 研究。我期待着它会成为现实，并将为此而努力。

为了向读者、研究者提供不易寻觅的 BG 研究资料，我所译出的若干重要论文、文章作为附录也收入这本文集；此外，"后 BG 诗选"在我国是第一次译介，希望能引起研究者的兴趣。除几篇文章是新写的以外，其他都在报刊上发表过，故分别注明了出处，也许有些时代感、写作风格也不尽一致。学术文章要有学理性，同时也应体现个人化的文体特色，亦庄亦谐委实不易，当是我努力的目标。

吾友肖明翰教授在 BG 研究方面许多观点独到深刻，在百忙中拨冗为本书撰写序言，特此致谢；四川大学外语学院院长石坚博士以及学院其他相关人士全力支持本书出版，责任编辑张晶女士担负了本书编辑工作，使此书能顺利面世；拙译《金斯伯格诗选》封面设计者川音成都美术学院副教授周靖明先生亦为此书承担封面装帧；研究生苏德华协助完成本书索引，作者在此一并表示由衷感谢。

文楚安

2001年立冬于成都华西坝